Rückkehr nach Salt Hendon

LUCINDA BRANT BÜCHER

— Salt Hendon-Serie —
DIE BRAUT VON SALT HENDON
RÜCKKEHR NACH SALT HENDON

— Alec-Halsey-Krimis —
TÖDLICHE VERLOBUNG
TÖDLICHE AFFÄRE
TÖDLICHE GEFAHR
TÖDLICHE VERWANDTSCHAFT

— Die Roxtons – die frühen Jahre —
DER EDLE SATYR
SEINE HERZOGIN
IHR HERZOG
IHRE GNADEN

— Roxton-Familiensaga —
HEIRAT UM MITTERNACHT
HERZOGIN DES HERBSTES
TEUFELSKERL DAIR
DIE STOLZE MARY
DER SOHN DES SATYRS
IN LIEBE
HERZLICHST

ÜBER DIE AUTORIN

Wenn ich nicht in meiner Sänfte durch das London des 18. Jahrhunderts schaukele oder mit parfümierten Hofleuten mit Schönheitspflästerchen in den vergoldeten Salons von Versailles den neuesten Klatsch austausche, schreibe ich preisgekrönte historische Liebesgeschichten und Krimis (die auch ihre Liebesgeschichten enthalten) aus der georgianischen Zeit. Meine Bücher spielen im georgianischen England des 18. Jahrhunderts, mit gelegentlichen Ausflügen auf den europäischen Kontinent. Ich lege die Zügel bei der französischen Revolution, wo ich ein früheres Leben wegen meines unverzeihlichen hedonistischen Lebensstil als faule Aristokratin beendet habe, nieder.

lucindabrant@gmail.com	lucindabrant.com
pinterest.com/lucindabrant	twitter.com/lucindabrant
facebook.com/lucindabrantbooks	youtube.com/lucindabrantauthor

ÜBER DIE ÜBERSETZERIN

SUSANNE DÖRING

BÜCHER WAREN IMMER mein größtes Vergnügen; indem ich sie übersetze, kann ich sie auch mit denen teilen, die lieber auf Deutsch lesen. Ihre Meinung ist mir wichtig, Sie erreichen mich unter:

werrakind@gmail.com

Rückkehr nach Salt Hendon

FORTSETZUNG VON „DIE BRAUT VON SALT HENDON"

Lucinda Brant

ÜBERSETZT VON SUSANNE DÖRING

Ein Sprigleaf-Buch
Veröffentlicht von Sprigleaf Pty Ltd

Dies ist ein Roman; Namen, Charaktere, Orte und Ereignisse
entstammen der Fantasie des Autors oder werden fiktiv verwendet.

Rückkehr nach Salt Hendon
Englischer Originaltitel: *Salt Redux*
Copyright © 2018 Lucinda Brant.
www.lucindabrant.com
Deutsche Übersetzung: Susanne Döring.
Redaktion & Korrektur: Antonia Armstrong.
Umschlagbild und Fotografie: Larry Rostant.
Design und Formatierung: Sprigleaf.
Titelmodell: Aitor Manuel Alonso.

Gesetzt in Adobe Garamond Pro.

Auch als E-book, Hörbuch und in anderen Sprachen.

ISBN 978-1-925614-31-2

10 9 8 7 6 5 4 3 2 1   Broschierte Ausgabe   (siii) I

für

Mirella

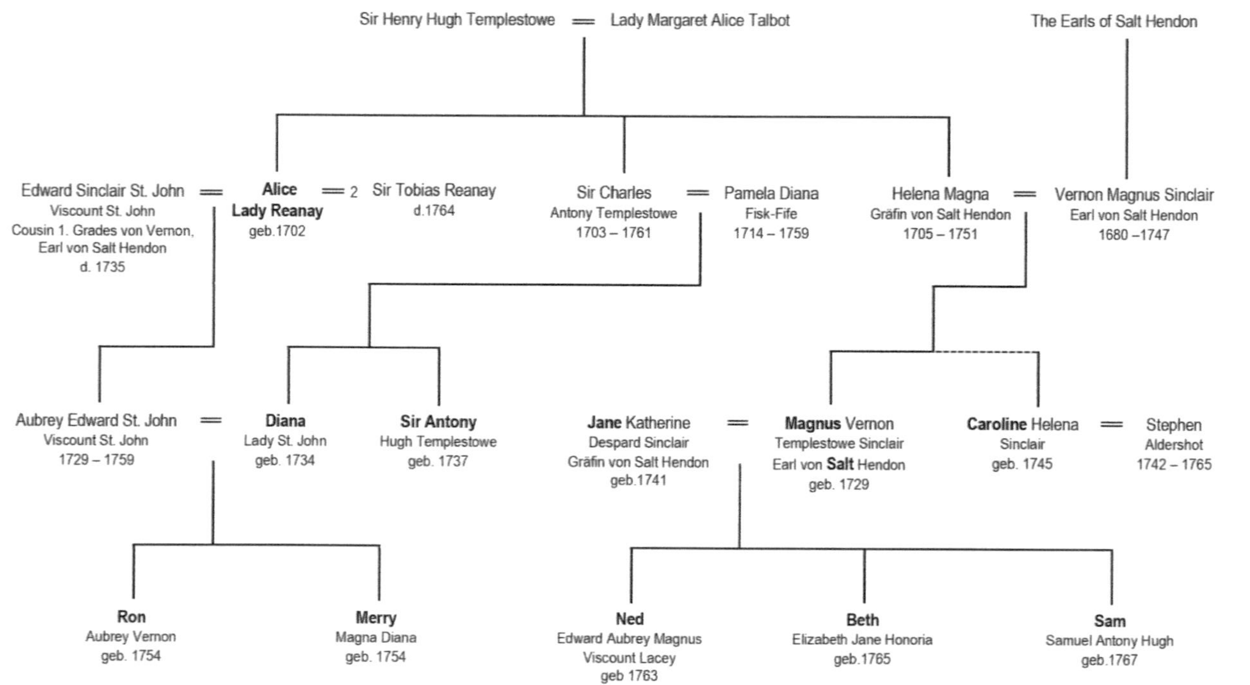

Sir Henry Hugh Templestowe = Lady Margaret Alice Talbot

The Earls of Salt Hendon

Edward Sinclair St. John = Alice = 2 Sir Tobias Reanay
Viscount St. John   Lady Reanay   d.1764
Cousin 1. Grades von Vernon,   geb.1702
Earl von Salt Hendon
d. 1735

Sir Charles = Pamela Diana
Antony Templestowe   Fisk-Fife
1703 – 1761   1714 – 1759

Helena Magna = Vernon Magnus Sinclair
Gräfin von Salt Hendon   Earl von Salt Hendon
1705 – 1751   1680 –1747

Aubrey Edward St. John = Diana
Viscount St. John   Lady St. John
1729 – 1759   geb. 1734

Sir Antony
Hugh Templestowe
geb. 1737

Jane Katherine = Magnus Vernon
Despard Sinclair   Templestowe Sinclair
Gräfin von Salt Hendon   Earl von Salt Hendon
geb.1741   geb. 1729

Caroline Helena = Stephen
Sinclair   Aldershot
geb. 1745   1742 – 1765

Ron
Aubrey Vernon
geb. 1754

Merry
Magna Diana
geb. 1754

Ned
Edward Aubrey Magnus
Viscount Lacey
geb 1763

Beth
Elizabeth Jane Honoria
geb.1765

Sam
Samuel Antony Hugh
geb.1767

STAMMBAUM DER FAMILIEN TEMPLESTOWE & SINCLAIR

PROLOG

Jeden Monat schickte der Bewacher der bewussten ungenannten Person, die in Schloss Harlech im abgelegenen Norden von Wales festgehalten wurde, einen Bericht an den Earl von Salt Hendon. Ein Bote lieferte diesen Bericht, immer des Nachts, zu Händen von Mr. Rufus Willis, Verwalter des Landsitzes des Earls in Wiltshire, ab. Mr. Willis übergab dann den Bericht seiner Lordschaft, wenn sein Dienstherr allein in seiner weitläufigen Bibliothek war und nicht zu erwarten stand, dass die Gräfin anwesend sein würde.

Mr. Willis fiel jedes Mal die Beklemmung auf dem Gesicht seiner Lordschaft auf, wenn er diese Berichte aushändigte. Bei einer Gelegenheit bot Mr. Willis an, den Bericht zu lesen, um es dem Earl zu ersparen, aber sein edler Dienstherr lehnte ab und sagte, dass es seine Pflicht wäre, ganz gleich, wie unerfreulich und schwierig dies wäre. Mr. Willis wusste, dass der Earl sich selbst bestrafte. Der Earl hielt diese Strafe für gerechtfertigt. Die monatlichen Berichte waren eine schmerzliche Erinnerung daran, dass die bewusste ungenannte Person unsägliches Leid über ihre eigenen Kinder gebracht hatte und die Mörderin Unschuldiger war. Sie hatte auch den Tod des ersten Kindes des Earls und der Gräfin von Salt Hendon noch vor der Geburt verursacht. Trotzdem hatten die Berichte auch etwas Tröstliches. Solange seine Gefangene hinter Schloss und Riegel blieb, waren ihre Kinder in Sicherheit, ebenso wie die seinen. Obwohl er nicht an sein Glück erinnert werden musste, wusste der Earl, dass er der glücklichste aller Männer und nichts und niemand ihm wichtiger war als seine Frau und seine Familie.

Der Bewacher der bewussten ungenannten Person schrieb jeden Monat fast den gleichen Bericht. Sein „Gast" war eine musterhafte Gefangene, der jeder Komfort zugestanden wurde, den ein so abgelegener Ort bieten konnte. Die Gefangene hatte ihre Zofen, um ihr in die Röcke und Mieder aus Samt und Seide zu helfen, und um ihre taillenlangen, kastanienbraunen Haare im neuesten Stil, an den sie sich aus London erinnern konnte, zu frisieren, und die ihr halfen, die Schmuckstücke auszusuchen, die am besten zu jedem Kleid passten. Wie es ihrem hohen Rang entsprach, bestand sie darauf, sich drei Mal täglich umzukleiden. Diener warteten ihr bei Tisch auf, als ob sie die Königin ihres eigenen Reichs wäre und kamen zur Antwort auf das ständige Klingeln ihrer kleinen Handglocke eiligst herbeigehuscht. Ihr Bewacher begleitete sie auf ihren Spaziergängen auf den Zinnen oder im Hof des Schlosses, speiste mit ihr, wenn er eingeladen wurde und lauschte bei Kaffee und Kuchen ihren witzigen Erinnerungen an Politiker und angesehene Personen der feinen Gesellschaft, die sie alle persönlich kannte.

Die bewusste ungenannte Person verbrachte die meisten Tage damit, die neuesten Ausgaben des *Gentleman's Magazine* zu lesen, insbesondere die Berichte über die Parlamentssitzungen, und an ihrem Schreibtisch in ihrem hübsch eingerichteten Salon mit Blick aufs Meer zu schreiben. Ihre Briefe wurden abgeschickt, aber nie zugestellt, daher erhielt sie nie eine Antwort. Manche dieser Briefe waren bis zu zehn Seiten lang, und die meisten waren an den Earl von Salt Hendon gerichtet. Ihr Bewacher las diese Briefe als Teil seiner Pflichten und fand sie voller Ratschläge an seine Lordschaft über alle möglichen Arten von politischen und häuslichen Themen. Die Briefe wurden dann verbrannt. Während der Bewacher den Earl allgemein über diese Briefe informierte, berichtete er nicht das Wichtigste daraus, obwohl diese Information mit Sicherheit bestätigte, dass die Frau tatsächlich irrsinnig war. Jeder Brief war unterschrieben mit Diana, Gräfin von Salt Hendon.

Sie hatte einen Briefpartner, der regelmäßig schrieb und der auch ihre Antwortbriefe erhielt. Ein Bruder, ein Diplomat, der im Ausland lebte. Er schrieb aus St. Petersburg, lange, detailreiche Briefe über die wachsende russische Hauptstadt und ihre Umgebung, ihre Menschen und wie er seine Tage als Stellvertreter des Botschafters ausfüllte. Oft fügte er ein kleines Geschenk bei - einen Fächer, ein spitzenbesetztes Taschentuch, ein Paar Seidenstrümpfe, und an einem ihrer Geburtstage schickte er ihr einen bestickten Seidenschal. Seine Briefe waren auch voll des letzten Hofklatsches und der Palastintrigen, manchmal fügte er Ausschnitte aus monatealten englischen Zeitungen bei, die man ihm nach Russland geschickt hatte.

Der Bewacher wusste dies, da seine Gefangene große Freude daran hatte, diese Briefe laut vorzulesen. Ihm wurde bald klar, dass dieser Bruder ein scharfsinniger Herr war, da er nie den Earl von Salt Hendon oder irgendein Mitglied seiner Familie erwähnte. Was der Bruder aus der Korrespondenz mit seiner Schwester wusste, der Earl und dessen Familie aber nicht, und was auch er für sich behielt, war, dass seine Schwester auch die Briefe an ihn unterschrieb, als wäre sie wirklich die Frau des Earls von Salt Hendon.

Nach drei Jahren der Gefangenschaft reagierte die bewusste ungenannte Person nicht länger auf ihren eigenen Namen. Sie erkannte auch die Person, die sie früher gewesen war, nicht mehr, wenn sie ihr beschrieben wurde. Sie war die Gräfin von Salt Hendon, und Magnus Sinclair, der Earl von Salt Hendon, war ihr lieber Ehemann. Sie war nicht vom Gegenteil zu überzeugen. Der Bewacher fand nichts Schlimmes dabei, sie gewähren zu lassen. Schließlich würde sie nie freigelassen werden.

Und daher wurde die bewusste ungenannte Person in ihrem vierten Jahr der Gefangenschaft in jeder Hinsicht so behandelt, als wäre sie tatsächlich die Gräfin von Salt Hendon. Ihr Bewacher, ihr Apotheker, ihre Zofe und ihre Diener redeten sie alle mit diesem Titel an. Ebenso die Einwohner des Ortes.

Wegen ihres guten Benehmens wurden ihr unter strenger Aufsicht gelegentlich Besuche erlaubt. Prominente Einwohner der kleinen Stadt kamen, um ihr ihren Respekt zu erweisen und mit eigenen Augen die schöne Edeldame zu sehen, von der das Gerücht sagte, dass ein brutaler Ehemann sie eingesperrt hielte. Die bewusste ungenannte Person erwies sich als liebenswürdige Gastgeberin, voll Charme, Anmut und edler Haltung. Es war ein Leichtes für die Außenstehenden zu glauben, dass sie sich tatsächlich in der Gegenwart englischen Adels befänden. In Samt und Seide, mit Rubinen um Hals und Handgelenke, wirkte sie majestätisch. Ihre heitere Konversation war gespickt mit Anekdoten von bekannten Politikern, hochstehenden Adligen und ihren Verwandten, fernen Marmorpalästen und schlaflosen Städten, von denen die einheimischen Bürger nur träumen konnten. Bald hielt die Dame einmal pro Woche Hof in einem Zimmer voll eifriger Zuhörer.

Auch dies verschwieg der Bewacher in seinen Berichten an seinen edlen Dienstherrn. Wieder entschuldigte er das vor sich damit, dass nichts Schlimmes daran sein konnte, wenn seine Gefangene einen Haufen unwissender Bauerntölpel zum Nachmittagstee empfing, die niemanden kannten und nirgendwo hingingen. Das hielt die Dame friedlich, unterhalten und beschäftigt, ihre Gedanken bei Nebensächlichkeiten - eine ferne Erinnerung an ihren Zustand, als sie zuerst als giftsprühendes, abscheuliches Monster ins Schloss gebracht worden war, aus deren hasserfüllten Worten Rache troff und die schwor, fliehen zu wollen.

Was der Bewacher nicht richtig einschätzte, was er nicht wissen konnte und nie herausfand, war, dass er sich in der Gegenwart eines weit überlegenen und äußerst bösartigen Geistes befand. In seinem zuversichtlichen Dünkel, in diesen vier Jahren das Monster gezähmt und die Bestie gebändigt zu haben, blieb ihm dies fast bis zu seinem letzten Atemzug verborgen. Er verabsäumte zu verstehen, dass unter der Oberfläche ihrer schönen Fassade, der parfümierten Seide, der geistreichen Konversation und den charmanten Manieren das Monster noch lauerte, auf die rechte Zeit wartete, auf die perfekte Gelegenheit zu entkommen und seine Rache zu entfesseln.

Der Schrecken der Erkenntnis kam an dem Tag, als der Bewacher von Magenkrämpfen gefällt wurde und Fieber ausbrach. Der Apotheker vor Ort führte es auf verdorbenes Essen zurück und verschrieb ein Brechmittel. Da er ein guter Freund der Dame geworden war, die er seit einigen Monaten wegen ihrer Migränen behandelte, überließ der Apotheker den Bewacher ihren fähigen Händen. Er kündigte an, dass er am folgenden Tag wiederkommen würde. Bei Einbruch der Nacht war der Bewacher tot. In seinen letzten bewussten Momenten war er blind und nicht fähig, noch zu sprechen, aber er konnte noch hören. Die Dame flüsterte ihm ins Ohr, als sie sanft seine Decke feststeckte. Die Diener hielten es für eine berührende Szene, einen Hinweis auf die große Zuneigung der Dame zu ihrem Bewacher.

In Wahrheit flüsterte sie ihm schadenfroh zu, dass sie ihn vergiftet hätte. Jedes Löffelchen des Migränepulvers, das der Apotheker ihr verschrieben hatte, war von ihr sorgfältig aufbewahrt worden, bis sie genug gesammelt hatte, um eine tödliche Dosis verabreichen zu können. Sie hasste ihn und hoffte, dass er Todesqualen erlitt. Den größten Hass bewahrte sie jedoch für die Frau auf, von der sie glaubte, dass sie fälschlicherweise als Frau und Gräfin des Earls von Salt Hendon in der Gesellschaft herumstolzierte. Sie hatte vier Jahre damit verbracht, ihren Racheplan auszuarbeiten, und jetzt, ihre Freiheit wiedererlangt, würde sie ihn in die Tat umsetzen.

Nach dem Tod des Bewachers floh die bewusste ungenannte Person nicht sofort. Sie betrauerte sein Ableben, kleidete sich in taubengraue Röcke und lud die einheimischen Bürger zu einem Diner zu seinen Ehren ein. Dann, nach der Beerdigung des Bewachers, kam in der Stille der Nacht ein Bote an. Es war so spät, dass die Hufe des Pferdes auf den Pflastersteinen die Diener nicht aufweckten. Eine rastlose Magd jedoch hörte Stimmen im Hof hallen und stand auf, drückte ihre Nase an die Fensterscheibe, noch rechtzeitig, um die Dame in Nachtgewand und Pantoffeln zu sehen, einen Kerzenleuchter in der Hand, wie sie unter dem Bogen herumhuschte und durch die große Eichentür hereinkam. Sie hielt ein versiegeltes Paket in der Hand.

Der Brief so spät in der Nacht kam vom Earl, der sie anflehte, zu ihm zurückzukehren. Er war von einer Hure, seiner Geliebten, verhext gewesen, mit deren Tod aber auch ihr Einfluss über ihn erloschen war. Zu seiner Schande erkannte er jetzt sein großes Unrecht, seine ihm ergebene Frau ins Exil verbannt zu haben. Würde sie ihm vergeben können? Würde sie zu ihm zurückkehren? Er konnte es nicht erwarten, sich mit ihr zu versöhnen und würde ihr entgegenreiten, um sich an der Grenze zu Wales mit ihr zu treffen. Sie sollte mit größter Geschwindigkeit abreisen.

Die Diener, der Apotheker und vor allem auch diese hervorragenden Leute aus der Stadt, die sich für die Freunde der Gräfin von Salt Hendon hielten, alle kannten den Brief des Earls Wort für Wort, denn sie teilte ihnen freudig die Neuigkeit mit und zeigte ihnen den Brief. Der Apotheker hatte keinen Zweifel daran, dass Siegel und Handschrift dem berühmten Earl von Salt Hendon gehörten. Es herrschte große Freude und die Städter gaben ein Festmahl, um Lady Salt zu ehren und ihr alles Gute zu wünschen, zu dem sie ihr prächtigstes Kleid und Schmuck trug.

Die Möbel wurden mit Überzügen versehen, Taschen und Portmanteaux wurden bis zum Bersten vollgepackt. Eine prächtige Kutsche, die von vier nervösen Grauen gezogen wurde, nahm Lady Salt und ihre Zofe mit und Madam wurde mit großem Aufwand verabschiedet. Sie wurde nie wieder gesehen.

Zwei Tage nach ihrer Abreise kam ein Brief an. Er war von Sir Antony Templestowe und er war den ganzen Weg von St. Petersburg hierhergereist.

Der Apotheker, der im Schloss geblieben war, um die kleinen Rechnungen der Dame mit Geld zu begleichen, das der verstorbene Bewacher zu diesem Zweck gehabt hatte, wusste nicht, was er mit diesem Brief tun sollte. Er war an Diana, Lady St. John gerichtet, eine Person, die dem Apotheker nicht bekannt war, aber die Anschrift war korrekt.

Vielleicht kannte der Schreiber Lady Salt nicht persönlich.

Er hatte sie richtig mit ihrem Vornamen angeschrieben, aber sich dann bei ihrem Titel geirrt. Für den Apotheker war es rätselhaft. Trotzdem wollte er seine Pflicht gegenüber der Dame erfüllen, und daher leitete er den ungeöffneten Brief an den Landsitz des Earls von Salt Hendon weiter, Salt Hall in Wiltshire, von dem er Lady Salt so viele Male hatte sprechen hören, dass er das Gefühl hatte, das große, jakobinische Herrenhaus und seine weitläufige Parklandschaft selbst besucht zu haben.

Da Sir Antony seine Anschrift in St. Petersburg angegeben hatte, schrieb der Apotheker ihm einen höflichen Brief. Er erklärte, was er mit dem Brief gemacht hätte, und, da er annahm, dass er Lady Salt kannte, da er ihren Vornamen verwendet hatte, hätte er sich die Freiheit genommen, Sir Antony die guten Nachrichten zu verkünden: Die Lady hatte Schloss Harlech verlassen und war auf dem Weg, mit ihrem edlen Herrn, dem Earl von Salt Hendon, wieder vereint zu werden.

Einen Monat später erhielt Sir Antony den Brief des Apothekers. Als er ihn gelesen hatte, erbrach er sich.

EINS

ST. PETERSBURG, RUSSLAND, 1767

„Komm wieder zu Bett, Tosha", schmeichelte eine schläfrige Frauenstimme aus der Tiefe des warmen Bettzeugs.

Sir Antony Templestowe blieb am offenen Fenster des Schlafzimmers, mit dem nackten Rücken zu dem abgedunkelten Raum. Er zitterte, umklammerte den lackierten Fensterrahmen und versuchte, dieses Beben unter Kontrolle zu bringen. Er lehnte sich aus dem Fenster, um es dem eisigen Wind, der von der Neva aufstieg, zu erlauben, über sein Gesicht zu streichen, aus dem alle Farbe gewichen war. Er hatte sich gerade auf die behauenen Granitsteine der Böschung erbrochen und sich dann prompt bei zwei kaiserlichen Palastwachen entschuldigt, die nur Minuten später unter dem Fenster vorbeigekommen waren. Die betrunkenen Garden, die ein derbes Lied über ein Mädchen namens Nina und ihr pralles Hinterteil sangen, während sie einander stützten, hörten die Entschuldigung nicht. Sie taumelten weiter in den Nebel hinein, während Sir Antony das Fenster hochschob und sich mit geschlossenen Augen auf die Fensterbank setzte.

„Tosha?"

Die Frau hatte sich jetzt auf einen Ellenbogen hochgestützt, um über die zusammengeknüllten seidenen Laken, Federkissen und die Damastdecke schauen zu können. Als ihre Augen sich an das Dämmerlicht gewöhnten, lächelte sie und ihr Blick wanderte über die ganze Länge des prächtigen Körpers ihres englischen Liebhabers, der sich gegen das frühe Morgenlicht, das durch das Fenster in seinem Rücken hereindrang, als Silhouette abzeichnete. Von den kurz geschnittenen kastanienbraunen Haaren bis zu den harten Oberschenkelmuskeln und bis hinab zu seinen großen, nackten Füßen, war er ein echter Mann und er gehörte ganz ihr. Ein kleiner Schauer der Lust überlief sie und sie wollte eine schlüpfrige Bemerkung machen, als sie spürte, dass etwas nicht in Ordnung war. Sie setzte sich auf, strich die Masse langer, honigfarbener Locken aus ihrem Gesicht und ließ das zarte Seidennachthemd über ihre runden Schultern gleiten, um ihre Brüste gegen die kalte Morgenluft zu schützen.

„Tosha? *Antony?* W-was ist los? Was ist passiert?"

„Verzeiht, dass ich Euch geweckt habe, Hoheit", erwiderte Sir Antony ruhig mit einer leichten Verbeugung in Richtung des unverhüllten Alkovens, der sein Bett und darin seine schöne Mätresse, die Prinzessin Ekaterina Knyazhevy-Yusupova, beherbergte. „Ich muss ... ich muss einen Moment allein sein ..."

Er hob das einzelne Blatt Pergament auf, das er in seiner Eile, zum Fenster zu gelangen, auf den Boden geworfen hatte, und mit einer weiteren kurzen Verneigung ging er durch den Raum in seinen Waschraum, um sich den Mund mit Ingwer und Zimt auszuspülen. Er spritzte sich eiskaltes Wasser ins Gesicht und beugte sich über die große, gemusterte Waschschüssel, schnappte wegen der plötzlichen Kälte nach Luft, holte tief Atem und wünschte, der Brief wäre nur ein böser Traum. Das war er nicht. Aus dem Augenwinkel sah er zu dem Pergament auf dem Frisiertisch. Er hob einen Porzellankrug und goss das restliche eisige Wasser über seinen Schädel, bis der Krug leer war.

Er verhüllte seine Nacktheit mit einem grün-goldenen Schlafrock aus Seidendamast, den er über dem gepolsterten Stuhl fand, ließ seine Füße in ein paar Pantoffeln aus rotem, marokkanischem Leder gleiten und setzte sich vor den dünnbeinigen Frisiertisch, um sein Haar mit dem Handtuch trockenzureiben. Dann las er den Brief des unbekannten Apothekers noch einmal. Sein Inhalt erfüllte ihn mit überwältigendem Grauen und eine erneute Welle von Übelkeit, hervorgerufen von lähmender Angst, überkam ihn. Er schloss die Augen, um die Übelkeit durch bloßen Willen zu unterdrücken. Zum Glück musste er sich nicht erneut erbrechen. Er hatte sich nicht so krank gefühlt seit jenem verhängnisvollen Tag in London vor vier Jahren, als seine schöne, einzige Schwester, eine der Spitzen der feinen Gesellschaft, als Engelmacherin entlarvt worden war; als Mörderin Unschuldiger. Wahnsinnig - daran bestand kein Zweifel. Fast wäre es ihr gelungen, ihren kleinen Sohn zu töten in ihrer Besessenheit, das einzige Objekt der Zuneigung des Earls von Salt Hendon zu sein. Wahnhaft - mit Sicherheit. Nie wieder in Freiheit - ohne Frage.

Er wusste, dass es für seine Schwester die richtige Lösung war, dass sie an einen entfernten, unbekannten Ort verbracht worden war, bevor noch auch nur ein Hauch dieses Skandals die feine Gesellschaft erreichte. Das ersparte der Familie, vor allem ihrem Sohn und ihrer Tochter, wie auch ihm, endlose Schmach. Familie und Freunde glaubten, dass Diana St. John aus Gesundheitsgründen auf dem Kontinent reiste; ebenso die feine Gesellschaft. Soweit es seinen Cousin, den Earl, betraf, hätte Diana an einem Strick hängen und für ihre unsäglichen Verbrechen einen langsamen Tod erleiden dürfen. Er verfluchte sie bis in die Hölle und Sir Antony konnte ihn nicht dafür tadeln. Seine Schwester war ein gewissenloses Ungeheuer. Es war diese Erkenntnis und das Wissen um alles, was sie getan hatte, das ihn dazu gebracht hatte, sich in gedankenloses Vergessen zu stürzen in dem Moment, wo sie aus London und seinem Leben für immer verschwunden war - wie er gedacht hatte.

Er hatte das nicht gut verkraftet. Er hatte sich im Übermaß betrunken, genug Wein und Schnaps, um sein Denken auszulöschen. Er hatte seine Familie vernachlässigt, zu seiner Schande vor allem seinen jetzt verwaisten Neffen und seine Nichte. Er hatte seine aufblühende Karriere als Diplomat ruiniert und jede Aussicht darauf, einmal Botschafter zu werden, verloren. In seiner alkoholisierten Umnebelung schwankte er durch die Gesellschaft, machte einen Narren aus sich und wurde zum Ärgernis. Eines Tages ging er zu weit. Zu seiner endlosen Scham und dem Ekel der anderen kam er betrunken zu einem Konzert, das der Earl und die Gräfin von Salt Hendon gaben. Vor mehr als fünfzig Personen hatte er einen flammenden Streit mit der Schwester des Earls, Lady Caroline, und warf ihr Anschuldigungen an den Kopf, die besser ungesagt geblieben wären. Er hatte die Art von Skandal verursacht, die der Earl verabscheute und mit Dianas Verbannung vermieden hatte.

Er fragte sich, ob in dem Blut in seinen Adern auch der Wahnsinn rann. Er hatte nicht nur sich selbst und Lord und Lady Salt gedemütigt, er hatte die Hoffnungen und Träume der einzigen Frau, der sein Herz wahrhaft gehörte, zerstört. Das würde er sich nie verzeihen. Konnte er Caroline vorwerfen, dass sie ihn hasste? War er überrascht, als sie sich weigerte, ihn zu sehen, bevor er an den russischen Kaiserhof abreiste? Dann, eines Tages, entdeckte er, als er eine schon Monate alte englische Zeitung las, dass Lady Caroline Sinclair, die einzige Schwester des Earls von Salt Hendon den Ehrenwerten Stephen Aldershot geheiratet hatte. Die Liebe seines Lebens war jetzt Lady Caroline Aldershot und für ihn auf ewig unerreichbar.

Es war gut gewesen, dass man ihn nach St. Petersburg geschickt hatte. Es war so weit, wie der Earl von Salt Hendon ihn verbannen konnte, ohne ihn über den Rand der bekannten Welt zu stoßen. Seinen Gewohnheiten gemäß war er betrunken, als er seine diplomatischen Beglaubigungsschreiben als Gesandter am russischen Kaiserhof präsentierte. Ohne die Freundschaft von Fürst Mikhail (Misha) Ivan Knyazhevy-Jussupow und dessen schöner Schwester, Prinzessin Ekaterina (Katja), hätte er vielleicht so weitergemacht. Ohne das fürstliche Geschwisterpaar hätte er sich, da war er sicher, zu Tode getrunken. Was er Misha und Katja schuldete, war unermesslich, denn er schuldete ihnen buchstäblich sein Leben. Mit ihrer Unterstützung und Ermutigung hatte er sich aus der Jauchegrube des Selbsthasses und -mitleids befreit, war nüchtern geworden und betrachtete jetzt St. Petersburg als seine Heimat. Warum sollte er auch nach England zurückgehen wollen?

Am Abend zuvor hatte ein kaiserlicher Leibeigener den verhängnisvollen Brief in seine Wohnung gebracht.

Er war von seinem Fechtkampf mit Misha zurückgekehrt und hatte Katja vorgefunden, wie sie sich mit dem versiegelten Brief Luft zufächelte. Sie saß mit gekreuzten Beinen mitten auf seinem Bett, nackt. Er warf den ungeöffneten Brief beiseite, vergaß ihn, bis er ihn viele Stunden später in den kalten, dunklen Morgenstunden zwischen den zerknüllten Bettlaken fand. Er las den Brief des ihm unbekannten Apothekers, der ihm ohne Näheres zu wissen mitteilte, dass „Lady Salt" aus Schloss Harlech abgereist und auf dem Weg wäre, sich wieder mit ihrem Mann, dem Earl von Salt Hendon zu vereinen.

Seine wahnsinnige Schwester war aus der Gefängnisfestung entflohen und sein Leben gehörte nicht mehr ihm selbst.

Er hatte keine Wahl. Er würde St. Petersburg sofort verlassen und nach London zurückreisen müssen.

Das Quietschen einer Türangel riss Sir Antony aus seinen Gedanken, wie er die Nachricht über seine Abreise am besten Misha und Katja beibringen würde. Die in der gestrichenen Wand eingelassene Holztür öffnete sich und sein Haushofmeister steckte mit noch verschlafenen Augen den Kopf herein.

„Ist alles ... ich hörte Eure Lordschaft schon auf und ..."

Sir Antony winkte ihn ins Zimmer.

„Tee, Semper."

Semper musterte seinen Herrn scharf. Er stellte die Frage, obwohl er betete, dass er die Antwort kannte. Sir Antony hatte seit zwei Jahren keinen Tropfen Alkohol angerührt. „Eure Lordschaft haben nicht - Ihr habt keine stärkeren Getränke zu Euch genommen?"

Guter Gott! Wie er sich wünschte, etwas Stärkeres zu trinken! Wenn es je einen Zeitpunkt und einen guten Grund gegeben hatte, seinen Schwur zu brechen und wieder zur Flasche zu greifen, dann dieser. Eine Flasche Rotwein und eine Flasche Cognac, und er würde auf einem guten Weg sein, um seinen Verstand gegen seine Schwester zu betäuben. Aber er schüttelte den Kopf und sagte gleichmütig:

„Nein. Nur Tee. Vielleicht könntest du ein paar dieser Makronen bringen, die ihre Hoheit so schätzt."

„Sehr wohl, Mylord."

Die Blicke von Herr und Diener trafen sich.

„Sollte ich je einen Rückfall haben", sagte Sir Antony leise, „weißt du, was zu tun ist."

„Ja, Mylord, das weiß ich. Ich werde Euch nicht im Stich lassen."

Sir Antony schloss kurz die Augen. „Danke."

„Ich werde die Feuer wieder anzünden lassen", sagte Semper, um das Thema zu wechseln und die Stimmung aufzulockern. „Und ich werde Euer Bad vorbereiten lassen."

Als sein Herr nickte, machte Semper ein Zeichen zu der offenen Dienstbotentür und die Leibeigenen, die in dem dunklen Durchgang gewartet hatten, eilten in den Raum. Ein Dutzend oder mehr verteilte sich auf leisen Sohlen in den Zimmern der Wohnung und gingen ihren Pflichten nach. Die Anwesenheit so vieler Diener hatte Sir Antony bei seiner Ankunft in Russland zuerst gestört. Als er erfolglos versuchte, die zu seiner Bequemlichkeit für notwendig erachtete Zahl zu verringern, hatte die Prinzessin ihn darüber aufgeklärt, dass Leibeigene mit Leib und Seele Eigentum waren; jeder hatte seine Aufgabe, ganz gleich wie geringfügig, und ihm diese Aufgabe wegzunehmen bedeutete, den Wert dieses Leibeigenen zu mindern.

Sir Antony sagte nichts mehr darüber und überließ dieses Bataillon Sempers Organisationstalent. Sein Haushofmeister führte jetzt Regie über sie. Zwei Leibeigene zum Kamin, während zwei weitere ins Schlafzimmer stapften, um dort nach dem Feuer zu sehen. Drei gingen weiter ins Badezimmer, um sein Bad vorzubereiten, während der Rest wieder in der Finsternis des Dienereingangs verschwand, um den silbernen Samowar mit kochendem Wasser zu füllen, die beiden Porzellan-Teekannen vorzubereiten und mit einem Teewagen, der mit all den für das morgendliche Teeritual eines englischen Lords notwendigen Gegenständen beladen war, wiederzukommen.

„Möchten Eure Lordschaft zuerst baden?"

„Zuerst Tee."

Semper verbeugte sich und mit einem Blick auf die Leibeigenen, die am Kamin beschäftigt waren und einem anderen ins Badezimmer wandte er sich ab, um zu gehen, wurde aber zurückgerufen.

„Semper ...“

„Ja, Mylord?“

Sir Antony warf den zusammengefalteten Brief zwischen das Durcheinander von Kristallgläsern und Toilettengegenständen aus Silber und Elfenbein auf den Frisiertisch. Mit einem tiefen Seufzer zog er den seidenen Morgenmantel dichter um seinen Körper, als er aufstand und sagte:

„Ich erinnere mich, dass du keineswegs unglücklich schienst, nie wieder nach England zurückzukehren, als ich dich von meiner Entscheidung, in Petersburg zu bleiben, unterrichtete. In der Tat grinstest du.“

„Ja, Mylord, das tat ich.“

Sir Antony hob eine Augenbraue. „Das Grinsen hatte etwas mit deiner plötzlichen Liebe für alles Russische zu tun und damit, dass du eine besondere Zuneigung zu einer der Leibeigenen der Prinzessin entwickelt hattest?“

„Ja, Mylord. Sie ist jetzt Eure Leibeigene, eine Näherin, und kümmert sich um Eure Garderobe.“

„Meine Leibeigene? Wann wurden diese Diener mein Eigentum?“

„Ihre Hoheit hat Euch zu Weihnachten fünfzig Leibeigene geschenkt.“

„Geschenkt?“ Sir Antony gefiel diese Vorstellung überhaupt nicht. Er fand die Versklavung von Menschen in jeder Weise verabscheuungswürdig.

„Ja, Mylord. Sie gehören jetzt Euch. Zehn davon sprechen sowohl die französische wie auch ihre Muttersprache, was für mich bei der Einteilung ihrer Zeit eine große Hilfe war.“

„Ich hatte keine Ahnung, dass man dir so viel Mühe gemacht hat.“

„Keineswegs eine Mühe, Mylord.“

„Erinnere mich an den Namen meiner Näherin.“

„Nina. Ihr Name ist Nina.“

„Nicht die Eigentümerin des schönen Hinterteils, hoffe ich“, murmelte Sir Antony, als er sich an das derbe Schankliedchen erinnerte, und fügte beim Anblick des verständnislosen Stirnrunzelns seines Haushofmeisters hinzu: „Ich denke, es wäre eine rhetorische Frage, ob du Nina liebst?“

Der Diener lächelte verlegen. „Das wäre es wohl, Mylord ...“ Als Sir Antony wieder tief seufzte, erschrak er jedoch. „Sie wird doch nicht - sie wird doch nicht auf den Landsitz zurückgeschickt, nicht wahr, Mylord?“

„Ich habe keine Ahnung. Nein. Nicht, dass ich wüsste. Warum würdest du das denken? Sagtest du nicht, dass die Prinzessin mir fünfzig Leibeigene geschenkt hätte? Wenn Nina eine davon ist, gehört sie dann nicht mir und ich kann mit ihr verfahren, wie es mir beliebt?"

„Das stimmt, Mylord. Aber ..."

Sir Antony wartete darauf, dass er weiterspräche.

Semper schaute über seine Schulter, zu den Leibeigenen, die ein neues Feuer herrichteten und dann zu der offenen Dienstbotentür, als ob er befürchtete, belauscht zu werden. Es war eine unnötige Vorsichtsmaßnahme, denn in diesen privatesten Räumen Sir Antonys hatte er alle niederen Dienste Leuten zugeteilt, die nur ihre Heimatsprache verstanden, um die Privatsphäre seines Herrn zu schützen. Der einzige Ort, zu dem er nicht sah, war über Sir Antonys Schulter in das dunkle Schlafgemach. Das wurde bemerkt.

„Die Prinzessin versteht kein Englisch", bemerkte Sir Antony mit einem ironischen Lächeln. „Obwohl ich sicher bin, dass Ihre Hoheit ihre Ohren sehr anstrengt, um jedes Wort unserer Unterhaltung zu verstehen."

„Es war vor einiger Zeit, aber ich hatte Eure Lordschaft gefragt, ob Ihr ein Wort mit ihrer Hoheit über Nina und mich sprechen könntet - über die Möglichkeit, dass wir heiraten."

Sir Antony zeigte ein düsteres Gesicht und entschuldigte sich. „Das habe ich getan. Feige, wie ich bin, hatte ich nicht das Herz, dir zu erzählen, dass sie mir zur Antwort ins Gesicht gelacht hat. Es ist ihr unbegreiflich, warum du, ein freier Mann und ein Ausländer, dich dazu herablassen und dich lächerlich machen wolltest, indem du eine ihrer - hm - Sklavinnen heiratest. Es schickt sich einfach nicht."

„Ich würdige mich nicht herab und Ihr wisst das, Mylord!"

„Ja, du und ich wissen das, Ralph", stimmte Sir Antony ruhig zu, „aber wir sind Engländer, die in einem fremden Land leben. Russland ist, wie wir erkannt haben, fremder als die meisten. Petersburg mag wie eine europäische Hauptstadt aussehen, wo jeder seine Kenntnisse der französischen Sprache übt und französische Marotten pflegt, bis wir mit dem Kopf schütteln, weil wir denken könnten, wir wären in Versailles, aber das ist nur Fassade. Ebenso ist da die beunruhigende Tatsache, dass unsere russischen Freunde alles Englische begehren, von unseren Hunden bis zu unserer Kohle! Aber fahre fünf Meilen aus der Hauptstadt hinaus in irgendeine Richtung und du siehst Bärte, nackte Füße und Kohlsuppe! Und so sehr es uns die Nackenhaare aufstellen lässt, rings um uns herrscht Sklaverei. Du weißt, dass Menschen hier wie Sachen sind, als Inventar ihres Eigentümers aufgelistet werden, wie der Stuhl dort drüben oder der Wandbehang hier. Du sagtest selbst, dass ich zu Weihnachten fünfzig Leibeigene geschenkt erhielt, so leichthin, als hätte ich fünfzig Paar Strümpfe bekommen. Du könntest ebenso gut sagen, dass du mein Sofa heiraten wolltest und würdest die gleiche lachende Antwort bekommen, und nicht nur von der Prinzessin, sondern von jedem Russen, den du kennenlernen könntest - hoch oder niedrig geboren."

„Ja, Mylord, das weiß ich", räumte Semper widerwillig ein. „Ich hatte nur gehofft, dass ihre Hoheit anders als ihre Leute wäre, da sie Euer Bett teilt ..."

„Langsam, Semper", unterbrach ihn Sir Antony sehr leise.

„Es kann nicht schaden zu hoffen, nicht wahr, Mylord?", fuhr der Haushofmeister zu argumentieren fort, während er mechanisch verstreute Wäscheteile, weiße Strümpfe und mit diamantenen Schnallen besetzte Schuhe vom Vorabend aufsammelte. Er drückte diese einem vorbeigehenden Leibeigenen in die Hand mit einem scharfen Wort, das den erschreckt schauenden Diener mit einer tiefen Verbeugung und auf den Boden gerichtetem Blick davonhuschen ließ. „Ihre Hoheit hat einen seltsamen Sinn für Moral, wenn Ihr mich fragt!"

„Ich habe dich nicht gefragt, Semper."

„Lacht darüber, dass ein freier Mann so ehrenhaft einer Leibeigenen gegenüber sein will, *Eurer* Leibeigenen, Mylord", fuhr der Haushofmeister mit einem unverschämten Brummen fort, während er den Ärmel eines mitternachtsblauen Samtrocks, der an den Ärmelumschlägen und Rockschößen mit silberner Stickerei verziert war, ausbürstete. „Und dennoch hat sie keine Hemmungen, Eure ..."

„*Genug.*"

Sir Antony lief rot an und starrte auf den störrischen Ralph Semper. Der Mann stand seit sieben Jahren in seinen Diensten, vier als Kammerdiener und dann, seit sie nach Russland gekommen waren, hatte er die schwere Aufgabe eines Haushofmeisters in seinem beträchtlichen Haushalt übernommen. Sie hatten einige harte Zeiten zusammen durchgemacht - nun, Semper hatte das, weil er sich um einen Herrn kümmern musste, der in seinen betrunkensten Momenten tiefer gesunken war als eine Kanalratte. Aber er war nie unverschämt gewesen. Sir Antony konnte sich nur vorstellen, dass Sempers tiefe Gefühle für die Leibeigene Nina der Grund für eine so empörende Respektlosigkeit war und würde ihm daher diesen beleidigenden Ausbruch verzeihen. Er fuhr sich mit der Hand durch sein kurz geschnittenes Haar und sagte mir leiser Stimme:

„Halte dich an das, was du meinen Dienern predigst, Semper, und sei blind für die Anwesenheit der Prinzessin. Wenn nicht, steht es dir frei, meine Dienste mit einem Monatsgehalt zu verlassen."

„Mylord? Verlassen?" Der Mund des Haushofmeisters blieb offen stehen und die Reihe zu erröten war nun an ihm. Er verbeugte sich tief. „Verzeiht mir. Ich war - ich war - ich habe keineswegs den Wunsch, aus Eurem Dienst auszuscheiden, Mylord."

„Gut. Dann sind wir schon zwei. Also um Gottes willen, nimm dich zusammen. Wenn diese Lakaien Englisch verstünden - oder ihre Hoheit - würdest du schneller hängen, als ich eine Audienz bekäme, um dich zu verteidigen. Ich kann dich nicht vor dir selbst retten, *Tölpel*. Was Nina angeht, wenn sie zu den fünfzig Leibeigenen gehört, die Ihre Hoheit mir geschenkt hat, ist es meine Sache, deiner Heirat mit ihr zuzustimmen, oder nicht. Habe ich recht?"

„Ja, Mylord", stimmte Semper mit einem zögernden Lächeln zu, das zu einem des aufkeimenden Erstaunens wurde. „Ja! Ja, Ihr habt recht, Mylord." Er runzelte die Stirn. „Obwohl es vielleicht ratsam wäre, auch die Erlaubnis ihrer Hoheit einzuholen, der Form halber ..."

Sir Antony unterdrückte ein Lächeln. „Danke, Semper. Ich werde deinen Fall heute ihrer Hoheit vortragen ..."

„Danke, Mylord", erwiderte Ralph Semper. „Ich bitte nochmals um Verzeihung. Ich weiß nicht, was da in mich gefahren ist."

„Ich schon", scherzte Sir Antony.

Semper sah die Prinzessin im Durchgang zum Schlafzimmer stehen und achtete darauf, seinen Blick auf die kantigen Gesichtszüge seines Herrn gerichtet zu halten, nicht zuletzt, weil jede weibliche Rundung und mehr durch die hauchzarte Seide ihres Morgenmantels und Unterkleids zu sehen war. Er schaffte es, Sir Antony rasch eine Warnung zukommen zu lassen, indem er seine Augen weit aufriss, was auch bemerkt wurde.

Sir Antony schlenderte durch das Zimmer zu seinem Haushofmeister, die Hände tief in den Taschen seines seidenen Morgenmantels vergraben und sagte sehr leise, so dass nur Semper ihn hören konnte:

„Wenn Mr. Church noch nicht wach ist, wecke ihn auf. Er hat einen langen Tag voller Reisevorbereitungen vor sich. Wir reisen nach London ab, sobald es einzurichten ist."

„London?" Der Haushofmeister blinzelte überrascht. Er behielt den Flüsterton in seiner Stimme bei, obwohl die Prinzessin die englische Sprache nicht verstehen konnte. „Wurden wir verbannt, Mylord?"

Sir Antonys Lippen zuckten bei der Verwendung des Personalpronomens im Plural. Jedoch war weder Humor noch Wärme in seiner Stimme, als er vertraulich sagte:

„Nein. Wir kehren nach London zurück, weil das Leben eines

kleinen Jungen und seiner Mutter - und vielleicht andere - in Gefahr sind. Ich bete nur, dass noch genug Zeit ist ..."

„Was beabsichtigt Ihr zu tun, wenn wir nach London kommen, Mylord?"

Sir Antony wirkte grimmig; seine Augen waren trübe.

„Um sie vor Schaden zu bewahren? Was immer in meiner Macht steht."

ZWEI

SALT HALL, WILTSHIRE, ENGLAND

MR. RUFUS WILLIS, DER VERWALTER DES LANDSITZES DES EARLS von Salt Hendon, ging auf dem Kopfsteinpflaster unter dem Torbogen hin und her, der zu den Ställen führte. Zweimal trat er in den Sonnenschein hinaus, um zu einer großen, runden Uhr aufzuschauen, die im Bogen angebracht war und sah auf die Zeit, eine sinnlose Handlung. Jedoch beruhigte ihn das Wissen, dass der Earl nach Hause zurückkehrte. Ein aufgeweckter Kaminfeger hatte seine Lordschaft und seine kleine Gesellschaft über die große Parklandschaft in Richtung auf das Haus reiten sehen.

Schwangerschaft und Geburt erschreckten den Verwalter zu Tode. Frauen konnten im Kindbett und allen damit verbundenen Komplikationen jederzeit sterben. Seine Frau Anne hatte ihm einen gesunden Sohn geschenkt und ihre zweite Schwangerschaft verlief ebenso glatt. Aber es war nicht Anne, wegen der sein Herz raste und derentwegen er auf der Suche nach seinem Dienstherren von seinem Büro im Haupthaus zu den Ställen getrieben worden war, sondern die Gräfin.

Der Earl war sehr früh aufgebrochen, begleitet von seinem Patensohn Ron St. John, Mr. Hoskins, dem Wildhüter und drei von dessen untergeordneten Waldhütern. Im Sattel des Earls, mit unverhohlener Begeisterung vor ihm sitzend und sich am Sattelknauf festhaltend, war der Stolz und die Freude seiner Lordschaft, Edward Aubrey Magnus Sinclair, Viscount Lacey, Erbe der Grafschaft Salt Hendon - bei allen als Ned bekannt.

Der Wildhüter hatte Ned einen Blick auf einen echten, lebenden Hirsch versprochen, und als die Gelegenheit sich bot, waren sie in den fernen Wald geritten, um dieses prächtige Tier mit seiner Herde von Rehen anzuschauen. Es war nicht der günstigste Tag und der Earl hätte den halbtägigen Ausflug gerne verschoben, bis die Gräfin sagte, dass er ihren Sohn nicht enttäuschen dürfte, indem er sein Versprechen bräche, ungeachtet der Umstände. Sie versicherte ihm, dass die Schmerzen, die sie seit der vorigen Nacht verspürte, nicht bedeuteten, dass die Wehen eingesetzt hätten. Ihrer Rechnung nach würde es bis zu dem freudigen Ereignis noch zwei Wochen dauern. Um die Liebe ihres Lebens zufriedenzustellen und dafür zu sorgen, dass er ihren Sohn zu dem versprochenen Ausflug mitnahm, erklärte die Gräfin sich einverstanden, dass der Arzt gerufen, Lady Caroline früh aufgeweckt und ein Lakai zum Torhaus geschickt würde, um Mrs. Willis zu holen. Zwei Stunden, nachdem der Earl widerstrebend fortgeritten war, schenkte Jane, die Gräfin von Salt Hendon, einem gesunden Kind das Leben - ihrem dritten.

Um seine Gedanken von der Gräfin und ihrem Neugeborenen abzulenken, lehnte sich Rufus Willis gegen die glatte Sandsteinwand des eleganten Torbogens und zog einen Brief aus seiner Rocktasche, um ihn noch einmal zu lesen. Der Brief war einem kleinen Päckchen beigefügt gewesen, das an Diana, Lady St. John, in Harlech adressiert und an den Landsitz des Earls von Salt Hendon weitergeleitet worden war. Während es ihn verwirrte, warum ein Päckchen, das für die eingesperrte Lady St. John bestimmt war, nach Salt Hall geschickt wurde, beunruhigte es den Verwalter mehr, dass das Begleitschreiben nicht von ihrem Bewacher, sondern von dem zum Schloss gehörenden Apotheker stammte.

Willis hatte den monatlichen Bericht über Lady St. John von ihrem Bewacher nicht erhalten und musste den Grund für die Säumigkeit des Mannes erst noch feststellen. Vielleicht war der Bewacher krank geworden und der Apotheker schrieb in seinem Namen? Aber da der Bewacher mit keinem Wort erwähnt wurde, machte das Willis nicht klüger. Er fragte sich jedoch auch, warum der Apotheker Sir Antony Templestowes Päckchen weitergeleitet hatte, das für die gefangene Schwester seiner Lordschaft bestimmt war. Noch verwirrender war die Tatsache, dass der Apotheker seinen Brief damit endete, Lord und Lady Salt alles Gute in ihrem wieder versöhnten Glück zu wünschen.

Wiederversöhntes Glück? Was sollte das heißen? Warum hatte der Apotheker so an die Gräfin geschrieben, als ob sie ihn kennte, wobei Willis bei allem, was ihm teuer war, geschworen hätte, dass die Gräfin keine Ahnung hatte, dass dieser Mann überhaupt existierte? Warum war Sir Antonys Päckchen seiner Schwester nicht ausgehändigt worden? Willis hatte mehr Fragen als Antworten. Er hatte auch die dunkle Vorahnung, dass an dem Brief des Apothekers mehr war, als aus seinem Inhalt erraten werden konnte. Aber Willis wollte seine Lordschaft an diesem Tag nicht mit einem solchen Brief beunruhigen. Gerade dieser Tag sollte ein Tag der Freude und des Feierns sein.

Er ließ den Brief in die Tasche seines braunen Leinenrocks gleiten und dachte daran, ins Haus zurückzukehren, um mit seinen täglichen Aufgaben fortzufahren. Ganz oben auf der Liste stand das Warten auf die Ankunft der neu angestellten Kinderfrau, die zu der wachsenden Zahl der für die Kinderzimmer beschäftigten Diener hinzukommen sollte, um den Bedürfnissen und Launen der jungen Brut eines großen Edelmannes zu dienen. Mit der Ankunft des dritten Kindes der Gräfin würde das rechtzeitige Eintreffen des Mädchens ein Gottesgeschenk sein.

Der willkommene Klang von Pferdehufen, die über die Pflastersteine klapperten, riss den Verwalter aus seinen Gedanken. Er trat durch den Torbogen in den großen Stallhof, als der Earl und seine lebhafte Gruppe ihre Pferde im Schritt unter dem Bogen hereinritten. Stalljungen liefen zu den Köpfen der Pferde. Die Reiter stiegen ab. Livrierte Diener erschienen aus dem Küchenhof mit Krügen voll Ale und einem mit Likör, Kristallgläsern, mit Früchten gefüllte Schüsseln und einem großen Korb butterbestrichener Hefebrötchen. Die Pferde wurden weggeführt, lederne Reithandschuhe abgestreift, der Durst und der Hunger der Reiter gestillt, und Willis trat vor, als der Earl, der seinem kleine Sohn eine Schüssel mit Erdbeeren anbot, aufschaute und mit einem ironischen Lächeln sagte:

„Mr. Willis! Welche schwierige Aufgabe erledigt Ihr in meinem Namen, die Euch wie eine graue Wolke auf einem ansonsten blauen Himmel dreinschauen lässt? Nimm die dicke, saftige hier, Ned", riet er seinem dreiundeinhalb Jahre alten Sohn, dessen kleine Finger unentschlossen über der Schüssel schwebten, die sein Vater ihm hinhielt, „bevor Ron beschließt, dass sie seinen Namen trägt."

„Tut sie das, Onkel Salt?", fragte Ron St. John ernsthaft, der sich der List durch das verschwörerische Zwinkern des Earls wohl bewusst war und sich über die Schüssel beugte, als ob er nach der fraglichen Erdbeere suchte. „Dann sollte ich sie haben, meinst du nicht, Ned, wenn schon mein Name darauf steht?"

„Nein, Ron! *Mein* Name ist darauf! *Ned*", protestierte Ned mit bösem Gesicht. Er schnappte sich die saftige Erdbeere, auf die sein Vater ihn hingewiesen hatte, als ob sein zwölfjähriger Cousin vorhätte, sie ihm zu stehlen, und stopfte sie mit einem verschmitzten Lächeln ganz in seinen Mund.

Der Earl lächelte Ron an, zerzauste den Schopf goldblonder Locken seines Sohnes und zufrieden, dass dieser die Erdbeere aß, erhob er sich aus der Hocke, um seinen Verwalter anzusehen, der über seine Taktik, den kleinen Jungen dazu zu bringen, dass er Obst aß, lächelte. Er übergab die Schüssel einem wartenden Lakaien.

„Also, Mr. Willis", sagte Salt zu seinem Verwalter, „seid Ihr gekommen, um mir zu sagen, dass Mylady in den Wehen liegt?"

„Nein, Mylord. Ich meine ... Ungefähr zwei Stunden nach Eurem Aufbruch begannen die Wehen. Es war zum Glück schnell vorbei und Mylady gebar ..."

„*Nein*! Nein sagt es mir nicht! Das ist Lady Salts Privileg", unterbrach der Earl ihn und weit davon entfernt, die Besorgnis oder das Erschrecken auf dem Gesicht seines Verwalters zu spüren, gab er einen unverhohlenen Jubelruf von sich und schlug dem Mann mit einem Grinsen auf den Rücken. „Ha! Ich *wusste* es! Ich wusste den genauen Tag bei Ned und bei Beth, warum dann nicht bei Nummer drei? Aber würde Mama auf Papa hören, Ned? Nein! Natürlich nicht." Er hob seinen kleinen Sohn auf und wartete auf Ron, der dem Wildhüter noch höflich dafür dankte, dass er ihm den Hirsch gezeigt hatte. Als der Junge zu ihm herüberkam, legte er ihm einen Arm um die Schultern und sagte mit leiser Stimme: „Das hast du sehr gut gemacht, Ron. Danke." Hörbar setzte er hinzu, als er sich auf den Weg über den Hof machte, Mr. Willis und zwei Lakaien einen Schritt hinter ihnen: „Was meinst du, was Nummer drei ist, Ron? Ned? Ein Bruder oder eine Schwester?"

„Bruder!", meinte Ned schnell.

„Ja. Bitte lass es einen Jungen sein", stimmte Ron mit einem ernsten Seufzer der Resignation zu. „Es gibt hier im Haus sowieso schon zu viele Frauen." Er fügte hinzu, befürchtend, dass sein Pate ihn gefühllos nennen könnte: „Ich liebe sie, Onkel Salt, aber ihr Firlefanz und ihre Gespräche ... Wenn ich Merry zuhören muss, wie sie ihr Hochzeitskleid beschreibt ... Als ob sie morgen heiraten würde und nicht wie ich zwölf Jahre alt wäre, ich glaube, ich muss mich übergeben! Iih. Das dreht einem Mann den Magen um."

„Dann sollte ich mich nicht fragen, ob du dich darauf freust, nach Eton zu gehen."

„Sehr! Ich muss nur vorher noch einen Monat mit Stickerei und Spitzenfichus überleben!"

Das brachte den Earl zum Lachen.

„Eines Tages, Ron, wirst du deiner Schwester dankbar sein", sagte er kryptisch. „Das Verständnis für solche Mysterien wie Stickerei und Fichus wird überaus wichtig werden, wenn du schließlich entscheidest, dass du dich bei Frauen und ihren Gesprächen aufhalten möchtest." Er schaute über die Schulter zu seinem Verwalter. „Ist es nicht so, Mr. Willis?"

„Sehr wahr, Mylord. Ein großes Interesse an weiblichen Beschäftigungen ist besonders wichtig, wenn ein junger Mann daran denkt, jemandem den Hof zu machen."

Ron verzog sein Gesicht, als hätte er etwas Saures geschmeckt. *„Den Hof machen*? Pfui. *Niemals.*"

Mit einem Grinsen zog der Earl Ron in eine liebevolle Umarmung und ließ ihn dann los, um aus dem Hof auf den kühlen, schwarzweißen Marmorboden des breiten Flurs zu treten. Das Lächeln erstarb, als er seinen Butler in leiser Unterhaltung mit dem Arzt vorfand. Zwei Lakaien warteten zu Seiten des Butlers am anderen Ende des Ganges, wo dieser sich in die weitläufige Eingangshalle öffnete. Mit Ned noch in den Armen schritt er auf den Arzt zu, Willis und Ron folgten ihm schnell und versuchten, mit den langen Schritten des Edelmannes mitzuhalten, der seinen Butler unterbrach.

„Nun?", wollte er von dem Arzt wissen.

Er bemerkte, dass der Umhang des rundlichen Mannes bis zum Kinn zugeknöpft war und die behandschuhte Hand des an seiner Seite herunterhängenden Arms eine schwarze Ledertasche trug. Er hatte keine Ahnung, ob der Mann kam oder ging. Als die Antwort des Arztes nicht sofort erfolgte, flog sein Blick zu dem Butler, der ihm begegnete und dann zu dem Arzt hinübersah und darauf wartete, dass dieser zuerst sprechen sollte. Das Herz des Earls begann zu rasen und sein Gesicht wurde blutleer.

„Redet!", befahl er dem Arzt. „Die Gräfin ..."

Der Arzt wagte es, ihn zu unterbrechen. „Es tut mir leid, Mylord, so sehr leid. Ich kam zu spät. Ich konnte nichts tun ..."

„Süßer Jes... - Rufus! Nimm Ned!", forderte Salt und dachte das Schlimmste.

Er übergab Ned mit einem flüchtigen Kuss auf die Stirn des kleinen Jungen den Armen des Verwalters und schritt von dannen; die Gruppe im marmornen Foyer schaute ihm mit offenen Mündern nach. Der Arzt versuchte noch, seinen Mund zum Sprechen zu bewegen, aber der Augenblick war verloren. Ron St. John nickte Willis zu und, folgte, um sich schweigend in seine Räume zu begeben, dem Earl die große Treppe hinauf, nur langsamer, und mit gesenktem Kopf, damit kein Diener oder, schlimmer noch, ein Mitglied seiner Familie, ihn mit Tränen in den Augen erwischen würde.

Der Earl lief die marmorne Treppenflucht zwei Stufen auf einmal hinauf. Er hielt nicht an, bevor er nicht im zweiten Stockwerk ankam.

Hier hielt er in dem breiten Vestibül mit seinen doppelt hohen Fenstern an, die einen malerischen Blick auf üppige, wiesenbedeckte Hügel einrahmten und darunter die alte Steinbrücke und das Sommerhaus am See. Er holte Atem, schaute über die Aussicht, ohne sie zu sehen, während er seine samtene Reitjacke abstreifte und sie wegwarf, als hätte sie die Pest. Zwei Lakaien öffneten die eichenen Doppeltüren, die in die Privaträume führten, die er mit der Gräfin teilte und schlossen sie hinter dem Rücken ihres Herrn, ohne ein Wort, aber beide mit aufgerissenen Augen und einem wissenden Heben ihrer Augenbrauen.

Salt schritt durch das private Speisezimmer, ohne einen Blick für die beiden erschrockenen Zimmermädchen, die sich gegen den Ebenholztisch pressten, um dem Earl nicht im Weg zu stehen, oder für ein drittes Zimmermädchen, das die Vorhänge in Burgunder und Gold zur Seite öffnete, um es dem Licht zu erlauben, über die polierten Dielen zu strömen.

Er ging bis in das kleine Vorzimmer mit seinen zwei verzierten Türrahmen weiter, von denen einer zu seinen Privatzimmern ging, der andere auf einen Absatz, der in die Kinderzimmer führte, die seine Kinder bewohnten und in das hübsche Wohnzimmer seiner Frau mit der chinesischen Tapete und passenden Gardinen in hellrosa und grünen Pastelltönen. Es war ein so weiblicher Raum, so sehr *Jane* selbst, dass er in diesem Zimmer unweigerlich ein warmes Gefühl verspürte, außer heute.

Heute hätte das Zimmer in Leinwandhüllen gepackt sein können und es wäre ihm nicht aufgefallen, als er die Tür aufriss, die in das Ankleidezimmer seiner Frau führte. Die Tür knallte an die tapezierte Wand, und so laut, dass trotz des Lärms und der Geschäftigkeit drinnen die sich dort Aufhaltenden bei dem, was sie gerade taten, innehielten und zur Tür sahen. Das Zimmer, von dem bemalten Wandschirm bis zu dem überladenen Frisiertisch, war voller Frauen und Bewegung. Sie knicksten wie eine Person, aber als der Earl direkt durch sie hindurchschaute, ohne sie zu bemerken, warteten sie wie Statuen auf Anweisungen. Ein Nicken von Lady Caroline Aldershot zu der ersten *femme de chambre* der Gräfin, und die Dienerinnen erwachten wieder zum Leben und setzten ihre Tätigkeiten fort, die Blicke auf den Boden gesenkt.

Salt wäre weitergegangen, aber über dem Rauschen in seinen Ohren hatte er seinen Namen gehört und sein Kopf fuhr nach links. Auf der mit blassblauem Damast bezogenen Chaiselongue saßen seine Patentochter Merry und seine Schwester Caroline; zwischen ihnen wiegte ein Kindermädchen sanft ein warm eingepacktes Neugeborenes, auf dem alle Augen der auf dem Sofa Sitzenden ruhten. Dass das

Neugeborene so bald nach der Geburt nicht von seiner Mutter gewiegt wurde, steigerte die Befürchtung des Earls, dass etwas Schlimmes mit seiner Frau geschehen wäre. Ohne ein Wort zu seiner Schwester, die mit einem Rauschen ihrer seidengeblümten Röcke aufstand und auf ihn zukam, schritt er weiter zur Schlafzimmertür.

Bevor er die Tür öffnen konnte, rannte ihm ein pummeliges, zweijähriges Mädchen mit dichten, schwarzen Locken und Wangen wie roten Äpfeln über den Weg, und stieß ein freudiges Quietschen aus. Sie schlang ihre Arme fest um sein gestiefeltes Bein und ließ nicht los. Sie forderte, dass Papa sie reiten lassen sollte, wie er es immer tat. Der Earl löste sein Töchterchen sanft von seinem Reitstiefel, hob sie hoch, küsste sie auf die warme Wange und übergab sie einem wartenden Kindermädchen und sage ohne seine übliche Leichtigkeit oder sein Lächeln und schärfer als beabsichtigt:

„Zuerst Mama. Dann Beth."

„Salt, möchtest du vielleicht ..."

„Jane zuerst", gab er seiner Schwester Caroline zur Antwort, ohne sich umzudrehen und schlüpfte ins Schlafzimmer, gerade als Lady Elizabeth Jane Honoria Sinclair – Beth für alle, die sie kannten - in Tränen ausbrach und nach Mama rief.

Der Earl stand neben dem Himmelbett, bevor ihm klar wurde, dass er seit dem Betreten des Raums noch keinen Atemzug getan hatte. Er stieß einen Seufzer der Erleichterung aus, als er mit einer kalten Hand über sein Gesicht wischte und sich dann durch sein windzerzaustes, kastanienbraunes Haar fuhr, während die im Bett Liegende sich bemühte, sich vor einem Berg weicher Kissen aufzusetzen, wobei ihre Zofe ihr eilig zu Hilfe kam.

„Salt? Magnus? Was - was ist los?", fragte Jane, die Gräfin von Salt Hendon alarmiert. „Was ist geschehen? Doch nicht Ned? Er ist doch nicht plötzlich auf eurem Ritt gestürzt? Beth? Ich habe sie gerade weinen hören. Was ist geschehen?"

Sie nahm die Hand, die ihr Mann ihr hinstreckte, als er neben der Matratze auf die Knie ging, aber als er nicht sofort antwortete, sondern nur ihr Handgelenk küsste und dann seinen Kopf neigte, um ihre verschlungenen Hände wie im Gebet an seine Stirn zu heben, bekam sie wirklich Angst.

„Doch nicht - nicht das *Baby*?", fragte sie ängstlich flüsternd.

Er schüttelte den Kopf, schaute aber nicht auf. „Nein. Nein", murmelte er. „Alles ist, wie es sein sollte ..."

Es war an Jane, zu seufzen und sie lehnte sich in die Kissen zurück, mit einem Blick auf die anderen Anwesenden im Raum. Ohne ein Wort scheuchte ihre Zofe die beiden Zimmermädchen mit ihrem

Stapel Wäsche aus dem Schlafzimmer. Mrs. Willis stellte eine Tasse Tee auf ein Tablett in Janes Reichweite und folgte ihnen. Das Paar war allein. Beim Klicken der Schlafzimmertür sah Salt auf.

Durch einen Tränenschleier lächelte er seine Frau an. Ihre blauen Augen waren müde und die Farbe war aus ihrem Gesicht gewichen. Und doch, trotz allem, was sie gerade durchgemacht hatte, war sie unglaublich schön und heiter. Was immer ihn bedrückte, wann immer er die Last seiner Verantwortung zu schwer auf seinen Schultern fühlte, bei Jane zu sein, half ihm immer, aufzuatmen und ihn höchst zufrieden mit dem Leben zu machen; dann war die Welt in bester Ordnung. Sie schien seine Gedanken zu lesen, denn als er sich auf die Matratze stützte und sie ansah, sagte sie fröhlich:

„Ich bin nicht überrascht, dass du dachtest, dass etwas nicht in Ordnung wäre. Es ging alles so schnell. Dieses Baby war entschlossen, seiner Mama bei seiner Ankunft auf der Welt so wenig Schmerzen wie möglich zu bereiten, wofür ich immer dankbar sein werde."

Er reichte ihr die Teetasse. „Sagte ich dir nicht, dass heute der Tag sei?"

Ihre Grübchen erschienen, sie trank von dem süßen Tee und fühlte sich besser danach.

„Oh ja. Aber nicht einmal du konntest vorhersehen, dass das Baby vor dem Mittag kommen würde! Mrs. Willis schaffte es, rechtzeitig hier zu sein, um helfen zu können, aber Dr. Hume war überhaupt keine Hilfe. Vermutlich sitzt er noch oben auf seinem Pferd."

„Er ist unten in der Halle, noch im Umhang."

„Nun, dann kann er ihn gleich anlassen!", sagte Jane voller Schroffheit. „Ich denke, es wird eine nette Abwechslung für ihn sein, dass er sich nicht mit einer Frau in den Wehen befassen muss, die kreischt und ihren Mann verflucht, weil er sie eine so schmerzhafte Tortur durchmachen lässt …"

„Hast du mich verflucht, Jane?"

„Oh, ganz gewiss. Mrs. Willis erzählte mir, dass es unnatürlich wäre, das nicht zu tun."

Da musste der Earl lachen. Sie hielt ihm ihre leere Porzellanteetasse mit der Untertasse hin und er stellte sie beiseite, ohne seine Blick von ihr zu wenden.

„Außer einem sehr gesunden Kind das Leben zu schenken, habe ich es auch geschafft, das Schlafzimmer in Ordnung bringen, mein Gesicht waschen und die Haare bürsten und flechten zu lassen, und das alles, bevor der Arzt ankam. Zugegeben, es ist sechs Stunden her, seit nach ihm geschickt wurde, aber vielleicht hat er sich auch gefragt, ob ich überhaupt schwanger wäre." Sie streckte ihrem Mann die Hand hin und sagte mit einem suchenden Blick: „Wenn ich das nächste Mal schwanger bin, solltest du am besten nach Dr. Hume in dem Moment schicken, wo du einen deiner Träume hast. Letzte Nacht hast du nicht nur mich aufgeweckt, sondern offensichtlich hatte das Baby auch genug von den Störungen und wollte eine Wiege zum Schlafen."

Als er eine Entschuldigung murmelte und ihrem Blick nicht begegnete, bestätigte das ihren Verdacht, dass sein Traum in der Tat ein Albtraum gewesen war, etwas, das in den letzten Wochen regelmäßig vorkam. Sie hatte keine Ahnung, was ihn beunruhigte, und das wiederum beunruhigte sie.

„Ich wünschte, du würdest mir anvertrauen, was dich so quält. Bitte, sage mir nicht, dass es ein Nichts oder eine Kleinigkeit wäre, oder etwas, womit ich mich nicht beschäftigen müsste. Seit vier Jahren habe ich jede Nacht dein Bett geteilt, und daher weiß ich, wenn du mehr als für einen Mann in deiner Stellung angemessen beunruhigt bist." Sie lächelte in seine braunen Augen und sagte lebhaft: „Wenn du es mir nicht sagen kannst, wem denn sonst - sicher nicht Willis. Du und dein Verwalter habt dieselbe mürrische Veranlagung, und ich möchte nicht von Mrs. Willis zur Rechenschaft gezogen werden, weil ich zur Vermehrung der Sorgen ihres Mannes beigetragen habe."

Als er schwach lächelte und auf ihre verschränkt auf der Bettdecke ruhenden Finger sah, schloss sie kurz die Augen, plötzlich sehr müde und begierig darauf, ihr Neugeborenes wieder im Arm zu halten, mit Sehnsucht danach, ihrem kleinen Sohn und ihrer Babytochter und der weiteren Familie die Geburt eines weiteren Sinclairs mitzuteilen. Doch da noch kein Weinen durch die Wand zu ihrem Wohnzimmer drang, wartete sie geduldig und hoffte, dass sie ihren Mann zu einer Beichte überredet hatte.

„Liebste Jane, du hast gerade unser drittes Kind entbunden und ich habe noch nicht den Anstand besessen, nach dem Baby zu fragen, und trotzdem denkst du nur an mich ..." Er drückte plötzlich seine Lippen auf ihren Handrücken. „Ich verdiene dich nicht ..."

„Unfug! Natürlich doch!"

„Jane ... ohne dich ... Wenn ich dich je verlöre, sei es im Kindbett oder in irgendeiner anderen Weise ... Ohne dich zählt nichts von allem ... *Gar* nichts."

Sie schluckte heftig und fuhr mit ihren Fingern zärtlich durch seinen Schopf dichten, kastanienbraunen Haars und sagte zu seinem gesenkten Kopf:

„Mein lieber, lieber Mann ... Ich liebe dich so sehr ..."

„Und ich dich ... mehr, als Worte sagen können ..."

Er brachte es nicht übers Herz, ihr die ganze Wahrheit zu sagen. Ja, er hatte sich wegen der bevorstehenden Geburt ihres dritten Kindes Sorgen gemacht. Welcher Ehemann lebte nicht in Angst vor Geburten und allen damit verbundenen Katastrophen? Er hatte diese Ängste für sich behalten. Zu seiner Scham und seinem Schuldgefühl waren die Träume, die seinen Schlaf im letzten Monat so gestört hatten, überhaupt nicht von Sorgen um seine Frau oder Kinder erfüllt gewesen, sondern betrafen eine andere, eine so verächtliche Kreatur, dass er sich selbst dafür verachtete, dass er es ihr erlaubte, sich jederzeit in seine Gedanken zu drängen. Es war der Brief, oder besser dessen Ausbleiben, was die Albträume hatte beginnen lassen. Sein Verwalter musste ihm nicht sagen, dass der monatliche Brief des Bewachers der bewussten ungenannten Person überfällig war. Er wartete auf diese Briefe, als ob er nach jedem Brief weitere vier Wochen leichter atmen könnte in dem Wissen, dass das Geschöpf, das versucht hatte, seine Frau zu töten und eine Mörderin Ungeborener war, hinter Schloss und Riegel blieb, weit fort von Jane und seinen Kindern und Ron und Merry; sie waren für einen weiteren Monat sicher vor Schaden, sicher vor dem Bösen.

Während der letzten vier Jahre hatte er oft daran gedacht, das Elend der lähmenden Angst zu beenden, die ihn verzehrte. Nachdem Diana St. John für den Rest ihres Lebens eingesperrt war, ihrer Identität beraubt und für immer nur noch als die bewusste unbenannte Person bezeichnet wurde, hatte er angenommen, dass er frei von ihr sein würde. Er war es nicht. Er wusste, dass die Erleichterung erst mit ihrem Tod eintreten würde. Zu viele Male, als er zählen konnte, dachte er daran, sie vergiften oder es arrangieren zu lassen, dass sie einen Unfall hätte - von einem Turm fiele oder sich den Hals auf den Treppen bräche. Es wäre einfach zu organisieren. Doch das würde auch ihn zum Mörder machen und damit wäre er nicht besser als sie. Er durfte ihren Tod nicht auf dem Gewissen haben, damit nicht seine Kinder eines Tages entdeckten, dass der Vater, den sie liebten und respektierten, an einem so abscheulichen Verbrechen beteiligt gewesen war, und das an einer Kreatur, die eindeutig wahnsinnig war.

Er setzte sich auf und schüttelte diese melancholischen Gedanken ab. Janes blaue Augen waren so voller Sorge, dass er erkannte, dass er ein selbstsüchtiger Kerl war. Dies sollte eine glückliche Zeit, eine Zeit zum Feiern, für sorgloses Lachen und für die Familie sein. Er schuldete es seinen beiden Kindern, dem neuen Leben, das gerade erst auf die Welt gekommen war, der erweiterten Familie und ihren Abhängigen, allen, die Führung suchend zu ihm aufschauten, dass er ein Beispiel setzen möge, und vor allem schuldete er es seiner Frau, Jane. Jane hatte ihm nicht nur drei gesunde Kinder geschenkt, die er anbetete, sondern ihm auch ein lebenswertes Leben geschaffen.

Er verschloss die dunklen Gedanken für einen weiteren Tag, als er ihren Handrücken küsste und wollte ihr eine gestammelte Erklärung für seinen in den letzten paar Wochen so oft unterbrochenen Schlaf bieten, als sie ihm eine plausible Ausrede gab, eine, der er bereitwillig zustimmen konnte, ohne zu lügen.

„Dein Problem ist, dass dein Verstand Beschäftigung braucht. Ich meine nicht, Schafe zu zählen und die Zäune der Pächter zu reparieren. Du brauchst Politik, Dokumente und hunderte parlamentarischer Ärgernisse, um deine Gedanken von kleinlichen, häuslichen Details abzulenken. Willis hat sich als wunderbar kompetenter Verwalter des Anwesens bewährt, so kompetent, dass er dir wenig mehr zu tun lässt, als zu seinen Vorschlägen und seinem Rat *ja* oder *nein* zu sagen." Jane drückte seine Finger. „Willis kann den Landsitz verwalten, ohne dass du hier sein musst, solange das Parlament in Sitzung ist. Er hat sich als mehr als fähig erwiesen, auch bei deinen häufigen Besuchen in London wegen parlamentarischer Geschäfte in den letzten Monaten. Ned ist schon fast vier Jahre alt. Nach einem Monat des Wochenbetts können das Baby und ich reisen. Bitte. Magnus. Wenn du das Gefühl hast, dass der Zeitpunkt für dich richtig ist, auf die politische Bühne zurückzukehren, musst du das tun. Vier Jahre auf dem Land, in denen du dich um deine Besitztümer kümmerst, ist für einen Mann mit deinen Fähigkeiten genug, wie mir auch die Zeitungen immer in Erinnerung rufen!"

Salt hob überrascht eine Augenbraue. „Also stimmt Mylady den redaktionellen Schreiberlingen zu, die ihre Meinungen mit Rufen nach ‚Holt Lord S vom Land zurück!' pfeffern, als ob ich ein Balsam wäre, den man verwendet und die Regierung heilt?"

„Ich weiß nichts darüber, dass du ein politischer Balsam bist", sagte Jane unverblümt, „aber ich möchte nicht länger sehen, wie die Gräfin von S-H - keine subtile Art, mit dem Finger auf mich zu zeigen, sollte ich hinzufügen - beschuldigt wird, gedruckt, dich auf deinem eigenen Landsitz mit Babys, Geschwätz und Schönheit gefangen zu halten!" Sie schmollte und drückte seine Hand. „Babys und Schönheit, meinetwegen, aber ich schwätze *nie*."

Der Earl grinste und wurde dann ernst.

„Du wärest bereit, nach London und zum Leben der Frau eines Politikers zurückzugehen?"

„Ich wäre bereit, die Kinder zu nehmen und dir ans Ende von Südamerika zu folgen, wenn das eine Nacht ununterbrochenen Schlaf bedeutete!"

Daraufhin brach Salt in Gelächter aus und sprang vom Bett auf. Er küsste ihre Stirn und machte ihr dann eine elegante Verbeugung.

„So möge es sein, meine Liebste. Sollen wir der Familie die gute Nachricht mitteilen? Obwohl, ich bezweifle, dass Caroline über unseren Entschluss, dauerhaft das Haus am Grosvenor Square zu öffnen, erfreut sein wird. Sie genießt es, dort nur mit Lady Reanay und Kitty Aldershot zur Gesellschaft zu leben ...“

„... und der Menagerie ihrer gesammelten gefiederten und pelzigen Freunde!“

Der Earl grinste und schüttelte den Kopf. „Ich glaube, sie genießt ihre Gesellschaft mehr als unsere.“ Er runzelte die Stirn bei einem Gedanken. „Meinst du, sie wird weiter in Selbstbeschuldigungen schwelgen wollen, wenn jetzt ihre Trauerzeit vorbei ist?“

Jane fing seinen Blick auf. „Es gibt nur einen Menschen, der die Macht darüber hat.“

Der Earl wusste, dass sie von Sir Antony Templestowe sprach, aber er wollte heute nicht über seinen in Ungnade gefallenen Cousin sprechen. Daher verzichtete er darauf, ihr zu antworten und ging zur Tür, wobei er fröhlich sagte, als er die Hand auf den reich verzierten Türgriff legte: „Bevor ich der Familie erlaube, sich auf dich zu stürzen, und das nur für einen sehr kurzen Besuch, da du und das Baby euch ausruhen und erholen müsst, hat Mylady schon an Namen für den neuesten Zuwachs unserer Familie gedacht?“

„Ja, Mylord. Samuel. Sam.“

Salt grinste mit jungenhafter Freude. „Sam? Ein Sohn, Jane?“

„Ja. Noch ein Sohn. Eure Lordschaft hat jetzt einen Erben und einen zweiten Sohn. Obwohl wir nie so von Sam reden werden, weil er uns ebenso teuer ist wie Ned.“

„Natürlich. Du wusstest, dass ich mich über alles freuen würde, was du mir schenken könntest, Jane.“

„Das weiß ich, Liebster“, antwortete sie, obwohl sie beide wussten, dass die Geburt eines zweiten Sohns das war, was zur Absicherung der Zukunft der Grafschaft notwendig war. „Ich hoffe, du wirst über den zweiten und dritten Vornamen deines Sohns ebenso erfreut sein. Antony Hugh.“

Das hielt den Earl davon ab, die Tür für seine Kinder zu öffnen, die ihn durch den schmalen Spalt hören konnten, wo die Tür auf den Rahmen traf und die nach ihm riefen, trotz aller Bemühungen eines Kindermädchens, sie zum Schweigen zu bringen. Er drehte sich halb zum Bett um, mit zusammengepressten Lippen.

„Ich möchte unseren Sohn Samuel Antony Hugh Sinclair nennen“, sagte Jane seelenruhig. „Und Antony soll Sams Pate werden.“

„Wenn du Zeit gehabt hast, dich auszuruhen und zu erholen und noch einmal darüber nachdenkst ...“

„Magnus, ich hatte neun Monate - und mehr - Zeit, um über Namen für unseren Sohn nachzudenken. Wenn die Dinge vor Neds Geburt sich anders entwickelt hätten, wäre Antony auch Neds Pate geworden. Es ist jetzt genug Zeit vergangen, dass niemand mehr bei einer solchen Geste die Stirn runzeln wird.“

„Und Caroline?“, fragte er mit hochgezogener Augenbraue, als ob er die Tollkühnheit ihrer Bitte noch betonen wollte. „Ich bezweifle, dass sie die Angelegenheit so betrachten wird wie du, Mylady.“

Jane seufzte und schloss kurz die Augen. Sie war erschöpft, und alles was sie wollte, war, mit ihrem neugeborenen Sohn an der Brust einzuschlafen, aber erst, nachdem sie die Zustimmung ihres Mannes zu ihrer Bitte erwirkt hatte. Es auf einen anderen Tag zu verschieben, würde dazu führen, dass ihr Mann und Caroline gegenseitig ihren verletzten Stolz anfachten, da sie wegen eines Vorfalls, der sich vor vier Jahren ereignet hatte, noch immer übermäßig empfindlich waren. Mehr als genug Zeit war vergangen, dass Bruder und Schwester die Vergangenheit begraben und sich mit ihrem Cousin, Sir Antony Templestowe, wieder versöhnen könnten.

„Ich kann dir nichts abschlagen“, sagte er nach einer kurzen, inhaltsreichen Stille zwischen ihnen. „Ich werde ihm schreiben und ihn fragen, aber es besteht die Möglichkeit, dass er die Ehre ablehnt.“

„Das wird er nicht. Und Caroline kann sich nicht weigern, Sams Patin zu sein ... wenn du sie nett fragst.“

„Jane. Spiele nicht die Kupplerin. Das bringt dir nur Enttäuschung. Was geschehen ist, kann nicht rückgängig gemacht werden. Caroline hat geheiratet und ist jetzt verwitwet. Und nach dem, was ich von anderen höre, verbringt Antony mehr Zeit damit, eine mollige russische Prinzessin zwischen ihren Bettlaken zu erfreuen, als mit diplomatischen Geschäften!“

„Tatsächlich? Nun, für solche diplomatische Geschicklichkeit kann er sich bei seinem Mentor bedanken.“

„Ich war sein Mentor!“

Jane kuschelte sich unter den seidenen Bettüberwurf, unfähig, ein Kichern zu unterdrücken. „Und als was für ein wundervoller Mentor du dich erwiesen hast!“

Salts Gesicht wurde heiß.

„Jane! Das ist nicht zum Lachen! Ich will keinen Schürzenjäger zum Schwager haben.“

Jane erwähnte das Offensichtliche nicht. Ihr Ehemann hatte in seiner Vergangenheit zahlreiche schöne Mätressen gehabt und war doch der treueste und liebendste aller Ehemänner. Sie glaubte, dass Sir Antony aus demselben standhaften Holz geschnitzt war. Sie erwähnte auch nicht, dass Carolines kurze Ehe mit dem Glücksjäger Stephen Aldershot vom ersten Tag an eine Katastrophe gewesen war und aus Gründen, die sie mit ihrem Mann nicht diskutieren würde; es gab Dinge, die Brüder über ihre Schwestern nicht wissen mussten. Daher sagte sie friedlich:

„Natürlich würde ich Caroline keinen Schürzenjäger wünschen. Jetzt, mein Lieber, öffne bitte diese Tür, bevor Ned und Beth die Täfelung zu Kleinholz verarbeiten."

Der Earl kam ihrer Bitte nach. Mit einem strahlenden Lächeln und viel Aufhebens hob er seinen Sohn und seine Tochter hoch, die in seine ausgebreiteten Arme liefen. Mit einem Nicken zu den im Wohnzimmer Versammelten, dass sie ihm folgen sollten, trug er seine Kinder zum Himmelbett. Bald war das Schlafzimmer mit Familie und anderen geliebten Menschen überfüllt. Das neueste Mitglied der Familie Sinclair, behaglich in seine Decke gewickelt, wurde in die wartenden Arme seiner Mutter gelegt und schlief brav während des ganzen Trubels.

Nachdem der sich ständig entschuldigende Arzt sich von der Gesundheit und dem Wohlbefinden von Mutter und Baby gleichermaßen überzeugt hatte, gab der Earl Anweisung, die Glocken in der Familienkapelle, der Pfarrkirche und jeder Kirche zu läuten, soweit sein Land in der Grafschaft reichte. Das Läuten der Kirchenglocken war die öffentliche Bekanntmachung, dass die Gräfin der Grafschaft einen Sohn - einen weiteren Erben - geschenkt hatte. Jane schlummerte bei diesen läutenden Glocken ein - den Ehrenwerten Samuel Antony Hugh Sinclair an ihre Brust gekuschelt - obwohl ihre Gedanken nicht bei ihrem neugeborenen Sohn, ihrer Familie oder sogar ihrem Mann weilten, sondern bei einem höflichen, gutaussehenden Gentleman viele Meilen weit fort.

Hätte ihr edler Ehegatte ihre Gedanken erahnen können, wäre er sehr alarmiert und wohl auch eifersüchtig gewesen bei der Entdeckung, dass die Gräfin darüber grübelte, wie sie Sir Antony Templestowe dazu veranlassen könnte, nach England zurückzukehren. Sie glaubte von ganzem Herzen, dass die Liebe, die Sir Antony für Caroline empfand, beständig war. Das Feuer mochte den Anschein erwecken, erloschen zu sein, aber wenn man das Scheit rüttelte, die Flamme fütterte, dann, davon war sie völlig überzeugt, könnte diese Liebe wieder dazu erweckt werden, ebenso hell zu brennen wie sie das in der Vergangenheit getan hatte. Die Liebe, die der Earl für sie empfand, war ein Beispiel dafür. Sie plante zu beweisen, dass dasselbe für die beiden Menschen galt, die sie neben ihrem Mann und ihren drei Kindern am meisten auf der Welt liebte.

DREI

LONDON, ENGLAND

Sir Antony Templestowe wäre sehr ermutigt gewesen, wenn er von den Gedanken der Gräfin von Salt Hendon etwas geahnt hätte. Da dem jedoch nicht so war, stieg er aus einer staubbedeckten Kutsche aus, die mit seinem persönlichen Gepäck beladen war, müde, von der Reise erschöpft und ohne zu wissen, dass wenigstens ein Familienmitglied ihm seine früheren Unbesonnenheiten verziehen hatte. Es war ihm bis jetzt nicht bewusst gewesen, wie sehr er seine Heimatstadt vermisste, als er auf dem Pflaster der South Audley Street stand und die Reihe der palladianischen Häuser bis zu den palastähnlichen Villen des Grosvenor Square hinabschaute. Für einen Moment stand er da wie eine Statue, mit einem Ohr den misstönenden, familiären Geräuschen der größten Stadt Europas lauschend: das Klipp-Klapp der Pferdehufe; Karren, die über den festgefahrenen Boden holperten; die lispelnden Töne, mit denen die Straßenhändler ihre Waren anpriesen und laut genug dabei waren, um über den ständigen Lärm hörbar zu sein; die endlose Kakophonie von Baulärm, Hämmern und Klopfen und den allgemeinen Getöse der Geschäftigkeit.

Er lächelte, von allem hier wie gestärkt, und stieg schließlich die beiden flachen Stufen zur Vordertür seines eleganten Stadthauses mit seiner doppelten Fassade hinauf.

Das Stadthaus, das früher seine Schwester Diana, Lady St. John, bewohnt hatte, war nach ihrer Verbannung wieder in seinen Besitz zurückgefallen, woraufhin er angeordnet hatte, die Zimmer von jeder Spur ihrer Existenz zu säubern. Während er in Russland war, hatte man die Räume frisch gestrichen, tapeziert und seinem Geschmack entsprechend möbliert. Er freute sich vor allem auf den etruskischen Salon. Vor seiner Abreise nach St. Petersburg hatte er nur die Zeit gehabt, sich mit dem Architekten zu besprechen und die Farben auszuwählen. Aus Briefen erfuhr er, dass das Zimmer jetzt mit weich gepolsterten, vergoldeten Sofas und Spindeltischchen möbliert, die Schiebefenster mit Samtgardinen in Terrakotta und Schokoladenbraun verhängt waren, um zu den klassischen Tapeten mit Vasen und antiken, togatragenden Figuren zu passen. Es war der ideale Platz für seinen silbernen Samowar, die passenden Teetassen und das Kaiserliche Teeservice.

In seinem Ankleidezimmer war eine Nische zwischen dem raumhohen Fenster und der Tür zu seinem Waschraum, und dort würde er die riesige kaiserliche Kupferbadewanne mit ihrem Baldachin aus durchsichtigen Vorhängen, die dazu dienten, die Wärme drinnen zu halten, während er badete, hinstellen. Sie war ein Abschiedsgeschenk von seinem Mentor, Prinz Mikhail und mit großer Vorsicht unter hohen Kosten aus Russland hergebracht worden. Er fragte sich, ob Semper es geschafft hatte, sie schon aufzustellen und konnte sich nichts vorstellen, was er lieber täte, als mit einer schönen heißen Tasse Karawanentees in parfümiertem Wasser zu sitzen und in der neuesten Ausgabe des *Gentleman's Magazine* zu schmökern.

Er bemerkte, dass der silberne Klopfer an der schwarz lackierten Vordertür angebracht war, ein Zeichen, dass er für Besucher zu Hause war, und folgerte, dass Semper ihn wieder an seinen Platz gebracht haben musste, da er wusste, dass sein Herr jeden Tag eintreffen würde. Seinen Haushofmeister, eine Gruppe russischer Diener und persönliche Sachen hatte er von Esbjerg aus vorausgeschickt, während er mit der Kutsche über Lübeck und Den Haag gereist war, um diplomatische Post abzuliefern, die zu vertraulich war, um sie einem Kurier anzuvertrauen. Wichtiger noch, das erlaubte ihm, sich von der Seekrankheit zu erholen, unter der er auf der Überfahrt von Helsinki nach Lübeck gelitten hatte. Als er nach der letzten Seefahrt englischen Boden betreten hatte, war er grün im Gesicht, aber äußerst erleichtert, wieder *terra firma* unter den Füßen zu spüren.

Die Tür öffnete sich und dort stand Boyle, sein spindeldürrer Butler, hinter ihm ein Lakai, der seinem Herrn schnell half, sich aus seinem engen Mantel zu befreien und ihm das reich verzierte Schwert und die braunen Wildlederhandschuhe abnahm.

„Wie gut, Euch endlich wieder zu Hause zu haben, Sir Antony", sagte Boyle mit einem herzlichen Lächeln und einer kurzen Verbeugung. „Mrs. Boyle und ich haben sehr lange auf diesen Tag gewartet." Mit einem Winken seiner Hand schickte er drei herumstehende

Lakaien auf die Straße, um den Berg von Portmanteaux und Kisten abzuladen. „Und darf ich sagen, dass Ihr gut ausseht."

„Das dürft Ihr, Boyle. Danke. Ich hoffe, dass Mr. Semper und meine Russen die Abläufe im Haushalt nicht in zu hohem Maße gestört haben?"

„Überhaupt nicht, Sir", antwortete der Butler und folgte Sir Antony in die mit schwarzem und weißem Marmor ausgelegte Eingangshalle mit ihrer eleganten Adam-Treppe.

„Mr. Semper fand für alle Platz, um sie unterzubringen?"

Als seine Lordschaft eine Augenbraue hob und wartete, sagte der alte Diener mit einem wissenden Lächeln: „Es besteht keine Notwendigkeit für seine Lordschaft, sich selbst um das Hauspersonal zu kümmern. Mr. Semper hat sich als ausgezeichneter Haushofmeister erwiesen, und Mrs. Boyle könnte nicht zufriedener mit der jungen Mrs. Semper sein. Sie versuchen sich irgendwie zu verständigen und Mrs. Boyle kann nicht aufhören, Mrs. Semper als überaus fleißige Schneiderin und Stickerin zu loben. Fünf der Russen sind im Anbau untergebracht und mit verschiedenen Arbeiten beschäftigt, die, die französisch sprechen, wurden wie angewiesen in Livreen von Lakaien gesteckt. Ich habe noch nie eine Gruppe so wohlerzogener Ausländer gesehen."

„Gut."

Wenigstens war sein Haushalt organisiert, was es ihm ermöglichte, sich ohne Ablenkung damit zu befassen, sein Privatleben in Ordnung zu bringen. Der Gedanke daran, seinen Cousin, den Earl, mit der Nachricht zu konfrontieren, dass seine verrückte Schwester ihre Fesseln abgeschüttelt hatte und irgendwo in der Nähe lauerte - woran er keinen Moment Zweifel hatte - ließ den kalten Schweiß bei ihm ausbrechen.

Wahrscheinlich wusste der Earl es bereits. Ein Monat war gekommen und gegangen, seit der Brief des Apothekers ihn erreicht hatte, aber keine Nachricht irgendeiner Art von Salt. Zugegeben, er war auf Reisen gewesen und hatte seiner Familie nichts von seiner Absicht, zurückzukehren, mitgeteilt, daher könnten die Briefe sich gekreuzt haben. Aber das glaubte er nicht. Seine Schwester war verrückt, das war nicht zu leugnen, aber sie war auch außerordentlich intelligent und irrsinnig verschlagen und würde auf den passendsten Moment warten, um mit dem Earl *wieder vereint* zu werden, zu einer Zeit und an einem Ort, die ihren bösen Absichten am meisten nutzten. Was das anging, *wie* er sie finden und wieder wegsperren sollte, bevor sie denen, die er am meisten liebte, Schaden zufügen konnte, davon hatte er noch keine klarere Vorstellung, als er bei seiner Abreise aus St. Petersburg gehabt hatte. Eines wusste er jedoch genau. Sobald sie wieder eingefangen war, beabsichtigte er, sie in den entferntesten Winkel des russischen Reichs zu transportieren.

Diane frei herumlaufen zu wissen, war genug, um seine Begeisterung über die Rückkehr in seine Geburtsstadt zu dämpfen, aber da waren auch seine gespannten Beziehungen zu Lady Caroline Aldershot. Wenn er die Wahl gehabt hätte, sich ein Glied abzuhacken oder sie glücklich mit einem anderen verheiratet zu sehen, würde er jederzeit das Erste wählen. Was sollte er ihr sagen? Wie könnte er ihrem Ehemann gratulieren, wenn er lieber das Leben aus ihm herauswürgen wollte? Was sollte er nur tun ...?

Der Butler wiederholte seine Frage, etwas lauter als zuvor, und riss damit Sir Antony aus seiner Träumerei; er ließ das Mahagonigeländer los, sich plötzlich gewahr werdend, wie fest er das polierte Holz umklammerte.

„Würdet Ihr gerne Eure Reisekleider wechseln, bevor Ihr Euch der kleinen Party im Salon anschließt?"

Sir Antonys Reitstiefel stockte auf der ersten Stufe der eleganten Treppe. Sein Blick flog die gebogene Wand hinauf, die mit Vorfahren in goldenen Rahmen bedeckt war, und blieb auf dem ersten Treppenabsatz hängen. „Kleine Party...?"

„Ja, Sir. Der Nachmittagstee wird im Salon serviert, bevor die Party zu den Vauxhall-Gärten aufbricht. Ich glaube, dort findet heute Abend ein Konzert statt ..."

Sir Antony schaute über eine Schulter zurück. „Gäste?"

„Lady Porter, Lady Dalrymple und eine Mrs. Smith. Obwohl, da Lady Dalrymple gekommen ist, um hierzubleiben und Mrs. Smith Myladys Gesellschafterin ist, gibt es eigentlich nur einen Gast: Lady Porter."

Sir Antony wandte sich von der Treppe ab und sah seinen Butler an.

„Ich bitte um Verzeihung, Boyle. Mein Gehirn ist ziemlich ermüdet. All diese Zeit auf Reisen. Ihr werdet mir das näher erklären müssen."

„Mylady hat begonnen, donnerstags regelmäßig Gesellschaften zu veranstalten. Da dies der dritte Donnerstag nacheinander ist, würde ich das regelmäßig nennen."

„Und Lady Dalrymple ist gekommen, um zu übernachten? *Hier*?"

„Ja, Sir. Auf Einladung von Mylady."

„Und diese andere Person, diese Mrs. - *Smith*, sie wohnt jetzt auch unter meinem Dach?"

„Als Myladys Gesellschafterin ist Mrs. Smith in dem kleinen

Apartment untergebracht, das an Myladys Räume anschließt, während Lady Dalrymple, nach Rücksprache mit Mr. Semper, das zweitbeste Schlafzimmer erhielt, das, von dem man einen Teil des Gartens sehen kann und das ein kleines Wohnzimmer daneben hat und auf der anderen Seite des Flurs von Myladys liegt. Lady Dalrymples Zofe ist bei den Zimmermädchen untergebracht und es fehlt ihr an nichts. Keines dieser Arrangements", betonte der Butler, der den leeren Gesichtsausdruck auf den schönen Zügen seines Herren bemerkte, „wird die Bequemlichkeit Eurer Lordschaft irgendwie beeinträchtigen, das kann ich Euch versichern. Die Damen haben sich südlich der Treppe eingerichtet, während Eure Lordschaft den Nordflügel ganz für sich behält. Darüber waren Mylady, Mr. Semper, Mrs. Boyle *und* ich selbst uns völlig einig."

Wenn Sir Antony müde gewesen war und ein Bad benötigt hatte, als er aus seiner Kutsche stieg, brauchte er jetzt auch noch ein Schläfchen, um seinen Kopf klar zu bekommen, den man mit solchen emsigen Haushaltsangelegenheiten noch mehr vernebelt hatte. Eine Frage blieb völlig im Unklaren. Er erkannte später, dass es auf seine Frage nur eine Antwort geben konnte. Jedoch in diesem Moment war diese Möglichkeit so weit aus seinem Bewusstsein entfernt, dass er sie nicht für einen Augenblick in Betracht zog, obwohl sie der Grund für seine Rückkehr nach London war. Sein überwältigender, totaler Schock und die Unfähigkeit, zu begreifen, was ihm ins Gesicht starrte, verschärfte seine Reaktion um das Zehnfache.

„Mylady ...?"

Der Butler lächelte aus Mitgefühl mit der Müdigkeit seines Herrn, denn wer sonst könnte Mylady sein, wenn nicht seine nächste und liebste? Wie zur Antwort auf seine Frage öffnete sich die Tür zum etruskischen Salon und der Lärm der Unterhaltung und weibliches Lachen drangen in den Flur des ersten Stocks. Mylady, hinter der ein Nest gesprächiger Frauen wartete, schaute über das Geländer, wobei sie sich mit ihrem Fächer aus Elfenbein und Spitzen leicht das weit ausgeschnittene Dekolleté fächelte. Als sie sah, wer unten in der Eingangshalle stand, ließ sie ein überraschtes Keuchen hören und wandte sich zu den anderen zurück, um ihnen zu verkünden, dass der Herr des Hauses endlich sicher heimgekehrt wäre. Sie kam die Treppen herabgesegelt in einer Wolke von Röcken aus gelbem Seidentaftbrokat und passenden Pantöffelchen, die auf den Stufen klappernde Geräusche verursachten. Ihre Arme, von deren Ellenbogen weiße Spitze in drei Stufen an den engen, dreiviertellangen Ärmeln hinabflossen, waren zur Begrüßung ausgestreckt.

Der Butler grinste bei einem so überschwänglichen Wiedersehen und sagte mit Sinn für den großen Anlass und einer ausholenden Handbewegung:

„Sir Antony, die Lady St. John.“

Vorhin, als er vor seinem Stadthaus auf die Klänge der Stadt gelauscht und die Aussicht bewundert hatte, in gesegneter Unwissenheit dessen, was ihn drinnen erwartete, hatte Sir Antony auch den gelb gestrichenen Landauer, der über das Pflaster vorbeizog, und dessen drei weiblichen Passagiere nicht bemerkt. Hätte die weibliche Insassin auf der am Haus vorbeifahrenden Seite des Landauers ihren hübschen, seidenen Sonnenschirm ausgestreckt, hätte sie Sir Antony auf die Schulter tippen können. Sie tat es nicht. Ihre erste Reaktion war es, rasch ihr Gesicht abzuwenden, damit er sie nicht erkennen sollte. Aber als er im Profil dort stand, seinen Blick auf einen entfernten Punkt gerichtet, war die Wahrscheinlichkeit gering, dass er sich in eine andere Richtung als zur Vordertür seiner Residenz wenden würde. Er würde sich sicherlich nicht mit einem Stau von Kutschen befassen wollen, die wegen eines Stockens des Verkehrs weiter unten an der Straße zum Stehen gekommen waren.

Mit dieser Überlegung drehte die weibliche Person sich langsam um und schaute ihn mutig an. Da sie einen sehr hübschen Schäferhut aus Stroh trug, mit breiter Krempe und einer Reihe von Blumen auf der flachen Krone, musste sie nicht nur ihren Kopf, sondern auch ihre Schultern drehen und ihr Kinn heben, damit die Krempe ihr nicht die Sicht versperrte. Der Schock, Sir Antony aus Russland zurückgekehrt zu sehen, ließ sie für den fragenden Blick ihrer ihr gegenübersitzenden Schwägerin, die offen zwischen Lady Caroline und Sir Antony hin und her starrte, blind sein. Sie war auch taub für den Monolog ihrer ältlichen Tante über den Unfall, der allen Verkehr in Süd- und Nordrichtung zum Stehen gebracht hatte. Lady Caroline war so mit Sir Antonys Profil beschäftigt, dass sie sich nicht bewusst war, wie ihre exzentrische Tante das Stehenbleiben des Landauers genutzt hatte und mit Hilfe von Kitty Aldershot und ihres Spazierstockes sich auf die Zehenspitzen gestellt hatte, um einen besseren Blick auf die sich entfaltenden Ereignisse zu haben.

„Liebe Güte! Liebe Güte! Eine Sänfte ist umgefallen. Diese Idioten von Sesselträgern haben versucht, einen Karren zu überholen und ihre Geschwindigkeit falsch eingeschätzt. Tölpel! Der arme Fahrer tat sein Bestes, seine Tiere aufzuhalten, aber ein Teil der Ladung verrutschte bei dem Versuch, eine Katastrophe zu verhindern. Jetzt flattert die Plane herum und stört auf, was auch immer in diesen Kisten ist ...

Geflügel. Ja, Geflügel. Und dem riesen Aufstand nach zu gehen, würde ich sagen, Gänse. Wer weiß, wie viele zerquetscht worden sind; jetzt sind die anderen wild vor Angst und könnten sich zu Tode flattern! Ich frage mich, welcher arme Mensch in der Sänfte ist …? Eine Frau. Ja, eine Frau. Ihr Hut ist durch das Fenster geflogen, ihr Haarteil hängt noch daran und beides ist im Schmutz gelandet. Liebe Güte! Diese Federn werden nie wieder so gut aussehen wie zuvor. Dumm von ihr, an einem so staubigen, heißen Tag das Glas unten zu haben. Hatte wohl ihren Kopf aus dem Fenster, um Anweisungen zu brüllen, und der Hut verfing sich."

„Ist es jemand, den wir kennen, Mylady?", fragte Kitty Aldershot höflich, hörte aber nur halb zu, da sie über ihre rechte Schulter spähte. Sie wandte ihren Blick wieder ihrer Schwägerin zu, während sie über die Identität des gutaussehenden Gentlemans nachdachte, dem Lady Carolines gesamte Aufmerksamkeit galt. „Vielleicht kann Caroline erkennen, wer in der Sänfte ist? Ihre Augen sind weit schärfer als unsere. Meine Augen sind von der Stickerei ruiniert, ich weiß, dass das eine Beschäftigung ist, die Caroline gar nicht mag. Caroline? Würdest du einmal hinschauen und versuchen, die Identität dieser Unglücklichen in der Sänfte zu erraten? Caroline…?"

Der Mangel an Reaktion ihrer Schwägerin überraschte Kitty. Sie selbst pflegte Lady Reanays Monologen nicht zuzuhören, die häufig und oft in der Länge von einem oder zwei Absätzen gehalten wurden, aber sie sie konnte sich immer darauf verlassen, dass Caroline den Reden der älteren Dame höflich ihre Aufmerksamkeit schenkte. Dies erlaubte es Kitty, ihre Zeit damit zu verbringen, über ihrer Stickerei ihren Träumen nachzuhängen. Sie hatte gerade von der Notwendigkeit geträumt, Jacksons Bekleidungshaus wegen des perfekten Kostüms für den Maskenball der Salts aufzusuchen. Aber Lady Carolines Interesse an dem gutaussehenden Fremden mit dem energischen Kinn und der starken, geraden Nase ließ Kitty sich auf dem Samtkissen des Landauers hoch aufrichten, ohne jegliches Interesse für Lady Reanay und ihre Anmerkungen über den Verkehrsunfall.

Lady Caroline tat genau das, wovon sie Kitty immer sagte, dass man das nie in der Öffentlichkeit tun sollte: sie gaffte.

Aber wie konnte Lady Caroline auch anders als einen Mann anzugaffen, der Kittys Meinung nach männlicher Perfektion so nahe kam, wie sie nur je gesehen hatte, wie er da in seinen maßgeschneiderten Reisemantel und glänzende Reitstiefel gekleidet stand. Hätte sie nicht gesessen, sie wäre sicher ohnmächtig geworden, nur, um dem gutaussehenden Fremden die Gelegenheit zu geben, sie in seinen starken Armen aufzufangen, bevor ihr Kopf auf das Pflaster schlüge. Die

Aussicht, in den Armen dieses Fremden zu landen, war so erregend, dass ihr das ein unwillkürliches Kichern entlockte, und Kitty schlug rasch eine behandschuhte Hand vor ihren Mund, um weitere peinliche Ausbrüche zu unterdrücken.

Lady Carolines Geistesabwesenheit war so groß, dass sie taub für Kittys Kichern war. Sie hatte einen Schock erlitten. Sir Antony Templestowe war der letzte Mensch, den sie in London zu sehen erwartete. Er sollte noch etliche Jahre in St. Petersburg festsitzen, und da ihr Bruder ihr nichts anderes mitgeteilt hatte, war St. Petersburg der Ort, wo er noch sein sollte. Nicht hier in London - nicht vor seinem Stadthaus.

Er war so groß und seine Schultern so breit wie in ihrer Erinnerung, aber seine Haltung mit geradem Rücken und erhobenem Kopf war selbstsicher und verkündete, dass er sich seines Körpers wohl bewusst war. Er schaute in die Welt hinaus, als ob er seinen Platz in ihr kannte, und andere ihn auch kennen sollten. Das stand in so scharfem Gegensatz zum letzten Mal, als sie sich in seiner Gesellschaft befunden hatte, als er während eines Konzerts betrunken herumgestolpert war und sich völlig zum Narren gemacht hatte, dass sie jetzt blinzeln musste, um sicher zu sein, dass er es tatsächlich war.

Sie hörte das Knacksen nicht, als ihr behandschuhter Daumen zu hart auf die Elfenbeinstäbe ihres bemalten Gouachefächers drückte. Sie hörte auch Kitty Aldershot nicht nach Luft schnappen, als der Fächer schlaff in zwei Teile brach. Als Kitty ihr Handgelenk berührte, um ihre Aufmerksamkeit zu erregen, wandte Caroline sich um und schaute sie an, ohne sie zu sehen, ihre Gedanken noch völlig bei dem Mann auf der Straße.

„Wer ist das, Caroline?", fragte Kitty mit einem schnellen Seitenblick auf Sir Antony, gerade, als er der Straße den Rücken zuwandte und die beiden flachen Stufen zur Vordertür hinaufging.

Caroline fühlte den Druck auf ihrem Handgelenk, bevor sie Kittys Frage hörte und sofort spürte, wie ihr Gesicht heiß wurde.

„Wer? Oh, er - niemand Wichtiges", murmelte sie und tauchte aus ihrer Versunkenheit wieder auf. Sie zuckte zusammen, als sie den zerbrochenen Fächer in ihrer behandschuhten Hand sah und schob die Teile rasch in ihr Samttäschchen, glücklich, ihren Kopf zu senken, wodurch ihr Hut ihre erröteten Wangen vor Kittys neugierigen Blicken versteckte.

„Aber du weißt, wer er ist, nicht wahr?", drängte Kitty und beobachtete die drei livrierten Diener, die aus dem Stadthaus kamen, um einen Berg von Gepäck von der Kutsche abzuladen.

„Ja. Ja, das weiß ich", stellte Caroline fest und wandte sich zu Lady

Reanay, als Zeichen, dass die Diskussion beendet war. Sie war überrascht, die ältere Dame stehen zu sehen. „Tante? Ist es möglich, dass das Hindernis für den Verkehr inzwischen ausgeräumt ist? Möchtest du, dass ich dir helfe, dich wieder hinzusetzen? Deine Beine ...“

Kittys Augen verengten sich. Sie mochte gerade erst aus dem Schulzimmer gekommen sein, aber sie erkannte, dass der Anblick des gutaussehenden Fremden ihre Schwägerin stark betroffen hatte. Es steigerte ihr Interesse und sie sagte mit dieser Neigung zu Neugier, die allen Frauen, die sich für einen bestimmten Mann interessieren, zu eigen ist: „So ein gutaussehender Gentleman, der bei einem solchen Haus mit so viel Gepäck ankommt, muss einen ebenso eleganten Namen haben, nicht wahr, Caroline?“

„Die Tür lässt sich nicht öffnen. Einer der Sesselträger ist auf seinen Hintern gefallen, als er versuchte, sie aufzureißen. Sie steckt fest“, verkündete Lady Reanay gleichmütig, immer noch stehend und sich auf ihren Stock stützend, mit dem Blick auf die Vorgänge weiter vorn.

Jedoch hatte sie den Wortwechsel zwischen ihrer Nichte und Kitty Aldershot gehört. Sie hatte auch gesehen, wer Carolines Aufmerksamkeit gefangen genommen hatte und war nicht überrascht, dass das Mädchen nervös war. Sie setzte ihren Monolog über den Verkehrsunfall fort, um ihrer Nichte Zeit zu geben, ihre Fassung wieder zu erlangen und den unbehaglichen Mangel an angenehmer Unterhaltung im Landauer zu füllen.

„Vielleicht sollte unsere Dame in der Sänfte lieber sitzen bleiben und warten, bis sie weitergetragen wird, nachdem ihr Haarteil fort ist. Ich würde mich nicht den Blicken der ganzen Welt aussetzen, mit der Hälfte meiner Haare im Schmutz und ganz London, das mich anschaut. Ein sehr gutaussehender, dunkelhaariger junger Mann, dessen Rock genauso gut ist wie eine von Salts Kreationen für einen Abend im Theater, ist zum Fenster der Sänfte hinübergegangen. Er erinnert mich an Roxtons Sohn, den ich in Konstantinopel kennengelernt habe, wo seine Eltern ...“ Sie verstummte plötzlich und benutzte die Stäbe ihres Fächers, um den livrierten Diener, der hinter ihr saß, aufs Knie zu klopfen. „Barnes? Barnes! Geh helfen oder wir werden so bald nirgendwohin kommen und Lady Caroline und Miss Aldershot werden wie die Eier in der Mittagssonne gebraten. Versuche wenigstens einige dieser Burschen dort drüben aufzuscheuchen und die Kisten aufrecht hinzustellen, bevor genug Federn herumfliegen, dass man ein Kissen damit stopfen könnte.“

Mit einem Seufzer der Verärgerung ließ sie sich wieder auf dem mit Kissen belegten Sitz nieder und glättete ihre seidenen Röcke, Kitty

Aldershot war flink dabei, ihre Hilfe anzubieten, indem sie den gepolsterten Fußschemel in die Reichweite der Laufschuhe der Dame rückte.

„Danke, meine Liebe. Oh, und Barnes? Barnes. Kümmere *du* dich nicht um die Kisten. Du kümmerst dich um das arme Wesen, das in der Sänfte eingesperrt ist. Es könnte jemand sein, den wir kennen ... Nun, meine Lieben", fuhr sie fröhlich fort und schaute von der großäugigen Miss Aldershot zu den geröteten Wangen Lady Carolines, „sobald wir die Türen hinter uns geschlossen haben, werdet ihr Eisumschläge auf diese erhitzten Gesichter legen. Mädchen mit so wundervoller perlmuttzarter Haut sollten in der Mitte des Tages nicht außer Haus gehen. Das ist meine Schuld. Ich hatte auf frischer Luft und einem Spaziergang vor dem Mittagsimbiss bestanden. Wir hätten sehr gut unseren üblichen Spaziergang im Haus, von Zimmer zu Zimmer, machen können und genauso viel Bewegung haben wie dabei, den Hydepark der Länge und der Breite nach zu durchlaufen. Aber frische Luft ist das Beste."

„Ja, Mylady. Und ich genieße das Spazierengehen so", sagte Kitty mit einem Lächeln und folgte dem Blick der alten Dame zu Caroline, die auf das Samttäschchen in ihrem seidenen Schoß starrte, und fügte an sie gerichtet hinzu: „Die Salt Hendons werden bald in der Stadt sein, vielleicht wird Lady Salt uns erlauben, Miss Merry zum Spazierengehen mitzunehmen? Morgens, natürlich, denn sie ist ja noch jünger als ich! Ich habe sie seit meinem Besuch in Salt Hendon vor Ostern nicht gesehen, und sie ist ein *so* angenehmes Kind. Es wäre ein Jammer, sie im Haus eingesperrt zu halten, nicht wahr, Caroline?"

„Ja, das wäre es", stimmte Caroline zu. „Aber wir können nichts gegen Salts Anweisungen tun. Die Kinder - und das schließt Ron und Merry ein - haben nicht die Erlaubnis, den ummauerten Garten zu verlassen. Bei schlechtem Wetter gibt es immer noch den Tennisplatz, um dort herumzulaufen. Salt will sie nicht den gaffenden Massen eines öffentlichen Parks aussetzen. Er hält es nicht für *sicher*."

Kitty wusste dies, aber sie diskutierte dieses Argument trotzdem.

„Im Hyde Park zu spazieren ist so angenehm und eine so harmlose Ablenkung, nachdem Miss Merry nun schon dreizehn Jahre alt ist, kann es doch nicht schaden, wenn sie uns begleitet, vor allem mit Lady Reanay, die auf sie aufpasst?"

„Wir können Salt nicht kritisieren", antwortete Caroline, obwohl sie insgeheim mit Kitty übereinstimmte. Als viel älterer Bruder hatte Salt sie sehr beschützt. In der Tat war sie als Mädchen kaum nach London gekommen. Bei seinen eigenen Kindern und den Zwillingen war sein Beschützerdrang geradezu krankhaft. Es war, als hätte er Angst, sie auch nur für einen Moment aus den Augen zu lassen, damit nicht eines oder alle von ihnen ihm entrissen werden könnten. „Er weiß, was das Beste für seine Kinder ist, Kitty."

„N-natürlich, Caroline, s-seine Lordschaft w-weiß, was am besten ist", stotterte Kitty entschuldigend. Der Earl von Salt Hendon hörte nie auf, sie nervös zu machen, auch wenn seine Gräfin ein so süßes Naturell hatte und sie sich immer willkommen fühlen ließ.

Caroline, die ihren rauen Ton sofort bereute, streckte eine behandschuhte Hand nach ihrer Schwägerin aus und sagte freundlich, auch wenn sie es nicht einen Moment glaubte: „Vielleicht können wir ihn in diesem Frühling ja überreden ..."

„Salt könnte seine Meinung ändern, wenn Antony da wäre, um uns zu begleiten. Merry ist schließlich auch seine Nichte", fügte Lady Reanay im Plauderton hinzu, ohne eine Blick auf Caroline, deren Mund bei der Erwähnung von Sir Antony offen stehen blieb und wandte sich ausschließlich an Kitty. „Sir Antony Templestowe ist mein anderer Neffe. Sein Vater, Lord Salts Mutter und ich waren alle Geschwister und Templestowes, nicht, dass *das* für dich im Geringsten von Interesse wäre! Was dich interessieren wird, meine Liebe, ist, dass der Gentleman auf der Straße, den du gerade erspäht hast, eben dieser Sir Antony ist - mein Neffe. Ja. Er lebt in diesem Haus", sagte sie weiter, als Kitty sich umwandte, um mit großen Augen das Kommen und Gehen der Diener auf den flachen Stufen zu dem Stadthaus in der South Audley Street anzustarren. „Ein so gutaussehender Mann und ein echter Sportler, ich bin nicht überrascht, dass er deine Aufmerksamkeit geweckt hat.

„Einer der Höhepunkte meines Besuchs in Petersburg, um Antony zu besuchen, war der Vorzug, ein Spiel auf dem neu angelegten Kaiserlichen Tennisplatz anzusehen", fuhr sie fort und ignorierte Caroline, die sich aufgerichtet hatte. „Antony und sein Partner, Prinz Ivan Soundso ... Wisst ihr, *jeder* am russischen Hof ist irgendein Prinz, daher nennt man einfach *alle* Prinz. Antony und Prinz Ivan schlugen ihre Gegner vernichtend. Das war erst mein zweiter echter Tenniswettbewerb. Ich war bei einem Spiel in Fontainebleau anwesend. Faszinierend. Ich war mir nie im Klaren darüber, was für ein anziehender Sport es ist, bis ich diesen russischen Wettkampf sah, oder wie attraktiv Männer in verschwitzter Kleidung ..."

„Tante Alice! Du kannst doch nicht - du kannst doch nicht solche Bemerkungen über Antony in Kittys Anwesenheit machen!"

„Aber das habe ich doch gerade, meine Liebe", antwortete Lady Reanay seelenruhig mit geübter Unbestimmtheit. „Ich habe mich bei der verschwitzten Kleidung nicht auf Antony bezogen, aber nachdem du jetzt davon sprichst, verdient er es auch, dass man ohnmächtig wird, wenn man ihn in einem feuchten Hemd und Hosen sieht."

Sie gab ein kleines Lachen von sich, ein halbes Kichern, als sie ihren Fächer aufklappte, um die reglose Stadtluft über ihr geschminktes Gesicht zu fächeln. Das Funkeln in ihren Augen galt Kitty, die mit großen Augen hoch aufmerksam war, nachdem der gutaussehende Fremde jetzt einen Namen hatte.

„Du glaubst, weil ich eine grauhaarige Großmutter bin, dass ich männliche Körper nicht länger zu schätzen weiß oder kein Verlangen mehr für das andere Geschlecht empfinde? „Ich bin *alt*, Kind, nicht *kalt*. Hurra! Endlich geht es weiter! Und hier kommt Barnes, der den Ritter auf dem weißen Ross gespielt hat", verkündete sie, als der livrierte Diener wieder auf den Fußtritt hinter dem Rücken Lady Reanays sprang. „Einen Moment länger und ich hätte Barnes geschickt, um an Sir Antonys Tür zu klopfen und um Eiswasser zu bitten. Es ist aber doch besser, dass wir den Jungen so bald nach seiner Rückkehr in Ruhe lassen. Er braucht nicht mehr von seinen Verwandten zu sehen, nicht, nachdem seine Schwester beschlossen hat, bei *ihm* zu wohnen."

Lady Reanay konnte an Kittys großäugigem Blick sehen, dass das Mädchen keine Ahnung hatte, wovon sie sprach, daher sagte sie mit einem Seufzer und einem Lächeln:

„Sir Antonys Schwester Diana, die gekommen ist, um bei ihm zu wohnen, ist nicht nur meine Nichte, sondern auch meine Schwiegertochter, da sie mit meinem lieben Sohn, Aubrey St. John, verheiratet war. Daher ist sie die Mutter meiner Enkel Merry und Ron. Ich könnte mehr über Diana sagen, und ich habe ganz bestimmt eine Meinung über meine Schwiegertochter, aber es steht mir nicht zu, mehr anzumerken, als dass es ziemlich anmaßend von ihr ist, einfach bei Antony wohnen zu wollen. Den Rest behalte ich für mich. Obwohl …"

Kitty hatte mit Sicherheit eine klarere Vorstellung davon, über wen Lady Reanay sprach, aber da sie sich für den Neffen, nicht für die Nichte interessierte und da die alte Dame nie gekränkt war, wenn man ihre Vorträge unterbrach, damit andere sprechen konnten, fühlte Kitty sich berechtigt, mit der Frage herauszuplatzen:

„Werde ich - werden *wir* die Gelegenheit haben, Sir Antony besser kennenzulernen, Mylady?" Sie konnte ihre Aufregung kaum verbergen, die noch dadurch gesteigert wurde, dass sie gerade eine interessante Verbindung hergestellt hatte, eine, von der sie sicher war, dass sie ihr bei ihrem Wunsch, Lady Reanay bei einem Besuch ihres Neffen zu begleiten, helfen würde. „Ich würde sehr gerne seine Erzählungen über seine Zeit in Russland hören. Ich kenne die genaue Lage von Petersburg auf dem Globus, weil Miss Merry mich bat, sie ihr zu zeigen, und auch wo Moskau liegt, weil zwischen den beiden russischen Städten eine Postverbindung besteht. Und ich habe Miss Merry geholfen, die Entfernung zu berechnen, die ihre Brief zurücklegen müssen, um ihren Onkel Antony zu erreichen. Und wir haben Scherenschnitte für seine Geburtstagsfeier vorbereitet." Kitty sah Caroline um Bestätigung bittend an: „Sir Antony ist doch Merrys Onkel Tony? Und sein Geburtstag ist im März?"

Caroline nickte und runzelte die Stirn. „Merry hat *dich* um Hilfe gebeten, um etwas für Sir Antonys Geburtstag zu basteln?"

„Ja. Sie hat mir auch einen seiner Briefe gezeigt, in dem er ihr versprach, ihr eine Puppe zu schicken, die nach der neuesten Mode gekleidet sein sollte." Kitty krauste bei einem plötzlichen Einfall die Stirn. „Ich hoffe, Miss Merrys Geburtstagskarte kam an, bevor Sir Antony Petersburg verließ ..."

Lady Caroline wandte sich ihrer Tante zu, dabei war sie gezwungen, ihrer Tante ins Ohr zu schreien, da der Verkehrslärm zunahm, als die Pferde schneller liefen und an dem Kreischen der verängstigten Gänse in ihren Kisten, die am Straßenrand gestapelt waren, vorbeizogen.

„Warum wurde ich nicht darüber informiert, dass Diana von ihren Reisen auf dem Kontinent zurück ist?"

Lady Reanay zog ihre Nichte an sich.

„Salt hat mir auch kein Wort gesagt. Lady Porter hat mir diese Neuigkeit mitgeteilt."

„Diana würde es nicht wagen, ohne Salts Segen zurückzukehren. Und Antony auch nicht!"

Lady Reanay zuckte die Achseln.

„Dann muss Salt beiden verziehen haben, denn tatsächlich sind Bruder und Schwester in die Stadt zurückgekommen." Sie lächelte zu Kitty hinüber, die wie immer mit großen Augen der Unterhaltung der Erwachsenen lauschte, und sagte, ohne ihre Stimme zu heben, da der Landauer an der Einfahrt zum Grosvenor Square gehalten hatte: „Wir werden die Antworten auf alle unsere Fragen morgen erhalten. Lady St. John hat uns für den Nachmittag zum Tee eingeladen. Ich für mein Teil kann es nicht erwarten, meinen liebsten Neffen wiederzutreffen, und du, Kitty, wirst die Gelegenheit haben, Sir Antonys freundlichen Dank dafür entgegenzunehmen, dass du Merry mit ihren Briefen geholfen hast." Sie schaute Caroline an, ihr lagen die Worte auf der Zunge: *Und du, mein liebes Mädchen, wenn du weißt, was gut für dich ist, wirst du deinen Stolz herunterschlucken und den Mann heiraten, den du liebst!*

Aber das sprach sie nicht aus. Sie lehnte sich schweigend zurück, ein zufriedenes Lächeln umspielte ihren geschminkten Mund. Caroline sah das Lächeln nicht. Sie fragte sich, warum Salt es unterlassen hatte, ihr zu erzählen, dass Diana, und vor allem auch Antony, zurück in London waren. Was Kitty anging, hatte sie das Interesse an allem verloren, außer sich im Geiste vorzustellen, welche Röcke, Mieder und Schuhe sie beabsichtigte, zum Nachmittagstee zu tragen, um die Blicke von Sir Antony Templestowe auf sich zu ziehen.

VIER

Im Stadthaus an der South Audley Street stand Sir Antony wie erstarrt, als hätte er am Fuße der Treppe Wurzeln geschlagen, nicht ein einziger Muskel in seinem Gesicht wagte sich zu rühren, als seine Schwester zu seiner Begrüßung die Treppe herabbrauschte.

Eine Sekunde durchströmte ihn Freude. Die Zeit hatte ihrer Schönheit nichts anhaben können und sie sah so strahlend aus wie nur je. Sie war sorgfältig geschminkt und ihr kastanienbraunes Haar war nach der letzten Mode frisiert, im Nacken hochgekämmt, wo zwei dicke, kastanienbraune Locken mit eingeflochtenen Perlen und einem hellen Band ihren bloßen Hals liebkosten. Sein Instinkt drängte ihn, sie an sich zu ziehen, sie zu umarmen und die Wärme einer schwesterlichen Begrüßung zu spüren. Das war eine leere Erwartung, und eine törichte. Nicht nur hatte Diana ihn nie umarmt, sondern bei all ihrer äußerlichen Schönheit und des Anscheins der Güte war sie so kalt wie der Marmor unter seinen Füßen.

In seinen wildesten Träumen hätte er sich dieses Ergebnis nie träumen lassen: Dass sie nach ihrer Flucht aus dem Gefängnis in jenem Schloss es wagen würde, sich vor aller Augen zu verstecken. Jedoch hier war sie, mit ihrer Clique von Freundinnen, fest in seinem Stadthaus eingenistet, ihr Gesellschaftskalender voll gefüllt und sah so normal aus wie jedermann.

Was für ein Genie!

Welch höchste Dreistigkeit!

Was für ein *Ego*.

Wie sollte er darauf reagieren? Was sollte er sagen und tun?

Er befand sich inmitten eines Albtraums, den er nicht verursacht hatte.

Er wusste, dass unter der Oberfläche ihrer schönen Fassade ein Monster lauerte, das zu großer List fähig war - und zu großem Übel. Doch diese Frauen und die übrige Welt, in der Tat die meisten aus der Familie, hatten keine Ahnung, mit wem sie es eigentlich zu tun hatten. Um den Skandal in der Familie zu halten und Unschuldige zu beschützen, hatte die Handvoll Menschen, die die wirkliche Diana kannten und wussten, zu welchen Untaten sie fähig war, sich zum Schweigen verschworen. Sie hatten sich auch auf das Märchen geeinigt, das Salt erfunden hatte, um Lady St. Johns plötzliches Verschwinden aus der feinen Gesellschaft und die Entfremdung von ihren Kindern zu erklären. Ihre Gesundheit war durch den Stress von Salts Heirat schwer geschädigt gewesen und sie wurde zur Erholung auf den Kontinent geschickt. Niemand wusste, wann sie zurückkehren würde und aus Achtung vor den damals jung verheirateten Earl und Gräfin von Salt Hendon und ihrer Familie fragte auch niemand.

Es war, als wäre Diana St. John vom Erdboden verschluckt ...

Nun war sie hier! So eine gesunde und lebendige Diana, Lady St. John und eine so unerbittliche Kraft, dass Sir Antony fror und sich schwach fühlte. Sein früheres Selbst, das Trost und Vergessen in einer Flasche guten Rotweins fand - der gewohnheitsmäßige Trinker - hätte sich der *höheren Gewalt* seiner Schwester gebeugt. Der gewohnheitsmäßige Trinker hätte sich leicht selbst überzeugen können, dass ein so hoch intelligenter Geist, mit aller Verschlagenheit eines Machiavelli und der Verbissenheit eines Beagles, der die Schnauze im Rattenloch hat, seinen lächerlichen Fähigkeiten weit überlegen war. Ständige Trunkenheit half ihm, sich vor Sorge und Verantwortung freizusprechen. Andere, sprich, sein Cousin, der Earl, der fähiger und entschlossener war als er, konnte besser mit dem Problem, das seine Schwester darstellte, umgehen. Dieses frühere Selbst, dieser gewohnheitsmäßige Trinker, war ein selbstsüchtiger Feigling.

Nicht mehr.

Er war nach London zurückgekehrt, nicht länger ein Trunkenbold, sondern entschlossen, sich seiner Verantwortung zu stellen. Und seine unmittelbare Verantwortung war seine Schwester Diana - ihre üblen Absichten zu entdecken und dafür zu sorgen, dass sie sicherer als zuvor eingesperrt würde. Zu diesem Zweck würde er ihr eigenes Spiel mitspielen müssen. Und daher tat er das Natürlichste in der Welt und betete, dass er imstande sein würde, ebenso gut zu täuschen wie sie und dass ihr Ego sie für seine Kriegslist blind machen würde.

Er begrüßte sie, wie sie ihn, mit einem Lächeln warmen Willkommens, beugte sich über ihre ausgestreckte Hand, bevor er sie an sich zog, um mit seinen Lippen leicht über ihre mit Rouge geschminkte Wange zu streichen, vorsichtig, um nicht die Lagen ihrer hellgelben Taftröcke zu verdrücken. Der Duft ihres unverwechselbaren Floris-Parfums stieg ihm in die Nase und brachte eine Flut unangenehmer Erinnerung mit sich. Er biss die Zähne zusammen, zwang sich zu einem Lächeln und erlaubte ihr, den Kuss zu erwidern.

„Sagte ich nicht, dass Antony nur eine oder zwei Wochen hinter mir wäre?", verkündete Diana triumphierend, hing sich an seinem Samtärmel ein und hielt ihn an ihrer Seite fest. Sie sah die Treppen zu dem Grüppchen Frauen vier Stufen über sich hinauf. „Wart nicht Ihr es, liebe Lady Dalrymple, die die Rückkehr meines Bruders für heute vorhersagte?"

„Tat ich das? Hurra! Lady Porter, Ihr schuldet mir eine Guinee!", rief Lady Dalrymple aus und tippte Lady Porter mit den Stäben ihres geschlossenen Fächers auf den Oberarm, bevor sie die Stufen hinabfegte, um vor Sir Antony in einem Knicks zu versinken. „Dann bin ich doppelt erfreut, Euch an diesem Tag zu Hause zu sehen, Sir Antony!"

„Lady Dalrymple kennst du; Lady Porter ebenfalls. Und dies ist Mrs. Smith, die meine treueste Begleiterin ist", bemerkte Diana St. John, indem sie ihrem Bruder die drei Damen vorstellte. Sie warf Sir Antony einen Blick zu, bevor sie zu der größten der Frauen in der Gruppe sagte: „Dies, Mrs. Smith, ist mein lieber Bruder, von dem Ihr mich schon so viel habt sprechen hören."

Mrs. Smith knickste wieder und erhob sich, um Sir Antony mit ihrem Blick zu fixieren. Anders als Lady Dalrymple und Lady Porter lächelte sie nicht und an ihr war nichts Verspieltes. Sie verunsicherte Sir Antony damit, dass sie ihm zwischen die Augen starrte. Sie war erstaunlich groß für ein weibliches Wesen und eine solche Breite von Schultern und Nacken hatte er nur bei den stärksten Bauersfrauen gesehen. Instinktiv huschte sein Blick zu ihren Handgelenken, aber da sie blaue, gewirkte Handschuhe trug, die den Rücken ihrer gefalteten Hände verbargen, konnte er nicht sehen, ob sie die dazu passenden Arbeiterhände hatte. Er fragte sich, wie seine Schwester zu so einer Aufpasserin gekommen war, denn das war sie zweifellos, und wenn sie sprach, fiel seinem für Sprachen empfindlichen Ohr das weiche Summen eines ihm unbekannten Dialekts vom Lande auf.

„Das Vergnügen, endlich Ihre Bekanntschaft zu machen, Sir Antony, ist ganz meinerseits", sagte Mrs. Smith gelassen, ohne ihren Blick abzuwenden. „Lady St. John hat mir so viel von Euch erzählt; ich habe das Gefühl, Euch zu kennen. Was Mylady aber versäumte, mir zu erzählen ist, wie sehr Ihr Euch in der Gestalt ähnelt, wenn Ihr mir diese Keckheit erlauben wollt.“

„Ähnlich? Wir sind uns ähnlich?“ Diana St. John zeigte ihre Überraschung mit einem schnellen Blick zu ihrem verstummten Bruder, bevor sie gezwungen lächelte. „Ja! Ich schätze, das sollten wir als Bruder und Schwester, obwohl ...“ Wieder schaute sie Sir Antony an, aber diesmal ließ sie seinen Arm los und trat zurück, um sich zu den drei Frauen zu stellen und ihn von Kopf bis Fuß zu mustern. „Etwas an dir ist anders, liebster Bruder, seit du nach Petersburg abgereist bist. Stimmt Ihr mir nicht zu, Lady Dalrymple? Lady Porter?“

„Ja, mit Sicherheit, Mylady“, hauchte Lady Dalrymple, während sie Sir Antony über die Oberkante ihres gefalteten Fächers betrachtete.

„Er hat sein Fett verloren“, stellte Lady Porter trocken fest. „Es steht Euch. Bei Eurer ersten Soirée werdet ihr ein Dutzend hohlköpfiger Frauenzimmer an beiden Armen hängen haben. Wie kam es? Russische Winter? Russisches Essen? Ich hörte, sie essen jede Menge Kohl ...“

„Der russische Tee“, murmelte Sir Antony.

„Diana erzählte gerade von den furchtbaren Wintern dort“, fügte Lady Dalrymple mit großen Augen hinzu. „Schockierend. Einfach schockierend. Ich kann mir nicht vorstellen, wie Ihr beide es geschafft habt, Euch warmzuhalten. Ich schätze, die Bärenfelle halfen.“

„Natürlich würden sie helfen, die Kälte abzuhalten, Jenny, aber Bärenfelle erklären sicher nicht seinen Verlust an Fett!“, betonte Lady Porter. „Außerdem, wenn das der Fall wäre, hätte die liebe Diana nicht nur an Gewicht verloren, sondern auch ihr gutes Aussehen. Hagere Männer sehen immer noch gut aus; hagere Frauen sind nie schön. Magere Hühnchen im besten Falle.“

„Winter? Bärenfelle? Magere Hühnchen?“ Sir Antony zwang sich zu lachen und lächelte seine Schwester abwesend an. Es juckte ihn, sein Monokel zu heben, aber er verzichtete darauf, ihre Lüge noch zu betonen. „Was hast du der lieben Lady Porter und Lady Dalrymple erzählt, meine Liebe?“

„Alles über Petersburg“, gab Lady Dalrymple an. „Ich kann es kaum erwarten, mehr über den Palast zu hören und über ...“

„Das sollt Ihr auch, aber nicht jetzt“, unterbrach Diana St. John abweisend und gab dem Butler ein Zeichen, der pflichtbewusst im Hintergrund herumstand. „Boyle: Unsere Umhänge. Ist die Kutsche ...?“

„Gerade vor der Tür vorgefahren, Mylady“, erwiderte der Butler mit einer Verneigung und scheuchte zwei Lakaien vor, die verschiedene

Teile weiblicher Bekleidung zum Ausgehen hielten, Umhänge, Muffs und Schals.

„Antony, du musst erschöpft sein", fuhr Diana St. John fort und wandte sich an ihre Begleiterinnen, als sie gelbe Samthandschuhe überzog, bevor sie eine behandschuhte Hand leicht auf den Ärmel ihres Bruders legte.

Sir Antony rührte keinen Muskel.

„Ich bin sicher, morgen wird er nur zu erfreut sein, Euch alles über Petersburg zu erzählen. Nicht wahr, Antony? Jetzt müssen wir uns beeilen, um uns die besten Sitze für Polly Youngs Vorstellung zu sichern. Sie hat die göttlichste Stimme und ist doch erst siebzehn Jahre alt. Stell dir vor!"

„Werde ich Euch alle später am Abend sehen?", fragte Sir Antony scheinheilig. „Oder beim Frühstück?"

„Nicht heute Abend, nicht mich", gab Lady Porter an. „Aber morgen, beim Begrüßungstee am Nachmittag."

„Ein Begrüßungstee am Nachmittag?", wiederholte Sir Antony und hoffte, dass seine Stimme den richtigen Klang freudiger Überraschung hören ließ. „Wundervoll! Werdet Ihr auch da sein, Mylady? Mrs. Smith? Ah! Ich vergaß. Das muss an der Erschöpfung liegen. Boyle teilte mir mit, dass Ihr beide unter meinem Dach *residiert* ...?"

„Ich kann Euch für Eure Großzügigkeit gar nicht genug danken", sagte Lady Dalrymple, als ein Diener einen rosafarbenen, satingefütterten Samtumhang über ihre Schultern breitete. Sie sah mit gefühlvollen, braunen Augen zu Sir Antony auf und sagte mit leicht belegter Stimme: „Als Diana mir von Eurem Angebot berichtete, war ich so gerührt. Ich sagte damals zu ihr, nicht wahr, Diana, wie sehr es Euch ähnlichsähe, kein Jota auf den Skandal zu geben, ein abgelegtes Frauenzimmer wie mich unter Eurem Dach zu haben. Und ich wiederhole es hier, unter Zeugen. Wäre es nicht um Eure Güte und die Güte von Lady St. John - wie *gut* man sich bei ihr ausweinen kann - glaube ich wirklich, ich hätte meine Tage allein in einem Graben beendet!"

„Nicht in einem Graben, meine Liebe", antwortete Diana St. John trocken und wandte sich dem Butler zu. „Boyle? Ich hoffe, Ihr habt Sir Antonys Kammerdiener benachrichtigt, dass sein Herr eingetroffen ist, und dass, während wir hier stehen, ein Bad für seine Lordschaft vorbereitet wird?"

„Ja, Mylady. Und zwar in der neuen, russischen Badewanne, Mylady."

„Eine *russische* Badewanne?" Lady Dalrymple vergaß ihre Rede über die Grausamkeit ihres früheren Liebhabers und ihre Augen weiteten sich in regem Interesse. „Ich glaube nicht, dass ich je eine russische Badewanne gesehen habe. Sind sie irgendwie anders als …"

„Eine Badewanne ist eine Badewanne, meine Liebe. Nun geht schon mit Mrs. Smith, die geduldig darauf wartet, Euch den Arm zu reichen", erwiderte Lady Porter und verdrehte die Augen in Sir Antonys Richtung, dessen Blick aber die ganze Zeit auf seiner Schwester ruhte. „Traurige Angelegenheit", sagte sie ihm leise. „Dacre Wraxton. Übler Schürzenjäger. Nicht besser oder schlimmer als andere seiner Art, aber Jenny Dalrymple hat wegen des Mannes einen Narren aus sich gemacht, weil sie die Affäre hat bekannt werden lassen. Sie hatte gehofft, ihn zum Heiraten zwingen zu können. Natürlich hat er sie sofort verlassen. Wir hatten ihr *alle* gesagt, was passieren würde. Sie wollte nichts hören. Ein Mann mit seinem Vermögen und seinen Aussichten wird kaum eine Witwe am falschen Ende der Dreißiger heiraten wollen. Er wird etwas Frisches, Junges haben wollen. Wie sie alle." Sie lächelte Sir Antony an. „Aber als ob *Euch* das interessierte."

„Helft mir, Mylady. Ist er der Bruder oder der Cousin von Hilary, dem Dichter?", fragte Sir Antony beiläufig und beobachtete, wie Mrs. Smith Lady Dalrymple am Ellenbogen packte und sie durch das große Foyer zur offenen Vordertür geleitete, wo die leichte Stadtkutsche zu sehen war, die auf der Straße wartete. Er hatte den schnellen Blick gesehen, den ihre Schwester und ihre Aufpasserin gewechselt hatten, woraufhin sich Mrs. Smith sofort in Bewegung gesetzt hatte. Er entschied, dass diese Frau gefährlich war und auch, dass ihr bewusst war, dass ihr Herrin dies in noch größerem Maße war.

„Älterer Bruder. Er wartet darauf, den alten Steinhaufen seines Onkels auf dem Land und den dazugehörigen Titel zu erben", antwortete Lady Porter. „Mit seinem Milchbart von Dichterbruder will er nichts zu tun haben."

Sir Antony verbeugte sich Abschied nehmend vor der Lady und begegnete dann Dianas Blick, denn sie wartete auch darauf, sich von ihm zu verabschieden. Er hielt ihre Augen mit seinem Blick fest, mit entsprechend neutralem Gesichtsausdruck, und wartete darauf, dass sie zu sprechen begänne.

„Du siehst müde aus, Antony. Reisen kann so eintönig sein. Ich war sicher, dass du in Rekordzeit aus Petersburg nach London reisen würdest. Jedoch kamen deine Sachen und deine ausländischen Diener vor dir an. Kein Wind, um die Segel zu setzen?"

„Ich habe sie vorausgeschickt, während ich in Den Haag diplomatische Korrespondenz ablieferte."

Diana St. John schmollte. In ihrer Stimme lag kein Mitleid. „Liebe Güte! Diese Verzögerung muss *verdrießlich* für dich gewesen sein."

Er lächelte dünn. „Überhaupt nicht.“ Es war eine Lüge, aber nur eine sehr kleine. Die Reise über Land war eine Erleichterung gewesen. Eine Woche später als beabsichtigt in London einzutreffen, *das* hatte ihn ungeduldig gemacht. „Das erlaubte mir, die elende Schiffsreise von Dänemark zu vermeiden“, sagte er zu ihr. „Und ein paar Geschenke einzukaufen ...“

„Was für ein *lieber Bruder*, *immer* denkst du an andere“, stellte sie fest, eine Hand auf seinen Samtrock legend, um seinen Herzschlag zu spüren. Was sie ertastete, war eine kleine Ausbeulung unter dem Stoff. Überraschung zeichnete sich in der leichten Hebung ihrer gewölbten Brauen ab. „Was haben wir denn da?“, schnurrte sie, als ihre Fingerspitzen den Umriss einer Brosche erfühlten, die unsichtbar auf der Vorderseite seiner meerseidenen Weste angesteckt war. Ihr Blick senkte sich in die blauen Augen ihres Bruders. „Dein Herz schlägt sehr schnell und hart, Antony. Ich hoffe, das liegt an der Person, deren Miniatur du hier versteckt hast, nicht so sehr an mir?“

Sir Antony schob sanft ihre Hand fort und behielt diese dann in seiner, ohne einen Wimpernschlag lang seinen Blick von dem ihren abzuwenden. Ihre gelben Taftröcke pressten sich gegen seine gestiefelten Beine, als sie sich zu ihm neigte, um leise zu ihm zu sprechen, und sein Nase füllte sich mit ihrem durchdringenden Parfüm und er fühlte, wie ihm plötzlich wieder übel wurde, aber sein Gesichtsausdruck änderte sich nicht.

„Wenn es schneller schlägt, dann wegen der Freude, dich nach so langer Abwesenheit so wohl aussehend vorzufinden“, sagte er ihr wahrheitsgemäß.

Sie neigte ihren Kopf leicht, als ob sie seine Aufrichtigkeit in Frage stellte. Schließlich lächelte sie und zog ihre Hand aus seiner, um ihm einen leichten Klaps auf die Brust zu geben.

„Nun, kein Grund jetzt für dich, um verdrießlich zu sein. Wie du sehen kannst, bin ich sicher in der Stadt angekommen und bei vollkommener Gesundheit.“ Sie lächelte ihn an. „Warte nicht auf mich. Nach einer geruhsamen Nacht wirst du aufwachen und feststellen, dass unsere Versöhnung kein Traum ist. Ich werde immer noch hier sein. Ich habe nicht die Absicht, dich je zu verlassen. Deine Schwester ist gekommen, um zu bleiben. Es gibt so viel, was wir beide vermisst haben - in London.“

Er wartete an der Treppe, während er durch die offene Vordertür beobachtete, wie ein Diener seiner Schwester in den Wagen zu ihren Begleiterinnen half. Die Stufen der Kutsche wurden eingeklappt, die Pferde zogen an. Die beiden Diener kamen nach drinnen zurück und schlossen die Haustür. Als Sir Antony den Riegel vorschieben hörte, wachte er aus seiner Trance auf und bevor der Butler noch fragen konnte, ob seine Lordschaft noch irgendetwas von ihm benötigte, flog er schon zwei Stufen auf einmal nehmend die Treppe zu seinen Räumen hinauf.

Er war drinnen und hatte schon das Wohnzimmer durchquert, als das Geräusch plätschernden Wassers ihn stehenbleiben ließ. Er begab sich in die Wärme seines Ankleidezimmers, zerrte währenddessen an dem komplizierten Knoten seiner Krawatte aus reinem Leinen und blieb genau in der von einem Vorhang abgetrennten Türöffnung stehen. Die große, russische Kupferbadewanne mit ihrer Innenhaut aus Leinen war genau dort aufgestellt, wo er es angewiesen hatte. Sie war gefüllt mit dampfendem Wasser; einer der beiden Badehocker stand daneben, auf dessen gepolsterter Sitzfläche ein Teetablett und eine gefaltete Zeitung ruhten. Im Kamin loderte ein Feuer. Zwei seiner russischen Diener warteten schweigend am Fenster.

Er hätte vor Freude jubeln können. Er war so müde und brauchte so sehr ein entspannendes Bad, eine Tasse Tee und nichts geistig Anstrengenderes als die Lektüre des *Gentleman's Magazine*. Stattdessen drehte er sich auf dem Absatz um und sagte zu Semper, der mit einem dritten Russen, der Badetücher trug, ins Zimmer kam:

„Semper! Suche für mich nach einem Diebfänger! Und zwar *schnell*.“

„Du hast diesem Diebfänger meine Anweisungen wortgetreu ausgerichtet?“

Semper schwieg weiter, während er sorgfältig eine perlenbesetzte Nadel in die weichen Falten zarter Spitze an Sir Antonys Kehle stach. Als er zurücktrat, um sein Werk zu begutachten, nickte er geistesabwesend, kam dann wieder vor, nicht völlig zufrieden, und zupfte an den Falten der Krawatte herum, bis Sir Antony genug von diesem Putzen hatte und die Hand leicht wegschlug.

„Ich gehe nach unten zum Nachmittagstee, nicht zu einer Krönung!“ Er versuchte, der Nachdenklichkeit seines Haushofmeisters auf den Grund zu gehen. „Versteht dieser Diebfänger genau, was von ihm erwartet wird?“

„Ja, Mylord“, antwortete Semper und kam zurück, um sich mit einem Paar schwarzer Lederschuhe neben den Frisiertisch zu stellen. Diese stellte er neben dem gepolsterten Drehstuhl ab. „Ich habe Ihre Anweisungen buchstäblich mit Mr. ...“

„Nein! Keine Namen", unterbrach Sir Antony und wandte sich vom Spiegel ab. Er ließ seine langen, bestrumpften Füße in die Schuhe mit niedrigen Absätzen schlüpfen. „Ich will den Namen des Kerls nicht wissen, und ich will nicht, dass er meinen kennt. Dies hier ist eine Angelegenheit, wo Unwissenheit wirklich das Beste ist. Wenn ich ihn nicht kenne und er mich nicht, kann keiner von uns kompromittiert werden."

„Ja, Mylord. Ich habe die ovalen Diamantschnallen gewählt, wenn das Eure Zustimmung hat?"

Sir Antony schaute auf die Schnallen in Sempers Hand und überlegte. Sie passten zu den Knieschnallen und waren nicht so groß wie die Schnallen aus Diamanten und Saphiren, die Misha und Katja ihm zu seinem dreißigsten Geburtstag geschenkt hatten. *Sieh nur, Tosha! Die Steine passen zu deinen Augen*, hatte Katja verspielt ausgerufen; der Blick ihrer eigenen hellen Augen konnte nur als der einer liebenden Freundin beschrieben werden. Er fragte sich, ob Caroline ihn jemals wieder so anschauen könnte. Aber er wollte mehr als Freundschaft, mehr, als er vernünftigerweise erhoffen konnte, denn sie war ja jetzt mit einem anderen verheiratet ... Er wischte sich mit der Hand über den Mund und erwachte aus seiner Träumerei, nickte Semper zu, der schweigend die Laschen durch die Schuhschnallen führte und sie festzog. Als sein Haushofmeister sich wieder aus seiner knienden Haltung erhoben hatte, sagte er:

„Und ich muss auch nicht wissen, wie dieser Diebfänger aussieht. Wenn ich ihn nicht von anderen unterscheiden kann, kann ich ihn auch in einer Menge nicht erkennen. Andernfalls würde ich ständig über meine Schulter schauen und dann würde wahrscheinlich der Gegenstand der Verfolgung die Wahrheit entdecken. Wir haben es mit jemandem zu tun, der weit intelligenter ist als ich, Semper, vergesst das nicht."

„Ja, Mylord", erwiderte der Haushofmeister, obwohl er nicht völlig überzeugt war. Er wusste, dass Sir Antony einen bemerkenswert scharfen Verstand hatte. Wenn Lady St. John nur halb so scharfsinnig war wie sein Herr, war sie schon eine formidable Gegnerin. „Ich habe Mr. T gegenüber betont, dass er ständig auf der Hut sein müsse."

„Gut. Und dieser Mr. - *T* ist sich bewusst, dass er der Schatten meiner Schwester zu sein hat, wann immer sie einen Schritt aus dem Haus tut?"

„Ja, Mylord. Mr. T ist sich dessen äußerst bewusst. Er weiß auch, wie man sich nicht sehen lässt. Und er hat zwei seiner Partner zur Hilfe, so dass das Haus unter ständiger Bewachung steht, ebenso wie

Mylady." Semper hüstelte in seine Faust und fügte schüchtern hinzu: „Eure Lordschaft mögen mir verzeihen, aber Mr. T versicherte mir, dass Lady St. John nicht einmal ihr *bourdaloue* benutzen könnte, ohne dass er es erführe."

„In der Tat? Dann hast du offensichtlich den richtigen Mann für diese Aufgabe angestellt. Und er wird dir jeden zweiten Tag Bericht erstatten?"

„Jeden zweiten Tag, Mylord", wiederholte Semper und hielt einen himmelblauen Rock hoch. „Mr. T wird mich in meinem Büro im Untergeschoss aufsuchen, zu dem die Zofen keinen Zutritt haben. Es sei denn, dass etwas Unvorhergesehenes geschieht, dann wird er mir sofort eine Nachricht schicken. Ich sollte Eure Lordschaft auch berichten, dass ich mir die Freiheit genommen habe, die Russen anzuweisen, dass unter keinen Umständen jemand aus diesem Haushalt oder von außerhalb ohne Erlaubnis diesen Flügel betreten darf; dazu gehört auch Lady St. John."

Sir Antony erlaubte Semper, ihm den seidenen Rock überzustreifen, sah über die Schulter, als der Haushofmeister die kurzen Rockschöße glattstrich und sagte leise: „Du verstehst, dass ich Lady St. John zu ihrem eigenen besten überwachen lasse, nicht wahr, Semper?"

„Ja, Mylord", antwortete der Haushofmeister gleichmütig und trat aus dem Weg, damit sein Herr Schnupftabaksdose, Etui und goldene Taschenuhr von dem ordentlichen Frisiertisch nehmen und in eine tiefe Rocktasche stecken konnte. „Lady St. John scheint gesund zu sein, aber ihr Geist ist es nicht. Ihr sagtet, dass sie etwas tun könnte, um sich oder anderen Schaden zuzufügen, und wir daher jederzeit wachsam sein müssten."

Sir Antony begegnete dem Blick seines Haushofmeisters direkt.

„Das ist richtig, Semper. In ziemlich derselben Art und Weise, wie du über mich wachst, weil ich - *nicht gesund* bin. Aber auf Lady St. John müssen wir genauer ein Auge haben, da sie sich nicht darüber im Klaren ist, dass sie nicht gesund ist. Ich habe mich mit meiner Sucht arrangiert, da ich die Ursache kenne und weiß, wie ich damit umzugehen habe. Sie tut das nicht und wird es auch nie, weil es ihr Geist ist, der zerstört ist, und das nicht geheilt werden kann."

„Ja, Mylord. Das verstehe ich vollkommen. Soll ich Euer Monokel befestigen?"

Sir Antony zögerte. Er fragte sich, ob Semper es wirklich verstand. Er hatte ihm nicht die ganze schmutzige Geschichte der mörderischen Verbrechen und abscheulichen Vergehen seiner Schwester anvertraut, aber sein Haushofmeister wusste jetzt mehr als irgendjemand außerhalb des kleinen Kreises, der alles wusste. Einer Tatsache war er sich sicher: Er würde Ralph Semper sein Leben anvertrauen. Er hielt das goldgeränderte Monokel mit seinem schwarzen Band hin und erlaubte Semper, es um seinen Hals zu befestigen und den Bogen ordentlich um den inneren Kragen seines Rocks zu legen.

„Weiß Mrs. Semper über die Reise Bescheid, die du unternehmen musst und warum?"

„Sie erfuhr es, bevor wir Petersburg verließen, Mylord. Ich fand es nur richtig, ihr das mitzuteilen - im Falle ich hier nur eine kurze Zeit wäre, bevor ich nach Russland zurückkehre. Ich sagte nicht, warum ich zurückkehren müsste, nur, dass es sein müsste, und ich wieder nach London käme, sobald meine Aufgabe erledigt sei."

„Ich muss dich um Verzeihung bitten, Semper, dass ich dir eine solche Last auferlege, aber es ist nicht zu ändern. Du wirst meine Schwester mit fünf Russen als Bewachung nur bis Lübeck eskortieren müssen, nicht bis nach Petersburg. Ich habe eine bewaffnete Eskorte arrangiert, die sie zusammen mit deiner russischen Mannschaft von hier bis an ihr endgültiges Ziel bringen wird. Die Papiere, die allen Beteiligten die Freiheit garantieren - allen zwanzig Leibeigenen, die sich für diesen Auftrag freiwillig gemeldet haben - übergebt ihr Kapitän Vorlkonsy in Lübeck. Er wird dafür sorgen, dass die Männer und ihre Familien ihre Freiheit bekommen, wenn meine Schwester erst einmal in ihrer neuen Unterkunft *angekommen* ist. Du bist nicht einverstanden?", fügte er hinzu, als er das stirnrunzelnde Nicken seines Haushofmeisters im Spiegel erblickte.

„Natürlich bin ich mit Eurem Plan einverstanden, Mylord. Ich hatte gedacht, ich sollte bis an den endgültigen Zielort mitreisen", antwortete Semper mit deutlicher Enttäuschung in seiner Stimme. „Um absolut sicher zu gehen, dass dieser Auftrag Euren Anweisungen gemäß ausgeführt wird."

„Oh, verstehe mich nicht falsch!", antwortete Sir Antony aufrichtig und drehte sich zu Semper um. „Ich habe jedes Vertrauen in deine Fähigkeiten und kann nicht sagen, wie dankbar ich dir für deine Bereitwilligkeit bin, selbst dafür zu sorgen, dass diese unglückliche Geschichte erledigt wird. Ich konnte nur den Gedanken nicht ertragen, dich für geraume Zeit von der Seite deiner jungen Frau zu reißen. Da eine Burg in der Abgeschiedenheit von Wales nicht imstande war, meine Schwester aufzuhalten, musste ich einen Ort für sie finden, der das vermag, und zwar für den Rest ihres natürlichen Lebens. Daher schicke ich sie nach Beryozovo."

„Beryozovo …?"

„Ich bin nicht überrascht, dass du davon noch nichts gehört hast. Es ist kein Ort, der in Unterhaltungen erwähnt wird. Nun, oder nur im Flüsterton. Selbst die, die von Ihrer Kaiserlichen Majestät dorthin geschickt werden, lesen den Namen in ihrem Ausweisungsbefehl mit Unglauben, und können es nicht über sich bringen, ihn auszusprechen. Den Namen laut zu sagen, würde ihr Schicksal noch realer und endgültiger machen. Es ist eine *Siedlung* am Fluss Ob in Sibirien."

Jegliche Farbe wich aus dem Gesicht des Haushofmeisters bei der Erwähnung einer Region jenseits des Uralgebirges, die so weit von der zivilisierten Gesellschaft entfernt war, dass er nur einmal darüber hatte sprechen hören, und, wie sein Herr sagte, im Flüsterton. Jetzt verstand er, warum er nur bis zu dem preußischen Hafen mitreisen würde. Den ganzen Weg nach Beryozovo zurückzulegen, selbst zu dieser Jahreszeit, wäre riskant, mühsam und mehr als nur ein wenig gefährlich; wer dorthin ging, kam niemals zurück, und nicht, weil sie es nicht versuchen würden.

„Ist das eine Siedlung für diejenigen, die zu *Katorga* verurteilt sind, Mylord?"

„Zwangsarbeit? Ja. Und sie liegt fast am Rande der bekannten Welt. Ich habe davon als Eishölle sprechen hören. Menschen erfrieren auf den Straßen, wenn es überhaupt so etwas wie Straßen gibt. Ich habe keine Ahnung ..."

Sir Antony seufzte schwer. Dies war kein Schicksal, das er irgendjemandem gewünscht hätte, aber er wusste, dass ihm nur wenige Möglichkeiten blieben, wenn es um die Zukunft seiner Schwester ging, außer ein abscheuliches Verbrechen zu begehen, für das er gehängt werden könnte. Er zwang sich, sich zusammenzureißen und sagte mit einem Schwung, den er überhaupt nicht empfand:

„Wenn diese Sache vorüber ist, werde ich das wiedergutmachen - für euch *beide*", sagte er zu seinem Haushofmeister. „Dann kannst du Mrs. Semper auf die Hochzeitsreise mitnehmen, auf die du verzichten musstest, um mich und meine Habe schnellstmöglich hierher zurückzubringen."

„Vielen Dank, Mylord."

„Auf meine Kosten, Semper. Wo immer du hin möchtest."

„Das ist sehr großzügig von Euch, Mylord."

„Einen Monat lang."

„Das ist zu großzügig."

„Unfug! Irgendeine Vorstellung, wohin du reisen willst?"

„Dublin, Mylord."

Sir Antony hob sein Monokel und schaute durch das vergrößernde Glas.

„Dublin? Ich wusste nicht, dass du Ire bist, Semper."

„Das bin ich nicht, Mylord. Ninas - Mrs. Sempers - Schwester ist mit einem Wollhändler verheiratet. Sie haben einen kleinen Landsitz am Stadtrand von Dublin und zwei Kinder."

Sir Antony ließ das Monokel an seinem schwarzen Band herunterfallen.

„Liebe Güte, diese Russen kommen herum!"

„Ja, Sir. Aber es war Mr. Barry, der wegen Geschäften nach Russland fuhr und Sylvia - das ist Mrs. Sempers Schwester - traf." Semper folgte Sir Antony durch das Ankleidezimmer und in sein Wohnzimmer, wo zwei der russischen Diener in Livree an den beiden Seiten der zweiflügeligen Tür warteten, die in den Flur hinausführte. „Barry zahlte für Mrs. Barry in Wollballen. Sagte, er hätte das doppelte für sie bezahlt, was verlangt wurde."

Sir Antony hielt inne, eine Falte zwischen seinen Brauen. „Sie war eine Leibeigene wie ihre Schwester? Im Besitz der Yusupovs?"

Nun war Semper an der Reihe, die Stirn zu runzeln, vor Überraschung, dass Sir Antony etwas anderes annehmen könnte.

„Mit Leib und Seele, Mylord. Ninas Familie ist seit Generationen in der Leibeigenschaft der Prinzen Yusupov. Sie und ihre Schwester sind die Ersten in ihrer Familie, denen die Freiheit gewährt wurde. Allein deshalb würde meine Frau Euch mich nach China schicken lassen, wenn es nötig sein sollte. Was eure russischen Diener angeht", fügte er hinzu und übergab Sir Antony ein spitzenumrandetes Taschentuch, das er vergessen hatte, in die tiefe Tasche seines Rocks zu stecken. „Ihr dürft nicht so überrascht sein, dass zwanzig sich freiwillig bereit erklärten, den ganzen Weg in die Hölle auf Erden zu reisen; Freiheit ist für jeden Sklaven jeden Preis wert."

„Nicht überrascht, Semper. Ich wünschte nur, dass sie nicht in die Hölle reisen müssten, um sie zu bekommen!"

„Macht Euch darum keine Sorgen, Mylord", beruhigte Semper ihn und gab gleichzeitig dem aufwartenden Lakaien einen Wink, dass er die zweiflügelige Tür zum Flur öffnen sollte. „Es gibt viele Leibeigene, die in der Hölle leben, und ohne Hoffnung auf Freiheit oder sonst etwas von ihren Herren. Ich habe nichts dagegen, Euch mitzuteilen, Mylord, dass Nina und Eure Russen Euch als ihren irdischen Retter betrachten. Jeden Abend werden Euch zu Ehren Kerzen angezündet und Gebete vor ihnen gesprochen."

„Lieber Gott!"

Sie Antony schauderte von Ungläubigkeit und verließ das Zimmer.

Zwei Schritte in dem überfüllten etruskischen Salon und er fing den Verlauf der Konversation seiner Schwester auf, als sie sich unter ihre Gäste mischte. Es ließ ihm die kurzen Haare unter seiner ordentlichen Perücke zu Berge stehen. Hatte er richtig gehört? Hatte sie wirklich gesagt: *Als ich Antony in Petersburg besuchte ...?* Er verbeugte sich vor der parfümierten, bänderverzierten Versammlung, als der Butler seine Anwesenheit ankündigte, und wurde sofort in den Strudel der Lügen seiner Schwester gezogen.

FÜNF

„D A   B I S T   D U   J A   E N D L I C H ,   A N T O N Y !“,   R I E F   D I A N A   S T .   J O H N
fröhlich aus und zog ihn in einen Kreis Perücke tragender Gentlemen,
dessen Mittelpunkt sie war. „Ich habe gerade über die englische
Faktorei in Petersburg erzählt. Erinnerst du dich an den Galaabend?
Was für ein Schauspiel! Ich glaube, ich habe noch nie so viele
Diamanten von Ohren hängen sehen wie in jener Nacht.“ Sie wandte
sich zu einigen Damen, die am Rande der kleinen Gruppe herumstanden und lächelte sie an. „Und dann gab es einen Tanz - wie hieß er
noch, Antony? Ländlicher *irgendwas …*“

„Hopser. Ländlicher *Hopser.*“

„Genau der! Dieser Ländliche Hopser wird von allen getanzt.
Antony und ich tanzten den Ländlichen Hopser, zwischen all diesen
Kaufleuten, das ist dort so üblich. Bei den Engländern gibt es bei
solchen Veranstaltungen keine Unterschiede, was die Russen sehr
amüsant finden“, fuhr sie fort, eine Hand fest um die enge, umgeschla-
gene Manschette ihres Bruders gelegt. In der Tat hatte sie einen der
drei bestickten Knöpfe ergriffen, als ob sie ihn an seinem Platz festhalten wollte. „Anders als am französischen und österreichischen Hof
haben wir keine Botschaft in Russland. Nun, jedenfalls nicht in Petersburg, was im Großen und Ganzen Russland ist, weil dort die Kaiserin
residiert.“ Sie zuckte ein wenig zusammen, hielt den bemalten Spitzen-
fächer vor ihr tief ausgeschnittenes Mieder, als ob sie ihre nächste
Enthüllung betonen wollte. Mit großen Augen, den Blick über ihr
fasziniertes Publikum schweifen lassend, sagte sie: „Ich war noch nie so
überrascht, wie bei der Entdeckung, dass gerade unsere Kaufleute bei

den Russen beliebter sind, wegen der Dinge, mit denen sie unsere ausländischen Freunde versorgen können. Tatsächlich wurde mein armer Bruder hier behandelt, als wäre er einer von ihnen. Stellt Euch das vor! Kaufleute werden mit mehr Gunst betrachtet, als der Cousin ersten Grades des Earls von Salt Hendon. Ist es nicht so, Antony?"

„Ja", antwortete er gleichmütig, da sie listig mit einer Frage geendet hatte, die er beantworten konnte, ohne ihr zu widersprechen.

Ein leises Grollen schockierter Überraschung erhob sich bei der bloßen Vorstellung, dass bei den Russen Kaufleute ohne besonderen familiären Hintergrund in höherer Gunst standen als Personen von Rang. Diana St. John beantwortete bald zahlreiche Fragen, die an ihren Bruder gerichtet waren, aber sie war mehr als willig, sie an seiner Stelle zu beantworten. Schließlich war sie schon in ihrer Kindheit, eigentlich bis in ihr Erwachsenenalter hinein, entschlossen gewesen, ihn auszustechen und ihrem Vater zu beweisen, dass sie die bessere Wahl unter den Geschwistern wäre, um die Baronie zu erben, trotz der unüberwindbaren Tatsache, dass sie als Frau sie nicht erben konnte, ganz egal wie überlegen ihre Intelligenz auch sein mochte. Zu jener Zeit hatte er ihr zugestimmt und hatte mit ihr gefühlt, weil sie nicht als Mann geboren war. Jetzt wünschte er zu seinem größten Kummer, dass sie nie geboren worden wäre.

Als er ihren gelehrten und sehr unterhaltsamen Antworten lauschte, die Schulter leicht abgewandter, das Monokel erhoben und nach dem einen Gesicht suchend, das er vor allem zu sehen wünschte, beeindruckte und verstörte Diana ihn gleichermaßen. Je mehr Fragen sie beantwortete, desto tiefer schlug die Vorstellung, dass sie tatsächlich in St. Petersburg gewesen war, bei ihm Wurzeln. Ihre Fähigkeit, sich an Einzelheiten über Orte und Personen zu erinnern, die ihr völlig unbekannt waren, war verblüffend. Dass all dies ihrem hübschen Kopf entsprang und sie ihn damit in ihr Lügengespinst hineinzog, war entsetzlich.

Dafür konnte er nur sich selbst die Schuld geben.

In St. Petersburg, wenn er in seiner schönen Wohnung mit dem Blick auf den Neva-Fluss vor dem Kamin gesessen hatte, pflegte er Diana wundervoll ausführliche Briefe über St. Petersburg und sein Leben dort zu schreiben. Er erzählte ihr über die Menschen, ihre Sitten, die Orte, die er besucht hatte und die Ereignisse am Hof; er hatte ihr sogar von Misha und Katja erzählt, alles, wovon er dachte, dass es ihre langen, einsamen Tage der Gefangenschaft erhellen könnte. Und mit diesen Briefen hatte er Geschenke geschickt. Eines davon zeigte sie jetzt vor. Einen Fächer mit kunstvoll geschnitzten Elfenbeinstäben und einer Szene der Neva im Winter, die auf das Blatt gemalt war. Er hatte nicht mit ihrem außergewöhnlich guten Gedächtnis gerechnet. Andererseits, im Leben hatte er nicht erwartet, dass sie ihrer walisischen Burg entkommen könnte und er sich neben ihr finden würde, wie sie in seinem etruskischen Salon Hof hielt.

Er beruhigte sich damit, dass er über das Meer der Gesichter blickte. Selbst nach längerer Abwesenheit aus der Londoner Gesellschaft konnte er noch den meisten der Gesichter in diesem überfüllten und lauten Raum einen Namen zuordnen. Er hatte mit diesen Leuten auf Bällen, Konzerten, Soiréen oder anderen Veranstaltungen, wo die elegante Oberschicht sich zahlreich traf, zu tun gehabt. Nur waren die, die jetzt champagnerschlürfend herumstanden, mit Zucker bestreute Erdbeeren aßen und sich hinter hauchdünnen Fächern den letzten Klatsch zuflüsterten, nicht seine engen Freunde, sondern Freunde aus dem Kreis seiner Schwester.

Warum hatte er erwartet, dass sie seine Freunde einladen würde? Diana war immer der Auffassung gewesen, dass ihre Freunde die beste Gesellschaft wären und die paar Freunde, die er hatte, unwichtig waren, außer dem Earl von Salt Hendon. Er lächelte in sich hinein. Welchen besseren Weg hätte sie finden können, um ihre Rückkehr in die Gesellschaft zu verkünden, als eine erlesene Soirée für genau die lieben Freunde, bei denen sie sicher war, dass sie noch vor dem Frühstück über dieses Ereignis reden und alles weitergeben würden.

Sie war schon auf bestem Wege, ihr gesellschaftliches Netz groß und weit zu spinnen. Je mehr sie daran spann, desto komplizierter wurde dieses Netz mit ihr als großer, schwarzer Spinne in der Mitte. Versuchte man, einen Faden dieses Netzes zu zerreißen, ihn auch nur zu berühren, würde sie mit Sicherheit herbeieilen und zuschlagen. Je weiter ihr Netz geworfen wurde, desto schwieriger - sollte er besser denken, klebriger? - würde die Aufgabe werden, sie daraus zu entfernen.

Diana aus ihrem Netz zu holen, würde bedeuten, dass alle, die sie umgarnt hatte, es sofort erfahren würden und den öffentlichen Skandal heraufbeschwören, den der Earl so verabscheute. Er wollte Dianas Verbrechen nicht vor der Welt ausgebreitet sehen. Salts politische Karriere und sein Ruf würden sich nie ausreichend erholen, um ihn als Lord Schatzkanzler oder in einem anderen Regierungsamt zu sehen; die Konsequenzen für die Familie würden sich über Generationen hinziehen. Wenn es der Willkür eines politischen Gegners oder der Familie eines abgewiesenen Verehrers einfiele, würde das Hervorholen alter Zeitungsberichte mit der Geschichte über Diana St. Johns Wahnsinn, ihre Verbrechen und ihre Gefangenschaft jederzeit als Beweis für die Geisteskrankheit der Familie ausreichen. Es war nicht verwunderlich, dass Salt sie ohne weiteres Nachdenken und ohne jegliche Erklärung in eine Kutsche gepackt und nach Wales verfrachtet hatte. Jedoch, indem er vor vier Jahren auf diese Weise einen öffentlichen Skandal vermieden hatte, brachte er sie alle nun an den Abgrund eines anderen, und Sir Antony war, was die bösen Absichten seiner Schwester betraf, nicht klüger. Daher erforderte Dianas Entfernung aus der guten Gesellschaft nicht nur größte Sorgfalt, sondern vor allem musste auch den richtigen Zeitpunkt gewählt werden.

„Sie werden es gerne hören, dass unsere in Petersburg ansässigen Kaufleute Antony und anderen seiner Stellung innerhalb des diplomatischen Korps den passenden Respekt erweisen", sagte Diana zu ihrem gefesselten Publikum. „Was nur richtig und anständig ist, selbst, wenn die Russen es nicht für nötig halten. Was, und hier kann ich das sagen, auch wenn ich mir nicht träumen lassen dürfte, es vor den Russen auszusprechen, zeigt einen überaus schockierenden Mangel an gutem Benehmen." Sie sah ihren Bruder an, während sie einem wartenden Diener, der ein silbernes Tablett hielt, ein Zeichen gab, allen Champagner anzubieten, die kein Glas hatten. „Du warst außerordentlicher Gesandeter, hinter Buckingham, nicht wahr, Antony?"

„Außerordentlicher Gesandter?", wiederholte Lady Dalrymple und wandte ihren großäugigen Blick Sir Antony zu. „Das klingt schrecklich gewichtig. Nicht wahr?"

Lady St. John beobachtete, wie ihr Bruder weiter den Raum mit seinem Monokel überflog und wusste, wen er suchte, bot ihm aber nicht an, ihm zu sagen, wo Lady Caroline war, sondern sagte fröhlich:

„Aber sicher doch, meine liebe Lady Dalrymple. Ein außerordentlicher Gesandter steht im Rang nur dem Botschafter nach und erfüllt dessen Aufgaben, wenn kein Botschafter anwesend ist. Lord Buckingham hatte die Stellung des Botschafters am Hofe von Petersburg bis '65 inne, aber natürlich ruhte alle Arbeit, alle Verhandlungen auf den Schultern des armen Antony. Und nachdem Antony jetzt nach Hause gekommen ist, haben wir keine Ahnung, wer sich in dieser Ecke der Welt um die Interessen Englands kümmern wird."

„Mr. Hans Stanley hat die Stellung ...", begann Sir Antony, wurde aber von seiner Schwester unterbrochen.

„Stanley? Aber *er* muss englischen Boden doch erst noch verlassen! Mit Sicherheit kann der Hof von St. James etwas Besseres bieten als Hans Stanley?" Sie ließ ihren Blick über ihr Publikum schweifen und lächelte süß. „Natürlich brauche ich Euch nicht zu erzählen, dass mein kleiner Bruder seine Pflichten mit Takt und Geschick erfüllt hat." Sie ließ einen kleinen Seufzer hören. „Was für ein Jammer, dass du zurückgerufen wurdest, als du gerade begonnen hattest, gute Beziehungen zu den Russen zu knüpfen ..."

„Ja, wie schade", murmelte er, wieder unfähig, auch nur ein Wort, das seine Schwester gesagt hatte, zu berichtigen oder ihm zu widersprechen. Er verfluchte die Ausführlichkeit und Häufigkeit seiner Briefe.

Als ein Tablett mit Champagnerflöten unter seine Nase gehalten wurde, winkte er den Diener fort, ließ sein Monokel an dem schwarzen Seidenband fallen und sah sich nach dem Butler um. Was er wollte, war eine schöne Tasse heißen Tees, und er war sich sicher, dass das halbe Dutzend turbantragender Witwen im Zimmer auch Tee vorziehen würde. Bevor er die Frage stellen konnte, drückte Diana ihm eine Champagnerflöte in die Hand.

„Ich kann keinen Toast auf deine Rückkehr ausbringen, wenn du kein Glas mit Champagner hast. Außerdem hast du noch nichts getrunken, seit du gekommen bist. Du musst dich nach etwas zu trinken sehnen."

„Ja, nach einer Tasse Tee", antwortete er mit einem Stirnrunzeln für das Glas in seiner Hand. Er wollte es auf das Tablett zurückstellen, aber Diana hielt seine Hand fest.

„Ich bestehe darauf. Unsere Gäste bestehen darauf." Sie beugte sich zu ihm und sprach, als müsste sie ihn daran erinnern: „Du, der höflichste Mann, den ich kenne, könntest nie so ungezogen sein, dein Glas nicht zu heben. Du musst es tun und dich unseren Freunden anschließen, indem du wenigstens ein oder zwei Schlückchen trinkst."

Er verkniff sich eine böse Antwort über schwesterliche Einmischung und erinnerte sich sofort daran, dass das Wesen, das in der schönen, äußeren Hülle seiner Schwester lebte, etwas völlig anderes war und er sich nicht verraten durfte. Zum Glück trat Lady Dalrymple in diesem angespannten Moment hinzu, die ihr Glas Champagner hochhielt und mit einem über die versammelten Gäste schweifenden Blick voller Aufrichtigkeit sagte:

„Ich spreche für alle hier, wenn ich sage, dass wir uns so freuen, unsere liebe Freundin Lady St. John nach ihren Reisen auf dem Kontinent wieder bei uns zu sehen. Wir haben ihre Gesellschaft und die von Sir Antony sehr vermisst und hoffen, dass sie uns nie wieder verlassen werden."

Es gab ein allgemeines Gemurmel der Zustimmung, Sir Antony lächelte und sagte nichts dazu.

Ruhe wurde gefordert; ein leichtes Klopfen von goldenen Augengläsern an Kristall ließ ein musikalisches Klingen durch den Raum ertönen. Gespräche wurde leiser und verstummten dann. Alle gepuderten Gesichter und Häupter wendeten sich dahin, wo Diana St. John

neben ihrem Bruder stand. Niemand fand es seltsam, dass Diana, nicht
ihr Bruder, eine Rede halten würde. Da es sich um ihre Freunde
handelte, wussten sie, dass sie ihn völlig beherrschte. Sie hatte die
meisten in dieser Menge dazu gebracht zu glauben, dass ihr Bruder ein
nutzloser Clown von geringer Wichtigkeit wäre. Betrunkene Vorfälle,
deren Zeuge man in Sir Antonys Vergangenheit geworden war, halfen
nicht, diesen Glauben zu zerstören.

Als daher der große, hoch aufgerichtete Adonis mit seinen durchdringenden blauen Augen nach der Ankündigung des Butlers den
Raum betreten hatte, verzogen sich die Lippen von mehr als nur
einigen der Gentlemen und der meisten Damen zu einem herablas-
senden Lächeln. Die grausam kalten Winter Russlands hatten dem
kleinen Bruder ihrer Freundin offensichtlich keinen Schaden zugefügt,
und daher ließen einige Gäste murmelnd ihre Zustimmung zu Lady
St. John hören. Ein Gast ging so weit, ihr dazu zu gratulieren, dass sie
dem Earl von Salt Hendon geraten hatte, dass eine Stellung in St.
Petersburg Sir Antony überaus gut bekommen würde. Diana St. John
neigte bei diesem Kompliment ihre kastanienbraune Frisur und unter-
nahm nichts, um ihre Gäste davon abzubringen, dass dies tatsächlich
der Wahrheit entspräche.

Die Gläser wurden erhoben, der Trinkspruch ausgebracht und der
Champagner mit Genuss ausgeschlürft.

Sir Antony ahmte die Menge nach und hob das Glas mit ruhiger
Hand, erlaubte dem Rand aber nicht, seinen Mund zu berühren. Seine
Nasenflügel bebten, als die verlockende, bittere Süße der Champagner-
bläschen seine Nase kitzelte. Er atmete tief ein und schluckte schwer.
Er verlangte nach dem Geschmack der goldenen Flüssigkeit, danach,
ihre Kühle seine Kehle hinabrinnen und sein Blut erwärmen zu spüren.
Aber er ließ seine Lippen zusammengepresst, bevor die Versuchung
seinen Verstand überwältigen konnte und er das Undenkbare täte.

*Ein winziger Schluck kann doch nicht schaden. Trink doch, und sieh
selbst, ob du die Willenskraft besitzt, dem ganzen Glas zu widerstehen,*
lockte der Teufel der Versuchung, der auf seiner Schulter saß.

Kaum hatte der Dämon die Frage gestellt, als er aus dem Augenwinkel einen seiner russischen Diener erblickte. Der Mann stand groß
und stolz in seiner neuen Livree da, verblüffend unpassend wirkte aber
der starke Bartwuchs. Sofort verschwand der Teufel der Versuchung,
wurde ersetzt von einer Erinnerung und den ermutigenden Worten
seines guten Freundes, Prinz Mikhails, der die Anzeichen eines
gewohnheitsmäßigen Trinkers bemerkt hatte, noch lange bevor Sir
Antony sich selbst eingestanden hatte, dass er ein solcher war.

Mit weniger ruhiger Hand stellte er das unberührte Glas auf ein

Tablett zurück. Er schaute seine Schwester nicht an, obwohl er gut genug wusste, dass ihr Blick während der gesamten Zeit, die er die Champagnerflöte gehalten hatte, auf ihm geruht hatte. Stattdessen täuschte er vor, einen Blick von jemandem am anderen Ende des Raums aufgefangen zu haben und grüßte mit einem Heben seines Monokels hinüber.

Das war ein alter Trick, einer, den er oft während langweiliger Zusammenkünfte in der Botschaft oder am Ende eines langen Abends benutzt hatte, wenn er, Misha und Katya zu einem nächtlichen Kartenspiel und gemütlichen Gesprächen hinausschlüpfen wollten. Mit einem schweren Seufzer des Entkommenseins bahnte er sich seinen Weg durch die seidenbekleidete Gruppe, die Austern, köstliche Fischpastetchen und frische Früchte verschlangen. Er lächelte hier einer Witwe mittleren Alters zu, sagte ein paar grüßende Worte als Antwort auf ein *Willkommen daheim* eines ihm von White's bekannten Gesichts dort, bis er an den offenen Fenstertüren stand, die auf einen Balkon hinausführten, von dem aus er einen Blick über die Orangenbäume im Hofgarten darunter hatte. Hier, zwischen den Fenstern, auf dem mit Intarsien verzierten Kirschbaumholzwagen thronend, fand sich der willkommene Anblick seines prunkvollen silbernen Samowars.

Zwei Lakaien standen auf den beiden Seiten des Teewagens Wache, während einer der russischen Diener unter den wachsamen Augen des Butlers den großen Behälter des Samowars mit heißem Wasser füllte. Ein zweiter Russe trug eine Schüssel heißer Kohlen, die die senkrechte Röhre füllen sollten, um das Wasser auf der zum Teetrinken richtigen Temperatur zu halten. Ein dritter Russe hielt eine große Schachtel aus Rosenholz vor seiner Brust, die drei kunstvoll verzierte, silberne Teedosen beinhaltete. Sie war verschlossen, und der Schlüssel dazu hing an Sir Antonys goldener Uhrkette, die an einer Westentasche befestigt war und von der auch eine Reihe aufwendig gearbeiteter Gemmen baumelten.

Boyle näherte sich ihm, zwei Teekannen haltend, und sagte vertraulich an seiner Schulter:

„Leider, Sir Antony, weiß von meinen Leuten niemand, was man mit diesem Objekt zu tun hat, und Mr. Semper sagt, dass es nur den Russen erlaubt ist, es anzurühren. Ich hätte sie das Wasser und die Kohlen früher bringen lassen sollen, bevor die Gäste ankamen, aber Mylady war nicht bekannt, dass sie benötigt würden."

„Das ist schon völlig in Ordnung, Boyle", antwortete Sir Antony mit einem Lächeln und übergab ihm den Schlüssel zu der lackierten Rosenholzschachtel. „Zwei Löffel von dem schwarzen Tee in der mittleren Teedose in die silberne Teekanne, die Teeblätter dann gerade nur mit heißem Wasser bedecken. Die andere Teekanne wird zu drei Vierteln mit heißem Wasser gefüllt. Stellt die Teetassen auf und ich erledige dann den Rest. Ich frage mich, ob du mich zu Lady Reanay führen könntest; ich habe gehört, dass sie heute Nachmittag hier sein würde."

„Sie sitzt hinter Euch, Mylord. Lady Reanay mit Lady Caroline Aldershot und eine Miss Kitty Aldershot."

Sir Antony machte vor Überraschung einen kleinen Sprung und drehte sich sofort auf dem Absatz um, er spürte, wie sein Gesicht dabei heiß wurde. Er stand drei Frauen von Angesicht zu Angesicht gegenüber, die hoch aufgerichtet und schweigend auf einem mit einem Überzug aus schokoladenbraunem Damast mit goldenen Blättern versehenen Sofa thronten. Drei Paar Augen hingen an seiner hohen Gestalt; hübsche, mit Gouachefarbe bemalte Fächer wehten den leichten Luftzug, der vom Balkon kam, über ihre Dekolletés. Es war die junge Frau mit der blonden Frisur, die er zuerst anschaute, als er sich aus seiner Verbeugung zur Begrüßung aufrichtete.

Aus Tom Allenbys Briefen hatte er viel über Miss Kitty Aldershot erfahren. Sie war hübsch, wenn auch nicht nach seinem Geschmack, aber er konnte Toms Vernarrtheit gut verstehen. Als Nächstes richtete er seinen Blick auf seine Tante am anderen Ende des Sofas, da er es noch nicht ertragen konnte, Caroline anzusehen. Er hatte Angst vor dem, was er auf ihrem Gesicht lesen würde. Seine Augen mochten tun, was er befahl, aber er konnte sein Herz nicht davon abhalten, in seiner Brust heftig zu hämmern. Plötzlich war ihm schwindelig. Natürlich könnte er sich etwas schwach fühlen, da er seit vielen Stunden nichts gegessen oder getrunken hatte. Da er in romantischer Stimmung war, zog er es vor, Caroline die Schuld zu geben. Sein Blick versagte ihm den Gehorsam und blieb an ihr hängen, als sie zusammen mit ihren Begleiterinnen aufstand und dann zur Antwort auf seine Verbeugung knickste.

Er wurde nicht enttäuscht. Vier Jahre verschwanden wie in einem Augenblick, als ihre grünen Augen zu ihm aufflackerten, aber seinem Blick nicht begegneten. Sie war dieselbe Caroline, die er zurückgelassen hatte. Dasselbe herrliche Haar im Rot des Sonnenuntergangs, derselbe kesse Mund, der zum Küssen einlud. Ihr Gesicht hatte seine Rundheit verloren, aber die verstreuten Sommersprossen auf ihren Wangen und über ihrer Nase waren unter der dünnen Schicht Puder, ihrer einzigen Schminke, gerade noch zu erkennen.

Als sie vor ihm stand, war sie gut einen halben Kopf größer als in seiner Erinnerung, und er überlegte, ob sie in seiner Abwesenheit gewachsen wäre. Er schaute zu den polierten Parkettdielen und sah unter dem Saum der Lagen ihrer dünnen Seidenröcke die Spitzen eines passenden Paares seidener Schuhe herausragen. Nun, das war etwas Neues! Bei seinen Besuchen auf Salt Hendon war sie immer draußen auf dem Anwesen gewesen, mit ihren Hunden herumgelaufen oder hatte sich um ihre Menagerie von Tieren gekümmert und daher immer feste Halbstiefel getragen. Die Vorstellung, wie ihre bestrumpften Füße in einem Paar sehr weiblicher Schuhe steckten, ließ die Hitze bis zu seinen Wangenknochen aufsteigen und er richtete seine Gedanken schnell auf etwas anderes.

Warum hatte er dummerweise gedacht, sie würde unverändert sein? Natürlich würde sie eine Fußbekleidung nach der letzten Mode tragen! Schließlich war dies London, und sie war jetzt eine verheiratete Frau. Warum konnte sie ihm nicht in die Augen sehen? Wo war ihr Ehemann?

Die letzte Frage riss ihn aus seiner Träumerei und ließ ihn abrupt in der Wirklichkeit des Hier und Jetzt landen. Er schaute seine Tante an, aber bevor er einen zusammenhängenden Satz zur Begrüßung zusammensuchen konnte, zupfte Lady Reanay an seinem Ärmelaufschlag, ihre Stirn verwirrt gerunzelt.

„Antony? Warum plappert Diana fortwährend über St. Petersburg, wenn sie noch keinen Tag ihres Lebens dort gewesen ist?"

„Wenigstens siehst du nach deiner Heimreise nicht schlecht aus. Aber du solltest nicht noch mehr an Gewicht verlieren, das sieht bei einem Mann deiner Größe und Breite nicht gut aus", fuhr Lady Reanay fort, fast ohne Atem zu holen, was Sir Antony die Gelegenheit gegeben hätte, auf ihre erste Frage zu antworten; aber das war ebenso gut, da er nicht wusste, was er ihr über Diana sagen sollte. „Vielleicht ist das ein Trick deines Schneiders. Das Blau steht dir, nicht ganz die Farbe deiner Augen, aber ähnlich genug. Warum redet Diana über St. Petersburg? Du hast nie erwähnt, dass sie dich besucht hätte. Ich war gut sechs Monate bei dir und bin abgereist, kurz bevor der russische Winter begann. Dass sie gereist sein soll - ach, du meine Güte! Da plappere ich vor mich hin wie eine durchgegangene Kutsche! Caroline wird mich schelten. Gib deiner Lieblingstante einen Kuss", sagte sie und hob ihre vier Fuß elf Zoll auf Zehenspitzen, um ihm eine mit Rouge geschminkte Wange zu bieten. „Es ist gut, dich sicher wieder zu Hause zu haben, und du siehst so wohl aus, mein Junge. Wir freuen uns *alle*, dich zu sehen."

Sir Antony streifte sacht ihre Wange, vermied dabei vorsichtig die gefärbten Straußenfedern, die aus ihrem roten Seidenturban sprossen, und bevor sie fortfahren konnte, wandte er sich ab und verbeugte sich vor Kitty Aldershot.

„Ich hatte noch nicht das Vergnügen, vorgestellt zu werden, aber ich bin sicher, dass Ihr Miss Aldershot seid?"

Kitty nickte, knickste hübsch und biss sich auf die Unterlippe. Sie errötete vor Freude, weil Sir Antony sich sogar selbst vorgestellt hatte.

Er sah aus der Nähe noch besser aus, als sie erwartet hatte, aber was ihre Zunge lähmte, war der weiche Klang seiner Stimme. Er verursachte ihr Gänsehaut. Sie wollte sprechen, wurde aber grob unterbrochen, bevor sie eine Silbe aussprechen konnte.

Lady Reanay, die Kittys Zögern auf ihre Schüchternheit zurückführte, sagte: „Liebe Güte! Ja! Das ist Kitty Aldershot, die Schwester des armen Stephen und Salts Mündel. Vielleicht erinnerst du dich besser an die Aldershots als ich. Ihr kleiner Landsitz lag etwa fünf Meilen westlich von Hendon. Der Vater des armen Stephen ritt auf der Jagd mit Salts Papa. An *ihn* erinnere ich mich, aber nicht an die Mama des armen Stephen. Diana würde es wissen. Was mich wieder an ihren Besuch in St. Petersburg erinnert ...“

„Tee? Ich bin sicher, wir alle hätten gerne eine Tasse“, sagte Sir Antony, als seine Tante eine Pause machte, um Atem zu holen. Er zwang sich, Caroline anzusehen, sein wohlgeübtes Diplomatenlächeln wie eine Maske auf seinem Gesicht. „Wie gedankenlos von Boyle, nicht dafür zu sorgen, dass Ihr ein Glas Champagner habt. Möchtet Ihr eines bringen lassen? Lady Aldershot? Miss Aldershot?“

„Danke, Sir Antony, ich hätte gerne Champagner“, stellte Kitty Aldershot deutlich fest und fand ihre Stimme und ihr fröhliches Lächeln wieder.

„Wir möchten *alle* gerne Tee haben, danke“, sagte Caroline betont mit einem schnellen, warnenden Blick zu Kitty, bevor sie sich abwandte, um Sir Antony anzusehen.

Sie konnte sich jedoch nicht dazu bringen, ihre Augen über sein Kinn hinaus zu heben. Sie schaute auf die perlenbesetzte, goldene Nadel, die in den Falten seiner Krawatte aus weichen Spitzen um seinen Hals steckte. Solch zarte Spitze, so weiß und fein gearbeitet, stand in ausgeprägtem Gegensatz zu der Robustheit seines kantigen, schweren Kinns, das, obwohl es früher am Tag rasiert worden war, doch schon einen bläulichen Schimmer zeigte. Es lag etwas verführerisch Anziehendes in dem Gegensatz der weiblichen Spitze zu der Männlichkeit dieses Kinns ... Sie war sich ziemlich sicher, dass, würde er seine Haut an ihrer reiben, sie sich wirklich sehr rau anfühlen und die Stoppeln ihre Haut röten und kratzen würden. Er würde sicher seine Spuren hinterlassen ...

Sie ließ sich in einer Woge malvenfarbener Seide und seidener Gazeröcke schwer auf das Sofa nieder, tief gedemütigt. Reuevoll kam ihr die Erkenntnis, dass sie sich vier Jahre lang selbst etwas vorgemacht hatte. Sie war nicht von ihrem Verlangen geheilt. Sie wollte Sir Antony Templestowe noch immer ganz genauso, wie sie ihn vor seinem Exil gewollt hatte. Das ließ sie ohne Rücksicht auf den öffentlichen Ort herausplatzen:

„Es heißt Lady *Caroline* Aldershot. Ich bin immer noch *Caroline.* Ich habe mich überhaupt nicht verändert!"

„Ja, natürlich seid Ihr das immer noch", antwortete Sir Antony friedlich. „Und nein, habt Ihr nicht." Er verbeugte sich kurz. „Entschuldigt mich, während ich mich um den Tee kümmere."

Er drehte sich beiseite und sein Lächeln wurde zu einem Grinsen, als er den folgenden Wortwechsel auffing:

„Er hat eine so *wundervolle* Stimme. Caroline? Dein Gesicht ist ja ganz rot. Bist du ..."

„*Pst*, Kitty!"

„Du bist so zappelig wie ein einflügeliger Käfer, Caroline! Und die Wahrheit lässt sich nicht verschweigen", stellt Lady Reanay fest. „Sei ein gutes Mädchen, Kitty, und fächele Caroline etwas Luft zu. Dein Gesicht sieht erschreckend rot wie ein Apfel aus, meine Liebe. Eine schöne Tasse Tee wird den Schock bekämpfen."

„Ich bin nicht - es war *kein* Schock! Ich bin - ich war - *überrascht.*"

„Schock. Überraschung. Ist doch das Gleiche. Ich erinnere mich an den Schock, den ich in Konstantinopel erlitt, als ein prächtiger Türke vor mir stand, der von der Taille aufwärts nackt war. Meine Knie zitterten furchtbar und gaben nach und ich ..."

Sir Antony hörte den Rest des erstaunlichen Monologs seiner Tante nicht. Eine Hand packte seinen Arm zur Begrüßung und ein dünner Gentleman in einem seidenen Anzug in der Farbe dunkler Trauben stürzte auf ihn zu, ähnlich einem übereifrigen Welpen, der auf seinen Herrn zugesprungen kommt, wenn er nach einer Abwesenheit wieder die Schwelle überquert. Nicht nur war das gesamte Ensemble des Gentlemans in einem Ton verblassten Purpurs, sondern auch seine Strümpfe, das riesige Band um seinen Nacken und der Beutel, in dem er seinen langen Zopf trug. Das einzige Teil der Ausstattung des Gentlemans, das weniger verblüffend und weniger farbig war, was eigentlich schon überraschend wirkte, war seine Perücke. Sie war einfach, ordentlich und weiß gepudert. Eine solche Perücke auf dem Haupt des exzentrischen Dichters, des Ehrenwerten Hilary Wraxton, war tatsächlich ungewöhnlich. Doch änderte Sir Antony nach näherer Betrachtung diese Ansicht, während er die Hand des Dichters schüttelte, da die Perücke des Dichters tatsächlich aus den Federn einer weißen Stockente gemacht war, oder waren es Gänsefedern?

„Antony! Welche Freude, dich hier zu sehen! Nun, nicht hier, nicht, dich *hier* zu sehen, in deinem eigenen Haus, sondern *hier*, zurück in England."

„Welche Freude, dich zu sehen, lieber Freund! Ich dachte, du hättest dich einige Zeit auf dem Kontinent niedergelassen?"

Der Dichter verlor sein Lächeln.

„Hatte. *Hatte* mich niedergelassen. War auch eine gute Zeit. Paris. Bern. Rom. Florenz."

Er folgte Sir Antony zum Teewagen und beobachtete, wie er mit dem silbernen Samowar und dem Teeservice hantierte, stand so dicht an seiner Schulter, dass er mehr als einmal aufgefordert werden musste, beiseite zu treten, während Sir Antony die präzisen Schritte der Teezubereitung vornahm.

Dieses Ritual half, Sir Antony von der Versuchung abzulenken und hielt den Teufel von seiner Schulter fern, denn innerhalb Armeslänge standen genügend Champagnerflaschen und Weinkaraffen, um seine Sucht zu nähren und ihn in glückselige Vergessenheit zu schicken. Der gewohnheitsmäßige Trinker in ihm blieb bei der überzeugenden, aber doch so völlig täuschenden Vorhaltung, dass er die Willenskraft besäße, nur ein kleines Glas Champagner zu trinken, ohne, dass das irgendwelche negativen Auswirkungen haben würde. Trotzdem wusste sein teetrinkendes Selbst, dass dies eine Lüge war. Eine *Heilung* von seiner Sucht gehört in das Reich des Glaubens an Fabelwesen und Schweine, die am Himmel entlang flogen. Prinz Mikhail hatte ihn belehrt: Jeder Schritt näher an der perfekten Tasse Tee war ein weiterer Schritt fort von dem zwanghaften Drang nach Alkohol, um ihn durch den Tag zu bringen.

„Tee, Hilary?"

Der Dichter winkte mit einer rüschenbedeckten Hand ab.

„Mochte das Leben in Florenz; gut für die kreativen Säfte. Dann wurde alles sauer!"

„Was wurde sauer?"

„Ha! Wusste, dass du es verstehen würdest. Sagte immer, du hättest mehr Gefühl als Witz."

„Ich bin nicht völlig sicher, dass das ein Kompliment war. Aber bitte erzähle es mir, bevor ich dich grob unterbrechen muss, um drei durstigen Damen Tee zu bringen."

„Nun, da saß ich und genoss ein liebliches Glas *vino* in der Sonne am Palazzo San Marco mit Mann - das ist Sir Horace Mann, unser Bevollmächtigter in Florenz, aber ich bin sicher, du weißt, dass ..."

„Ja."

„Ja, und da saßen Mann und ich und tranken etwas, als Pascoe sich mit den schrecklichsten Nachrichten auf mich stürzte. Einfach so! Ohne Warnung. Ohne alles. Das machte mich völlig fertig. Pascoe sagte, fünf Monate wären Zeit genug gewesen, um sich an Lizzies *inter-*

essante Umstände zu gewöhnen. Konnte mir nichts Scheußlicheres vorstellen als Pascoe Church, wie er mit einem Balg schäkert. Verabschiedete mich von diesem Ort, *subito*. Keine schreienden Gören für Hilary Wraxton!"

„Willst du mir die gute Neuigkeit mitteilen, dass Lady Church von einem Baby entbunden wurde und dass Pascoe jetzt der stolze Vater eines Sohns und Erben ist?"

„So in etwa. Nein! Nein, nicht *in etwa*. *Genau* so. Wenn ich es bedenke, das ist nicht, was ich dir erzählen wollte! Das war der Gedanke in meinem Kopf, dir von Pascoes Gör zu erzählen, aber nicht das, was ich dir erzählen wollte, wenn du verstehst, was ich meine."

Sir Antony nahm die heiße Teekanne vom Samowar und goss eine bestimmte Menge des starken, schwarzen Tees in vier zitronengelbe Porzellantassen, dabei Platz für den schwächeren Tee aus der zweiten silbernen Teekanne lassend. Er stellte die Teekanne an ihren Platz zurück und sagte beiläufig:

„Verzeih, Hilary, aber du weichst etwas zu weit vom Thema ab, als dass ich irgendetwas *verstehen* könnte."

Der Dichter sah mit auf die Seite gelegtem Kopf zu Sir Antony auf. „Ich kann dir vertrauen, nicht wahr, Antony?"

Sir Antony presste die Lippen aufeinander, um ein Lächeln zu unterdrücken. Mit seiner lächerlichen Perücke aus weißen Federn und den schwarzen Augen, die ihn anblinzelten, erinnerte Hilary Wraxton an eine neugierige Taube. Halb erwartete er, dass der Dichter kurz auf die Zuckerstücke in der silbernen Zuckerdose einpicken würde, die er auf das schwarzlackierte Chinoiserie-Tablett gestellt hatte.

„Was willst du mir anvertrauen, Hilary ...?"

„Machte in Salt Hendon im White Horse halt, um die Pferde zu wechseln. Wünschte, hätte das unterlassen. Wünschte, wäre bis zur nächsten Stadt durchgefahren. Aber muss annehmen, die Kirchenglocken hätten dort auch gebimmelt. Deinem Cousin Salt gehört der größte Teil von Wiltshire, es steht also zu vermuten, dass alle Glocken der Grafschaft laut und klar zur Feier der gesunden Entbindung eines zweiten Sohns läuteten. Das Geläute reichte aus, um mir höllische Kopfschmerzen zu bescheren!"

„Die Kirchenglocken läuteten, weil die Gräfin von Salt Hendon von einem gesunden Sohn entbunden worden war?" Als der Dichter nickte, war Sir Antony nicht fähig, ein Grinsen zu unterdrücken. „Gut gemacht, Jane", murmelte er zu sich selbst.

„Sah Lady St. John in Hendon ..."

Sir Antony zuckte zusammen. „In *Hendon*? Im White Horse?"

„Genau da. Wartete darauf, von der Hendon-London Postkutsche mitgenommen zu werden, zusammen mit ihrer Gesellschafterin und so einem dürren Besen von Mädchen." Er schauderte vor Abneigung. „Diese Gesellschafterin - Schultern, breiter als meine. Unangenehm. *Beängstigend.*"

„Mrs. Smith?"

„Ist sie das? Ist sie *Mrs.* Smith? Bin nicht überzeugt. Überhaupt nicht überzeugt. Könnte genauso gut ein Mann in Röcken sein. Verdarb mir den Appetit für mein Steak mit Ale. Mylady sagte, sie hätte gerade Salt besucht ..."

„Diana war auf dem Landsitz?" Sir Antony klang so ungläubig, dass der Dichter einen Schritt zurückwich. „Verzeih, Hilary. Bitte sprich weiter", fügte er mit besänftigender Stimme hinzu, was den Dichter wieder an seine Seite brachte.

„Ich bot ihr einen Platz in meiner Kutsche an. Das war nur anständig. Konnte die Lady ja nicht mit dem Pöbel in der gewöhnlichen Postkutsche fahren lassen." Seine Stirn runzelte sich. „Weiß nicht, warum Salt ihr nicht eine seiner Kutschen angeboten hat. Trotzdem, war froh, zu Diensten sein zu können. In der Kutsche war kein Platz für diese Person Smith oder das Mädchen. Habe sie oben bei Parsons, meinem Kutscher, sitzen lassen. Mit ihren Handgelenken, dachte ich, dass Smith anbieten könnte, die Zügel zu übernehmen und Parsons auf der Strecke etwas Ruhe zu gönnen. Seltsam ..."

„Seltsam?", wiederholte Sir Antony, der dem Geplapper des Dichters nur mit halbem Ohr lauschte.

Er ordnete das Teegeschirr zu seiner Zufriedenheit an, wehrte einen der Lakaien ab, der gekommen war, um zu tun, was er als seine Aufgabe betrachtete, füllte die Teetassen mit dem schwächeren Tee aus der zweiten Teekanne auf und übergab dem Dichter eine Tasse mit ihrer Untertasse. „Auf dem Teewagen gibt es Zucker."

Hilary Wraxton schaute wieder wie ein Taube und diesmal lächelte Sir Antony doch. Er deutete mit seiner Federperücke in die Richtung eines Lakaien. „Sind die Kerle nicht imstande, ein anständiges Gebräu zu bereiten?"

„Ich ziehe es vor, das selbst zu tun."

„Wirklich? Tust du das wirklich?", murmelte der Dichter und nippte verständnislos an dem heißen Tee mit Milch.

Er stellte die Porzellantasse auf ihrer dünnen Untertasse ab und folgte Sir Antony das kurze Stück zu dem Sofa. Seine Konversation war unermüdlich, und für dieses Mal den drei Damen auf dem Sofa auch willkommen, die trotz eines Raumes voller Lachen und Geplauder alle schwiegen, wenn auch aus sehr verschiedenen Gründen.

Lady Reanay versuchte zu ergründen, wie ihre Schwiegertochter

Diana St. John es geschafft hatte, St. Petersburg zu besuchen, und warum Sir Antony es unterlassen hatte, dies ihr gegenüber zu erwähnen.

Kitty Aldershot überlegte, wie sie ein Glas Champagner in die Finger bekommen könnte und hoffte, dass Sir Antony sie wenigstens lange genug ansehen würde, um zu bemerken, wie hübsch sie in ihrem Brokatkleid *à l'Anglaise* mit passenden Schuhen und Bändern in ihrem Haar aussah. Schließlich galt diese ganze Mühe ja ihm.

Lady Caroline machte es sehr zu schaffen, dass nach nur einem Augenblick in seiner Gesellschaft sie nach Sir Antony Templestowe verlangte wie eine frustrierte Witwe aus einer Radierung von Hogarth. Und da sie nicht länger die naive Achtzehnjährige war, die durchaus erwartete, dass sie ihn heiraten würde, war sie sich wohl bewusst, wohin diese Lust sie bringen könnte. Obwohl sie sicher war, dass er sehr erleichtert sein würde, sie nicht geheiratet zu haben, wenn ihm das ganze Ausmaß ihrer Verderbtheit in der Zeit, die er von England abwesend gewesen war, bekannt würde.

Sir Antony war bewusst, dass sie mit ihren eigenen Gedanken beschäftigt waren und fragte sich, warum sie plötzlich so ernste Gesichter zogen, verteilte daher ruhig den Tee, während er mit nur einem Ohr dem Geplapper Hilary Wraxtons lauschte.

„Ich musste es jemandem erzählen - *dir* erzählen", erklärte der Dichter und folgte Sir Antony die Reihe hinauf und hinab, als dieser Tee, Sahne und Zucker anbot. „Was geschah mit dem besendürren Mädchen?"

Sir Antony drehte sich um und übergab das leere Tablett einem Diener mit glattrasiertem Gesicht, der ebenso wie einige der Gäste verblüfft war, dass sein Herr für die drei Damen auf dem Sofa den Diener spielte. Jetzt hatte der Dichter endlich wieder seine volle Aufmerksamkeit, obwohl er kaum eines von drei Worten gehört hatte.

„Welcher Besen, Hilary? Du hast einen Besen mit nach London gebracht?"

„Nein! Nein! *Keinen* Besen. Ein besendürres Mädchen. Dünn wie ein Stock und mit einer dieser rüschenbesetzten weißen Hauben, die ins Gesicht flattern. Habe bemerkt, dass sie ein Übermaß an krausen Haaren hatte, die in alle Richtungen herausstanden. Sah aus, als könnte jemand sie umdrehen und den Boden damit fegen."

„Daher ein Besen von einem Mädchen", bestätigte Sir Antony, der überrascht war, dass der Dichter eine Vorstellung davon hatte, wie ein solches Hilfsgerät häuslicher Sauberkeit aussähe, widersprach ihm aber nicht. Vielleicht hatte er solch banales Reinigungsgerät als Teil seines scharfen Dichterauges zur Kenntnis genommen? Er war schließlich für

Gedichte über alle Arten nützlicher Gegenstände bekannt, von Kutschen bis zu Uhren und Straßenkehrern, warum dann nicht eine Ode an die Besen?

„Was war mit diesem Mädchen, Hilary?"

Der Dichter seufzte tief.

„Das wollte ich dir anvertrauen. Ich wusste, dass du einen scharfen Verstand hast. Das Mädchen, das bei Lady St. John und diesem Smith-Weib im White Horse war, verschwand! Sie war nicht mehr bei uns, als wir in London ankamen."

„Was ist mit ihr passiert?"

„Das möchte ich ja gerade wissen. Es ist nicht so, dass ich mich übermäßig für Diener interessiere, aber wenn einer auf dem Dach des Wagens angebunden ist, steht es einem doch zu, dass man wissen will, was passiert ist, wenn er verschwindet. Dachte, sie müsste vom Dach gefallen sein, als wir bei unserer Ankunft in der Umgebung von West-minster einen besonders bösen Satz machten. Aber nein! Meine Panik war völlig umsonst." Er beugte sich zu Sir Antonys seidenbedeckter Schulter, mit zusammengekniffenen Augen. „Dieser Mann in Weiber-röcken, diese *Mrs.* Smith, versuchte mir zu erzählen, dass es kein solches Mädchen gegeben hätte!" Er klopfte an seine dünne, lange Nase. „Aber der Ehrenwerte Hilary Wraxton hat Adleraugen und das dazu gehörige Gehirn! Ich habe sie in ihrer Gesellschaft gesehen und ihr einen Sitz oben auf meiner Kutsche bei meinem Kutscher angebo-ten. Also existiert sie!"

„Da bin ich sicher, wenn du das sagst, Hilary."

„Gut. Weil ich möchte, dass *du* herausfindest, was mit ihr geschehen ist! Ich habe ihr ein Gedicht gewidmet. Also brauche ich ihren Namen, oder wozu ist eine Widmung sonst gut, he? Das Gedicht heißt *Ode an ein verlorenes Besenmädchen*."

Sir Antony verkniff sich eine Erwiderung, dass er nicht im Geringsten einem Bow Street-Mann ähnelte und wollte schon vorschlagen, dass der Dichter sich eines solchen bedienen sollte, um das mysteriöse Besenmädchen zu suchen, als Hilary Wraxton die Spitze an seinem Handgelenk schüttelte und zu rezitieren begann:

> *Im weißen Musselinrüschenhäubchen, ganz versteckt,*
> *Flap, flap, flap, der Rüschenrand will nicht gehorchen!*
> *Die Magd mit reichem, wilden Haar,*
> *Ihr Schicksal unglücklich und grau …*

Einige der Gäste kamen aus den vier Ecken des Salons heran, um Hilary Wraxton seine Ode rezitieren zu hören, während eine Handvoll mehr daran interessiert war, Wetten über das Material abzuschließen, aus dem die Perücke des Dichters gefertigt war. Während Hilarys Stehgreifrezitation zog Sir Antony einen hochlehnigen Stuhl neben seine Tante und, die zerbrechliche Tasse und Untertasse sicher auf seinem seidenbedeckten Knie balancierend, beugte er sich zu ihr hinüber, um ihr ins Ohr zu flüstern.

„Bist du morgen zu Hause? Soll ich dich besuchen?"

„Am Morgen. Dann haben wir Zeit zu reden. Die Salt Hendons werden am Nachmittag erwartet, was das Haus in einen chaotischen Zustand versetzen wird. Ich freue mich so zu sehen, wenn die Kinder herumlaufen. Ich würde sagen, komm doch dann, aber Salt ..."

„... hat mir noch nicht verziehen? Oder wenn doch, möchte er mich doch noch nicht empfangen."

„Antony ..."

Er lächelte reuig und hielt tröstend die behandschuhte Hand fest, die sie ihm hinstreckte. „Es ist völlig in Ordnung, Tante Alice. Ich verstehe. Er wird mit der Zeit wieder zur Besinnung kommen."

„Nun, ich habe kein Verständnis!", brummte Lady Reanay. „Es ist genug Zeit vergangen, dass Salt vergeben und vergessen konnte. Starrköpfiger Mann! Ebenso, wie ich nicht verstehe, warum er es Diana nicht erlaubt, ihre Kinder zu sehen. Ich muss zugeben, dass ich mich nie für Diana erwärmen konnte, aber sie war mit meinem Sohn verheiratet und sie ist die Mutter meiner Enkel. Nein! Halte deinen Mund und höre zu. Ich weiß, was es bedeutet, von seiner Familie verstoßen zu sein. St. John wurde mir weggenommen, als ich mit Tobias fortlief, und selbst, nachdem wir heirateten, wurde es St. John nicht erlaubt, seine verruchte Mutter zu besuchen, aus Angst, dass er verdorben werden könnte. Lieber Gott! *Verdorben*!

„Wenn nicht die liebste Jane gewesen wäre, hätte Salt mich nicht eingeladen, nach England zurückzukommen. Dass ich jetzt Zimmer im Haus habe und meine Enkel regelmäßig sehe, übersteigt meine kühnsten Erwartungen. Merry und Ron sind so *liebe* Kinder. Und weil sie so liebe Kinder sind, denke ich, sie sollten auch ihre Mutter sehen, nachdem sie nur aus *ihrem* Exil zurück ist. Weißt du, mein Junge, dass man ihr keinen Kontakt zu den Zwillingen seit deren neuntem Geburtstag erlaubt hat? Sie sind zwölfeinhalb Jahre alt, Antony. Und wenn man Salt mit seinen eigenen Kindern sieht ... Er ist ein so guter Papa, dass ich einfach sein grausames Handeln seinen Patenkindern gegenüber nicht verstehe. Sie haben keinen Vater und ihrem einzigen Elternteil wird es verboten, sie zu besuchen! Es bricht mir das Herz."

„Tante Alice, ich verstehe völlig, wie du als ihre Großmutter Mitgefühl für Rons und Merrys Lage empfinden musst. Oberflächlich gesehen würde das jeder. Ich bin völlig sicher, dass Diana ihre Argumente mit Eloquenz und Leidenschaft vorgetragen hat, aber an den *Umständen* meiner Schwester ist weit mehr, als du dir irgendwie vorstellen kannst." Er drückte sanft die Hand seiner Tante, damit sie ihre Aufmerksamkeit von der plötzlichen Ablenkung durch Hilary Wraxtons improvisierte Rezitation wieder auf ihn richtete. Als sie seinem Blick begegnete, sagte er: „Ich wünschte, ich könnte dir mehr erzählen, aber bevor ich nicht mit Salt gesprochen habe, ist das einfach nicht möglich. Was ich dir sagen kann, ist, dass Diana sich nicht mit Salts Billigung in London aufhält. In der Tat bin ich ziemlich sicher, dass er nicht weiß, dass sie hier ist."

Lady Reanay blinzelte ihn an. Lärmender Beifall und Bewegung innerhalb des Halbkreises von Menschen, die dem Dichter lauschten, erlaubten ihr, sich abzuwenden und quer durch den Raum zu Diana St. John zu schauen, die eine Gruppe von Gentlemen mit etwas unterhielt, das eine amüsante Anekdote sein musste, wenn man ihr Lachen und die Lebhaftigkeit betrachtete. Sie war so schön in ihren Brokatröcken *à la française*, dass Lady Reanay einen tiefen Seufzer der Sympathie ausstieß. Zu Sir Antonys Frustration missverstand seine Tante seine Absicht vollkommen, setzte sich auf und sagte mit einer Stimme voller Empörung:

„Bravo, Diana, dass sie den Mut hat, Salt im Interesse ihrer Kinder zu trotzen. Ich habe es nicht getan und meine Feigheit jeden Tag meines Lebens bereut. Vier Jahre Trennung von ihren Kindern ist lange genug, welches Fehlverhalten sie in der Vergangenheit auch an den Tag gelegt haben mag. Was mir, wie ich hinzufügen muss, Antony, niemand auch nur für Penny hat erklären wollen, nicht einmal Jane, die mich höflich an Salt verweist, wenn ich es wage, die Mama der Zwillinge zu erwähnen! Nicht einmal Caroline kennt den Grund für Dianas Verbannung. Es ist höchst merkwürdig." Die Reihe war an Lady Reanay, die Hand ihres Neffen zu drücken. „Ich freue mich sehr, dass du Dianas Angelegenheit bei Salt annehmen willst. Jemand muss es tun, und wer könnte es besser als ihr liebster Bruder und Rons und Merrys geliebter Onkel. Diana hat mir anvertraut, dass du ein sehr wachsames Auge auf sie hältst ..."

„Hat sie das?", unterbrach er mit einem ironischen Lächeln. „Das tue ich."

„Solch ein guter und verständnisvoller Bruder."

„Was das angeht ..."

„Sie sagte mir auch, dass *sie* der Grund für deine Rückkehr aus St. Petersburg ist."

„Sie war immer die Klügere von uns beiden. Das ist auch wahr."

Lady Reanay schmollte und erstaunte ihren Neffen durch eine Kehrtwendung.

„Für deine Schwester Opfer zu bringen ist für einen liebenden Bruder sehr bewundernswert, Antony, aber nicht, wenn es den Ruin deiner Karriere bedeutet! Ich hatte gehofft, Diana wäre nicht der einzige Grund für deine Rückkehr ...“

Sie hielt inne und warf einen raschen Blick über ihre linke Schulter, um zu sehen, ob Caroline noch immer neben ihr saß. Nein. Lady Caroline stand an den Balkontüren, wo sie sich lässig fächelte, eine Schulter dem Raum zugedreht, als ob sie die Einsamkeit wünschte, die die offene Balkontür ihr gewährte. Lady Reanay erkannte sofort, dass Caroline sich strategisch nahe zu dem Platz gestellt hatte, wo Kitty in ein Gespräch mit dem auf seine dunkle Weise schönen Mr. Dacre Wraxton vertieft war, einem berüchtigten Flirt, dessen gelbliche Augen auf Mädchen in ihrer ersten Saison lauerten. Kitty zeigte dem Schürzenjäger ihren Fächer und er erwies ihr ein übergroßes Maß an Aufmerksamkeit. Als Caroline das Paar schnell unterbrach, atmete Lady Reanay auf und wandte ihre Aufmerksamkeit wieder Sir Antony zu, der seinen Tee ausgetrunken und Tasse mit Untertasse einem Lakaien übergeben hatte.

Was sie ihm als Nächstes erzählte, hätte kein größerer Schock sein können, als ob sie ihn mit einem nassen Fisch ins Gesicht geschlagen hätte, wenn sie über einen solchen Fisch verfügt hätte. Schock wich Ungläubigkeit, die ihn von seinem Stuhl aufspringen ließ. Ungläubigkeit wich der Möglichkeit. Ein Gefühl, das er später wie Sonne, die die Wolken durchbricht, beschreiben würde, verzehrte ihn und er vergaß seine Umgebung in seinem Drang, seine Zukunft dort und dann zu sichern. Warum sollte er zaudern, wenn er doch genau wusste, was er wollte und es zum Greifen nahe war, nur darauf wartete, dass er zugriff? Und so wurde die Möglichkeit von Ungestüm überrollt.

In einer Bewegung, von der er später erkannte, dass sie an sein betrunkenes Verhalten bei dem Konzert erinnerte, das seine Verbannung zur Folge gehabt hatte, bei dem er diesmal aber nicht dem Alkohol die Schuld geben konnte, wiederholte sich die Geschichte in seltsamer Art und Weise.

„Nenn mich eine romantische alte Närrin, aber ich hatte gehofft, dass es Caroline wäre, die dich nach Hause gezogen hat.“

„Caroline?“ Sir Antony runzelte die Stirn und warf einen Blick auf Lady Caroline Aldershot, die wie eingerahmt in der Balkontür stand und jetzt in ein eingehendes Gespräch mit Mr. Dacre Wraxton vertieft war. Seine Kehle wurde trocken. „Warum? Warum würdest du meinen, dass Caroline der Grund für meine Heimkehr sein könnte?“

„Du hast keine Ahnung, nicht wahr?"

„Ich bitte um Verzeihung, Tante. Offensichtlich nicht."

„Ich will dich nicht wegen deiner Unwissenheit tadeln, denn es geschah alles, nachdem ich dich in St. Petersburg verlassen hatte, um nach Helsinki weiterzureisen. Und ich fand es selbst auch erst in Paris heraus, wo ein Brief auf mich wartete, und zu dem Zeitpunkt nahm ich an, dass du es selbst aus den englischen Zeitungen erfahren haben würdest. Salt hat dir die Neuigkeiten nicht geschrieben?"

Sir Antony schüttelte den Kopf.

„Salt sollte mir Neuigkeiten schreiben? Über *Caroline*? Seine gelegentlichen Briefe erwähnten Caroline nie. In der Tat schien er sich jede Mühe zu geben, sie aus seiner gesamten Korrespondenz fern zu halten. Wenn etwas in den englischen Zeitungen stand, muss es in so kleinem Druck oder irgendwo in einer hinteren Spalte versteckt gewesen sein, dass ich es völlig übersehen habe."

Lady Reanay hob ihre feingezeichneten Augenbrauen. „Du neigst nicht dazu, die Spalten über Geburten, Todesfälle und Hochzeiten zu lesen? Nicht einmal, wenn dir äußerst langweilig ist?"

Sir Antony lachte ärgerlich auf.

„Nein. Werbung für James' Puder beschäftigt mich mehr als diese Nachrichten. Vor allem, seit ich mit Entsetzen las, dass Caroline Aldershot geheiratet hat. Du machst mich nervös."

Er beugte sich so vor, dass nur sie ihn verstehen konnte, obwohl das eine unnötige Geste war, da die meisten Gäste sich auf die andere Seite des Raums begeben hatten, um sich für ein improvisiertes Konzert um das Clavichord und die Harfe zu versammeln.

„Du willst mir doch nicht erzählen, dass sie ein Balg von Aldershot bekommt, oder? Ich habe mich noch nicht einmal mit ihrer Ehe abgefunden, daher würden weitere Neuigkeiten dieser Art mich mit Sicherheit am Boden zerstören. Im Übrigen, wo ist Aldershot? Sollte er nicht hier, an der Seite seiner Frau sein? Wenn sie meine Frau wäre ... Gott! Das sind die berühmten letzten Worte! Nun, wenn sie es *wäre*, würde ich mit Sicherheit nirgendwo als an ihrer Seite sein wollen. Was ist los?", fragte er alarmiert, als die Hand seiner Tante in der seinen zuckte und Tränen ihre Augen füllten. „Lieber Gott, Tante Alice, was habe ich gesagt, um das zu verursachen?"

Er wollte aufstehen, um ihr eine frische Tasse Tee zu holen, alles, um ihre Tränen zu trocknen, aber sie hielt ihn zurück, so dass er sich wieder niederließ und wartete.

Lady Reanay nahm sich Zeit, ihren Neffen aus seiner unwissenden Verwirrung zu befreien.

„Vor zwölf Monaten und etwas mehr als zwei Wochen, kam der

arme Stephen - Aldershot - tragisch ums Leben, als er von seinem Pferd abgeworfen wurde. Er starb fast sofort. Nun, jedenfalls öffnete er seine Augen nie wieder. Sein Leben verlosch, bevor auch nur ein Knochenflicker geholt werden konnte. Er war erst dreiundzwanzig. Eine Tragödie."

Sir Antony schluckte heftig.

„Ja, eine Tragödie", antwortete er nüchtern. „Armer Kerl. Und so jung ... Was ist passiert?"

„Niemand weiß es genau. Man nimmt an, dass er über eine besonders hohe Steinwand springen wollte und sein Reittier im letzten Moment scheute. Er wurde über die Mauer geschleudert. Das Pferd wurde auf einer Seite des Felds, Aldershot in einem Graben auf der anderen, mit der Mauer dazwischen, gefunden."

„Wo hat sich das zugetragen?"

„In Salt Hendon."

Sir Antony nickte.

„Gut. Nicht gut, dass er gestorben ist. Gut, dass Caroline zu Hause war, mit Salt und Jane, bei ihrer Familie zu einer solchen Zeit." Er wischte mit der Hand über seinen Mund und schüttelte den Kopf. „Meine Güte, was für eine schreckliche Sache, und sie war noch kaum zwei Jahre verheiratet ... Tragisch." Er schaute zu Kitty Aldershot hinüber, die mit Diana und Lady Porter sprach. „Ist Miss Aldershot seine einzige Verwandte?"

„Ja. Nach dem Tod des armen Stephen blieb sie ganz allein zurück. Salt übernahm die Vormundschaft für sie. Sie ist ein süßes Ding, hat aber keinen Penny. Ich wage zu behaupten, dass Salt sich dazu berufen fühlen wird, sie mit einer angemessenen Mitgift auszustatten, sollte sie einen Heiratsantrag erhalten."

Sir Antony dachte an Tom Allenbys Briefe und wie er Miss Katherine „Kitty" Aldershots blonde Schönheit einmal mit der zwischen bloßen Sterblichen wandelnden Göttin Aphrodite verglichen hatte. Er lächelte schräg.

„Oh, Miss Aldershot wird mindestens einen hervorragenden Heiratsantrag erhalten, bevor die Saison vorüber ist, da bin ich sicher ..."

„Hoffen wir es. Sollte er sich als würdig erweisen und sie ihn annehmen, würde das eine Last weniger für Salt und für Caroline bedeuten. Seit ihre Trauerzeit vorbei ist, hat sie Kitty zu Veranstaltungen, wo diese alte Dame hier sich völlig fehl am Platze fühlen würde, als Anstandsdame begleitet."

Wieder nickte Sir Antony und in seinen Augen stand ein abwesender Ausdruck.

„Seit ihre Trauerzeit beendet ist ... Ja, natürlich. Sie sollte Miss Aldershot zu Bällen und Festen begleiten, wo getanzt wird ... Sie ist zu jung für eine Witwe. Kann sie mir auch nicht in Witwenkleidung vorstellen. Scheußliche Kleidung; scheußliche Zeit überhaupt, nehme ich an. Caroline tanzt doch so gerne ...“

„Mein Junge, ich weiß nicht, was man dir erzählt hat“, vertraute sie ihm an. „In der Tat, scheint mir, dass man dir gar nichts erzählt hat, wenn du denkst, dass Caroline wieder zu ihrem alten Selbst vor der Heirat mit Aldershot zurückgekehrt ist. Sie interessiert sich nicht für Bälle und Feste und Tanzen ...“

„Caroline? Nicht *tanzen*? Nicht auf einen Ball gehen wollen?“ Sir Antony blinzelte seine Tante voller Unverständnis an.

Lady Reanay fragte sich, ob ihr Neffe einen Schock erlitten hätte. Er war zerstreut, murmelte vor sich hin. Seine Reaktion darauf, dass seine geliebte Caroline jetzt Witwe war, entsprach überhaupt nicht dem, was sie erwartet hatte. Nach dem Ende der üblichen Trauerzeit stand es Lady Caroline Aldershot jetzt frei, wieder zu heiraten - frei, Sir Antony zu heiraten und er war frei, sie zu fragen, ob sie seine Frau werden wollte. Sah er das nicht? Verstand er nicht, was das für seine und Carolines Zukunft bedeutete?

„Du verstehst, was das bedeutet?“, fügte sie hinzu, ihn genau beobachtend. „Caroline ist Witwe ... Antony?“

Plötzlich verstand er. Die dunklen Wolken, die sein persönliches Leben eingehüllt hatten, teilten sich, um einen Moment hellen Sonnescheins hereinzulassen, gerade, als Lady Reanay ihm diese Frage stellte. Er sprang von seinem Platz auf, zog an den Enden seiner Weste und bürstete eilige die Ärmel seines Rocks aus, um imaginäre Fältchen zu glätten. Er richtete den Sitz der perlengeschmückten Nadel in seiner Krawatte und neigte seinen Kopf zuerst nach links, dann nach rechts, während er sich räusperte. Mit einer Verbeugung vor seiner Tante entschuldigte er sich höflich, sein Gesicht war bleich, als wäre er plötzlich erkrankt. Er schritt zu der Balkontür hinüber, wo Lady Caroline die Aussicht bewunderte.

Er war so entschlossen, nur auf sein Ziel bedacht, dass er für alles um sich herum blind war und taub dafür, dass sein Name gerufen wurde.

Die Gäste, die um das Clavichord versammelt waren, verlangten nach ihm - jedermann wusste, dass Sir Antony ein ziemlich guter Spieler war. Ihre schmeichelhaften Rufe blieben ungehört. Lady St. John sagte, sie würde ihn holen. Sie würde nicht auf der Harfe spielen, wenn ihr lieber Bruder sie nicht auf dem Clavichord begleitete. Sie raffte ihre bestickten Röcke mit einer Hand und hastete quer durch das

Zimmer, entschlossen, die Aufmerksamkeit ihres Bruders auf sich zu ziehen. Sie bat Mr. Dacre Wraxton, der gerade seine Unterhaltung mit Lady Caroline abgebrochen hatte, seine Bitten den ihren anzuschließen, und er willigte freundlich ein. Sie streckte ihre Hand aus und er bot ihr seinen gebeugten, von einem samtenen Ärmel bedeckten Arm.

Alle schauten zu und warteten.

Sir Antony fuhr fort, seine Schwester und ihren Fürsprecher zu ignorieren.

Sir Antony tauchte hinter Carolines Rücken auf, bevor sie jemanden neben sich spürte. Sie hörte die Rufe und Bitten von der anderen Seite des Raums, hatte aber keine Ahnung, worum es bei dem Trubel ging. Alles, was sie wollte, war, diese Gesellschaft so schnell wie möglich zu verlassen. Ihre vertraute Unterhaltung mit Dacre Wraxton hatte unwillkommene Aufmerksamkeit erregt und ihre Verbindung zu ihm unterstrich nur ihre Unwürdigkeit. Wie konnte sie ihren Kopf unter den durchdringenden blauen Augen von Sir Antony Templestowe erhoben halten, der nichts von ihrer schmutzigen Vergangenheit ahnte, und unter Cousine Dianas hochmütigem Lächeln? Dacre Wraxton zufolge wusste ihre Cousine Diana alles, was es über ihre Affäre zu wissen gab. Sie hatte keinen Zweifel daran, dass ihre Cousine diese Information zu ihrem Vorteil nutzen würde. Es war nur eine Frage der Zeit, bis Diana diese schockierenden Nachrichten Salt, und noch schlimmer, Sir Antony anvertraute ...

Zwei Stunden bei einem Nachmittagstee zu verbringen, der deutlich als selbstbeweihräuchernde Feier von Diana St. Johns Rückkehr in die Londoner Gesellschaft gedacht war, war Zeit genug, und Caroline hoffte, dass Lady Reanay das auch dachte. Sie sehnte sich nach der Einsamkeit ihrer Zimmer im großen Haus ihres Bruders am Grosvenor Square und der Gesellschaft ihrer Menagerie. Ihre Sammlung von Tieren und Vögeln liebte sie bedingungslos. Sie verurteilten sie nie und schafften es immer, sie in fröhliche Stimmung zu versetzen.

Ein Räuspern hinter ihrem Rücken drängte sich in diese Gedankengänge. In der Annahme, dass es Dacre Wraxton war, der sein Werben fortsetzen wollte, drehte sie sich auf dem Absatz um, klappte ihren Fächer zu, den sie dann über dem Spitzenhandschuh ihrer linken Hand hielt, so wie man eine Keule hält, und sagte mit einem erbitterten Seufzer:

„Wraxton, genug von Euren dummen Spielchen. Ich werde nie wieder Euer Bett teilen, verheiratet oder unverheiratet, und daher ist es sinnlos - Oh! An—Antony!?"

Er verbeugte sich formell vor ihr und räusperte sich ein zweites Mal.

Er war so aschfahl und die Muskeln in seinem Gesicht so angespannt, dass sie sofort annahm, dass Lady Reanay unwohl wäre, sie streckte eine behandschuhte Hand aus, als ihr ein Blick über seine seidenbekleidete Schulter verriet, dass es ihrer Tante bestens ging.

„Was - was ist denn los?“

Er nahm ihre Hand uns ließ sich sofort auf sein gebeugtes Knie nieder.

„Lady Caroline ... Mylady, wollt ihr mir die höchste Ehre erweisen, meine Frau zu werden?“

SIEBEN

FÜNFZEHN MINUTEN FRÜHER, VOR SIR ANTONYS ungeschicktem und sehr öffentlichen Heiratsantrag, schaute Lady Caroline Aldershot in den von einer Mauer umgebenen Garten hinab. Zwei kräftige Männer waren unter der Aufsicht des Obergärtners dabei, Kübel mit Orangenbäumen in den Sonnenschein zu rücken. Aber ihre Ohren waren mit der dümmlichen Unterhaltung zwischen Kitty Aldershot und Dacre Wraxton beschäftigt. Kittys Geschwätz handelte natürlich nur von ihr selbst. Die Zeit, die sie bei ihrer Toilette verbracht hatte, um sicherzustellen, dass alles, von ihren Locken bis zu ihren gewirkten Strümpfen perfekt aufeinander abgestimmt war, wurde mit nur einsilbigen Antworten quittiert. Glücklicherweise war Kitty so naiv, dass sie Dacre Wraxtons Versuche, sie in einen ernsthaften Flirt zu verwickeln, nicht einmal bemerkte. Sie antwortete auf alle seine Bemerkungen ehrlich und direkt. Als er hinterhältige Bemerkungen machte, die sie nicht verstand, täuschte sie Verstehen vor, indem sie mit einer dummen Bemerkung antwortete, die in einem Kichern endete. Als ihr Kichern lauter wurde, erkannte Caroline, dass Kitty zunehmend nervös wurde und es schwierig fand, sich aus der Ecke zu befreien, in die Dacre Wraxtons ganz auf sie gerichtete Aufmerksamkeit sie gedrängt hatte.

Caroline verstand das, da Dacre Wraxton, der höfliche Schürzenjäger, mit ihr das gleiche Spiel gespielt hatte, als sie in Kittys Alter war. Sie hatte auf seine Annäherungsversuche ziemlich in der gleichen Art reagiert, wie Kitty es jetzt tat. Doch wo Kitty zögernd und nervös war, hatte Caroline die Aufmerksamkeit genossen und sich geschmeichelt gefühlt, von einem so gefährlich schönen Mann beachtet zu werden. Sie flirtete unverschämt mit ihrem Verehrer. Wraxton verfolgte sie und wählte sie bei jeder öffentlichen Veranstaltung aus. Caroline hoffte, seine Bemühungen würden bei Sir Antony Templestowe Eifersucht wecken. Ihr Plan ging nicht auf.

Je mehr sie und Wraxton unter Sir Antonys schmaler Nase flirteten, desto mehr ignorierte *ihr Antony* sie. In der Tat gab er sich größte Mühe, ihr Verhalten zu ignorieren. Von dem einzigen Mann ignoriert zu werden, an dem ihr wirklich lag, brachte ihre schlechteste Seite zum Vorschein und ihre Koketterie mit Dacre Wraxton erreichte eine gefährliche Stufe. Ihr Verhalten wurde so empörend, dass Salt kurz davorstand, sie aufs Land zurückzuschicken, als sie ihren sehr öffentlichen Streit mit Antony bei dem Salt Hendon-Konzert hatte. Das änderte alles.

Dieser Vorfall ließ sie völlig außer Kontrolle geraten und unter dem Einfluss zu vieler Gläser Champagner wurde sie gleichermaßen mutig und bedenkenlos genug, um es der Sache mit Dacre Wraxton zu erlauben, über eine Koketterie hinauszugehen. Sie erlaubte ihm Freiheiten, die sie nicht zurücknehmen konnte. Ihre einzige Rettung war es, dass der Earl von Salt Hendon ihr Bruder war. Sie bezweifelte, dass selbst ihre Mitgift von dreißigtausend Pfund sie vor dem Ruin gerettet hätte, wenn Salt nicht eingegriffen und sie an Aldershot verheiratet hätte.

Sie war entschlossen, dass die Geschichte sich nicht wiederholen würde. Dacre Wraxton würde Kitty nicht ruinieren. Nicht nur fehlte Kitty die innerliche Kraft, sich von einer solchen Verführung zu erholen, sie hatte auch keinen Earl zum Bruder oder eine erhebliche Mitgift, die wesentlichen Tatsachen, die es Caroline ermöglicht hatten, einen offenen Skandal und lebenslangen Tadel zu vermeiden.

Als sich ein passender Moment bot, wandte sich Caroline daher vom Balkon ab und sagte ruhig, aber fest, während sie ihre Finger wieder in ihre zarten Spitzenhandschuhe gleiten ließ:

„Kitty, Liebes, sei doch so freundlich, mir ein Glas Orangenwasser zu holen. Die warme Luft vom Balkon her hat mich sehr durstig gemacht. Bitte den Lakaien dort, frisches zu holen. Ich glaube, alle Krüge auf dem Tisch sind leer."

Kitty klappte sofort ihren Fächer zu, versank kurz vor Dacre Wraxton in einem Knicks und ging. Wenn ihr Seufzer der Erleichterung auch unhörbar war, unterstrich doch die Stille in der Luft, die ihre plötzliche Abwesenheit verursachte, ihre Befreiung. Dacre Wraxton nahm ihren Platz ein und mit einer Schulter an den gestrichenen Fensterrahmen gelehnt sah er Caroline mit einem reuigen Lächeln und einem Funkeln seiner dunklen Augen an.

„Euer Schützling ist sehr hübsch, aber ihr fehlt Euer Feuer. Ich hoffe, sie findet in ihrer ersten Saison einen Ehemann. Ihre blonde Schönheit wird verblassen und sie wird langweilig werden, bevor sie die Weisheit findet, die im Schweigen liegt. Sie wird ihre Tage als Staubfänger auf einem Regal verbringen."

„Besser eine langweilige, staubbedeckte Schönheit als das, was Ihr mit ihr vorhattet."

Dacre neigte den Kopf mit dem Anflug eines Lächelns und seine schwarzen Augen verloren ihren zynischen Schimmer.

„Meine liebe Lady Caroline, ich hatte mit Miss Aldershot nichts im Sinn als einen kleinen Flirt hie und da. Ich hatte gehofft, sie würde meine Langeweile etwas vertreiben. Zumindest mich vergessen lassen, dass dieser weibische Tölpel von meinem Bruder im gleichen Raum wie ich ist und sein dichterisches Geschwätz herausblubbert. Ich gratuliere Lady St. John für die Veranstaltung dieses Familientreffens. Aber lasst mich Euch nicht mit meiner Familie langweilen. Ich würde es vorziehen, alles über die Eure zu hören. Die Familien anderer sind weit unterhaltsamer als die eigene."

„Es gibt nichts zu erzählen."

Er musterte sie aufmerksam.

„Nichts? Ha! Ein netter Versuch von Gleichgültigkeit, aber mich haltet Ihr nicht zum Narren, meine Liebe. Er hat Euch aus der Fassung gebracht, nicht wahr, Euer blauäugiger Baronet?" Als sie es weder abstritt, noch ihn anschaute, lächelte er dünn. „Diese Nähe bringt uns beide zum Beben - mich vor Verlegenheit, einen solchen Bruder zu haben, und Euch durch das erneute Erwachen Eurer Gefühle für Euren Baronet."

„Hört auf, Dacre!"

„Schon besser. Ruft mich mit meinem Namen. Ich ziehe Euch lebhaft statt rührselig vor, selbst, wenn es aus Zorn ist. Letzterer passt wundervoll zu Eurem Haar."

Als er seine Hand ausstreckte, klopfte sie ihm leicht mit ihrem Fächer auf seine Finger und er nahm ihn ihr ab, klappte ihn auf und fächelte damit wie eine Frau.

„Meine Liebe, es gibt wirklich keine Notwendigkeit, Skrupel zu haben", fuhr er fort. „Ich habe festgestellt, dass es besser ist, wenn man die Strapazen dieser Gesellschaft überleben will - verzeiht mir dieses Klischee - sein Gewissen wegzusperren und den Schlüssel fortzuwerfen."

Daraufhin schaute sie ihn an, ihr Gesicht von der Peinlichkeit der Erinnerungen gerötet.

„Ihr gebt also zu, ein Gewissen zu haben. Wie rührend!"

Einen Moment lang verlor er seine höfliche Maske, seine dunklen Brauen zogen sich über seiner dünnen Nase zusammen.

„Wenn ich je Euren Bedürfnissen gegenüber rücksichtslos war, *irgendwann*, Mylady, bitte ich aufrichtig um Verzeihung ..."

„Nein. Nein. Ihr müsst nicht um Verzeihung bitten oder so denken", gestand sie wahrheitsgemäß und schluckte. Tapfer hielt sie seinem Blick stand. „Ihr tatet nur, worum ich Euch bat."

„Dann kann ich als glücklicher Mann sterben", sagte er affektiert und machte ihr eine elegante Verbeugung, bei der die Spitzenrüschen an seinen Handgelenken über den Boden fegten.

Als er sich aufrichtete, versuchte sie, ihm ihren Fächer abzunehmen.

„Das war unüberlegt, Sir! Jetzt schaut der halbe Raum zu uns herüber."

Er sah über seine Schulter und betrachtete die fantasievoll bemalten Wände mit ihren etruskischen Motiven des Altertums auf Vorhängen, die goldenen Greife und klassischen Urnen, aus denen Efeu wuchs und bemerkte, dass tatsächlich die meisten Blicke in ihre Richtung gingen. Die Gäste waren dabei, sich um das vergoldete Clavichord zu versammeln und Lakaien arrangierten hochlehnige Stühle in zwei Reihen. Zum Glück hatte sein Bruder seinen Vortrag beendet und seine abgelegte Mätresse, Lady Dalrymple, starrte ihn nicht länger trübsinnig an. Er hörte, wie Diana St. John nach ihm rief, zog es aber vor, sie zu ignorieren und seine Aufmerksamkeit wieder der kurvenreichen Lady Caroline zuzuwenden - dem einzigen Lichtblick in einer sonst langweiligen Veranstaltung.

„Der halbe nur?", scherzte er. „Liebe Güte! Ich muss nachgelassen haben. Ich hatte auf aller Augen gehofft."

„Bitte seid einen Moment ernst."

„Muss ich das? Warum muss ich ernst sein, Zuckerschnütchen?"

„Nennt mich *niemals* so", forderte sie leise und errötete.

„Aber Ihr habt die schönsten ..."

„*Wraxton*", zischte sie; ihr Gesicht hatte jetzt dieselbe Farbe wie ihre Haare. „*Euer Versprechen.* Ihr habt mir Euer Wort gegeben, dass Ihr niemals über unser ... unsere ... *Begegnung* sprechen würdet."

„Begegnung?", fragte er. „Ich würde es doch lieber als überaus genussreiche Liaison in *Erinnerung* behalten."

„Ich bin überrascht, dass Ihr überhaupt eine bestimmte Erinnerung behalten könnt, wenn es um Frauen geht!"

Sein Kichern war leise und voller Heiterkeit.

„Ich vermisse Euch, Hitzköpfchen. Ich vermisse Euer Geplänkel. Zu erleben, wie Ihr behauptet, wütend auf mich zu sein, ist eine so erfrischende Abwechslung von rehäugigen Hohlköpfen. Hitzköpfchen, Ihr und ich, wir sind aus dem gleichen fehlerhaften Holz geschnitzt. Wir verdienen einander. Gebt es zu! Nachdem dieser Junge jetzt friedlich und kalt in seinem Grab ruht ...“

„Sprecht nicht mit solcher Respektlosigkeit von Aldershot. Trotz all seiner Fehler war er doch mein Ehemann.“

„Fehler? Er war ein lilienblasser, schwindsüchtiger Mitgiftjäger! Er verdiente Euch nicht. In Wahrheit ist es gut, dass Ihr ihn los seid, und das spreche ich aus, selbst wenn Ihr und andere es nicht könnt.“ Er ließ den Fächer in ihren Ausschnitt sinken und die gefaltete Kante an dem kleinen Spitzenrand ihres Unterhemdes entlanggleiten. „Alles, was ich verlange ist, dass Ihr ernsthaft über mein Angebot nachdenkt ...“

„*Angebot*? Nach zwölf Monaten Ehe mit Euch, wenn ich das Glück haben sollte, so lange Eure ungeteilte Aufmerksamkeit zu genießen, würdet Ihr Euch wieder Euren ausschweifenden Gewohnheiten hingeben und ich wäre nur eine unter vielen. Schlimmer. Ich wäre die Ehefrau, die Ihr um anderer Frauen willen verlasst. Eure gefühllose Behandlung des schwächeren Geschlechts ist an der armen, geknickten Jenny Dalrymple gut zu sehen. Vielleicht war sie nur Eure Geliebte, aber sie verdiente es nicht, so einfach abgeschoben zu werden. Mich schaudert bei dem Gedanken! Nein, danke.“

Er zuckte mit den Schultern und warf einen Blick dorthin, wo Sir Antony und Lady Reanay Tee schlürften. Der große Baronet lauschte der alten Dame, als ob jedes ihrer Worte in Gold gefasst wäre. Das ließ ihn höhnisch lachen.

„Ihr meint, Ihr hättet eine Wahl nach der Rückkehr Eures blauäugigen Baronets? Seid keine Närrin. Ein Mann wie dieser hat *Skrupel*. Er würde eine tugendhafte Witwe als Braut akzeptieren, aber wenn er entdeckt, dass Ihr eine Vergangenheit habt, würde er einen guten Grund haben, Euch wegzuwerfen, noch bevor er Euch heiratet. Verzeiht, dass ich das erwähne - aber als der interessierte Dritte in Eurer bevorstehenden romantischen Verbindung habe ich ein persönliches Interesse - was glaubt Ihr, wie er reagieren wird, wenn er die Wahrheit erfährt?“

Caroline fühlte sich plötzlich schwach.

„Ihr würdet Euch nicht so erniedrigen ...“

Er schaute tief in ihre grünen Augen.

„Für Euch würde ich mich bis in die Hölle hinablassen.“

Caroline glaubte ihm. Eine so ernsthafte Erklärung eines so teuflisch gutaussehenden Schurken würde drei Viertel aller Damen Londons ohnmächtig zu seinen Füßen sinken lassen. Aber ihr wurde davon nur übel. *Er* bereitete ihr Übelkeit. Sie wandte ihr Gesicht ab und erhaschte dabei einen Blick auf ihren großen, gutaussehenden *Gentle*man. Er hielt eine zerbrechliche Teetasse mit Untertasse auf seinen seidenbedeckten Knien und lauschte höflich einem von Tante Alices Monologen, als ob sie ihm die fesselndste aller Nachrichten mitteilte. Aller Wahrscheinlichkeit nach gab sie ihm einen medizinischen Überblick über ihre Arthritis und Antony hörte mit aller Beflissenheit eines behandelnden Arztes zu.

Sie unterdrückte ihre Tränen.

„Er hat den Ruf, ein äußerst ritterlicher Gentleman zu sein, und äußerst ehrenhaft", sagte Dacre Wraxton mit leiser Stimme an ihrem Ohr, denn von der anderen Seite des Raums ertönten Rufe und sein Name wurde erwähnt. Er wollte seinen Vorteil nutzen, bevor er abgerufen wurde. „Vor vier Jahren hättet Ihr Euren Baronet haben können, und doch habt Ihr Eure Chance verdorben. Schaut in den Spiegel, Hitzköpfchen. Selbst als naive Unschuld wusstet Ihr, dass er zu gut, zu aufrichtig für jemanden wie Euch war. Wie stehen die Chancen, dass er Euch diesmal einen Antrag machen wird, wenn er erst einmal die Wahrheit erfahren hat? Euer Bruder kann keine Einwände dagegen erheben, dass Ihr mich heiratet, nicht, nachdem er Euch an einen Dummkopf wie Aldershot verheiratet hatte. Eines Tages werde ich Titel und Vermögen erben. Ich gebe Euch mein Wort, dass ich auf meine Weise treu sein werde. Wenn ich mich anderweitig amüsiere, werde ich diskret sein ..."

„Diskret? Treu? *Euer Wort? Ihr* solltet in den Spiegel schauen, Wraxton!", entgegnete Caroline ungläubig. „Solch schöne Worte gehören nicht zu Eurem Wortschatz." Sie trat einen Schritt beiseite und schüttelte ihre seidenen Röcke aus, fasste sich dann ausreichend, um ohne Emotion sagen zu können: „Ich bin nicht mehr das Mädchen, das ich bei dem Maskenball war. Was ich damals tat, geschah aus Trotz. Die Heirat mit Aldershot - unsere ... unsere *flüchtige* Affäre - haben mir lediglich erlaubt, Klarheit darüber zu erlangen, was wirklich wichtig ist. Antony ist mehr wert als hundert - nein, *tausend* Euresgleichen! Ich weiß genau, was ich verloren habe. Aber Ihr irrt Euch. Er hat mich nie gebeten, ihn zu heiraten."

Dacre Wraxton war aufrichtig überrascht.

„Es sieht Lady St. John nicht ähnlich, sich bei einer so wichtigen Einzelheit zu irren ..."

„Lady St. John?" Carolines Augen verengten sich zu Schlitzen. „Wie interessant. So lange von der Londoner Gesellschaft entfernt und

Cousine Diana hat es nicht geschafft, ihre Lektion zu lernen, dass sie ihre Nase aus den Angelegenheiten anderer Leute herauszuhalten hat - genauer gesagt, aus meinen Privatangelegenheiten!" Plötzlich kam ihr ein erschreckender Gedanke. „Ihr könnt doch nicht - würdet doch nicht - Ihr habt es doch nicht *ihr* erzählt?"

Dacre Wraxton klappte ihren Fächer zu und tupfte ihr damit leicht auf die Nasenspitze, bevor er ihn ihr zurückgab.

„Mein liebes Hitzköpfchen, ich gebe zu, ein vollendeter Schurke und Herzensbrecher zu sein, aber ich verrate nichts Anvertrautes, vor allem dann nicht, wenn es im Bett einer Dame erzählt wurde." Als Caroline vor Erleichterung die Augen schloss, bat er um Verzeihung. „Ich habe es ihr nicht erzählt, aber sie weiß es."

„Wie? Wie kann sie es wissen?"

Dacre Wraxton lächelte mitleidig, da ihr Zorn sich bei seiner Enthüllung sofort in Furcht verwandelte. Anders als die meisten seiner Genossen freute er sich nicht über Lady St. Johns Rückkehr nach London. Sie hatten eine gemeinsame Vergangenheit durch ihren Ehemann, Aubrey St. John. Er schaute in Carolines Augen und war nicht überrascht, dort Furcht zu lesen. Diana St. John war jemand, mit dem man rechnen musste. Sie hatte die feine Gesellschaft vor vier Jahren kraft ihrer Persönlichkeit und ihres Wissens um die Geheimnisse anderer beherrscht. Und ihren Besuchen in den Salons der Gesellschaft in den letzten Wochen nach zu urteilen, schien sie auf bestem Wege, diese Vorherrschaft durch jedes ihr zur Verfügung stehende Mittel wiederzuerlangen.

„Ich glaube, dass das Sprichwort, *Wände haben Ohren* zutreffend sein dürfte. Dienstboten sind überall und doch sehen wir sie nirgends. Man kann nur vermuten, dass so jemand geplaudert hat."

Carolines Blick ruhte fest auf Diana St. John, dem Mittelpunkt der Gruppe um das Clavichord. Sie könnte durchaus glauben, dass ihre Cousine fähig wäre, Diener für Spionagedienste zu bezahlen.

„Einer von Euren oder von meinen?"

Er hob gleichgültig eine Schulter.

„Meine Diener oder Eure, das ist ohne Belang. Bei Eurer Cousine würde ich mir mehr Sorgen um das *warum* denn um das wie machen. Sie hortet anderer Leute Geheimnisse besser als ein Eichhörnchen Eicheln für den Winter! Ein Umstand, den ich für mein eigenes Wohl zu spät entdeckt habe, und daher tanze ich nach ihrer Pfeife, wenn sie es wünscht. So, nun müsst Ihr mich entschuldigen. Ich wurde gerufen." Über ihre Schulter hinweg sah er Sir Antony sich eilig nähern und sagte dicht an ihrem Ohr: „Wenn Ihr damit fertig seid, dumme Spielchen mit ehrenhaften Männern zu spielen, warte ich auf Euch."

. . .

SIR ANTONYS HEIRATSANTRAG AUF GEBEUGTEM KNIE RIEF EINE
solche Kakophonie gutgelaunter Rufe der Ermutigung von den Gent-
lemen und Ausrufen von Freude oder Seufzern des Glücks von den
Damen hervor, dass Caroline den Eindruck hatte, dass sie sich auf dem
St. Bartholomews Fest zwischen den armen heulenden und krei-
schenden Exoten von Pidcocks Wildtierschau befände. Mehrere der
Damen eilten in einem Rauschen von Röcken nach vorn, um ihre
Antwort auf eine so durch und durch romantische Geste zu hören.
Lady St. John, am Arm von Mr. Dacre Wraxton, und Lady Reanay mit
Kitty an der Hand warteten hinter Sir Antonys Rücken, aller Augen
hingen an Lady Carolines gerötetem Gesicht.

Noch völlig außer sich durch die Entdeckung, dass Diana St. John
über ihre Vergangenheit Bescheid wusste und sich fragend, was ihre
Cousine mit einer so skandalösen und schädlichen Information
anfangen wollte - Salt zu informieren, war ihr erster Gedanken -
konnte Caroline nur auf ihre behandschuhte Hand starren, die auf Sir
Antonys Fingern ruhte. Als sie schließlich ihren Blick zu seinem
blassen Gesicht hob, verursachte der Ernst in seinen blauen Augen
einen Kloß in ihrer Kehle und sie schluckte schwer. Sie hatte seine
Worte nicht gehört, aber sich so auf das gebeugte Knie niederzulassen
war Anhaltspunkt genug dafür, welche Frage ihrer Antwort wartete. Sie
hatte so lange darauf gewartet, ihn diese Frage stellen zu hören, und
hatte von genau diesem Moment seit Jahren immer wieder geträumt,
dass sie vor Schreck verstummte, als er diese bedeutsame Erklärung in
der Öffentlichkeit und in einem so ungünstigen Moment machte.

Freude. Begeisterung. Höchstes Glück. Dies waren die Gefühle, die
man normalerweise mit einem Heiratsantrag verband. Doch ihre
Gefühle waren hoffnungslos in Knoten verstrickt. Sie fand, sie wäre Sir
Antonys hochromantischer Geste völlig unwürdig. Dieser schöne
Mann, der vor ihr kniete, der so öffentlich und so bereitwillig sein
Herz geöffnet hatte, verdiente eine bessere Frau als sie. Er würde selbst
auch so denken, wenn er herausfand, was sie wirklich war. Tränen des
Selbstmitleids wallten auf, die sie schnell fortblinzelte. Es war sinnlos,
sich selbst leid zu tun. Sie hatte ihre Entscheidungen getroffen und
musste jetzt mit ihnen leben. Antony hatte auch Entscheidungen
getroffen, und jetzt musste er weiterleben - ohne sie weiterleben. Das
war das Beste. Er würde auch so denken, wenn er die Wahrheit
schließlich erführe.

Sie bereitete sich innerlich darauf vor, ihm die Antwort zu geben,
von der sie wusste, dass er sie nicht hören wollte. Sie entzog ihm ihre

behandschuhte Hand, holte tief Atem und sah ihm tapfer in die Augen.

Was sie tatsächlich sagte und tat, war etwas völlig anderes. Sie gab dem Ausdruck in seinen Augen die Schuld - blaue Augen, in denen sich die Aufrichtigkeit seines Anliegens spiegelte. Wie könnte sie solcher Ehrlichkeit und solcher Anbetung widerstehen? Ihre Entschlossenheit, die Gäste und die Umgebung, alles schwand dahin, bis nur noch sie beide dort waren, einander anlächelten als ob sie die einzigen Menschen im Zimmer wären. Es war nur ein Moment, nicht einmal eine Minute, aber es war genug. Anstatt ihre behandschuhte Hand an ihrer Seite herabfallen zu lassen, hob sie sie, um sanft sein Gesicht zu berühren. Sie zeichnete den Umriss seines energischen Kinns nach, ihre spitzenumhüllten Fingerkuppen streichelten die Rauheit der Bartstoppeln auf Wange und Kinn. Und als er kurz die Augen schloss und sein Gesicht in die Innenseite ihrer Hand drehte, prickelten Tränen hinter ihren Augenlidern.

Unwillkürlich schnüffelte sie die Tränen zurück und flüsterte, so dass nur er es hören konnte: „Warum stellt Ihr mir eine solche Frage in der Öffentlichkeit, Ihr *unmöglicher* Mann?"

Sir Antony lächelte schief, küsste ihre Hand und erhob sich zu seiner vollen Größe. Er war verletzt, weil ihre Antwort nicht die spontane war, auf die er gehofft hatte, aber es brachte ihn dazu, sich seiner Umgebung bewusst zu werden, ebenso wie der Tatsache, dass er wieder einmal seinen Gefühlen für Caroline gestattet hatte, die Oberhand zu gewinnen. Auf diese Weise hatte er sie in eine sehr schwierige Lage versetzt und hatte diesmal nicht die Ausrede völliger Trunkenheit für sein Ungestüm! Dennoch, sie hatte ihn nicht rundheraus abgewiesen und das gab ihm Hoffnung.

Er hatte ihre behandschuhte Hand nicht losgelassen, trat einen Schritt näher und beugte sich zu ihrem Ohr, sodass nur sie ihn hören konnte. Für die Zuschauer sah es aus, als küsste er ihre Wange.

„Weil ich dich liebe, Caro", antwortete sanft. „Ich habe nie aufgehört, dich zu lieben."

Überwältigt und sprachlos unterdrückte Caroline ein Schluchzen, als sie ihre Hand befreite. Mit einem letzten Blick auf sein errötetes Gesicht packte sie eine Handvoll ihrer seidenen Röcke und floh aus dem Raum, Kitty Aldershot folgte ihr auf den Fersen zum Klang brüllenden Beifalls.

• • •

LADY REANAY HIELT SIR ANTONY DAVON AB, CAROLINE ZU folgen, sie griff nach den bestickten Schößen seines seidenen Rocks und hielt ihn fest.

„Lass sie gehen, mein Junge. Sie ist überreizt. Ein Antrag von dir war das Letzte, was sie erwartete. Gedulde dich besser, bis sie einen klaren Satz herausbringen kann."

Sie lächelte über sein verwirrtes Stirnrunzeln und freute sich, als er ihren Rat mit einem Nicken annahm und an ihrer Seite blieb. Sie war auch erleichtert. In ihrem derzeitigen, verstörten Zustand war die Wahrscheinlichkeit hoch, dass Caroline ihn abweisen würde, aus den völlig falschen Gründen, etwas, das sie später bitter bereuen würde.

„Du kannst uns morgen besuchen, bis dahin können wir mit Caroline sprechen", fügte sie mit erzwungener Fröhlichkeit hinzu, drückte seinen seidenbedeckten Arm liebevoll und wandte sich dann ab, um sich von ihrer Schwiegertochter zu verabschieden, bevor ihr Neffe ihr bohrende Fragen stellen konnte.

Diana St. John verblüffte Lady Reanay, als sie sich freundschaftlich bei ihr einhakte und mit ihr durch den Raum zur Treppe ging. Sie überraschte die alte Dame noch mehr, als sie sich zu ihr umdrehte, mit Tränen in den Augen.

„Vielen Dank, dass Ihr meine Einladung angenommen habt, Mylady", sagte Diana St. John mit einem Zittern in ihrer Stimme. „Wir haben nicht immer das beste Verhältnis zueinander gehabt, aber vier Jahre der Abwesenheit mit nur meinen Gedanken zur Gesellschaft haben mir Zeit gegeben, darüber nachzudenken, was in meinem Leben wichtig ist." Sie berührte Lady Reanays behandschuhten Arm. „Nur Ihr wisst, welche *Qual* ich durchgemacht habe, getrennt von meinen *lieben* Kindern. Ohne ihre Gegenwart ... ihre lieben, kleinen Gesichter nicht zu sehen ... ich habe mir jeden Tag Sorgen um ihr Wohl gemacht. Jetzt befürchte ich, dass sie ihre eigene Mutter nicht mehr kennen werden ..."

„Das stimmt nicht, meine Liebe", versicherte Lady Reanay ihr, die von Diana St. Johns traurigen Tränen beunruhigt war. Sie hatte sie nie betrübt gesehen. Es war eine solche Veränderung im Vergleich zu ihrem Auftreten in der Gesellschaft. Sie war voller Mitgefühl für ihre missliche Lage. „Im Gegenteil, gerade vor kurzem fragte Merry, ob Ihr wohl ihren letzten Brief erhalten hättet." In Wahrheit war das drei Monate her, aber unter den Umständen fand sie, dass eine kleine Notlüge erlaubt wäre, um den Kummer einer Mutter zu lindern. „Solch ein Schatz. Sie macht Euch Ehre, Diana."

Diana schnappte nach Luft. „Brief? Mein Liebling Magna hat mir einen Brief geschrieben. Oh! Wenn ich das schon früher gewusst hätte, würde mir das *so viel* Hoffnung gegeben haben!"

„Nicht nur einen Brief, meine Liebe, mehrere. Merry ist eine sehr gewissenhafte Briefschreiberin, an Euch und an ihren Onkel Tony. Sie liebt seine Antworten und bewahrt alle seine Briefe mit einer Schleife zusammengebunden in einer besonderen Schachtel auf, die sie selbst geschmückt hat, mit Stoff und Tapete, in Streifen geschnitten. Es ist eine wunderschöne Bastelarbeit und der perfekte Platz, um ihre Andenken aufzubewahren. Sie hat eine Sammlung von Muscheln von unseren Ausflügen an die Meeresküste, gepresste Blumen und ich glaube, auch ..."

„Wie charmant", unterbrach Diana St. John desinteressiert. Sie zwang sich zu lächeln und ihre Augen erwartungsvoll weit aufzureißen. „Hebt sie auch meine Briefe dort auf?"

Lady Reanay runzelte voller Verwirrung die Stirn. „Eure Briefe? Verzeiht einer alten Dame, aber ich verstehe nicht recht."

„Die vielen Briefe, die ich meinen Kindern schrieb, während ich auf dem Kontinent herumwanderte", log Diana St. John. Sie blinzelte angesichts des Ausdrucks völliger Verwirrung ihrer Schwiegermutter und legte fragend den Kopf zur Seite. „Ich habe jede Woche an meine Lieblinge geschrieben. Ich habe es mir zur Gewohnheit gemacht, dienstags meinen Schreibtag zu haben. Ganz gleich, wo ich war, ich habe immer die Zeit gefunden, an meine beiden Kleinen zu schreiben. Ich verstehe, dass Briefe verloren gehen können und dies auch tun ... Aber das hat mich nicht davon abgehalten, sie zu schreiben." Sie drückte Lady Reanays behandschuhte Hand. „Seht Ihr, ich erinnere mich daran, dass St. John mir einmal erzählte, wie sehr er Eure Briefe schätzte, während Ihr im Ausland reistet. Er sagte, dass sie bewirkten, dass er sich Euch nahe fühlte, obwohl er wusste, dass es keine Möglichkeit gäbe, Euch je wiederzusehen." Das war ebenfalls eine Lüge und sie erfüllte ihren Zweck, da die Augen der alten Dame sich bei der Erwähnung ihres Sohnes mit Tränen füllten. Diana seufzte zum Ausdruck ihrer Trauer, während sie sich innerlich zu ihrer bisher besten Darbietung gratulierte. „Das ist die Entschuldigung, die ich für mich erfand, dass ihre Briefe verloren gegangen sein müssten, als Grund dafür, dass ich in all der Zeit, die ich fort war, nie von ihnen gehört habe."

„Wollt Ihr sagen, Ihr hättet nie einen von Merrys oder Rons Briefen erhalten? Nicht einen?" Als Diana betrübt nickte und ihre Lider senkte, war Lady Reanay entsetzt. „Wie kann das sein? Wie, selbst als Sir Tobias und ich buchstäblich am Ende der Welt in Oslo waren, erhielt ich doch Aubreys allwöchentlichen Brief. Natürlich kamen manchmal die Briefe von vier Wochen auf einmal an ... Nicht ein Brief?"

„Nicht einer. Ich dachte - ich dachte, sie wollten mich vergessen", erwiderte Diana mit sehr kleiner, schwacher Stimme und betupfte vorsichtig die Augen mit ihrem Taschentuch. Sie schnüffelte. „Natürlich habe ich kein Recht, das zu sagen, aber vielleicht gab es andere - andere, die wollten, dass meine Lieblinge ihre Mutter vergessen ..."

„Oh! Ich kann nicht glauben, dass Salt ..., dass die liebste Jane ..." Sie schüttelte ihre gepuderte Frisur und sagte, mehr um sich selbst als Diana St. John zu überzeugen: „Nein. Nein. Sie könnten nicht die Briefe einer Mutter an ihre Kinder unterschlagen ... Auch nicht die Briefe, die Ron und Merry Euch schrieben ... Das kann ich nicht glauben ..."

„Wirklich nicht?", knurrte Diana durch die Zähne, unfähig, sich zu beherrschen. Sie nahm sich sofort wieder zusammen, überspielte ihren unwillkürlichen Ausbruch mit einem trockenen Schluchzen, bedeckte das Gesicht mit den Händen, die Fassade der traurigen Mutter maskierte ihre wahren Gefühle und Absichten. Sie sah auf, als die alte Dame eine behandschuhte Hand auf ihren Arm legte. „Ihr seid Rons und Merrys Großmutter, Ihr wisst - in Eurem Herzen - Ihr wisst, dass es wirklich wahr ist. Ebenso, wie es wahr ist, dass meine Lieblinge von mir ferngehalten wurden! Und Ihr werdet schockiert sein, wenn ich es Euch erzähle, aber ich muss es tun, dass Salts Entscheidung, sie von mir fernzuhalten, nicht seine eigene ist ..." Über den Kopf des federgeschmückten Turbans ihrer Mutter hinweg sah sie einen Lakaien die Stufen heraufkommen und fügte mit einem zitternden Lächeln entschuldigend hinzu: „Ich habe Euch viel zu lange aufgehalten. Caroline und ihre niedliche blonde Begleiterin warten auf Euch ..."

Die alte Dame betrachtete Dianas trauriges Lächeln mit einer Falte zwischen ihren Brauen.

„Aber Jane würde niemals ... Sie war so gut und lieb zu Ron und Merry ... ich kann nicht glauben ... Meine Liebe, gibt es irgendetwas, das ich für Euch tun kann?"

Diana zögerte, sie hielt ihre Hände gefaltet. Als ob sie nur wenig Hoffnung hätte, ihre Wünsche in Erfüllung gehen zu sehen, sagte sie schwerfällig: „Ich will Euch nicht ausnutzen, ich fürchte, es wäre zu viel verlangt, darum zu bitten ..."

Das veranlasste Lady Reanay, ihre beiden Hände zu ergreifen.

„Ihr *müsst* mir erlauben, Euch ein klein wenig zu helfen. Ihr seid die Mutter meiner Enkel, und ich liebe sie sehr, mehr als alles oder alle anderen."

„Gut dann", antwortete Diana und hob ihren Blick von den

behandschuhten Händen der alten Dame auf ihren. „Mein größter Wunsch ist es, meine Kinder im Arm zu halten. Es ist so lange her, seit ich ihre Wärme gespürt habe ... Sie zu umarmen ... Zu wissen, dass sie gesund und glücklich sind ...“

„Betrachtet es als erledigt, meine Liebe“, erklärte Lady Reanay. „Ich werde es einrichten. Der Earl und die Gräfin müssen es nicht erfahren ... Schließlich seid Ihr die Mutter der Zwillinge ... aber jetzt müsst Ihr zu Euren Gästen zurückgehen, meine Liebe“, fügte sie hinzu und drückte kurz Dianas Hände. „Trocknet Eure Augen. Ihr werdet Eure Lieblinge sehen. Ich verspreche es!“

Mit dieser Versicherung segelte Lady Reanay die Adam-Treppe hinab, um sich Caroline und Kitty für den Heimweg anzuschließen. Vom Treppenabsatz aus beobachtete Diana mit einem zufriedenen Lächeln, wie ihre Schwiegermutter, diese leichtgläubige Närrin, im Licht des späten Nachmittags entschwand. Die Tränen, die sie vergossen hatte, dienten einem guten Zweck. Sie erwartete durchaus, dass sie bis zum Ende der Woche ihren Sohn und ihre Tochter zurückhaben würde, und sie würden bald selbst entdecken, wie sehr sie ihre liebste Mama vermisst hatten. Zweifellos hatte die Teufelin, die das Bett des Earls teilte, ihren Verstand vergiftet, aber sie würde sie bald von ihren falschen Vorstellungen befreien und ihre Fehler korrigieren. Es war ihre Pflicht als ihre Mutter, und die Pflicht ihrer Kinder war es zu gehorchen.

Sie eilte geschäftig zurück zu ihren Gästen, belebt dadurch, dass ihre Pläne langsam Erfolg zeigten. Es war ein Glücksfall - oder vielleicht war es so vorherbestimmt, dass ihre Pläne Hilfe erhielten - dass Salt zwei Wochen später einen Maskenball veranstalten wollte. Am Tag nach diesem Maskenball würden alle ihre Schwierigkeiten vorbei sein. Der Earl würde wieder ihr allein gehören. Es würde in seinem Leben nichts mehr geben, was ihn von seinem Ziel ablenken könnte. Er würde sich ausschließlich darauf konzentrieren können, Lord Schatzkanzler zu werden und sie würde dabei an seiner Seite sein und sich in seinem Ruhm sonnen, wie sie es zuvor getan hatte.

Während sie in ihrem walisischen Gefängnis eingesperrt gewesen war, hatte sie sich das Hirn zermartert, um einen Weg zu finden, wie sie mit dem Earl wieder vereint werden könnte, ein Mittel, um ihn für immer an sich zu binden. Jeden Tag hatte sie davon geträumt, Gräfin von Salt Hendon zu sein, und jeden Tag hatte sie den unwissenden Bauerntölpeln erlaubt, sie als diese zu betrachten. In Schloss Harlech herumzustolzieren, als wäre sie in Wahrheit Lady Salt, hatte ihre Besessenheit verstärkt und ihren Geist darauf konzentriert. Es hatte ihr geholfen zu erkennen, dass ihr Traum kein unmöglicher war. Eines Tages würde sie die Gräfin von Salt Hendon sein.

Und dann, wie durch göttliche Vorsehung, kam die Antwort in einem Traum zu ihr. Trauer. Nicht einfacher Kummer, sondern unvorstellbare Trauer. Nur mit unvorstellbarer Trauer würde der Earl wieder ihr gehören.

Sie war ein echtes Genie.

Der Tod ihres Mannes durch die Pocken hatte ihr den Weg nach vorn und aus ihrer derzeitigen misslichen Lage gezeigt.

Sie erinnerte sich daran, wie am Boden zerstört der Earl beim Tod seines liebsten Cousins und besten Freundes an den Pocken gewesen war. Der beste Freund des Earls, Aubrey St. John, war ihr Ehemann gewesen. Weit davon entfernt eine trauernde Witwe zu sein, war sie bei seinem Tod erleichtert gewesen. Aber sie hatte ihre Erleichterung hinter eine Maske von Trauer versteckt, um den Kummer zu imitieren, den der Earl empfand. Sie waren sich nie näher gewesen als in der Trauer um den Verlust von Aubrey St. John. Nur im Zustand trauernder Geistesabwesenheit würdigte der Earl wirklich, was sie ihm bedeutete. Alles andere in seinem Leben war zu wenig oder keiner Bedeutung geschrumpft. Nur das Hier und Jetzt hatte gezählt; *sie* hatte gezählt. So würde es wieder zwischen ihnen sein.

Es gab keinen besseren Weg für sie beide, als durch unvorstellbares Leid des Earls vereint zu werden. Gemeinsame Trauer und Verlust würden sie vereinen, diesmal für immer. Er würde ihren Trost und Rat mit offenen Armen begrüßen. Sie würde sicherstellten, dass es keine Chance für ihn gäbe, sich je wieder zu erholen. Niemand erholte sich vom Verlust seiner gesamten Familie. Es würde keine andere Hoffnung als die geben, die sie ihm böte. Er würde sehen, dass ihre Hingabe beständig und unermüdlich war, und sie würde wieder der einzige Mittelpunkt seiner Aufmerksamkeit sein. Er würde sie brauchen, um sich wieder aufzurichten, ihm zu zeigen, dass er seinen Verlust zum Wohle der Allgemeinheit überwinden könnte. Um groß zu sein, musste er auf das Gewöhnliche verzichten; Opfer wurden verlangt, wenn er unsterblich werden wollte. Niemand eroberte einen Platz in der Geschichte, nur weil er ein Familienvater war. Der Gedanke war lächerlich, und er würde zu dieser Erkenntnis gelangen, wenn er erst einmal sein Potential als politischer Führer seines Landes erreicht hätte.

Ihre Pläne waren vorbereitet. Sie zählte die Tage mit kaum verhüllter Schadenfreude. Was sie noch feststellen musste, war, wie weit die Unwissenheit ihres Bruders ging und dementsprechend mit ihm umzugehen. Sie lächelte in sich hinein. So ein gutmütiger Schwachkopf wie ihr Bruder war die geringste ihrer Sorgen.

ACHT

Die kurze Fahrt mit der Kutsche zum Grosvenor Square verlief schweigend. Lady Reanay und Kitty Aldershot, die Lady Caroline gegenübersaßen, wurden unter Tränen von ihr angewiesen, keine Bemerkungen zu machen. Daher blieben sie still und schauten einander nur von Zeit zu Zeit an, während sie stumm zusahen, wie Caroline ihr Gesicht abwandte - die Augen blind vor Tränen, sich selbst ihres Schauderns vor Elend nicht gewahr.

Ihr Unglück war so groß, dass sie bei ihrer Rückkehr in Salt House die schlammbespritzte Kutsche mit dem Familienwappen auf den schwarz lackierten Türen auf der Straße vor dem Haupteingang nicht bemerkte. Drinnen angekommen floh sie die Haupttreppe hinauf ohne einen zweiten Blick auf das emsige Treiben, das mit der Ankunft des Hausherrn und seiner Familie einherging.

Lady Reanay und Kitty Aldershot stiegen gemächlicher aus der Kutsche aus.

Trotz des wohlgeordneten Chaos in der Eingangshalle erwies der Butler, der aus dem Nichts auftauchte, um ihnen die Umhänge abzunehmen und die glückliche Nachricht zu überbringen, dass die Gräfin und ihre junge Familie sicher angekommen wären, alle bei guter Gesundheit und bester Laune, ihnen jede Höflichkeit.

Lady Reanay und Kitty Aldershot eilten sofort in die Kinderzimmer, um das neueste Mitglied der Familie kennenzulernen, das sie friedlich schlafend in seiner Wiege vorfanden. Ein junges Kindermädchen schaukelte sacht die Wiege des sechs Wochen alten Samuel Antony Hugh Sinclair und befriedigte ihre Neugier, indem sie die weiche Wolldecke ein wenig wegzog, damit sie sein molliges kleines Gesicht deutlich sehen konnten. Viel flüsterndes Gurren war zu hören und Lady Reanay verkündete, dass das Baby das Ebenbild seines gutaussehenden Papas wäre. Das Kindermädchen erzählte von sich aus, dass die Kinder auf der Reise viel geschlafen hätten und daher zu aufgeregt wären, um schon zu Bett zu gehen. Sie wären auf der anderen Seite des Gangs im Spielzimmer mit Lady Salt und Miss Merry.

Dort wurden Lady Reanay und Kitty Aldershot mit solcher Begeisterung begrüßt, dass sie Lady Carolines Elend vergaßen, während alle bei Tee und Makronen ihre Bekanntschaft wieder erneuerten. Zumindest, bis Miss Merry sich nach ihrer Cousine erkundigte, was Lady Reanay dazu brachte, in einer Ecke mit der Gräfin zu flüstern und Jane zu raten, dass es am besten wäre, wenn sie direkt mit Jane spräche. Sie wollte ihr nicht mehr erzählen. Das wollte sie Caroline überlassen. Wenn irgendjemand das arme, fehlgeleitete Mädchen zur Vernunft bringen könnte, war es Jane.

Und daher wurde Caroline in ihrer Verzweiflung unterbrochen, als ihre Zofe, die Befehl hatte, an der Außentür niemandem zu antworten, nicht einmal Lord Salt selbst, die Tür ohne zu zögern dem leisen, beharrlichen Kratzen der Gräfin öffnete.

Die Gräfin wurde in das hübsche Wohnzimmer geführt, wo sie Caroline auf der Chaiselongue vor dem Feuer ausgestreckt entdeckte, noch in ihre malvenfarbenen und silbernen Röcke gekleidet, mit ihren Spitzenhandschuhen, einen hochhackigen Schuh auf den türkischen Teppich geworfen. Ihr Gesicht war in die Weiche eines bestickten Kissens gedrückt und als sie Schritte hörte, murmelte sie etwas Unverständliches in dieses Kissen. Erst, als Jane die Lagen zerknitterter Seide beiseiteschob, damit sie sich auf das Damastpolster der Chaiselongue setzen und eine Hand auf die in Unordnung geratene Frisur ihrer Schwägerin legen konnte, bemerkte Caroline, dass es nicht ihre Zofe war, sondern eine Besucherin.

Jane wartete nicht, bis Caroline beschloss, ob sie sie ignorieren oder ihre Neugier befriedigen und sich aufsetzen sollte, und sagte ruhig:

„Die arme Tante Alice versteht nicht, warum du so unglücklich bist. Das ist alles, was sie mir sagen wollte. Sie sagte, du müsstest mir deine Neuigkeiten selbst erzählen. Deshalb bin ich hier. Natürlich musst du mir nichts erzählen, wenn du nicht willst, aber wenn du dich gerne einem mitfühlenden Ohr anvertrauen möchtest, dann besser früher als später, weil Sam zu jeder vollen Stunde nach meiner Brust verlangt und er kein Verständnis für Verspätungen hat." Sie seufzte ein wenig und fügte hinzu, als Carolines tränenbeflecktes Gesicht sich langsam auf dem Kissen drehte und sie durch ein Gewirr seidiger, roter Locken betrachtete: „Und während ich schon hier bin, kannst du mir vielleicht raten, ob ich egoistisch bin, schon so bald eine Amme anstellen zu wollen. Salt sagte, ich hätte das schon vor vierzehn Tagen machen sollen, Sam ist ein so gieriger kleiner Junge und größer als Ned und Beth im gleichen Alter waren. Wäre es nicht wegen des bevorstehenden Maskenballs und all der Vorbereitungen, die dafür nötig sind, hätte ich vorgehabt, noch einen Monat durchzuhalten, wenn auch nur, um mein Schuldgefühl zu besänftigen. Ich habe Ned gestillt, bis er ein Jahr alt war, und Beth war neun Monate, bevor ich sie an Nanny Browne übergeben habe. Dem armen Sam wird diese Gunst viel früher versagt, als ich erwartet hatte ... Sag mir, was das für meine Chance Baby Nummer vier überhaupt zu stillen, wenn es ankommt, bedeutet?“

Daraufhin warf Caroline das Kissen beiseite und raffte sich auf, um sich in Janes Umarmung zu flüchten.

„Ach Jane, als ob *du* jemals selbstsüchtig sein könntest! Ich hätte in Salt Hendon bleiben sollen, um mich bei dir nützlich zu machen. Ich hätte dort sein sollen, anstatt vor der Familie nach London zu kommen. Wenn ich geblieben wäre, hätte ich mich um das Packen kümmern und auf die Kinder aufpassen können, gleich was - wenigstens Merry ein wenig Gesellschaft leisten, wenn es dir ein wenig Ruhe verschafft hätte. Und ich hätte Salt sagen können, was ich von seinem *Rat* halte. Was versteht er davon, was ein Baby braucht?

Was wissen Männer überhaupt - über *irgendetwas*“, fuhr Caroline fort, sich für ihr Thema erwärmend. „Sie sind derart egozentrische, selbstbezogene Geschöpfe! Sie erwarten, dass Frauen sich an *ihre* Pläne halten, als ob *sie* wüssten, was für uns das Beste ist, wenn sie doch keinerlei Ahnung haben. Sie sagen und tun Dinge, die es für uns unmöglich machen, nicht zu tun, was sie wünschen. Selbst wenn es unser frei geäußerter Wunsch ist, uns an diese Pläne zu halten, sollten wir doch die ... die *Wahl* haben, von uns aus und zu dem von uns bestimmten Zeitpunkt ja zu sagen. Sie sollten unsere Wahl nicht für selbstverständlich halten, nicht wahr? Salt ist egoistisch und unvernünftig. Er hat nicht das Recht, *dich* als selbstverständlich zu betrachten, zu erwarten, dass *du* aufhörst, Sam zu stillen, damit du um so eher wieder schwanger werden kannst, weil *er* sich ein Dutzend Kinder wünscht! Und das werde ich ihm sagen, wenn ...“

„Liebes, ich wurde schwanger mit Beth, als ich Ned noch stillte“, sagte Jane ruhig und strich sanft das Haar von Carolines geröteter Wange; sie hatte selbst mehr Farbe im Gesicht, als sie eine so intime

Angelegenheit erwähnte. Aber sie und Caroline waren immer offen zueinander gewesen und daher wollte sie jetzt nichts verschweigen. Sie vermutete auch, dass Carolines emotionale Tirade sich nicht auf Männer im Allgemeinen, ihren toten Ehemann oder Salt bezog, sondern auf einen bestimmten Mann. „Du weißt, dass dein Bruder mich nie als selbstverständlich betrachtet hat ... Wenn ich mit Baby Nummer vier schwanger werde, wird das ein Segen sein, keine Last, und das liegt allein in Seiner Hand.“

„Ja, ja, natürlich“, antwortete Caroline, sehr gedämpft. Sie lehnte sich zurück und nahm das frische Taschentuch, das Carolines Zofe Jane gegeben hatte, um ihr fleckiges, tränenüberströmtes Gesicht abzutupfen. Sie putzte ihre kleine Nase und fühlte sich danach besser; das Taschentuch zerknäult in der Hand haltend sah sie in Janes geduldige blaue Augen.

„Ich hatte nicht das Recht, das zu sagen. Verzeih mir.“

„Das hattest du nicht, aber das hat dich in der Vergangenheit auch nie abgehalten!“, scherzte Jane und küsste Carolines Wange, als die grünen Augen ihrer Schwägerin sich weiteten und sie gedemütigt die Stirn runzelte. „Dein Bruder würde erröten, könnte er unsere Unterhaltung hören. Vermutlich brennen ihm genau jetzt die Ohren. Aber ich bin froh, dass wir offen miteinander umgehen können, immer ...“

Sie machte eine Pause, um Caroline die Gelegenheit zu geben, sich ihr anzuvertrauen, und wurde dafür belohnt, als ihre Schwägerin zitternd einen tiefen Atemzug nahm und zustimmend nickte.

„Ich bin diejenige, die selbstsüchtig und unvernünftig ist“, gestand Caroline. „Und ich weiß, dass ich nur unglücklich bin, um des Unglücks willen. Ich sollte das glücklichste aller lebenden Mädchen sein. Ich habe viele Jahre von diesem Moment geträumt, und dann, als ich Aldershot heiratete, träumte ich nie mehr davon, dass er wahr werden könnte. Wie hätte das auch gehen sollen? Und dann starb Aldershot, und, ach, Jane! Du wirst mich für das schrecklichste aller lebenden Geschöpfe halten, wenn ich dir erzähle, dass mein erster Gedanke, nachdem wir Aldershot begraben hatten, war, dass ich frei war, frei, Antony zu heiraten! Und jetzt, wo Antony mich gebeten hat, ihn zu heiraten, was sage ich? Ich frage ihn, warum er mir einen Antrag gemacht hat.“

„Antony? Sir Antony hat dich gebeten, ihn zu heiraten?“ Jane blinzelte und setzte sich ganz gerade auf, voller Unglauben.

Caroline ergriff Janes Hand. „Oh, Jane, ich konnte nicht ja sagen, obwohl ich es wollte. Aber ich konnte es auch nicht übers Herz bringen, nein zu sagen, weil ich so verzweifelt ja sagen wollte! Aber wenn er die Wahrheit erfährt ... Wenn Antony mich als das erkennt, was ich wirklich bin, dann wird er diese Caroline gar nicht wollen, nicht wahr? Er wird diese Caroline nicht liebhaben. Wird er das, Jane? *Wird er?*"

Jane blinzelte sie an. Es war, als ob der Antony, von dem Caroline sprach, nicht echt war, sondern ein ihrer Fantasie entsprungenes Wesen. Nicht, dass sie Caroline nicht glaubte, dass Sir Antony Templestowe sie gebeten hatte, ihn zu heiraten, es war die Tatsache, dass der Baronet zurück in London war, ohne Vorwarnung oder Nachricht. Sie versuchte, ihre Stimme fest klingen zu lassen.

„Wo hast du ihn gesehen, Caro? Wann? Ich dachte ..."

„... er wäre in Petersburg?", unterbrach Caroline. „Das dachten wir alle bis gestern, als ich ihn zufällig sah. Wir fuhren die Audley Street hinauf und wen erblicke ich da auf der Straße vor seinem Stadthaus? Antony! Ich war so erschrocken, wie du jetzt aussiehst. Ich hatte keine Ahnung. Wusstest du, dass er auf der Rückreise war? Salt müsste einen Brief bekommen haben. Hat er dir nichts gesagt? Und als ob das nicht Schock genug gewesen wäre, gingen Tante Alice, Kitty und ich heute zu einer Willkommensfeier für Antony *und* Diana ..."

„*Diana?*"

„Ja."

Die Art, wie Jane den Namen hauchte, verriet Caroline, dass Cousine Dianas Rückkehr aus dem Exil auf dem Kontinent der Gräfin auch neu war. Behielt ihr Bruder derzeit alles für sich? Sie klärte ihre Schwägerin auf.

„Ich habe keine Idee, warum sie Tante Alice und mich eingeladen hat, als wir das letzte Mal beieinander waren, hätte ich sie erwürgen wollen, weil sie die Stirn hatte, vorzugeben, dass sie das Recht hätte, in *deinem* Wohnzimmer die Teekanne zu überwachen und den Tee auszuschenken. Das sollte sie sich heute noch einmal trauen!"

„Eine Einladung ...?"

„Ja. Alle Gäste haben mit der Regierung zu tun oder sind politisch wichtig genug für Diana, um sie ihrer Aufmerksamkeit für wert zu halten." Caroline verdrehte unbeeindruckt die Augen. „Salt kennt sie natürlich alle, und deshalb hat Diana sie eingeladen, um sich bei jedem, der wichtig ist, in Erinnerung zu rufen. Jemand - ich könnte wetten, dass es Dacre Wraxton war - muss ihr geschrieben und von Salts Entscheidung berichtet haben, seine Regierungsämter wieder aufzunehmen, daher ist sie gekommen, um sich in sein politisches Leben einzumischen und ihn zu stören, wie sie es in der Vergangenheit immer getan hat. Aber wenn sie glaubt, sie kann ..."

„Sah sie ... sah sie ... *gesund* aus?"

„Diana geht es immer am besten, wenn sie von Speichelleckern umgeben ist", klagte Caroline, entschuldigte sich dann aber sofort.

„Verzeih mir. Das war lieblos. Sie sah tatsächlich sehr gesund und so schön wie je aus. Ihr Kleid war zum Anstarren schön, lauter silbernes Gewebe mit glitzernder Paillettenstickerei auf dem Mieder und am Saum, und sie trug ein Paar passende Schuhe. Ich glaube, sie trug Diamanten, oder war es eine Perlenkette? Vielleicht beides." Caroline hob eine Schulter und lächelte schief. „Tante Alice könnte dir mehr erzählen. Du kennst mich, Jane. Ich ziehe ein Reitkleid und ein bequemes Paar Halbstiefel vor." Sie streckte ihr linkes Bein aus und wackelte mit ihren Zehen, um den Schuh abzustreifen, sodass ihre beiden bestrumpften Füße ihrer Schuhe beraubt waren. „Absätze lassen meine Füße schmerzen ... Seltsam, dass es mich drei Saisons in London und zwei Dutzend Paar hochhackiger Schuhe gekostet hat, um mich selbst besser kennenzulernen!"

„Und auf dieser Feier hat Sir Antony den Antrag gemacht?"

Caroline nickte.

„Vor Diana und den Gästen kam er direkt auf mich zu, und ohne Vorwarnung, ohne mehr als *zwei* Worte zu mir gesagt zu haben, bietet er ein Schauspiel dar, wie nur er das kann, indem er auf ein Knie fällt und mich bittet, ihn zu heiraten! Verrückter Mann! Als ob ich einfach so ja sagen würde!"

„Und du hast nicht ...?" Jane war überrascht.

„Wie kannst du denken, dass ich das könnte? Es war eine sehr romantische Geste, das gebe ich zu, aber ... Jane, es ist vier Jahre her seit er fortgegangen ist und mit mir ist inzwischen so viel geschehen ... Ich habe mich verändert, und wenn er bemerkt, wie sehr ich mich verändert habe, wird er erleichtert sein, dass ich nicht ja gesagt habe." Sie schmollte und schaute dann auf das zerknüllte Taschentuch in ihrer Hand. „Nicht, dass ich nein gesagt hätte", gab sie widerstrebend zu. „Ich konnte ihn nicht dann und dort enttäuschen ... Jane, ich fürchte mich so sehr davor, dass er herausfindet ... seine Enttäuschung zu sehen ... Dann wird er mich nicht mehr wollen. Er ..."

Caroline hielt plötzlich inne, als ihr klar wurde, dass Jane nicht zuhörte. Die Gräfin hatte einen geistesabwesenden Ausdruck in den Augen, aber noch beunruhigender, ihre Hände waren so fest gefaltet, dass das Weiß ihrer Knöchel durch ihre zarte Haut schimmerte. Caroline war nun an der Reihe, ihre Hand nach der Gräfin auszustrecken, und sie erschrak, nicht nur darüber, wie kalt ihre Finger waren, sondern auch, wie ihre Hände zitterten. In der Tat versuchte Jane ihr Bestes, um das Zittern ihres ganzen Körpers zu beruhigen.

„Jane! Oh, Jane, warum hast du mich weiterplappern lassen, wenn es dir nicht gut geht?" Caroline rief nach ihrer Zofe. „Elspeth! Das Stärkungsmittel. Schnell!" Als sie kam, drückte sie Jane den Becher in die Hand und ließ sie trinken. „Du solltest mit einer Tasse heißer Milch ins Bett gebracht werden und eine Nacht gut schlafen. Die Reise von Hendon hat dich völlig erschöpft. Und ich habe nur noch zu deiner Last beigetragen. Etwas mehr Flüssigkeit würde vielleicht helfen, da du das Baby stillst ...“

„Ja. Ja, das muss es sein“, murmelte Jane und gab den Glasbecher zurück, sie hatte nur ein paarmal an dem bittersüßen Zitronenwasser genippt. Was sie wollte, war eine Tasse heißen Tees im Bett, und die würde sie bald genug bekommen, aber zuvor musste sie so viel sie konnte über Diana St. Johns Rückkehr herausfinden. Sie wartete, bis die Zofe das Tablett auf den niedrigen Tisch neben der Chaiselongue gestellt, einen Knicks gemacht und den Raum verlassen hatte, bevor sie sich zwang, ruhig zu fragen: „Also ist Diana vor zwei Wochen vom Kontinent zurückgekehrt ...?“

Caroline runzelte die Stirn.

„Hat Salt dir nicht gesagt, dass sie nach Hause kommen würde? Er muss ihr all ihre grausame Eifersucht vor all diesen Jahren verziehen haben ... Ich verstehe nicht, wie er das konnte! Ich weiß nicht, welche überzeugenden Argumente sie benutzt hat, aber Diana verstand sich immer darauf, zu bekommen, was sie wollte, vor allem von meinem Bruder. Du musst nur sehen, wie sie Antony behandelt, als ob er ihr Lakai wäre! Abscheuliches Geschöpf. Aber ich vermute, er erlaubt ihr nur, bei Angelegenheiten, die ihm nicht wichtig sind, ihren Willen zu haben.“ Sie musterte Jane. „Geht es dir besser nach der Erfrischung?“ Als die Gräfin nickte, war sie nicht überzeugt, sondern fragte: „Ist das wirklich das erste Mal, dass du von Dianas Rückkehr hörst?“

„Oh, ich bin sicher, dein Bruder muss es mir erzählt haben, ich habe es wohl vergessen“, erwiderte Jane locker und hasste sich für die Lüge.

Sie fühlte sich bis ins Innerste krank bei dem Gedanken, dass eine so bösartige Kreatur wie Diana St. John wieder frei herumlief, schlimmer noch, so nahe, dass sie nur eine Straße weiter wohnte. Sie konnte kaum glauben, dass es wahr wäre. Salt hatte ihr versichert, dass seine Cousine für immer verbannt wäre, dass sie sich nie wieder um ihre eigenen Sicherheit, oder seine oder die ihrer Kinder würde sorgen müssen. Dianas Zwillinge, Ron und Merry, würden auch vor der Bosheit ihrer Mutter sicher sein. Sie hatte nie gefragt, wo Diana eingesperrt war; sie hatte es nicht wissen wollen. Sie hatte nur darum gebeten, dass sie menschlich behandelt, aber für immer aus der Gesellschaft ferngehalten werden sollte. Sie hatte das unwiderstehliche und eher irrationale Bedürfnis, ins Kinderzimmer zu laufen und mit eigenen Augen zu sehen, dass ihre Kinder und Merry alle sicher und wohlbehalten friedlich in ihren Betten schliefen. Ron, der weit fort in Eton war, befand sich wenigstens außerhalb der Reichweite der üblen Absichten seiner Mutter.

Aber Caroline, ebenso wie Lady Reanay und der größte Teil der Gesellschaft hatte keine Ahnung von den wahren Tatsachen hinter Dianas Verbannung, und es hatte nie die Notwendigkeit bestanden, sie darüber aufzuklären. Nicht für einen Moment glaubte Jane, dass Salt Dianas Freilassung genehmigt hätte. Sie fragte sich in der Tat, ob er davon wüsste und würde eine schlaflose Nacht verbringen, denn er war noch nicht in der Stadt angekommen, da er seine Fahrt mit den Kindern und ihr unterbrochen hatte, um Ron nach Windsor zu begleiten und ihn in Eton unterzubringen.

Sie bezähmte ihre Instinkte, zwang sich, ruhig zu bleiben, abzuwarten, wilde Fantasien über Diana in die fernste Ecke ihrer Gedanken zu verbannen, damit sie sich auf Carolines Neuigkeiten konzentrieren konnte und darauf, warum ihre Schwägerin sich unwürdig fühlte, Sir Antony Templestowes Heiratsantrag anzunehmen.

Nur zu wissen, dass Antony wieder in London war, war ein Trost und half sehr, ihre Stimmung zu verbessern. Ebenso, wie die Nachricht, dass er Caroline gebeten hatte, ihn zu heiraten. Sie hatte um diesen Ausgang gebetet, seit Caroline Witwe geworden war. Dass dies endlich eingetreten war, wäre Grund zum Feiern, nicht zum Unglücklichsein, und sie hatte einen leisen Verdacht, warum ihre Schwägerin sich so elend fühlte, musste aber warten, bis diese es aussprach, bevor sie ihr eine Lösung vorschlagen könnte, von der sie hoffte, dass Caroline sie akzeptieren würde.

„Salt hat mir wahrscheinlich auch von Antonys Rückkehr nach London erzählt, aber wieder bin ich sicher, dass es meine Schuld ist, so vergesslich zu sein", erklärte sie Caroline. Sie tat ihr Möglichstes, um gleichmütig zu klingen. „Zweifellos war ich in einer anderen Welt, während Sam am Trinken war. Die letzten sechs Wochen sind so schnell vorübergegangen, das meiste scheint unscharf zu sein, was für eine Mutter mit einem Neugeborenen nicht unüblich ist." Sie tätschelte Carolines Hand. „Egal. Ich werde Salt morgen bitten, alles noch einmal zu wiederholen. Er sollte vor dem Mittagsimbiss zu Hause sein." Sie sah Caroline mit schräggelegtem Kopf an. „Aber ich habe dich unterbrochen, als du mir von Antony und seinem so romantischen Antrag erzählt hast."

Caroline zupfte an einem seidenen Faden der komplizierten Stickerei, die den Rand ihrer seidenen Röcke schmückte. „Es war so, wie ein Mädchen es sich nur wünschen kann ... Ich glaube, ich habe sogar von ihm geträumt, wie er mich auf gebeugtem Knie bittet, ihn zu heiraten!

Aber du weiß doch besser als jeder andere, warum ich ihn abweisen muss, warum ich ihn nicht heiraten kann."

„Nein. Das weiß ich nicht", sagte Jane unverblümt. „Nicht, wenn du ihn liebst."

„Aber du weißt es, Jane. Du *weißt*, warum ich nicht seine Frau sein kann."

Jane betrachtete ihre Schwägerin mit einem traurigen Lächeln. Ja, sie wusste, worauf Caroline anspielte und verstand ihre Not, aber sie hatte auch eine Lösung, die helfen würde, Carolines Gewissen zu erleichtern. Es war nichts, war sie vor ihrer eigenen Ehe vorzuschlagen in Betracht gezogen haben würde, aber eine unglaublich glückliche Ehe zu führen und jetzt die Mutter dreier blühender Kinder zu sein, hatte ihr die geistige Großzügigkeit verschafft, pragmatischer zu sein.

Sie wusste sehr wohl, dass Salt sich gezwungen gesehen hatte, seine Schwester an einen Mitgiftjäger zu verheiraten, um ihre Ehre und die Familie vor unerwünschtem Klatsch zu schützen, aber ihr edler Ehemann befand sich weiter über die wahre Natur der Ereignisse in jener verhängnisvollen Nacht des Maskenballs in Unwissenheit, und Janes Meinung nach war das nicht schlecht so. Sie bezweifelte, dass Salt die Wahrheit gut vertragen würde. Er war mit dem Märchen, das ihm über seine Schwester und Stephen Aldershot erzählt worden war, nicht gut zurechtgekommen, aber es war für ihn einfacher gewesen zu glauben, dass die beiden jungen Menschen so in der Leidenschaft des Moments gefangen gewesen wären, dass sie sich vergessen hatten. Er hatte nie jemandem seine wahren Gefühle über die Heirat seiner Schwester gezeigt, nur ihr, und Jane wusste, dass es ihn am Boden zerstört hatte. Sie wusste auch, dass er die Schuld an den Ereignissen, die zu Carolines Ehe geführt hatten, und an der Ehe selbst, Sir Antony Templestowe zuschrieb, und es gab nichts, was Jane ihm sagen konnte, um ihn davon abzubringen.

„Du musst Antony nichts über deine Ehe erzählen; nichts davon. Es gibt keinen Grund dafür."

Caroline blinzelte Jane erschreckt an.

„Jane! „*Du* sagst, ich soll - *lügen*? Antony *anlügen*?"

„Keineswegs. Alles, was ich sage, ist, dass du es ihm nicht zu erzählen brauchst. Das ist ein Unterschied."

„Und wenn ich es ihm nicht erzähle, wird er es nie erfahren?"

„Du hast es Salt nie erzählt, so, wie auch ich es ihm nie erzählen werde, und er wird es nie erfahren. Warum sollte es bei Antony anders sein? Selbst, wenn er es in der Zukunft herausfindet oder du beschließt, dass du es ihm sagen musst - obwohl, warum du das tun wollen würdest, nachdem du jahrelang mit Antony verheiratet warst, weiß ich nicht - nachdem ihr eure eigene Familie gegründet habt, glaubst du, dass das, was geschah, bevor du Antony geheiratet hast, bevor ihr eins wurdet, für ihn noch Bedeutung hätte, wenn er dich so sehr liebt?"

Als Caroline wenig überzeugt wirkte, ergriff Jane ihre Hand mit einem beruhigenden Lächeln.

„Vor vielen Jahren, bevor dein Bruder und ich heirateten, als ich sehr schlecht von mir dachte, gab mir meine Amme einen wundervollen Ratschlag. Sie sagte mir, ich sollte immer in die Zukunft schauen, nicht zurück, nicht über die Vergangenheit grübeln. Und das ist, was du tun musst, Caro, damit du und Antony eine gemeinsame Zukunft haben könnt."

„Deine Amme war eine weise Frau."

„Ja. Und wenn sie hier wäre, würde sie dir sagen, dass Antony, wenn er sich für die Vergangenheit, aber nicht für seine Zukunft mit dir interessiert, er nie der richtige Mann für dich war. Natürlich bin ich auch der Meinung, dass er in dem Moment, in dem er entdeckte, dass du nicht mehr verheiratet bist, nur noch an die Zukunft gedacht hat, eine Zukunft, die er mit dir teilen kann."

Caroline lächelte schief.

„Es ist gut und schön für dich, die Jungfräulichkeit einer Braut als Nebensächlichkeit abzutun, liebste Jane, da du in deiner Hochzeitsnacht so weiß und rein wie eine fallende Schneeflocke warst."

„Ich war nichts dergleichen!", gab Jane zurück und erntete dafür bei Caroline schockierte Ungläubigkeit.

„Jane! Nein. Nicht *du*."

„Ob ich eine - eine *Schneeflocke* war oder nicht, hat mit deinem Dilemma überhaupt nichts zu tun", schaffte Jane mit erhobenem Kopf zu sagen, obwohl auf ihrem Hals durch die Peinlichkeit des unverblümten Geständnisses rote Flecken auftauchten. Sie fügte eilig hinzu, weil ihre Schwägerin sie anschaute, als wäre sie verrückt geworden: „Du darfst nur keiner lebenden Seele sonst auch nur einen Hauch davon verraten, vor allem deinem Bruder nicht."

„Natürlich nicht, Jane. Niemals." Caroline beugte sich dichter zu Jane, mit weit aufgerissenen grünen Augen. „War es deine Amme, die dir riet, Salt nichts zu erzählen?"

Jane blinzelte bei der Frage und legte dann eine Hand auf ihren Mund, um ein Kichern zu unterdrücken.

„Oh, Caro! Nein. Nein. Ich dummes Ding! Ich habe dir einen völlig falschen Eindruck vermittelt, wofür ich um Verzeihung bitte. Es gab nie einen anderen Mann als Magnus, also vergiss diese unschönen Gedanken über mich, böse Schwester. Aber er wäre fürchterlich verlegen und sehr enttäuscht von mir, wenn er je erführe, dass seine kleine Schwester weiß, dass wir miteinander geschlafen haben, bevor wir zu einem Pfarrer gingen."

„Er ist so ein steifer Mensch!", beklagte Caroline sich gutmütig. „Und so spießig ist er geworden, seit er dich geheiratet hat, dass es kaum zu glauben ist, dass er in der Vergangenheit je eine Mätresse hatte, geschweige denn Dutzende!"

„Danke, Caro, ich glaube, wir lassen die Vergangenheit deines Bruders besser dort, wo sie hingehört."

„Ja, natürlich", murmelte Caroline, konnte aber nicht umhin, kess hinzuzufügen: „Aber ich wusste immer, dass er ein weiches Inneres hat, und wenn es um dich geht, hat sein Herz immer über seinen spießigen Kopf gesiegt. Was nichts Schlechtes ist." Sie drückte Janes Hand. „Danke, dass du mir das anvertraut hast."

Jane lächelte und erwiderte den Druck von Carolines Fingern.

„Ich habe dir das anvertraut, damit du dir bewusst bist, dass du nicht das einzige Mitglied der Familie bist, das der Lust erlaubt hat, über den Verstand zu siegen ..."

„Aber Salt und du, ihr habt euch geliebt", wandte Caroline ein. „Was bei dem Maskenball geschah hatte nichts mit Liebe zu tun! Und meine absurde Ehe mit Aldershot ..."

„Was deine Ehe mit Aldershot angeht", wiederholte Jane und schnitt Caroline das Wort ab, bevor sie sich in einem weiteren Anfall von Selbstbeschuldigungen verlieren konnte, „warst du zwei Jahre verheiratet. Wenn also Antony kein völliger Dummkopf ist, wird er nicht erwarten, dass du in eurer Hochzeitsnacht noch eine Schnee-flocke bist, oder?"

„Nein, nein, ist er nicht", murmelte Caroline und errötete, nicht, weil der Gedanke ihr nie gekommen war, sondern weil es etwas Ernst-hafteres gab, etwas, das ihr schwere Schuldgefühle bereitete und sie sich so schämen ließ, dass sie es nie fertiggebracht hatte, Jane dies anzuvertrauen. Sie fragte sich, was Sir Antony von ihr halten würde, wenn er je ihr schändliches Geheimnis entdeckte. Würde er ihr verzei-hen? Würde er ihr je wieder vertrauen? Würde er je eine solche Frau heiraten wollen? Das glaubte sie nicht. Besser seine Liebe als seinen Respekt zu verlieren. Ihr schauderte bei der Vorstellung.

„Also hast du nichts, was du ihm sagen müsstest, nicht wahr?", sagte Jane vernünftig, stand auf und schüttelte ihre Röcke aus Baum-wollsatin aus.

„Nein. Nein. Das nicht", murmelte Caroline, und stellte sich auf ihre bestrumpften Füße. Sie lächelte, nicht, weil sie sich weniger elend fühlte, sondern, weil sie Jane nicht noch mehr belasten wollte. Was nutzte es, weiter über eine Zukunft mit Sir Antony nachzudenken, wenn sie wusste, dass dies unmöglich war?

„Jetzt musst du mich entschuldigen." Jane küsste die Stirn ihrer Schwägerin. „Sam wird schon schreien und ich wage es nicht, ihn noch länger bei dem Kindermädchen zu lassen. Sie ist jung und noch recht neu im Haushalt. Salt erschreckt das arme Geschöpf zu Tode."

„Er erschreckt jeden zu Tode", antwortete Caroline gutmütig und folgte ihr zur äußeren Tür. „Wenn du nicht wärest, liebste Jane, würden die Diener regelmäßig vor Schreck tot umfallen."

Die beiden Frauen trennten sich mit einem zärtlichen Kuss, aber Janes Lächeln erlosch in dem Moment, als ein livrierter Diener die Tür zu Lady Carolines Räumen schloss. Sie eilte ins Kinderzimmer, eine unvernünftige Angst erfasste ihr Herz. Bis sie ihre Kinder nicht sicher in ihren Betten und das Baby in seiner Wiege ruhen sähe, würde ihr dröhnendes Herz sich nicht beruhigen.

NEUN

Jane nahm die Treppe, die ihre eigenen Räume mit dem
Kinderzimmer direkt darüber im dritten Stock verband. Sie fand
Nanny Browne, wie sie die Kindermädchen beim Aufräumen der
Spielsachen und Möbel im Spielzimmer beaufsichtigte und ging weiter
in das geräumige Schlafzimmer, das von ihren beiden ältesten Kindern
bewohnt wurde. Das Zimmer hatte keine Türen, wurde aber durch
einen Samtvorhang, der zur Schlafenszeit vor die Türöffnung gezogen
wurde, und ein ständiges Kohlenfeuer auf dem Rost eines großen
Kamins warmgehalten. Das warme, orange Glühen des Feuers erleuchtete das glänzende Messing eines mit Tapisserie bespannten Wand-
schirms und gab ein tröstliches Licht, wenn die Kinder in der Nacht
aufwachten.

Ihr Herz schlug langsamer und schwoll vor Liebe, als sie Ned und
Beth tief schlafend in ihren Betten sah, ihre müden kleinen Körper in
weiche Decken verpackt. Ihr Sohn umklammerte sein Lieblingsspiel-
zeug, einen abgenutzten Affen aus Stoff, den seine Tante Caro genäht
hatte, während ihre Tochter einen pummeligen Arm über ihren Kopf
voller schwarzer Locken, die unter einem Nachthäubchen steckten,
geworfen hatte, das Gesicht nach unten auf dem Kissen in Richtung
der Tapete gedreht. Befriedigt ging sie weiter in das Zimmer des Babys.
Ihr winziger Sohn verbrachte die Stunden seines Schlafs am Tage hier,
von dem neuen Kindermädchen bewacht. Er würde jetzt mehr Zeit
hier verbringen, nachdem sie jetzt in London waren und sie ihre
Pflichten als Gräfin erfüllen, an Dinnerpartys teilnehmen und sie
veranstalten musste, etwas, wovon sie sicher war, dass es regelmäßig der

Fall sein würde, wenn Salt seine Regierungsämter wieder antrat. In ihrem Schlafzimmer stand eine zweite Wiege und sie hatte gezögert, sie wegräumen zu lassen, bevor die Amme angekommen war. Carolines Nachricht über Dianas Rückkehr aus dem Exil bestärkte ihren Entschluss: Sam würde weiter seine Nächte in ihrem Schlafzimmer verbringen, bis sie überzeugt war, dass ihre Kinder vor Schaden geschützt waren.

Ihr Gesichtsausdruck musste ihre große Angst verraten haben, denn das neue Kindermädchen vergaß sich so weit, dass sie Jane ansprach, ohne dass sie selbst angeredet worden war und sagte betroffen, als sie in einen Knicks versank:

„Verzeihung, Mylady. Ich habe ihn nur einmal hochgenommen. Er war am Jammern. Er ist so furchtbar hungrig ...“

„Betsy! Achte auf dein Benehmen!“, sagte eine schroffe Stimme hinter der Schulter der Gräfin, wo Nanny Browne vortrat, um dem Kindermädchen das schreiende Baby abzunehmen. „Mylady hat dich nicht angesprochen und Mylady wünscht auch nicht zu hören, was du zu sagen hast.“

„Oh doch, Nanny Browne, wenn es etwas mit meinen Kindern zu tun hat“, sagte Jane freundlich mit einem Lächeln für das neue Kindermädchen, das in dem Moment, in dem Nanny Browne ins Zimmer marschierte, den Blick auf den Boden gesenkt hatte. „Ich bin nicht überrascht, dass Sam jammert. Er muss inzwischen sehr hungrig sein. Aber Mama wird dich schon bald zufriedenstellen“, sagte sie in besänftigendem Ton, als sie ihren weinenden Sohn sich in Nanny Brownes Armen winden sah. „Wenn ich nicht im Weg bin, werde ich Sam hier füttern ...“

Sofort begannen die Diener, sich zu bewegen. Ein Diener stellte den Ohrensessel und einen Fußschemel nicht zu nahe an die Hitze, die der kleine Kamin ausstrahlte, und verließ dann sofort den Raum, um ein Zimmermädchen eine Kanne Tee und einen Teller mit Brot und Butter für Mylady holen zu lassen. Der inzwischen laut schreiende Samuel wurde dem neuen Kindermädchen zurückgegeben, damit Nanny Browne beim Aufschnüren der Bänder auf beiden Seiten des gesteppten Oberteils der Lady behilflich sein konnte. Jane, nachdem sie sich bequem in dem Ohrensessel niedergelassen hatte, mit ihren Füßen auf dem gepolsterten Hocker und einem Kissen unter ihrem Ellenbogen, hakte die Vorderseite ihres Stillmieders auf und erlaubte ihrem kleinen Sohn den Zugang zu dem, was er am meisten begehrte. All das wurde in größter Geschwindigkeit erledigt und innerhalb von Minuten war der jüngste Sohn der Gräfin nicht länger verzweifelt, und das Zimmer lag wieder in Frieden.

„Komm schon, Betsy", befahl Nanny Browne dem neuen Kindermädchen, das mit großen Auge die Gräfin ihr Baby stillen sah, „ich finde etwas zu tun für dich."

Jane, die ihren Sohn bewundert hatte, der ihren Zeigefinger mit seinen kleinen, molligen Fingern umklammert hielt, schaute auf.

„Nanny, sei so gut und lass ein Mädchen bei Miss Merry hineinsehen. Sie hat die Gewohnheit, Viscount Vierpfoten mit ins Bett zu nehmen, aber da Dr. Barlow uns sagte, dass sein Fell sie zum Niesen bringt, ist seine flauschige Lordschaft in seinen Korb am Feuer meines Wohnzimmers verbannt."

„Sehr wohl, Mylady."

Während Nanny Browne dem neuen Kindermädchen mit einem Zucken ihres Kopfes ein Zeichen gab, mit ihr zusammen das Zimmer zu verlassen, sagte Jane: „Wenn du Betsy nicht brauchst, könnte sie hierbleiben, und wenn der Tee kommt, sich dabei nützlich machen."

Die Herrin der Kinderzimmer schloss den Mund, knickste wieder und mit einem warnenden Blick auf Betsy, der unbemerkt blieb, da Janes Aufmerksamkeit wieder ihrem trinkenden Baby galt, ließ sie das Kindermädchen mit der Gräfin von Salt Hendon allein.

MIT MYLADY ALLEIN ZU SEIN WAR EIN NEUES ERLEBNIS FÜR Betsy. Sie war nie mit jemandem alleine gewesen, der im Haushalt des Earls eine höhere Stellung einnahm als sein Verwalter und in Gegenwart dieses übereifrigen Gentlemans hatte sie kaum einen Satz herausbringen können. Das war vielleicht auch gut so, denn hätte Mr. Willis ihre Antworten etwas genauer untersucht, hätte er entdecken können, dass Betsy Smith nicht das war, was sie zu sein vorgab, und dass auch ihre beeindruckenden Referenzen nicht echt waren. Die einzigen Angaben, die bei Betsy Smith der Wahrheit entsprachen, waren ihr Name und dass sie das älteste von vierzehn Kindern war, dass sie Erfahrung mit Säuglingen und sehr kleinen Kindern hatte. Betsy hatte keine Vorstellung davon, was Mylady ihr zu sagen hatte, aber was sie wusste, war, dass diese schöne Dame keine Ahnung davon haben konnte, was ihren Kindern und ihr bevorstand.

Betsy wusste es auch nicht wirklich, aber sie hatte eine schreckliche Vorahnung, dass, was auch immer es war, etwas Schlechtes war. Tante Smith, die nicht wirklich ihre Tante war, sondern eine langjährige Freundin der Familie, die zufällig denselben Nachnamen trug, hatte ihr anvertraut, dass die Frau, die als die Gräfin von Salt Hendon in der feinen Gesellschaft herumstolzierte, überhaupt keine Gräfin war, daher auch nicht die echte Frau des Earls, sondern seine Hure, die den Earl seiner wahren Ehefrau gestohlen hatte. Der Earl hatte seine echte Frau in die Verbannung geschickt und eine falsche Ehe mit seiner Mätresse geschlossen. Tante Smith sagte, der Earl wäre von der Schönheit der Hure verhext, was Betty gut glauben konnte, als sie betrachtete, wie sie ihr Kind stillte. Tante Smith half der echten Gräfin, das wiederzuerlangen, was ihr rechtmäßig zustand, und wenn Betsys Vater wollte, dass seine Schulden bezahlt würden und er aus dem Bridewell House an der Pinfold Straße - Birminghams überfülltem und schmutzigem Schuldnergefängnis - entlassen würde, brauchte George Smith nur Betsy in die Obhut von Bertha Smith zu geben.

George Smith war gerne einverstanden gewesen. Er hatte mehr als das getan. Er hatte Betsy aufgetragen, alles zu tun, was notwendig war, um Tante Smith zu helfen, außer Mord, weil Betsy dafür hängen würde und welchen Nutzen hätte eine tote Tochter für ihn? Er würde natürlich nicht entlassen werden, und Betsy sollte an ihren Vater und ihre dreizehn Brüder und Schwestern denken, bevor sie an sich dachte; das wäre das, was ihre tote Mama erwarten würde.

Betsy war eine gute, gehorsame Tochter, also fuhr sie mit Tante Smith in der Postkutsche von Birmingham nach Hendon fort. In der Kutsche erklärte ihr Tante Smith, dass sie Kindermädchen im Haushalt des Earls von Salt Hendon werden sollte, und wenn man ihr etwas sagte, sollte sie genau das tun, was Tante Smith ihr befahl. Zusätzlich dazu, dass sie das nötige Geld bekommen würde, um ihren Vater aus Bridewell House frei zu bekommen, würde sie einer großen Dame helfen, wiederzuerlangen, was ihr rechtmäßig gehörte, was mit Sicherheit das Richtige war.

Zu ihrer großen Überraschung und Furcht wurde sie, bevor sie in die Postkutsche für die Reise nach Hendon einstieg, zu der echten Gräfin von Salt Hendon gebracht. Sie war nie zuvor in der Gegenwart von Adligen gewesen und war so verängstigt und voller Ehrfurcht vor der großen Dame in dem prachtvoll bestickten Seidenkleid, dass ihr furchtbar übel wurde. Die wahre Gräfin von Salt Hendon war genauso, wie sie sich eine große Lady in ihren Träumen vorgestellt hatte: Schön, reich gekleidet und mit kalter Verachtung für jeden, auf den ihr Blick fiel.

Betsy war nicht überrascht, als die große Dame sie mit Missbilligung betrachtete und bemerkte, dass ihre Haare sie an einen ungestutzten Stachelbeerbusch erinnerten, und schnüffelte, als Tante Smith sich entschuldigte, weil Betsy zwar die Kuhpocken gehabt hatte, aber nicht, wie die Lady gehofft hatte, an den Pocken litte - etwas, das die echte Gräfin von Salt Hendon bedauert hatte. Es wäre ein Jammer, dass Betty nicht die Pocken hätte, denn die Ansteckung wäre genau das, was sie bräuchte, um diese gegenwärtige Plage aus dem Haushalt des Earls zu vertreiben, woraufhin Tante Smith „Amen" gesagt hatte.

Betsy erhielt ein sauberes Leinenkleid, ein Paar Strümpfe und gebrauchte Lederschuhe, die sie am kleinen Zeh drückten. Ebenso erhielt sie ein hervorragendes Charakterzeugnis von einem früheren Dienstherrn, dessen Namen Betsy nie zuvor gehört hatte, aber man versicherte ihr, dass eine Abschrift dieses Zeugnisses dafür gesorgt hatte, dass sie die Stellung im Haushalt von Salt Hendon bekommen hatte. Mr. Willis hatte Betsy aufgrund dieser Referenz sofort eingestellt. Es hätte nicht einfacher sein können, sich dem Heer der Dienerschaft des Earls anzuschließen.

Einfacher waren jedoch ihre täglichen Pflichten, dachte Betsy mit einem Lächeln. Sie hatte ein warmes Dach über ihrem Kopf, bekam Essen, und nur, damit sie sich um das schönste Baby kümmerte, das sie je gesehen hatte. Er machte überhaupt keine Mühe. Er schrie nur, wenn er hungrig war, und wer hätte ihn dafür tadeln wollen? Ihre Brüder und Schwestern hatten das oft genug gemacht, aber wenn sie erst einmal der Brust ihrer Mutter entwöhnt waren, hatten sie oft Hunger gelitten. Dieser kleine Junge würde in seinem Leben keinen Tag des Hungers sehen, und in Anbetracht seines schnellen Wachstums schätzte Becky, dass er zu einem gutaussehenden großen Jungen heranwachsen würde, genau wie sein edler Vater.

„Mr. Willis sagte mir, du wärest nicht aus Wiltshire ... Betsy?"

Betsy knickste und ließ ihren tranceartigen Blick von dem saugenden Baby zum Boden gleiten, ihr Gesicht erglühte, dass sie von der falschen Frau des Earls bei solchen Gedanken unterbrochen worden war.

„Nein, Mylady. Birmingham."

„Du darfst mich anschauen, Betsy. In der Tat würde ich es vorziehen, wenn du das tätest. Es macht eine Unterhaltung viel angenehmer."

„Ja, Mylady", murmelte Betsy und betete, dass das Gespräch sich nicht als Befragung über ihren früheren Dienstherrn entpuppte. Ihr Gebet blieb unerhört.

„Die Stellung, die du vor dieser hattest, war bei den Kindern von Lady Elizabeth Sedley? Als sie sich in Bath aufhielt?"

„Ja, Mylady", log Betsy. „Aber ich habe Mylady nie gesehen." Was die Wahrheit war, und auf das fragende Stirnrunzeln der Gräfin hin log sie noch etwas weiter. „Sie kam nie ins Kinderzimmer."

Jane, die ihre Freundin gut kannte und wusste, dass auch sie eine sehr hingebungsvolle Mutter war, fand das überraschend, widersprach dem Mädchen jedoch nicht. Bevor sie ihren zufriedenen Sohn an die andere Brust legte, hielt sie ihn an ihre Schulter, damit sein Magen sich beruhigen sollte, und sagte, während sie ihm sanft den Rücken rieb:

„Ich weiß, dass es erst ein paar Monate her ist, seit du im Kinderzimmer der Sedleys ausgeholfen hast, daher wirst du dich freuen zu hören, dass du die Gelegenheit haben wirst, deine Bekanntschaft mit deinen Sedley-Babys aufzufrischen. Lady Elizabeth und ihre drei Kinder werden zu einem Nachmittagstee und einer Aufführung nächste Woche hierherkommen. Sie sind alle begierig darauf, Sam kennenzulernen. Und du, mein Liebling“, sagte sie und hielt ihren glucksenden Sohn vor ihr lächelndes Gesicht, um seine Nase an ihrer zu reiben, bevor sie seine feuchte Wange küsste, „wirst dein bestes Benehmen vorführen. Anders als dein Bruder, der ein ungeheurer Angeber ist, und Beth, die sich ein wenig zurückgesetzt fühlt, weil sie nicht länger das Baby der Familie ist, und die daher zweifellos Mamas Geduld mit ihren Forderungen auf die Probe stellen wird.“

Sie legte das Kissen auf die andere Armlehne des Ohrensessels – Betty beeilte sich, ihr zur Hilfe zu kommen – und nachdem ihr Baby bald zufrieden wieder an ihrer Brust lag, schaute sie lächelnd auf.

„Vielleicht sollten wir Beth ein neues Kleid anziehen und Bänder in ihr Haar flechten, damit sie sich bei unseren Gästen als etwas Besonderes fühlt. Was meinst du, Betsy?“

Betsy war erstaunt, nach ihrer Meinung gefragt zu werden, sie nickte zustimmend und war erleichtert, als ein Zimmermädchen mit dem Teetablett kam, etwas zu tun zu haben, wovon sie hoffte, dass es die falsche Frau des Earls davon abhalten würde, weitere Fragen zu stellen.

Als sie den Tee eingeschenkt, Zucker und eine Scheibe Zitrone hinzugefügt und dies und den Teller mit Scheiben von Butterbrot in die Reichweite der Gräfin gestellt hatte, zog Betsy sich zurück und stellte sich neben die Wiege, wo sie daran ging, Laken und Decke sorgfältig glattzuziehen, alles, um zu vermeiden, Fragen gestellt zu bekommen, die sie nicht beantworten konnte. Das half für einige Zeit, aber als Sam satt war, ließ Jane ihn von Betsy wiegen, während sie ihre Kleidung wieder in Ordnung brachte.

„Wenn du ihm saubere Windeln und ein Nachtgewand angezogen hast, bringe ihn bitte nach unten in meine Zimmer.“

Betsy riss die Augen auf, und in ihrer Panik vergaß sie sich soweit, dass sie unabsichtlich unhöflich wurde.

„Ich bin noch nie unten gewesen! Ich wüsste nicht, wohin ich …“

„Lass Nanny es dir zeigen. Du musst wissen, wo Sam schläft, wenn er nicht bei dir ist. Auf diese Weise wirst du wissen, wohin du gehen musst, wenn ich dich brauche oder Sam mich braucht.“ Als Betsy weiter die Stirn runzelte, obwohl sie knickste und zum Zeichen, dass sie verstanden hatte, nickte, kam Jane zu ihr herüber. „Ich bin sicher, dass Mr. Willis und Nanny dir alles, was du über deine Stellung im Haushalt seiner Lordschaft wissen musst, erklärt haben?"

„Ja, Mylady, das haben sie."

„Gut. Und wenn du irgendwelche Fragen hast oder Hilfe brauchst, wirst du ohne zu zögern zu Nanny gehen?"

„Ja, Mylady. Nanny Browne behandelt mich anständig."

„Es freut mich, das zu hören, Betsy."

„Ich mag meine Arbeit, Mylady", platzte Betsy heraus und machte wieder einen Knicks, um dann einen Blick auf den in ihren Armen schlafenden Säugling zu werfen. „Sam ist ein süßes Baby - ich meine - Verzeihung, Mylady - Samuel."

„Sam ist in Ordnung, Betsy. Immer Sam."

„Ja, Mylady.

„Ich wollte selbst mit dir sprechen, weil ich jetzt, wo wir in London sind, weniger Zeit mit meinem Baby verbringen werde, was bedeutet, dass er mehr Zeit mit dir verbringen wird. Nanny sagt mir, dass du dich sehr gut um Sam kümmerst und auch sehr geduldig mit Ned und Beth bist, die dich beide mögen. Für seine Lordschaft und mich gibt es nichts Wichtigeres als unsere Kinder, Betsy. Das heißt, wer sich um sie kümmert und wie für sie gesorgt wird, ist von größter Bedeutung. Verstehst du das?"

Von den Worten ihrer Herrin höchst beeindruckt nickte Betsy. In ihren Augen sprach diese genauso, wie eine große Dame sprechen würde, und sie benahm sich auch so. Und sie war sehr hübsch und trug die wunderschönsten Kleider, alle aus Satin und Seide mit erstaunlichen Stickereien. Und sie war freundlich. Wenn sie darüber nachdachte, hatte in den sechs Wochen, seit sie zum Salt Hendon-Haushalt gehörte, noch nicht ein Diener ein unfreundliches Wort über Mylady zu sagen gewusst. Die anderen Kindermädchen sagten nur Nettes über die falsche Frau des Earls und wenn Nanny Browne ihre Herrin erwähnte, war es, als ob sie den Boden anbetete, über den sie ging! Sie erschien nicht, wie die schlechte Person, von der Tante Smith behauptet hatte, dass sie es war, und sie benahm sich auch nicht so. Zum ersten Mal, seit sie in den Salt Hendon-Haushalt gekommen war, kam Betsy der Gedanke, dass Tante Smith ihr einen Haufen Lügen erzählt haben könnte. Aber wie konnte das sein, und zu welchem Zweck? Andererseits, als sie der falschen Frau des Earls dabei zusah, wie diese ihr Kind stillte, kam es Betsy in den Sinn, dass eine echte Lady und eine Gräfin sich nicht dazu herablassen würde, selbst zu stillen. Die echte Frau eines Adligen würde ihren Säugling einer Amme zum Füttern überlassen; jeder wusste das.

Als ob die Gräfin ihre Gedanken lesen könnte, sagte sie:

„Weil ich mehr Zeit von meinem Baby getrennt verbringen werde, muss ich sehr gegen meinen Willen eine Amme einstellen, um Sams Bedürfnissen gerecht zu werden." Sie lächelte zu ihrem Sohn in Betsys Armen hinab und streichelte sanft seine glatte Stirn mit einem langen Finger. „Aber ich möchte nicht, dass ihr Kommen dich davon abhält, meinen kleinen Liebling sehr zärtlich zu behandeln. Das braucht er am meisten, wenn ich nicht bei ihm sein kann." Sie schaute Betsy an. „Ich möchte, dass du ihn weiter im Arm hältst, wann immer du magst. Babys können nicht genug verwöhnt werden. Verstehst du mich, Betsy?"

„Ja, Mylady.

„Es freut mich, dass wir uns verstehen. Die Wiege ist in meinem Schlafzimmer. Dicken - du kennst meine Zofe sicher - wird dir sagen, wenn ich verhindert bin. Und wenn ich nicht dort bin, warte bitte, bis ich zurückkomme. Sam darf nie alleine gelassen werden, Betsy. Niemals."

Betsy schluckte hörbar, aber weit davon entfernt, dass das Jane erzürnt hätte, lachte sie hinter vorgehaltener Hand und erinnerte sich daran, was Caroline darüber gesagt hatte, dass Salt die Diener zu Tode erschreckte.

„Du musst keine Angst haben, nach unten in unsere Zimmer zu kommen", versicherte sie ihr. „Ich vertraue dir bei Sam, Betsy. Ich vertraue *dir*. Und wenn ich dir vertraue, tut Lord Salt das auch."

„Danke, Mylady", sagte Betsy in einem eingeschüchterten Flüsterton, während sie das kostbare, in seine weiche Babydecke eingepackte Bündel etwas fester hielt. Niemand in ihrem jungen Leben hatte ihr je etwas anvertraut oder mit solcher Güte zu ihr gesprochen.

Das Vertrauen ihrer Herrin ließ sie fühlen, dass ihr Leben doch zu etwas gut war; dass sie einen Lebenszweck hatte und wichtig war, dass *sie* wichtig war. Ungeachtet dessen, dass ihr Vater aus Bridewell House freigelassen werden würde und ihre Brüder und Schwestern nicht auf den Straßen betteln müssten. Es wurde erwartet, dass sie ihrer Familie half und Vergeltung drohte, wenn sie dabei versagte, nicht zuletzt eine anständige Tracht Prügel von ihrem gnadenlosen Vater. Betsy wollte so gerne von ganzem Herzen glauben, dass dieses schöne, freundliche Geschöpf tatsächlich die echte Gräfin war. Sie wünschte auch, dass sie es vermeiden könnte, zu tun, wovon Tante Smith sagte, dass es ihre Pflicht wäre, weil diese Frau so böse gewesen war, den Earl seiner echten Frau abspenstig zu machen.

Sie hatte keine Ahnung, welche Strafe für die falsche Frau des Earls geplant war, und selbst wenn sie es wüsste, was könnte sie, ein einfaches Kindermädchen, tun, um es zu verhindern?

Es war nicht das Gespenst von Tante Smiths Wut, das Betsy still und fügsam hielt, sondern das schreckenerregende Bild der wahren Gräfin von Salt Hendon. Sie mochte nicht fähig sein, das aufzuhalten, was für die falsche Ehefrau geplant war, aber eines wusste sie, was sie tun konnte. Sie schwor mit jeder Faser ihres Seins, dass sie nicht erlauben würde, dass dem Baby, das sie in ihren Armen wiegte, ein Leid geschähe. Und als ob er ihren stillen Schwur gehört hätte, drehte Samuel Antony Hugh Sinclair, der zweite in der Nachfolge einer alten Grafschaft, seinen Kopf zur Wärme von Betsys Körper und gab einen zufriedenen, milchsatten Seufzer von sich.

ZEHN

Nachdem Lady Reanay glücklich aus dem Haus war, betrat Diana St. John den Salon wieder mit einem selbstzufriedenen Lächeln. Sie rauschte zu ihrem Bruder hinüber, der anlässlich seiner Verlobung mit Lady Caroline Aldershot mit guten Wünschen überschüttet wurde, und führte ihn fort zum Clavichord, unter dem Vorwand, ihn unter vier Augen sprechen zu wollen. In Wahrheit war sie unglücklich darüber, dass der Mittelpunkt ihrer kleinen Gesellschaft sich von ihrer erfolgreichen Rückkehr zu dem rührseligen und sehr öffentlichen Heiratsantrag ihres sentimentalen Bruders verschoben hatte.

Noch wie betäubt und mit dem Gefühl, als hätte er gerade geträumt, folgte Sir Antony dem Wunsch seiner Schwester und hörte nur eines von zehn Worten der Glückwünsche der Gäste. Er war noch von seinem ausgefallenen Verhalten benommen, wenn man bedachte, was beim letzten Mal geschehen war, als er und Lady Caroline zusammen in Gesellschaft gewesen waren, und weil Caroline gezögert hatte, ja zu sagen. Er hatte, was im Nachhinein naiv erschien, erwartet, dass sie überglücklich sein würde, dass er ihr endlich einen Antrag machte und ihn sofort annehmen würde. Schließlich war es doch das, was sie beide wollten, oder nicht?

Als ihm klar wurde, dass Diana ihn mitgenommen hatte, um am Clavichord zu stehen, schüttelte er innerlich seine Gedanken an Caroline ab. In der Nähe seiner Schwester war es keine gute Idee, einen umwölkten Verstand zu haben. Mit höchster Willensanstrengung widmete er ihr seine Aufmerksamkeit.

Diana saß neben ihm auf der gepolsterten Musikbank, mit dem

Rücken zu den Elfenbeintasten des Clavichords und sagte mit angespanntem Lächeln: „Nun, lieber Bruder, du hast etwas getan, das ich für unmöglich hielt! Du hast mich überrascht. Zwei Mal in zwei Tagen, tatsächlich."

„Wie das?", fragte er milde, richtete die Notenblätter auf dem Ständer und hielt seinen starren Blick nicht auf sie, sondern auf die Viertel- und Achtelnoten vor ihm. Er hoffte, dass er sich desinteressiert anhörte.

„Ich hätte nie gedacht, *dich* schlank und nüchtern zu sehen." Sie legte ihren Kopf schräg und musterte sein Profil. „Ich bin unschlüssig, ob ich dich so mag ..."

„Wenn du dich entschieden hast, bin ich sicher, dass du es mich wissen lassen wirst."

Sie stieß ein hartes Lachen aus. „Das werde ich!"

„Und das zweite?"

„Der impulsive Antrag, den du Caroline gemacht hast."

„Impulsiv?"

„Liebe Güte, Antony, ich wusste, dass sie als Mädchen für dich geschwärmt hat und du dir das gefallen ließest, aber ihr deinen Namen anzubieten ...?" Sie lehnte sich an seine seidenbekleidete Schulter. „Aber vielleicht weißt du ja wirklich von nichts, oder gestattest es dir, dich in Unwissenheit halten zu lassen? Was für eine Schande, dass deine Erklärung so öffentlich war, du kannst jetzt deinen Antrag nicht zurückziehen ..."

Es erforderte seine ganze Selbstbeherrschung, nicht von ihr abzurücken. Jedoch einen Moment lang erlaubte er sich zu glauben, dass seine Schwester normaler Gefühle fähig wäre und er ließ in seiner Wachsamkeit nach. „Ich liebe Caroline. Ich wollte sie heiraten, seit ich denken kann. Das ist alles, Di."

„Liebst sie? Wie reizend", antwortete sie abweisend und seufzte resigniert. „Aber du warst immer ein Romantiker, und deshalb wirst du nie in die erhabenen Höhen des Geheimen Rats aufsteigen. Anders als Salt bist du nicht in der Lage, deine Gefühle beiseite zu lassen, wenn du eine Entscheidung triffst. In der Politik heiligt der Zweck immer die Mittel, genau wie im Krieg. Kennst du den Herrn, der dort im Gespräch mit Mr. Wraxton sitzt?"

Sir Antony war nicht in der Stimmung für eine von Dianas Predigten über seinen Mangel an politischem Scharfsinn, er wusste auch nicht, in welche Richtung die Gedanken seiner Schwester gingen, aber er tat ihr den Gefallen, über das Clavichord hinter die Harfe zu der Reihe von Stühlen zu sehen, die dort für das Konzert aufgestellt waren. Mr. Dacre Wraxton war in eine Unterhaltung mit einem Gentleman mittleren Alters und aufrechter Haltung in voller Armeeuniform vertieft, die so farbig war wie sein Gesichtsausdruck mürrisch. Er kannte den Mann nicht persönlich, aber er wusste, dass Sir Jeffrey Amherst seit einigen Jahren in den amerikanischen Kolonien stationiert war. Lady Reanay hatte ihm dies über ihre Teetasse hinweg anvertraut, und dass Sir Jeffrey kürzlich ein zweites Mal geheiratet hatte, eine viel jüngere Frau, die Tochter eines Generals, dessen Namen sich zu merken Sir Antony nicht für nötig gehalten hatte.

„Das ist Amherst. Nicht einmal eine Grußbekanntschaft, und das tut mir nicht leid. Militärs interessieren mich nicht. Tante Alice erzählte mir, er hätte vor kurzem die Tochter eines anderen Offiziers geheiratet ...“

Diana ließ ein abfälliges Schnauben hören.

„Deine Antwort illustriert, was ich sagte! Du erinnerst dich an unwichtige Dinge, während andere - *Salt* - dir hätten, so wie ich es kann, alles über Sir Jeffreys glanzvolle militärische Karriere erzählen können. Wir haben seit Jahren korrespondiert“, informierte sie ihn mit einem selbstzufriedenen Lächeln und verzog das Gesicht. „Welche Bedeutung hat seine neue Ehe, wenn du nicht weißt, dass Amhersts Braut die Tochter von General Cary ist; der einzige Grund, warum ein Mann wie Amherst ein so fades Geschöpf zweimal ansehen würde! Was du wissen solltest und woran du denken musst, ist, dass *diese Militärs* es sind, die es uns ermöglichen, ein zivilisiertes Leben zu führen. Amherst hat im Französischen und Indischen Krieg gekämpft und war maßgeblich daran beteiligt, nicht nur diese Wilden zu besiegen, die für die Franzosen kämpften, sondern es gelang ihm auch, diese eingeborenen Bestien und ihre Stämme vom Angesicht der Erde zu löschen.“

„Bitte um Verzeihung, *was* hat er getan?“

Diana St. John missverstand ihren Bruder und hielt fälschlich seinen entsetzten Schrecken für anerkennendes Staunen.

„Die Kolonisten wurden immer von den Wilden belästigt; die an den Grenzen noch mehr. Was mit ihnen zu tun sei, bereitete der Kolonialverwaltung und der Regierung hier zu Hause ständig Kopfschmerzen. Ich kann dir nicht sagen, ob es Amherst war, der den klugen Einfall hatte oder einer seiner Untergebenen. Wie auch immer, das ist unwichtig. Wichtig ist, dass es der liebe Sir Jeffrey war, der den Plan genehmigte.“

„Plan?“

„Er hat ihnen die Pocken gebracht.“

„Er hat ihnen *was* gebracht?“

„Hör doch zu, Antony! Die Pocken. Nicht selbst.“ Sie seufzte ärgerlich über den völligen Mangel an Verständnis ihres Bruders und fügte in einer Stimme, die man für ein kleines Kind verwenden mochte, hinzu: „Als die Wilden zu Verhandlungen kamen, gaben ihnen Soldaten aus dem Fort Decken, die aus dem Pockenspital des Militärs kamen. Die Decken waren mit Pocken verseucht, und als die Wilden sie mit zurück in ihre Lager nahmen, steckten sie nicht nur sich an, sondern den ganzen Stamm und jeden, der mit ihnen in Kontakt kam.“

Sir Antony wurde übel und er wagte zu fragen, obwohl er sicher war, die Antwort schon zu kennen:

„Männer, Frauen *und* Kinder?“

Diana St. John konnte ihre Begeisterung kaum zügeln. „Natürlich, Männer, Frauen und Kinder. Der gesamte Stamm wurde ausgelöscht; jeder einzelne Wilde. Du musst zugeben“, fügte sie fröhlich hinzu, „dass Amherst ein Genie ist. Sich eines Feindes zu entledigen, ohne dass der Feind auch nur weiß, was ihn erwischt hat, ohne die Notwendigkeit, auch nur einen Tropfen englischen Bluts zu vergießen, das verdient einen Orden!“

Sir Antony fühlte sich körperlich krank und wünschte sich tausend Meilen von seiner Schwester fort. Er starrte Sir Jeffrey Amherst mit unverhohlenem Abscheu an.

„Ein Mann, der solches Leid über Wehrlose, Hilflose und Kinder bringt, ist nicht weniger als ein Ungeheuer; seine Methoden abscheulich. Ich will nicht hören, wie du sein Lob singst. In der Tat will ich ihn nicht in meinem Salon haben!“, knurrte Sir Antony und hob sein Gesäß von der Musikbank.

Diana St. John zog ihn wieder nach unten, einen Ellenbogen auf seiner Schulter, den sie dort liegen ließ.

„Bedenke, dass wir nicht alleine sind, kleiner Bruder“, warnte sie ihn und rauschte höchst offensichtlich mit ihren Röcken; ihr Blick schweifte mit einem starren Lächeln über ihre Gäste, die sich damit amüsierten, Wetten über das mögliche Datum einer Hochzeit zwischen Sir Antony und Lady Caroline abzuschließen. Sie ließ ihren Blick wieder zu ihrem Bruder zurückkehren und sagte nüchtern: „Du hast deinen Gefühlen immer erlaubt, deinen Verstand zu regieren. Amherst hat getan, was er zum Wohl des Königreichs tun musste. Nicht mehr. Nicht weniger. Im Krieg ist alles gerechtfertigt.“

„Jede Handlung kann gerechtfertigt werden, aber das macht sie nicht anständig oder - oder *richtig*. Frauen und Kinder zu ermorden ist nie gerechtfertigt, ob im Krieg oder anderswo! Das werde ich nicht dulden!“

„Und ich werde es nicht dulden, dass du dich in meine Pläne für Salts politische Rehabilitierung einmischst.“

Sir Antony blinzelte. Die Erwähnung des Earls von Salt Hendon ließ ihn wieder zur Vernunft kommen. Er hätte sich gegen sein eigenes bestrumpftes Schienbein treten können, weil er unbedacht gesprochen hatte. Was lohnte es, mit seiner Schwester zu streiten? Sie war kein vernunftgeleiteter Mensch. Sie hatte weder Empathie noch Gewissen, ihre Bewunderung für Amherst unterstrich das. Warum war er so dumm gewesen anzunehmen, dass er sie dazu bringen könnte, seinen Standpunkt zu verstehen? Gedämpft fragte er sie ruhig:

„Was für Pläne sind das, Diana?"

„Ich bin zur perfekten Zeit nach London zurückgekehrt, zu der Salt sich wieder auf die politische Bühne begeben kann", antwortete sie mit einem selbstbewussten Lächeln. „Er ist auf dem Weg nach London und sollte morgen genau aus diesem Grund eintreffen. Die Zeitungen könnten nicht genug Tinte für Spekulationen über Salts Absichten verschwenden. Die Regierung ist chaotisch. Weder Grafton, noch Newcastle, noch Bute können sich auf angemessene Maßnahmen einigen, und das Parlament ist durch den Streit behindert. Es ist das perfekte Szenario, wo Salt hervortreten und die Kontrolle übernehmen kann, und ich bin hier, damit ich dafür sorgen kann, dass er endlich sein politisches Potenzial verwirklicht.

Sir Antony zögerte zu antworten. Er hatte keine Zweifel daran, dass sie wirklich glaubte, was sie sagte, was ein weiterer Beweis für ihren gestörten Verstand war. Er fragte sich, wie sie über die Pläne des Earls Bescheid wissen konnte, aber vielleicht hatte Tante Alice es ihr erzählt, oder Dacre Wraxton, der Parlamentsmitglied war und einer der Unterstützer von Salts Fraktion, die Nachricht in einer Unterhaltung fallen lassen. Vorerst entschied er, die Wahnvorstellungen seiner Schwester zu dulden - es könnte der einzige Weg sein, um zu entdecken, wie genau sie Salt bei seinen politischen Ambitionen zu helfen beabsichtigte.

Diesem Vorsatz gemäß sah er sie an und zwang sich, ihre Hand zu ergreifen. Er betete nur, dass seine Stimme so ruhig wie seine Finger bleiben möchten.

„Ich würde nur sehr ungern deine Pläne für Salt stören, vielleicht wäre es daher ratsam, wenn du mich deine Absichten wissen lässt ... vielleicht könnte ich dir ja helfen?"

Diana lächelte zu den schlanken Fingern ihres Bruders, die auf ihrer Hand lagen, hinab und hob dann ihren Blick zu seinen blauen Augen, keiner ihrer Gedanken war von ihrem Gesicht abzulesen. Sir Antony hoffte, dass seine Gesichtszüge beherrscht blieben, obwohl sein Herz laut in seiner Brust pochte und er halb erwartete, dass der Teufel aus der schönen Gestalt seiner Schwester herausbrechen und ihm an die Kehle gehen könnte. Das geschah jedoch nicht und sie blieb ruhig, obwohl er in ihren Augen ein Funkeln entdeckte, als sie glatt sagte:

„Immer gut. Immer ehrbar. Aber was haben Güte und Ehre dir eingebracht, Antony? Dreißig Jahre alt und noch immer kein Botschafter. Obwohl ... Mr. Wraxton hat mir eine Neuigkeit über dich anvertraut, die mich überrascht hat, und mir die Hoffnung gibt, dass du doch etwas aus dir machen wirst, worauf ich endlich stolz sein kann. Aber ich werde es dir nicht verraten. Nein! Frag nicht. Salt muss es dir erzählen, nicht ich", forderte sie, als er zu sprechen beginnen wollte, und legte einen Finger auf seine geöffneten Lippen. Als er seinen Mund wieder schloss, nahm sie ihren Finger fort, um lästig auf seine glattrasierte Wange zu klopfen. „Du warst der Einzige, der sich kümmerte; der Einzige, der schrieb; der Einzige, den ich verschonen werde ... Komm! Wir haben unsere Gäste lange genug vernachlässigt, und jetzt dürfen wir nicht über Politik reden, sondern müssen spielen", drängte sie, als sie sich ihrer Umgebung und dem Lärm des unkontrollierten Geschwätzes der unruhigen Gäste bewusst wurde, die darauf warteten, dass die Vorführung beginnen sollte.

Sie sprang von der Bank auf und wäre zur Harfe hinübergegangen, wenn Sir Antony sie nicht am Handgelenk festgehalten hätte. Er wusste, dass seine Mühe umsonst sein würde - wie konnte man eine herzlose Schlange überzeugen? - aber er musste es dennoch versuchen, in den Abgrund des Geistes seiner Schwester einzudringen, um den Funken Menschlichkeit zu erreichen, von dem er hoffte, dass er dort noch flackerte.

„Di! *Hör zu.* Ja, es kümmert mich. Es kümmert mich sogar sehr. Ich *will* dir helfen. Ich *kann* dir helfen, wenn du mich nur lässt."

„Mir helfen?", wiederholte sie, einen Moment verblüfft. „Wie kannst du mir helfen?"

„Ich weiß, was es bedeutet, wenn man von etwas oder jemandem so völlig besessen ist, dass nichts und niemand sonst von Wichtigkeit ist."

„Ich habe keine Ahnung ..."

„Du musst. Wir sind Bruder und Schwester. Wir teilen mehr als nur ein Band. In unseren Adern fließt dasselbe Blut. Wir haben auch den gleichen Dämon ..."

„Dämon?"

Voller Hoffnung, dass er ihr vernünftiges Ich erreicht hatte, nickte er. „Ja. Das stimmt, Di. Ich kämpfe jeden Tag mit diesem Dämon. Du kannst das auch. Es ist eine Besessenheit, ein Zwang, den wir ..."

„Besessenheit? Zwang? Wirklich, Antony, ich habe keine Ahnung, was du da faselst!"

„*Hör zu*, Di. Wenn du es dem Dämon erlaubst, dich zu beherrschen, wird er dich töten ..."

„Mich töten? Wie?"

„Der einzige Weg, diesen Dämon zu beherrschen, ist, dich von Salt fernzuhalten. Du *musst* ihm und seiner Gräfin fernbleiben."

Bei der Erwähnung der Gräfin von Salt Hendon riss Diana St. John ihr Handgelenk mit einem Knurren aus seinem Griff, der Schleier der Vernunft, der fürsorglichen älteren Schwester und liebenswürdigen Gastgeberin fiel für einen kleinen Moment, bevor er schnell mit einem gezwungenen Lachen und einem Flattern ihres Fächers an Ort und Stelle gebracht wurde. Sie tippte ihren Bruder spielerisch aufs Handgelenk und sagte laut, so dass die anderen es hören konnten:

„Natürlich kannst du dieses Stück spielen, Antony! Niemand wird geringer von dir denken, wenn deine Finger ein oder zweimal stolpern sollten. Viel Glück", fügte sie hinzu und beugte sich vor, um ihn auf die Wange zu küssen.

„Aus deiner Rückkehr nach London wird nichts Gutes entstehen, Di", flüsterte Sir Antony hastig.

Sie küsste seine Wange und sagte an seinem Ohr: „Ich habe vor, dich zu verschonen, liebster Bruder, aber ich bestehe darauf, dass *du mir* nicht ins Gehege kommst."

„Was ist mit Ron und Merry? Sollen sie auch verschont bleiben?"

„Ron und Merry?" Diana St. John zwinkerte voller Unverständnis. „Warum nennst du ihre Namen?

„Sie sind deine Kinder, Di. Sie ..."

„... werden mir zurückgegeben werden, keine Angst!", fauchte sie. „*Sie* hat sie mir weggenommen! *Sie* hat ihre Seelen gegen mich vergiftet. Sie sind von dieser Teufelin *verhext* worden, damit sie mich *hassen*, aber ich werde sie bald wieder zu guten, gehorsamen Kindern machen."

„Unfug. Ron und Merry sind immer noch deine Kinder. Sie werden dich immer lieben. Du wirst immer ihre Mutter sein. Aber du kannst doch nicht wollen, dass sie mit Spott und Schande leben müssen? Das ist genau das, was geschehen wird, wenn du diese Intrigen und Pläne nicht aufgibst, solange noch Zeit ist ..."

„*Narr*. Meine Pläne waren schon in Gang gesetzt, bevor ich in London ankam!"

Ihr Lächeln war selbstgefällig. Als seine Augen sich bei dieser neuen Erkenntnis weiteten, beugte sie sich über ihn, als ob sie die Lage Notenblätter auf dem Ständer berichtigen wollte. Was sie jedoch tat, war, eine Hand in das seidene Futter seines Rocks und zu der bestickten Vorderseite seiner Weste gleiten zu lassen, um sie auf sein

Herz zu legen, wo er die kleine, goldene Brosche trug, die eine Miniatur von Lady Caroline, umringt von einer winzigen Strähne ihres erdbeerblonden Haares, enthielt.

Sir Antony fragte sich, was sie vorhatte, als sie ihre Handfläche auf seine Brust presste, und nahm an, dass, wollte sie seine Ängste genauer einschätzen, sie das durch das stark beschleunigte Schlagen seines Herzens könnte. Was sie als Nächstes tat, erschrak ihn durch die bloße Bösartigkeit bis zur Erstarrung. Ihre Finger fanden den Verschluss der Brosche. Sie drehte ihn, bis er aufging und riss die Brosche von seiner Weste. Mit der Brosche in ihrer Faust schob sie ihre Hand durch den Schlitz in ihren Röcken und ließ sie in ihre versteckte Tasche fallen. Das geschah alles so schnell, dass Sir Antony keine Zeit zum Reagieren blieb.

„Ich werde dein süßes Souvenir fürs Erste an mich nehmen, lieber Bruder. Sein Verlust wird dich daran erinnern, dass du dich meinen Plänen nicht entgegenstellen darfst, oder du könntest verlieren, was dir am meisten bedeutet."

ELF

Am folgenden Morgen verbrachte Sir Antony mehr Zeit als nötig in seinem Ankleidezimmer, um darüber zu grübeln, was er tragen sollte. In der Tat war es nicht seine Kleidung, sondern seine Schwester und ihre Machenschaften, die seine Gedanken beschäftigten. Mit deprimierender Gewissheit wusste er, dass sie seit ihrer Flucht aus der Gefangenschaft reichlich Zeit gehabt hatte, beliebig viele Pläne in Gang zu setzen. Wie diese Pläne aussahen, wusste er aber nicht.

Sie am Abend zuvor bei ihrem improvisierten Konzert die Harfe spielen zu hören und als Gastgeberin einer kleinen Dinnerparty fungieren zu sehen, hatte ihn über ihre Fähigkeit, den Anschein der wohlerzogenen Gastgeberin zu wahren, ohne den Dämon in ihr zu verraten, staunen lassen. Er fühlte sich gezwungen, ein Auge auf sie zu halten und darauf zu warten, dass sie einen Fehler machte oder dass etwas oder jemand - denn sie konnte nicht ganz allein handeln - ihre Absichten verriete. Er hoffte, dass dies eher früher als später geschehen würde, vor allem, nachdem die Salt Hendons nach London zurück-kehrten.

Dem Diner waren bis in die frühen Morgenstunden Karten und Scharaden in seiner Bibliothek gefolgt, und er hatte sich gezwungen zu bleiben, bis der letzte der Gäste - Mr. Dacre Wraxton - sich verabschiedete. Dieser Gentleman hatte beim Gehen seine Hand geschüttelt und ihm zu seiner Verlobung mit der schönen Lady Caroline gratuliert, die er *ein rares und faszinierendes Juwel* nannte. Sir Antony war sich nicht sicher, was er mehr verabscheute - den spöttisch lachenden Unterton des Mannes, oder seine Verwendung des Wortes *faszinierend*, um Caroline zu beschreiben, mit allen Nuancen, die das Wort beinhaltete. Es bereitete ihm Unbehagen und er war froh, den Mann von hinten zu sehen.

Während des Diners hatte er über die immense Kaltschnäuzigkeit des Mannes gestaunt, wie er seine verstoßene Mätresse ignorierte, nicht einmal in ihre Richtung schaute, auch nicht, als das arme Ding sich jede Mühe gab, einen Blick von ihm zu erhaschen. Aber was ihm die Galle aufsteigen ließ, war Dianas herzlose Gleichgültigkeit gegenüber Jenny Dalrymples Gefühlen. Sie hatte der Frau in seinem Haus Zuflucht gewährt und dennoch flirtete seine Schwester während des Diners und danach unter dem tränenvollen Blick ihrer Freundin in empörender Weise mit Jenny Dalrymples früherem Geliebten.

Dianas grausame Gleichgültigkeit überraschte ihn nicht, und da sie nie etwas ohne guten Grund tat, musste es einem bestimmten Zweck dienen, dass sie Jenny Dalrymple aufgenommen hatte. Er erkannte, welcher Zweck das war, als er sie während des Essens in eine Unterhaltung verwickelte, um sie von ihrem Unglück abzulenken. Die Frau hatte in ihrem Kopf, den er immer eher für hübsch, aber leer gehalten hatte, einen unendlichen Vorrat an gesellschaftlichem Wissen von Kleinigkeiten über Menschen, Orte und Ereignisse gespeichert. Zwölf Gänge lang unterhielt sie ihn mit einer Zusammenfassung der gesellschaftlichen Ereignisse während seiner Abwesenheit aus London. Ebenso, wie Diana den Inhalt der Briefe, die er ihr aus Russland geschickt hatte, auswendig gelernt hatte und ihn dann zu ihrem Vorteil verwendete, indem sie allen und jedem erzählte, dass sie ihn in St. Petersburg besucht hätte, war er sicher, dass sie den gesamten Gesellschaftsklatsch, mit dem Jenny Dalrymple sie versorgen konnte, aufgesogen hatte und dies irgendwie zur Verfolgung ihrer Pläne nutzte.

Während er seinen Tee nippte und sie beobachtete, wie sie mit ihren Gästen Scharaden aufführte, musterte er eingehend ihre Kleidung und Accessoires. Seine Schwester hatte immer einen exquisiten Sinn für Mode gehabt, und auch einen sehr teuren. Er bemerkte das Halsband aus Perlen und Diamanten um ihren schlanken Hals, das dazu passende dreireihige Perlenarmband um ihr Handgelenk und eine Frisur, in der goldene Nadeln und Satinschleifchen funkelten, und er wunderte sich - nicht überraschend - wie sie an solch prächtige Kleider und Schmuck hatte kommen können. Er war sicher, dass Salt sie nicht mit genug Nadelgeld versehen hatte, um in ihrer Abgeschiedenheit solche Pracht zu kaufen, die sie in dem abgelegenen Schloss auch nicht gebraucht hätte. Er rätselte, wie seine Schwester ihr Leben seit ihrer Flucht finanziert hatte, nicht nur die Kleidung, die sie auf dem Leib trug, sondern auch Pferde und eine Kutsche zum Reisen, Unterkunft, der Unterhalt ihrer Gesellschafterin, von solch banalen Kleinigkeiten wie Essen, Toilettenartikel und Kosten für Dienstboten ganz zu schweigen. Er brauchte nicht über diese Frage zu schlafen, denn er erhielt die Antwort, als, nachdem die Tür zur Straße vor einem kalten und dunklen frühen Morgen verschlossen und verriegelt war, Diana ihn in die Bibliothek zurück und an den ledergepolsterten Schreibtisch am Kamin führte.

Sie hatte große Freude daran, ihm vier ordentliche Stapel von Rechnungen zu zeigen, jeder mit einem schwarzen Band gesichert. Alle wären sortiert, teilte sie ihm mit Befriedigung mit, und alle noch unbezahlt. Sie hatte keine Ahnung, wie hoch der gesamte Betrag sein würde, wenn alle Schuldscheine, Rechnungen von Händlern, Schneidern, Modisten, Schuhmachern und ähnliches zusammengezählt wurden, aber sie war sich sicher, dass er nicht weniger als zweitausend Pfund betragen würde. Er sollte froh sein, dass sie die meisten Rechnungen in Birmingham angesammelt hatte, wo Waren, besonders die Kosten von Stoffen und Schneiderarbeiten, viel günstiger waren als in London. Sie riet ihm, um seines guten Namens und des Rufs der Familie willen, dass er seine Schulden rasch begleichen sollte - die meisten Rechnungen wären seit dreißig Tagen oder mehr fällig. Es wäre gut und schön für Salt, seine Rechnungen zu spät zu bezahlen, falls er das je täte - ihr Cousin ersten Grades gehörte zum Hochadel und konnte daher nicht ins Schuldnergefängnis kommen - aber Sir Antony als Baronet könnte das passieren. Sie war sicher, dass Salt die Verlobung seiner Schwester mit einem Insassen des Gefängnisses in der Fleet Street nicht billigen würde, oder vielleicht würde er auch in das Schuldnergefängnis in Birmingham überstellt; besser, seine Rechnungen gleich zu bezahlen. Oh, und es würden noch mehr kommen ...

*Zwei*tausend Pfund.

Seine Schwester hatte in zwei Monaten mehr ausgegeben, als er in einem Jahr für den Unterhalt eines ganzen Haushalts: Diener, Kutsche und Pferde, Wachs und andere allgemeine Ausgaben des täglichen Lebens. Der Betrag hatte in seinem Kopf gedröhnt, als er seine Gedanken und Gefühle gut in Zaum hielt, während Diana ihm eine gute Nacht wünschte und unbekümmert erwähnte, dass er sie nicht zum Frühstück zu erwarten bräuchte. Sie und Jenny Dalrymple würden ausfahren, um den Tag in Horace Walpoles fantasievollem Rückzugsort Strawberry Hill zu verbringen, würden aber rechtzeitig zum Diner zu Hause sein. Sir Antony hatte keinen Zweifel daran, dass sie die Wahrheit sagte, aber Mr. T als ihren Schatten bei ihr zu haben, verschaffte ihm ein seltsam tröstliches Gefühl, wenn auch keine Befriedigung. Zumindest konnte er seinen Besuch im Salt Hendon-Haushalt machen, ohne sich um die Frage ihres Aufenthaltsorts zu sorgen.

Zweitausend Pfund

Die Summe verfolgte ihn bis in den Schlaf und hinterließ den Beginn einer Migräne, als er erwachte. Sie pochte noch immer an der Rückseite seiner Augenlider, als er, einen kupferfarbenen, seidenen Morgenrock über Hemd und Hosen geworfen, an seinem Frisiertisch saß, während Semper und zwei Begleiter mit passenden Kleidungsstücken kamen und gingen. Schließlich wurden zwei Seidenanzüge aus einer langen Reihe exquisit bestickter Röcke, Westen und Hosen in Betracht gezogen und dann als unzureichend für den bevorstehenden Besuch in Salt House am Grosvenor Square befunden.

Semper ging zurück zum Schrank, seine Gesichtszüge verrieten nichts von seiner steigenden Frustration. Er hatte seinen Herrn nicht mehr so in Gedanken verloren erlebt, seit er ihn für eine Privataudienz bei der russischen Kaiserin anzukleiden hatte. Er kam mit zueinander passendem Rock und Weste in kontrastierend gestreifter Seide in Tönen von Lavendel und Pflaume zurück, mit weich abgerundeten Schößen, die Hosen aus schlichter, cremefarbener Seide.

In dieses Ensemble gekleidet betrat Sir Antony Salt Haus und übergab Umhang, Hut, Samthandschuhe und das reich verzierte Schwert einem aufwartenden Lakaien.

Erwartungsvoll nervös drehte er den Kopf nach links und rechts, hob und senkte ihn, als er dem zweiten Butler über die große Fläche des schwarz-weiß gemusterten Bodens des Eingangsfoyers folgte; der grandiose Eingang verriet schon großen Reichtum und zurückhaltende Eleganz. Von der Robert-Adam-Doppeltreppe, die sich in den Himmel einer mit Buntglas verzierten Glaskuppel bog, von der ein riesiger Kronleuchter aus geschliffenem Kristall herabhing, glänzte Holz und funkelte Kristall, alles für die Rückkehr des Earls und der Gräfin auf Hochglanz poliert.

Eine Unterhaltung mit dem edlen Eigentümer eines so großartigen Hauses würde die Nichteingeweihten in Angst und Schrecken versetzen, dachte Sir Antony, der als der bevorzugte Cousin und früher regelmäßige Besucher unter diesem Dach dieser Umgebung keinen Moment seine Aufmerksamkeit geschenkt hatte. Nachdem er in Ungnade gefallen und mehrere Jahre abwesend gewesen war, wurden seine Augen erneut für die symbolische Bedeutung eines so großartigen Hauses und seiner Ausstattung geöffnet und welchen Einfluss diese auf einfache Sterbliche haben musste, vor allem auf die, die die Gunst der Earls erstrebten.

„Arme Teufel", murmelte er in sich hinein, als der zweite Butler

vor einem Paar zweiflügeliger Türen anhielt, die von zwei strammste-
henden livrierten Dienern flankiert wurden. Als der zweite Butler ihn
anschaute, sagte er hörbar: „Ihr seid neu, nicht wahr?"

„Vier Jahre neu, Mylord."

„Und Jenkins? Wo schleicht er herum?"

Der zweite Butler lächelte dünn, mehr wegen des leicht nervösen
Untertons in der Stimme des gutaussehenden Besuchers als wegen der
Unterstellung, dass einer der Diener des Earls schleichen würde. Den
früheren Butler kannte er nicht persönlich, nur dem Namen nach, was
er sagte und hinzufügte:

„Mr. Miller ist ebenso lange Butler bei seiner Lordschaft wie ich
zweiter Butler bin, Mylord. Mr. Jenkins fühlte, dass er in seinem fort-
geschrittenen Alter kein so großes Haus mehr leiten könnte, und hat
daher die Stellung des Butlers im Stadthaus in der Arlington Street
übernommen."

„Seine Lordschaft benutzt dieses Haus noch?"

Auf Sir Antonys Überraschung hin antwortete der zweite Butler
nachdrücklich: „Ja, Mylord, gelegentlich, meist während der Parlamentssitzungen. Aber nachdem dieses Haus nun wieder geöffnet
wurde, vermute ich ..."

„Niemand ist an deinen Vermutungen interessiert, Pratt", sagte
eine tiefe Stimme voller Drohung, die den zweiten Butler sofort seinen
Mund schließen und in einer Verbeugung verschwinden ließ. „Ich bitte
um Verzeihung für meine Abwesenheit, Sir Antony", sagte Miller und
warf dem Rücken des zweiten Butlers einen Blick zu, als dieser Diener
durch die Halle davonhuschte. „Seine Lordschaft ist gewöhnlich an
Dienstagen für Besucher zu Hause, aber da dies der erste Dienstag ist
und die Familie seiner Lordschaft erst gestern spät in die Stadt zurückkehrte, ist das Haus zu dieser Zeit noch nicht zum Empfang geöffnet.
Ich bitte daher respektvoll, Pratt seinen Fehler zu verzeihen, und bitte
sie, freundlicherweise umzukehren ..."

„Miller, richtig? Nun, Miller, seine Lordschaft wird mich vorlassen,
da ich kein Besucher bin, sondern zur Familie gehöre. Ihr könnt mich
daher ankündigen oder nicht, aber ich habe die Absicht, seine Lordschaft heute zu sprechen."

Der Butler hielt inne und musterte Sir Antony länger und eingehend. Der teure Stoff und die Verarbeitung, nicht zu erwähnen die
exquisite Stickerei auf seinem Anzug, waren deutlich erkennbar, und
die Steine der Schuhschnallen waren sehr wahrscheinlich echte
Diamanten, kein Strass. Die aufrechte Haltung, die tiefe, weiche
Stimme und der ungerührte Blick der blauen Augen kündigten einen
Gentleman an, keinen Emporkömmling. Außerdem wurde dem Butler

klar, dass er es nicht wagen konnte, weder diesen Gentleman zu beleidigen, wenn er tatsächlich ein Blutsverwandter des Earls war, noch seinen edlen Dienstherrn, wenn er einen seiner Verwandten abwies, selbst wenn er ihn noch nie zuvor gesehen hatte. Sir Antonys nächster Satz erledigte die Frage.

„Ich bin gerade von einer Stellung aus Petersburg zurückgekehrt und die vier Kisten in der Eingangshalle sind voll mit Geschenken. Lasst die Diener besonders vorsichtig mit der größten Kiste sein, da sie für Lady Salt bestimmt ist und ein Teeservice aus Porzellan der kaiserlich russischen Manufaktur enthält. Mir wäre es lieber, wenn Ihr diese und die drei anderen irgendwo in Sicherheit bringen lassen könntet, bevor Miss Merry, Master Ron und die Kinder sie sehen und zu wissen verlangen, was ihr Inhalt ist. Ich will nicht derjenige sein, der ihnen ihre Geschenke vorenthält, aber vielleicht wäre es besser, wenn Lady Salt entschiede, wann meine großzügigen Gaben ausgeteilt werden sollen? Was denkt Ihr, Miller?“

„Ja, Sir, natürlich. Ich werde sofort dafür sorgen, dass die Kisten außer Gefahr gebracht und weggeräumt werden, bis ich von Mylady erfahre, was mit ihnen geschehen soll.“ Er gab den Lakaien ein Zeichen, die Doppeltüren zu öffnen und schickte dann einen fort, um bei Sir Antonys Kisten Wache zu stehen, bis zu dem Moment, an dem er ihren vorsichtigen Abtransport in die Vorratskammer des Butlers arrangieren und überwachen könnte. „Bitte tretet in das Vorzimmer ein und wartet hier, während ich seine Lordschaft von Eurer Ankunft informiere. Ich bitte um Verzeihung, dass kein Feuer ...“

„Ha! Keine Entschuldigung nötig, Miller“, antwortete Sir Antony fröhlich, schauderte jedoch, als verspüre er plötzlich einen kalten Luftzug. „Meiner Erinnerung nach könnte bei der Temperatur im Vorraum Wasser gefrieren!“

Der Vorraum zum Bücherzimmer des Earls war das eine Zimmer, an das Sir Antony sich gut erinnerte, und nicht gerne, genau deshalb, weil in seinem Kamin nie ein Feuer brannte und es dort deshalb immer kalt war. Der Marmorboden, das Fehlen ausreichender Möblierung und die blau gestrichenen, schmucklosen Wände trugen zu der abweisenden Kälte bei. Selbst, wenn der Raum mit Fremden gefüllt war, alle mit Petitionen, Vorschlägen und Dokumenten beladen, die die Schirmherrschaft des Earls von Salt Hendon für diese, jene oder irgendeine andere vorstellbare Sache erbitten wollten, stieg seine Temperatur nie über den Punkt des absolut Eisigen. Es war ein Trick, um sicher zu gehen, dass nur die entschlossensten Bittsteller um eine Audienz bei seiner Lordschaft nachsuchten; die weniger hartgesottenen und halbherzigen neigten dazu, ihrer Wege zu gehen, bevor die Kälte in ihre Knochen kroch und lange, bevor ihr Name für ihre fünf Minuten der wertvollen Zeit des Earls aufgerufen wurde. Dennoch hatte Sir Antony solche Maßnahmen zur Beschränkung der Menschenmengen als drakonisch empfunden und war immer voller Sympathie für die frierenden Unglücklichen gewesen, wenn er in die Wärme des Bücherzimmers geschlüpft war, unangemeldet und so oft, wie es ihm gefiel - einer der privilegierten Wenigen, denen unbeschränkter Zutritt gewährt wurde.

Wie die Zeiten sich geändert hatten, seufzte er voll Trauer. Jetzt benötigte auch er eine Erlaubnis, um seinen Cousin ersten Grades und früheren besten Freund zu besuchen. Ohne rechts und links zu schauen, seinen Blick fest zwischen die Schulterblätter des Butlers gerichtet, folgte er diesem Diener durch das Vorzimmer bis zu einem weiteren Paar Doppeltüren und einem weiteren Paar livrierter Diener, die dort Wache standen.

„Wenn Ihr hier warten wollt, Sir Antony, werde ich Lord Salt fragen, ob er für … äh … Familie zu Hause ist." Der Butler wagte es, ihm den Hauch eines Lächelns zu zeigen und sagte, bevor er im Bücherzimmer verschwand: „Sollte Euch kalt sein, Mylord, wird einer der Diener sich darum kümmern, eine Magd holen zu lassen, um mehr Kohle auf den Rost zu legen und ein größeres Feuer zu machen."

Erst als die Tür sich hinter dem Rücken des Butlers geschlossen hatte, wurde Sir Antony klar, dass ihm kein bisschen kalt war und ein Blick hinüber zu dem großen Kamin mit dem schwelenden Feuer ließ ihn einen Schritt zurückweichen. Aber was ihn mit offenem Mund stehenbleiben und sich voll Erstaunen umblicken ließ, war das Vorzimmer selbst. Sein erster Gedanke war, dass Miller ihn in ein völlig falsches Zimmer gebracht hatte, aber der Grundriss, mit zwei Balkonfenstern, die auf den großen Platz hinausgingen und der große Kamin auf der gegenüberliegenden Wand mit seinem geschnitzten Überbau waren ihm beide bekannt. Alles andere hatte sich verändert, und zum Besseren.

Die Wände waren in blassem Gelb neu gestrichen worden, die Decke mit ihren Stuckverzierungen in Eierschalenweiß. Ein massiver Spiegel in einem reich verzierten, vergoldeten Rahmen hing über dem Kaminsims und reflektierte das Licht der bis zum Boden reichenden Fenster gegenüber. Eingerahmt von blau-goldenen Damastvorhängen, die mit Kordeln aus schwerem goldenem und dunkelblauem Samt zurückgehalten wurden, dehnte sich die Vormittagssonne über zwei Gruppen hochlehniger Stühle, die in sauberen Reihen angeordnet und zu den Türen des Bücherzimmers des Earls ausgerichtet waren. Ein Büffet aus Nussbaumholz stand zwischen den Fenstern, auf ihm zwei große Silberkannen und passende silberne Kerzenhalter an beiden Enden. Über dem Büffet hing ein Portrait, und dieses Portrait bewunderte Sir Antony gerade, als der Sekretär des Earls, Mr. Arthur Ellis, den Raum betrat.

Es war ein Porträt der Gräfin von Salt Hendon in voller Größe, sie war in ein tiefblaues Samtreitkleid gekleidet, die äußere Lage der Röcke bauschte sich, um den bestickten Unterrock zu zeigen, sowie den Ansatz eines Reitstiefels; die Jacke, die an Taschen und Aufschlag mit kleinen gelben und blauen Blüten bestickt war, hatte einen männlichen Schnitt, der sich an ihren Oberkörper und die langen, schlanken Arme schmiegte. Ihr kohlschwarzes Haar war der letzten Mode nach frisiert und hochgesteckt, darauf saß ein Hut mit schmaler Krempe in einem verwegenen Winkel. Sie hielt eine Reitgerte in einer behandschuhten Hand, während die andere die Zügel ihres Reittieres hielt, eines schlanken Kastanienbraunen mit Ohren, die weiße Spitzen zeigten. In der Ferne war der jakobinische Palast, Salt Hall, zu sehen, der Stammsitz der Earls von Salt Hendon.

Sir Antony sah genauer hin, um den Namen des Malers zu sehen, der es vermocht hatte, mit seinen geschickten Pinselstrichen die schöne Gräfin so lebensecht einzufangen, und erhielt gleich die Antwort.

„Das ist von einem neuen Maler, einem Mr. George Romney. Er ist begabt, da würdet Ihr sicher zustimmen, Sir Antony."

Sir Antony machte einen kleinen Satz, als seine Träumerei so abrupt gestört wurde, erholte sich aber sofort, entzückt, ein vertrautes Gesicht zu sehen. Er streckte seine Hand zur Begrüßung aus.

„Mr. Ellis! Wie schön, Euch zu sehen!", sagte er und schüttelte die Hand des jüngeren Mannes kräftig. „Ja, begabt, und bei einem solchen Gegenstand ist auch keine große Mühe erforderlich. Ich sehe, Ihr seid bereit, die Schlacht mit allen Bittstellern zu schlagen", fügte er mit einem Blick auf das in schwarzes Leder gebundene Terminbuch hinzu, das an Arthur Ellis' elegante wollene Weste gedrückt wurde, fast wie ein Schild. Einige Dinge änderten sich nie, und das war tröstlich.

„Zum Glück nicht heute", antwortete der Sekretär mit einem Lächeln und fasste das Terminbuch des Earls etwas fester. „Dieser Raum muss Sie überrascht haben, Sir."

„Überrascht? Ha! Eine Untertreibung. Dachte, man hätte mich ins falsche Zimmer geführt." Sir Antony blickte zu dem Porträt auf. „Es braucht keine Wetten, um zu erraten, unter wessen Einfluss der Vorraum einen viel fröhlicheren Eindruck macht, he, Ellis?"

„Sehr wahr, Sir." Der Sekretär fügte mit einem Ton trauriger Entschuldigung hinzu: „Sie werden feststellen, dass sich in Lord Salts Haushalt seit Eurer vorzeitigen Abreise sehr viel geändert hat ..."

„Nur zum Besseren, da bin ich mir sicher", erwiderte Sir Antony mit einem strahlenden Lächeln und verbarg seine eigene Traurigkeit darüber, dass die Uhr sich in diesem edlen Haushalt ohne ihn weitergedreht hatte, da er nicht wünschte, das Thema zu vertiefen, trotz der offensichtlichen Sympathie des Sekretärs für seine Sache. Er bemerkte den Anblick von etwas Unbekanntem und deutete, um etwas zu sagen zu finden, darauf: „Was ist denn hier unten, Ellis?", fragte er und trat auf die andere Seite des Kamins. „Mir scheint, ein Käfig? Welche Art von Getier ist unter dem Tuch verborgen? Ist es gefiedert oder trägt es Pelz?"

Arthur Ellis ließ sein Terminbuch auf dem Büffet liegen und schloss sich Sir Antony bei dem großen, viereckigen, von einem Tuch bedeckten Käfig auf seinem Sockel an.

„Gefiedert, Mylord."

Der Sekretär zog seine Taschenuhr heraus, stellte die Zeit fest und steckte sie wieder in die Tasche seiner Weste zurück.

„In der Tat", fuhr er fort, „bin ich erstaunt, den Käfig zu dieser späten Stunde noch unter der Abdeckung zu finden. Aber vielleicht war es im Trubel der Ankunft das Beste. Es ist Zeit für Peters Früchte, aber die Abdeckung bleibt, bis Miss Aldershot kommt, andernfalls könnte Peters Kreischen sein Tod sein." Er grinste verlegen. „Lord Salt ist von diesem Vogel nicht begeistert, fürchte ich, und hat bei mehr als einer Gelegenheit gedroht, den armen Peter ausstopfen und aufstellen zu lassen, wobei er sagte, dass dies für die, die auf eine Audienz bei seiner Lordschaft warten, ebenso unterhaltsam wäre wie ein lebendiger Ara. Oh! Ich habe nicht erwähnt, dass Miss Aldershot das Mündel seiner Lordschaft ist und - Ah! Hier ist jetzt Miss Aldershot", fügte er mit einem nervösen Lächeln hinzu und winkte den beiden Lakaien zu, dass sie vortreten und das Tuch entfernen sollten, das den Käfig bedeckte.

„Miss Aldershot und ich wurden einander bereits vorgestellt", sagte Sir Antony und unterdrückte ein Grinsen, als der Sekretär nur geistesabwesend nickte und anscheinend durch Miss Aldershots Anwesenheit im Zimmer die Fähigkeit zu hören verloren hatte.

Kitty Aldershot kam quer durch das Vorzimmer, eine von einer Leinenserviette bedeckte große Porzellanschüssel in den Händen. Sie war in ein hübsches, rosagemustertes Kleid *à l'anglaise* gekleidet, mit einem passenden farbigen Band um ihren Hals und einigen Schleifen in ihrem blonden Haar. Sie summte vor sich hin und schaute, nachdem sie die Leinenserviette entfernt hatte, auf den Inhalt der Schüssel, ohne die Herren neben dem Käfig zu bemerken. Das hieß, bis die beiden Lakaien, die die Abdeckung zwischen sich hielten, an den Käfig stießen, was diesen auf seinem reich verzierten Messingständer zum Schwanken brachte und seinen Bewohner zu einem lauten Protest veranlasste.

Der Sekretär trat vor, um ihr die Schüssel abzunehmen, daher sah Kitty ihn zuerst.

„Hat Peter sich schlecht benommen, Mr. Ellis?", fragte sie fröhlich lächelnd, was Arthur Ellis dazu brachte, seine Antwort angesichts eines solchen Lächelns, das ihm geschenkt wurde, zu verschlucken. „Ich habe sein Obst und seine Nüsse, und wenn sie mir helfen möchten, ihn zu füttern - Sir Antony! Oh! Welche Freude, Euch so bald wiederzusehen, Sir!", rief sie aus, drückte dem Sekretär die Obstschüssel in die Hände und versank in einem kurzen Knicks, während sie die durchsichtige Leinenschürze, die um ihre Taille gebunden war, glattstrich. „Ich meine ... Es ist *sehr* angenehm, Euch wiederzusehen! Dies ist Mr. Ellis, der Sekretär seiner Lordschaft. Aber das wisst Ihr natürlich ..."

Sie ließ ein kleines, nervöses Lachen hören und wandte sich dem Sekretär zu, in der Erwartung, dass dieser etwas sagen würde, aber Arthur Ellis starrte nur in die Schüssel und versuchte, seine Gesichtszüge unter Kontrolle zu bringen, da er nicht wünschte, Sir Antony auf die wahre Natur seiner Gefühle für Kitty Aldershot aufmerksam zu machen.

Zu spät dafür, sagte sich Sir Antony. Er wusste jetzt auch, warum Arthur Ellis zufällig in diesem Vorraum herumlungerte, wo doch keine Aussicht darauf bestand, dass an diesem Tag Bittsteller erscheinen würden, und er anderweitig beschäftigt sein sollte. Alle drei waren erleichtert, als Peter, der Ara, sie wissen ließ, was er davon hielt, ignoriert zu werden, indem er eine dramatische Darstellung rauschender Federn, gefolgt von einem lauten Kreischen, vorführte, was bei einem ältlichen Bittsteller sicher einen Herzanfall hervorgerufen hätte.

„Das reicht, Peter!", schalt Kitty Aldershot den Vogel liebevoll und wählte eine Orangenschnitze aus der Schüssel. Sie reichte sie durch zwei der Messingstangen des Käfigs. „Sei ein guter Junge und vielleicht erhältst du dann sogar die Erlaubnis, einen Spaziergang zu machen, wenn Mylady kommt."

Sir Antony trat näher an den reich verzierten Käfig aus poliertem Messing heran, um den großen Vogel besser betrachten zu können. Sein Gefieder war prachtvoll gefärbt, mit lebhaft blauen Flügeln und einem langen, üppigen Schwanz, goldgelber Brust und Unterbauch und einem kräftigen schwarzen Schnabel. Die Stirn des Aras war von leuchtend grünen Federn bedeckt, sein Kinn hatte Federn in tiefem Blau und die großen Krallen waren so schwarz wie sein Schnabel. Und als ob seine Farben nicht genug wären, um Aufmerksamkeit zu erregen, hatte er noch hypnotisierende schwarze und weiße Ringe um seine kleinen, neugierigen Augen.

Sir Antony hatte Bilder solch exotischer Kreaturen gesehen und sich in der Anwesenheit eines scharlachroten Papageien befunden, aber das war alles nichts im Vergleich zu diesem prachtvollen Tier, das jetzt auf seiner dicken Sitzstange zur Begrüßung auf und niedertanzte.

Der Ara neigte sich auch vor und zurück, wenn man mit ihm sprach, und wann immer ein Stück Obst zwischen den Messingstäben hindurchgereicht wurde, nahm er es in seine Kralle, fast sanft, und genoss zierlich die saftige Frucht. Als Arthur Ellis Peter eine Walnuss zum Knacken überreichte, packte der Vogel die Nuss mit einer Klaue und zerbrach die harte Außenhülle der Walnuss mit seinem starken Schnabel, dabei gab er ein gurgelndes, fast selbstzufriedenes Geräusch ob seiner eigenen Klugheit bei der Enthüllung des weichen Kerns in der Nuss von sich. Sir Antony hatte durchaus den Eindruck, dass Peter sich seines Status als verwöhnte Hauptattraktion wohl bewusst und nur zu bereit war, auf seiner Stange zu tanzen und die Messingsprossen seines Käfigs hinauf und hinab zu klettern, solange er leckere Häppchen zu fressen bekam.

„Was für ein außergewöhnliches Geschöpf", rief Sir Antony aus, um seinem Entzücken Ausdruck zu verleihen. „Darf ich Peter etwas Obst anbieten?"

Kitty Aldershot überreichte ihm eine große Apfelschnitze, um sie dem Ara zu geben, was er etwas schüchtern tat. Das zweite Apfelstück jedoch reichte er mit etwas mehr Selbstvertrauen durch die Käfigwand in Peters Klaue und wurde mit etwas belohnt, was sich wie ein undeutliches *Danke* in Französisch anhörte.

„Sagte er gerade merci *beaucoup*?", fragte er nach Luft schnappend, und als Kitty nickte, lachte er und sagte zu dem Papagei: „Du frecher Angeber!"

„Das ist er, Sir Antony", stimmte Arthur Ellis zu, der das Gefühl hatte, etwas sagen zu müssen, um Miss Aldershots Aufmerksamkeit zurückzugewinnen, da sie Sir Antony auf eine Art ansah, die er nur bedrückend als Verehrung beschreiben konnte. „Und je größer das Publikum, desto mehr genießt Peter seinen Auftritt. Ist das nicht so, Miss Aldershot? Ich kann mich an eine Zeit erinnern, als dieser Raum von Bittstellern überquoll und Peter in Hochform war, auf seiner Stange auf und nieder tanzte für eine Dame, die es auf sich nahm, eine Unterhaltung mit ihm zu führen. Erinnert Ihr Euch daran, Miss Aldershot? Leider beging sie den Fehler, sich zu dicht an den Käfig zu lehnen und ihr Hut geriet zwischen die Käfigstäbe und ..."

„... Peter zog innerhalb von Sekunden den Hut mit seinem Schnabel von ihrem Kopf und zerfetzte ihn! Oh ja! Ich erinnere mich, Mr. Ellis." Sie schaute zu Sir Antony auf, dessen Aufmerksamkeit weiter Peter galt. „Der Hut der Dame war aus hellem Stroh mit einer kleinen Krone, aber einer breiten Krempe, und hatte ein so hübsches grünes Band ..."

„Nicht, nachdem Peter damit fertig war", scherzte Arthur Ellis.

Kitty Aldershot kicherte und Arthur Ellis lachte, und Sir Antony, der sich als Eindringling fühlte, bot dem Ara in der peinlichen Stille, die folgte, nachdem das Gelächter des Paares verstummt war, eine der beiden Walnüsse an, die er hielt. Alle drei waren sich nicht bewusst, dass sie von der Tür aus beobachtet wurden.

„Sagt Peter noch mehr auf Französisch?", fragte Sir Antony beiläufig in die Stille hinein, zu dem Vogel gewandt. Er schaute das Paar an. „Warum Peter? Warum nicht Pierre? Oder Francois? Ein seltsamer Name, oder sollte ich sagen, ein *besonderer* Name, für einen Vogel, nicht wahr - Peter?"

„Was das angeht, Mylord, müsstet Ihr Lady Caroline fragen, der der Ara gehört", teilte der Sekretär ihm mit. Er zuckte mit den Schultern und wandte sich an Kitty Aldershot. „Vielleicht weiß Miss Aldershot etwas über den Ursprung von Peters Namen?"

„Allerdings, Mr. Ellis", meldete Kitty sich aufgeregt mit einem strahlenden Lächeln und trat näher zu Sir Antony, um ihre Hand auf seinen bestickten Ärmelaufschlag zu legen. Sie lächelte zu ihm auf und senkte ihre Stimme. „Wenn ich es Euch sage, dürft Ihr es nicht weitersagen ..." Sie fasste Sir Antonys stirnrunzelndes Schweigen als Zustimmung auf, blind dafür, dass die Vertraulichkeit, ihre Hand auf seinen Arm zu legen, nicht nur ihn, sondern auch Arthur Ellis verunsichert hatte. „Ich dachte auch, dass es ein seltsamer Name für einen Vogel wäre. Und einmal kam ich dazu, wie Lady Caroline allein mit Peter war und in Französisch mit ihm sprach. Ich hatte nicht geahnt, dass Vögel sprechen können! Stellt Euch daher meine Überraschung vor, als Peter das tat, und auch noch in Französisch, bei allen Sprachen, die Gott auf diese Erde geschickt hat. Er sagt auch mehr als *merci beaucoup*, aber man muss die richtigen Sätze kennen und sie in Französisch sagen, damit Peter darauf antwortet ..." Sie beugte sich zu Sir Antony, ihre Aufregung über die Offenbarung dessen, was sie wusste und die Erwartung seiner Reaktion darauf machten sie ein wenig atemlos. Sir Antony lehnte sich leicht zurück, während Arthur Ellis sich unbewusst zu ihr neigte. „Es ist Peter nach Peters*burg*. Ich bin ziemlich sicher, dass sie den Vogel so genannt hat nach ..."

Der Name blieb ungesagt, da Kitty vor Schreck zusammenzuckte, denn der Ara kreischte plötzlich wild und ließ seine bunten Flügel flattern, vor Aufregung, als er Lady Caroline erkannte, die weiter in den Raum und in Peters Sichtweite kam.

„Danke, dass du Peter fütterst, Kitty. Ned wollte nichts davon hören, dass ich das Kinderzimmer verlasse, bevor ich nicht eine Dritte Partie Kegeln mit ihm gespielt hätte. Und Beth war fest entschlossen, mitzumachen. Wie geht es Euch, Sir Antony?"

Sie sagte dies, indem sie auf sie zugerauscht kam, alle drei um Peters Käfig versammelten Personen traten zur Seite, um ihr den Zutritt zu ihrem übermäßig aufgeregten Haustier zu gestatten. Sie sah Sir Antony nicht in die Augen, sie widmete auch den erhitzten Gesichtern von Kitty und Arthur Ellis nicht viel Aufmerksamkeit.

Lady Carolines Aufmerksamkeit galt alleine dem Ara.

ZWÖLF

Lady Caroline öffnete ein Etui an einer schweren Chatelaine aus Gold und Emaille, das Pinzetten, Schere und den Messingschlüssel für das Schloss der Tür des Vogelkäfigs enthielt. Sie schloss das Etui wieder und ließ die Chatelaine an der Kette in den weichen Falten ihres geblümten Hauskleides herabbaumeln. Dann schwenkte sie die Käfigtür auf und sprach dabei beruhigend auf Französisch, was den Ara schnell dazu brachte, sich zu benehmen und sie aufmerksam zu beobachten.

Vier livrierte Diener folgten Lady Caroline in das Vorzimmer. Einer trug einen kunstvoll geschnitzten und vergoldeten hohen Holzständer, an dem in Abständen Sprossen befestigt waren, und dieser wurde neben das zweite Fenster auf ein Teppichkarree gestellt, das von einem zweiten Lakaien über die polierten Dielen gebreitet worden war. Ein dritter befestigte eine kurze Kette an der dem Boden am nächsten liegenden Stange. Eine Porzellanschüssel mit frischem Wasser wurde auf das Teppichkarree gestellt, dann gingen alle vier Lakaien schweigend hinaus und überließen es Lady Caroline, Peter aus seinem Käfig zu locken und auf die Kante ihrer angebotenen Hand zu steigen.

Der Ara kuschelte sich bequem darauf und legte seinen Kopf gegen Lady Carolines Schulter. Unter ihren sanften, ermutigenden Worten wurde Peter zur fügsamsten aller Kreaturen, völlig zufrieden, von seiner Herrin gestreichelt und angesprochen zu werden, die ihre drei Zuschauer völlig ignorierte und durch den ganzen Raum zu den nicht verhangenen Fenstern schritt, wo die Sonne auf das Teppichkarree schien. Hier blieb sie neben Peters Ständer stehen.

Der Sekretär wurde sich seiner Umgebung wieder bewusst, und als er sein schweres Pflichtversäumnis bemerkte, verbeugte er sich kurz vor Sir Antony und Miss Aldershot. Ohne einen Blick auf die hübsche Kitty entschuldigte er sich leise, nahm das Terminbuch vom Büffet und marschierte durch den Vorraum in die Halle hinaus, nicht in das Bücherzimmer, von dem Sir Antony angenommen hatte, dass es sein Ziel wäre. Kitty Aldershot, deren Wangen sich schuldbewusst gerötet hatten, als sie ertappt wurde, wie sie nahe bei Sir Antony stehend Vertraulichkeiten verriet, machte einen Knicks in Richtung von Lady Carolines Rücken, murmelte eine Entschuldigung, dass sie anderswo benötigt würde und huschte davon. Sir Antony war jetzt mit den beiden Lakaien, die mit versteinerten Gesichtern den Eingang zum Bücherzimmer des Earls bewachten, und Lady Caroline auf der anderen Seite des Vorraums allein, die dort weiter Peter, dem Ara, etwas vorgurrte.

Aus unerklärlichen Gründen wurde er zum ersten Mal in seinem Leben in Carolines Gegenwart von Unruhe und Unbeholfenheit ergriffen. Nie seit ihrer Mädchenzeit, bis sie zu einer schönen jungen Frau herangewachsen war, hatte er je dieses Gefühl tiefer Unruhe und Ungeschicklichkeit empfunden, wie in diesem Moment. Seine großen Füße schienen an den polierten Dielen festgewachsen zu sein und hielten ihn neben dem leeren Käfig fest. Hier war die Gelegenheit, zu Caroline hinüberzugehen, sie in seine Arme zu schließen und zu küssen und ihr zu sagen, dass sie ihn, wenn sie seinen Antrag annähme, nicht nur zum glücklichsten aller Menschen machen würde, sondern dass er auch den Rest seiner Tage damit verbringen wollte, sie ebenso glücklich zu machen. Aber er tat es nicht. Er konnte sich nicht bewegen und er sprach auch nicht. Er war der bestangezogene Trottel von ganz London!

Er brauchte nur wenige Minuten, um sich darüber klar zu werden, warum er in Carolines Gegenwart so lächerlich tölpelhaft war. Als er darüber nachdachte, war er sicher, dass das kein ungewöhnlicher Fall war. Viele Männer, die kurz davor standen, sich zu verloben, mussten sich so fühlen wir er. Es war nur so, dass er nie erwartet hatte, dass ihm das geschehen würde - von der Unsicherheit wie gelähmt zu sein, ob die Frau, die er gewählt hatte, um den Rest seines Lebens mit ihr zu verbringen, ihn ebenso unwandelbar liebte wie er sie.

Als sie fünfzehn Jahre alt war, hatte Caroline ihm mit allem naiven Selbstvertrauen der Jugend erklärt, dass sie ihn liebte und ihn heiraten wollte, wenn sie dem Schulzimmer entwachsen wäre. Er war schockiert gewesen, ungläubig sogar, aber es hatte nicht viele Stunden gedauert, bis ihm dämmerte, dass er ihre Gefühle erwiderte. Von jenem Tag an hatte er keine andere als sie zur Frau begehrt. Er hatte darauf gewartet, dass ihre Mädchenzeit vorbeiginge, zufrieden, ihre gemeinsamen Interessen bei der Liebe zu Tieren, Tanz und Musik und die Abneigung gegen die Jagdsaison zu teilen. Diese letztere hatte er nur ihr anvertraut, und sie versprach, es nie dem Earl zu verraten, denn es war äußerst unmännlich, eine Abneigung gegen blutige Sportarten zu hegen. Sir Antony sympathisierte mit dem Fuchs, bewunderte dessen List und Entschlossenheit angesichts des unerbittlichen Schicksals, auch konnte er nicht sehen, dass es fair wäre, die Fasane aus den Büschen in die freie Luft zu scheuchen, nur, um sie totzuschießen.

Bis heute, vielmehr bis zum vergangenen Abend, als er sie gebeten hatte, ihn zu heiraten, hatte er Caroline weiter wie die kleine Schwester seines besten Freundes behandelt, die er von weitem bewunderte, unberührbar, bis sie alt genug sein und der Earl ihrer Heirat zustimmen würde. Und jetzt stand sie hier mit zweiundzwanzig, eine junge Witwe und fast seine Verlobte. Also warum konnte er seine Füße dann nicht bewegen, zu ihr gehen und ihr sagen, was er fühlte?

Was für ein völliger, perfekter Tölpel!

Endlich wurde Peter, der Ara, auf seinen kunstvoll geschnitzten und vergoldeten Stand vor dem Fenster gesetzt, Caroline sagte noch ein paar Worte zu ihm, während sie die lange Kette an dem goldenen Ring um seinen linken Fuß befestigte; die Kette erlaubte ihm die freie Bewegung an den Sprossen des Stands nach oben und unten. Caroline streichelte dann die Seite von Peters Gesicht liebevoll und er antwortete, indem er gegen ihren Finger stieß. Sir Antony ertappte sich dabei, wie er über dieses Spiel der beiden lächelte und wünschte, es wäre seine Wange, die gestreichelt würde.

„Einmal in der Woche nehme ich Peter zum Königlichen Tennisplatz mit, damit er einen Ort hat, wo er frei fliegen kann", sagte Caroline im Plauderton, als sie sich von dem Ara ab und Sir Antony zuwandte, aber den Abstand zwischen ihnen beibehielt, da sie am Fenster blieb, wo die Sonne den Saum ihrer seidenen Röcke wärmte. „Ich wünschte, ich könnte ihn in seine natürliche Heimat zurückschicken, aber das ist nicht möglich. Also bleibt nur Salts Tennishalle, wo er herumfliegt und auf den hohen Fensterbänken rastet und sich nicht fangen lässt, bevor er hungrig ist." Sie lächelte in einer Erinnerung, als sie unbewusst eine lange Locke hell erdbeerblonden Haares von ihrer erröteten Wange zurückstrich. „Peter spürt Salts Abneigung und benimmt sich entsprechend. Salt kann nicht in einen Raum kommen, ohne dass Peter ihn laut und lange ankreischt. Aber die Bittsteller mögen ihn. Er gibt ihnen etwas, um sich abzulenken, während sie die

Stunden hier auf Salts Gunst warten. Jane ist einverstanden, was kann Salt also tun?"

Irgendetwas unternehmen, wenn der Vogel ihm wirklich lästig wäre, dachte Sir Antony grimmig, sagte es aber nicht. Ihre ungezwungenen Worte lösten seine schwarzen Lederschuhe vom Boden und er schritt langsam durch den Raum.

„Von wo wurde er gerettet? Einem flohverseuchten Tiefmarkt, nehme ich an?"

„Murdochs Tiermenagerie. Abscheulicher Ort." Sie schauderte unwillkürlich bei einer Erinnerung, die immer noch imstande war, sie zu Tränen zu rühren. „Die meisten Tiere waren am Verhungern und die Exoten, die noch am Leben waren, bestanden nur aus einer räudigen Langschwanzkatze und einem Äffchen, das bald starb, nachdem ich es in Obhut genommen hatte, armes kleines Tierchen. Alle Singvögel hatten Federn verloren, waren krank, und fast tot. Der arme Peter wurde in einem Käfig gehalten, der viel zu klein für ihn war, ständig unter einer Plane, so dass er selten Licht sah. Ich ließ Salt den Laden schließen und Murdoch verklagen."

„Natürlich."

Sie legte den Kopf zur Seite. „Woher wusstest du, dass ich Peter gerettet habe?"

„Du sagtest selbst, du würdest ihn lieber in seiner natürlichen Heimat sehen als in einem Käfig. Und solange ich dich kenne, hast du verletzte Tiere auf dem Landsitz gepflegt, Vögel aus Käfigen befreit, in einem Jahr Salts preisgekrönten Turmfalken, und Salt in deutlichen Worten über deine Meinung über das Fasanenschießen aufgeklärt." Er lächelte bei der Erinnerung. „Ich glaube, du verwendetest die Worte *gnadenloses Abschlachten*, wenn ich mich nicht irre." Er schaute Peter an, der auf dem Rand der Porzellanschüssel saß und sich vorbeugte, um das kühle Wasser zu trinken, dann sah er in Carolines grüne Augen. „Das ist ein überaus glücklicher Vogel und ich fühle mich geehrt, dass er nach mir genannt wurde."

Für den Bruchteil einer Sekunde dachte sie daran, die Wahrheit zu leugnen, aber wozu? Sie *hatte* den Ara nach ihm benannt, nicht wegen seines prächtigen, lebhaften Gefieders oder der Art, wie sein lärmendes Verhalten ihren Bruder in Rage brachte, sondern wegen des Blicks in den Augen des Aras. Es ließ sich nur schwer erklären, und sie wagte nicht, es laut auszusprechen, aber der Vogel sah sie mit derselben bedingungslosen Liebe an, wie die, mit der Sir Antony sie jetzt betrachtete. Sie verdiente es nicht, so geliebt zu werden, weder von dem Ara, weil sie ihn nicht aus seiner Gefangenschaft erlösen konnte, und auch nicht von Sir Antony, weil ihr Verhalten, während er in

Russland war, sie seiner völlig unwürdig hatte werden lassen. Sie musste dafür sorgen, dass er das erkannte - dass er wusste, dass sie nicht mehr derselbe Mensch war, in den er sich vor all diesen Jahren verliebt hatte.

Sie trat einen Schritt näher zu ihm und verlangte stirnrunzelnd zu wissen: „Warum? Warum hast du mich gebeten, dich zu heiraten?"

„Aus demselben Grund, aus dem du ja sagen wirst", sagte er ruhig, alle innere Ungelenkheit und Unsicherheit waren bei ihrer stirnrunzelnden Frage verflogen. „Weil wir einander lieben. Wir sind seit einem Dutzend Jahren oder länger Freunde und haben einander mindestens die Hälfte dieser Zeit geliebt, und - eine Heirat ist, was wir beide wollen, nicht wahr? Das hast du mir selbst gesagt, als du fünfzehn warst."

„Ja. Ja, ich erinnere mich. Aber ... Selbst, wenn ich dich noch heiraten wollte ... Mein Leben ... Das Leben ist für mich jetzt anders, als es früher war."

Sie schluckte und sah zu seinen blauen Augen auf, Augen, die voller Vertrauen und Liebe waren und die das Vertrauen widerspiegelten, das er in seinen eigenen Wunsch, sie heiraten zu wollen, hatte. Und sie wusste, weil sie Freunde waren und weil sie ihn liebte, würde sie ihn nicht in Unwissenheit über ihre Vergangenheit halten und guten Gewissens heiraten können, wie auch immer Janes weiser Rat lauten mochte.

„Als du fortgingst, änderte sich alles", fügte sie leise hinzu. „Selbst bevor ich Aldershot heiratete."

„Das war meine Schuld."

„Nein. Nein, das ist nicht wahr!"

„Danke, dass du das sagst, aber du weißt, dass es meine Schuld war", sagte er sanft. „Mein Verhalten bei dem Konzert, als du in die Gesellschaft eingeführt wurdest, war verwerflich. Es gibt keine Entschuldigung dafür und ich hätte es besser wissen müssen. Ich war hoffnungslos betrunken und das ließ mich Dinge sagen, höchst bedauerliche Dinge ..." Er senkte sein Kinn in die Spitzenfalten seiner Krawatte. „Ich habe diesen Abend für dich verdorben und ich fürchte, auch dein Leben danach ..."

„Bitte, ich will diese Nacht nicht wieder durchleben", flehte Caroline. „Nicht, dass ich das nicht getan hätte, hunderte von Malen! Es ist nur so, dass ich vor langer Zeit erkannt habe, dass der Wunsch, sie hätte anders geendet, das nicht wahr machen wird. Wir haben uns beide furchtbar benommen. Aber ich war kaum mehr als ein Kind ..." Sie schaffte es, seinem Blick standzuhalten. „Wenn du also die Schuld dafür auf dich nehmen willst, einen Abend, der zu einem absolut himmlischen für uns hätte werden sollen, ruiniert zu haben, dann werde ich dich das tun lassen."

„Danke."

„Aber ich werde dich nicht die Schuld für das, was geschah, nachdem du auf den Kontinent abgereist warst, auf dich nehmen lassen. Was ich getan habe - niemand ist für die Folgen zu tadeln außer ich selbst. Salt würde mir zustimmen. Meine Ehe mit Aldershot ist ein glänzendes Beispiel meiner Torheit." Sie schaute auf ihre fest gefalteten Hände hinab und dann wieder auf zu ihm. „Ich bin eine traurige Enttäuschung für meinen Bruder. Stell dir das vor! Er hielt mich bis zu meinem achtzehnten Geburtstag aus der Londoner Gesellschaft fern, da er fürchtete, dass ich mit dem ersten Mitgiftjäger, der mir schöne Augen machte, fortlaufen konnte, und was tat ich? Am Ende heiratete ich einen!"

„Wenn ich hiergeblieben wäre, um dich zu beschützen, wäre das nicht passiert."

„Nein. Du irrst dich", antwortete sie einfach. „Vor vier Jahren wusste ich noch nicht zu schätzen, was ich besaß. Ich war ein dummes, kleines Mädchen, ein - ein verwöhntes Kind, das glaubte die Welt - *du* - lägest mir zu Füßen, und so benahm ich mich auch. Bedauere ich, was ich tat? Ja. Wünsche ich mir, nie geheiratet zu haben? Ja. Aber was geschehen ist, kann jetzt nicht rückgängig gemacht werden." Sie seufzte. „Liebe wird für dich, *für uns*, nicht genug sein, nicht, wenn du - wenn du *alles* erfährst."

„Ich muss nicht *alles* erfahren, Caro", antwortete er ruhig.

Er war ganz zufrieden damit, den jungen Mann tot und begraben sein zu lassen und keine Fragen zu stellen, wenn es das war, was sie wollte. Aber er konnte nicht ergründen, warum sie annahm, dass ihre enttäuschende erste Ehe ihn stören würde oder warum dies ein Hinderungsgrund für ihr Eheglück sein sollte; *das* störte ihn jetzt. Doch gelang es ihm, zu lächeln und sanft hinzuzufügen:

„Ich bin damit zufrieden, unser Leben heute zu beginnen, vorwärts und nicht zurück zu schauen."

Caroline wusste, dass Jane sagen würde, dass dies genau die Antwort war, die sie von ihm brauchte und sie seinen Antrag annehmen, mit ihm in die Zukunft schreiten und die Tür hinter ihrer Vergangenheit schließen sollte. Und doch hielt Carolines Gewissen sie in Schach und die Tür in ihre Vergangenheit blieb weit offen, lud zum Geständnis ein, drängte sie, ihm alles zu enthüllen, weil sie sonst nicht mit sich selbst würde leben können, am allerwenigsten als die Frau von Sir Antony Templestowe.

„Das sagst du jetzt", entgegnete sie und schwankte zwischen

Unentschlossenheit und Beichte. „Aber wenn du je herausfändest ...,
wenn dir jemand anders als ich erzählte ...“

„Dann sag du mir, was immer du mir sagen willst, wann du es
sagen willst - oder auch nicht.“

„Warum musst du *immer* so - so *konziliant* sein?“, fragte sie und
ballte ihre Fäuste in leichter Frustration um ihre seidenen Röcke.
„Warum bist du immer so - so *liebenswürdig?*“

„Nicht immer.“

In ihrem eigenen Elend der Unentschlossenheit gefangen, entging
ihr die Schärfe in seiner Stimme.

„Nun, ich bezweifle sehr, dass du irgendwie liebenswürdig wärest,
wenn du entdecken müsstest, dass die Leute hinter deinem Rücken
über deine Frau flüstern.“

„Nein. Dann wäre ich alles andere als *liebenswürdig.*“

„Genau das meinte ich“, sagte sie, als wären sie sich einig. Sie
öffnete ihre Fäuste und schüttelte ihre Röcke mit einem befriedigten
Seufzer aus.

Aber sie hatte ihm nicht anvertraut, was es war, das sie beunruhigte, das Problem selbst, was auch immer es war, war noch längst
nicht gelöst. Er fragte sich, ob sie sich unbefangener fühlen würde,
wenn er ihr etwas anvertraute. Es war etwas, das er ohnehin die
Absicht gehabt hatte, ihr zu enthüllen, aber er hatte kaum erwartet, das
in einem Vorzimmer zu tun, auf dem Weg, eine vermutlich höchst
unangenehme Unterredung mit ihrem Bruder zu haben. Bevor er ihr
aber noch irgendeine Andeutung dieser Gedanken machen konnte,
nahm sie seine Hand und führte ihn durch den Raum, den Gang
entlang, der die Stuhlreihen teilte, fort von den Doppeltüren und
außer Hörweite der beiden Lakaien, die weiterhin mit versteinerten
Gesichtern halb in die Ferne starrten, aber unzweifelhaft ihre Ohren
weit geöffnet hielten.

Sir Antony fragte sich, was sie beabsichtigte, bis ihr Blick warnend
zu der Doppeltür flog. Das ließ ihn seine Umgebung wieder wahr-
nehmen und die Tatsache, dass die Diener jedes Wort ihrer Unterhaltung verstanden, anders als in Russland, wo ihre Kollegen als Teil des
Mobiliars betrachtet und nach einiger Zeit nahezu unsichtbar
wurden. Als wollte sie unterstreichen, dass in England Diener
fühlende Wesen wären, senkte Caroline ihre Stimme, was ihr Argument noch betonte.

„Und was, wenn dieses Geflüster die Ohren einiger wichtiger
Männer in der Regierung erreichte, Männer mit Einfluss, die die
Entscheidung darüber treffen, wer zum Botschafter befördert wird und
wer nicht? Eine Frau zu haben, über die geflüstert wird - die eine - eine

Vergangenheit hat - könnte deine Chancen, eines Tages Botschafter zu sein, beeinträchtigen, nicht wahr?"

„Caro, *Liebste*, die meisten wichtigen Leute im Außenministerium beginnen, sich um ihre Karriere zu sorgen, wenn *nicht* über sie geflüstert wird."

Caroline sah den Witz in dieser Bemerkung nicht. Seine gutmütigen Antworten, weit davon entfernt, sie sich wohler fühlen zu lassen, dienten nur dazu, ihre Furcht und die Meinung, dass sie nicht würdig war, seine Frau zu werden, zu vergrößern. Sie ließ seine Hand los und presste ihre Hände mit fest verschlungenen Fingern zusammen.

„Aber nicht Geflüster über ihre Frauen ... Kein Mann möchte, dass über seine Frau geredet wird, dass andere ihn für einen - einen *Hahnrei* halten könnten, selbst, wenn es nur Gerede wäre. Gerüchte müssen nicht wahr sein, damit etwas von - von dem *Schmutz* hängenbleibt, nicht wahr?"

Sir Antony verlor sein Lächeln. Er konnte sehen, dass sie den Tränen nahe war und dass alles, was seine unbeschwerten Trostworte bewirkt hatten, war, ihre Besorgnis zu verstärken. In ihrem schönen Kopf spielte sich ein monumentaler Kampf ab, und er fühlte sich wie ein Esel, weil er ihre Ängste auf die leichte Schulter genommen hatte. Es gab nur einen Weg, um ihre Zweifel zu lindern und ihr über diesen Abgrund der Unentschlossenheit zu helfen, daher sagte er sanft:

„Was möchtest du, das ich tue, Caro? Bitte mich darum und ich werde es tun, was auch immer es ist. Aber eines gibt es, was ich nicht tun werde, und das ist, in meiner Entschlossenheit schwankend zu werden, dass ich dich heiraten will."

„Erzähle Salt nicht, dass du mir einen Antrag gemacht hast. Frage ihn nicht. Nicht heute. Bitte."

Er war von ihrer raschen Direktheit und von der Bitte überrascht. Doch blieb er ruhig und neigte sein Haupt.

„Sehr wohl, ich werde die Formalität, Salts Erlaubnis für eine Ehe mit dir einzuholen, aufschieben, wenn das dein Wunsch ist."

Als sie sichtlich erleichtert seufzte, war er verletzt. Er war nicht sicher, ob sie es aus ihren eigenen Gründen verschieben wollte oder ob ihr das Vertrauen in seine Fähigkeit fehlte, Salt davon zu überzeugen, seine Erlaubnis zu geben. Er täuschte Interesse an seinem Monokel vor, polierte die Linse mit den Falten der zierlichen Spitze an seinem Handgelenk, obwohl seine Aufmerksamkeit keinen Moment von ihr abließ.

„Hast du eine Vorstellung davon, wann ein guter Zeitpunkt dafür wäre, das Thema unserer Verlobung bei deinem Bruder anzusprechen?", fragte er ruhig. „Oder wird etwas von mir erwartet, bevor ich das tun darf?"

„Oh, ich wusste, dass du es verstehen würdest!", erklärte Caroline mit einem Lächeln der Erleichterung, die dunkle Wolke schwand von ihrer Stirn.

Er erwiderte ihr Lächeln, ohne eine genauere Vorstellung davon zu haben, wovon sie sprach, aber dankbar für kleine Gaben, da es das erste Mal war, dass sie ihn angelächelt hatte, seit sie sich am Abend zuvor bei Dianas Soirée von Angesicht zu Angesicht gegenübergestanden hatten. Er ließ das Monokel an seinem Band herunterfallen und machte eine majestätische Verneigung vor ihr.

„Stellt Eure Forderung, Mylady", sagte er mit spielerischer Emphase, „und ich werde mein Äußerstes tun, um Euch zu gefallen. Rückwärts nach Bristol spazieren; die Türen einer schlecht geführten Menagerie stürmen; mich, Salts Unmut trotzend, auf Peters Seite schlagen; nennt es. Alles, worum ich bitte, ist, dass Ihr dabei an meiner Seite seid."

Was sie ihm vorschlug, verblüffte ihn, und während Caroline immer bei ihm offen und freimütig ihre Ansichten vertreten hatte, würde er sich nie vorgestellt haben, dass die Caroline, die er vor seinem Exil in Russland gekannt hatte, ihm je einen so unerhörten Vorschlag machen könnte. Letztlich war es ihre emotionelle Rede in zögernden, halb beendeten Sätzen, die zu ihrer Bitte führte, eine Rede voll roher Ehrlichkeit und erfüllt von Selbstzweifeln, gepaart mit dem, was sie von ihm verlangte, bevor sie einwilligen würde, ihn zu heiraten, was ihn zurücktaumeln und nach der Lehne des nächsten Stuhls greifen ließ.

DREIZEHN

Es war in diesem kurzen Moment des Zögerns, bevor sie ihre Bitte aussprach, dass Caroline ihn seit dem Augenblick, in dem sie ihn in leichter Unterhaltung mit Kitty und Mr. Ellis vorgefunden hatte, wirklich sah. Sie hatte weder seinen Anzug bemerkt, noch, dass er ihre Lieblingsfarbe trug; oder sonst etwas an seiner Person. Sie war zu verärgert über Kitty gewesen, wie sie ihre Hand auf Antonys Ärmel gelegt hatte. Es war genug, um sie für alle anderen Überlegungen blind zu machen, was eine kindische Reaktion war. Wenn sie ehrlich mit sich selbst war, hatte es wenig mit ihrer harmlosen Schwägerin zu tun, aber alles mit ihren Gefühlen für Sir Antony.

Die Bitte lag ihr schon auf der Zunge und ihre gefalteten Hände hielt sie in Erwartung seiner Antwort auf ihren Mund gedrückt, als sie es ihren grünen Augen erlaubte, über die schmalen Züge seines schönen Gesichts zu seinem schweren, kantigen Kinn und dann bis hinunter zu den harten Muskeln seiner in weiße Seidenstrümpfe gehüllten Unterschenkel zu wandern. Und zum zigsten Mal, seit sie ihn vor seinem Stadthaus erspäht hatte, fragte sie sich, wie eine so trainierte Männlichkeit bar all dieser exquisit bestickten seidenen Stoffe aussehen würde.

Der Gedanke an ihn in seiner Nacktheit war nicht neu. Als junges Mädchen hatte sie sich oft gefragt, wie es sein würde, das Bett mit Sir Antony Templestowe zu teilen. Neu waren die Unsicherheit und die Furcht, die diese Überlegungen begleiteten, denn mit zweiundzwanzig war sie sich jetzt durchaus bewusst, wie es sich anfühlte, begehrt und gleichermaßen ignoriert zu werden.

Sie fragte sich, ob Antony sie ohne ihre äußere weibliche Schutzhülle aus Lagen von Röcken, steifleinernem Korsett und formlosem Hemd immer noch begehren würde. Würde er ihre runden Brüste und seidigen Oberschenkel nach seinem Geschmack finden, oder würden ihre weiblichen Rundungen in aller Pracht es nicht vermögen, ihn zu erregen, wie es bei ihrem teilnahmslosen Ehemann gewesen war? Sie war keine grazile Nymphe, keine feenhafte Schönheit wie Jane - Jane, die Antony ihr in seiner Volltrunkenheit bei jenem verhängnisvollen Konzert als den Inbegriff weiblicher Schönheit vorgehalten, oder vielmehr ins Gesicht geworfen hatte.

Es war dieses Bedürfnis, es zu wissen und eine Entschlossenheit, dass Antonys Augen für ihre Schande weit offen sein sollten, was sie zögern ließ, seinen Heiratsantrag anzunehmen. Dacre Wraxton hatte recht. Antony war ein Mann, der Prinzipien hatte, und sie bewunderte ihn dafür nur umso mehr, aber das bedeutete auch, dass es nicht wahrscheinlich war, dass er jemand anderen als eine tugendhafte Witwe zur Braut nehmen würde. Trotz Janes guter Ratschläge glaubte sie, ihre Vergangenheit aufdecken zu müssen. Nur dann könnte sie sicher sein, dass es keine Überraschungen oder Enttäuschungen geben würde und sie Antony guten Gewissens heiraten konnte.

Daher atmete sie tief durch und ließ die Ängste und Zweifel, die in ihrem Unterbewusstsein herumwirbelten mit wenig Rücksicht auf ihre Wirkung auf ihren gespannten Zuhörer heraussprudeln.

„Ich habe dich gestern auf der Straße kaum erkannt. Du hast dich ziemlich verändert. Oh, ich mag sehr, wie du jetzt bist, aber du musst wissen, dass es mir rein gar nichts ausgemacht hätte, wenn du unverändert zurückgekommen wärest. Und da ist auch etwas - etwas, was sich hier drinnen bei dir geändert hat", fügte sie hinzu und legte ihre flache Hand auf die Vorderseite seiner seidenen Weste, worunter sein Herz schlug. „Aber, wenn ich in deine Augen schaue, sehe ich dich - den Freund meiner Mädchentage, und es ist eine solche Erleichterung zu wissen, dass du noch immer *du* bist. Ich wünschte nur ..." Ihre Augen wurden feucht und sie legte ihre Hände auf den Rücken. „Wenn ich an all das denke, was mit mir geschehen ist, seit du fortgingst ... Ich hatte Angst, dass du von meiner Heirat erfahren würdest ... Dass ich nicht länger eine ..."

Sie stockte bei dem Wort *Jungfrau*, sprach es in ihrem Kopf aus. Es flößte ihr jedes Mal Furcht ein, wenn sie darüber nachdachte, wie seine Reaktion sein würde, wenn er entdeckte, wie genau sie ihre Jungfräulichkeit verloren hatte. Aber es war nicht nur, dass er die Umstände jener verhängnisvollen Nacht herausfinden würde, sondern was er über sie denken und ob er sie noch wollen würde.

„Natürlich ist mir klar, dass du dir bewusst bist, dass ich nicht länger unschuldig bin. Ich war zwei Jahre lang verheiratet." Sie begegnete Sir Antonys stetigem Blick aus blauen Augen mit einem schwachen Lächeln. „Ich bin sicher, dass du gehört oder doch erraten hast, dass es keinesfalls eine glückliche Ehe war. In Wahrheit waren wir beide sehr unglücklich. Er - er interessierte sich nicht auf diese Art für mich", gestand sie. „Ich dachte, mit mir wäre etwas nicht in Ordnung. Aber mir wurde das Gegenteil bewiesen, daher weiß ich, wie es ist, wenn ein Paar ... *körperlich intim* ist ..." Sie riss sich zusammen, als er nach der Lehne des nächsten Stuhls griff, als ob er sich stützen müsste, in der Meinung, dass sie für jetzt ein ausreichend verblüffendes Eingeständnis von sich gegeben hatte. Sie holte tief Luft. „Was mich zu meiner Bitte bringt ... ich halte es für klug ... in der Tat ist es äußerst wichtig für mich ..., dass wir das Bett teilen, *bevor* wir heiraten. Es ist gut und schön, dass du sagst, du liebst mich, aber wenn wir nicht das Bett teilen, bevor wir heiraten, werden wir nicht - nicht *wissen*, ob wir - ob wir *in dieser Art* zueinander *passen*. Wenn wir unser Leben miteinander verbringen wollen, sollten wir körperlich zueinander passen, meinst du nicht auch?"

Zwischen ihnen entstand ein Moment völliger Stille, das einzige Geräusch im Zimmer war das Klirren der Kette von Peter, dem Ara. Sie klapperte gegen den geschnitzten Stand, als der Vogel in der Sonnenwärme von einer Sprosse zur nächsten kletterte.

Sir Antony, die Faust vor dem geschlossenen Mund, versuchte, sich zu räuspern, ließ jedoch die Stuhllehne nicht los.

„Ich kann keinen Fehler in deiner Argumentation entdecken, Caro", gelang es ihm in einem Ton, von dem er hoffte, dass neutral wäre, herauszubringen.

Innerlich fragte er sich verzweifelt, was sie in dem Bett, das sie mit ihrem Ehemann geteilt hatte, erlitten haben mochte, dass sie eine physische Bestätigung dafür verlangte, dass er in der Lage war, seinen Pflichten im Schlafzimmer nachzukommen, bevor sie seinen Heiratsantrag annehmen. Und was meinte sie damit, dass man ihr das *Gegenteil bewiesen* hätte, und *wer* hatte das getan? Er hob sich diese überraschende Enthüllung für einen anderen Tag auf und fuhr in einer Stimme, die im Gegensatz zu seinen fieberhaften Gedanken stand, fort.

„Körperliche Übereinstimmung ist in einer Liebesehe überaus wichtig, da stimme ich dir zu", fuhr er gleichmütig fort. „Es wäre gelogen, würde ich etwas anderes sagen. Und obwohl ich keine Erfahrung aus erster Hand mit der Institution der Ehe habe, sei sie arrangiert oder aus Liebe geschlossen, ist der für mich allerwichtigste Faktor die

Liebe. Alles andere kann erarbeitet werden. Freundschaft, gegenseitiger Respekt und gemeinsame Interessen sind auch sehr wichtig. Aber ich würde mich selbst zuerst hassen, wenn ich denken müsste, dass du mich geheiratet hättest, während du noch irgendwelche Zweifel hegtest. Und daher bin ich bereit, deinen Vorschlag anzunehmen, dass wir vor der Heirat ein Bett teilen. Ich verstehe, dass du dich nur auf diese Weise davon überzeugen kannst, dass ich als Liebhaber geeignet bin - dass ich mehr als fähig bin, dich zu *befriedigen*."

„Oh! Du musst nicht denken, dass es deinetwegen ist!", platzte sie heraus; unter seinem unverwandten Blick fühlte sie sich plötzlich schüchtern und unbeholfen. „Ich habe keinen Zweifel daran, dass du mich - befriedigen wirst, *sehr sogar*. Du hast Erfahrung. Alle Männer müssen ... Aber das war eine *naive* Vermutung. Aber ich weiß, dass du - dass du - die *üblichen* Affären hattest. Möglicherweise hattest du in Russland die eine oder andere Geliebte ...".

„Eine", gestand er, auf einmal fühlte seine Krawatte sich unerklärlicher Weise viel zu eng an. „Ich hatte eine Geliebte, während ich in Russland war. Es war keine alberne Affäre, Caro. Du musst verstehen, dass ich alle Hoffnung verlor, als ich erfuhr, dass du geheiratet hattest. Dein Ehemann war noch sehr jung. Es war durchaus zu erwarten, dass deine Ehe mindestens zwanzig, vielleicht dreißig Jahre dauern würde. Ich musste weiterleben oder verrückt werden. Ich habe es zugelassen, Katya lieb zu gewinnen - sehr lieb zu gewinnen ...".

„Katya ...?"

„Die Prinzessin Ekaterina Naryshkina Knyazhevy-Yusupova."

„Eine Prinzessin?"

„Ja."

„Eine russische Prinzessin?"

„Ja." Sir Antony hörte die Schärfe in ihrer Stimme und hätte nicht glücklicher sein können, weil sie eifersüchtig schien. Er unterdrückte ein Lächeln und ergänzte ernsthaft: „Katya ist die Schwester von Misha, formell Prinz Michail Iwan Knyazhevy-Jussupow, dem russischen Handelsminister. Beide, Katya und ihr Bruder Misha waren - sind - sehr gute Freunde von mir. Wären sie nicht gewesen, bezweifle ich, dass ich der Mann wäre, den du vor dir stehen siehst."

„Die Schwester war deine Geliebte und Bruder und Schwester sind gute Freunde von dir?" Caroline runzelte die Stirn bei seinem Nicken. Ihr gefiel ein solches Arrangement überhaupt nicht. „Wusste dieser Prinz Mikhail, dass du mit seiner Schwester schliefst?"

„Katya und ich wären kein Liebespaar geworden, wenn ihr Bruder mit dem Arrangement unzufrieden gewesen wäre."

„Natürlich", murmelte Caroline, die die Sitten des russischen Adels fürwahr merkwürdig fand; sie wusste nur zu gut, dass Salt ein solches Arrangement nie geduldet hätte.

Aus einem unerklärlichen Grund steigerte dieses zivilisierte Einverständnis zwischen Bruder, Schwester und Geliebtem ihre Eifersucht auf diese unbekannte Prinzessin nur noch, so wie Sir Antonys Gekränktheit, dass sie anzudeuten wagte, dass er sich in dieser Angelegenheit nicht völlig ehrenhaft verhalten hätte. Natürlich hatte er den Bruder erst um Erlaubnis gefragt, dachte Caroline mit einem leisen Stich der Verärgerung. Zweifellos waren der Prinz und er zu einer Art Gentlemans Agreement gekommen. Es hätte sie nicht überrascht zu erfahren, dass Antony kein Haar auf dem Kopf der kostbaren Prinzessin angerührt hatte, bevor ihr Bruder seine Zustimmung gegeben hatte. Sie wusste, dass Falschheit seiner Natur widersprach. Was in seiner Familie an Falschheit und Hinterlist vorhanden war, hatte sich vollständig in Diana vereint.

Da sie all dies wusste, fragte sie sich, warum nur ihr Herz so dabei schmerzte, wenn er diese Liebschaft wie alles, was er tat, in der Art eines Gentlemans gelebt hatte? Warum wären ihre Gefühle nicht so verletzt gewesen, hätte er sich in den Betten unzähliger russischer Frauen herumgetrieben, ohne einen Gedanken an ihre Brüder oder sogar ihre Ehemänner zu verschwenden?

Sie musst nicht lange nach einer Antwort suchen. Sie kannte sie. Er hatte es selbst gesagt. Er hatte diese russische Prinzessin sehr liebgewonnen und ihre Affäre war ehrenhaft verlaufen, wenn solche Verbindungen je so bezeichnet werden konnten. Währenddessen ihr Verhalten vor und nach ihrer Ehe alles andere als ehrenhaft gewesen war. Sie war sich der Antwort auf ihre nächste Frage ziemlich sicher, aber sie stellte sie trotzdem.

„Hast du - hast du - deine russische Prinzessin immer noch *sehr lieb*?"

Er konnte sie nicht anlügen. Das war nicht der richtige Weg für ihren Neubeginn.

„Ja. Aber nicht so, wie du denkst", fügte er eilig hinzu, als er sah, wie Hitze in ihre Porzellanwangen aufstieg. Er lächelte schief. „Du sagtest selbst, Liebe würde nicht genug für mich, für uns, sein, wenn ich alles wüsste. Ich glaube, das wird sich als falsch erweisen. Ich will auch nichts vor dir verbergen. Du musst wissen, dass in dem Moment, als ich herausfand, dass du Witwe bist, meine Hoffnung wiederkehrte. Ich möchte, dass wir heiraten und den Rest unseres Lebens bis ins hohe Alter *gemeinsam* verbringen ... verstehst du, Caro? Nur wir beide. Ich habe jetzt keine Mätresse und es ist mein inniger Wunsch, nie wieder eine zu haben. Aber das hängt von dir ab ..."

„Oh? Oh!" Caroline konnte ihre Freude über sein gefühlvolles Geständnis nicht unterdrücken und errötete, sie senkte schnell ihre Wimpern, als er eine Augenbraue hob, als ob er jeden Zweifel, den sie an seiner Aufrichtigkeit haben könnte, ersticken wollte. Schließlich sah sie wieder zu ihm auf. „Du musst dich überzeugen, dass ich dir auch gefalle. Das ist nur fair, nicht wahr, dass wir einander gefallen?"

„Ja. Aber ich kann nicht verstehen, warum du Zweifel hegen solltest, dass du mich irgendwie enttäuschen könntest."

Caroline trat näher an ihn heran, so dicht, dass ihre Röcke seine langen Beine berührten und er richtete sich auf und ließ den Stuhl los.

„Das liegt daran, dass ich aus erster Hand Erfahrungen mit der Institution der Ehe habe, keiner Liebesehe, aber doch einer Ehe", erklärt sie, „und daher mir sehr bewusst bin, dass es auf beiden Seiten Erwartungen gibt. Wenn der Ehemann versagt ... Wenn die Frau nicht das ist, was der Mann erwartet hat ... Dann führt das zu Enttäuschung. Ich glaube nicht, dass meine *Gefühle* für dich sich geändert haben, und meine Haut ist noch dieselbe. Was du vor dir siehst, ist die Caroline, die du kennst. Ich bin nicht größer, nicht hübscher und habe noch immer dasselbe elend rote Haar und die Sommersprossen, die ich immer hatte. Ohne diese Hüllen bin ich auch nicht anders. Aber was würdest du darüber wissen? Und doch - ich *habe* mich verändert, Antony. *Unter* meiner Haut bin ich nicht mehr dieselbe Frau, die du kanntest, bevor du nach Petersburg gingst. Und weil ich nicht mehr dieselbe bin, fürchte ich, wenn du mich besser kennst, so wie ich jetzt bin, du mich nicht mehr genauso wollen wirst, wie du es früher getan hast ..."

Als er weiter schwieg, gab sie einen kleinen, niedergeschlagenen Seufzer von sich und spielte mit den goldenen Kettchen ihrer Chatelaine, bevor sie wieder zu ihm aufschaute.

„Nicht, dass ich überhaupt sicher bin, dass du mich *in dieser Art* überhaupt wolltest, bevor du nach Petersburg abgereist bist. Du hast gesagt, du liebst mich, hast mich immer geliebt, aber du hast nie - in all den Jahren, die wir einander kennen - auch nur versucht, mich zu küssen. Also wie soll ich wissen, dass du mich wirklich *willst*? Diese Küsschen auf die Wangen zum Geburtstag und zu Weihnachten zähle ich nicht!"

„Dich nicht wollen?", wiederholte er im Flüsterton. „Dich nicht küssen *wollen*?"

Später würde er sich fragen, was ihn zum Handeln animiert hatte: Wie tapfer sie in seine Augen sah, während sie ihre Zweifel an seinem Verlangen nach ihr in Worte fasste, oder das laute, um Aufmerksamkeit heischende Kreischen des Aras. Was auch immer es war, es löste etwas tief in ihm aus und gab ihm die Kraft und den Schwung, das hohe Hindernis in ihm, das er viele Jahre zuvor aufgebaut hatte, um sein Verlangen gefangen zu halten, bis Caroline zur Frau geworden sein würde, zu überwinden. Ein Wort - *wollen* - war alles, was es brauchte, um diese Mauer zum Einsturz zu bringen.

In einem Moment erklärte sie ihm seine Gefühle und er hörte geduldig zu, eine Hand in der Tasche seines lavendelblauen Seidenrocks, die andere damit beschäftigt, an dem goldgeränderten Monokel herumzufummeln, das an einem um seinen Hals hängenden Seidenband befestigt war. Im nächsten schob er einen Stuhl beiseite, so dass dieser heftig gegen einen anderen stieß und umfiel, und riss Caroline in seine Arme, um seinen Mund auf ihren zu drücken, ihre Worte zu ersticken und all die im Fegefeuer der Unsicherheit verbrachten Jahre hinwegzufegen.

„Dich wollen? Wie könntest du daran zweifeln?", fragte er heiser und hielt sie in seiner Umarmung gefangen, sein Gesicht über das ihre gebeugt.

Ihre grünen Augen sahen ihn unschuldsvoll an, und in ihnen war ein Licht, etwas, das er nie gesehen hatte oder es nicht hatte sehen können, da er sich nie zuvor die Freiheit herausgenommen hatte, sie in seinen Armen zu halten: *Verlangen*. Er sah, dass sie ihn ebenso begehrte wie er sie, und er wollte sie hochheben und vor Freude herumwirbeln.

„Ich kann nicht erwarten, dir zu zeigen, wie sehr ich dich *will*, meine zweifelnde Schönheit. Um ehrlich zu sein, ich wollte dich küssen, seit du fünfzehn Jahre alt warst, als du so selbstbewusst verkündet hast, dass wir an deinem achtzehnten Geburtstag heiraten würden. Ich möchte dich überall küssen; jede Strähne deiner herrlichen goldenen Haare, jede verführerische Rundung - *alles.*"

Seine Worte waren wundervoll ermutigend, ebenso wie sein Kuss. Die hohe Gestalt seines Körpers drückte sich an sie, der Hauch männlichen Duftes nach Sandelholzparfüm und die Rauheit seiner Haut, als sein Mund ihren traf, waren so sehr berauschend. *Er* war berauschend. Sie hielt sich an den offenen Aufschlägen seines Rocks fest, als ob sie zu ertrinken fürchtete. Und sie war am Ertrinken, im Verlangen nach mehr von ihm. Sie *brauchte* mehr. Sie brauchte einen richtigen Kuss, einen Kuss, der für immer die Erinnerung an einen infantilen Gatten und die Aufmerksamkeiten eines Liebhabers auslöschen würde, die sie mit nichts als bitterer Reue zurückgelassen hatten. Sie brauchte einen liebenden, hingebungsvollen Kuss von dem einen Mann, der sie wahrhaft liebte.

Als er dann seinem sanften Kuss auf ihren Mund beruhigende Worte folgen ließ, sie auf die Stirn küsste und um Verzeihung dafür bat, sich Freiheiten herausgenommen zu haben und dabei seine Arme von ihrer Taille löste, wollte Caroline ihn nicht loslassen. Sie hatte mehr schlaflose Nächte als sie zählen konnte damit verbracht, sich diesen Moment auszumalen und sich zu fragen, ob er je kommen würde. Jetzt, als alle diese Zweifel sich in Luft aufgelöst hatten, dachte sie nicht daran, ihn enden zu lassen, bevor sie nicht befriedigt war. Sie legte ihre Arme auf seine breiten Schultern und hielt ihn fest. Auf Zehenspitzen stehend küsste sie seinen Mund, und als sie das tat, rutschte ein seidenbezogenes Pantöffelchen von ihrem bestrumpften Fuß. Der Schuh klapperte auf den polierten Fußboden, und das ließ Antony seine Arme wieder fest um ihre Taille schließen, da er befürchtete, dass sie fallen könnte.

Und als Carolines Mund den seinen streifte, als das weiche Kissen ihrer vollen Lippen und ihr warmer, süßer Atem seinen Mund einladend streichelten, wie hätte er sie abweisen können? Es war eine kaum spürbare Berührung, aber genug, um seine Sinne erneut zu entfachen, und als sie die Worte *richtiger Kuss* murmelte, als sie ihre Arme um seinen Hals schlang und ihren Mund unter seinem öffnete, war das alle Erlaubnis, die er brauchte, um sich hinab zu beugen und sie ohne Zurückhaltung zu küssen.

Sie gaben sich einem langen, anhaltenden Kuss voller gegenseitiger Sehnsucht und fieberhaftem Versprechen hin. Ein Kuss, der drohte, sie in Unschicklichkeiten verfallen zu lassen, wenn nicht das Fünkchen von Bewusstsein für die Welt durch die wiederkehrenden Rufe von Peter, dem Ara und einem Geräusch, von dem Antony sich nicht sicher war, was es sein könnte, und es ihm auch gleichgültig war, es hörte sich an wie das schauerliche kratzende Reißen von Stoff, aufrechterhalten worden wäre. Die Not des Vogels dröhnte in seinen Ohren, aber er wollte nicht, dass dieser Kuss endete. Er hatte so lange Zeit darauf gewartet, Caroline zu küssen, dass er verdammt sein wollte, wenn er einem tobenden, gefiederten Unhold erlauben würde, das exquisite Vergnügen zu unterbrechen, die süße Feuchte ihres Mundes zu kosten.

Bevor sie bemerkten, was sie taten, hatte das Paar eine Spur umgeworfener Stühle hinterlassen, während sie sich aneinander klammerten, völlig in diesem Moment der Leidenschaft verloren.

Peter, der Ara, kreischte, als würde er angegriffen, als er sich in den seidenen Falten eines zerfetzten Damastvorhangs gefangen fand, und die beiden Lakaien, die an der Doppeltür des Bücherzimmers Wache standen, vergaßen sich soweit, als sie die Schwester ihres edlen Dienstherrn in einem leidenschaftlichen Kuss mit einem unbekannten Gentleman versinken sahen, dass sie vorsichtig halb durch den Raum schlichen und überlegten, ob sie sich selbst um die Sache kümmern oder Unwissen vortäuschend aus dem Zimmer fliehen sollten.

In diese dramatische Szene kam der Butler geschritten.

MILLER BETRAT DAS VORZIMMER VOM GANG AUS, DA ER DAS Bücherzimmer durch eine separate Tür für Dienstboten verlassen hatte. Er trat über die Schwelle und entschuldigte sich bereits bei Sir Antony, dass seine Lordschaft nicht in der Lage wäre, seine Bitte um ein Gespräch zu erfüllen, als er den Vorraum überblicken konnte. Das laute, verängstigte Kreischen von Peter, dem Ara, ließ ihn den Kopf ruckartig in Richtung der Fenster drehen, und dort war der große Vogel auf halber Höhe der Gardine, mit seinen leuchtend blauen Flügeln flatternd und mit seinen schwarzen Krallen an den zerfetzten Überresten des Seidendamasts hängend, den er boshaft mit seinem großen, schwarzen Schnabel in Fetzen gerissen hatte. Dem entstandenen Schaden nach zu urteilen, war Peter sich bereits seit einiger Zeit selbst überlassen worden.

Wenn dies nicht genug gewesen wäre, um die Unterlippe des Butlers vor schockierter Empörung beben zu lassen, waren die beiden Lakaien, die nicht auf ihrem Posten, sondern in der Mitte des Raums wie ein Paar Statuen standen, alles, was nötig war, um ihn seine Gelassenheit völlig verlieren zu lassen. Er vergaß seine Manieren. Er vergaß seine hohe Stellung in einem großen adligen Haus. Und er vergaß sich soweit, dass er brüllte und damit riskierte, dass seine dröhnende Stimme ebenso wie das Aufmerksamkeit erheischende Kreischen Peters, des Aras, die vergoldeten Doppeltüren, die in das Bücherzimmer führten, durchdrang.

Seine wohlerzogene Entschuldigung bei Sir Antony wurde völlig verschluckt, als er vor Zorn explodierte.

„Gott, der Allmächtige! Ich werden diesem verdammten Vogel selbst den Hals umdrehen, wenn seine Lordschaft nicht durch diese Tür stürmt und es selbst erledigt! Und ich werde verdammt noch mal auch euch die Hälse umdrehen! Was für ein Spielchen betreibt ihr hier, zum Teufel? Wollt ihr lieber die Ställe ausmisten? Ihr da! Holt ein paar der Jungs aus der Halle. Und ihr! Sucht Lady Caroline. Leider kann niemand sonst sich diesem Vogel auf mehr als einen Fuß nähern, ohne einen Finger zu verlieren! Sonst würde ich ihm selbst den Hals umdrehen. Was? Los! Steht nicht beide da und starrt mich an, als hättet ihr ein Gespenst gesehen! Lady Caroline wird nicht plötzlich wie eine Erscheinung vor mir stehen!"

„Ich bin hier, Miller", antwortete Lady Caroline so ruhig, wie sie konnte, als sie mit gerötetem Gesicht und einer Hand an ihrem zerzausten Haar hinter dem Butler stand. Sie konnte ein Lächeln nicht unterdrücken, als Millers Füße sich vom Boden hoben und er herumwirbelte, um sie mit einem verschreckten Gesichtsausdruck anzuschauen, als wäre sie tatsächlich ein Geist. „Ich brauche keine Hilfe mit Peter, vielen Dank. Kümmert Euch besser um diese Stühle und achtet darauf, dass die Türen zum Bücherzimmer geschlossen bleiben. Lord Salt und Sir Antony dürfen nicht gestört werden.“

Millers Blick huschte in die Richtung des Bücherzimmers des Earls. Eine der getäfelten Türen stand weit offen und erlaubte ungebetenen Zutritt. Er verzog das Gesicht. Der Schock wich der Frustration. Er hatte bei seiner Aufgabe versagt. Inmitten dieses Aufruhrs, zwischen dem unaufhörlichen Kreischen des Aras nach Aufmerksamkeit und seinem eigenen, explosiven Aufschrei, hatte er Sir Antony versehentlich erlaubt, leise, unangekündigt und unaufgefordert in das innere Heiligtum des Bücherzimmers des Earls von Salt Hendon zu schlüpfen.

VIERZEHN

Beim letzten mal, als Sir Antony sich im prächtigen
Bücherzimmer des Earls von Salt Hendon befunden hatte, war er
betrunken gewesen, kaum fähig, aufrecht zu stehen, und war von
seinem edlen Cousin rücksichtslos zusammengestaucht worden - zu
Recht. Das war unmittelbar nach seinem empörenden Benehmen bei
dem Konzert gewesen, wo er nicht nur sich selbst völlig zum Narren
gemacht, Carolines Herz gebrochen, die Gräfin, hochschwanger mit
ihrem ersten Kind, und alle Anwesenden schockiert und in Verlegenheit gebracht hatte, sondern auch den Respekt und die Freundschaft
des Earls verloren hatte. Zu jener Zeit war er vom Trunk zu betäubt
und in Selbstmitleid versunken gewesen, um in vollem Umfang
begreifen zu können, wie sein Verhalten die Menschen, die er auf der
Welt am meisten liebte, verletzt hatte. Nüchternheit und düsteres
Grübeln in Russland hatten ihm eine Beurteilung der verheerenden
Wirkung ermöglicht, die seine Worte auf den Earl und die Gräfin
gehabt haben mussten, und er erkannte mit schwerem Herzen, dass es
unwahrscheinlich war, dass er je ihre gute Meinung über ihn wieder-
herstellen könnte.

Bei dem Konzert in Salt House vor vier Jahren hatte er in einem
hitzigen Streit mit Caroline verraten, dass er die Gräfin allein in ihrem
Wohnzimmer besucht hatte, als sie nichts anderes trug als ihr Nachtgewand. Natürlich hatte er nicht erwähnt, dass er dort ungebeten hinein-
gegangen war, um die Bestätigung der Gräfin zu erheischen, dass
Caroline sich nicht mit einem anderen verloben würde. Er war krank
gewesen von einer Nacht schwerer Trunkenheit und hatte mit dröh-

nendem Schädel und gegen das Morgenlicht fest geschlossenen Augen auf ihrer Chaiselongue hingestreckt gelegen, während die Gräfin an ihrem Frisiertisch saß und ihm Rat und Trost erteilte. Es war völlig unschuldig gewesen und viel mehr in der Art, wie ein Bruder unter vier Augen den Rat seiner Schwester erbat. Aber das hatte er nicht gesagt. Er hatte auch nicht erwähnt, dass der Earl genau über diesen Einbruch informiert war, ihm aber, obwohl er zornig darüber gewesen war, ihn im Boudoir der Gräfin anzutreffen, vergeben hatte, da er die dahinterstehenden Umstände kannte.

Sir Antony hatte seinen Besuch im Boudoir der Gräfin Caroline wie ein Schild vorgehalten, um sich gegen die Pfeile ihrer kindischen Stichelei über ihre bevorstehende Verlobung mit Hauptmann „Big-Boots" Beresford zu schützen; dass der Kriegsheld aus dem Hannover-Feldzug ein besserer Mann wäre, als er je sein könnte. Was, als er später im nüchternen Zustand darüber nachdachte, keine unfaire Beschuldigung gewesen war, wenn man bedachte, dass eine Nebenwirkung seiner ständigen Trunkenheit in den Monaten nach der Einkerkerung seiner Schwester Impotenz gewesen war. Sie traf einen bloßliegenden Nerv und daher hatte er mit der Gräfin als Inbegriff weiblicher Perfektion gekontert, und er wüsste dies genauso gut wie ihr Ehemann, da er den Vorzug genossen hatte, sie in ihrem Nachtgewand zu sehen.

Eine so überraschende und überaus schockierende Enthüllung vor einem Publikum von fünfzig Personen war die beste Nahrung für das Feuer der Klatschbasen. Dieser saftige Bissen wurde ganz geschluckt, ohne eine Sekunde des Nachdenkens über seine Wahrheit und ohne Rücksicht auf die Umstände, unter denen diese Offenbarung herauskam. Bis zum Morgen hatte die Gesellschaft diesen Bissen in ein dreigängiges Bankett aus Lust, verstohlenen Frivolitäten und dynastischer Selbsterhaltung verwandelt. Was zunächst nur von den politischen Feinden des Earls hinter fächelnden Fächern geflüstert und hinter ausgebreiteten Zeitungen gemurmelt, jedoch von den meisten als reine Sensationsmacherei abgetan worden war, hatte nach Sir Antonys äußert öffentlichen, atemberaubenden Enthüllungen bis zum Morgen den Status einer Tatsache erlangt. Die weiblichen Mitglieder der Gesellschaft diskutierten über ihrem gebutterten Brot und der heißen Schokolade offen mit ihren Verwandten darüber, während ihre Gentlemen einander über den Tisch ihrer bevorzugten Kaffeehäuser spöttisch zulächelten.

Lady Salts Schwangerschaft, so kurz nach der Hochzeit, die lässige Haltung ihres Ehemannes gegenüber der Freundschaft seiner schönen Frau mit seinem Cousin Sir Antony und Diana St. Johns überraschende Abreise auf den Kontinent, fast genau an dem Tag, als verkündet wurde, dass die Gräfin von Salt Hendon das erste Kind des Earls erwartete, war mehr als genug Beweis, um das Gerücht zu bestätigen, das Diana St. John gerade vor ihrer Abreise in fremde Gefilde nur schwach geleugnet hatte - wie eine loyale Schwester das tun sollte.

Das Gerücht, das jeder kannte, aber nicht laut auszusprechen wagte, besagte, dass Sir Antony Templestowe, nicht der Earl von Salt Hendon, das Kind gezeugt hätte, das die Gräfin trug – den Erben des Earls.

Sir Antonys befremdliches Geständnis ergab durchaus einen Sinn!

Dass ein Adliger mit vierunddreißig, gegen den bei White's die Wetten von einhundert zu eins standen, dass er je einen Erben zeugen würde, da ein Sturz von einem Pferd ihn unfruchtbar gemacht hatte, dann seine Gräfin in der Hochzeitsnacht schwängern würde, war, als hätte ein Blitz in der feinen Gesellschaft eingeschlagen. Wie konnte es sein, da es doch eine bekannte Tatsache war, dass der Earl nicht einmal einer Hure ein Kind machen konnte, und nicht, weil es an Versuchen gemangelt hätte? Die Frage begann im Untergrund der Salons herumzuschwirren, bis weit in die Schwangerschaft der Gräfin hinein. Und dann verschaffte, nur zwei Monate vor der Geburt eines Erben, Sir Antonys Ausbruch der Gesellschaft die Bestätigung dessen, was sie für die Antwort hielt: Sir Antony Templestowe hatte das ungeborene Kind der Gräfin gezeugt.

Nun, da konnte man die Liebe eines Cousins sehen! Wer würde nicht seine Dienste anbieten wollen, um dem Earl einen Sohn zu verschaffen, wenn das bedeutete, das Bett der gefeierten Schönheit, Janes, der Gräfin von Salt Hendon, zu teilen. War es ein Wunder, dass Sir Antony sich über die Vermutungen Lady Carolines über seine Männlichkeit geärgert hatte, wenn er doch eine Gräfin beschlafen und sie beim ersten Mal gleich geschwängert hatte! Man wunderte sich nur, wie der Earl es dulden konnte, seine Braut mit einem anderen zu teilen. Doch kannten alle den Earl als klugen Politiker, zielstrebig und hartherzig, wenn es darum ging, Entscheidungen zum Wohle des Königreichs zu treffen. Es erschien logisch, dass er dasselbe tun würde, wenn es um sein eigenes Königreich ging. Seine Grafschaft brauchte einen Erben, und wenn er keinen zu bieten hatte, ließ er eben seinen nächsten Verwandten einen für ihn machen.

Kein Wunder auch, dass Diana St. John auf den Kontinent abgereist war. Es war allgemein bekannt, dass Diana in den Earl verliebt war. Sie war auch sehr an seinem politischen Leben beteiligt, daher musste man seine Fantasie nicht sehr anstrengen, um anzunehmen, dass sie eine entscheidende Rolle dabei gespielt hatte, die dynastischen Ambitionen des Earls zu fördern, indem sie ihren Bruder als Zucht-

hengst für die Stute des Earls anbot. Vielleicht hatte sie in ihrer Eifersucht auf die Gräfin und weil sie zu viel wusste, dem Earl gedroht, dass
sie sein kleines, schmutziges Geheimnis der Welt enthüllen würde?
Diana St. John, wurde verbreitet, verschwand zum Wohle ihrer
Gesundheit. Aber wer glaubte schon diesen Vorwand?

Um zu unterstreichen, warum seine Schwester aus der guten
Gesellschaft verbannt worden war, wurde Sir Antony Templestowe
wegen seines üblen Benehmens bei dem Konzert, wo er Lady Carolines
Herz gebrochen und öffentlich die schmutzige Wäsche der Familie
gewaschen hatte, vom Earl in die Wüste des diplomatischen Dienstes
geschickt: nach St. Petersburg.

Wenn es für die Karriere eines englischen Diplomaten einen
Verbannungsort gab, dann war es der russische Kaiserhof. Dass Sir
Antony an einen solchen Abstellort für Diplomaten, einen Verban-
nungsort des Außenministeriums, geschickt wurde, war ein deutliches
Anzeichen dafür, dass er mit seinem edlen Cousin nicht mehr auf
gutem Fuße stand. Und nachdem seine einzigartigen Dienste als
Erzeuger nicht mehr benötigt wurden, wäre seine Gegenwart in
London nur eine Peinlichkeit für das edle Paar gewesen, ebenso wie
eine beständige Erinnerung an die Unfähigkeit des Earls, seine dynasti-
schen Pflichten gegenüber dem Hause Sinclair und der Grafschaft von
Salt Hendon zu erfüllen.

Dass der Earl und die Gräfin zwei weitere gesunde Kinder in
schneller Folge nach der Geburt des ersehnten Sohnes und Erben
bekamen, wurde von den politischen Feinden des Earls und Leuten
mit schwacher Denkweise nicht für wesentlich gehalten. Zwei Kinder
mehr halfen sehr, jeden weiteren Zweifel an ihrem wahren Erzeuger
zu mindern, aber worauf es ankam und wo der Schmutz wie nasses
Heu an den roten Absätzen der edlen Schnallenschuhe kleben blieb,
waren die zweifelhaften Umstände der Empfängnis des ersten Sohns
des Earls. Und dies, wusste Sir Antony, würde ihm nie verziehen
werden.

Er lehnte seinen Kopf gegen die geschlossene getäfelte Tür des
Bücherzimmers, um seine Gedanken zu sammeln und Atem zu holen,
noch berauscht von dem leidenschaftlichen Kuss, den er mit Caroline
geteilt hatte. Ihrem Kuss hatte etwas Unbeschreibliches angehaftet,
und es ließ ihn schwindelig werden. Ein paar tiefe Atemzüge und er
durchquerte leisen Schrittes den langen, mit Bücherregalen gesäumten
Raum, einem Meuterer, der über die Planke des Schiffs in den Tod
geschickt wird, nicht unähnlich; er hielt sich dicht an den Regalen,
seine Aufmerksamkeit hing an dem massiven, zweiseitigen Mahagoni-
Schreibtisch mit seinem aufwendigen Aufsatz, der Federn, Wischer,

Tinte und Stifte enthielt und dessen Oberfläche von wohlgeordneten Papierstapeln bedeckt war.

Der Earl saß hinter diesem Tisch, in das Lesen eines Dokuments vertieft.

Gelegentlich legte er das Papierbündel auf die Arbeitsfläche des Schreibtischs, nahm seine Feder, tauchte sie in die Tinte und fügte seine Bemerkungen am linken Rand hinzu. Selten wanderte seine Aufmerksamkeit von dem Dokument ab und er ließ sein Kinn sinken, um über den Goldrand seiner Augengläser hinweg zu dem zweiten Kamin zu sehen. Da fand eine Verwandlung statt, und Sir Antony erkannte seinen früheren Freund wieder. Die Gesichtszüge des Earls wurden weicher, die tiefe Falte zwischen seinen Brauen glättete sich und der grimmige Zug um seinen Mund verschwand, um von einem Lächeln ersetzt zu werden, das sein Gesicht erhellte. Das Lächeln verharrte dort in einer Art verwirrten Erstaunens, und dann, als er sich an seine unerledigte Aufgabe erinnerte, ließ er seinen Blick wieder zum Tisch zurückkehren und fuhr fort zu lesen.

Als der Earl lächelte, tat Sir Antony ihm das nach. Er hatte seinen Freund nie so wohl und nie zufriedener mit seinem Leben gesehen. Körperlich war er noch immer derselbe bärengroße Mann, der er vor vier Jahren gewesen war, immer noch ebenso gesund und zweifellos ebenso durchtrainiert, wie er es je gewesen war. Er war derselbe wie an dem Tag, als er ihm den Rücken gewandt hatte, mit Ausnahme seiner Kleidung.

Zu dieser Stunde war Sir Antony überrascht, den Earl noch nicht angekleidet vorzufinden. Salt, der immer sehr auf die korrekte Kleidung zur rechten Zeit gepocht hatte, ganz gleich, ob zu Hause oder in der Öffentlichkeit, war immer makellos gekleidet, meistens in einem Ensemble aus Rock, Weste und Kniehosen, reich bestickt, das in der Oper nicht fehl am Platze gewirkt hätte. Und er hatte auch immer Puder getragen, wenn er in der Stadt war. Vielleicht beschäftigte sein Cousin einen neuen Kammerdiener? Aber das würde nicht das Fehlen des Puders in dem sandfarbenen, schulterlangen Haar, das mit einem schwarzen Band zusammengebunden war, erklären, oder dass ein dunkelblauer Seidenmorgenrock nachlässig über ein schneeweißes Hemd mit Krawatte geworfen war. Zweifellos steckten seine bestrumpften Füße in Hausschuhen aus rotem marokkanischem Leder, was der häuslichen Kleidung des Earls den letzten Schliff verleihen würde. Sir Antony wusste sehr wohl, dass sein Cousin in diesem Aufzug nicht in der Lage war, Besucher zu empfangen, und daher niemand außer der unmittelbaren Familie Erlaubnis zum Eintritt erhalten würde.

Die nicht vollständige Bekleidung des Earls verhieß nichts Gutes für Sir Antonys Eindringen. Kein Wunder, dass die Tür zu seinem Bücherzimmer geschlossen blieb. Mit einem deprimierten Seufzer nahm er es als Zeichen dafür, dass er nicht länger als zur Familie gehörig betrachtet wurde und daher eine Audienz nicht in Frage gekommen war. Dennoch schreckte das ihn nicht davon ab, seinen Zweck zu verfolgen und er setzte sein Vertrauen in das Lächeln des Earls. Das war das einzige Anzeichen dafür, dass sein Cousin in gütiger Laune war. Jedoch waren die Laune des Earls und seine Meinung über ihn von geringer Wichtigkeit. Worauf es ankam, war, zu einer Übereinkunft zu kommen, wie man Dianas erneute Einkerkerung bewirkte, dabei den geringsten Skandal verursachte und jede Tragödie abwendete. Diese Gedanken vor allem aufrechterhaltend ging er direkt auf den massiven Mahagonischreibtisch zu und verbeugte sich respektvoll vor seinem edlen Cousin.

Der Earl spürte seine Anwesenheit, sah aber nicht auf.

„Nein heißt nein, Miller", sagte er kurz, legte die Seite weg, die er las und nahm die Augengläser ab. Er legte eine Hand flach auf den Stapel Papiere, die zu dem Dokument gehörten. „Bringt dies zu Mr. Ellis. Sagt ihm, er solle meine Anmerkungen lesen und dann zu mir kommen, um mit mir zu sprechen - nach etwa einer Stunde. Stellt das Teetablett auf den niedrigen Tisch. Die Flasche Rotwein könnt Ihr hierlassen."

„Salt."

Der Kopf des Earls hob sich ruckartig. Die dunklen Augen weiteten sich vor Überraschung und der Edelmann stand halb aus seinem Stuhl auf, ein Lächeln des Erkennens ließ sein schönes Gesicht weich werden. Sir Antony erwiderte das Lächeln, Erleichterung durchfuhr ihn und er streckte seine Hand zur Begrüßung aus. Es lag ihm auf der Zunge, seinem Cousin zu sagen, wie wohl er aussähe und wie überglücklich er wäre, ihn zu sehen, als das Licht in den dunklen Augen des Earls erlosch, das Lächeln zu einem flachen, kompromisslosen Stirnrunzeln wurde und er auf seinen Stuhl zurückfiel, den seidenen Morgenrock fester um seine Schultern ziehend. Die Reaktion war der Erinnerung gewichen und mit einem kleinen Seufzer ließ Sir Antony seine Hand sinken, um nach dem Band um seinen Nacken zu greifen, an dem sein Monokel hing.

„Du siehst gut aus", stellte der Earl fest. Er fummelte an seinen Augengläsern herum, hielt aber seinen Blick auf Sir Antonys Gesicht gerichtet. „Ich kann jetzt nicht mit dir sprechen. Hat Miller dir nicht gesagt ...?"

„Du siehst auch gut aus", unterbrach Sir Antony und hielt seine Gefühle gut in Zaum.

„Nachdem wir jetzt die Höflichkeiten erledigt haben, habe den Anstand, dein Eindringen zu beenden und dich zu entfernen ..."

„Miller hatte keine Gelegenheit, mir etwas zu sagen; er hat mit einem widerspenstigen Vogel die Hände voll zu tun. Ich werde nicht viel von deiner Zeit in Anspruch nehmen, aber wir müssen reden ..."

„Das kann warten."

Also dazu war es gekommen - sie sprachen miteinander als wären sie nur gute Bekannte. Es hatte eine Zeit gegeben, zu der kein Tag verging, an dem sie nicht einen Teil davon in der Gesellschaft des anderen verbrachten. Sir Antony bemerkte das Zappeln des Earls und das ließ ihn einen Hoffnungsschimmer ahnen, dass dieses steinharte Äußere einen weichen Kern hätte.

„Nein. Es kann nicht warten. Du weißt, dass es nicht warten kann; den Grund für mein Eindringen; den Grund, warum ich in England bin und nicht in Petersburg. Das ist der Grund, über den wir reden müssen ..."

„Nicht jetzt", sagte Salt durch zusammengebissene Zähne.

Sir Antony runzelte die Stirn. Durch die Art, wie der Earl ihm so schnell das Wort abschnitt, bevor er auch nur den Namen seiner Schwester erwähnen konnte, war es offensichtlich, dass er sich Dianas Flucht aus ihrer Gefangenschaft sehr wohl bewusst war. War er so empfindlich, so starrköpfig, dass er die Wahrheit nicht laut ausgesprochen hören wollte? Hoffte er, sie würde einfach verschwinden, wenn er sie ignorierte? Er konnte es nicht glauben. Oder vielleicht wollte sein Cousin ihn im Ungewissen darüber lassen, was er mit seiner verrückten Schwester machen würde? Das würde er nicht zulassen. Wenn Salts Mangel an Begeisterung über dieses erzwungene Wiedersehen seine Gefühle verwundet hatte, ärgerte ihn seine unerbittliche Arroganz bis hin zu sarkastischer Grobheit.

„Ich werde diesen Raum nicht verlassen, bis wir nicht besprochen haben, was zu tun ist. Vielleicht hast du schon beschlossen, was du beabsichtigst, was mich nicht verwundern würde! Aber ich habe ein Recht darauf, es zu erfahren, und ein Recht, angehört zu werden. Dass du mitten am Tag erst halb angekleidet hier sitzt, ist mir völlig gleichgültig. Was tut das im größeren Zusammenhang zur Sache? Es würde mich nicht kümmern, wenn ich dich gestört hätte, während du gerade im Bad lägest! Vielleicht wäre es besser, wenn du in deinem Badezuber lägest, weil du ein aufmerksames Publikum wärest und gezwungen, meine Unterhaltung zu ertragen!" Er holte Luft, hob eine Hand hoch und ließ sie schwerfällig sinken. „So hatte ich mir mein Wiedersehen mit dir nicht vorgestellt, und mit - mit Jane. Und ich werde sie unter vier Augen mit dir *Jane* nennen, nicht Lady Salt, denn sie ist eine liebe Freundin und die Frau meines nächsten Cousins."

Als der Earl seine Brauen hob, aber nichts sagte, fügte er mit einem Seufzer der Verzweiflung hinzu:

„Oh, um Gottes willen, Salt! Ich gebe zu, unsere letzte Begegnung war nicht mein bester Tag, aber seither ist viel Wasser die Themse hinuntergeflossen, also das mindeste, was du tun könntest, wäre, nicht dort mit steinernem Gesicht und hochgereckter Nase zu sitzen, als ob das Heiligtum deines Bücherzimmers von einem Kaminfeger beschmutzt worden wäre! Und ich werde mich nicht für meinen Mangel an Unterwürfigkeit entschuldigen und nicht vor dem Familienoberhaupt kuschen! Ich hatte eine verdammt unangenehme Heimreise, um so schnell wie möglich zu kommen, ohne mich auch nur zu verabschieden, daher habe ich zweifellos alle Brücken hinter mir in Petersburg abgebrochen. Aber auch das spielt keine Rolle. Nichts davon. Wenn es mich meine Stellung im Außenministerium kostet, wenn es bedeutet, dass unsere Freundschaft irreparabel beschädigt ist, alles für das Allgemeinwohl, dann soll es so sein. Ich denke nicht daran, etwas zu bereuen. Aber da gibt es eines, was ich in diesem Augenblick nicht tun werde, und das ist, diesen Raum zu verlassen, bevor ich dir nicht erzählt habe, was ich für meine Schwes...\"

„Miller sollte dir bestellen, dass du eine Stunde Lady Reanay besuchen und dann hierher zurückkehren solltest", unterbrach Salt gleichmütig, verschränkte seine Arme über der breiten Brust und lehnte sich in seinen Stuhl zurück, um Sir Antony unter halb geschlossenen Lidern zu betrachten. „Wenn das die Art ist, wie du in St. Petersburg Diplomatie betrieben hast, durch leidenschaftliche Einschüchterung, bin ich überrascht, dass du dort so angesehen bist. Aber vielleicht mögen die Russen eine direktere Art; oder deine Unfähigkeit - mancher würde sagen *Rücksichtslosigkeit* - ein Nein als Antwort zu akzeptieren. Das ist alles, was mir als Grund dafür einfällt, dass man dich ehrt ...\"

„Ehrt?" Sir Antony runzelte die Stirn und trat einen Schritt näher, seine Finger, die sich fest um den Griff seines Monokels geklammert hatten, öffneten sich. Er erlaubte sich, entspannt zu stehen. Das Wort *ehrt* hatte ihn völlig aus seinem Redefluss geworfen, wie Salt es erwartet hatte.

„Sie dürften sich auch nicht daran stören, wenn man ihre Unterhaltung unterbricht", murmelte der Earl und fügte mit einem aufzuckenden Lächeln hinzu: „Ja. Ehrt. Trotz deiner unerklärlichen Abreise vom Kaiserhof hat die Kaiserin gnädig geruht, dir zu verzeihen, nicht nur, dass du nicht gehörig um deine Entlassung ersucht hast, sondern auch, dass du nicht anwesend warst, so dass sie dir den Orden von St. Anna nicht persönlich überreichen konnte. Hast du überhaupt eine Ahnung, was für ein Orden das ist?"

Sir Antony schüttelte den Kopf. „Nicht im Geringsten."

„Es ist der höchste Orden, der einem Ausländer verliehen werden kann. Tatsache ist jedoch, dass ich nicht sicher bin, ob er jemals an jemanden verliehen wurde, der kein Russe ist. Du könntest sehr wohl der erste sein, und damit einen Präzedenzfall setzen. Er wird gewöhnlich an Russen für außerordentliche Dienste in der Verwaltung des Staates oder für militärische Tapferkeit verliehen. Es gibt vier Klassen des Ordens, und du, mein lieber Cousin, erhältst den Orden der höchsten Klasse."

„Was? Wie ungewöhnlich!" Sir Antony runzelte die Stirn. „Was bedeutet das genau?"

Der Earl konnte ein Auflachen nicht unterdrücken.

„Einen diplomatischer Albtraum für Seine Majestät, und damit für mich. Der König fordert, ich solle eine Lösung für dieses Dilemma finden, und zwar bevor der Handelsvertrag mit den Russen unterschrieben wird."

„Es möge mir ferne liegen, Seiner Majestät und dir Schwierigkeiten zu bereiten", erwiderte Sir Antony milde. „Ich werde der Kaiserin schreiben und diese Ehre ablehnen ..."

„Du wirst nichts dergleichen tun!", befahl der Earl und alles Lachen erlosch. „Die Unterzeichnung des Handelsvertrags und die Verleihung des Ordens von St. Anna gehen Hand in Hand. Du weißt so gut wie ich, dass die Russen von uns mehr Güter importieren als von den Franzosen. Und das Letzte, was wir wollen, ist, dass die Franzosen Katharina günstigere Bedingungen anbieten. Es ist unabdingbar, dass der Handelsvertrag zwischen unseren beiden Nationen unterzeichnet, gesiegelt und ausgetauscht wird, und wenn ein Teil dieses Abkommens es erfordert, dass du ein rotes Band und einen Stern unserer russischen Freunde trägst, dann muss es eben sein. Du wirst die Ehre annehmen und der Vertrag wird unterschrieben."

„Und das Dilemma?"

„Der Orden von St. Anna erster Klasse beinhaltet erblichen Adel."

„Lieber Gott!"

Der Earl verzog das Gesicht. „Einfach so", murmelte er und fügte hörbar hinzu: „Das Dilemma besteht darin, dass du als Engländer kein russischer Adliger werden kannst. Die Russen jedoch erwarten, dass du von deinem eigenen Herrscher gemäß der Ehre, die dir zuteil wird, in vollstem Ausmaß belohnt wirst. Dies nicht zu tun, würde ihr Urteilsvermögen in Frage stellen. Das wäre der Anfang eines diplomatischen Albtraums. Es geht darum, das Gesicht zu wahren."

„Du hast eine Lösung für dieses Dilemma gefunden."

„Allerdings. Es wird nicht nur die Russen zufriedenstellen, sondern ist auch für Seine Majestät akzeptabel."

„Natürlich."

Das Gesicht des Earls war ausdruckslos. „Ich muss zugeben, dass ich deine Entgegnungen vermisst habe. Du warst immer ein Meister der Untertreibung."

Bei diesem Lob seines früheren Mentors, konnte Sir Antony nicht umhin, wie ein Schuljunge zu grinsen. Bei den nächsten Worten des Earls jedoch blieb sein Mund offen stehen.

„Ich habe die Ehre, dich zu informieren, dass infolge der Verleihung des Ordens von St. Anna durch ihre kaiserliche Majestät, die Kaiserin Katharina, Seine Majestät dich zum Viscount macht. Du kennst die Formalitäten, Adelsurkunde und danach der erste Viscount Temple und Baron Stowe, Anrede Lord Temple; dein Erbe wird Lord Stowe. Glückwunsch."

Sir Antony wollte in seiner üblichen zurückhaltenden Weise auf diese Glückwünsche antworten, als die nachfolgende lässige Bemerkung sein Gefühl unirdischen Glücks bei so bemerkenswerten Neuigkeiten trübte und sein Hochgefühl verflog.

„Dein Anteil an den Handelsverhandlungen zwischen unseren beiden Ländern muss wirklich bemerkenswert gewesen sein", sagte Salt schroff. „Nach der Korrespondenz, die ich gelesen habe und der Verleihung eines solch hohen Ordens an einen Ausländer muss die Kaiserin von deinen - *Fähigkeiten* - sehr beeindruckt gewesen sein ..."

Als der Earl den letzten Satz unbeendet ließ, hielt Sir Antony seinen Blick fest auf ihn gerichtet, obwohl seine glatt rasierten Wangen bei dieser Andeutung dunkler wurden. Es war am russischen Hof und darüber hinaus wohl bekannt, dass die Kaiserin Katharina männliche Favoriten hatte und dass sie ihre Liebhaber mit allen möglichen Geschenken und Ehren für erwiesene Dienste belohnte. Sir Antony hatte es durch vorsichtiges und taktvolles Manövrieren mit der Hilfe seines Mentors und Freundes Prinz Mikhail erfolgreich vermieden, der langen Liste von Katharinas Eroberungen hinzugefügt zu werden. Dass die Kaiserin ihm hohe Ehren gewährte, verwirrte ihn, aber es stand seinem Cousin nicht zu, abfällige Andeutungen von sich zu geben.

„Ich bin geschmeichelt, dass ihre kaiserliche Majestät es für angemessen erachtet, meine Bemühungen zu belohnen. Aber du weißt ebenso gut wie ich, dass solche Ehren oft auf Empfehlung anderer verliehen werden."

„Ja. Prinz Mikhail Knyazhevy-Yusupov hält große Stücke auf dich. Ebenso die Prinzessin, seine Schwester …"

Sir Antony biss die Zähne zusammen.

„Ich werde mich nicht für das Leben entschuldigen, das ich mir in Petersburg aufgebaut habe. Nicht, solange alle Hoffnungen auf das Leben, das ich mir für mich hier gewünscht hatte, erloschen waren."

„Es ist das Leben, das du dir jetzt hier aufbauen willst, nachdem du wieder zu Hause bist, was mich mehr beunruhigt."

Sir Antony lächelte dünn. „Oh, das möchte ich sehr gerne mit dir diskutieren, aber nicht jetzt, nicht heute. Es gibt eine viel ernstere und dringendere Angelegenheit, die uns viel näher liegt, mit der du und ich uns befassen müssen, bevor ich daran denken kann, Zukunftspläne zu machen, ob ich die Treppe hinauffalle oder nicht, ohne das Gefühl zu haben, dass mir das wirklich zustünde. Mein größtes Bedauern über Petersburg ist, dass ich nicht in der Lage bin, den Knyazhevy-Yusupovs meinen untertänigen Dank persönlich auszusprechen."

Er hielt inne, als der Earl zum zweiten Mal bei seinem Versuch, ihn auf das Thema von Dianas Flucht aus ihrer Gefangenschaft anzusprechen, den Augenkontakt abbrach, als ob er von jemandem oder etwas in Sir Antonys Rücken abgelenkt würde. Er hatte nicht so schlechte Manieren, dass er über seine rechte Schulter gespäht hätte, um zu sehen, wer oder was es war, aber seine Nackenhaare sträubten sich und er fragte sich, ob es der Butler mit einem paar Lakaien wäre, um ihn auf ein Nicken seines edlen Dienstherrn hinauszuwerfen.

„Du magst den Knyazhevy-Yusupovs nicht persönlich danken können", antwortete der Earl und hob seinen Blick wieder zu Sir Antonys blauen Augen, „aber du kannst Prinz Mikhails Cousin, Prinz Ivan Yusupov danken, der erst letzte Woche in London ankam und dein Band und den Stern mitbrachte."

Sir Antony trat einen Schritt vor, eine Hand auf dem Mahagonischreibtisch. Er kannte Prinz Ivan sehr gut, sie hatten zusammen gefochten und waren beim königlichen Tennisspiel Partner gewesen, aber er unterbrach den Earl nicht.

„Seine Hoheit Prinz Ivan ist Leiter einer russischen Landwirtschaftsdelegation", erklärte der Earl. „Kaiserin Katharina ist entschlossen, die Politik ihres Vorgängers Peter weiterzuführen, indem sie Mitglieder des kaiserlichen Hofes nach England schickt, zu jeder Art von Erbauung und zum kulturellen Austausch. Ich habe die beneidenswerte Aufgabe, den Gastgeber für Prinz Ivan zu spielen, der bei meinem Maskenball der Ehrengast sein wird. Im nächsten Monat wird eine kleine Armee von russischen Bürokraten des Landwirtschaftsministeriums Salt Hendon besuchen. Sie sind daran interessiert, die landwirtschaftliche Praxis eines englischen Landsitzes zu beobachten und zu hinterfragen. Rufus Willis scharrt schon mit den Hufen bei der Aussicht, den Fremdenführer zu spielen." Er legte die Handfläche auf das Dokument, das er gelesen hatte. „Hier drinnen stehen die Bedingungen des Abkommens zwischen unseren beiden Nationen. Ich bin nicht sicher, was lästiger ist, sich durch sämtliche zweihundert Seiten hiervon zu quälen oder eine gefiederte Maske aufzusetzen und in einem Ballsaal voller Russen herumzuwirbeln. Ach, die Irrungen und Wirrungen, die man als demütiger Diener der Krone ertragen muss."

Sir Antony verdaute noch diese Information, als die Bemerkung des Earls über die gefiederte Maske und die Stellung als Diener der Krone von einem perlenden, weiblichen Lachen unterstrichen wurde.

Weit entfernt, sich gekränkt zu fühlen, als er ausgelacht wurde, verzog der strenge Gesichtsausdruck des Earls sich zu einem Grinsen. Er erhob sich aus seinem Stuhl und stand auf, schob seine Hände tief in die Taschen seines seidenen Morgenrocks, den Blick auf den zweiten Kamin gerichtet.

„Hör auf, Antony zu necken", schalt die Gräfin im Spaß. „Du hast dich verraten, als du vorgetäuscht hast, dass du eine Rückkehr in die Politik lästig fändest. Gib es zu, Mylord. Die Vorstellung, einen Ballsaal voller adliger Russen zu unterhalten, nicht zu erwähnen, neben deinem frisch geadelten Cousin mit seinem russischen Ordensband und -stern herumzustolzieren, zum Neid aller deiner politischen Gegner, lässt dich im Geiste fröhlich deine Hände reiben!"

Der Earl lachte leise und kam um seinen Schreibtisch herum. Er blieb stehen und streckte Sir Antony seine Hand hin.

„Ich muss dich im Oberhaus begrüßen", sagte er, in der alten Weise, wie er mit seinem Cousin vor dessen Verbannung zu sprechen pflegte. Er schüttete Sir Antonys Hand herzlich und packte ihn kurz an der seidenbekleideten Schulter. „Verzeih mir wegen die Andeutungen über deine Fähigkeiten, Antony, aber es ist gut zu hören, dass du diese Ehre verdient hast, indem du deine tägliche Arbeit verrichtet hast, statt als einer von Katharinas Günstlingen. Was auch immer meine geliebte Frau über meine Fähigkeiten als Mentor denken mag", sagte er, und sah sich zu dem zweiten Kamin um, „werde ich nichts gestehen! Ich werde auch nicht dem zustimmen, was du über den bevorstehenden Maskenball behauptest, Mylady. Meine private Freude wird es sein, dass jeder auf dem Ball mich darum beneiden wird, dich an meiner Seite statt an ihrer zu wissen."

Sir Antony wirbelte auf den Sohlen seiner schwarzen Lederschuhe herum und schwankte, dankbar, dass er in der Nähe des Schreibtischs des Earls stand, was ihm erlaubte, eine Hand auf die polierte Oberfläche zu legen, um sich aufrecht zu halten. Seine Rückkehr nach London erwies sich als stündliches Erwarten sprachlos machender Überraschungen. Wenn er abergläubisch gewesen wäre, hätte er dem Verlust seines Talismans, der jetzt in den Händen seiner Schwester war, dafür die Schuld gegeben. Aber sein Leben war bereits auf den Kopf gestellt und völlig umgedreht worden, lange bevor Diana das goldene Medaillon von seiner bestickten Weste gerissen hatte.

In nur einem Tag hatte er entdeckt, dass sein Haushalt von seiner labilen Schwester übernommen worden war, die sich vor den Augen der Welt dort versteckte. Er hatte auch herausgefunden, dass er zweitausend Pfund Schulden hatte. Dann hatte er Carolines erstaunlicher Forderung zugestimmt, vor der Ehe das Bett mit ihr zu teilen. Und was war mit seiner Zurschaustellung vor den Dienern und einem gefiederten Unhold, als er einen äußerst wundervollen Kuss mit ihr genoss? Schließlich war er in das Bücherzimmer des Earls eingedrungen, hatte Forderungen gestellt, ohne einen Gedanken daran, was hinter dieser Tür läge - und jetzt dies!

Von den Russen geehrt und von Seiner Majestät als Viscount zu den Lords gekickt zu werden, war mehr als genug für ein ganzes Leben, erst recht für einen Morgenbesuch bei seinem edlen Cousin.

Er brannte lichterloh vor Unbehagen bei dem Anblick, der sich ihm bei den Möbeln vor dem zweiten Kamin bot. Innerlich zuckte er zusammen ob seiner Dummheit, nicht früher erkannt zu haben, dass der Earl nicht allein war. Kein Wunder, dass das Bücherzimmer tabu war; warum der Earl abgelenkt war; warum er ständig bei der Erwähnung von Diana das Gesprächsthema wechselte; warum seine Antworten höflicher als erwartet waren; warum er nicht einmal die Stimme erhoben hatte, während Sir Antony ihn fast anschrie.

Wenn jemand ihm nicht sofort eine Tasse starken Tee holen würde, dachte er, er könnte ohnmächtig werden, nicht vor Durst, sondern vor übergroßer Verlegenheit.

FÜNFZEHN

Wie zur Antwort auf Sir Antonys wortloses Gebet
schritten der Butler und zwei Lakaien das Bücherzimmer entlang.
Einer der Lakaien stellte ein silbernes Teetablett auf den niedrigen
Tisch in der Mitte einer Gruppe von Sesseln, wo die Gräfin saß, ein
anderer stellte ein japanisches Holztablett mit einer Flasche Rotwein
und geschliffenen Kristallgläsern auf den Schreibtisch des Earls. Der
Butler, nachdem er die silberne Teekanne auf ihren Ständer gestellt
und die Kerze darunter entzündet hatte, goss danach eine Tasse Tee für
die Gräfin ein und stellte die elegante Sèvres-Tasse mit ihrer Untertasse
auf ein Möbelstück aus Satinholz in ihrer Reichweite.

Als der Earl Sir Antony ein Glas Rotwein anbot und dieser
ablehnte, weil er eine Tasse Tee vorzöge, zeigte er seine Überraschung
mit einem leichten Heben seiner Augenbrauen, sagte aber nichts,
sondern wechselte einen Blick mit seiner Frau, als er sich zu ihr vor
den Kamin setzte. Die Diener verabschiedeten sich schweigend, Miller
stand noch bei der Teekanne herum, bis der Earl ihm ein Zeichen gab,
dass er gehen sollte.

Die Gräfin saß bequem in einem Ohrensessel, ihr gemustertes
Baumwollüberkleid um sich ausgebreitet und ihre Füße in cremefar-
benen Hausschuhen auf einem Fußschemel. Ihr glänzendes, schwarzes
Haar war unfrisiert, locker auf ihrem Kopf zusammengefasst und mit
rosafarbenen, perlenbesetzten Bändern durchflochten, der Großteil fiel
ihr über die rechte Schulter. Ihre hübsche gesteppte rosa Stillweste war
aufgeschnürt und klaffte auf.

Jane hatte ihr Baby an der Brust, als Sir Antony den Frieden und die Ruhe im Bücherzimmer störte. Mit Hilfe des Kindermädchens wurde ein durchscheinender Seidenschal strategisch über die Vorderseite ihres Kleides gebreitet, um ihr saugendes Kind vor Blicken zu schützen, bevor der Eindringling gewahr wurde, dass der Earl nicht allein war. Trotzdem waren solche Vorkehrungen zum Schutze des Nichteingeweihten - denn sicher musste ein unverheirateter Mann, jeder Mann, dem die grundlegendsten Bedürfnisse eines Säuglings fremd waren, bei einem solchen fesselnden Anblick Unruhe empfinden - vergebens. Während seine Mutter sprach, ergriff ihr Baby den bestickten Rand des Schals mit seiner kleinen Faust und zog daran, zweifellos aus Protest, weil er nicht imstande war, das einzige Gesicht auf der Welt, das wichtig war, klar zu sehen.

„Ich bitte in Sams Namen um Verzeihung, Antony, aber Babys haben keinen Sinn für die rechte Zeit oder den passenden Anlass", sagte Jane im Plauderton, in der Hoffnung, seinen Schock und sein Unbehagen bei der Entdeckung, dass sie ihren sechs Wochen alten Sohn nährte, zu lindern. „Daher findet Ihr mich hier in Salts Bücherzimmer, statt im Kinderzimmer, während ich mich um Sams Bedürfnisse kümmere. Ned und Beth halten ihr Vormittagsschläfchen, was bedeutet, dass Salt und ich eine oder zwei Stunden für uns allein haben, eine Seltenheit in diesem Tagen. Und wenn es nötig ist, dass ich Staatsangelegenheiten störe, dann auch das." Sie lächelte ihren Ehemann an. „Ich bin noch nicht völlig davon überzeugt, dass es ein Kompliment ist, eine *willkommene Zerstreuung* genannt zu werden. Was denkt Ihr, Antony?" Als Sir Antony schnell zum Earl hinüberblickte, lachte sie. „Ach, verzeiht mir! Ich sollte Euch nicht sobald nach deiner Rückkehr eine Seite wählen lassen. Ihr erhaltet für heute Aufschub, aber nicht morgen."

„Du berechnendes Frauenzimmer!", erwiderte der Earl liebevoll und stellte sein Weinglas auf den kunstvoll geschnitzten Kaminsims. „Antony ist noch nicht fünf Minuten zur Vordertür herein und du hast ihn schon deinem Gefolge zugeordnet. Ron hat recht. Es gibt zu viele Frauen in diesem Haus. Und nachdem Ron jetzt in Eton ist, wäre es nur fair, wenn alle verbleibenden männlichen Verwandten sich pflichtgetreu auf meine Seite schlagen. Bin ich nicht der Herr und Meister in allen Dingen?"

„Natürlich bist du das, Liebster", antwortete Jane süß und fügte, ein Grübchen in der Wange, hinzu: „Das sagen wir alle - in deiner Gegenwart."

Das edle Paar lachte dabei, als teilten sie einen privaten Witz, und Sir Antony war seltsam traurig bei dem Gedanken, dass es eine Zeit gegeben hatte, wo er in ihr Lachen eingestimmt hätte. Jetzt fühlte er sich seltsam unwohl und ließ seine Blicke überallhin schweifen, nur nicht in die Richtung der Gräfin. Jane spürte dies und sie übergab ihr sattes Kind seinem Kindermädchen, damit diese seinen kleinen Rücken rieb, um seinen Magen zu beruhigen, während sie ihre Kleidung hinter einem Schirm aus lackiertem Leder, der neben dem Sofa stand, in Ordnung brachte.

„Bitte nehmt Euch eine Schale Tee, Antony, während ich mich präsentabel mache. Dann kann ich Euch das neueste Mitglied der Familie vorstellen, das meiner Überzeugung nach eines Tages größer und breiter als sein Papa sein wird.“

Sie tauchte ein paar Minuten später wieder auf, die gesteppte Stilljacke geschlossen, die rosa Schleifen zugebunden und das gemusterte Baumwollüberkleid mit seinen Unterröcken leicht aufgebauscht, um seinen Fall zu ordnen. Wenn sie die tiefe Stille zwischen den beiden großen Männern im Zimmer bemerkte, dass der Earl am Kamin blieb, jetzt mit seinem Babysohn im Arm, Sir Antony noch immer am Schreibtisch, von wo aus er seinen Cousin beobachtete, ignorierte sie das doch und sagte in ihrer besten, plaudernden Art:

„Ich muss für unseren Mangel an vollständiger Bekleidung um Verzeihung bitte. Salt kam erst vor ein paar Stunden in der Stadt an, nachdem er dafür gesorgt hatte, dass Ron von seinen Kollegen in Eton sicher aufgenommen worden ist. Infolgedessen hatte er keine Zeit, etwas anderes zu tun, als ein Bad zu nehmen, sich umzuziehen und dieses elende Dokument zu lesen.“ Sie lächelte, als der Earl ein Gesicht zog. „Das ist nicht ganz wahr. Wären die Kinder wach gewesen, als Papa ankam, wäre es für dieses Dokument unmöglich gewesen, die Aufmerksamkeit seiner Lordschaft zu erhalten, ungeteilt oder nicht! Wir würden im Kinderzimmer sein. Was im Übrigen noch immer blau gestrichen ist, obwohl die türkischen Teppiche inzwischen recht abgenutzt worden sind. Kleine Jungen *rennen* überall herum.“

Sie überquerte die Fläche zwischen dem Sofa und dem Schreibtisch des Earls, eine Hand zur Begrüßung ausgestreckt und lächelte, als Sir Antony vorsichtig durch den Raum kam, um sie zu treffen. Als er sich über ihre Hand beugte, wie es ihrem Rang als Gräfin entsprach, zog sie ihn an sich, um seine Wange zu küssen.

„Ihr müsst in der Familie nicht so förmlich sein“, lächelte sie, einen Kloß im Hals und Tränen in ihren blauen Augen. „Ihr seid jetzt nicht in Petersburg. Hoffentlich wird das Außenministerium Euch erlauben, einige Zeit zu Hause zu bleiben und Euch nicht nach Konstantinopel oder Kyoto oder Oslo schicken, wo man, wie Tante Alice mir erzählt, die Sonne ein halbes Jahr lang nicht sieht.“

Sie hatte weitergeplappert, weil sie befürchtete, in Freudentränen auszubrechen, weil der engste Cousin ihres Mannes wieder zurück war, der zur Zeit ihrer Hochzeit ihr bester Freund gewesen war. Ihr war bis zu diesem Moment nicht klar gewesen, wie sehr sie sich nach seiner Gesellschaft gesehnt hatte. Drei Babys und die Führung eines adligen Haushalts hatten sie viel zu sehr in Atem gehalten. Nachdem Antony zu Hause war, wollte sie so gerne glauben, dass ihre Welt jetzt völlig in Ordnung war. Aber sie wusste, warum er St. Petersburg in solcher Eile verlassen hatte, und das überschattete ihre Freude, der Blick in seinen Augen erhöhte nur ihre Sorge um die Sicherheit ihrer jungen Familie.

„Jane … Es ist so wundervoll, wieder zu Hause zu sein … Ich wünschte nur, die Umstände … Verzeiht mir. Ich bin ein so elender Gefühlsmensch", entschuldigte sich Sir Antony und tupfte schnell eine Träne aus seinen blauen Augen. Er lächelte sie an. „Ihr seht wirklich gut aus. Das Familienleben scheint Euch zu bekommen." Er schaute über die Masse ihres dunklen Haares hinweg zum Earl, der seinen kleinen, in seiner Armbeuge ruhenden Sohn bewunderte. „Euch beiden."

„Lasst mich Euch mit Sam bekanntmachen", sagte sie fröhlich, nahm seinen Arm und führte ihn zum Kamin. Der Earl drehte seinen angewinkelten Arm, um Sir Antony zu erlauben, die rosigen und sehr molligen Wangen seines Sohnes besser zu sehen; dunkles Haar, wie Janes, lugte unter einem weißen Leinenhäubchen hervor. „Dies ist Samuel Antony Hugh Sinclair, und wir wären geehrt, wenn Ihr zustimmen würdet, der Pate Eures Namensvetters zu werden."

„Gib nicht mir die Schuld dafür, dass dir das seelische Wohl unseres Sohnes aufgebürdet wird", scherzte der Earl, als Sir Antony ihn sofort aus weit aufgerissenen Augen anblickte, als ob er einer Bestätigung der Ankündigung der Gräfin bedürfte. „Es war ganz allein die Idee seiner Mutter, und wer bin ich, dass ich nein sagen könnte, wo Mylady mir drei gesunde Kinder, davon zwei feine Erben, geschenkt hat?" Er grinste seinen Cousin an. „Du solltest besser ja sagen. Dieses Engelchen ist recht hübsch, genauso wie sein Bruder und seine Schwester zuvor. Und das ist nicht nur meine voreingenommene Meinung." Als Jane seinen Arm zärtlich drückte, verlor er sein schalkhaftes Lächeln und sagte vertraulich zu Sir Antony, um sie zu necken: „Die Chancen stehen gut, dass das nächste für kein Porträt taugen wird. Erinnerst du dich an Cousin Felix? Er taugte keinesfalls, um in Öl oder auch nur in Wasserfarben gemalt zu werden. Ein unregelmäßig geformter Kopf; riesige Stirn."

Die Gräfin schnappte nach Luft. „Magnus!? Wie kannst du so etwas sagen? *Alle* unsere Kinder werden schön sein."

Der Earl lächele sie an und zwinkerte. „Mit dir als Mutter? Zweifellos."

„Lieber Gott! Ich hatte seit Jahren keinen Gedanken mehr an den Schrecklichen Felix verschwendet", sagte Sir Antony. Seine Brauen zogen sich zusammen. „Hängt sein Portrait nicht in der Galerie neben Bedlam Bonamy?"

„Bedlam Bonamy ...?", wiederholte Jane mit einem fragenden Blick von Sir Antony zu ihrem Mann.

Sir Antony hätte sich wegen der Erwähnung Bonamy Sinclairs treten mögen, und dem bösen Blick nach, den der Earl ihm zuwarf, wollte Salt ihm auch einen Tritt versetzen. Der Earl brauchte einen Moment, bis er seiner Frau antworten konnte.

„Bedlam, weil der Verstand des armen Bonamy überschnappte und sich nie wieder erholte. Vater wollte nichts davon wissen, dass ein Sinclair im Bethlem Hospital eingesperrt würde, daher schickte er Bonamy in eine private Anstalt in Northumberland. Er verschwand einfach. Uns wurde unter Strafe verboten, je wieder über ihn zu sprechen. Mutter weigerte sich, sein Abbild aus der Galerie entfernen zu lassen, daher blieb sein Porträt neben dem seines Bruders Felix. Mutter war immer der Meinung, dass Bonamy den Verstand verlor, als sein Herz gebrochen wurde. Die Frau, der all seine Gefühle gehörten, die er zu heiraten gehofft hatte, lehnte seinen Heiratsantrag ab und heiratete einen anderen. Der arme Kerl erholte sich nie wieder. Er war irre, aber trotzdem eher harmlos ...“

Eine peinliche Stille entstand. Die Parallele zu Diana St. Johns Lage sprang ins Auge. Seit ihrer Jugend hatte sie alle ihre Gefühle für den Earl reserviert. Sie hatte erwartet, dass der Earl sie heiraten würde. Als er das nicht tat, als ihr schließlich klar wurde, dass der Earl Jane liebte, hatte sie im Bestreben, der einzige Gegenstand der Zuneigung des Earls zu werden, jede Vorstellung von Recht und Unrecht verloren. Man musste es nicht laut aussprechen, aber alle drei, Salt, Jane und Sir Antony, waren sich nur zu bewusst, dass Diana, im Unterschied zu Bonamy Sinclair, alles andere als harmlos war.

Schließlich wechselte Sir Antony das Thema und hellte die Stimmung auf, indem er mit einem formellen Neigen seines Kopfes zu dem edlen Paar sagte: „Ich wäre tief geehrt, Samuels Pate sein zu dürfen."

„Sam. Wir bestehen darauf, dass Ihr ihn Sam nennt."

Sir Antony lächelte und nickte. „Ich wäre tief geehrt, *Sams* Pate sein zu dürfen. Danke ... euch beiden.“

Jane küsste seine Wange und Salt schüttelte seine Hand. Sir Antony sah auf sein Patenkind hinab, das friedlich in den großen Armen seines Vaters schlief und staunte über solch ein wundersames neues Leben. Zutiefst ergriffen von einem überwältigenden Beschützerdrang packte ihn auch ein Gefühl der Dringlichkeit, die Boshaftigkeit seiner Schwester aufzuhalten, bevor diesem Kind, seinem Bruder und seiner Schwester irgendein Schaden zugefügt werden konnte. Solche finsteren Gedanken ließen ihn zum Teewagen gehen, bevor Jane einen Blick auf sein Gesicht erhaschen konnte, denn dort spiegelten sich sicher die Befürchtungen wieder, die er ihretwegen empfand.

„Sam muss jetzt ins Kinderzimmer, wo sicherlich die beiden Schlafmützen, sein Bruder und seine Schwester, bald aufwachen und nach ihrem Papa fragen werden", verkündete Jane beschwingt, während Salt den Säugling in die Arme des wartenden Kindermädchens legte. Sie zupfte an Sams Decke und sagte abgelenkt mit einem leichten Stirnrunzeln zu dem Mädchen: „Hast du Sams Einhornrassel gesehen, Betsy? Heute Morgen war sie noch an die Decke geheftet ...“

Als Jane die Antwort wiederholen musste, erwachte das Mädchen aus seinem fast benommenen Zustand, konnte aber nicht sprechen, sondern wandte schnell ihren Blick von dem gutaussehenden Gast, der Tee aus einer silbernen Teekanne einschenkte, wieder dem schlafenden Baby in ihrem Arm zu. Sie schüttelte so heftig den Kopf, dass die lose Kante ihrer weißen Haube in ihr gerötetes Gesicht schlug, was Jane dazu veranlasste, verständnisvoll zu lächeln. Das arme Ding war von dem Bücherzimmer seiner Lordschaft völlig verwirrt und würde sich nicht erholen, bis sie nicht wieder in der vertrauten Umgebung des Kinderzimmers wäre. Sams silberne Rassel wiederzufinden konnte warten. Sie hatte weit wichtigere Dinge mit ihrem lieben Lord und seinem Cousin zu besprechen. Daher schickte sie Betsy voraus und drehte sich zum Earl, der seinen Rotwein nippte, und Sir Antony, der Zucker in seinen Tee rührte, und sprach das Thema an, mit dem ihrer aller Gedanken beschäftigt waren, das in ihrer Gegenwart zu diskutieren sie aber zögerten.

Zu wissen, dass Diana ihrer Gefangenschaft entflohen war und sich vor aller Welt Augen versteckte, ließ Jane verschiedene Merkwürdigkeiten verstehen, die sie in den letzten beiden Monaten beunruhigt hatten. In den müßigen Stunden, die sich daraus ergaben, ein Kind an der Brust zu haben, hatte sie Zeit zum Grübeln gehabt: die schlaflosen Nächte ihres Mannes, die wiederkehrenden Albträume; die verstohlenen Blick tiefer Sorge, die Rufus Willis und seine Frau ihr zuwarfen, wenn sie glaubten, dass sie sie nicht sähe; das Auftauchen von nicht nur mehr, sondern auch körperlich weit stärkeren Lakaien in Salt Hendon und jetzt hier in London in Salt House, so dass sie buchstäblich über stämmige Diener in den Fluren stolperte; Sir Antonys überraschende und unangekündigte Rückkehr aus St. Petersburg. Das alles ergab jetzt einen Sinn.

Es ergab jetzt auch einen Sinn, dass sie bei jeder Diskussion darüber, was zu tun sei, um die Kreatur, die die Existenz ihrer Familie bedrohte, wieder zu ergreifen, anwesend sein sollte, und sie war überhaupt nicht erfreut über die Bemühungen ihres Mannes im Zusammenwirken mit Mr. Willis und zweifellos auch mit Sir Antony, sie in Unwissenheit zu halten. Obwohl sie sich bewusst war, dass seine edlen Bemühungen, ihr den Schock von Dianas Entkommen zu ersparen, in bester Absicht unternommen wurden, war sie bereit, jedes Ungeheuer oder jeden Teufel, der die menschliche Gestalt der schönen Lady St. John annahm, erbittert zu bekämpfen, wenn es um die Sicherheit und das Glück ihrer Familie ging.

„Ned und Beth werden auf das Vergnügen der Gesellschaft ihres Vaters warten müssen", sagte sie zum Earl mit einem Blick auf Sir Antony, „weil etwas viel Dringenderes unserer Aufmerksamkeit bedarf, nicht wahr? Ich vermute, Antony hat sich auf der ganzen Strecke von Petersburg bis hierher gegrämt, aus demselben Grund, warum du, mein lieber Graf, dich in den letzten zwei Monaten oder mehr im Schlaf herumwälztest."

Sie schaute von einem erschrockenen Gesicht zum anderen, als die beiden Männer einen vielsagenden Blick wechselten, der, wenn er nicht ihren Verdacht bestätigt hätte, sie zum Lächeln veranlasst hätte. Es war komisch zu sehen, wie zwei große Männer denselben schuldbewussten Gesichtsausdruck wie ein kleiner Junge aufsetzten, der dabei erwischt wurde, wie er einen Frosch in den Ausschnitt seiner Schwester steckte. Aber sie lächelte nicht. In der Tat fühlte sie sich unwohl und kalt bei der Vorstellung, auch nur den Namen zu nennen, den in vier Jahren kaum jemand in ihrer Gegenwart ausgesprochen hatte.

„Magnus. Antony. Es muss etwas unternommen werden, und noch heute, wegen Diana."

„LASS SIE BESSER NACHSEHEN, WAS SIE WILL", SAGTE DIE Haushälterin kurz angebunden und schaute von Nanny Browne zu Betsy Smith, während das Kindermädchen mit gesenktem Kopf zu Boden sah. „Obwohl ich nicht einsehe, warum deine Tante dich zum dritten Mal sprechen muss, wenn du erst seit fünf Minuten in der Stadt bist."

„Betsy hat ihre ersten sechs Wochen bei uns in Wiltshire verbracht, Mrs. McIntyre", erinnerte Nanny Browne die Haushälterin. „Und dies ist für sie das erste Mal, dass sie in London ist. Eine gute Tante möchte sich davon überzeugen, dass ihre Nichte sich gut einlebt."

Mrs. McIntyre schob ihren Stuhl kratzend mit einem Schnauben zurück. Sie war nicht überzeugt.

„Zu gut eingelebt, wenn du mich fragst, Nanny Browne. Seit fünf Minuten Teil dieses Haushalts und Mylady glaubt bereits, dass die Sonne aus Betsys Haube scheint! Wenn es nach mir ginge, würdest du dich den privaten Räumen Myladys nicht auf zehn Fuß nähern dürfen, Betsy Smith. Du müssest im Kinderzimmer bleiben, wo du hingehörst. Nur gut, dass Dicken da ist, um ein Auge auf dich zu halten.“

„Und die Zofe Myladys weiß auch nur Gutes über sie zu sagen“, erinnerte Nanny Browne die Haushälterin.

Schließlich gehörte Betsy zu ihrem Zuständigkeitsbereich. Sie selbst mochte Mrs. McIntyre unterstehen, aber alle Kindermädchen waren ihr unterstellt. Was die Zofe der Gräfin anging, hatte Nanny Browne keine so hohe Meinung von Sally Dicken wie die Frau von sich selbst hatte, aber sie war alles in allem eine gute Zofe, daher respektierte sie ihr Urteil. Sie gab Betsy einen kleinen Stoß an ihren Arm und sagte:

„Alles Haar unter diese Haube, Betsy, und glätte deinen Rock. Du möchtest deine Tante doch sehen lassen, wie glücklich du bist, in diesem edlen Haus angestellt zu sein.“

„Erinnere Mrs. Smith daran, dass es Hunderte von Mädchen hier gibt, die einen guten Zahn dafür geben würden, deine Stelle einnehmen zu dürfen. Erinnere sie daran, dass du zu arbeiten hast und sie dich an dem halben Tag, den du jede zweite Woche frei hast, sehen kann. Warum Mr. Willis es für angebracht hielt, diesen Irrwisch aus Birmingham einzustellen, ist mir schleierhaft. Aber Mr. Willis ist der Verwalter und ich nicht, daher war es das. Nun, Mädchen? Tu, was Nanny dir sagt, richte deine Haare und deine Röcke!“

Die Haushälterin wartete, während Betsy eilig ihre Röcke richtete, das Mieder glattzog und dann eine Handvoll widerspenstiger Locken unter ihre schneeweiße Leinenhaube schob und die Schleife neu band, so dass die Haube fest saß. Als das Mädchen sich aufgerichtet hatte, die Hände vor sich gefaltet und mit respektvoll gesenktem Blick einen Knicks machte, war die Haushälterin zufrieden und nickte Nanny Browne zu.

„Eine Stunde, Betsy“, warnte Nanny Browne. „Wenn du nach einer Stunde noch nicht zurück bist, schicke ich einen der Jungen, dich aus dieser Kutsche zu holen, Tante oder nicht!“

Betsy, endlich entlassen, flüchtete aus dem Zimmer der Haushälterin den Flur der Dienerschaft entlang bis zu der Tür, die in die Küche führte. An jeder Ecke stand ein Diener, an jeder Tür zwei Lakaien, und im Freien, im Küchenhof mit seinen Gemüse- und Kräu-

terbeeten, waren Männer und Frauen fleißig bei der Arbeit. Wenn sie
sie bemerkten, schauten sie doch nicht auf, aber sie bemerkte sie. Sie
sah auch die Gärtner, die die stilvollen Blumenbeete pflegten und die
Kieswege rechten, die zu einem großen Karree saftig grünen Rasens
führten. In dessen Mittelpunkt stand ein Brunnen, wo Wasser aus
einem irdenen Krug in einen mit Karpfen gefüllten Teich plätscherte,
und hier, überwacht von Kindermädchen und unter dem wachsamen
Auge eines halben Dutzends Lakaien war es den Kindern seiner Lordschaft erlaubt zu spielen, wenn der Himmel blau war und die Sonne
schien.

An der schweren Holztür, die in die dicken Steine einer hohen
Gartenmauer eingelassen war, die Zutritt zur Außenwelt gewährte,
standen zwei weitere Lakaien. Sie waren größer und kräftiger als die
Lakaien, die drinnen anzutreffen waren, und Betsys Knie zitterten
schuldbewusst, als sie sie anschauten und baten, ihr Anliegen zu
äußern. Zufriedengestellt zogen sie die Riegel zurück, aber bevor sie sie
auf die Straße hinausließen, zeigten sie ihr die Schiebeklappe in der
Tür, die es ihnen erlaubte, hinauszusehen, ohne die Türe öffnen zu
müssen. Wenn sie ihren Kopf nicht höbe, so dass sie ihr Gesicht unter
der Haube sehen könnten, würde die Tür für sie verschlossen bleiben.
Verstanden? Nach einem gehorsamen Nicken fand Betsy sich draußen
in Blackburn's Mews, einer Gasse, die an der hohen Gartenmauer
entlang lief und sich um ein rechteckiges Gebäude mit hohen Mauern
wand, das der Königliche Tennisplatz seiner Lordschaft war.

Auf der Rückseite des königlichen Tennisplatzes, in einer Gasse,
die nicht breiter war als eine Kutsche, wartete ihre Tante. An der Art,
wie die Tante hin und her lief konnte Betsy erkennen, dass sie spät
kam, und ihre Knie begannen wieder zu zittern.

„Verschwende deine Zeit nicht damit, mir zu sagen, warum! Rein
da!", befahl Mrs. Smith und öffnete die Kutschentür weit.

Betsy kletterte hinein, aber erst, als sie schon saß, wurde ihr klar,
dass jemand in der Kutsche saß. Sie atmete den schweren Duft der
Lady ein, bevor sie sie still und schweigsam in einer Ecke sitzen sah.
Licht fiel durch einen Spalt der vorgezogenen Vorhänge und auf den
Schoß ihres Seidenkleids, wo eine bloße Hand einen Lederhandschuh
umklammerte; ein Diamant blinkte aus dem Armband aus Perlen und
Diamanten an ihrem Handgelenk.

„Sag mir, was du weißt", schnurrte die Lady.

Betsy brauchte einen Moment, um ihre Gedanken zu ordnen. Es
war einen Moment zu lange. Mrs. Smith gab ihr einen Klaps aufs Ohr
und befahl ihr, sich zu beeilen.

„Ich - ich weiß nicht viel, M'lady. Nur, dass es Schwierigkeiten gibt, Zutritt zum Haus und Garten zu bekommen."

„Schwierigkeiten?"

„Es gibt keinen - keinen Weg hineinzukommen, ohne dass es alle wissen; da sind - da sind *überall* Männer. Große Männer, noch dazu. Deshalb kam ich so spät. Es ist genauso schwierig hinauszukommen wie hineinzukommen. Es gibt immer jemanden, der eine Frage stellt, wenn man nicht da ist, wo man sein sollte, und das ist nur, wenn man von einem Teil des Hauses zum anderen geht. Niemand, der nicht erwünscht ist, kommt durch die Gartentür, geschweige denn ins Haus."

„Hast du mitgebracht, was ich dir befohlen habe?"

Betsy legte flink ihre Haube ab und löste vorsichtig ein winziges, silbernes Armband, bestimmt für das pummelige Handgelenk eines Säuglings, aus ihrem Gewirr von Haaren. Von den silbernen Gliedern baumelten ein silberner Einhorn-Anhänger und drei winzige silberne Glöckchen.

„Das war ein Geschenk von Mr. Willis", bemerkte Betsy unnötigerweise.

Diana St. John hielt es zwischen Daumen und Zeigefinger und schaute böse, als wäre es unrein.

„Sam steckt es nicht in den Mund", versicherte Betsy ihr. „Es ist immer an seiner Decke oder seiner Kleidung befestigt. Nanny Browne sagt, die Glöckchen wehren böse Geister ab."

Diana St. John schüttelte das Armband leicht, so dass die Glöckchen klingelten, mit einem Blick auf Mrs. Smith.

„Liebe Güte, Mrs. Smith!", sagte sie mit melodramatischem Nachdruck. „Jetzt, wo ich das Armband habe, was wird das arme, liebe Kind schützen, wenn die bösen Geister kommen?"

Betsy sah nervös aus, aber bevor sie etwas sagen konnte, fuhr Diana St. John mit einer völlig anderen Stimme fort:

„Das wird es tun. Was ist mit dem andern Balg - seinem Bruder? Was hast du mir mitgebracht, was ihm gehört?"

„Ned hat nichts, was ich unter meiner Haube verstecken könnte, M'lady. Er hat einen Stoffaffen, den er ständig mit sich herumschleppt, und er schläft auch mit ihm. Aber er ist fast so groß wie Sam. Und wenn ich ihn wegnähme, würde er das Haus zusammenschreien, und sie würden es auf der Suche nach ihm auf den Kopf stellen!"

„Dann achtest du besser darauf, dass der Affe dabei ist, wenn er aus dem Haus geholt wird." Diana lächelte. „Wir wollen doch nicht, dass der kleine Engel nach seinem Affen schreit, oder?"

„Mit Sicherheit wollen wir das nicht, Mylady", stimmte Mrs. Smith zu. „Je ruhiger der kleine Bastard ist, desto besser."

Beide Frauen kicherten hämisch.

„Ihr wollt doch die Kinder nicht verletzen, nicht wahr?", fragte Betsy ängstlich und schaute von einem selbstzufriedenen Gesicht zum anderen. „Sie haben doch keine Schuld. Sie sind doch nur Babys."

„Was für ein Glück für uns; je kleiner, desto besser. Leicht zu schnappen."

„Leicht in einen Sack zu packen", stimmte Mrs. Smith zu.

„Leicht in den Fluss zu werfen."

„Leicht gesagt."

„Leicht getan."

Beide Frauen lachten.

Betsy war entsetzt. Ungläubigkeit machte sie für einen Moment mutig.

„Babys sollten nicht für die Schlechtigkeit ihrer Mama bestraft werden. Nicht einmal Babys, die nicht im Ehebett geboren wurden! Es ist doch nicht ihre Schuld, dass seine Lordschaft ihre Mama liebt - Au!"

„*Liebt*? Was weißt *du* schon von Liebe?", knurrte Diana St. John. Mit einer schnellen Bewegung hatte sie das Mädchen am Handgelenk gepackt, sie vom Sitz gezerrt und starrte ihr direkt ins Gesicht. „Du hirnloser Trampel! Er liebt diese magere Hure nicht mehr als einen Arbeitsgaul, der nur noch für den Abdecker taugt!"

„Au! Au!", jammerte Betsy, einen Blick auf Tante Smith werfend, die seelenruhig auf ihrem Platz sitzen blieb, und einen in die dunklen, ungerührten Augen Diana St. Johns, die ihr Handgelenk so fest hielt, dass sie dachte, es würde brechen. „Meine Hand! Ihr tut mir weh!"

„Du sorgst dich besser um deine eigenen Leute, Betsy Smith", riet Mrs. Smith. „Was mit diesen mit Hexerei gezeugten Bastardgören geschieht, geht dich nichts an!"

„Aber ich habe gesehen, wie er sie anschaut", argumentierte Betsy mit zitternder Unterlippe und auf ihre Tante gehefteten Blick. „Es ist keine Hexerei, wenn *er sie* ansieht, ohne, dass sie es weiß, oder? Er steht doch nicht unter einem Zauberbann, oder? Er kann nicht anders! Er sieht sie an mit solcher - solcher - *Liebe* ... Und er liebt ihre Kinder ..."

Ein stechender Schmerz in ihrem Handgelenk raubte ihr den Atem; es war, als stünde ihre Hand in Flammen, dann jaulte sie mit Tränen in den Augen auf. Diana ließ sie mit einem Stoß los und Betsy fiel stöhnend auf den Sitz zurück und hielt sich ihr schlaffes, pochendes Handgelenk.

„Dummer, unwissender Tölpel! Ich will deine nutzlose Ansicht nicht hören!"

Diana St. John schob den Vorhang beiseite, um aus dem Fenster zu sehen. Sie konnte gerade die Ecke der hohen Wand des königlichen Tennisplatzes sehen. Es hatte eine Zeit gegeben, zu der sie auf dem Ehrenplatz der Zuschauerlogen gesessen hatte, um zuzusehen, wie der Earl mit seinen männlichen Freunden Tennis spielte. Sportlich, wie er war, gewann er immer, und danach pflegte sie ein Diner für die Spieler und ihre Frauen zu geben ... Das war, bevor er die magere Hure aus Wiltshire in sein Haus und in sein Bett gebracht hatte. Warum war er ihrer noch immer nicht müde geworden?

Sie hatte gehofft, dass Salt während der vier Jahre, die sie fern von London gewesen war, einer einzigen Liebe müde geworden wäre, dass er eine neue Mätresse oder zwei hätte, vielleicht eine flüchtige Liebschaft, jegliche Tändelei hätte ausgereicht. In Hendon anzukommen, als das elende Glockenläuten einen zweiten Sohn ankündigte, als drittes Kind des Earls, hatte sie physisch krank gemacht, so, wie das Wissen, dass er der treueste Ehemann und liebevollste Vater war. Sie verstand es nicht. Treue. Hingabe. Sentimentalität. Das waren Eigenschaften, die man Schwächlingen und Feiglingen zuschrieb. Ihr Bruder legte solche Neigungen an den Tag, aber er war ein politischer Niemand, kein Salt. Es musste Hexerei sein; der Earl war verhext.

Ihre treue Begleiterin stimmte zu, dass dies der einzige Grund wäre, wie ein solcher Edelmann davon abgehalten werden konnte, seine natürlichen Neigungen auszuleben, und sie war bereit, alles, worum Diana sie bat, zu tun, um den Earl von diesem Zauber befreit zu sehen. Diana gratulierte sich dafür, dass sie Bertha Smiths kriecherischen Charakter und biegsames moralisches Rückgrat erkannt hatte. Seit ihrem ersten Zusammentreffen, als die Frau im Schloss ankam, um die Stelle als Zofe anzutreten, war Mrs. Smith gleichermaßen von Dianas Schönheit wie von ihrem Adel beeindruckt gewesen. Nach weniger als zwei Wochen traute die Frau den Worten des Bewachers nicht mehr; am Ende des ersten Monats war Mrs. Smith Dianas Sklavin, willens, alles zu tun, was von ihr verlangt wurde.

Es würde sehr schade sein, eine so ergebene Dienerin an den Galgen zu verlieren. Aber irgendjemand würde den Preis für den Tod von Salts Bälgern bezahlen müssen. Mrs. Smiths Nichte würde auch mit hineingezogen werden. Das Mädchen war natürlich einfältig, aber selbst Idioten wurden für ihre Missetaten in Tyburn gehängt. Eine sehr öffentliche Hinrichtung in Tyburn von Tante und Nichte würde Salt sicher etwas für die Tragödie, seine Familie verloren zu haben, entschädigen. Nicht, dass sie dachte, dass er sich darum kümmern würde, wer dort hing. Er würde verrückt vor Trauer sein, so vernichtet, dass er ihr für immer dankbar sein würde, wenn sie die Scherben seines Lebens aufheben und ihn wieder auf den Weg politischer Größe leiten würde - das war es, worauf es wirklich ankam.

Diana lächelte befriedigt, ließ den Vorhang fallen und richtete ihre Aufmerksamkeit wieder auf Mrs. Smith und das Kindermädchen; gefügige und leichtgläubige Diener waren in diesen Tagen schwer zu finden ...

„Es ist Lust. Das ist alles, was es ist, Betsy", hörte Diana Mrs. Smith ihrer idiotischen Nichte erklären. „Diese Kreatur, die den Platz Myladys eingenommen hat, ist eine Hexe und hat seine Lordschaft verhext. Wenn du nicht vorsichtig bist, wird sie dich auch verzaubern! Ich wäre keineswegs überrascht, wenn sie das nicht schon getan hätte. Deshalb bist du so idiotisch starrköpfig. Deshalb denkst du nicht an deinen Vater, der wegen seiner Schulden eingesperrt ist und deine Brüder und Schwestern, die halbverhungert in Lumpen herumlaufen. *Sie* sind wichtig, Betsy. Sie sind deine Familie."

Betsy wimmerte. Sie starrte auf ihr gefoltertes Handgelenk. Blut sickerte aus drei halbmondförmigen Wunden, wo Diana St. Johns Fingernägel sich tief in ihre Haut gegraben hatten. Irgendwie machte der Anblick dieser Wunden das Pochen noch viel schmerzhafter. Sie konnte kaum glauben, dass eine so feine Dame ihr solchen Schmerz zufügen konnte. Tante Smith mochte überzeugt sein, dass diese Frau die echte Gräfin von Salt Hendon war, aber mit dem Pochen in ihrem Handgelenk fragte Betsy sich, ob es nicht vielleicht Tante Smith war, die von dieser schönen Frau, die ein schwarzes Herz oder gar kein Herz hatte, verhext worden war, um Unschuldigen Schaden zuzufügen.

Sie war jung, aber sie kannte den Unterschied zwischen richtig und falsch, gut und schlecht. Sie hatte genug Gewalt gesehen, kannte Hunger und hatte zugesehen, wie ihr Vater von seinen betrügerischen Geschäftspartnern um seine Ersparnisse gebracht worden war, so dass die Familie mittellos wurde. Die letzten sechs Wochen im Haushalt des Earls von Salt Hendon waren die glücklichsten sechs Wochen ihrer elenden fünfzehn Lebensjahre gewesen, und sie begann zu verstehen, warum seine Lordschaft diese Frau zugunsten seiner Geliebten verstoßen hatte. Jedoch jetzt stellte Betsy auch dies in Frage.

Ihr kam der Gedanke, dass vielleicht die schöne und freundliche Dame, die mit dem Earl lebte, tatsächlich die echte Gräfin war. Das ergab einen Sinn. Schließlich war sie diejenige, die mit ihren drei Kindern im Haus lebte, während diese feine Dame, von der Tante Smith behauptete, dass sie die echte Gräfin wäre, auf dieser Seite der dicken Gartenmauer blieb. Warum sollte sie das, wenn sie wirklich die echte Ehefrau des Earls wäre? Konnte Tante Smith so leichtgläubig sein? Und warum wollte diese Dame Babys Schaden zufügen? Nichts davon ergab für Betsy einen Sinn. Sie konnte kaum erwarten, in die Sicherheit des Hauses am Grosvenor Square zurückzukehren, und dort würde sie bleiben. Sie wünschte sich von ganzem Herzen, dass sie Nanny Browne ihre Lage erklären könnte, oder vielleicht würde Sams Mama ihrer Geschichte zuhören ...

Diana St. John schüttelte Sams silberne Rassel vor Betsys Gesicht.

„Hör mir zu! Weißt du, was mit Leuten passiert, die stehlen?"

Mit einem Blick auf Tante Smith nickte Betsy.

„Nun? Was geschieht mit ihnen?"

„Sie werden an einem Seil aufgehängt, bis sie tot sind."

„Das stimmt. Du hängst an einem Seil, das das Leben aus dir herauswürgt, bis du tot bist", sagte Diana St. John mit bösartigem Sarkasmus. „Und das ist es, was dich erwartet, wenn Lord Salt herausfindet, dass du dieses Silberschmuckstück aus seinem Haus gestohlen hast. Kinder werden für weniger gehängt."

Betsys Mund blieb offen stehen. „Aber - aber ich habe es doch nur genommen, weil Tante Smith mich darum gebeten hat!"

„Mrs. Smith kann sich nicht erinnern, dir irgendetwas dieser Art gesagt zu haben. Seine Lordschaft wird dir nie glauben. Du wirst gehängt und deine Familie wird verhungern."

„Tu, was dir gesagt wird. Es gibt nichts Einfacheres", sagte Mrs. Smith nüchtern. „Du willst doch nicht wegen Diebstahls gehängt werden und deine Familie verhungern lassen, nicht wahr?" Als Betsy den Kopf schüttelte, sich größte Mühe gebend, ihre Tränen zurückzuhalten, fügte sie mit einem Lächeln hinzu: „Sehr gut. Dann ist es jetzt Zeit, an deinen Platz zurückzugehen, und nimm dies hier mit."

Mrs. Smith hielt ihr ein flaches, mit einem Band verschlossenes Päckchen hin. Als Betsy zögerte, sagte sie mit einem verärgerten Aufseufzen: „Es wird dich nicht beißen, Mädchen! Es ist für das Baby."

Betsy warf einen Blick auf Diana St. John, die ihr mit einer ungeduldigen Handbewegung bedeutete, das Päckchen zu nehmen.

„Was ist das?"

„Ein Hemdchen", erklärte Mrs. Smith ihr. „Hübsch ist es, mit Bogenkante und feinem Spitzenbesatz. Achte darauf, es ihm anzuziehen, sowie du wieder drinnen bist, direkt auf die Haut, unter seinem Kleid."

„Warum?"

„Freches Gör! Tu gefälligst, was man dir sagt!", forderte Diana St. John.

Als Betsy an dem Band zog, als wollte sie die Schleife lösen, riefen ihr beide Frauen gleichzeitig zu, aufzuhören.

„Lass es geschlossen, bis du drinnen bist. Du willst es doch nicht wieder einpacken müssen, und man könnte dich fragen, warum du ein Päckchen geöffnet hast, das nicht für dich bestimmt ist", gab Mrs. Smith als Grund an und atmete hörbar auf, als Betsy das Band losließ.

„Wenn ich erfahre, dass du nicht getan hast, was dir aufgetragen wurde, wird seine Lordschaft erfahren, dass du eine Diebin bist!", zischte Diana St. John.

Betsy nickte heftig, zum Zeichen, dass sie die Drohung der Lady verstanden hatte, aber sie fand das alles sehr seltsam. In einem Atemzug machten ihre Tante und die Lady Scherze darüber, die Kinder des Earls in den Fluss zu werfen, und gleichzeitig gaben sie ihr ein Geschenk für Baby Sam. Sie begriff es nicht, sagte aber kein Wort mehr. Sie kletterte aus der Kutsche, und mit dem Päckchen unter dem Arm und heftig klopfendem Herzen rannte sie den ganzen Weg zu der hölzernen Tür in der Gartenmauer zurück, ohne sich umzusehen.

SECHZEHN

In der Sicherheit des Hauses des Earls am Grosvenor Square angelangt ging Betsy direkt zu den Kinderzimmern, obwohl sie durstig war und ihre verletzte Hand hätte waschen und verbinden müssen. Alles, woran sie jetzt dachte, war, sich zu vergewissern, dass das Baby in Sicherheit war.

Sie fand Sam weinend vor. Eines der Kindermädchen, Sukie, tat ihr Bestes, ihn zum Schlafen zu bringen, schaukelte seine Wiege, aber ohne Erfolg. Sein kleines Gesicht war faltig und rot, seine Arme steif, so sehr war er schon seit einiger Zeit in Nöten gewesen. Betsy vergaß ihr verletztes Handgelenk, warf das Päckchen auf den Stuhl, schob Sukie zur Seite und hob Sam auf ihre Arme. Sie hielt ihn an sich gedrückt, ihre Hand an seinem Hinterkopf, um seine Leinenhaube festzuhalten. Sie murmelte beruhigende Worte, dass seine Betsy wieder hier wäre und er sicher wäre und immer sicher sein würde. Bald legten sich Sams ängstliche Schluchzer und er kuschelte sich an ihren Hals und wurde in ihren Armen ruhig. Sie schaukelte ihn, sang ihm ein Wiegenlied vor, während sie vor der Wärme des Feuers auf und ab ging, ihr eigenes Herz schlug bei jedem Schritt ruhiger.

„Was ist das?", fragte Sukie und hob das weggelegte Päckchen auf. „Soll ich es öffnen?"

„Lass es", antwortete Betsy mit einem unfreundlichen Gesicht, und dann, als sie Sukies Stirnrunzeln sah, fügte sie in verbindlicherem Ton hinzu: „Es ist nichts Besonders, nur noch ein weiteres Hemd für Sam."

„Als ob er nicht ein Dutzend oder mehr davon hätte!", antwortete Sukie, nicht länger am Inhalt des Päckchens interessiert. Sie ließ es wieder auf den Stuhl fallen. „Wo kommt denn das her?", fragte sie und zeigte auf die frischen Blutflecke auf der Rückseite der weichen Decke, in die Sam eingewickelt war, die sichtbar wurden, als Betsy den Säugling in ihren Armen verlagerte. „Die waren vorher nicht da. Ich schwöre es!"

Betsy hob den Arm und sah, dass die ihr von Diana St. Johns Fingernägeln zugefügten Wunden zu bluten aufgehört hatten, aber noch frisch waren. Sie zeigte Sukie ihr Handgelenk. „Es ist von mir. Schau. Mein Blut. Ich habe mir die Hand an der Gartenmauer aufgekratzt."

Sukie lächelte schief. Die Spuren an Betsys Handgelenk ähnelten keinem Kratzer, den sie je gesehen hatte. In ihren Augen wirkten sie wie die Spuren, die tief eingegrabene Fingernägeln hinterließen. Sie wusste alles darüber; ihre ältere Schwester hatte ihr viele Male das gleiche angetan, wenn sie sie zu etwas zwingen wollte. Aber sie berichtigte das Mädchen nicht.

„Du willst sicher nicht, dass dieser Kratzer schlimmer wird", sagte sie mit einem freundlichen Lächeln. „Ich hole einen Verband und Salbe und verbinde es für dich, wenn du magst?"

Betsy nickte lächelnd.

„Hier. Gib mir dieses Tuch, damit ich es schnell zur Wäsche geben kann", riet Sukie vom Wäscheschrank her, „bevor Nanny diese Blutspuren sieht und beginnt, alle möglichen Fragen zu stellen. Du willst doch nicht, dass sie denkt, dass sie vom Baby sind, oder. Dann wäre deine Stellung weg, ganz gleich, was du dagegen sagst. Keine Sorge. Ich sage nichts."

Betsy wickelte vorsichtig das Tuch ab und gab es Sukie, die ihr ein sauberes Tuch gab, um Sam warm einzupacken.

„Am besten hole ich diesen Verband, bevor du wieder anfängst zu bluten."

„Danke, Sukie. Ich wiege nur schnell Sam in den Schlaf ...“

Sukie nickte und betrachtete nachdenklich das jüngere Kindermädchen.

„Betsy ... Ein guter Rat: Erzähle Nanny Browne keine Lügen. Sie hasst Lügner ebenso sehr wie sie Diebe hasst, und es wäre zu schlimm, wenn sich herausstellen sollte, dass du eines davon bist, oder beides ...“

Mit diesem rätselhaften Ratschlag ging Sukie, und Betsy wandte sich ab, um dem Baby Samuel ihre ganze Aufmerksamkeit zu widmen. Sam blinzelte mit großen blauen Augen unter schweren Lidern zu ihr auf und sie lächelte über seine Bemühungen, wach zu bleiben, aber mit jedem sanften Wiegen ihrer Arme wurden seine Lider schwerer. In diesem Moment, als sie auf den Säugling in ihren Armen hinabschaute, sorgte Betsy sich nicht darum, Nanny Brownes gute Meinung zu verlieren. Nachdem sie jetzt in die gemütliche Umgebung der Kinderzimmer zurückgekehrt war, fühlte sie sich viel tapferer als in der Kutsche und die Drohungen von Tante Smith und Lady St. John kümmerten sie viel weniger. Alles, was zählte, war dieses kleine Leben, das sie wiegte.

Sie schaute auf das beiseitegelegte Päckchen mit seinem Band aus einfacher Schnur auf dem üppigen Tapisseriekissen eines Ohrensessels. Wer gab dem Sohn eines Earls ein so schlecht verpacktes Geschenk? Es sah aus, als käme es aus einem armen Haus. Sie vermutete, die Lady machte sich einen Scherz mit ihr, oder wollte zumindest dieses Baby in Lumpen kleiden, als boshafte Geste gegen seine Mutter.

Endlich, als Sams Augen sich geschlossen hatten, saß sie mit ihm im Ohrensessel am Kamin und starrte auf das mit Bindfaden verschnürte Paket. Sie fragte sich, was sie damit tun sollte ...

ALS DER EARL UND SIR ANTONY VORÜBERGEHEND BEI DER Erwähnung von Diana St. Johns Namen verstummten, ging Jane zu ihrem Mann hinüber, ergriff seine Finger und küsste seinen Handrücken, bevor sie in seine beunruhigten braunen Augen sah.

„Das löst zumindest das Rätsel, warum du nicht mehr schlafen konntest", sagte sie leise, so, dass nur er sie hören konnte. „Seit wir das Bett miteinander teilen, hast du immer wie halb tot geschlafen."

„Das lag nicht an mir, Jane."

Sie errötete und senkte ihre Wimpern und sagte mit einem Murren: „Das ist nicht die passende Gelegenheit zum Scherzen ..."

„Nein, das ist sie nicht", sagte er sanft, nahm ihr Gesicht in seine Hände, wobei sein Daumen leicht über ihre Wange strich. „Aber es ist trotzdem deine Schuld."

„Dann bin ich vor allem beleidigt, dass eine andere Frau es ist, die dich wach hält!", erwiderte Jane friedlich.

Trotz allem musste der Earl lachen. Er lachte aber nicht, als er sagte:

„Was mich inmitten der Nacht weckte, war der Gedanke daran, dich und die Kinder zu verlieren, wieder allein in der Welt zu sein; dass vielleicht diese letzten vier Jahre - solch wundervolle Jahre - nur ein Traum gewesen wären."

„Mein lieber Mann, warum hast du dich mir nicht anvertraut? Warum hast du diese Last ganz allein getragen? Sagt nicht unser Ehegelöbnis: In Krankheit und Gesundheit, in guten wie in schlechten

Tagen? Es ist die Stärke, die wir im anderen finden, die uns ermöglicht, jedes Dilemma zu lösen.“

Salt lächelte bei ihrer Wahl des Wortes „Dilemma“, als ob es so einfach sein würde, Diana St. John aus ihren Leben zu entfernen, wie ein von Dornengestrüpp überwuchertes Weideland zu roden. Oder vielleicht war das nur der Eindruck, den sie erwecken wollte, um seinen Geist und sein Gewissen zu erleichtern, denn sein Gewissen war schwer mit Schuld belastet. Er hatte sich zu einfach damit zufriedengegeben zu denken, dass ein Schloss im abgelegenen Wales Diana für immer eingesperrt halten könnte. Er hätte sie in die Kolonien oder auf eine abgelegene Insel der Hebriden bringen lassen sollen, oder so weit, wie es einem Schiff möglich war zu segeln, ohne über den Rand der bekannten Welt zu fallen. Aber er erkannte auch, dass dies sie nicht aufgehalten oder ihn davon abgehalten hätte, sich Sorgen zu machen.

„Du bist immer die praktische Optimistin, meine geliebte Jane, und ich liebe dich schon allein deshalb tausend Mal. Ja, wir werden dieses Dilemma lösen, ein für alle Mal“, sagte er energisch. „Ich bin fest entschlossen.“

Er küsste ihre Stirn mit einem Blick über ihr dunkles Haar hinweg zu seinem Cousin, der ein wenig das Bücherzimmer hinabgewandert war, um dem Paar ein wenig Raum zu geben.

„Zweifellos möchte Antony mich tadeln, dass ich nicht mehr über die Flucht seiner Schwester berichtet habe, obwohl ich den Verdacht hege, dass er bereits vor Willis und mir über diesen Umstand informiert war.“

Sir Antony nippte an dem unverhüllten Fenster mit seinem Blick auf den Garten, indem die Blumenbeete vor Farben überquollen, seinen Tee. Er hörte absichtlich nicht zu, sondern stellte sich vor, wie die Kinder über die Kieswege und das Stück Rasen liefen, lachend, ohne eine Sorge in der Welt; die hohe Steinmauer hielt den Lärm, das Chaos und das Böse einer Stadt, die niemals schlief, fern.

Er dachte, dass eine hohe Steinmauer und eine Armee von Dienern nicht genug sein würden, um seine Schwester davon abzuhalten, in das Leben des Earls einzugreifen, als ein schlank gebautes Dienstmädchen mit gesenktem Kopf, dessen Gesicht und Haare von einer großen, weißen Haube bedeckt waren, in sein Blickfeld gehuscht kam. Sie ging einen Kiesweg entlang, der zur Gartenmauer führte. Irgendetwas an ihr schien ihm seltsam vertraut. Vielleicht war es die große Haube, vor allem der große Rand, der auf und nieder wippte, als sie ausschritt. Jemand hatte ihm etwas von einem Mädchen mit genau solch einer Haube erzählt. Aber dann, gerade jetzt in der Bibliothek, hatte ein unscheinbares, unauffälliges Kindermädchen in einer ähnlichen Haube sich um Janes winzigen Sohn, seinen Patensohn, gekümmert. Das könnte diesen Stich der Vertrautheit erklären ...

Ihm gefiel die Idee, Pate zu sein, und das verzog sein Gesicht zu einem breiten Lächeln, gerade, als er hörte, wie Salt seinen Namen erwähnte. Sein Grinsen erlosch und als er sich von der Aussicht abwandte, waren die Teetasse auf ihrer Untertasse und das Mädchen in Vergessenheit geraten.

Als der Earl wiederholte, was er gesagt hatte, kam Sir Antony direkt zur Sache.

„Nein. Ich hatte ebenso wie du keine Ahnung, dass sie entflohen war. Als ich es erfuhr, war ich erschrocken, aber nicht überrascht. Ich bin ganz sicher, dass sie seit ihrem ersten Tag hinter Schloss und Riegel ihre Flucht geplant hat." Er sah zu Jane, bevor er seinen Cousin offen ansprach. „Diana tut so, als wäre sie gerade aus dem Ausland zurückgekommen. Niemand bezweifelt ihre Geschichte. Warum sollten sie? Es ist dieselbe Geschichte, auf die wir uns geeignet hatten, als sie eingesperrt wurde. Du, Tom Allenby, Rufus Willis, Arthur Ellis und ich - wir haben einen Eid geschworen, dass wir niemals die Wahrheit über Dianas Missetaten verbreiten würden. Ich sehe keinen Grund, dieses Versprechen zu brechen. Niemand von uns möchte, dass die Wahrheit bekannt wird, auch nicht anderen Mitgliedern der Familie. Ich möchte jedenfalls nicht, dass Tante Alice und Caroline wissen, dass meine einzige Schwester eine Mörderin ist. Stellt euch ihr Entsetzen und ihre Ungläubigkeit vor. Caroline wäre so wütend wie eine Wespe in einer Flasche, und Tante Alice hat sich schon Dianas Sache verschrieben ..."

„Verzeih bitte", unterbrach Salt stirnrunzelnd. „Welche Sache ist das?"

Jane und Sir Antony wechselten einen wissenden Blick und Sir Antony erlaubte Jane, es zu erklären.

„Tante Alice hat sich nie ganz davon erholt, dass St. John ihr weggenommen wurde, als er noch ein kleiner Junge war. Keine Mutter würde das, und daher hat sie Mitgefühl mit Diana wegen des Verlustes von Ron und Merry. Nun, sie kennt den wahren Grund nicht, warum diese Kinder ihrer Mutter weggenommen wurden, daher ist es nur natürlich, dass sie so empfindet. Nach außen hat sie jeden Grund, Verständnis für Dianas Schicksal zu entwickeln."

Als der Earl in zorniger Verärgerung schnaubte, aber nichts sagte, fuhr Sir Antony fort:

„Und da wir nicht wünschen, dass Tante Alice, Caroline und der Rest der Welt die Wahrheit erfahren, müssen wir bei Dianas Version der Ereignisse mitspielen - vorläufig. Wir können nichts tun, wir wären töricht, etwas zu tun, bevor wir ihre Absichten kennen ..."

„Ihre *Absicht* ist es, meine Familie zu zerstören!"

„In ihrem besessenen Geist ist es ihre Absicht, dich als Lord Schatzkanzler zu sehen, um welchen Preis auch immer", erwiderte Sir Antony sanft auf den Ausbruch des Earls. „Alles, was für sie zählt, ist es, dieses Ziel zu erreichen. Wenn das bedeutet, dass Menschen aus dem Weg geräumt werden müssen, dann sieht sie das nur als zu lösendes Problem, weiter nichts. Deine Familie ist ein Hindernis für deinen Aufstieg zur Macht. Das sagte sie selbst an jenem Tag in Janes Wohnzimmer." Er betrachtete die Gräfin und neigte dann den Kopf. „Vergebt mir, wenn ich ein so schmerzhaftes Ereignis wieder erwähne, aber es muss sein, Mylady." Er richtete den Blick aus seinen blauen Augen wieder auf den Earl. „Um ihr Ziel zu erreichen, dich zu Ruhm aufsteigen zu sehen, muss sie dich erst wieder zu Sinnen kommen lassen. Ich bin der Meinung, dass sie denkt, dass du unter dem Zauber deiner schönen Frau stehst, dass deine Familie ein Hindernis darstellt, und weil ihr Verstand verwirrt ist und sie keine moralischen Empfindungen mehr hat, beabsichtigt Diana, deine Familie zu zerstören, ohne Zögern oder Gewissensbisse."

„Lieber Gott", entfuhr es Jane und sie verbarg ihren Kopf an der Brust ihres Mannes.

„Wenn du weißt, wo sie sich versteckt ..."

„Versteckt?" Sir Antonys Lachen war hart. „Salt? Du kennst Diana doch besser! Wann ist sie je vor irgendetwas oder irgendjemandem zurückgeschreckt? Sie ist der vollendete weibliche Machiavelli!"

„Sie wohnt keine halbe Straße entfernt, in Antonys Haus", teilte Jane ihrem Mann mit und schauderte. „Das ist sehr klug von ihr ... Sich vor aller Augen zu verstecken ..."

Der Earl schaute zutiefst überrascht auf sie hinab, bevor er seinen Cousin ungläubig anstarrte.

„Ja, sie ist klug", stimmte Sir Antony zu. „Wie könnte sie die Gesellschaft besser davon überzeugen, dass ihr Cousin Lord Salt ihr verziehen hätte und sie wieder am Busen der Familie willkommen hieße, als sich bei mir niederzulassen. Sie hat sogar vorhergesehen, dass ich in dem Moment, in dem ich entdeckte, dass ihr Bewacher tot und sie frei war, Hals über Kopf aus Petersburg kommen würde!"

„Wie - wie ist ihr Bewacher gestorben?", fragte Jane.

Sir Antony überließ es seinem Cousin, darauf zu antworten, aber der Earl war in seine Gedanken versunken und dem grimmigen Zug um seinen Mund und seinen geballten Fäusten nach zu urteilen, waren sie nicht angenehm.

„Ich hätte ihr den verdammten Hals umdrehen sollen, als ich die Gelegenheit dazu hatte", murmelte er und verließ die Seite seiner Frau, um auf dem türkischen Teppich vor dem stoffbespannten Feuerschirm hin und her zu schreiten. Er schlug in größter Frustration mit der Faust gegen den Kaminsims, warf die Einladungskarten um, die an eine Sèvres-Vase gelehnt gestanden hatten und störte den Rhythmus der französischen Messinguhr. „Ich hätte nach Wales fahren und sie von einer Zinne stürzen sollen, niemand hätte es gewusst. Oder wenigstens einen Buben bezahlen, um sie zu vergiften!" Er schaute Sir Antony finster an. „Wenn du glaubst, ich werde müßig zuschauen, jetzt, wo ich ihren Aufenthaltsort kenne ... wo ich weiß, dass sie meinen Kindern die Kehle durchschneiden will ..."

„*Magnus.*"

Die Gräfin schwankte, und es war Sir Antony der sie auffing und stütze, ihr zu einem Ohrensessel dicht an der Wärme des Feuers half. Als Jane saß, ging er rasch zum Teewagen und bereitete ihr eine Tasse Tee zu. Der Earl ging weiter auf und ab wie ein Löwe im Käfig, der gerade erst in der Wildnis gefangen wurde.

„Ich will sie tot sehen, von meiner Hand, noch heute Abend. Sie wird aufhören zu existieren. Dann können wir alle aufatmen ..."

„Ich kann dir nicht erlauben, das zu tun", unterbrach Sir Antony ruhig, rührte Zucker in eine frische Tasse Tee, die er dann Jane gab. Aber da sie noch immer die Armlehnen umklammert hielt, als wollte sie ihren Körper zur Ruhe zwingen, stellte er die Teetasse auf ihrer Untertasse auf das Tischchen, hockte sich vor sie und nahm ihre beiden Hände. „Dazu wird es nicht kommen; Eure Kinder sind sicher und Euer Ehemann auch. Keinem von ihnen, auch Euch, soll ein Leid geschehen. Ich verspreche Euch dies feierlich von ganzem Herzen. Jetzt trinkt", fügte er sanft hinzu und gab ihr die Tasse mit dem Tee in beide Hände, wo er sie festhielt, bis sie nickte. „Das wird helfen, Eure Nerven zu beruhigen." Er lächelte sie an und zwinkerte ihr zu. „Ich habe schon über das perfekte Geschenk zu Sams einundzwanzigstem Geburtstag nachgedacht, aber bei meinem Leben fällt mir nichts ein, was ich ihm als Taufgeschenk geben könnte! Ihr müsst Euch etwas für mich ausdenken ..."

Der Earl ging beleidigt auf seinen Cousin los, inzwischen waren Sir Antonys Worte in sein Bewusstsein vorgedrungen.

„Was meinst du damit, dass *du* das nicht zulassen kannst? Was glaubst du, wer du bist, mir das zu sagen? Du, der du ihr erlaubt hast, in dein Haus zu kommen, der am selben Tisch mit ihr sitzt, der sich mit ihr unterhält, als wäre die Welt in Ordnung ..."

„Oh, um Himmels willen, Salt!", unterbrach Sir Antony ihn erbittert. „Wenn es um Diana ging, konntest du nie sachlich denken! Du konntest sie schon nicht leiden, bevor sie St. John heiratete. Als seine

Frau hast du sie gehasst, und als seine Witwe verabscheut! Und seit sie in diesem Schloss eingesperrt war, sind deine Träume - *Albträume* - davon erfüllt, wie sie vom Erdboden vertilgt werden könnte! Sie hat den Kampf schon halb gewonnen, wenn du es zulässt, dass sie dich auf diese Weise auffrisst. Wenn wir hoffen, sie in ihrem eigenen Spiel zu schlagen, müssen wir herausfinden ...“

„Spiel? *Spiel?* Das hier ist kein Spiel! Es geht nicht um ein diplomatisches Rätsel, über das du bei einem guten Tropfen Portwein im Club grübelst! Es geht um *mein Leben*, das Leben meiner Frau und Kinder, die auf dem Spiel stehen. Du weißt, *du weißt*, wozu diese Kreatur imstande ist, was sie - was sie Jane, unserem - unserem ungeborenen Kind angetan hat! Du weißt, wie nahe sie daran war, ihren eigenen Sohn zu töten, um meine alleinige Aufmerksamkeit zu bekommen. Sie ist eine Mörderin Unschuldiger, eine Engelmacherin. Sie ist eine - eine *Teufelin*, die, wenn sie ein Messer und eine Gelegenheit hätte, gerne drei kleine Kinder ermorden würde! Hast du keinerlei Gefühl, kein Verständnis für ...“

„Es reicht!“, knurrte Sir Antony wütend. „Sag kein Wort mehr, bis dir wirklich klar geworden ist, was du gerade von dir gegeben hast. Ich gestehe dir zu, dass du echte Angst um deine Frau und deine Kinder hast, aber stelle nie - *niemals* - meine Gefühle oder meine Loyalität in Frage!“

Der Earl benötigte eine große Dosis gesunden Menschenverstand und Sir Antony war bereit, sie ihm zu verabreichen, ob ihm das gefiele oder nicht. Zu diesem Zweck tat er etwas Undenkbares, etwas, das völlig dem Charakter eines Mannes, der stolz darauf war, ein Gentleman mit untadeligen Manieren zu sein, widersprach, so dass der Earl zu schockiert war, um irgendwie Widerstand zu leisten.

Während Salt ihn mit offenem Mund anstarrte, fassungslos ob eines solch uncharakteristischen Ausbruchs, stur und unbeweglich, packte Sir Antony eine Handvoll des seidenen Morgenmantels seines Cousins und zog ihn zu sich heran. Und als die Füße des Earls sich in Bewegung setzten, ergriff er seinen Oberarm und führte ihn in die entfernteste Ecke des Bücherzimmers, wo er ihn neben einer der Leitern der Bibliothek stehen ließ. Sie waren noch in Sichtweite der Gräfin, wenn sie sich in ihrem Ohrensessel umdrehte und über ihre Schulter sah, was sie tat, aber, wenn sie ihre Stimmen beherrschten, waren sie nicht mehr so nahe, dass sie jedes Wort, das sie sprachen, hätte verstehen können.

Salt war so wenig daran gewöhnt, seine unantastbare Person derart herumgestoßen zu sehen - niemand hatte das je versucht - und seine Rede unverblümt unterbrochen zu erleben, und das durch niemand anderen als den sanftmütigen Sir Antony, dass er, als sein Cousin ihn losließ und seine Begründung von sich gab, er einfach nur dastand, schweigend, ungläubig, aber er hörte zu.

„Hör dir selbst zu, Salt! *Denk nach*, bevor du solche Reden vor der Mutter deiner Kinder führst. Wir alle wissen, was Diana getan hat und wozu sie noch fähig ist. Wir wissen, dass sie der Teufel in Menschengestalt ist, der zwischen uns wandelt und vor nichts, vor *nichts* zurückschrecken wird, um mit dir zusammen sein zu können. Sie hat keine Gefühle, keine Seele, die es wert wäre, gerettet zu werden. Jane ist um deinetwillen tapfer, du Tölpel! Innerlich muss sie voll Entsetzen und am Zusammenbrechen sein. Sie hat ihre drei Kleinen zu schützen - die alle gesund und munter sind, und auch deine Kinder sind. Und wie antwortest du auf ihre Treue und Tapferkeit? Du sprichst dich selbst für Mord aus!"

Sir Antony hob eine Hand und ließ sie wieder sinken, sammelte seine Gedanken, erfreut, dass sein Cousin weiter schwieg und die Hände in den Taschen seines Morgenmantels vergraben hatte, zwar mit angespanntem Gesicht, aber doch aufmerksam.

„Mein Bedürfnis nach Gerechtigkeit, danach, Diana aus deinem und meinem Leben für immer verschwinden zu sehen, ist ebenso groß wie das deine", fuhr er fort. „Wenn ich gewissenlos wäre, wenn ich nur eine Spur der Böswilligkeit meiner Schwester hätte, wäre ich in Petersburg geblieben, wo ich mich an mein Los gewöhnt hatte. Dass du es wagst, meine Gefühle, und damit meine Loyalität anzuzweifeln, trifft mich tief. Aber ich verstehe, was dich dazu veranlasste, und will es daher übersehen. Du bist hierbei nicht allein. Du hast Freunde und Familie, die dich gerne unterstützen werden, diejenigen von uns, die diesen Schwur geleistet haben. Aber zuerst musst du aufhören, so eigensinnig und emotional auf Diana zu reagieren. Und du musst die Hilfe derer annehmen, die dir helfen können, Diana in ihrem eigenen Spiel zu schlagen."

Der Earl hob skeptisch eine Augenbraue.

„Also einfach das Leben aus ihr herauszuwürgen würde meine Probleme nicht beenden?"

„Ich bezweifele nicht, dass du es tun könntest und möchtest. Vor vier Jahren wäre es dir fast gelungen", antwortete Sir Antony. „Es würde eine Lösung und eine gewisse Befriedigung bieten - für ungefähr fünf Minuten ..." Als der Earl verständnislos die Stirn runzelte, lächelte er in sich hinein, erklärte aber entschieden: „Vielleicht würdest du sogar damit durchkommen. Diana wäre tot, Jane und deine Kinder in Sicherheit. Aber du könntest nie mehr deinen Kopf ruhig auf ein Kissen betten, ohne dass deine Träume voll von dem wären, was du getan hast und was die Folgen davon wären. Du bist ein zu ehren-werter Mann. Du würdest schnell erkennen, dass du auch ein Mörder wärest, und daher nicht besser als die Mörderin, die du getötet hättest. Und deine wachen Stunden würden von der Furcht verzehrt, dass eines Tages deine Kinder, auch Ron und Merry, entdecken könnten, was ihr Papa getan hat, in was er sich verwandelt hat. Du würdest vor Sorge krank werden, ob Jane dich noch ebenso liebte, wie sie dich liebte, bevor du zum Mörder wurdest …“

„Ja, schon gut! Ich habe das Bild, das du heraufbeschwörst, fest in meinem Kopf verankert, danke!“, brummte Salt mit gebeugten Schul-tern, wandte seinen Kopf kurz dem Bücherregal zu. Als er weiter schwieg, fuhr Sir Antony fort:

„Und wenn du nicht davonkämest, wenn du erwischt würdest und wegen des Mordes an Diana vor Gericht gestellt …“

Der Blick des Earls flog zu Sir Antony zurück, und wenn seine glattrasierten Wangen schon zuvor vor Verlegenheit wegen der Wahr-heit dessen, was sein Cousin ihm vorhielt, wie sein Leben aussehen würde, wenn er Diana St. John umbrachte, gerötet gewesen waren, erglühten sie jetzt dunkelrot vor Ärger über diese weitere und für ihn empörende Vorstellung.

„Niemand würde es wagen!“

Sir Antony legte seinen Kopf zur Seite, betrachtete seinen Cousin mit einem kleinen Lächeln, nicht überrascht, dass ein Edelmann seines Ranges und seines Reichtums bei einem solchen Szenario aufschreien würde, jedoch überrascht, dass seine große Arroganz ihn für die Wege der übrigen Welt so blind machte.

„Du glaubst nicht …? Vielleicht würde dich niemand aus unserer Gesellschaft des Mordes zu bezichtigen wagen“, antwortete Sir Antony ruhig. „Ich bin mir darüber im Klaren, dass du nur von deinesgleichen gerichtet werden könntest. Aber es gibt nur eine Handvoll Menschen, die wissen, dass Diana eine Mörderin ist, also sage mir, ob es keinen Aufschrei des gemeinen Volks geben würde, das verlangen würde, dass einer Frau, deiner Verwandten, die von deiner Hand getötet wurde, Gerechtigkeit geschehen möge. Der Name deiner Familie, dein Rang und deine Stellung, alles würde gegen dich sprechen. Dass du aus Liebe eine der schönsten Frauen des Königreichs geheiratet hast, die ein Kind an ihrer Brust trägt und zwei weitere kleine Kinder hat, die Diana bis zum Wahnsinn hasst, bietet Futter für die Zeitungen. Du könntest die Menge nicht aus einem solchen Verfahren heraushalten. Ganz gleich, ob Richter und Geschworene ausschließlich von deinesgleichen gestellt werden. Die Massen würden die Ankündigung begrüßen, dass Magnus

Vernon Templestowe Sinclair, 5. Earl von Salt Hendon, hiermit des vorsätzlichen Mordes beschuldigt wird an - du verstehst, was ich meine."

„Allerdings. Danke!"

„Dann ist dir sicherlich auch klar, dass hier mehr auf dem Spiel steht, als die Wahrung der Ehre deiner Familie. Während eines solchen Gerichtsverfahrens würden deine Verteidiger alles, was auch immer erforderlich wäre, tun, um deinen Freispruch zu erwirken, ganz gleich mit welchen Mitteln. Ich habe keinen Zweifel, dass sie das Argument der Unzurechnungsfähigkeit verwenden würden. Sie würden auch nicht zögern, öffentlich alle Schandtaten Dianas auszubreiten. Du und ich wissen, dass es Frauen unserer Gesellschaftsschicht gibt, die sich wegen der Arzneien an Diana wandten, wenn sie sich ungewollt schwanger fanden. Welche Gründe sie auch immer dafür hatten, ein unerwünschtes Kind loswerden zu wollen, es war unerwünscht und Diana half ihnen, es loszuwerden. Solche sensationellen Beweise würden dir Sympathien des Gerichts einbringen, dich aber deinen Mitmenschen entfremden; es würde als Vertrauensbruch betrachtet werden.

„Du würdest wegen Unzurechnungsfähigkeit freigesprochen, aber damit ein Paria in der Gesellschaft werden. Es würde auch ein winziger Schatten des Zweifels in den Köpfen deiner Verwandten und Freunde bleiben, wenn dir noch solche blieben, ob du vielleicht, nur vielleicht, nicht wirklich verrückt seiest. Jane und deine Kinder würden diffamiert, dein Blut und dein Andenken auf Generationen hinaus beschmutzt. Keine Chance, dass dein Portrait in der Ahnengalerie hinge. Niemand würde deinen Namen aussprechen wollen. Ist das das Vermächtnis, das du deinem Sohn und Erben hinterlassen willst, wenn er deinen Titel erbt?"

Der Earl schüttelte den Kopf, seine Augen fest auf seine Gräfin gerichtet, die an ihrer Tasse Tee nippte, den Kopf abgewandt und auf die hüpfenden Flämmchen im Kamin gerichtet. Er stieß einen tiefen Seufzer aus, wie von den Worten seines Cousins besiegt, und nahm sich einen Moment Zeit, um die Folgen, die ihm vor Augen geführt worden waren, zu verarbeiten. Schließlich riss er seinen Blick von Jane los.

„Was schlägst du vor?"

„Wir müssen Jane in unsere Überlegungen miteinbeziehen", erklärte Sir Antony ihm und vermied es vorerst, die Frage zu beantworten.

Er nahm den Arm seines Cousins und führte ihn zum Kamin zurück, wo er die silberne Teekanne von ihrer Wärmeplatte nahm. Es war gerade noch genug Tee vorhanden, ohne dass es erforderlich war, den Butler wegen einer neuen Kanne zu rufen.

„Tee?", fragte er das edle Paar und als sie ablehnten, goss er eine frische Tasse für sich ein.

Salt füllte sein Glas mit Rotwein nach, eine Augenbraue zu seinem Cousin hin erhoben. „Diese neue Abstinenz und deine Vorliebe für Tee ... eine Affektiertheit aus Petersburg?"

„Ha! Du hast mich durchschaut!" Sir Antony nahm ein Schlückchen seines Tees, der nicht schlecht war aber nicht ganz dem entsprach, was sein empfindsamer Gaumen jetzt von einem Aufguss erwartete, und fügte mit einem traurigen Lächeln hinzu: „Wenn diese Angelegenheit mit Diana vorbei ist, werde ich alles gestehen ... Caroline hat das Recht, es als erste zu erfahren ...“

Der Earl und die Gräfin wechselten einen Blick, und als Jane ihren Mann wissend anlächelte, hatte er das Gefühl, dass er wieder der Letzte sein würde, der erführe, wie die Angelegenheit zwischen Caroline und Sir Antony stand. Da er keine Lust hatte, ihre wechselhafte Geschichte zu dieser Zeit und an diesem Ort zu diskutieren, brachte er das Gespräch wieder auf das Problem Diana, bereit, sich anzuhören, was sein Cousin vorzuschlagen hatte, während er nichts als Mord im Sinne trug.

„Ich möchte, dass du nach Tom Allenby und Rufus Willis schickst: Tom, um nahe bei Jane und den Kindern zu bleiben; Willis, um ein wachsames Auge auf das Kommen und Gehen im Hause zu haben. Ihre Ankunft hier wird nicht ungewöhnlich aussehen, insbesondere, da am Ende der Woche der Maskenball hier stattfindet", erklärte Sir Antony. „Ihr beide müsst euer alltägliches Leben weiterführen, als existiere Diana nicht. Ihr schuldet es eurer Familie und euren Kindern, dies zu tun, und, wichtiger noch, jede Änderung eurer Tagesabläufe würde Diana warnen und sie könnte ihre Pläne entsprechend ändern.“

„Kennt Ihr ihre Pläne?", fragte Jane.

Sir Antony schüttelte den Kopf. „Noch nicht. Ich hoffe, sie von anderen zu erfahren. Ich habe einen Diebfänger angewiesen, sich an ihre Fersen zu heften. Sie kann sich nicht bewegen, ohne dass es mir berichtet wird. Aber Diana ist schlau. Viel schlauer als ich, und darin liegt meine Stärke." Er lächelte gequält. „Sie war immer die klügere von uns beiden. Schon seit unserer Kindheit, und sie ließ es mich nie vergessen. Und aus diesem Grund wird ihr Selbstbewusstsein ihr zum Verhängnis werden. Während ich in ihrer Gegenwart ihr entsprechend dummer kleiner Bruder bleibe, wird sie mich nicht verdächtigen, sie wird mich auch nicht für imstande halten, ihre Machenschaften zu durchschauen ...“

„Es ist nicht wahr, dass Ihr nicht klug seid!", bestritt Jane, verärgert darüber, wie er sich selbst herabwürdigte. „Ihr wart immer gut darin, andere Menschen zu verstehen. Ihr seid sehr sensibel dafür, was Menschen *empfinden*, was in meinen Augen eine weit bessere Eigenschaft ist, als einen Verstand zu besitzen, der Hypothesen und Strategien oder hochtrabende Reden entwirft, aber den Wünschen und dem Wohlergehen anderer keinen Gedanken widmet."

„Es ist sinnlos, mit meiner Lady zu streiten", sagte der Earl, als Sir Antony vor Freude über die lebhafte Verteidigungsrede der Gräfin errötete. „Janes Ansichten sind immer solide. Ebenso wie deine. Ich werde Rufus Willis sofort in die Stadt holen lassen. Tom hat seine Einladung, am Maskenball teilzunehmen, angenommen." Salt lächelte dünn. „Er würde es sich um keinen Preis der Welt entgehen lassen zu beobachten, wie du dich unter dem Gewicht deines neuen Titels und des Ordens windest. Seine Worte - nicht meine! Außerdem, sagte er, er wollte gerne Gelegenheit haben, dich beim Tennisspiel zu schlagen. Obwohl ..." Er musterte Sir Antony von oben bis unten. „Ich glaube, Tom wird verlieren und ich fünfzig Pfund ärmer sein."

„Magnus!? Du hast doch nicht dagegen gewettet, dass Antony gewinnt?"

„Es wäre dein Bruder, der dann gewinnen würde", gab der Earl gutmütig zurück. Er zuckte die Achseln und sah einen Moment lang verlegen aus. „Ich hätte das nicht getan, wenn ich den Vorzug gehabt hätte, Antony zu sehen, bevor ich meinen Einsatz festlegte."

„Dann gebe ich dir die Gelegenheit, deine fünfzig auf dem Tennisplatz noch vor Toms Ankunft wiederzugewinnen. Ich brauche die Übung", sagte Sir Antony gutmütig, fügte aber leise mit einem Blick auf Jane hinzu: „Salt, wenn Willis ankommt, lass ihn deinen Haushalt überprüfen. Diana hat am Tag von Sams Geburt in Hendon haltgemacht, auf ihrem Weg nach London. Da Diana ohne Zweck nicht einen Atemzug tut, muss es einen Grund haben, warum sie so dicht am Landsitz lauerte."

Er stellte seine leere Tasse mit der Untertasse auf das Teetablett zurück und wandte sich dann an den Earl.

„Es gibt keine einfache Möglichkeit, hierum zu bitten, daher muss ich es geradeheraus sagen. Ich möchte, dass ihr Diana zum Maskenball einladet."

SIEBZEHN

„*WAS?*", DONNERTE DER EARL.

„Antony, wie könnt Ihr eine solche Bitte äußern?", fragte Jane verstört. „Ihr wisst genau, dass ich eine Frau, deren einziges Ziel im Leben es ist, meinen - meinen Kindern zu *schaden*, nicht in - in mein *Haus* lassen kann!"

Salt zog Jane in seine Arme, und als sie schaudernd ihr Gesicht an seiner Schulter verbarg, hielt er sie noch fester und hob, um seinen Cousin anzusehen, den Kopf.

„Du hast deine Antwort."

Sir Antony seufzte innerlich. Er verstand nur zu gut, dass das, was er von ihnen verlangte, sie aufs äußerste entsetzte, aber er war auch überzeugt, dass die Vorgehensweise, für die er sich entschieden hatte, die richtige war, und der einzige Weg, auf dem er die Pläne seiner bösartigen Schwester aufdecken könnte.

„Dianas Schwäche ist ihre Arroganz", erklärte Sir Antony geduldig. „Sie wird eure Einladung annehmen, weil das ihre Behauptungen, dass sie nach deiner Vergebung vom Kontinent zurückgekommen sei, bestätigen wird, und weil eine solche Einladung der klare Beweis dafür ist, dass du sie hier haben willst. Sie wird von dieser Vorstellung so eingenommen sein, und von der Tatsache, dass sie einen kleinen Sieg über Jane errungen hat, dass sie an diesem Abend im Bemühen, dir zu zeigen, wie notwendig sie für dein Leben und deinen politischen Erfolg ist, in ihrer Wachsamkeit nachlassen wird."

„Das ist nicht Grund genug, diese Kreatur in die Nähe meiner

Frau und meiner Familie zu lassen. Und wenn das das Beste ist, was du zu bieten hast, um mit dieser ..."

Sir Antony begegnete dem Blick seines Cousins, ohne mit der Wimper zu zucken.

„Wenn du sie nicht einlädst, wirst du die Art von Skandal verursachen, die du verabscheust. Die Gesellschaft hat sie mit offenen Armen wieder begrüßt. Die Gesellschaft wird erwarten, dass sie am gesellschaftlichen Ereignis des Jahres teilnimmt. Sie ist deine Cousine. Mehr noch, ihr Bruder, ein frisch geadelter Viscount, soll von den Russen geehrt werden. Ihre Abwesenheit wird mehr Fragen aufwerfen, als du zu beantworten bereit bist und unnötigen Klatsch verursachen."

„Verdammt", murmelte Salt durch zusammengebissene Zähne. Er sah auf seine Frau hinab. „Antony hat recht ..."

Jane nickte. Sie wandte sich an Sir Antony. „Warum? Warum jetzt?"

„Warum Diana diesen Zeitpunkt gewählt hat, ihrer Gefangenschaft im Schloss zu entfliehen, und nicht früher?"

„Ja", antwortete sie. „Warum kommt sie nach London? Warum läuft sie nicht fort, ins Ausland? Überall wäre besser als hier, wo ihr klar sein muss, dass es nur eine Frage der Zeit ist, bis sie wieder eingefangen und eingesperrt wird?"

„Zum Kontinent zu fliehen, um frei und nach ihrem Geschmack zu leben, interessiert Diana nicht. Ihr einziger Zweck auf Erden ist es, sich im hellen Kerzenlicht des politischen Erfolgs deines Mannes zu sonnen ..."

„Lieber Gott!", fauchte Salt mit verzerrtem Gesicht. „Dabei dreht sich mir förmlich der Magen um!"

„Zweifellos würden deine politischen Gegner bei so reiner Verehrung des Earls von Salt Hendon dasselbe Bedürfnis empfinden, ihr Inneres nach außen zu kehren", scherzte Sir Antony respektlos, was die Gräfin die Hand vor den Mund schlagen ließ, um ein Kichern zu unterdrücken. Sein Lächeln erstarb und er fuhr fort. „Diana ist völlig davon überzeugt, dass dein Aufstieg zu Ruhm ohne ihre Hilfe nicht möglich ist. Daher hielt sie auf ihrer walisischen Burg still, solange du das Landleben in Wiltshire genossen hast, plante und wartete. Und dann, auf irgendeine Weise, möglicherweise durch die Zeitungen, entdeckte sie deine Absicht, auf die politische Bühne zurückzukehren ..."

„Ja, die Zeitungen!", unterbrach Jane und schnappte nach Luft, sah ihren Mann an und drehte sich dann zu Sir Antony um. „Spekulationen über ‚Lord S-Hs Rückkehr in den politischen Kampf' wurden in mehreren Artikeln in *The Gentleman's Magazine* vor Weihnachten erwähnt. Und als Salt dann zur Wiedereröffnung des Parlaments in die Stadt kam, wurde auch darüber berichtet."

„Genau so", stimmte Sir Antony zu und sprach weiter. „Ich glaube, in dem Moment, als Diana in den Zeitungen von Lord S-Hs Rückkehr auf die politische Bühne las, beschloss sie, dass es Zeit wäre, aus ihrer Gefangenschaft auszubrechen. Mit Salts Rückkehr in die Politik würden ihr Verstand und ihre besonderen Talente als politische Gastgeberin wieder benötigt und gelobt werden."

„Das ist alles gut und schön, und ich will deine Argumentation gar nicht bestreiten", sagte der Earl kurz angebunden. „Aber welches Resultat erhoffst du zu erreichen, außer, den Gesellschaftsklatsch zu unterdrücken, indem wir ihr erlauben, am Abend des Maskenballs in mein Haus zu kommen und damit meiner Lady große Qual zu bereiten?"

„Besser sie hier, unter deinem Dach und dem wachsamen Auge deiner Freunde und Diener zu haben, als dass sie irgendwo bereit zum Zuschlagen in der Nähe lauert", erläuterte Sir Antony. „Und sie wird in der Ballnacht zuschlagen, daran habe ich keinen Zweifel. Das ist genau die Art großer Anlass, der sich für Dianas Heimtücke eignet. Für alle Anwesenden wird er nicht anders sein als die Bälle und Soiréen, die sie organisiert hat, bevor du verheiratet warst - wie sie es tatsächlich auch in den ersten Monaten deiner Ehe getan hat."

„Daher will sie am Maskenball teilnehmen und in meinem Schatten einherhuschen, wie sie es zu tun pflegte ... Der Himmel weiß, ich konnte meinen Kopf nicht nach rechts oder links wenden, ohne sie aus dem Augenwinkel zu erspähen! Was dann? Was kann sie überhaupt tun, wenn wir von dreihundert Menschen und einem Dutzend russischer Diplomaten umgeben sind?"

„Ich würde voraussagen, dass sie sich keinem von euch nähern wird, solange ihr im Umfeld der russischen Gesandtschaft bleibt. Wenn sie das täte, würde ihre Lüge, dass sie mich in Petersburg besucht hätte, aufgedeckt, und das wird sie nicht wollen. Und während sie herumläuft und allen und jedem erzählt, wie sie geholfen hat, deine Rückkehr auf die politische Bühne zu arrangieren, wird sie sich darauf konzentrieren, dich im Blick zu behalten, auf die Gelegenheit warten, sich hervorzutun und selbst zu präsentieren, völlig überzeugt, dass, wenn du sie erst siehst, wenn ihr beide erst von deinen politischen Freunden umringt seid und in Anbetracht der Großartigkeit des Anlasses, du sie mit offenen Armen willkommen heißen wirst."

Die Reihe war am Earl zu schaudern, vor Abscheu. „Muss ich das tun? Ich kann deiner Beschreibung von Dianas Verhalten nicht widersprechen, aber muss ich sie mit offenen Armen willkommen heißen?"

„Wenn du es tätest, wäre es das erste Mal in deinem Leben, dass du das tun würdest, und sie würde unsere List durchschauen!", scherzte Sir Antony. „Du musst sie so behandeln, wie du es bei solchen Gelegenheiten immer getan hast, mit Abstand und Nichtachtung."

„Dann musst du den ganzen Abend auf deinem Sockel bleiben", sagte Jane mit einem raschen Kuss auf die gerötete Wange ihres Gatten. „Das sollte nicht schwierig sein; Abstand und Nichtachtung sind die zweite Natur seiner Lordschaft."

„Mit größtem Vergnügen werde ich dort bleiben, aber nur mit dir dort oben neben mir, und nirgendwo sonst", antwortete Salt. Er schaute seinen Cousin an. „Ich bin mehr als zufrieden, es Antony zu überlassen, mit diesem Geschöpf fertigzuwerden, solange ich sicher sein kann, dass dir und den Kindern nichts geschieht ..."

Jane wollte gerade fragen, wie genau Sir Antony beabsichtigte, mit Diana St. John fertigzuwerden, als der Butler leise aus dem Dienstbotengang hereinkam. Hinter ihm kam Nanny Browne, was bedeutete, dass etwas oder einer der Kleinen im Kinderzimmer der Aufmerksamkeit der Gräfin bedurfte, daher entschuldigte sie sich.

Als sie ihnen den Rücken zugewandt hatte und außer Hörweite war, legte Sir Antony seine Hand auf den Arm des Earls, um seine Aufmerksamkeit auf sich zu ziehen, und sagte sehr leise:

„Salt, ich gebe dir mein Wort, dass nach dem Ende der Nacht des Maskenballs du und deine Familie nicht mehr von meiner Schwester belästigt werdet. Niemals."

Salt holte tief Atem.

„Ich habe Jane vor vier Jahren dasselbe versprochen, und jetzt stehen wir hier ..."

„Und ich habe, bevor ich Petersburg verließ, feierlich versprochen, alles erdenklich Notwendige zu tun, um für deine und die Sicherheit deiner Familie zu sorgen. Es war mir Ernst damit und ich werde es tun. Was auch immer dazu notwendig ist ..."

Der Earl unterdrückte seine Gefühle und lächelte schief.

„Was beabsichtigst du zu tun?"

„Die Pläne sind gemacht und ich habe Männer, die sich auf dem Kontinent bereithalten. Das ist alles, was du im Moment wissen musst. Deine einzige Sorge sollte es sein, Jane und die Kinder zu beschützen."

„Was ist hier, hier in England? Welche Pläne hast du für hier gemacht?" Als Sir Antony zögerte, grinste der Earl. Er war weder amüsiert, noch überzeugt. „Du hast überhaupt keine Ahnung, nicht wahr?"

„Um sie ohne das geringste Aufsehen und ohne Skandal aus der

Gesellschaft zu entfernen? Nein, noch nicht", gestand Sir Antony. „Aber es sind noch drei Tage bis zum Maskenball ..."

„Und den Rest ihres langen Lebens, wenn man bedenkt, dass eine Burg im abgelegenen Wales sie nicht aufhalten konnte?"

„Das", sagte Sir Antony überzeugt, „war beschlossene Sache, bevor ich Petersburg verließ."

„Semper, du wirst vor Freude rot werden, wenn du erfährst, dass ich die Treppe hinaufgestoßen werde", teilte Sir Antony seinem Majordomo aus dem warmen, parfümierten Wasser seiner Denkwanne mit.

Es war Ralph Semper gewesen, der die mit Leinen ausgeschlagene, kupferne Badewanne, die sie aus St. Petersburg mitgebracht hatten, so getauft hatte. Während sein Herr ausgestreckt schultertief im heißen, parfümierten Wasser dieser Wanne lag, verbrachte er seine Zeit mit seinen Gedanken. Sie diente keinem anderen Zweck; die täglichen Waschungen wurden in der Sitzwanne vor dem warmen Kamin erledigt, bevor er in die Denkwanne stieg.

Semper hatte sich an diese Gewohnheiten des Ankleidezimmers gewöhnt, ebenso wie die umständlichen Rituale, die die Zeremonie des Teetrinkens seines Herrn ausmachten. Der silberne Samowar war ebenso wie die kupferne Badewanne auf Rat des Prinzen Mikhail eingeführt worden, und wenn solche Vorrichtungen und ihre Rituale seinen Herrn davon abhielten, der Versuchung gegorenen Traubensaftes zu wiederstehen, war Semper mehr als dafür.

Er war jedoch überrascht, als Sir Antony ihn aus der Denkwanne heraus ansprach. Gewöhnlich war dies eine Zeit, zu der Semper und die männlichen Diener auf Zehenspitzen durch das Ankleidezimmer schlichen, um ihren Herrn nicht zu stören, der sich ohne Perücke mit geschlossenen Augen an ein Kissen lehnte, die durchsichtigen Seidenvorhänge um das Bad geschlossen, um die Wärme drinnen und die Welt draußen zu halten. Aber die Vorhänge hingen flach an den bemalten Wänden der Nische herab und daher hielt der Haushofmeister in der Mitte des Aubusson-Teppichs an, Sir Antonys abgelegte Perücke noch in einer Hand. Er hatte zur Kammer hinübergehen wollen, und nur ein Wort von fünfen aus Sir Antonys Ankündigung verstanden.

„Ein rotes Licht auf der Treppe, Mylord?"

„Ich bin die Treppe hinaufgestoßen worden."

Semper näherte sich der Denkwanne ein wenig.

„Bitte um Verzeihung, Mylord?"

Sir Antony öffnete seine Augen nicht. Er hob einen Arm, stützte den Ellenbogen auf den Rand der Badewanne und zeigte gen Himmel.

„Nach oben, Semper; hoch zu den Lords. Viscount Temple und Baron Stowe. Lord Temple."

„Mein Glückwunsch, Mylord. Das sind wirklich *sehr* gute Neuigkeiten. Und passend, wenn es Euch nichts ausmacht, dass ich das sage."

Sir Antony öffnete ein Auge.

„Es macht mir nichts aus, dass du es *jetzt* sagst, Semper. Es bedeutet lediglich, dass du mich jetzt guten Gewissens mit *Mylord* anreden kannst, was du hartnäckig getan hast, seit wir die Neva hinaufgesegelt sind. Nein! Erzähle mir nicht, dass es daran lag, dass die Russen glaubten, dass ein englischer Baronet mit einer Schwäche für bestickte Seidenstoffe und goldene Tressen ein Lord sein müsste."

„Ich bitte um Verzeihung, Mylord, aber ich hatte nicht vor, das zu sagen", stellte Semper ernsthaft fest. „Ich sprach Euch als *Mylord* an, weil ihre Hoheiten, Prinz Mikhail und Prinzessin Ekaterina darauf bestanden, dass ich dies tue; daher tat ich es."

Sir Antonys Schultern hoben sich vor leichter Verwunderung. „Haben sie das?" Er lehnte sich wieder zurück und schloss seine Augen mit einem Seufzer der Resignation. „Ich vermisse ihre Gesellschaft ..."

Semper blieb regungslos stehen, er wartete, ob sein Herr beabsichtigte, ihm weitere Einblicke zu gewähren, aber als Sir Antonys Arm schlaff über den Rand der Badewanne fiel, huschte er fort, um die Perücke seines Herrn wegzubringen. Dies tat er in großer Hast, da von der anderen Seite der geschlossenen Doppeltür großer Lärm hereindrang und er vergaß daher, die Vorhänge um das Bad zu schließen.

Wenn er sich nicht sehr irrte, hatte sich im Wohnzimmer ein Aufruhr erhoben, und aus den erhoben Stimmen erkannte er, dass die russischen Diener beteiligt waren, und eine Frau war dabei. Was erklären würde, warum der Wortwechsel so hitzig war. Das weibliche Wesen war ein Eindringling, und da die Russen wussten, dass keine Frau Zutritt zum Nordflügel hatte, taten sie ihr Bestes, um sie zum Gehen zu zwingen. Semper betete, dass das weibliche Wesen nicht Lady St. John sein möge.

Der Haushofmeister schlüpfte mit der Heimlichkeit einer Schlange, die unentdeckt durch hohes Gras gleitet, aus dem Ankleidezimmer in das Wohnzimmer. Aber da sein Blick auf menschlicher Augenhöhe und nicht auf den polierten Fußboden gerichtet war, sah und bemerkte er den vierbeinigen Eindringling nicht, der in der Minute, als die Tür sich öffnete, durch den Raum ins Ankleidezimmer flitzte, während Semper langsam die Tür hinter seinem Rücken schloss.

Der vierbeinige Eindringling flüchtete mit allem Selbstvertrauen und der grenzenlosen Energie der Jugend quer durch den geräumigen Ankleideraum. Seine kurzen Beinchen wuselten über den polierten Holzfußboden und dann zu dem dicken Teppich vor dem Kamin, wo noch die Sitzwanne voller Seifenwasser stand. Nach einem interessierten Schnüffeln und dann Lecken der Spritzer auf den Bodendielen und kurzem Beschnuppern des Haufens nasser Handtücher steckte er seine Nase in ein Paar abgelegte seidene Hosen und griff sie dann an, als ob sie der Feind wären. Mit viel Mühe zerrte der vierbeinige Eindringling die Hosen ein Stück weit vor den Kamin, verlor dann das Interesse und fand einen seiner Größe angemesseneren Gegner in einem Seidenstrumpf. Nachdem er dieses Stück Beinbekleidung hin und her geschüttelt hatte, um sicherzugehen, dass es wirklich und wahrhaftig tot war, trottete der Eindringling dann, seine Beute fest zwischen die Zähne geklemmt, zu einer hübsch bemalten Nische mit ihren zwei klassischen Schemeln zu beiden Seiten einer riesigen Badewanne. Hier wurde der Strumpf wie ein Geschenk fallengelassen, unter großem Schwanzwedeln in Richtung des menschlichen Arms, der leblos über den Rand der Badewanne hing.

Als die Hand keine Anstalten machte, den vierbeinigen Eindringling für sein gutes Benehmen und die Tapferkeit beim Umgang mit einem solch schrecklichen Feind zu tätscheln, gab es nur einen Weg, seine Aufmerksamkeit zu erregen, und dieser produzierte eine sofortige Reaktion.

Sir Antony hatte zu dösen begonnen, ausgestreckt in dem heißen Wasser mit seiner Decke aus Schaum, und war auf bestem Weg, seinen Geist von seinen Sorgen - insbesondere der Sorge, wie er seine Schwester mit dem geringsten Aufwand und einer passenden Erklärung in Gewahrsam nehmen sollte - zu befreien, als seine Hand von etwas Feuchtem und Kaltem angestupst wurde. Als seine Finger abgeleckt und angeknabbert wurden, setzte er sich auf, so schnell, dass ein großer Wasserschwall über das Ende der Badewanne nahe seinen Zehen über den Rand schwappte und sich auf den Boden ergoss.

Er hatte keine Ahnung, was seine Hand angegriffen hatte und wollte nicht raten, daher warf er einen kurzen Blick über den Rand der Badewanne, beide Arme jetzt im duftenden Wasser versenkt. Aber was er sah beruhigte sein Herz und ließ seine Mundwinkel sich zu einem Grinsen verziehen. Er streckte den Arm wieder über die Kante der Wanne aus und bot den Rücken seiner nassen, tropfenden Hand zum Gruß.

„Nun, du hübscher, kleiner Kerl, wo ist dein Herrchen?"

Der hübsche kleine Kerl war ein schwarz-beiger Mops, tatsächlich nur ein Welpe, dessen große, hervorstehende Augen anbetend aus einem schwarzen, faltigen Gesicht heraufschauten. Der Mops erkannte an dem weichen, tiefen Ton von Sir Antonys Stimme und durch das Angebot seiner großen Hand zum Lecken einen Freund, stellte sich daher auf seine dicken Hinterbeine und legte die Vorderpfoten an die Badewanne. Der fest eingerollte Schwanz geriet in heftig wedelnde Bewegung, und als Sir Antony den Welpen liebevoll hinter den Ohren kraulte, leckte der Mops zum Dank kräftig sein Handgelenk.

„Oh, und du hast mir ein Geschenk gebracht!", sagte Sir Antony zu dem Mops wie man zu einem kleinen Kind spricht und hob seinen weggeworfenen Strumpf auf. Er lachte in sich hinein, als der Schwanz des Mopses zur Antwort wedelte, machte dann aber ein trauriges Gesicht und sagte seufzend: „Vielen Dank, aber leider habe ich keinen Markknochen, um ihn dir im Austausch für deine Bemühungen anzubieten."

Er knäulte den Strumpf zu einem Ball zusammen und warf ihn in Richtung des Kamins, wo seine abgelegten Kleider jetzt verstreut lagen. Er fiel weit vor dem Ziel zu Boden. Er hatte dies nicht als Spiel gedacht, aber der Mops hatte andere Vorstellungen. Er rannte dem Strumpf nach. Auf halbem Weg über den Teppich verlor der Strumpf seine Anziehungskraft und der Mops ging wieder dazu über, die nassen Handtücher zu beschnuppern. Schließlich trabte er zu der Badewanne zurück, wo er brav sitzenblieb und Sir Antony mit einer Bewunderung anschaute, die nur ein Hund seinem menschlichen Herrn bieten kann.

„Du bist ein feines Kerlchen, aber ich habe noch immer keinen Knochen für dich. Wenn Semper zurückkommt, werde ich ihn in die Küche schicken müssen ..."

Sir Antony hatte keine Gelegenheit, seinen Satz zu beenden, und der Mops hörte auf, ihm zuzuhören, in dem Moment, als eine weibliche Stimme, von Mann und Tier gleichermaßen geliebt, über den Lärm, der durch ihren Eintritt in das Ankleidezimmer entstand, zu hören war. Mann und Tier reagierten in völlig entgegengesetzter Manier. Der Mops rannte auf sie zu; Sir Antony nahm einen tiefen Atemzug und tauchte unter die Wasseroberfläche, um seine Verlegenheit unter eine Decke aus Schaumblasen zu verbergen.

ACHTZEHN

„IHR KÖNNT MICH DANACH FRAGEN, IHR UNVERSCHÄMTER Flegel, aber ich werde Euch meinen Namen nicht nennen! Er geht Euch gar nichts an! Und jetzt lasst diese bärtige Bestie mich auf festem Boden absetzen, bevor ich ihn wegen seines Angriffs auf mich verhaften lasse!"

Semper fehlten nicht nur die Worte, er war schlicht sprachlos. Noch nie in all seinen Jahren als hochherrschaftlicher Kammerdiener hatte er je ein weibliches Wesen die männliche Bastion der Räume eines unverheirateten Gentlemans erstürmen sehen. Die Prinzessin war gelegentlich in das innere Heiligtum eingedrungen, aber immer nur, wenn sein Herr irgendeine Art von Bekleidung trug, und weil sie eine Prinzessin und Russin war und daher Diener so betrachtete, wie andere Möbelstücke ansahen, war es irgendwie weniger beunruhigend.

Dieses weibliche Wesen, das von einem der Russen entdeckt worden war, als es sich durch Sir Antonys Räume schlich, in einem roten Kapuzenumhang über nicht viel mehr, hatte bei seiner Entdeckung keine Spur von Reue über sein Eindringen gezeigt. Gut, ihre Wangen waren so apfelrot wie ihr pelzgefütterter Umhang geworden, aber als sie höflich gefragt wurde, wie ihr Name und was ihr Anliegen sei, hatte sie mit Empörung reagiert und gefordert, sofort zu Sir Antony gebracht zu werden.

Der russische Lakai, der ihren herrischen Ton hörte, wenn er auch die Worte nicht verstand, und weil sie versucht hatte, am Haushofmeister vorbei zu rauschen, hob sie hoch und hielt sie fest. Dabei fiel die Kapuze ihres Umhangs nach hinten und enthüllte ihren Schopf erdbeerblonden Haares, und eine Erinnerung durchzuckte den Russen. Er hatte sie schon zuvor gesehen, bei der Soirée, als Gast in prachtvoller Seide. Ihr herrliches, helles Haar vergaß man nicht leicht, auch nicht die Tatsache, dass sein Herr sich vor ihr auf gebeugtem Knie niedergelassen hatte. Ohne ein Wort zu Semper schritt der Russe durch die Räume und in das Ankleidezimmer, um seinem Herrn dieses weibliche Wesen darzubieten, der Haushofmeister folgte ihm auf dem Fuße.

Kaum hatte Lady Caroline ihre Drohung ausgesprochen, als der Russe sie schon absetzte; er verbeugte sich mit großer Höflichkeit und verließ den Raum und einen sprachlosen Semper. Dieser hatte keine Ahnung, was er in einer so neuartigen Lage tun sollte. Sein Instinkt sagte ihm, er sollte dasselbe tun wie der Russe und sofort verschwinden, aber es gab einen kleinen Teil von ihm, der aus Pflichtbewusstsein forderte, dass er Sir Antony beistehen müsste, sollte dieser das Bewusstsein verlieren, denn sein Herr blieb unter den Schaumbläschen seines Badewassers abgetaucht.

„Da bist du ja, du unartiger Junge!", tadelte Lady Caroline spielerisch den Mops. Sie hob ihn hoch und hätschelte ihn. „Du bist mir ein feiner Held, lässt mich diese grässlichen Männer ganz alleine abwehren!" Sie schaute Semper böse an, als sie dies sagte, und fügte, ihren Blick fest auf den Haushofmeister geheftet, hinzu: „Eine Schüssel frischen Wassers und etwas zum Abnagen wären sehr willkommen!"

Semper zögerte in quälender Unentschlossenheit. Ein großes Plantschen und nach Luft Schnappen vom Bad her, gefolgt von dem aufgeregten Japsen des Mopswelpen, gaben den Ausschlag. Zum ersten Mal in seinem Dienst als Kammerdiener Sir Antonys übersah er die abgelegten Kleider und benutzen Handtücher, ließ sie, wohin sie gefallen waren. Er verbeugte sich vor Lady Caroline, und ohne sich umzuwenden um zu sehen, ob Sir Antony noch atmete, verließ er den Raum auf der Suche nach einer Schüssel frischen Wassers und etwas zum Abnagen.

Lady Caroline setzte den Mops auf den Boden, und mit einem Auge auf den männlichen Kleidungsstücken, die über den Teppich verstreut waren, trat sie vorsichtig über ein Paar seidener Hosen und einen einsamen Seidenstrumpf, als sie zum Kamin hinüberging. Aus ihrem Augenwinkel sah sie eine Sitzwanne und einen Haufen nasser Handtücher, während zu ihrer Rechten eine riesige Badewanne stand, und in dieser Badewanne war der Mann, mit dem die Nacht zu verbringen sie gekommen war.

Vor dem Kamin streifte sie ihre roten Samthandschuhe ab und legte diese auf den Sims, bevor sie ihre Hände der Wärme der glühenden Kohlen entgegenspreizte. Sie trug zwar einen wollenen Umhang, aber nicht sehr viel darunter, nur weiße Seidenstrümpfe und ein dünnes Leinennachtgewand, was daran lag, dass ihr Entschluss, Sir Antony im Schutze der Dunkelheit zu besuchen, spontan gefasst worden war. Sie hatte den Tag in qualvoller Erwartung auf seine Reaktion verbracht, wenn sie ihm alles gestehen würde, und später am Abend sich wegen seines Kusses in ihrem Bett herumgewälzt, unfähig zu schlafen. Je früher sie gestand und sie das Bett teilten, desto eher könnten sie beide ihr Leben weiterleben, und sie würde wieder ruhig schlafen können.

Entschluss gefasst, führte sie ihren Plan aus, trotz des entsetzten Quietschens ihrer Zofe wegen der späten Stunde, des Mangels angemessener Bekleidung ihrer Herrin und der Tatsache, dass sie die Wohnung eines unverheirateten Gentlemans aufsuchen wollte, und das alles im Schutze der Dunkelheit. In ihrer Vorstellung führte dies alles zu einer Katastrophe. Lady Caroline stellte fest, dass ihre Zofe eine zu lebhafte Fantasie hätte, ließ sie Verschwiegenheit schwören und kletterte aus dem Bett. Sie warf sich ihren wollenen Umhang um und nahm den Mopswelpen mit auf die Fahrt. Irgendwie wurde ihre Entschlossenheit zu beichten davon bestärkt, das neueste Mitglied ihrer Tierfamilie zur Gesellschaft dabei zu haben.

Die späte Stunde und die Begleitung des Welpen ließen die kräftigen Sänftenträger sich sicherlich innerlich verwirrt am Kopf kratzen, als die Schwester des Earls in die Sänfte von Salt Hendon kletterte, die im Eingangsfoyer abgestellt war, und ihr vierbeiniger Begleiter sich glücklich in ihren Schoß setzte. Es stand ihnen nicht zu, etwas zu bemerken. Wenn die Schwester seiner Lordschaft mitten in der Nacht einen Besuch machen wollte, dann war es eben so.

Die Tür der Sänfte, auf der das Wappen von Salt Hendon prangte, geschlossen, die langen Stangen angelegt und auf beiden Seiten der Sänfte befestigt, ein Träger vorn, der andere hinten und beide mit den Lederriemen über ihre Schultern, so wurde die Sänfte angehoben und es ging in die Nachtluft hinaus. Lady Caroline wurde über die kurze Entfernung über den verlassenen Grosvenor Square, die South Audley Street entlang und die beiden flachen Stufen in das geräumige Foyer von Sir Antony Templestowes Stadthaus getragen, wobei ein jüngerer Lakai mit dem Licht einer brennenden Kerze in dieser mondlosen Nacht für Beleuchtung sorgte.

Nun stand Caroline vor dem Feuer und starrte in die Flammen, jedoch war sie sehr auf die Tatsache konzentriert, dass sich Antony hinter ihrer rechten Schulter in seiner Badewanne befand. Sie konnte ein Grinsen nicht aus ihrem Gesicht vertreiben. Die Furcht, die ihr

Herz auf der kurzen Strecke in der Sänfte bis zum Halse hatte schlagen lassen, als sie mehrfach ihr empörendes Benehmen in Frage gestellt und ihre leidgeprüften Sänftenträger anhalten, die Richtung ändern, anhalten, dann wieder die Stangen hatte aufnehmen und weiterlaufen ließ, war verflogen, aber ihr Herz pochte noch so schnell wie nur je. Aber es war keine Ängstlichkeit, die dieses Pochen in ihren Ohren dröhnen ließ. Es war der verruchte Nervenkitzel, dass sie es nicht nur den ganzen Weg bis in Antonys Ankleideraum geschafft hatte, sondern das Wissen, dass er nur ein paar Fuß entfernt nackt in seiner Badewanne saß.

In all den Jahren, seit sie ihn kannte, hatte sie ihn nie auch nur ohne seine Krawatte gesehen, und ganz sicher nie in Hemdsärmeln. Er war immer makellos gekleidet, ganz gleich, ob er Tennis spielte oder sich auf dem Land erholte. Auf dem Land pflegte selbst ihr erlauchter Bruder seinen Bartwuchs. Nicht so Antony, der unabhängig vom Hintergrund denselben Standard an Eleganz beibehielt. Sie fragte sich, ob er im Bad seine Perücke trüge, und das war ein so alberner Gedanke, dass er ihr den Mut gab, sich umzudrehen und ihn anzuschauen; das, und die Tatsache, dass ihr vierbeiniger Gefährte mit seinen kleinen Zähnen am Saum ihres Umhangs zerrte.

Sie hob den Mops auf, wieder das Unvermeidliche hinauszögernd, hob aber schließlich ihren Blick zu der Badewanne. Was sie entdeckte, ließ sie mit den Lidern blinzeln, ihr Gesicht war für genügend Sekunden ausdruckslos, so dass der Insasse der Badewanne wünschte, Kiemen zu haben und somit auf unbestimmte Zeit unter Wasser bleiben könnte. Als sie sich schließlich mit den Schultern vorbeugte und lächelte, eine Hand vor dem Mund, als ob sie einen Anfall mädchenhaften Kicherns unterdrücken wollte, war es nicht mehr wichtig, Kiemen zu besitzen; ertrinken war der einzige Ausweg.

Sir Antony hielt sich jedoch tapfer aufrecht, Ellenbogen auf beiden Seiten der Badewanne ruhend, die breite Brust nackt, ausladende Schultern, unrasiertes Gesicht und unbedeckter Kopf, alles für Lady Carolines amüsierte Betrachtung gut zu sehen. Erst, als ihr Blick auf seinem dicken, kurz geschnittenen kastanienbraunen Haar ruhte, fühlte er die Wärme sich in eine prickelnde Hitze verwandeln, nicht auf seinem Gesicht, sondern auf seiner Kopfhaut. Sein Kopf kribbelte tatsächlich, als ob jedes einzelne Haar vor Verlegenheit glühte. Und als sie sich vorsichtig der Badewanne näherte, den Kopf in schweigender Betrachtung zur Seite geneigt, ohne die Augen je von seinem Oberkopf abzuwenden, schluckte er schwer und sagte nach kurzem Räuspern:

„Ich hoffe, dir ist klar, wie verdammt unfair das ist, Caro! Ich frage mich, wie du reagieren würdest, wenn die Lage umgekehrt wäre."

„Dein Haar hat die gleiche Farbe wie Merrys", stellte sie überrascht fest und übersah seine Bemerkung und seine Verlegenheit. „Es wäre vermutlich auch genauso lockig, wenn du es wachsen ließest ..."

„Vermutlich! Würdest du aufhören, meinen Kopf anzustarren, als wäre er missgebildet?!"

Sie lächelte über seine Unbeholfenheit.

„Dummchen. Natürlich muss ich deinen Kopf anstarren, weil ich dich nie - *niemals* - ohne deine Perücke gesehen habe." Sie runzelte die Stirn. „Wenn ich darüber nachdenke, habe ich nie einen Gentleman meiner Bekanntschaft, der eine Perücke trägt, ohne seine Perücke gesehen ..."

„Das möchte ich doch hoffen!"

„In *keiner* Situation", fügte sie mit einem Heben ihrer Augenbrauen hinzu, und als er zur Seite sah, wusste sie, dass er verstanden hatte. Sie zog sich zu dem Schemel am Ende der Badewanne zurück, den Mops auf ihrem Schoß. „Nicht, dass es je eine Situation gab, in der Aldershot seine Perücke ablegen ..."

„Caroline—"

„Bitte hör zu, Antony. Ich war nicht sicher, wie ich dir von Aldershot und mir erzählen sollte, wann es eine genügend behagliche Situation geben würde. Den ganzen Tag, seit du mich geküsst hast, habe ich mich elend gefühlt. Nicht, dass der Kuss erbärmlich gewesen wäre", fügte sie hastig hinzu. „Der Kuss war absolut wundervoll, und deshalb konnte ich heute Nacht nicht schlafen, ich dachte über den Kuss nach, und ob, nachdem ich dir alles erzählt hätte, du mich je wieder würdest küssen wollen. Daher dachte ich, warum nicht gleich losgehen und dich besuchen. Dieses verdammte Geständnis hinter mich bringen. Je früher, desto besser, nicht wahr?" Sie lächelte, plötzlich schüchtern. „Dass du in deiner Badewanne sitzt, macht es mir viel leichter, es dir zu erzählen."

„In der Tat? Nun, ich möchte nicht, dass du dich elend fühlst und nicht schlafen kannst", gab er zu, fühlte sich noch immer unbehaglich, aber doch etwas über die Störung seines Privatlebens durch ihr Eingeständnis besänftigt, dass sie ihren Kuss im Vorraum ebenso genossen hatte wie er.

„Danke. Ich wusste, du würdest es verstehen."

„Du musst mir nichts sagen. Das habe ich dir schon heute Morgen gesagt. Aber wenn es dein Herz leichter macht ..."

„Ja. Das weiß ich und ja, es wird mir das Herz leichter machen." Sie errötete. „Das war nicht der einzige Grund, aus dem ich heute Abend hierhergekommen bin ..."

Er lächelte und seufzte dann, als wäre er enttäuscht und schüttelte den Kopf.

„Liebe Güte, und nachdem du mich jetzt *sans* Perücke gesehen hast, hast du es dir anders überlegt. *Verdammt.*"

Zuerst war es still, dann lachten beide gleichzeitig heraus. Dieser Augenblick diente dazu, dass sie sich behaglicher fühlten, trotzdem jedoch in der Gesellschaft des anderen noch unbeholfen.

„Ganz im Gegenteil", gestand Caroline leise. „Die Perücke gibt deinem Auftreten Stil, aber ohne sie bist du ein außergewöhnlich schöner Mann ..."

„Caro! Das ist ..."

„... ein Kompliment, also nimm es einfach an", sagte sie, den Satz für ihn beendend, um rasch hinzuzufügen, bevor er sie wieder unterbrechen konnte: „Lass mich dir jetzt erzählen, wie es kam, dass ich Stephen Aldershot geheiratet habe."

„In Ordnung. Ich werde zuhören, ohne etwas dazu zu sagen", antwortete er und lehnte seine Schultern an die Badewanne, wo es unter der Decke aus Schaumbläschen noch warm war.

Caroline holte zur Beruhigung tief Luft und sagte nüchtern:

„Bei einem Maskenball tat ich etwas sehr Schockierendes ... ich war mehr als nur beschwipst. Ich war *betrunken.*" Sie hielt inne und nahm erneut einen tiefen Atemzug, fuhr dann fort, während ihre Hand den Mopswelpen streichelte, was auf sie eine beruhigende Wirkung hatte. Sie schaute tapfer in Antonys blaue Augen und sagte offen: „Ich war so wütend auf dich, wegen allem, was du bei dem Konzert gesagt und getan hattest. Mir war alles gleichgültig. Ich wollte nur meine Unschuld verlieren. Ich ließ mich verführen. Ich gab meine ... meine Jungfräulichkeit billig her. Zur damaligen Zeit bereute ich es nicht einmal. Soweit ich mich daran erinnern kann, war es keine unangenehme Erfahrung. Es hätte nichts ausgemacht, wenn es grässlich gewesen wäre. Das Einzige, was ich wollte, war, dich zu - zu *verletzen.* Ich war so töricht, dass ich nicht verstand, dass der einzige Mensch, den ich verletzte, ich selbst war!"

„Caro ... Liebste ..."

„Bitte ... Erlaube mir, das zu beenden. Aldershot hatte die ganze Geschichte beobachtet. *Frettchen.* Er benutzte das, um mich zu einer Heirat mit ihm zu *überreden.* Er erklärte sich einverstanden, zu niemandem etwas über das zu sagen, was ich getan hatte, dafür sollte ich seine Frau werden, um ihm und seiner Schwester ein Zuhause zu verschaffen. Würde ich ablehnen ..." Sie zuckte mit den Schultern. „Er drohte, Salt alles zu erzählen. Was mich betraf, kümmerte mich das nicht. Mir war inzwischen alles gleichgültig. Ich hatte mich absichtlich ruiniert und du warst nach Petersburg verbannt worden, für immer, soweit ich wusste. Aber es war mir nicht gleichgültig, was mein Ruin Salt und Jane antun würde. Ich wusste auch, wenn Salt erfuhr, wer mich ruiniert hatte, würde er darauf bestehen, dass ich diesen Mann heiratete, nicht Aldershot. Meinen Verführer zu heiraten wäre keine schlechte Partie gewesen. Er soll einen Titel erben und wird als Parlamentsmitglied von meinem Bruder geachtet, aber als Ehemann?" Sie schauderte. „Niemals! Seine Moral ist bestenfalls fragwürdig, ungeachtet seiner möglichen Talente als Liebhaber. Also hatte ich die Wahl, entweder einen gewissenlosen Schurken zu heiraten oder einen erpresserischen Mitgiftjäger, der nicht im Geringsten daran interessiert war, ein Mann zu sein - absolute Gegensätze, in der Tat. Gott! Was für ein Durcheinander."

Sie machte eine Pause und seufzte tief, ohne es selbst zu bemerken. Antonys Blick wich nicht von ihrem Gesicht.

„Ich konnte es nicht ertragen, dass Salt die Wahrheit entdeckte. Wenn er erfahren hätte, dass ich sinnlos betrunken gewesen war und mich hatte verführen lassen ... Wenn er die Identität des Mannes, der mich so ausgenutzt hatte, erfahren hätte ... Ohne Rücksicht auf ihre Verbindungen und ihre gute Meinung voneinander hätte mein armer Bruder sich verpflichtet gesehen, meine Ehre zu verteidigen und meinen Verführer zum Duell zu fordern. Er hätte ihn durchaus zwingen können, mich zu heiraten! Das konnte ich nicht zulassen ..."

„Also hast du dich für das geringere Übel entschieden?"

„Ja. Ja, ich denke, das tat ich. Wir, Aldershot und ich, ließen Salt glauben, dass wir vom Augenblick so überwältigt gewesen wären, dass wir allen Anstand vergessen hätten. Bemerkenswerterweise glaubte Salt uns, obwohl er sich später fragen musste, ob Aldershot in irgendeiner Weise fähig wäre, ein Mann zu sein, nicht zuletzt im Schlafzimmer! Er war wirklich kaum mehr als ein dummer Junge ..."

„Also heiratetest du Aldershot."

„Ja. Ich heiratete ihn." Sie schluckte. „Aber nicht aus dem Grund, an den du denkst. Nicht, weil ich seinen Drohungen nachgab. Natürlich, das war ein Teil des Grundes, aber ... ich heiratete ihn, weil er im Sterben lag."

„Eine weitere Täuschung?"

„Nein! Er litt an der Auszehrung. Er war sehr krank. Er sagte es mir, nicht, um meine Sympathie zu erringen, sondern, um mich zu überzeugen, ihn zu heiraten. Er sagte, die Ehe würde nicht viele Jahre dauern. Dann würde ich wieder frei sein zu heiraten. Er wollte, dass seine Schwester - Kitty - ein Heim hätte. Er wollte seine Schulden bezahlt sehen. Er wollte die Jahre, die ihm noch verblieben, sorglos und ohne Sorge um seine Schwester oder darüber, seine Tage im Schuldturm zu beenden, verbringen. Ich könnte ihm all das bieten, und er würde meinen guten Ruf bewahren, und falls ich von meinem Verführer geschwängert worden wäre, könnte das Kind in einer Ehe geboren werden. Natürlich hasste ich mich selbst doppelt, denn wäre er nicht todkrank gewesen, hätte ich es sicher darauf ankommen lassen, dass er nur bluffte, und hätte meine haarsträubende Lösung versucht …"

Als Antony die offensichtliche Frage nicht stellte, entstand ein Schweigen zwischen ihnen. Das einzige Geräusch war das Tick-Tack der Uhr auf dem Kaminsims und das Knacksen und Knistern des Feuers auf dem Kaminrost. Schließlich fand Caroline den Mut, ihr Geständnis fortzusetzen.

„Ich hatte diese haarsträubende Idee, dass, wenn ich dir schriebe, dir von meinem Dilemma berichtete, du mich retten würdest. Alle meine Probleme würden wie von Zauberhand gelöst. Du würdest nach Hause kommen, meinen Verführer besiegen, Aldershot Geld in den Schoß werfen, um ihn loszuwerden, und du würdest mich heiraten, auch wenn ich von einem anderen schwanger wäre. Das verwöhnte Kind wollte so gerne glauben, dass das Märchen Wahrheit werden könnte, und das tat ich, einen ganzen Tag lang. Dann, als meine Tränen getrocknet waren und ich aufhörte, mir selbst unglaublich leid zu tun, gab ich passenderweise dir die Schuld an meinen Problemen. Wenn du doch nur in England geblieben wärest. Wenn du doch nur an dem Abend des Konzerts nicht betrunken gewesen wärest. Wenn nur! Wenn nur! Wenn nur! Ich *hasste* dich so sehr!"

„Du hattest guten Grund, mich zu hassen …"

Caroline schüttelte den Kopf.

„Nicht wegen dem, was bei der Maskerade geschah. Nicht wegen der Folgen meines Handelns in jener Nacht, oder wegen Aldershot, oder weil mein Leben ein einziges, großes Durcheinander war, und das alles innerhalb von sechs Monaten nach meinem achtzehnten Geburtstag! All das hatte *nichts* mit dir zu tun. Du warst nicht für mich verantwortlich; das war ich selbst …"

„Ich wünschte, du hättest mir geschrieben. Ich wäre nach Hause gekommen."

Caroline blinzelte ihn an und ihr Schultern sackten nach vorn. Sie sah nicht ihn an, sondern den Mopswelpen in ihrem Schoß, der sich in den Falten des roten Wollumhangs zusammengerollt hatte, und dann kamen die Tränen, große Tropfen fielen spritzend auf das braune Fell des Welpen. Sie nickte und sagte nach einem herzzerreißenden Schluchzer und nachdem sie ihre Augen trockengetupft hatte:

„Ja. Ja, *jetzt* weiß ich das ... Aber *damals* wusste ich es nicht. Ich hatte keine Ahnung, was du nach unserem Streit bei dem Konzert von mir dachtest. Du sagtest, ich wäre ein verwöhntes Kind, dass ich noch viel erwachsener werden müsste, bevor du je daran denken könntest, mich zu heiraten ...“

„Caro, ich habe dir einen Haufen törichter Behauptungen an den Kopf geworfen, die ich jetzt bereue ...“

„Aber du hattest recht damit! Und das wusstest du. Ich war verwöhnt und kindisch. Ich habe dich schrecklich aufgestachelt, indem ich mit anderen, geringeren Männern geflirtet habe, nur, um deine Aufmerksamkeit zu bekommen. Schlimmer! Ich habe versucht, dich eifersüchtig zu machen. Das war ein absolut kindisches Benehmen, weil alles, was ich damit erreichte, war, dich abzustoßen.

„Ich weiß, was es bedeutet, mit einem kindischen, gedankenlosen, egozentrischen Menschen zusammen zu sein. Stephen Aldershot war so jemand, und sein Verhalten hat mich erschöpft. Er wusste, dass ich mir für keinen Penny etwas aus ihm mache, und hatte mit Sicherheit kein Interesse daran, ein *wirklicher* Ehemann zu sein. Trotzdem forderte er ständig meine Aufmerksamkeit, wie ein verwöhntes Kind von seinen Eltern. Er hasste meinen Zoo. Er konnte es nicht ertragen, eines meiner Haustiere in seiner Nähe zu haben. Er war eifersüchtig auf die Zeit, die ich mit ihnen verbrachte und drohte sogar, sie töten zu lassen, aber da wir unter dem Dach meines Bruders lebten, war das eine leere Drohung. Aber trotzdem verhinderte das nicht seine Gemeinheit und kleinliche Eifersucht.“

Ihre grünen Augen weiteten sich vor Unverständnis. Es verblüffte sie noch immer.

„Könntest du dir vorstellen, auf den armen alten Mops Penny oder Peter, den Ara oder den Spaniel Daniel eifersüchtig zu sein?“

Er lächelte wissend.

„Nein. Das kann ich nicht. Sie gehören ebenso zur Familie wie dein Bruder, Jane und die Kinder.“

„Genau! Das ist es, was ich ihm zu erklären versuchte, aber er hörte nie zu. Er war ebenso eifersüchtig auf die Zeit, die ich mit anderen verbrachte wie auf meine Tierfamilie. Selbst Kitty, seine jüngere Schwester, war vor seinen Wutanfällen nicht sicher. Sie hat ein so liebes Wesen und liebt Tiere fast ebenso sehr wie ich und ist in jeder Hinsicht das Gegenteil ihres Bruders, du würdest sie nie für Bruder und Schwester halten. Ähnlich wie du und Diana so verschieden seid wie Tag und Nacht. Oh! Verzeih mir bitte. Das war unhöflich, aber du weißt, dass ich mich mit deiner Schwester nie verstanden habe.“

„Was sagtest du über Aldershots Wutanfälle ...?“

„Er brauste zornig auf, wenn ich es wagte, bei einem gesellschaftlichen Anlass ein Gespräch mit einem Gentleman zu führen, aber er zeigte Salt nur selten seinen wahren Charakter. In der Gesellschaft meines Bruders benahm er sich und kuschte. Ich hatte während meiner Ehe mit diesem teuflischen Jungen die unchristlichsten Gedanken! Nur die Tatsache, dass er tatsächlich an Auszehrung dahinsiechte und manchmal zu schwach war, um aus dem Bett zu kommen, hielt mich davon ab, ihn aus einem Fenster zu stoßen! Das ist wahr!", betonte sie mit einem Lächeln unter Tränen, als Antony in sich hineinlachte. „Und dann, um alles noch hundertmal schlimmer zu machen, hatten wir am Morgen des Tages, an dem er starb, einen fürchterlichen Streit. Er hatte entdeckt, dass ich - dass ich ... *untreu* gewesen war. Aber wie kann jemand in einer Ehe untreu sein, die nie eine Ehe im echten Sinn des Wortes war? Und das sagte ich ihm. Aber was einen seiner Wutanfälle auslöste, der dazu führte, dass er einen Schlag erlitt, war die Identität meines - meines Liebhabers ..."

Sie sah zur Seite, unfähig, Antonys stetigen Blick zu ertragen, einen Blick, der keinen Rückschluss auf seine Gedanken zuließ. Er lag so ruhig in dem warmen Wasser seines Bades unter der Schicht von Schaumbläschen, dass er wirkte, als sei er dort einbetoniert worden. Doch seine blauen Augen blieben unwandelbar auf ihr Gesicht gerichtet. Sie spürte sie auf sich und errötete, fragte sich, was er nach einer so schockierenden Offenbarung wirklich von ihr dachte. Sie holte wieder tief Atem, erleichtert, dass sie es ihm endlich gesagt hatte, aber sie wusste, dass Schlimmeres noch bevorstand, obwohl sie es nicht über sich bringen konnte, Dacre Wraxton beim Namen zu nennen. Sie wollte nur den Rest des Geständnisses hinter sich bringen und sagte daher geradeheraus:

„Ich kann selbst kaum glauben, dass ich mich für eine sehr kurze Affäre mit genau dem Mann entschied, den ich mehr als jeden anderen hätte verabscheuen sollen. Aber er lief mir nach, umwarb mich, und es ... passierte. Es gibt keine Entschuldigung für das, was ich tat, aber ich war einsam und unglücklich, und er war da. Zweimal, es war nur zweimal, dreimal, wenn du den Maskenball zählst, und ein Teil von mir bedauert nicht, dass es geschah, denn er gab mir die Befriedigung zu wissen, dass ich *begehrenswert* war. Und dann geht Aldershot, der Idiot, und reitet aus, wo er es kaum die Treppen hinauf schaffte, ohne einen Hustenanfall zu bekommen, und stirbt, als sein Reittier vor einer Trockensteinmauer scheut und er hinfällt und sich den Kopf anschlägt! Meine Reaktion auf diese tragische Nachricht war große Erleichterung und der sofortige Gedanke, dass ich frei sein würde, dich zu heiraten, wenn du aus Petersburg wiederkämest! Bin ich nicht die unchristlichste, die selbstsüchtigste Frau, die du je getroffen hast? Bist du nicht überaus erleichtert darüber, dass du damals nach Petersburg gingst? Verstehst du jetzt, warum ich vor deinem Heiratsantrag davonlaufen musste?"

Antony bewegte sich zur Seite der Badewanne und hielt ihr eine Hand hin. Caroline setzte den schläfrigen Mopswelpen auf den Boden und kniete sich bereitwillig neben die Wanne. Er legte eine Hand auf ihre kupferfarbenen Locken und musterte ihr tränenbedecktes Gesicht mit einem sanften Lächeln.

„Es ist Zeit, mein allerliebstes Mädchen, dass du aufhörst, dich selbst zu tadeln, für Aldershots kindisches Verhalten und vor allem für das bedauerliche Benehmen dieses Schufts, der dich verführt hat. Wenn ein Mädchen zu viel getrunken hat, ist das ein Grund, sie vor Lüsternheit und Unzucht zu *schützen*, nicht, das als Gelegenheit zu sehen, sie auszunutzen. Ich gebe keinen Penny dafür, wenn du ihn dich hast küssen lassen oder ob du den Kuss sogar genossen hast. Er hatte kein Recht, sich das von dir zu nehmen, was du ihm mit klarem Kopf freiwillig nicht gegeben hättest."

„Bei den beiden anderen Gelegenheiten war ich nicht betrunken", fuhr sie naiv mit kleiner, schuldbewusster Stimme fort. „Da wusste ich, was ich tat."

„Und wenn er ein Gentleman gewesen wäre, hätte er sich zurückgehalten und nicht zugelassen, dass es passierte. Es war überaus unmoralisch von ihm, dir nachzulaufen. Er wusste, dass du verletzlich warst und er nutzte diese Verletzlichkeit zu seinem Vorteil aus. Er überzeugte dich vermutlich, dass du beim ersten Mal mehr als willig gewesen wärest, also wo wäre das Problem, ihm ein zweites Mal zu erlauben, mit ihm zu schlafen, dann ein drittes ..."

Als sie ihre grünen Augen aufriss, hatte er seine Antwort. Er nahm ihr heißes Gesicht in seine Hände und küsste sie sanft auf die Stirn, sein verständnisvolles Lächeln verbarg den ohnmächtigen Zorn in ihm auf den ungenannten Verführer, den er am liebsten umgebracht hätte. Der Schürzenjäger mochte der Schärfe von Salts Klinge entronnen sein, aber fände er den Namen heraus, würde er einen Vorwand finden, um ein Duell zu erzwingen und Blut zu fordern für das, was seinem süßen Mädchen angetan worden war. Zweifellos war Caroline nicht die einzige Unschuld, die der Schurke ausgenutzt hatte und er musste aufgehalten, Carolines Ehre gerächt werden. Was sie als Nächstes gestand, überraschte ihn ehrlich.

„Er hat mich gebeten, ihn zu heiraten. Zweimal. Das könnte ich nicht, würde ich nie tun. Aber vielleicht macht ihn das weniger zu einem - einem Verführer ...?"

Antony wusste nicht, warum, aber diese kurze Information verstärkte nur seine Verachtung für diesen Lumpen und nur mit großer Mühe konnte er seine Wut unterdrücken. Er berührte ihren Kopf mit seinem und sagte mit einem sanften Lächeln:

„Er und Aldershot waren beide verächtliche Opportunisten; keiner von ihnen verdiente dich."

„Und ich verdiene *dich* nicht", sagte sie mit tränenvollem Lächeln, eine Hand auf seiner von Bartstoppeln rauen Wange. „Ich habe noch nie einen vollkommeneren Mann kennengelernt ..."

Antony errötete bei ihrer unverblümten Offenheit und sagte mit einem Lachen, um seine tiefe Verlegenheit zu verstecken:

„Salt würde dazu einiges zu sagen haben ..."

„Salt? Pah! Er ist mein Bruder! Ich liebe ihn von ganzem Herzen, aber er ist aufgeblasen und alles andere als vollkommen, ganz gleich, ob Jane das Gegenteil denkt!"

Er grinste und strich ihr eine erdbeerblonde Locke aus ihrer geröteten Wange.

„Du solltest dein Urteil aussetzen, bis ich mein Inneres bloßgelegt habe. In der Tat, ich sehe voraus, dass du dich fragen könntest, ob nicht du diejenige wärest, die einen unüberlegten Schritt täte, wenn du mich heiratest. Glaube mir, mein Zustand erfordert viel mehr Nachsicht von deiner Seite, wenn du dich dazu entschließen solltest, meine Frau zu werden, als mein bereitwilliges Verständnis für das, was du mir gerade anvertraut hast. Jetzt gib mir aber bitte meine Würde zurück, indem du mir erlaubst, diese Wanne zu verlassen und meinen Schlafrock anzuziehen."

Caroline bewegte sich nicht und er zog sich auch nicht zurück.

In ihren Wangen zeigten sich Grübchen.

„Aber ich habe festgestellt, dass ich es mag, dich ohne deine Würde zu sehen", gab sie zu und küsste seine Wange; ihre Hand glitt über seine breite Schulter und die Form seines Oberarms entlang, wobei sie die Schaumbläschen von seiner feuchten Haut wischte. „Musst du deine Wanne gerade jetzt verlassen?"

Er wartete einen Moment, bevor er ihr antwortete, genoss ihre warmen Finger auf seiner feuchten Haut und schwelgte in der weichen Röte ihrer Lippen, die über die Bartstoppeln unter seinem Kinn strichen. Er konnte es nicht erwarten, das Bett mit ihr zu teilen. Er konnte kaum glauben, dass sie wirklich in seinem Ankleidezimmer war, und dass dies alles nicht nur ein wunderbarer Traum war. Er schaffte es, mit fester Stimme zu antworten:

„Wenn ich das nicht tue, werde ich mich verkühlen, ja, ich muss."

Sie schmollte, ihr Arm ging wieder nach oben um seinen Hals.

„Für einen Kuss. Ich werde dich aus deiner schönen Wanne steigen lassen, für einen Kuss. Aber es muss ein richtiger Kuss sein!"

Er lächelte, seine blauen Augen funkelten vor Vergnügen.

„In Ordnung. Für einen Kuss; einen *richtigen* Kuss."

Er legte seinen Mund auf ihre Lippen; jedoch diesmal war keine Schüchternheit dabei, und er begnügte sich auch nicht mit einem einzigen Kuss. Sie schlang ihren Arm um seinen Hals und hielt sich fest, als er sich im duftenden Wasser auf die Knie erhob, sie in seine Arme nahm und sie leidenschaftlich küsste. Dieser Kuss löste Worte und Zweifel auf, es brauchte keine Worte, um die Gefühle zu erklären. Sie schmiegte sich an die Wanne und drückte sich an ihn, genoss es, seinen langen, schlanken Körper nackt an ihrem zu spüren, wünschte sich, dass sie den dicken Wollumhang und das dünne Leinennachtgewand abstreifen könnte, damit er ihre Kurven streicheln und ihre Rundungen erkunden könnte.

Seine Finger verfingen sich in der schweren Masse ihres Haares, gerieten in die Kapuze ihres Umhangs und hielten sie fest an ihn gedrückt und er verlangte nach mehr. Und als sie ihm mehr gab, als er die Süße ihres Mundes kostete, verflog alles bewusste Denken. Beide waren entschlossen, diesen Kuss zu genießen und ohne Unterbrechung auszukosten, anders als ihren ersten richtigen Kuss, der von einem kreischenden Ara und einem übermäßig pflichtbewussten Butler gestört worden war. Aber Entschlossenheit allein war nicht genug, um das Eindringen der Welt bei einem Paar, dessen Begierde nach leidenschaftlicher Intimität in diesem Moment für sie lebenswichtiger war als die Luft, zu verhindern.

NEUNZEHN

Der Mopswelpe watschelte über den Teppich, sein geringelter Schwanz wedelte wild und seine rosige Zunge hing aus dem Mund, als Semper durch den Dienstboteneingang mit zwei kleinen chinesischen Porzellanschalen in seinen Händen hereintrat. Hinter dem Haushofmeister kamen drei der russischen Diener mit dem Teewagen und dem silbernen Samowar herein. Semper stellte beide Schalen auf dem Boden vor dem Kamin ab. Eine enthielt frisches Wasser, die andere nicht nur einen netten, von der Größe her zu dem vierbeinigen Gast passenden Knochen, sondern auch etwas gekochtes Lammfleisch, in genießbare Bissen geschnitten.

Das Paar bemerkte nichts von den Schritten, dem Rasseln der Räder des Teewagens und dem Klirren von Porzellanteetassen, bis einer der Russen es wagte, einen Blick auf die Badewanne zu richten, als er zum Dienstboteneingang zurückging und, abgelenkt von dem geistesabwesenden Paar, dem Lakaien vor ihm auf die Ferse trat. Sein russischer Landsmann verlor seinen Schuh und fluchte in seinen Bart, als er sich umdrehte, um den verlorenen Gegenstand zu finden. Das darauffolgende Gerangel und die raue, geflüsterte Unterhaltung reichten aus, um in Sir Antonys Unterbewusstsein einzudringen und er ließ Caroline widerstrebend los; das Paar benötigte einen Moment, um den Sinn für Zeit und Raum wiederzuerlangen.

Sir Antony griff nach dem Eimer frischen Wassers neben der Badewanne und goss es sich über den Kopf, der eisige Schwall betäubte seinen Körper, bis sein Gefühl zurückkehrte und half ihm, wieder die Herrschaft über sein Denken zu erlangen. Caroline, deren nasse

Vorderseite und deren durchnässter Saum des Wollumhangs sie plötzlich frieren ließen, huschte zur Wärme des Kamins hinüber, wo sie ihre Hände der ausstrahlenden Hitze entgegenstreckte. Zu sehen, wie der Welpe die durch den Haushofmeister dargebotenen Gaben genoss, reichte, um sie wieder ins Gleichgewicht zu bringen, und sie setzte sich neben den Mops, um zu beobachten, wie er den Knochen attackierte.

„Danke im Namen des Mopses", sagte sie mit einem Lächeln zu Semper, dessen Blick höflich auf den Welpen gerichtet blieb. Als er auf ihren Dank hin nickte, sie aber nicht direkt ansah, wandte sie ihre Aufmerksamkeit wieder dem Welpen zu, der mit gesenktem Kopf und erhobenem Schwänzchen in seinem Futternapf steckte. „Was für ein Festmahl für dich, Boots!", gurrte sie. „Das wird dir bis zum Morgen ausreichen."

Caroline hatte, wie Semper, Sir Antony den Rücken zugewandt, um ihm zu erlauben, mit einem Mindestmaß an Anstand und Ungestörtheit aus seinem Bad zu steigen, aber solche Überlegungen wurden zunichte gemacht, als der Besitzer der Badewanne voller Spott über den Namen des Mopses ausrief:

„*Boots*? Du hast doch so einen großartigen kleinen Kerl nicht etwa nach diesem Clown von Big Boots Beresford genannt? Das macht ihn zu einer Verhöhnung seiner selbst *und* Peters, des Aras."

„Beresford? Wie kannst du denken - nun - ja! Warum nicht?", neckte sie ihn, als sie den Anflug von eifersüchtiger Missbilligung in seiner Stimme hörte. „Sowie ich das faltige kleine Gesicht des Mopses sah und diese großen, braunen Augen mich mit solcher Verehrung anstarrten, war mein erster Gedanke, ihn nach Beresford zu nennen; einem Gentleman, der in ganz Wiltshire nicht nur wegen seiner überdurchschnittlichen Stiefelgröße bekannt ist, sondern, wenn man dem Klatsch der zahlreichen Heuböden der Grafschaft Glauben schenken darf", fügte sie hinzu und drehte sich zu ihm um, „ auch dort viel größer ist, wo es am meisten zählt - oh, meine Güte! Du bist ..."

„Sei nicht ..."

„... *fantastisch*."

„... so direkt, Caro!", brummte er mit akuter Verlegenheit wegen ihres Ausrufs spontaner Bewunderung.

Aber da sie sich nicht schämte, ihren Blick zwischen seine langen Beine zu richten oder Sempers Anwesenheit als Hindernis für ihre Schamlosigkeit empfand, seufzte er besiegt und gab den Versuch, den Schein des Anstands zu wahren, auf. Trotzdem schaffte er es, sich abzutrocknen, das nasse Badelaken beiseite zu werfen, sich den seidenen Schlafrock vom Hocker zu schnappen und schnell seine Nacktheit zu bedecken, alles in kürzester Zeit, und alles unter Carolines unverwandtem, bewunderndem Blick.

„Ich kann kaum die Erste sein, die dir ein Kompliment macht", sagte sie schmollend, als er zu ihr an den Kamin trat, „daher sollte meine ehrliche Reaktion keine solche Überraschung sein. Außerdem", fügte sie unter gesenkten Wimpern hinzu, „habe ich vorher schon einen Blick riskiert."

Dieses offene Zugeständnis ließ ihn mit offenem Mund dastehen. Er war gleichermaßen peinlich berührt und entzückt über ihre Respektlosigkeit und Reaktion auf diesen intimsten Teil seiner Anatomie. Und wenn Semper sich nicht in dem Moment, als Caroline sich umgedreht hatte, um zur Badewanne zu sehen, in Bewegung gesetzt und angefangen hätte, herumzulaufen und die auf dem Boden verstreute Kleidung aufzuheben, zweifellos, um seine Verlegenheit zu verbergen, hätte er den ihm auf der Zunge liegenden Scherz, dass ihre Augen jetzt wenigstens an etwas anderem als seinem kurz geschorenen kastanienbraunen Haar hingen, ausgesprochen. Seltsam, dass er sich jetzt, wo sein Körper vollständig bekleidet war, in Carolines Gesellschaft mit seinem unbedeckten Kopf noch immer völlig nackt fühlte. Es juckte ihn in den Fingern, nach der bestickten, seidenen Nachtmütze zu greifen, die Semper neben den Schlafrock gelegt hatte, aber er unterließ es mit der Begründung, welche Rolle sein Kopf ohne die Perücke, wenn sie erst einmal das Bett miteinander teilten - und er gab sich ganz sicher nicht Perücke tragend der Liebe hin - überhaupt bei der großartigen Aussicht auf ein Leben zu zweit spielen würde?

„Meine liebe Lady Caroline", sagte er in einem Ton, von dem er hoffte, dass er autoritär war, obwohl er sein Lächeln nicht beherrschen konnte, als sie ihn mit großäugiger Erwartung anschaute, „du bist in mein Ankleidezimmer eingedrungen, mit einem Mops, der nach einem Clown benannt ist ..."

„Das habe ich nicht gesagt. Sondern du. In Wahrheit war es Beth, meine kleine Nichte, die dem Mops seinen Namen gab, weil er ständig mit einem ihrer seidenen Stiefelchen davonläuft. Sie spricht sie als *Booffs* aus. Jedes Mal, wenn Beth den Mops sieht, kichert sie und ruft ‚Booffs! Booffs!' Daher heißt er Boo*ts*."

„Es freut mich, das zu hören. Aber so entzückend diese Geschichte auch ist, hat sie mich nicht von der Überlegung abgebracht, ob du, nachdem wir geheiratet haben, es dir zur Gewohnheit machen wirst, in die Badewanne deines Ehemannes zu spähen?"

„Nach unserer Hochzeit werde ich mein eigenes Ankleidezimmer haben, wie du sehr wohl weißt, Mylord, aber das wird mich nicht davon abhalten, deine prachtvolle Badewanne zu teilen, wenn ich dazu eingeladen werde, natürlich. Und du wirst mich einladen.“

Er hob eine Augenbraue, wie, um ihre Streitlust zu dämpfen.

„Das werde ich?“

„Ja. Und obwohl ich der Ansicht bin, dass Mann und Frau in der Ehe getrennte Räume haben sollten, halte ich nichts von getrennten Betten. Jane und Salt teilen ein Schlafzimmer und das werden wir auch.“

„Zusammen mit einer Reihe von Tieren, zweifellos“, sagte er zu sich selbst, was aber gehört wurde.

„Natürlich. Viscount Vierpfoten schläft am Fuße von Janes und Salts Bett, oder tat es, bis Merry beschloss, dass sie Gesellschaft bräuchte.“ Sie runzelte bei dem Gedanken die Stirn. „Oder vielleicht war es Vierpfoten, der beschloss, bei Merry zu schlafen, nachdem Jane und Salt Babys bekommen hatten? Ich muss sie fragen ...“

„Bitte. Tu das nicht“, sagte er und schlüpfte in ein Paar bestickter Pantoffeln, bevor er sich zu ihr vor den Kamin gesellte. „Die Schlafgewohnheiten anderer interessieren mich nicht.“

Er lehnte sich neben den Kaminsims, die Hände in den Taschen seines Schlafrocks und schaute zu, wie sie den Mops mit den Stückchen Lammfleisch fütterte, ihre lange Mähne aus glänzenden, kupferfarbenen Locken fiel dabei über ihre linke Schulter und strich über den Boden. Er wollte sie ins Schlafzimmer tragen, um dort weiterzumachen, wo sie an der Badewanne aufgehört hatten. Er zähmte jedoch dieses sehr natürliche Verlangen und richtete seine Gedanken auf den wartenden Samowar voll heißen Wassers und seine rituelle Teezeremonie. Tee und Geständnisse zuerst, dann zu Bett ...

„Sie schreien viel, wenn sie neu sind“, warf Caroline ein. „Babys. Menschenbabys schreien *viel*. Alles in allem, und bitte, erzähle das nicht Jane oder meinem Bruder, ziehe ich meine Tiere vor.“

„Das hast du immer.“

„Ja. Aber ich dachte, wenn Jane und Salt erst einmal ihre Babys hätten, könnte ich meine Meinung ändern. Ich liebe sie alle und ich werde auch die lieben, die noch kommen, und ich genieße vor allem Ned und Beth jetzt, wo sie laufen und sprechen und wir miteinander spielen können. Ich bin sicher, dass ich Sam auch ganz genauso lieben werde, wenn er ein wenig älter ist. Aber ... ich habe mich dadurch, dass ich Tante geworden bin, nicht so verändert, dass ich meine Tiere jetzt nicht mehr genauso, wenn nicht mehr, liebe, als zuvor, bevor Salt seine Babys bekam. Ist das falsch von mir?“

„Es ist nicht falsch, ehrlich zu sein. Aber es wäre klug, diese Gefühle nicht den liebenden Eltern zu offenbaren. Ned und Beth muss ich erst noch kennenlernen. Ich wurde Sam heute vorgestellt und obwohl ich sehr begrenztes Wissen und Erfahrung mit Säuglingen habe, wirkte er wie ein hübsches Baby."

„Ja. Das ist er. Er erinnert mich an eines dieser dicken Engelchen, die auf die Decke des Ballsaals gemalt sind. Alles, was ihm fehlt, sind Flügel und ein kleiner Bogen mit Pfeil."

„Das stimmt! Ich habe gehört, dass Frauen, die nicht so verliebt in Babys sind, völlig andere Wesen werden, wenn sie erst einmal ein eigenes in den Armen halten."

Sie rümpfte ihre sommersprossige Nase. „Erwartest du von mir, viele Babys von dir zu bekommen?"

Er hatte die Bemerkung allgemein gemacht, nicht um ihre Zweifel über ihre Gefühle für Babys und Kinder allgemein hervorzuheben, daher verursachte der Eifer ihrer Nachfrage, zusammen mit dem Rümpfen ihrer kleinen Nase bei der Vorstellung bei Antony einen unwillkürlichen Heiterkeitsausbruch. Sein Grinsen blieb, als Semper, der gerade aus dem Schlafzimmer hereingekommen war, Lady Carolines Frage hörte und prompt über seine eigenen Füße stolperte. Sir Antony dachte, es würde helfen, die Unterhaltung in eine andere Richtung zu lenken, bemerkte aber später, dass er die Situation nur noch peinlicher gemacht hatte, nicht nur für Semper, sondern für alle, als er zu Caroline sagte:

„Das ist keine Erwartung, über die ich besonders nachgedacht hätte. Was nicht bedeutet, dass wir nicht - äh - viele Babys haben werden. Was ich erwarte, und schon sehr lange weiß, ist, dass ein Eheleben mit dir bedeutet, unser Heim mit einer Sammlung von Freunden zu teilen, mit weichem Pelz, Gefieder oder vier Pfoten. Und ich habe mich mit diesem Arrangement immer zufriedengegeben. Schließlich wärest du ohne deine Menagerie nicht du. Wir beide lieben Tiere. Wenn es um Babys und Kinder geht ... ich muss zugeben, dass ich mir nicht erlaubt habe, über den Teil unseres Ehelebens nachzudenken, der zu Babys führt ..."

Caroline runzelte die Stirn, nicht ganz erfreut über dieses Eingeständnis. Sie gab dem Mops seinen Knochen, den er in die Schüssel hatte fallen lassen, ohne jedoch fähig zu sein, ihn mit seinen kleinen Zähnen wieder herauszuholen.

„Hast du nicht - Hast du *nie* in *dieser Weise* an uns gedacht?"

„Ich konnte es mir nicht erlauben, an uns *in dieser Weise* zu denken."

„Konntest du nicht? *Niemals*? Auch nicht an meinem fünfzehnten Geburtstag, als ich deine Wange küsste und dir sagte, dass ich dich heiraten würde?"

„Mit Sicherheit nicht! Du warst erst fünfzehn."

Caroline zuckte entrüstet eine Schulter.

„Das ist kein Grund."

„Oh doch, wenn ich acht Jahre älter bin als du!"

„Vielleicht hast du an meinem siebzehnten Geburtstag daran gedacht?", lockte sie ihn. „Es war ein besonders heißer Monat. Erinnerst du dich? Es war so heiß, dass ich an den meisten Tagen zum Schwimmen an den See ging, und du kamst uns besuchen, und du und Salt seid eines Tages ausgeritten und habt mich erwischte, als ich in meinem nassen Hemd auf den Stufen zum Sommerhaus lag. Sicher erinnerst du dich *daran?*"

Sir Antony fuhr sich mit der Hand über sein Gesicht, die Augen geschlossen. Natürlich erinnerte er sich daran. Er erinnerte sich daran, wie das durchweichte Hemd an jeder ihrer üppigen Rundungen gehaftet hatte. Wie ihr Haar, wenn es nass war, zu einem dunklen Rubinrot wurde, und dass es in tropfenden Strähnen auf ihre Oberschenkel fiel. Dass nur die zufällige Anordnung zweier dieser Strähnen es war, die ihre Brustwarzen bedeckten. Er hatte unverwandt ihre kurvenreiche Schönheit angestarrt, bis seine Augen völlig trocken waren.

Er sagte nichts dazu.

„Natürlich musst du das! Ich wollte gerade in den See zurückwaten, als Salt mir das Badelaken zuwarf und in seiner brüderlichen Art eine Standpauke hielt, dass ich nie ohne die Anwesenheit meiner Gouvernante im See schwimmen dürfte. Er ließ mich versprechen, dass ich mein scheußliches Badekleid über meinem Hemd tragen und mindestens einen der Lakaien am See haben würde, denn wenn ich dort in Schwierigkeiten geriete, wäre niemand in der Nähe, den ich zu Hilfe rufen könnte und ich würde ertrinken. Natürlich hörte ich nicht zu, obwohl ich vorgab, zerknirscht zu sein. Die ganze Zeit, während Salt seine brüderliche Besorgnis ausbreitete, lächelte ich innerlich, weil ich wusste, dass du mich anstarrtest. Du hast nicht einmal geblinzelt! Gib es zu!"

„Du hast mit diesem Badelaken herumgefummelt und keine Anstalten gemacht, dich zu bedecken", brummte Sir Antony. „Du hast absichtlich in deiner ganzen Pracht dagestanden, wohl wissend, dass ich dich anstarrte! Ich hätte ohne männliche Anatomie und ohne natürliche Neigungen geboren sein müssen, um dich nicht anzustarren! Und du wusstest es! Einen Mann so zu reizen ist nichts, worüber man lachen sollte, Caro! Gott, fiel es mir schwer, danach noch bequem im Sattel zu sitzen!"

Caroline lächelte zufrieden. „Also *hast* du mich angeschaut. Du hast mich *in dieser Weise* angesehen, also musst du an uns gedacht haben, zusammen, nack..."

„Ja! Ja! Gut! Ich gestehe dieses eine Mal", gab er zu, damit sie aufhörte.

„Nur dieses eine Mal? Das ist nicht sehr romantisch."

„Romantik hat damit nichts zu tun!"

Caroline schmollte und sagte dann kess: „Ich habe oft an uns zusammen im Bett gedacht, nackt. Ich bin nicht sicher, aber ziemlich gewiss, was fast dasselbe ist, wie sicher zu sein, das erste Mal, als ich mir vorstellte, wie wir nackt zusammen wären, war kurz vor meinem vierzehnten Geburtstag ..."

„Guter - Gott!"

Sie kicherte über seinen verblüfften Gesichtsausdruck, mehr noch, als sie den großen Knopf an ihrem feuchten Umhang öffnete und ihn von ihren Schultern gleiten ließ. Sir Antony trat einen Schritt vor, um den Umhang zu packen, aber Semper war zuerst dort und schnell dabei, das schwere Kleidungsstück aufzufangen, bevor es fiel und den nichtsahnenden Welpen erstickte, der fröhlich an seinem Knochen nagte.

Er hatte vergessen, dass der Haushofmeister noch im Raum war. Er versuchte auch weiterhin zu vergessen, dass er noch im Raum war.

„Du bist im Nachtgewand!"

„Dummchen! Natürlich bin ich das", antwortete Caroline sanft. „Ich lag schon im Bett, als ich beschloss, diesen Besuch zu machen. Du erwartest doch nicht, dass ich um diese Zeit in der Nacht vollständig angekleidet bin, oder? Das hätte *Stunden* gedauert. Nein, bitte leg mir dieses nasse Ding nicht wieder um", befahl sie, als er dem Haushofmeister den Umhang abnahm. „Macht mir eine heiße Tasse Tee, dann wird mir wieder warm. Außerdem", fügte sie hinzu und hüpfte in Richtung der offenen Doppeltür, von der sie annahm, dass sie ins Schlafzimmer führte, „es gibt immer noch Bettdecken, in die man sich kuscheln kann ... Ist das hier entlang ...?"

Sir Antony verdrehte die Augen zu der reich verzierten Decke, drückte den Umhang wieder seinem Haushofmeister in die Hand, der den Arm ausgestreckt hatte, um ihn aufzufangen, mit völlig ausdruckslosem Gesicht, und wollte schon der Liebe seines Lebens in sein Schlafzimmer folgen, als sie zurückgehuscht kam, um den Mopswelpen zu holen. Unter ausführlichen Entschuldigungen dafür, dass sie ihn zurückgelassen hatte, hob sie ihn auf und wollte den angenagten Knochen aufheben, als Antony dem Mops den Knochen abnahm und seine Hand nach dem Welpen ausstreckte.

Caroline zögerte.

„Boots ist noch nie alleine gelassen worden. Tatsache ist, dass er zum ersten Mal von seinem Bruder und seiner Schwester fort ist ...“

„Bruder und Schwester?“

Sie nickte.

„Ich habe ein gutes Heim für zwei von Mops Pennys Wurf gefunden, und ich behalte Boots, was auch immer Salt dagegen sagt, weil er der kleinste aus dem Wurf ist. Damit habe ich nur noch zwei ...“

Er lächelte über ihre Bedenken.

„Ich bin sicher, du wirst für sie ein gutes Heim finden. Wenn nicht ...“ Er hob die Schultern. „Ich habe keine Einwände dagegen, dass noch zwei zu deiner Tierfamilie hinzukommen, wenn es dir das Herz leichter macht.“

Caroline lief zu ihm, schlang ihre Arme um seinen Hals und küsste ihn. „Ich danke dir! Jetzt fühle ich mich viel besser.“

„Das heißt“, fügte er ernst hinzu, obwohl ein Lächeln an seinen Mundwinkeln zupfte, „ich bin durchaus bereit mein Haus, nicht aber mein Schlafzimmer mit deiner Menagerie zu teilen. Ich lege Wert auf meinen Schlaf, daher musst du ...“

„Jane und Salt teilen ihr Schlafzimmer auch mit ...“

„Was dein Bruder und seine Frau oder irgendein anderes lebendes Paar in der Vertrautheit ihrer Räume tun, ist nicht wichtig. Mich interessieren nur unsere Schlafgewohnheiten.“

Caroline legte nachdenklich ihren Kopf schräg. „Aber, wenn wir Babys bekommen ...“

„... werden wir meinen Beschluss überprüfen.“ Er streichelte eine lange, dicke Strähne kupferfarbenen Haares, die über ihre linke Schulter fiel und sagte sanft: „Vielleicht möchtest du lieber in dein eigenes Bett zurückkehren ...“

Damit war die Angelegenheit erledigt. Nachdem sie Boots noch einmal gekrault hatte, übergab sie den Welpen widerwillig an Semper, der gerade davon zurückgekehrt war, den nassen Umhang einem Lakaien im Dienstbotengang in die Hand zu drücken. Wenn Sir Antony nicht darauf aus gewesen wäre, seine Stellung als Herr im Haus zu behaupten, mit einem strengen Ausdruck auf seinen Zügen, hätte er bei dem Anblick, wie sein Haushofmeister zurückzuckte, als seine makellose Person dadurch entweiht wurde, dass der Welpe ihm umgehend über das Kinn leckte, laut herausgelacht.

„Semper, vielleicht würde Mrs. Semper Lady Caroline die große Freundlichkeit erweisen, sich um Boots zu kümmern, bis Lady Caroline nach Salt House zurückkehrt ...“

„... am Morgen“, unterbrach Caroline.

„In Minuten, wenn du dich nicht sofort ins Schlafzimmer begibst!“

„Wie unromantisch du bist!", warf Lady Caroline ihm schmollend vor, aber sie tat, wie ihr gesagt wurde, als Sir Antony das Gesicht verzog und vor Verlegenheit niedergeschlagen wirkte. Sie war noch keine Minute fort gewesen, als sie ihren Kopf durch die Tür steckte, wobei die Mähne feuerroter Haare über den Boden fegte.

„Ich entschuldige mich bereits im Voraus für seine Pfützchen!", rief sie aus und unterbrach Sir Antonys geflüsterte Unterhaltung mit seinem Haushofmeister. „Boots hat keine Manieren - noch nicht!"

„Danke, Mylady. Ich vertraue darauf, dass Mrs. Semper prächtig damit fertig werden wird", stellte Sir Antony fest, ohne sich umzudrehen. Als kein vorlauter Kommentar darauf erfolgte, konnte er sich nicht zurückhalten und schaute über seine Schulter. Natürlich war sie noch immer dort und lächelte ihn an. Mit den Lippen formte er lautlos das Wort: „Geh."

Caroline hob den Kopf und sah ihn trotzig an. Als er eine Augenbraue hob, tat sie widerstrebend, was ihr gesagt wurde, aber nicht, bevor sie ihm nicht die Zunge herausgestreckt hatte.

LADY CAROLINES ANKUNFT IN DER SOUTH AUDLEY STREET IM Schutze der Dunkelheit blieb unbemerkt und würde unkommentiert durch die Einwohner von Westminster bleiben; alle waren zu solch später Stunde im Haus und schliefen. Ohne Vollmond und bei dem Nebel, der tief über den Dächern hing, verspürten nicht einmal die Abenteuerlustigen das Bedürfnis, ohne guten Grund durch die Straßen zu wandern. Wenn der betrunkene Gentleman zu Pferd oder der müde Verkäufer mit seinem leeren Schiebekarren zufällig die Sänfte bemerkte, kümmerte sich doch keiner von beiden genug darum, dass er bemerkt hätte, dass das Wappen, das auf dem schwarz lackierten Feld unter dem verhangenen Fenster zu sehen war, zur Grafschaft von Salt Hendon gehörte.

Jedoch gab es auch die, die über alles wachten und einen Grund dazu hatten. Zwei schmalgesichtige Mitarbeiter des Diebfängers, den Sir Antony angestellt hatte und der Ralph Semper Bericht erstattete, lungerten in den Schatten auf der anderen Straßenseite herum, die Kragen über die Ohren aufgestellt und die Hüte tief ins Gesicht gezogen, um die kalte Nachtluft abzuhalten. Sie waren die Nachtwache, vor Ort, um die ganze Nacht das Templestowe-Haus im Auge zu behalten.

Die Tagwache hatte die Zeit des Tageslichts damit verbracht, eine Kutsche, in der Lady St. John, ihre Begleiterin Mrs. Smith und eine Zeitlang auch Lady Dalrymple saßen, durch die Straßen von West-

london zu verfolgen. Mr. T hatte der Nachtwache angekündigt, darauf
zu vertrauen, dass Lady St. John und ihre Gefährtinnen nach einem so
ereignisreichen Tag an diesem Abend keinen Fuß vor die Tür setzen
würden. Daher erlaubten sich die Mitarbeiter, ein Auge zuzumachen
und unter einer Tür ein paar Stunden Schlaf zu bekommen. Die
Ankunft einer Sänfte mit einem livrierten Vorläufer, der einen brennenden Leuchter trug, um den Weg zu erhellen, ließ die beiden
Männer einander wachstoßen.

Sie beobachteten, wie die Sänftenträger die Sänfte die beiden
flachen Stufen hinauf und über die Schwelle balancierten und vom
Portier in die große Vorhalle eingelassen wurden. Die Tür wurde
geschlossen, um die kalte Nachtluft abzuhalten, und der Vorläufer
verschwand mit seinem Leuchter die Treppen zum Dienstboteneingang unterhalb der Straßenebene hinab. Eine Stunde verstrich, dann
eine zweite, und gerade, als die beiden Männer sich zu fragen begannen, ob der Ankömmling die Nacht hier verbringen würde, kam die
Sänfte wieder aus dem Stadthaus heraus, getragen von den beiden
stämmigen Trägern, der livrierte Vorläufer huschte die Dienstboten-
treppe hinauf, den Leuchter frisch entzündet, um wieder den Weg zu
beleuchten.

Die Männer beobachteten mit nur geringem Interesse, wie die
beiden Träger die Sänfte auf dem Weg, den sie gekommen waren,
wieder zurücktrugen und in der Dunkelheit verschwanden, die
Flamme des Leuchters war im Nebel nur verschwommen zu sehen.

Was sie nicht wissen konnten - die ahnungslosen Träger und der
Vorläufer waren ebenso unwissend - war, dass der Insasse der Sänfte,
der das Grundstück verließ, nicht derselbe war, der zwei Stunden zuvor
im Stadthaus angekommen war. Eine Frau, die einen pelzgefütterten,
roten Umhang trug, der dem von Lady Caroline getragenen ähnelte,
und zuversichtlich war, dass die Träger einen roten Umhang nicht vom
anderen unterscheiden könnten, kam die geschwungene Treppe hinab-
gerauscht, die Kapuze über ihre Frisur gezogen und den Kopf gebeugt,
um ihr Gesicht zu verbergen. Sie wurde in die Sänfte gesetzt und hatte
die Tür schon zugezogen, bevor der Portier die dösenden Träger aus
dem Puderraum unter der Treppe aufgescheucht hatte.

Ohne, dass ein Wort gesprochen worden wäre, hoben die Träger
die Stangen und beförderten die Sänfte zurück zum Grosvenor Square.
Der Einlass in das Haus des Earls von Salt Hendon durch einen schläfrigen Portier unter dem wachsamen Auge zweier stämmiger Lakaien
war eine reine Formalität. Die Vordertür wurde gegen die Welt abge-
riegelt und die Diener, die die Bedeutung des Wortes *unauffällig* kannten, öffneten die Tür der Sänfte, bevor sie sich für die Nacht auf ihre

Posten zurückzogen, so dass der Dame zum Aussteigen, wann immer es ihr beliebte, jede Freiheit gewährt wurde.

Vier Jahre waren gekommen und gegangen, seit Diana St. John sich in den Wänden dieses berühmten Hauses befunden hatte, daher gönnte sie sich einen Moment, um die dünne Luft zu atmen. Mit selbstgefälliger Befriedigung erinnerte sie sich an den Grundriss des Hauses. Jeder der üppigen Räume mit seiner geschmackvollen Dekoration und Möbeln, jeder breite Flur und jedes von Kerzen erhellte Vorzimmer waren so tief in ihr inneres Auge eingebrannt, dass sie ihren Weg mit verbundenen Augen hätte finden können.

Was sie störte und in ihrer Gefangenschaft innerlich verzehrte, war, dass sie die Zimmerflucht nicht kannte, die sie am dringendsten kennen musste, wenn sie ihren Plan, die Abkömmlinge der Gräfin auszulöschen, erfolgreich ausführen wollte. Ganz gleich, wie viele lebhafte Träume sie von Salt House gepflegt hatte, darüber, dort zu herrschen, als wäre sie wirklich seine Herrin, keiner ihrer Träume hatte sich je mit den Kinderzimmern befasst. Sie hatte diese meistgehassten Räume nur einmal aufgesucht, und das unter Zwang. Das Vorhandensein der Kinderzimmer in Salt House hatte sie während ihrer Gefangenschaft verzehrt und gequält, denn sie repräsentierten die Zukunft des Earls, eine Zukunft ohne sie.

Noch immer ihren roten Wollumhang tragend, die Kapuze über ihren Haaren, machte Diana St. John sich auf den Weg zu diesem meistgehassten Ort.

ZWANZIG

„Wenn du sagst, du wärest ein *gewohnheitsmäßiger* Trinker,
heißt das, dass du *ständig* betrunken bist?“

Caroline lehnte sich am polierten Kopfteil von Antonys Bett an,
wo sie es sich zwischen den Daunenkissen bequem gemacht hatte; das
feine leinene Laken und die bestickte Überdecke hatte sie hochgezo-
gen, um ihre gekreuzten Beine zu bedecken. In ihrem Schoß stand ein
lackiertes Chinoiserie-Tablett, auf dem eine Untertasse und ein kleiner
Teller mit einer ausgepressten Zitronenscheibe sowie ein silberner
Löffel lagen. Die Porzellanteetasse hielt sie in beiden Händen und
nippte von dem heißen, süßen Gebräu, während sie sprachen.

„Das war ich. Ich war die ganze Zeit betrunken“, antwortete Sir
Antony auf ihre ernsthaft gestellte Frage. „Vielleicht habe ich nicht so
gewirkt, aber ich kann mich an keinen Tag erinnern, an dem ich nicht
mehr als nötig getrunken habe.“

„Aber alle trinken.“

„Nicht so, wie ich es tat. Nicht den ganzen Tag, jeden Tag. Nicht
bis zu einem Punkt, wo man nicht mehr weiß, was man am Morgen
gemacht hat, schon gar nicht, was den ganzen Tag zuvor geschah!“

„Und jetzt trinkst du überhaupt nichts mehr?“

„Ich trinke nichts, was destilliert oder gegoren wurde oder was
trunken machen kann.“

„Gar nichts dieser Art - *niemals*?“

„Keinen Tropfen.“

„Was trinkst du dann?“

Er lächelte und hob seine Porzellanteetasse.

Caroline runzelte die Stirn. „Nur Tee? Sonst nichts?"

„Oh, du wärest überrascht, was es alles gibt, das keinen Alkohol enthält: Tee, Kaffee, Schokolade, Kräutertees, abgekochtes Wasser ... und dann ist da noch Prinz Mikhails Spezialwein."

„Spezialwein? Was ist daran so besonders?"

„Ich sollte besser sagen, dass die Flaschen, die diesen Spezialwein enthalten, ihn zu etwas Besonderem machen. In den Flaschen ist nicht wirklich Wein", erklärte er, „nur aromatisiertes, abgekochtes Wasser. Ich habe ein Dutzend dieser Flaschen in meinem Keller. Wenn nötig, trinke ich nur aus diesen Flaschen. Es ist ein netter Trick, der es mir erlaubt, mich mit meinen Freunden zu amüsieren, ohne wirklich Wein zu trinken."

„Wann wirst du geheilt sein?"

Er zögerte, darauf zu antworten und nahm sich die Zeit, einen halben Teelöffel Zucker in seinen Tee zu geben und umzurühren, verließ dann schließlich den Teewagen, um sich nahe bei ihr auf die Bettkante zu setzen. Er fühlte sich zerschlagen und verletzt und der Tee, seine zweite Tasse, half, sein Herz zu beruhigen, das in seiner Brust zu heftig pochte. Er hatte Caroline seine Seele entblößt, seine betrunkene Vergangenheit gestanden, alles darüber, und sie hatte kommentarlos zugehört, wie er sie gebeten hatte. Natürlich hatte sie jetzt Fragen, die Antworten erforderten, und die eine Frage, die Frage, die sie ihm gerade gestellt hatte, war die am schwersten zu beantwortende. Sie erforderte, dass er ihr erklärte, was sie in ihrer Zukunft erwartete. Er betete, dass sie dennoch zu einer Ehe mit ihm *ja* sagen würde. Würde sie der Ansicht sein, dass es besser wäre, ihr Leben mit einem gewohnheitsmäßigen Trinker zu teilen als mit einem an Auszehrung leidenden Narzissten, der zu Wutanfällen neigte?

Er streckte seine Hand aus, ergriff ihre und schaute in ihre grünen Augen. Am besten sagte er es gerade heraus - wie anders könnte er es ihr sagen?

„Es gibt keine Heilung. Ich werde den Rest meines Lebens ein Trinker sein."

„Aber ... du betrinkst dich doch nicht mehr. Du hast aufgehört zu trinken ..."

„Das bedeutet nicht, dass ich nicht trinken möchte oder in Zukunft nie mehr betrinken würde", erklärte er. „Das Verlangen danach ist immer in mir. Es verschwindet nie."

Caroline runzelte die Stirn. „Woher weißt du, dass es nicht verschwinden wird? Woher weißt du, dass du nicht einen Schluck trinken und dann aufhören kannst?"

„Ein gewöhnlicher Trinker kann nicht einfach nach einem Glas aufhören. Es ist alles oder nichts."

„Aber ... woher weißt du das? Vielleicht legt sich das einfach?", fragte sie hoffnungsvoll. „Vielleicht wirst du eines Tages aufwachen und nicht länger dieses Verlangen spüren?"

Er schüttelte den Kopf.

„Caro, hör mir zu. Es ist wichtig, dass du dir darüber klar bist, was ich bin, und dass es jeden Tag so sein wird ... So wird es für uns sein, wenn du mich heiratest. Erinnerst du dich, dass ich dir erzählte, wie seine Hoheit, Prinz Mikhail, mir half, als ich am tiefsten Punkt angelangt war? Er war in der Lage, mir zu helfen, weil auch er ein gewohnheitsmäßiger Trinker ist. Er erkannte dieselben Anzeichen bei mir. Er machte es mir möglich zu sehen, wie tief ein Trinker sinken kann, alles nur, um das nächste Glas zu bekommen. Er zahlte einen hohen Preis, bevor er zur Vernunft kam und erkannte, dass er sterben würde, wenn er das Trinken nicht ließe, und das, bevor seine Söhne sich vom Gängelband gelöst hätten!

„In einer Nacht wurde er fast erfroren auf der Straße gefunden. Sein Herz schlug kaum noch. Seine Erfrierungen waren so schwer, dass die Chirurgen operieren mussten. Zwei Finger seiner linken Hand und drei Zehen seines rechten Fußes wurden schwarz und brandig, daher mussten sie entfernt werden. Aber er war dankbar, am Leben zu sein. Er wollte nicht, dass ich ein ähnliches Schicksal erlitte, bevor ich zur Vernunft käme. Er überzeugte mich davon, seine Hilfe und seinen Rat anzunehmen, und daher verdanke ich Misha - Seiner Hoheit - mein Leben, dieses neue Leben, das ich jetzt führe. Er hat es geschafft, sein Verlangen nach Alkohol nun seit fast einem Jahrzehnt zu beherrschen, was schon allein eine große Tat ist, aber nicht ohne die Unterstützung seiner Frau, seiner Schwester und der Wachsamkeit seiner Aufpasser."

„Aufpasser?"

„Diener, die dazu ausgebildet sind, auf Zeichen der Schwäche zu achten. Wenn ihr Herr rückfällig wird, haben sie seine schriftliche Erlaubnis und volle Begnadigung, dass sie ihn einsperren dürfen, bis er wieder Herr seiner selbst und seiner Gier ist. Das ist eine drastische Maßnahme, aber sie hilft."

„Du hast auch solche Diener, solche Aufpasser?"

„Ja. Fünf der Russen, die mit mir nach England kamen, sind gründlich ausgebildet, ausgebildet, mich zu beobachten, auf Zeichen der Schwäche zu achten, und wenn ich rückfällig werde, zu handeln, schnell zu handeln. Sie haben die gleiche schriftliche Erlaubnis und volle Begnadigung, wenn es nötig werden sollte, mich gegen meinen Willen einzuschließen. Sie werden mich behandeln und sich um mich kümmern, bis ich wieder in der Lage bin, unter Menschen zu gehen. Niemand darf sich in die Behandlung einmischen ..."

„Du meinst, deine Frau und deine Familie dürfen sich nicht einmischen."

„Ja. Keine Angst; ich kann nicht aus einer Laune heraus eingesperrt werden. Alle fünf müssen zustimmen, dass die Behandlung notwendig ist. Einer kann nicht ohne die anderen handeln, und vier können nicht ohne den fünften handeln. Caro, du musst verstehen, so sicher, wie die Nacht auf den Tag folgt, wird der Tag kommen, an dem ich rückfällig werde. Der Drang ist zu Zeiten unerträglich, aber bisher habe ich es geschafft, mein Verlangen zu kontrollieren."

Caroline drückte seine Hand. „Ich glaube, ich verstehe es ... Mir gefällt die Vorstellung nicht, dass du eingesperrt bist, dass du *Behandlung* brauchst. Und ich werde mir furchtbare Sorgen machen, bis du wieder wohlauf bist, aber ich würde mich nie einmischen, wenn es das Beste für dich ist ..."

Er küsste ihre Hand. „Danke."

„Der bärtige Lakai, der den Teewagen in den Salon brachte ... Der, der mich hochhob und in dein Ankleidezimmer brachte ... Sind das deine Aufpasser?"

„Ja." Er lächelte schwach. „Ich hatte gehofft, dass sie sich in Livree gekleidet in meinen Haushalt einfügen würden." Er lachte auf. „Ich hatte überhaupt nicht erwartet, dass sie, kaum, dass wir Petersburg fünf Minuten verlassen hatten, ihre Rasierklingen wegwerfen würden. In Petersburg ist es durch kaiserliches Edikt verboten, Bart zu tragen, aber der Rest von Russland kümmert sich nicht um dieses Gesetz. Ich kann sie nicht zwingen, sich zu rasieren, ich würde es auch nicht wollen. Das Haar auf ihren Gesichtern ist anscheinend Teil ihrer natürlichen Lebensweise. Daher werde ich der einzige englische Lord mit bärtigen Lakaien sein!"

„Oh, ich finde, sie sehen mit ihren Bärten prächtig aus. Das verleiht deinem Haushalt etwas Exotisches." Wieder tauchten Grübchen in ihren Wangen auf. „Du solltest sie in eine andere Livree kleiden als die anderen Lakaien. Gib ihnen goldene Litzen und farbige Strümpfe. Mach sie zu etwas Besonderem. Lass sie als Wächter deines Hauses auftreten. Was sie, wenn du es recht bedenkst, ja auch sind. Sie sehen auch danach aus, da sie so groß und massig sind. Und wenn wir von einer Botschaft auf dem Kontinent zur nächsten reisen, wird man über uns reden, wenn auch nur wegen unserer bärtigen Wachen. Vielleicht führen wir eine Mode der haarigen Lakaien ein!"

„Also gefielen dir meine Küsse? Oder gibt es an meiner Person noch ein besonderes Etwas, das deinen Entschluss bestimmt hat, mich zu meiner nächsten Stellung zu begleiten?“

Sie hielt ihre Wimpern gesenkt, obwohl sie die Hitze, die auf ihren Wangen glühte, nicht unterdrücken konnte. „Deine Küsse lassen mich ein Kribbeln spüren ...“

„Ja?“

„... überall. Und das besondere Etwas ...“

„Etwas?“

„... das besondere Etwas ist nicht das, woran du denkst! Obwohl ich sagen muss, dass das *andere* besondere Etwas nichts ist, das meiner Komplimente bedarf, da ich sicher bin, dass es andere Frauen gibt, mit viel mehr Erfahrung, die dich schon ohne zu übertreiben bewundert haben.“

„Bewundert haben? Wegen meines kurzgeschorenen Haares?“, erwiderte er mit einem vorgetäuschten, fragenden Stirnrunzeln.

„Dein Haar?“ Nun war sie es, die die Stirn runzelte. „Erlaubst du anderen Frauen, dich ohne Perücke zu sehen? Nein! Antworte nicht darauf! Das geht mich nichts an, das ist deine Sache und ich ...“

„... du wirst von diesem Tag an die einzige Frau sein, die dieses Privileg hat. Mein natürliches Haar schien dir überaus zu gefallen, daher habe ich, trotz des Verlangens, meinen Kopf in Gesellschaft mit einer Mütze zu bedecken, dies deinetwegen nicht getan.“

„Oh! Oh! Ja! Ich war ...“

„Das besondere Etwas, auf das du dich bezogst, war mein Kopf *ohne* Perücke?“

„Ja! Natürlich!“, sagte sie rasch, erhitzter denn je.

Als er lächelte und blinzelte, stieg noch mehr Röte in ihr Gesicht, da sie seine verspielte List erkannte. Sie lächelte, fühlte sich aber gar nicht unbehaglich. Tatsächlich war sie überrascht, dass sie sich von einem Gefühl völligen Glücks überwältigt fand. Zum ersten Mal in vielen Jahren waren Unsicherheit und Herzschmerz verschwunden. Sie war zufrieden, und mit dieser Zufriedenheit kam ein Bewusstsein, wie wohl sie sich fühlte, hier, an die weichen Daunenkissen von Antonys Bett gelehnt. Sie stellte sich vor, wie es sein würde, wenn sie verheiratet wären. Sie wollte sich unter die Decken kuscheln, seine Arme und seinen Körper um sie geschlungen, um in einen tiefen, friedlichen Schlaf zu fallen. Schlaf. Sie bemerkte plötzlich, dass sie sehr müde war, denn die frühen Morgenstunden mussten schon angebrochen sein.

Doch blieben noch ein paar Fragen, die sie stellen wollte, und sie wollte auch, dass er sie jetzt beantworten sollte, solange er in der Stimmung war, über vertrauliche Dinge zu sprechen. Er hatte so offen über sein Leiden gesprochen, etwas, von dem sie nichts geahnt hatte, und das hatte ihr Aufklärung über früheres Verhalten gegeben, das für den Antony, den sie kannte und liebte, völlig uncharakteristisch gewesen war. Sie bewunderte seine Offenheit, wie er ihr sein Innerstes öffnete, und weil er dies getan hatte, weil er ihr bester Freund war und sie ihn liebte, war es nur recht, dass sie seine Last teilte.

„Erzähle mir von dem Tee", sagte sie ruhig. „Ist es das, was dir hilft, nicht mehr zu wünschen, etwas zu trinken, das dir schadet?"

„Es ist die Zeremonie, die dazu nötig ist, um eine vollkommene Tasse Tee zu machen, die mir hilft, mein Verlangen zu überwinden", erklärte er. „Jedes Mal, wenn ich eine Tasse Tee zubereite, folge ich einem genauen Ablauf von Schritten. Jeder Schritt näher an der vollkommenen Tasse Tee ist ein Schritt fort vom Bedürfnis nach einem Glas Wein oder einem Schluck Weinbrand."

„Ja. Ich kann sehen, wie du dich in die Zeremonie vertiefst. Wie du Tee zubereitest, wirkt sehr beruhigend", antwortete sie mit einem Lächeln und unterdrückte ein Gähnen.

Er grinste. „Ist beruhigend ein anderes Wort für langweilig? Mache ich meine Lady schläfrig?"

„Nein! Mach keine Witze!", schmollte sie. „Es ist spät und ich bin schläfrig ..." Sie stellte ihre Teetasse beiseite, um sich in die Kissen zurückzulegen. „Ich mag die Art, wie du deinen Tee zubereitest. Ich schaue deiner Zeremonie gerne zu. Ich habe dich an dem Tag im Salon beobachtet, und du hast genau dieselben Schritte absolviert wie jetzt hier. Jedes Detail ist genau gleich. Zum Beispiel sind alle Henkel der Teetassen nach links gerichtet, während die Löffel rechts auf den Untertassen liegen."

Er lächelte. „Du bist eine gute Beobachterin. Rituale sind das, was mir hilft, meine Nüchternheit zu bewahren. Es gibt andere Dinge in meinem Leben, wo ich Rituale verwende. Das alles hilft mir, mich abzulenken, mich auf das zu konzentrieren, was in meinem Leben das Wichtigste ist."

Caroline kuschelte sich unter die Decken und sah mit einem koketten Lächeln zu ihm auf. „Bin ich in deinem Leben wichtig, Mylord?"

Er hob eine Augenbraue. „Musst du das fragen?"

„Natürlich. Ich werde es nie müde, dich das sagen zu hören."

„Weißt du, was mich am Ende dazu brachte, das Trinken aufzugeben?"

Sie schüttelte den Kopf, obwohl sie sich in Erwartung seiner Antwort anspannte.

„Misha öffnete mir die Augen und gab meinem Drang einen Namen. Er ließ mich einsehen, was ich wirklich bin, mich im Spiegel ansehen und sagen: *Ich bin ein gewohnheitsmäßiger Trinker.* Aber ich musste erst mein Leben ändern *wollen*, um einen Grund zur Veränderung zu finden, mich zum Besseren zu ändern."

„Erzähle es mir", murmelte sie. „Was war dein Grund?"

Er antwortete ohne zu zögern:

„Du, Caro. Ich wollte dich mit reinen Herzen und klarem Verstand bitten können, mich zu heiraten." Er schnaubte. „Ich habe es geschafft, wenn ich es auch beim Aussprechen vermasselt habe."

Sie schüttelte den Kopf, Tränen in den Augen.

„Nein. Nein. Das hast du sehr schön gesagt. Du hast mich gebeten, dich zu heiraten, wie ich es mir immer erträumt hatte. Es war perfekt. Ich war diejenige, die es dir - uns - verdorben hat, *ich* habe es vermasselt!"

Er schaute auf seine Hände hinab und sagte mit einem Hauch von Traurigkeit: „Ich fasste den Entschluss, mit dem Trinken aufzuhören, bevor ich wusste, dass du Aldershot geheiratet hattest. Als ich entdeckte, dass du die Frau eines anderen warst, dass du nie die meine sein könntest ... da gab ich beinahe auf. Ich zog ernsthaft in Betracht, dass es vorzuziehen sei, den Rest meines Lebens betrunken zu bleiben, nachdem du mit einem anderen verheiratet warst."

„Oh, Antony, *nein.*"

„Aber dann wurde mir klar, was für ein Mann wäre ich, wenn ich nicht aus reiner Selbstachtung nüchtern bleiben könnte? Ich befürchtete, wenn ich wieder zu meinen Trinkgewohnheiten zurückkehrte und nach England zurückginge, um dich dort glücklich verheiratet, vielleicht mit Kindern, vorzufinden, würde ich meine Sucht nie kontrollieren können."

„Aber du bist zurückgekehrt, ich bin nicht länger verheiratet, ich habe keine Kinder und du hast alles unter Kontrolle, daher gibt es keinen Grund für dich, etwas zu befürchten, nicht wahr?"

Er lächelte über den optimistischen Ton in ihrer Stimme und sprang aus dem Bett. Er nahm das kleine Lacktablett, auf dem ihre leeren Teetassen standen und sah einen Moment auf sie hinab.

„Mir wurde noch etwas klar, als ich in diesen Spiegel blickte ... Ein Leben, das man nicht mit dem Menschen teilt, den man liebt, ist nur ein halbes Leben ..." Er machte eine elegante, kleine Verbeugung mit seinem Kopf. „Entschuldige mich bitte für einen Moment, während ich das Teegeschirr aufräume ..."

Er nahm sich Zeit, stapelte die sauberen Teller auf, spülte die Teetassen und silbernen Löffel mit heißem Wasser aus dem Samowar ab und rieb die einzelnen Teile dann vorsichtig trocken, bevor er jedes auf seinen bestimmten Platz auf dem Teewagen zurückstellte. Die benutzten, nassen Teeblätter wurden in einen hohen Porzellankrug mit passendem Deckel gekippt, die beiden Teekannen ausgespült und auf ihre jeweiligen Plätze gesetzt. Er putzte als nächstes das blauweiße Teesieb aus Porzellan und legte es beiseite, bevor er seine Hände an einem Handtuch trocknete, das er dann zusammenfaltete und an den Haken zurückhing, der an der Seite des Wägelchens befestigt war. Zufrieden, dass das Teeservice in Ordnung und bereit für seine nächste Tasse Tee war, ließ er den Teewagen stehen und kehrte in sein Bett zurück.

Caroline war fest eingeschlafen. Das hatte er erwartet. Er hatte sich Zeit gelassen, genug Zeit, um sicherzugehen, dass sie trotz aller Bemühungen wach zu bleiben nicht imstande sein würde, das Bedürfnis, ihre schweren Lider zu schließen, zu unterdrücken, und in einen tiefen Schlaf zu fallen. Mit den Händen in den Taschen seines seidenen Schlafrocks beobachtete er sie. Er fand es noch immer schwer zu glauben, dass Caroline in seinem Bett war, dass es ihr leuchtend rotes Haar war, das über seine weißen Leinenkissen fiel.

Zuvor, als er zuerst in sein Schlafzimmer gekommen war, nachdem er Boots, den Mops, bei seinem Haushofmeister gelassen hatte, war sein dringendstes Bedürfnis gewesen, seinen Schlafrock abzuwerfen, Caroline aus ihrem Nachtgewand zu helfen, sie nackt auf sein Bett zu werfen und überall zu küssen. Er wollte sie so oft lieben, wie sie danach verlangte; ihr beweisen, dass er sie glücklicher machen konnte als jeder andere Mann. Stattdessen hatte er sein überwältigendes Verlangen bezähmt und ihnen beiden in aller Ruhe eine Tasse Tee zubereitet.

Keineswegs hatten das Geständnis und die späte Stunde sein Begehren verlöschen lassen. Er hatte noch immer den Wunsch, sie zu lieben; sein Körper lieferte ihm den deutlichen Beweis dafür. Es war etwas weniger Greifbares, aber für ihn nicht weniger Reales. War es Stolz? Ehre? Dünkel? Welchen Namen es auch tragen mochte, es verlangte, dass er seinem Verhaltenskodex als Gentleman treu blieb. Seine Ehre zu wahren war ihm ebenso wichtig wie zu atmen. Ohne dieses Verhalten war er kein Gentleman. Er würde die letzte intime Erfahrung eines verliebten Paares, die erst in ihrer Hochzeitsnacht, nicht zuvor, beginnen sollte, nicht entwerten. Und daher strich er zärtlich eine lange Locke seidigen roten Haares aus Carolines Wange, küsste zart ihre Stirn, steckte die Decken ordentlich um sie fest und zog sich in sein Ankleidezimmer zurück. Eine unbequem auf seiner Chaiselongue verbrachte Nacht war ein kleiner Preis für ein reines Gewissen und einen ungestörten Schlaf.

Er erwachte zwei Stunden später, in kalten Schweiß gebadet; er hatte nicht von seiner angebeteten Caroline geträumt, die in seinem

Bett im Nebenzimmer schlief, sondern von seiner Schwester, und er wusste mit niederdrückender Gewissheit, dass er nie das Leben mit Caroline haben würde, das er sich erträumte, bevor er nicht mit Diana fertig wäre, ein für alle Mal.

Früher am Tag hatte seine Schwester ihm die Einladung zum Maskenball bei Salt aus der Hand gerissen, ihre Augen hatten triumphierend gefunkelt. Sie hatte die goldgeränderte Karte stolz Lady Dalrymple und Mrs. Smith gezeigt. Es war keine Überraschung, dass die Unterhaltung während des Diners und später bei Kaffee und Makronen im etruskischen Salon sich nur um den Maskenball drehte, von der Frage, was man tragen würde, bis zu der, wer dabei sein würde und der Notwendigkeit, die wenigen Tage, die bis zum Ball noch verblieben, mit den Anproben für ihre Kostüme und Besuchen bei Freunden, die ebenfalls auf der Gästeliste standen, zu verbringen.

Sir Antony hatte mit seiner Tasse Tee in einem vergoldeten Sessel im Salon gesessen, ein schweigender männlicher Zuhörer dieser lebhaften weiblichen Diskussionen. Er hätte ein Geist aus einer himmlischen Heimsuchung sein können, seine Anwesenheit wurde völlig vergessen. Sie war unwichtig. In Wahrheit war er froh, übersehen zu werden. Das gab ihm die Gelegenheit, seine Schwester zu beobachten und sich selbstsüchtig diese Erinnerung an sie einzuprägen: schön und lebendig, voller Erregung, vertieft in harmlose Pläne über Kostüme und Masken.

Schließlich ging er von Trauer überwältigt in seine Zimmer zurück. Die Einladung hatte begonnen, ihren Zweck zu erfüllen. Diana wurde in falschem Selbstvertrauen gewiegt, was ihren Platz in der Zuneigung des Earls von Salt Hendon anging, denn die Einladung war ja ein sicheres Zeichen der Vergebung.

Während er sich auskleidete und sein Bad vorbereitet wurde, arbeitete er einen Plan für Dianas Inhaftierung aus. Mithilfe der Russen, Mr. T und dessen Helfern beabsichtigte er, Diana in der Nacht der Maskerade „sterben" zu lassen. Ein schweres Betäubungsmittel und ihre Auffindung am Fuße der Treppen würde die Gesellschaft und ahnungslose Familienmitglieder glauben lassen, dass sie gefallen wäre und sich den Hals gebrochen hätte. Es würde ein Begräbnis, aber keine Leiche geben. Nur wenn sie tot war, konnten ihre Kinder sie betrauern, der Name der Familie vor Schande bewahrt werden und das Leben weitergehen. In Wahrheit würde seine Schwester den Rest ihrer Tage in der abgelegenen russischen Wildnis verbringen, wo Tod der einzige Ausweg war.

Jedoch hatte er jetzt, dank seines Tête-à-Tête mit Caroline, einen besseren Plan gefasst, als er in seinem Badewasser abgetaucht und sie auf dem Badehocker am Ende seiner Wanne gesessen hatte. Er hatte ihrem aufrichtigen Geständnis über ihr Leben seit seiner Abreise nach Petersburg zugehört und mit etwas, das er für Gleichmut und Zurückhaltung hielt, reagiert. Unter dieser Fassade kochte er jedoch. Zorn schmorte in ihm und kochte zu Wut auf, als sie ihr Herz ausschüttete, ihre tiefe Scham und ihr Gefühl, nicht würdig zu sein, seine Frau zu werden, gestand. Er wusste, dass er letztlich die Schuld an den vier kummervollen Jahren trug, die sie durchlitten hatte, daher war der größte Teil seines Zorns gegen ihn selbst gerichtet, aber er trug nicht die Schuld daran, dass sie ihre Unschuld bei einem öffentlichen Maskenball verloren hatte. Er wusste, wo er die Schuld dafür zu suchen hatte. Obwohl sie seinen Namen nicht genannt hatte, bedurfte es keiner großen logischen Überlegungen, um zu dem Schluss zu gelangen, dass ihr Verführer und ihr Liebhaber derselbe Mann waren, und dass dieser Mann kein anderer als das Parlamentsmitglied Dacre Wraxton war.

Er hatte den großen Wunsch, den schurkischen Wraxton zu erwürgen, oder ihn zumindest mit der Spitze seines Schwertes blutig zu schlagen. Jedoch der Diplomat in ihm entwickelte einen viel besseren Plan, der nicht nur Dacre Wraxton, sondern auch seine Schwester erledigen würde. Die Gesellschaft liebte Skandale, und keinen mehr als einen, der vor Wollust triefte. Wraxton und Diana würden zusammen auf den Kontinent davonlaufen, seine Schwester würde dann später sterben, vielleicht auf der Überfahrt über den Kanal ertrinken, und Wraxton würde Lord Salt die tragische Nachricht schriftlich mitteilen. Das würde die Gesellschaft denken, vor allem, wenn Dacre Wraxton zur gleichen Zeit wie seine Schwester verschwand. Sir Antony kümmerte es überhaupt nicht, wo Dacre Wraxton sein Exil verbringen würde, solange es mehr als hundert Meilen von Caroline entfernt war. Er war davon überzeugt, dass das schurkische Parlamentsmitglied seinen Plänen in die Hand spielen würde. Wenn nicht, würde ein Duell bald seine Meinung ändern.

Zuversichtlich, dass sein Plan funktionieren würde, war er entschlossen, sich seine Schwester für die ihm noch verbleibenden, wenigen Stunden des Schlafs aus dem Kopf zu schlagen. Er schüttelte die Kissen auf, machte es sich, so gut er konnte, auf dem Sessel bequem, der für seine Länge nicht ausreichte, und, in Gedanken bei der in sein Bett gekuschelten Liebe seines Lebens, schaute er in die Glut des Kamins, bis er einschlief.

EINUNDZWANZIG

DIANA ST. JOHN LÄCHELTE ÜBER IHRE EIGENE KLUGHEIT, während sie zu den Kinderzimmern hinaufschlich. Sie schritt über die Haupttreppe und die Flure, ohne den Verdacht der auf ihren Posten in den beleuchteten Nischen dösenden Lakaien, an denen sie auf ihrem Weg in den dritten Stock vorbeikam, zu erwecken. Sie war so zuversichtlich, dass sie nicht ertappt werden würde, dass sie die Kapuze ihres scharlachroten Umhangs zurückwarf, um ihren Weg durch die miteinander verbundenen Zimmer besser erkennen zu können. Ein schwelendes Feuer in jedem Kamin und zwei brennende Kerzen in verspiegelten Wandlampen in jedem Raum boten Wärme und ein freundliches Licht.

Die Kinder schliefen fest in ihren kleinen Betten. Die Kindermädchen, die während der Nacht über ihnen wachten, für den Fall, dass einer der Kleinen aufwachte und wieder beruhigt werden müsste, schliefen auf Rollbetten oder in Sesseln in jedem Zimmer. Dass die Zimmer keine Türen hatten, verschaffte Diana St. John mehr Bewegungsfreiheit bei ihrem Weg von einem Schlafzimmer ins nächste. Sie hielt sich in keinem Raum lange auf, nur in einem. Dies war das Schlafzimmer zweier kleiner Kinder, eines Jungen und eines Mädchens. Beide waren auf dem Rücken liegend in einen tiefen Schlaf gefallen, daher war sie in der Lage, einen guten Blick auf ihre kleinen Gesichter werfen zu können, deren Wangen von der Wärme gerötet und deren Stirn glatt und sorgenfrei war. Der Junge hatte einen Schopf blonder Locken und die Farben der Sinclairs; das kleine Mädchen, kaum mehr als ein Baby, hatte den Kopf voller schwarzer Ringellocken, kirschrote, runde Wangen und ein engelhaftes Gesicht, das große Ähnlichkeit mit dem seiner verfluchten Mutter hatte.

Den Jungen musterte Diana am längsten. Wenn sie ein Fünkchen Mutterliebe besaß, galt sie allein ihm, denn er ähnelte seinem edlen Vater stark. Aber dieser Moment verging ebenso schnell wieder, denn dieser goldhaarige Junge hatte den Platz ihres Sohnes als Erbe von Salt Hendon geraubt, und das hinterließ einen bitteren Geschmack und tiefen Hass. Nicht mehr lange würde dieser erstgeborene Sohn seines edlen Erbes sicher sein, und das ließ sie lächeln.

Sie schaute sich in dem großen Raum mit seinen hübsch vergoldeten Möbeln in hellblau und rosa mit passenden Vorhängen um, sah den Kamin mit seinem zur Sicherheit aufgestellten Schirm und die dicken Teppiche. Ein Kindermädchen schlief zusammengerollt unter einer Decke auf einem Stuhl. Wie einfach würde es sein, die Vorhänge in Brand zu setzen. Wie lange würde es dauern, bis jemand den brennenden Stoff roch, bevor der Raum in Flammen aufging, bevor die Kinder in den Rauchschwaden erstickten? Doch sie widerstand diesem Drang, da sie es nicht zulassen konnte, darin verwickelt zu werden.

Sie musste in den Augen des Earls als Retterin erscheinen, um sein einziger Trost zu sein, wenn die Zeit kam, wenn seine Familie in einem Inferno zugrunde ginge. Und die perfekte Gelegenheit dazu war ihr in Form des Maskenballes auf einem Silbertablett serviert worden. Sie hätte vor Schadenfreude darüber, dass sie an diesem Nachmittag eine Einladung von Salt erhalten hatte, laut jubeln mögen. Sicherlich bedeutete das, dass die Herrschaft seiner Frau über ihn schwand, denn sie würde nie der Anwesenheit ihrer Rivalin zustimmen, und das war keine Überraschung. Drei Kinder in rascher Folge dürften das Aussehen der mageren Hure haben verblassen lassen. Ein Mann von Salts Appetit verlangte frische, willige Frauen, um seine Bedürfnisse zu befriedigen, von denen sie jede Menge beschaffen würde, wenn sie erst wieder ihren rechtmäßigen Platz an seiner Seite eingenommen hätte.

Nachdem sie einen guten Grund hatte, in der Nacht des Balls im Haus zu sein, was könnte einfacher sein, als zu verschwinden, um Mrs. Smith Zugang zum Haus zu verschaffen? Sie würde das Feuer legen, die Gräfin warnen, dass ihre Kinder in Gefahr wären, und dann die ganze Familie ohne Fluchtmöglichkeit in Rauch und Flammen einsperren. Diana würde den Erben des Earls von Salt Hendon retten, nur, um den Jungen trotz ihrer größten Anstrengung, ihn wiederzubeleben, in ihren Armen sterben zu lassen. Den Jungen zu retten würde einen greifbaren Beweis für ihre Treue für den Earl liefern; dass der Junge trotz aller Mühe, ihn zu retten, in ihren Armen starb, würde nicht als ihre Schuld anzusehen sein. Sie konnte kaum erwarten, dass dieser Moment eintrat.

Nicht heute Nacht.

Heute Nacht war sie gekommen, um das zu holen, was die nutzlose Nichte von Mrs. Smith zu feige gewesen war, aus den pummeligen Händen dieses goldhaarigen Kindes zu entwenden. Sie fand den Stoffaffen an der Seite seiner Matratze neben seinem Kissen. Laut Mrs. Smiths Nichte befand sich dieses lächerliche Spielzeug, eine Stoffpuppe, die mit grinsendem Gesicht und in ein gelbes Hemd und kurze Hosen gekleidet angeblich einem Affen ähnelte, ständig an der Seite des Jungen. In ihrem Haushalt hätte sie ein so verwöhntes Benehmen nie geduldet. Ihren Kindern waren nur Dinge erlaubt, die einen praktischen oder erzieherischen Zweck hatten, denn wie konnten Kinder wohlerzogene, gehorsame Wesen werden, wenn man ihnen erlaubte, kindische Wünsche auszuleben? Dieser Affe war ein weiterer Beweis für die Untauglichkeit dieser Kreatur als Gräfin von Salt Hendon, und auch er würde zusammen mit dem Rest der Familie des Earls zu Asche verbrennen. Aber im Moment brauchte sie ihn. Der Affe war notwendig, um den Jungen in ihre Arme zu locken, fort von seinen Kindermädchen und seinen Eltern und den Flammen, die die Kinderzimmer verschlingen würden.

Mit dem Affen in ihrem Besitz war sie bereit, in das Stadthaus ihres Bruders zurückzukehren, auf dieselbe Art, wie sie es verlassen hatte, in der Sänfte und ohne den Verdacht der Träger zu erwecken. Denn wie sonst würde Lady Caroline nach Salt House zurückkehren, ohne etwas vom Missbrauch ihres Transportmittels und ihrer Diener zu ahnen? Diana schob den Stoffaffen unter ihren Umhang, wandte sich zum Gehen und sah sich einem großen, halberwachsenen Mädchen in Nachthemd und bestrumpften Füßen gegenüber, das im Durchgang stand und ihren Ausgang versperrte.

Es war ihre Tochter Magna.

„Mama, das ist Neds Affe", sagte Merry mit einer langsamen, verschlafenen Stimme, die andeutete, dass sie nicht wach war. „Gefiel dir mein Bild von Peter, dem Ara? Er ist ein besonderer Vogel ..."

Nach einer erzwungenen Trennung von vier Jahren wäre der natürliche Instinkt einer Mutter gewesen, zu ihrem Kind zu laufen, es zu umarmen, zu küssen, das Bedürfnis nach körperlicher Nähe hätte alle anderen Überlegungen überwältigen müssen, um dem Kind zu versichern, dass es geliebt wurde und sehr vermisst worden war. Nicht so Diana. Sie war erfreut, ihre Tochter bei so guter Gesundheit zu sehen, aber das Mädchen hätte keinen schlechteren Zeitpunkt für eine Familienzusammenführung wählen können. Das sollte später geschehen, in

Anwesenheit des Earls und Rons, nicht vorher. Sie hatte einfach keine Zeit, sich dem Mädchen in seinem halbwachen Zustand zu widmen. Daher legte sie einen Arm um die schmalen Schultern und brachte Merry zu ihrem Bett zurück. Schläfrig gab Merry bereitwillig nach und kroch unter die Decke.

„Gute Nacht, Mama", sagte Merry schlaftrunken, als sie ihren Kopf auf das Kissen bettete. „Oma und ich ... Wir kommen dich besuchen ..."

Diana klopft ihr auf die Schulter, wartete ein paar Augenblicke und verschwand.

Als Merry am nächsten Morgen am Frühstückstisch nach ihrer Mutter fragte, schauten sich der Earl und die Gräfin überrascht an. Es war das erste Mal in sechs Monaten, dass sie Diana erwähnt hatte. Die einzig logische Erklärung, eine, die Merry willig akzeptierte, als sie ihrem Onkel Salt und Tante Jane erzählte, was ihr in der vergangenen Nacht passiert war, hieß, dass es ein Traum gewesen war.

„Es war ein Traum, Tante Jane", beruhigte Merry sich selbst und legte das silberne Buttermesser auf den Teller. Sie bot Beth ihr letztes Stück Brot und Marmelade an, welches das kleine Mädchen eifrig annahm, und sah von der Gräfin zum Earl, die sich beide um sie kümmerten, und dann wieder zur Gräfin. „Ron sagte mir einmal, dass, wenn man von etwas oder jemandem träumen möchte, das der letzte Gedanke sein müsste, den man vor dem Einschlafen hat. Das ist mir noch nie zuvor passiert. Und ich wollte nie von Mama träumen, weil mich das nur traurig machen würde ..."

„Das ist durchaus verständlich", stimmte der Earl zu.

Merry nickte, senkte ihren Blick auf den weiß-blau gemusterten Teller und sagte dann mit leiser Stimme: „Ich will sie nicht sehen ..." Sie sah zur Gräfin auf. „Ich muss sie nicht sehen, oder?"

„Es tut mir leid, Merry, ich wünschte, ich hätte Macht über deine Träume."

Merry schüttelte den Kopf. Sie wandte sich an den Earl.

„Ich sollte es nicht erzählen, aber du sagtest, wir sollten keine Geheimnisse haben, wenn es uns unangenehm wäre, sie zu wahren ..." Als der Earl mit einem raschen Blick auf seine Frau nickte, fuhr sie etwas zuversichtlicher fort. „Es sollte eine Überraschung für Mama werden. Oma will mich heute zu einem Besuch bei ihr mitnehmen. Ich habe ja gesagt, aber ich möchte sie nicht ohne Ron und ohne dich, Onkel Salt, sehen ... Oma sagt, wir müssten alleine gehen", fügte sie hastig hinzu. „Sie sagt, ich müsse den Besuch geheim halten, aber ich will nicht gehen. Und ich mag keine Geheimnisse!"

„Keine Geheimisse!", verkündete Ned von seinem mit einem Kissen erhöhten Sitz neben seinem Vater, den Mund halb voll mit Brot und Ei.

„Und mit vollem Mund wird nicht gesprochen, Ned", tadelte Jane ihren Erstgeborenen milde, obwohl sie für diesen Ausbruch dankbar war, da er die Stimmung erheblich aufhellte und Merry ein tränenvolles Kichern entlockte.

„Mama hat recht, Ned. Aber danke für deinen Beitrag", antwortete der Earl ernsthaft, und obwohl ein Lächeln in seinen Augen stand, brodelte in ihm Zorn darüber, dass Lady Reanay töricht genug war zu versuchen, hinter seinem Rücken zu handeln. „Danke, dass du uns das anvertraust, Merry", sagte er sanft. „Ich habe dir und Ron mein Wort gegeben, dass, sollte die Zeit kommen, um eure Mutter wiederzusehen, das nur in meiner Gegenwart sein würde, und nur, wenn ihr es wünscht. Ich breche meine Versprechen nicht."

Merry nickte mit spürbarer Erleichterung. Dann runzelte sie die Stirn. „Oma wird nicht erfreut darüber sein ..."

„Du darfst Lady Reanays Gefühle mir überlassen", bemerkte der Earl mit bebenden Nasenflügeln.

„Ich bin sicher, wenn dein Onkel deiner Großmutter *freundlich* erklärt, wie unbehaglich du dich wegen eines solchen Besuchs fühlst, wird sie das verstehen", versicherte Jane ihr mit einem Lächeln und einem Blick auf ihren Ehemann. „Ist das nicht so, Mylord?"

Salt schloss den Mund und neigte den Kopf. „Sei versichert, Mylady, dass ich *sehr* freundlich sein werde."

„War das alles, wovon du geträumt hast, Merry?", fragte Jane in unbefangenem Ton und schien ihre Aufmerksamkeit darauf zu richten, ein Stück Butterbrot in zwei Teile zu schneiden.

„Ich habe von meinen Aquarellen von Peter, dem Ara, geträumt", antwortete Merry, von der Frage abgelenkt. „Welches ich Onkel Tony geben würde. Kitty sagt, Onkel Tony wäre von Peter sehr beeindruckt gewesen, als er ihn gestern sah." Sie wendete sich an den Earl. „Wird Onkel Tony uns bald besuchen kommen? Ich möchte ihn so gerne sehen! Vielleicht würde er ein Bild von Penny, dem Mops, lieber haben?"

„Ich glaube, dein Onkel Tony wird jedes Bild, das du ihm zu schenken beschließt, schätzen", sagte Jane. „Und nicht nur, weil du Talent zum Malen hast, sondern weil er dich liebt und dich sehr vermisst hat, solange er in Petersburg war."

Merry nickte lächelnd. „Ja. Er sagte das immer in seinen Briefen -

dass er mich vermisste - und dass er alle meine Aquarelle in einer besonderen Mappe aufbewahre." Sie runzelte die Stirn. „Vielleicht schenke ich ihm ein Aquarell von Peter ... Aber ich habe *viel* bessere Portraits von Penny Mops gemalt. Peter ist farbiger ..."

„... und viel lauter", beklagte sich der Earl mit einem übertriebenen Seufzer, von dem er wusste, dass er seine Nichte zum Kichern bringen würde. „Ich bin überrascht, dass du nicht sagtest, dass es ein böser Traum gewesen war, wenn er von dem blaugefiederten Unhold handelte! Ich träume *ständig* von Peter."

Merrys brauen Augen wurden ganz groß.

„Du träumst von ihm, Onkel Salt? *Ehrlich*?"

„Ja! Ich träume davon, ihn aus meinem Vorraum *entfernen* zu lassen!"

„Onkel Salt! Wie könntest du das tun?"

„Nach ... nach ... Timbuktu!"

„Tim-*buck*!", warf Ned ein.

Er fuhr fort, jedem am Tisch seinen weit offenen Mund zu zeigen, zum Beweis dafür, dass er nicht gleichzeitig aß und sprach. Als seine kleine Schwester vor Entzücken darüber quietschte, den weit offenen Mund ihres Bruders voll perlenweißer Zähne zu sehen, und in ihre klebrigen Hände klatschte, öffnete Ned seinen Mund noch weiter, soweit das möglich war, und streckte zur größeren Wirkung noch seine Zunge heraus.

„Danke, Ned. Jetzt mache deinen Mund bitte wieder zu", bemerkte seine Mutter ruhig.

Der Earl und die Gräfin lächelten einander über den Possen ihres Erstgeborenen versteckt an, beide waren dem Lachen nahe. Merry kicherte hinter vorgehaltener Hand. Ned tat, was ihm gesagt wurde, laut, und schob seine Unterlippe mit einem schrägen, seitlichen Lächeln zu seiner Schwester vor, stolz, Beth am Frühstückstisch zum Quietschen gebracht zu haben. Er ging dazu über, weiter sein Ei zu essen.

„Onkel Salt, Caroline wird nie erlauben, dass Peter aus deinem Vorraum entfernt wird. *Alle* außer *dir* lieben ihn!"

„Da! Du hast es gesagt, Merry! *Mein* Vorraum. Nicht Carolines Vorraum. *Meiner*", erwiderte der Earl in vorgetäuschter Kränkung. Er sah seine Frau an. „Hast du das gehört, Mylady? Ich habe einen blaugefiederten Unhold zu ertragen, dessen Gekreisch bis ... bis nach *Bristol* hin zu hören ist."

„Er kreischt nur dich an, mein Lieber", antwortete Jane sanft und wechselte einen lächelnden Blick mit Merry. Sie wischte Marmelade von den Pausbacken und klebrigen Fingern ihrer Tochter. „Da! Alles

sauber, Beth!", sagte sie mit großäugigem Lächeln und küsste die
Innenseite der pummeligen Hand ihrer Tochter. Sie gab ihrer Tochter
eine silberne Trinktasse in die kleinen Hände und schaute sich nach
dem Butler um. „Was gibt es Miller?"

Ein livrierter Diener war das Morgenzimmer entlang gekommen,
vorsichtig, um dabei nicht über eine liegengebliebene Spielzeugtrom-
mel, eine Reihe bemalter, hölzerner Ziehspielzeuge und zwei Silber-
pfeifen an geflochtenen Bändern zu stolpern, und sprach leise in das
Ohr des Butlers.

„Das fragliche Objekt, das Gegenstand einer gründlichen Durchsu-
chung aller in Frage kommenden Räume war, ist noch nicht gefunden
worden, Mylady", sagte der Butler nachdrücklich zu der Gräfin, mit
ausdrucklosem Gesicht, aber mit einem Seitenblick auf Lord Salts
Erben.

„Danke. Bitte sagt Nanny, die Kindermädchen sollen sich keine
Sorgen machen. Es wird irgendwo wieder auftauchen. Da bin ich mir
sicher, und vermutlich am unwahrscheinlichsten Ort."

„Sehr gut, Mylady", antwortete der Butler und schickte den Diener
mit einem Nicken und dieser Anweisung fort zu den Kinderzimmern,
bevor er sich einem anderen Lakaien, der schweigend wartete,
zuwandte, um diesen den silbernen Kessel mit kochendem Wasser
auffüllen zu lassen.

Salt stellte seine Kaffeetasse auf ihre Untertasse und schaute über
den Tisch zu seiner Frau, nach einem Blick auf seinen ältesten Sohn,
dessen ganze Konzentration wieder darauf gerichtet war, ein Bein eines
Brotsoldaten in die halbe Schale eines weichgekochten Eies zu tunken,
wie sein Vater es ihm gezeigt hatte. Salt hatte die rechteckigen Brotstücke bis zur Mitte halb durchgeschnitten, um den Soldaten zwei
Beine zu verschaffen, was es schwieriger machte und daher für einen
fast Vierjährigen zeitraubender, jeweils ein Bein in das weiche Eigelb zu
tunken. Anders als die meisten Jungen seines Alters zeigte Ned, wenn
er erst einmal mit etwas beschäftigt war, große Fähigkeit, an dieser
Aufgabe festzuhalten, etwas, worauf sein Vater heimlich sehr stolz war.
Dieser Vorgang hatte einen zusätzlichen Zweck: Den Verstand seines
Sohnes davon abzuhalten, sich mit dem unerklärlichen Verbleib seines
Lieblingsspielzeugs, des frechen Affen, im ganzen Haushalt nur als
Äffchen bekannt, zu beschäftigen.

„Kein Glück?", fragte Salt Jane leichthin.

„Nicht im Geringsten."

„Vielleicht hat es sein Gutes, wenn er v-e-r-s-c-h-w-u-n-d-e-n
bleibt", meinte der Earl vergnügt. „Es ist gar nicht so schlecht,
seinen Erstgebornen vor dem vierten Geburtstag in Hosen gekleidet

und seines S-p-i-e-l-z-e-u-g-a-f-f-e-n-s entwöhnt zu haben, nicht wahr?"

Jane war weder beschwichtigt, noch ließ sie sich täuschen.

„Deinem Sohn beizubringen, Frühstückssoldaten mit gelben Eierhosen anzumalen ist gut und schön, aber *dieser* Zustand ist nichts, dessen du dich bei White's rühmen kannst, wenn es das ist, was dein Grinsen bedeuten soll. Das ist eine Wette, die du verlieren wirst. Es ist nicht schlecht, wenn es natürlich vor sich geht. Die Hosen waren notwendig. Er ist viel zu lebhaft, um Röckchen zu tragen. „Aber was den anderen Punkt angeht ..." Sie unterbrach sich, hob eine Schulter und lächelte über das hoffnungsvolle Grinsen ihres Mannes. „Wenn du mich so anschaust, weiß ich, dass ich zu ernst für mein eigenes Wohl bin! Gib es zu. Du magst die Frühstückssoldaten ebenso gerne wie Ned!"

„Ah! Mein Geheimnis ist verraten! Ned", fügte er seinem Sohn ins Ohr flüsternd hinzu, „Mama kennt mein Geheimnis." Und zur Gräfin: „Das sind großartige Brotsoldaten, das musst du zugeben."

Jane lächelte. „Ja. Ganz ausgezeichnete Brotsoldaten, Mylord."

„Siehst du, Ned! Mama ist auch dieser Meinung", sagte Salt mit einem Zwinkern zu seiner Frau und tat so, als wollte er eines der Brotstücke vom Teller seines Sohnes stehlen.

„Nein, Papa! Das sind *meine* Soldaten. Du musst mehr Soldaten machen, *bi-itte.*"

„Ich weiß, wo der Affe ist", warf Merry ein.

Neds Kopf fuhr hoch und er schob die blonden Locken beiseite, die ihm in die Augen gefallen waren, Augen, die plötzlich ganz rund vor Interesse waren. „Äffchen? Weiß Merry, wo Äffchen sich versteckt?"

„Äff'en! Äff'en!", rief Beth von ihrem Hochstuhl aus und schaute zu, wie ihr Bruder auf seinem Platz auf und ab hüpfte.

„Äffchen! Äffchen!", sang Ned zur Antwort und verlor alles Interesse an in warmes, flüssiges Eigelb getauchte Brotsoldaten.

Der Earl und die Gräfin verdrehten beide für einen Moment die Augen, bevor sie Merry anschauten und denselben Gedanken hatten: Sie hatten vergessen, dass eine zwölfjährige mehr als imstande war, Wörter zu verstehen, die das Paar vor ihren kleinen Kindern nur buchstabierte.

„Ned wird dankbar sein zu erfahren, dass du den Affen sicher und wohlbehalten hast."

„Tut mir leid, Tante Jane, ich habe den Affen nicht", entschuldigte sich Merry. „Ich weiß nur, wo der Affe ist."

„Du würdest meinem gesamten Haushalt einen großen Dienst erweisen, Merry, wenn du verrätst, wohin der Affe weggelaufen ist", sagte der Earl und hielt seinen Sohn am Rücken seines feinen Leinenhemds fest, um ihn davon abzuhalten, von seinem Kissen zu fallen. „Und bevor Ned es schafft, dem Stuhl ein Bein abzubrechen."

„Mama hat den Affen", sagte Merry schlicht und hob ihren Porzellanbecher auf, um die letzten Tropfen ihrer heißen Schokolade zu trinken. Als der Earl und die Gräfin einen erschrockenen Blick wechselten und sie dann stumm anstarrten, fügte sie nur hinzu: „Ich sah letzte Nacht, wie sie ihn aus Neds Bett nahm und unter ihren Umhang steckte." Sie runzelte mit zur Seite gelegtem Kopf die Stirn. „Aber, wenn ich gesehen habe, wie Mama den Affen mitnahm ... ich erinnere mich genau, dass sie einen roten Umhang trug ... und der Affe weg ist ... Heißt das, dass ich nicht geträumt habe? Oh, Tante Jane! Du hast deinen Tee verschüttet!"

Die bloße Vorstellung, dass Diana St. John es irgendwie geschafft haben könnte, in ihr Haus zu kommen, schlimmer, in die Kinderzimmern und die Schlafzimmer ihrer Kinder einzudringen, ließ Jane vor Angst zittern und sie ließ ihre Teetasse fallen. Das durfte nicht wahr sein. Bestimmt hatte Merry nur vom Eindringen ihrer Mutter geträumt? Aber wenn der Affe fehlte und Merry das geliebte Spielzeug in Dianas Besitz gesehen hatte ...

Die Teetasse fiel hinab und zerbrach zu Füßen der Gräfin, ließ Porzellanscherben unter den Frühstückstisch aus Mahagoni rutschen und versprühte Tee, der den Saum ihres rosa Tageskleides und ihre dazu passenden Seidenschuhe befleckte.

Merrys böser Traum war zu Janes Albtraum geworden.

KEINE FÜNF MINUTEN SPÄTER, GERADE ALS MERRY VON KITTY weggeholt wurde, um dieser zu helfen, eine Kiste voll mit alten Masken zu durchsuchen, um passende für sie und Lady Reanay zu finden, die sie zum Maskenball tragen könnten, steckte Sir Antony seinen Kopf in den Frühstücksraum.

„Ich wünsche der Familie von Salt Hendon einen guten Morgen!", sagte Sir Antony mit aufgesetzter Fröhlichkeit. „Bitte verzeiht mein Eindringen. Ich muss ein Wort mit einem eurer Kindermädchen sprechen - sie trägt eine Rüschenmütze mit einem übergroßen, flatternden Rand. Sofort, wenn es möglich ist."

ZWEIUNDZWANZIG

Etwa zwei Stunden zuvor war Sir Antony dabei gewesen, sich in dem durch das Fenster seines Ankleidezimmers hereinströmenden Licht zu rasieren. Ein Lakai hielt den goldgerahmten Handspiegel im genau richtigen Winkel und perfekter Höhe, um möglichst viel Licht auf die Bartstoppeln zu lenken, die auf Wangen und Kinn seines Herrn wuchsen. Ein zweiter Lakai hielt eine blau und weiß gemusterte Porzellanschüssel voll heißen Seifenwassers, in das Sir Antony seine geschärfte Klinge eintauchte, um sie vom Schaum zu befreien. Er war noch in Strümpfen und trug bauschige Kniehosen; seinen nackten Rücken wandte er dem Zimmer zu. Der Rest seines Ensembles lag auf der gepolsterten Liege, auf der er eine unruhige Nacht verbracht hatte. Der seidene Rock, den er für den Morgen ausgewählt hatte, hing an einem Haken. Die Perücke für den Tag war frisiert und wartete auf dem Perückenständer aus Porzellan, der an einem Ende des Toilettentischs stand. Hier ordnete Semper Gegenstände aus der Rasierbox seines Herrn in Silber und Schildpatt, damit er die Schnallen für Kniehosen, Halsbinde und Schuhe sowie die erforderlichen Ausstattungsgegenstände für die Taschen seines Herrn bereitlegen konnte: goldene Uhr, Anhänger, Schildpattetui und emaillierte Schnupftabaksdose.

Sir Antony spülte die Rasierklinge ab und sagte über seine Schulter hinweg mit einem Nicken seines bloßen Kopfes zum Schlafzimmer hinüber: „Lady Caroline ist heute Morgen verschwunden ...?“

„Ja, Mylord. Die Lady gab Anweisung, Euch nicht zu wecken. Sie und ihr Mopswelpe verließen das Haus im ersten Morgenlicht, bevor die Zimmermädchen aufgestanden waren, um die Feuer wieder anzuzünden. Eure Lordschaft können sicher sein, dass niemand sie gehen sah", fügte er vertraulich hinzu, da die Klinge seines Herrn weiter über dem seifigen Wasser schwebte. „Und selbst wenn sie gesehen worden wäre, würde niemand aus diesem Haushalt etwas davon wissen, wenn er befragt würde."

„Semper… Semper, ich …"

„Es gibt keinen Anlass, etwas zu erklären, Mylord", unterbrach der Haushofmeister hastig und fummelte unnötig mit der Anordnung der Schildpattkämme in der Rasierbox herum. „Lady Caroline verbrachte die gesamte Nacht in Eurem Schlafzimmer, allein, während Ihr hier drinnen auf dem Sofa schlieft."

„Ist das, was Lady Caroline dir gesagt hat, oder ist es das, wovon du glaubst, dass es geschehen ist, oder ist das deine Antwort auf den Klatsch im Untergeschoss?

Der Haushofmeister sah beleidigt aus.

„Ich bitte um Verzeihung, Mylord. Ich dachte, als Gentleman ..."

„Ja. Ja, Semper, du hast richtig gedacht! Das war unfair dir gegenüber. Es tut mir leid. Führe es auf den Mangel an Schlaf zurück. Trotzdem, der fehlende Schlaf gab mir Zeit, über die Zukunft nachzudenken. Du wirst entzückt sein zu erfahren, dass Lady Caroline und ich sofort heiraten werden, sobald diese fürchterliche Angelegenheit betreffend Lady St. John erledigt ist, und dann unsere Flitterwochen in Irland verbringen werden. Ich will euren eigenen Besuch bei Mrs. Sempers Schwester nicht stören, aber es wäre sinnvoll, wenn wir zusammen reisen würden. Ich habe einen Cousin zweiten Grades in der Grafschaft Wicklow. Er lebt in einem riesen Steinhaufen mit einer hektargroßen Parkanlage, die von Statuen übersät ist. Ihm gehört das Wahrzeichen der Gegend, ein Wasserfall. Derzeit ist er Gouverneur von Virginia, oder ist es Maryland? Wichtig ist, er ist nicht da, aber der Landsitz ist es. Wir nehmen die Russen und eine Auswahl von Hausangestellten mit und die verschiedenen zahmen Tiere, die Mylady nicht zurücklassen kann, ohne die ganze Zeit damit zu verbringen, sich um ihr Wohlergehen zu sorgen. Wenn du den Besuch bei den Verwandten in Dublin beendet hast, müssen du und Mrs. Semper uns dorthin folgen."

Semper neigte seinen Kopf in eine leichte, elegante Verbeugung vor Sir Antony.

„Vielen Dank, Mylord. Im Namen von Mrs. Semper und meinem eigenen möchte ich Euch alles Glück der Welt wünschen. Mrs. Semper wird doppelt erfreut sein."

Als er die Rasierklinge zum nächsten Mal in der Porzellanschüssel abspülte, sagte Sir Antony: „Vielen Dank, Semper. Warum wird Mrs. Semper doppelt erfreut sein?"

„Mrs. Semper hatte den Vorzug, Lady Caroline vorgestellt zu werden, als diese den Mopswelpen abholte. Wenn ich es so ausdrücken darf, sie verstanden sich prächtig. Wenn es nicht wegen der Notwendigkeit gewesen wäre, dass Lady Caroline zum Grosvenor Square zurückkehren musste, würden die beiden sich bis zum Frühstück weiter unterhalten haben."

„Ah. Du musst Mrs. Semper danken, dass sie sich die Nacht über um Boots gekümmert hat."

„Das war keine Mühe, Mylord. In der Tat", fügte der Haushofmeister mit einem unbewussten Seufzer hinzu, „Mrs. Semper hat großes Gefallen an dem Welpen gefunden - *sehr* großen Gefallen ... Die Sache ist die, Mylord ... Natürlich habe ich bei Mrs. Semper darauf hingewiesen, dass ich Eure Lordschaft um Erlaubnis bitten müsste ..."

Sir Antony drehte seine rechte Wange ins Sonnenlicht und schabte geschickte die Stoppeln von seinem kantigen Kinn. „Erlaubnis wofür, Semper?"

„Allerdings befürchte ich, dass Eure Erlaubnis eher eine Formalität sein wird, nachdem alles schon beschlossene Sache ist", entschuldigte sich Semper. „Lady Caroline und Mrs. Semper haben Vorkehrungen getroffen, in die ich nicht einzugreifen wage." Er grinste verlegen. „Heirat gibt einem Mann eine andere Betrachtungsweise."

„Ich bin sicher, dass dem so ist", antwortete Sir Antony, während er vorsichtig die eine Seite seines Backenbartes und dann die andere ausrasierte. Er tupfte sein glatt rasiertes Gesicht mit einem Handtuch trocken und drehte sich zu seinem Haushofmeister um; die beiden ihm aufwartenden Diener winkte er fort. „Diese Vorkehrungen ...?"

Semper räumte vorsichtig das Rasiermesser beiseite. Es würde geschärft werden müssen, bevor es in die Rasierbox zurückgelegt werden konnte. Er holte Sir Antonys elegantes Leinenhemd und sagte tonlos: „Mrs. Semper und ich sind stolze Eltern eines Mopswelpen, des Bruders eines gewissen Boots, geworden. Über den Namen soll bei der Übergabe entschieden werden, Mylord. Das heißt, wenn Eure Lordschaft die Adoption erlauben und nichts gegen die Anwesenheit eines Mopses im Untergeschoss einzuwenden haben ..."

Aus dem Hemd war ein tiefes Glucksen zu hören, als Sir Antony es über seinen Kopf zog. Er stopfte die reichen Falten in seine Hosen und gluckste kopfschüttelnd noch immer, als er seine Hosenklappe zuknöpfte. „Noch nicht fünf Minuten in meinem Haus und das kleine Biest baut schon einen Zoo auf!"

„Ich habe Mrs. Semper gewarnt, dass diese Vereinbarung völlig von der Genehmigung durch Eure Lordschaft abhinge, um ihre Hoffnungen nicht zu hoch zu schrauben."

„Ich würde es mir nie erlauben, Mrs. Semper ein kleines Biest zu nennen", unterbrach Sir Antony ruhig und knöpfte sein Hemd zu, alles Gelächter verklungen.

Sempers Augen wurden groß und er stotterte. „Natürlich - natürlich nicht, Mylord."

Er reichte seiner Lordschaft seine Krawatte, um sie zu seiner Zufriedenheit zu arrangieren.

„Habt Ihr Euch schon für ein passendes Kostüm für den Maskenball entschieden, Mylord? Vielleicht das Kostüm, dass Ihr bei Prinz Ivans bacchantischer Ausschweifung getragen habt? Der rotbraune, mit Weinreben bestickte Rock, mit den ..."

„Das habe ich. Ich werde auf diesem Maskenball weit exotischer auftreten", teilte Sir Antony ihm mit. „Ich habe einen Gehrock mit passender Weste und Hosen aus blauer Seide mit goldenen Knöpfen und schweren goldenen Zierstreifen, Knopflöchern, Manschetten und weißem Revers, wie Militärs sie bei Paraden tragen, wenn sie sich zeigen wollen. Erinnerst du dich daran, Semper? Ich weiß nicht mehr, warum ich gedacht hatte, es würde mir stehen ..." Er schüttelte den Kopf und fügte mit einem Grinsen hinzu: „Aber ich glaube, dass ein so auffälliges Ensemble genau das richtige ist, um das schöne rote Band und das Kaiserliche Kreuz zu ergänzen, das ich vor dem Ball in Gegenwart Seiner Majestät erhalten werde."

„Gibt es eine bestimmte militärische Persönlichkeit aus der Geschichte, die Ihr auf diesem Ball darzustellen wünscht, Mylord?"

Sir Antony verzog das Gesicht.

„Militärische Persönlichkeit? Wohl kaum. Außerdem interessiert sich Lady Caroline nicht für Leute, Semper. Ich gehe als ich selbst. Nun, ich als Vogel, ein gefiederter Unhold, in der Tat. Groß, blau und golden ..." Sir Antony dachte einen Moment nach. „Traurige Augen ..." Dann raffte er sich auf, um mit einem Lächeln zu sagen: „Sein Name ist Peter, Peter der Ara, und meine Erscheinung wird so prächtig sein wie seine Federn!"

Semper spürte, dass Sir Antony sein Kostüm für eine besonders kluge Idee hielt, daher hielt er seine Gesichtszüge unter Kontrolle und sagte ernsthaft: „Dann darf ich vorschlagen, dass eine Federmaske angebracht wäre, Mylord?"

„Federmaske? Perfekt! Schwarz-Weiß sollte passen. Was diesen Welpen angeht ... Du hast vermutlich aus Deinem Gespräch mit Mrs. Semper herausgefunden, dass Lady Caroline sich bevorzugt um das

Wohlergehen zahmer Tiere, ihrer und der anderer Leute, kümmert. Was die Adoption eines von Lady Carolines Mopswelpen angeht, wenn das wirklich das ist, was du und Mrs. Semper wünscht und ihr nicht nur von Mylady zu dieser Adoption überredet wurdet ..."

„Nein, Mylord! Niemals. Mrs. Semper ist ganz begeistert, einen Welpen aufzuziehen, und da Mrs. Sempers Glück für mich im Vordergrund steht ... Ich war nur unsicher, was die Aufnahme dieses Tieres in den Haushalt Eurer Lordschaft anging ..."

„Liebe Güte, Semper!", antwortete Sir Antony gutmütig. „Ein kleiner Welpe wird keine Spur eines Unterschieds in meinem Haushalt machen, wenn ich erst einmal verheiratet bin und damit Lady Carolines Zoo auch als meinen erbe. Was mich auf etwas anderes bringt, worüber ich nachdachte, als ich um drei Uhr früh hellwach lag. Wenn ich erst einmal verheiratet bin, wird es in diesem Haushalt sehr viele Veränderungen geben - so viele, dass du in der Tat nicht mehr in der Lage sein wirst, mit der Doppelrolle von Kammerdiener und Haushofmeister zu jonglieren. Daher schlage ich vor, dass du dich auf die Aufgabe beschränkst, meinen erheblich vergrößerten Haushalt als Haushofmeister zu führen, gegen entsprechende Vergütung, natürlich."

„Vielen Dank, Mylord. Das ist sehr großzügig von Euch. Mrs. Semper wird sehr erfreut sein."

„Sie wird begeistert sein, wenn du sie darüber informierst, dass zu dieser Stellung eine eigene Wohnung im Südflügel gehört. Leider wirst du sie nicht beziehen können, bevor nicht Lady St. John und ihre hinterhältigen weiblichen Begleiterinnen das Haus geräumt haben." Sir Antony seufzte, als er an den Falten seiner Krawatte zupfte. „Das sollte, so Gott will, nur noch einige Tage dauern ... Einer der Russen kann ausgebildet werden, um mein Kammerdiener zu werden. Ich möchte, dass du so bald wie möglich über einen geeigneten Ersatz entscheidest und damit beginnst, ihm zu zeigen, was er wissen muss, damit er uns nach Wicklow begleiten kann."

„Nikolas, Mylord", sagte Semper ohne zu zögern. „Nikolas wäre der geeignetste der Russen. Und nochmals vielen Dank für Eure Rücksichtnahme, Mylord."

„Keine Ursache, Semper." Sir Antony setzte sich an seinen Frisiertisch, um seine Perücke aufgesetzt zu bekommen und musterte das Spiegelbild seines Haushofmeisters: „Und jetzt zu den näherliegenden, lästigeren Angelegenheiten. Sag mir, was Mr. T heute Morgen zu berichten hatte ..."

Semper berichtete Sir Antony über seine frühmorgendliche Unterhaltung mit dem Diebfänger Mr. T und das Kommen und Gehen von

Lady St. John und ihrer Gesellschaft am Tag zuvor. Alles schien banal und in guter Ordnung, bis Semper ein eigentümliches Vorkommnis in später Nacht erwähnte, woran Lady Carolines Sänfte beteiligt war, und mit einem Stirnrunzeln hinzufügte:

„Es war nicht Mr. T's Nachtwache, die mir über diesen seltsamen Vorfall berichtete, sondern Randal, der Portier. Es scheint, dass die Sänfte Lady Carolines einen weiteren Weg von und zu diesem Haus zurücklegte, ohne Mylady."

„Die Sänftenträger trugen eine leere Sänfte irgendwohin und kamen dann wieder hierher? Wozu, zum Teufel? Verdienen sie sich nebenher noch Geld; als heimliche Mietsänftenträger?"

„Was das betrifft, Mylord, kann ich es nicht sagen. Es war ziemlich seltsam, gelinde gesagt, vor allem, wenn ich Euch sagen muss, dass die Sänfte nicht leer war. Ich glaube, die Sänftenträger *dachten*, dass sie Lady Caroline hin und her trügen ..."

Sir Antony wedelte mit der Hand und Semper machte einen Schritt zurück von der Stelle, wo er die schwarze Schleife an der Perücke seines Herrn befestigt hatte, als Sir Antony auf dem Drehhocker herumwirbelte, um seinen Haushofmeister anzusehen.

„*Glaubten?* Wer war das in der Sänfte?"

„Lady St. John, Mylord. Sie war in der Lage, die Sänftenträger zu täuschen, da sie einen ähnlichen roten Umhang trug wie den, der Lady Caroline gehört."

„Wohin wollte sie? Nein! Antwortet nicht! Ich kann es erraten."

„Ich weiß nicht, zu welchem Zweck, aber ich weiß, dass Lady St. John in einer Stunde wieder hierher zurückkehrte; wie Randal mir mitteilte."

„Mein Portier scheint einiges über das Kommen und Gehen Myladys zu wissen", sinnierte Sir Antony mit leicht zusammengekniffenen Augen. „Steht auch er in Diensten von Mr. T.?"

„Nein, Mylord. Ich dachte dasselbe wie Ihr und fragte mich auch, wie Lady St. John wissen konnte, dass Lady Caroline zu so später Stunde zu Besuch gekommen war *und* was sie trug."

„Werde den Kerl los! Offensichtlich versucht er, auf beiden Seiten zu spielen, sowohl für Lady St. John und deine geschätzte Person."

Sir Antony seufzte und erhob sich, schloss kurz seine Augen, bevor er Semper den Rücken zuwandte, damit dieser ihm in eine Weste aus rosa und grün gestreifter Seide mit passend überzogenen Knöpfen helfen konnte, die mit Geißblattsträußchen und Bienen an Taschen und Aufschlägen bestickt war.

„Gott weiß, was sie in Salt House wollte ... Das einzig Gute an *dieser* Nachricht ist, dass sie innerhalb einer Stunde wieder hier war ... Ich hoffe, die Nachrichten von Mr. T sind weniger erschreckend."

„Ich wünschte, es wäre so, Mylord", antwortete der Haushofmeister mit ehrlichem Bedauern. „Gestern hielt die Kutsche, in der Lady St. John saß, an einem bestimmten Gebäude in der Windmill Street nahe der Tottenham Court Road."

„Tottenham Court Road? Aber das ist schon fast auf dem Land!"

„Ja, Mylord. Mr. T war überrascht, dass die Windmill Street überhaupt einen Namen hatte, so abgelegen ist sie dort draußen - nur offene Wiesen und Feldwege. Aber dort stehen ein Gasthaus und ein freistehendes Wohngebäude auf einem eigenen Grundstück, und vor dieser Anlage hielt Lady St. Johns Kutsche."

„Vermutlich das einzige Haus in der Windmill Street."

„Ja, Mylord. Und dafür gibt es einen guten Grund", antwortete Semper mit gerunzelter Stirn und fuhr fort, die Ereignisse so zu schildern, wie der Diebfänger sie ihm erzählt hatte. „Mrs. Smith ging zum Dienstboteneingang dieses besonderen Gebäudes in der Windmill Street, wo sie mit einer der Bewohnerinnen sprach, die ihrer einfachen Kleidung nach wohl zum Hauspersonal gehörte. Mrs. Smith verschwand im Gebäude, blieb aber nur weniger als fünf Minuten außer Sicht, wonach sie wieder auftauchte und zur Kutsche zurückkehrte."

„Ich nehme an, Mr. T fand dieses - Treffen, diesen Austausch, wie immer man es nennen will - äußerst verdächtig?"

„Allerdings, Mylord. Verzeihen Sie mir, dass ich Mr. Ts Beobachtungen nicht früher erwähnte, aber Ihr hattet ein Rasiermesser am Hals ... Das Gebäude, das Mrs. Smith aufsuchte, ist ein Pockenspital."

„Großer Gott! Kein Wunder, dass es mitten im Nirgendwo steht!"

„Genau so, Mylord."

Sir Antony kehrte zu seinem Frisierhocker zurück.

„Warum aber ein Besuch in einem Pockenspital?"

„Was das angeht, Mylord, statten Mr. T und einer seiner Mitarbeiter gegenwärtig der Hausangestellten, mit der Mrs. Smith sprach, einen Besuch ab." Semper erlaubte sich ein schiefes Grinsen. „Ich vertraue darauf, dass wir die Antwort auf Eure Frage in sehr kurzer Zeit kennen werden."

„Ausgezeichnet. Noch weitere Nachrichten?"

„Nach dem Besuch des Pockenspitals folgten sie Lady St. Johns Kutsche in eine Gasse hinter Lord Salts Haus am Grosvenor Square, wo sie eine Weile anhielt."

„Was für eine hektische Reihe von Besuchen!", murmelte Sir Antony sarkastisch und streckte zuerst einen, dann den anderen Fuß aus, um es dem Haushofmeister zu erlauben, Diamantschnallen auf den Lederlaschen seiner schwarzen Schuhe zu befestigen.

„Es war während des Aufenthalts der Kutsche in der Gasse, als Mr. T eine junge Dienerin aus Lord Salts Haushalt beobachtete, wie sie aus dem Gartentor an der Rückseite des Anwesens kam und in der Gasse verschwand, wonach Mrs. Smith, die auf dem Pflaster auf und ab ging, sie aufforderte, in die Kutsche zu steigen. Ungefähr zwanzig Minuten später stieg diese Dienerin wieder aus der Kutsche aus."

„Mann oder Frau?"

„Weder - noch, Mylord. Ein Mädchen, und ihrer Kleidung und der übergroßen Haube mit Rüschenflügeln nach zu urteilen, die ihr Gesicht verbargen, schloss Mr. T, dass sie in sehr niederer Stellung beschäftigt sein müsste ..."

„Hatte sie einen Überfluss an Haaren?"

„Was das betrifft, Mylord, könnte ich es nicht sagen", antwortete Semper, der von dieser Frage aufgeschreckt wurde.

„*In weißer Musselinhaube versteckt*", rezitierte Sir Antony, „*Flap, Flap, Flap, macht die ungebärdige Rüsche. Ein Dienstmädchen mit unordentlichen Haaren* ... Guter Gott! Warum habe ich den Zusammenhang nicht früher gesehen? Ich habe sie im Garten, Mr. Wraxton in Hendon in Gesellschaft von Mrs. Smith und Lady St. John gesehen ... Sie muss im Sold meiner Schwester stehen oder in dem Mrs. Smiths, was auf dasselbe hinausläuft! Ich frage mich, wie sie es geschafft hat, ins Haus zu kommen ..."

„Das Mitglied der Dienerschaft betrat das Anwesen des Earls wieder durch das Gartentor", begann Semper zu erklären, wurde aber unterbrochen. „Bei sich hatte sie ..."

„Nicht sie! Meine Schwes... Lady St. John", sagte Sir Antony, dessen Herz zu rasen begann, schroff. Er hatte eine böse Vorahnung bei diesem Mädchen und ihrer Beteiligung an den bösen Plänen seiner Schwester. Er schaute Semper an, ohne ihn wirklich zu sehen. „Mr. T ist für die Nacht des Maskenballs gut vorbereitet?"

„Ja, Mylord. Alles ist vorbereitet. Mr. T hat seine Anweisungen und Euren Brief für die Behörden, sollten er und seine Mitarbeiter über ihr Handeln in dieser Nacht befragt werden. Er hat auch ein Dutzend starker, zuverlässiger Männer angeheuert, die Seine Majestät entführen würden, wenn sie das Gold bekämen, das Ihr ihnen für ihre Dienste geboten habt."

„Gut. Sagtest du, dass dieses Mädchen etwas bei sich hatte?"

„Als sie aus der Kutsche stieg, trug sie ein kleines Päckchen."

Sir Antony schnappte sich seine persönlichen Dinge und versenkte sie in einer tiefen Vordertasche seines Rocks. „Ich gehe nach Salt

House, um ein Wort mit diesem angeblichen *Dienstmädchen* zu sprechen. Wenn Mr. T Euch etwas über seine Befragung im Pockenspital zu berichten hat, weißt du, wo du mich findest ...“

„Mylord? Sir Antony!“, rief Semper aus, als sein Herr zielstrebig aus dem Ankleidezimmer schritt. „Ihr habt Eure Taschenuhr vergessen ...!“

SIR ANTONY BETRACHTETE DIE SZENE IM FRÜHSTÜCKSRAUM VON Salt House, als er vorsichtig die Schwelle übertrat, nachdem er den dienstbeflissenen zweiten Butler beiseite gescheucht hatte und dessen Angebot, ihn zu melden, unbeachtet ließ. Ein Lakai war auf den Knien, um die Überbleibsel von etwas aufzulesen, das wie eine zerbrochene Teetasse aussah. Ein zweiter war dabei, den Frühstückstisch abzuräumen. Der Butler gab einem dritten Anweisungen, zweifellos die, ein Dienstmädchen zu holen, um den Milchtee vom Boden aufzuwischen. Aber was Sir Antony abrupt zum Stehen brachte, war der entsetzte Blick der Gräfin. Sie stand vor ihrem Stuhl, eine Hand am Tisch, als müsste sie sich stützen, anscheinend hatte sie alles und jeden um sich herum vergessen.

Der Earl warf seine Serviette beiseite und war mit drei großen Schritten am Fuße des Tisches, um die Gräfin in seinen Armen aufzufangen, als sie zusammensackte. Ein kleines Mädchen in einem Hochstuhl bemühte sich, unter den Tisch zu sehen und quietschte vor Entzücken über einen Jungen mit goldenen Locken, der zwischen die Stuhlbeine gekrochen war, um das von Mamas zerbrochener Teetasse verursachte Chaos besser sehen zu können.

„Antony! Gott sei Dank, dass Ihr gekommen seid!“, brach es aus Jane heraus, die Sir Antonys seidenen Ärmel ergriff, als er direkt am Tisch entlang kam.

Er sah, dass Jane zitterte und warf über ihr dunkles Haar hinweg ihrem Mann einen besorgten Blick zu; er fragte sich, was der normalerweise so beherrschten Gräfin einen solchen Schrecken eingejagt hatte, dass sie ihre Teetasse fallen ließ. Salt wirkte so zugänglich wie eine Marmorstatue, obwohl die Tatsache, dass er seine Frau festhielt und alles andere um sich herum ignorierte, Bände sprach.

„Was ist los, Jane?“, fragte Sir Antony vorsichtig. „Wie kann ich behilflich sein?“

„Sie war hier. Hier, in unserem Haus! Sie - sie war im *Schlafzimmer* meiner Kinder. Sie nahm ... Merry sah es ... Gott sei Dank, dass Merry sie bemerkte - ich hasse es, daran zu denken, was sie hatte tun wollen -

Magnus! Magnus, *du* sagtest, dass sie sich keinen Zutritt zu diesem Haus verschaffen könnte. Du sagtest, unsere Kinder würden *sicher* sein. Aber sie sind nicht sicher, nicht wahr? Sie sind *nirgendwo* sicher, solange diese - diese *Hexe* frei herumläuft. Antony! Antony, Ihr müsst etwas *tun*! *Ihr* könnt sie aufhalten!"

„Sie verschaffte sich Zutritt, indem sie eine Sänfte benutzte und sich mit einem roten Umhang verkleidete."

Diese einfache Aussage war alles, was es brauchte, um die aufgestaute Wut des Earls auszulösen; Wut, die er sorgfältig um seiner Frau willen und aufgrund der Tatsache, dass seine Kinder anwesend waren, unterdrückt hatte. Wie es aussah, hatte Dianas Flucht aus dem Schloss ihn seine eigene Urteilskraft in Frage stellen lassen, und jetzt, indem sie bedrohlich in sein Heim eindrang, fühlte er sich wie ein überaus lächerliches Oberhaupt seines Hauses. Seine Unzulänglichkeit wurde noch dadurch betont, dass er hören musste, wie seine Frau seinen Cousin um Hilfe anflehte, als ob sie alle Hoffnung in seine Fähigkeit, sie und ihre Kinder zu schützen, aufgegeben hätte. Sir Antonys anscheinend leichtfertige Feststellung war der letzte Strohhalm.

„Was zur - zur *blutigen Hölle* hat es zu sagen, wie sie hereinkam oder was sie trug? Hast du nichts von dem *gehört*, was hier gesagt wurde? Das verdammte Weib war in den Kinderzimmern, um Himmels willen! Ich weiß nicht, warum ich mich von dir überzeugen ließ, dass du sie in Zaum halten könntest! Ha! Deine Unfähigkeit, dass du ihr ermöglicht hast, Zutritt zu meinem Haus zu erlangen - noch dazu in einer *verdammten Sänfte* - du hättest ebenso gut die verdammte Vordertür selbst öffnen und sie hereinbitten können!" Salt gab ein kochendes Schnauben des Missfallens von sich. „Ich weiß nicht, warum ich mein Vertrauen in dich gesetzt habe. Was für einen gottverdammten *Mist* du angerichtet hast ..."

„Wie bitte?! *Mein* verdammter Mist?", gab Sir Antony zurück, der vorübergehend seine Manieren und das Ziel seines unerwarteten und unangekündigten Besuchs in Salt House vergaß. „Du bist doch derjenige, der sie weggesperrt, den Schlüssel weggeworfen und dann vier Jahre lang den Kopf in den Sand gesteckt hat! Du magst sie nicht hier in deinem Bett gewollt haben, aber du hast mit Sicherheit nichts getan, um sie davon abzuhalten, dein Leben zu gestalten! Sie schmeichelte deinem Ego und du hast es ihr erlaubt! Wie sie dir immer erzählte, wie verdammt klug du wärest! Wie du eines Tages der Erste Lord von *verdammt allem und jedem* sein würdest!"

„Ich werde nicht hier stehen und deinem Auswurf ..."

„Genug! Das reicht von euch beiden. Magnus! Antony! Fassen wir es zusammen. Die Bosheit dieser Frau führt dazu, dass ihr jetzt uneins seid! Wir dürfen einander nicht an die Kehle gehen, wenn wir gegen sie auch nur irgendeine Chance haben wollen. Wenn sie wirklich eine Hexe ist, schaut sie in diesem Moment in ihren Zauberkessel und gackert freudig, wenn sie das Ergebnis ihrer Bosheit sieht. Und um Himmels willen, denkt an eure Manieren!"

Es war Jane. Die starke, ruhig unerschütterliche und immer optimistische Jane war wieder da, jede Spur von Furcht und Angst verschwunden. Aber es war nicht der explosive Ausbruch ihres Gatten oder Antonys ebenso wütende Erwiderung, die ihre Furcht besiegt und sie wieder zu ihrem wahren Selbst hatte zurückkehren lassen. Es war das Weinen ihrer kleinen Tochter und die Woge mütterlichen Instinkts, die Furcht ihres kleinen Mädchens zu vertreiben und das kleine rot angelaufene und tränenüberströmte Gesichtchen zu beruhigen. Beth war von dem uncharakteristischen Wutanfall ihres Papas so erschrocken, dass sich in ihrem kleinen Kopf ihr Papa in einen unkenntlichen, übelgelaunten Riesen verwandelt hatte.

Als sie die Angstschreie ihrer kleinen Tochter hörte, hob Jane sie sofort auf ihre Arme und hielt sie fest, alle anderen Überlegungen beiseite schiebend. Sie murmelte Worte von Trost und Beschwichtigung, dass alles in Ordnung wäre und der Papa kein Ungeheuer wäre und sie sehr lieb hätte.

Was Ned anging, so hatte er seinen Vater selten zornig gesehen. Es war nur bei den seltenen Gelegenheiten, wenn er etwas tat, was so aufregend war, dass sein Herz schnell schlug, was sein Vater *gefährlich* nannte. Wie etwa, als er bis hinauf an das Ende der Leiter in der Bibliothek geklettert war, weil er ein Rotkehlchen fangen wollte, das durch das offene Fenster hereingeflogen war und auf der geschnitzten Oberleiste des Bücherregals saß. Oder als er seinen Kescher zu weit über das Ufer des Sees hinausgestreckt hatte, um eine letzte Kaulquappe zu fangen und dabei ausgerutscht und in das kalte Wasser gefallen war. Aber diese Wut war wilder, und obwohl er sich fürchtete, wollte er sich nicht wie Beth wie ein Baby aufführen. Statt dass er daher sich unter den Tisch geduckt hätte, reckte er seinen Kopf hoch und ließ sein Kinn auf dem gepolsterten Sitz des von seiner Mutter verlassenen Stuhls ruhen, um mit zitternder Ehrfurcht zu seinem Vater aufzuschauen. Er hatte das Gesicht seines Vaters noch nie so rot gesehen. Er öffnete seine braunen Augen weit und ließ seine Schultern außer Sicht sinken.

Sir Antony war der erste, der wieder ein Gefühl für seine Umgebung fand und sich demütig entschuldigte. Er verbeugte sich vor der Gräfin, die ihre Tochter im Arm hielt; das kleine Mädchen war vom Weinen erschöpft, ihr Kopf ruhte an der Schulter ihrer Mutter, den

Daumen im Mund. Dann streckte er dem Earl seine Hand hin, der sie sofort ergriff und festhielt.

„Sie mag ihr Ziel nicht erreicht haben, dank Merrys Eingreifen", sagte Sir Antony ruhig, „aber verlass dich auf Diana, dass sie es schafft, deinen Haushalt auf den Kopf zu stellen, deine Frau und Kinder zu verschrecken und dich dazu zu bringen, vor Wut zu platzen! Nicht zu erwähnen, mich so klein und nützlich wie eine Mücke fühlen zu lassen!"

„Verzeihung", brummte Salt, der sich absolut dumm vorkam, vor allem, weil er vor seinen Kindern die Beherrschung verloren hatte. Er verbeugte sich vor seiner Frau. „Ich flehe dich an, mir zu verzeihen, Mylady." Er lächelte seine Tochter und seinen Sohn an, Ned kletterte sofort auf den Stuhl seiner Mutter, als sein Vater lächelte und mit einem traurigen Kopfschütteln sagte: „Papa war sehr böse, dass er so zornig auf Onkel Tony wurde. Ja, das hier ist er", sagte er als Antwort auf Neds vorsichtigen Seitenblick auf den Mann mit dem großen Kinn, der so hochgewachsen war wie Papa, „der Onkel Tony aus Petersburg, von dem du Merry so viel hast erzählen hören. Onkel Tony und Papa waren große Dummköpfe und wir verdienen es, hart auf unseren *Hintern* zu fallen, weil wir unsere Manieren vergessen haben. Ich hoffe, du wirst uns verzeihen ...“

„Papa! Du hast *H-hintern* gesagt", rief Ned aus, dessen Schultern vor Aufregung, einen Erwachsenen, niemand anderen als seinen Vater, ein Wort aussprechen zu hören, von dem man ihm mehrfach gesagt hatte, dass es kein schönes Wort war, das man in guter Gesellschaft benutzen sollte; und er durfte es auch nicht seiner Schwester an den Kopf werfen, selbst, wenn sie darüber lachte.

„Habe ich das getan, Ned?", antwortete der Earl überrascht und verdrehte übertrieben seine Augen in Richtung Sir Antonys und blinzelte der Gräfin zu, bevor er wieder seinen Sohn anschaute, als könnte er sich nicht daran erinnern, jemals ein so vulgäres Wort ausgesprochen zu haben. „Hat Papa wirklich das Wort *Hintern* gesagt? Wie unachtsam! Ich muss Onkel Tony erklären, dass in unserem Haus *Hintern* ein recht vulgäres Wort ist, vielleicht nicht ganz so vulgär wie *Hinterteil* oder *Gesäß*, was wir in Gesellschaft nie aussprechen. Nicht wahr, Mama? Wohlerzogen ist es, unseren *Hintern*, *Hinterteil* oder *Gesäß* gar nicht zu erwähnen. Nicht vor der Dienerschaft und ganz bestimmt nicht in anständiger Gesellschaft. Das ist kein nettes Thema für eine Unterhaltung. Daher entschuldige ich mich bei allen Anwesenden. Bei Miller und James und Jeffrey und ... und ...“

„Meg", warf die Gräfin ein, als der Earl keine Ahnung hatte, wie das Zimmermädchen hieß, das den Boden wischte.

„Danke, Mylady. Ja, und bei Meg“, sagte der Earl mit einem Nicken zu seiner Frau. „Aber ganz besonders bei Mama und Onkel Tony.“

Ned sah sich unter allen Erwachsenen im Raum um, Dienern ebenso wie Verwandten, und sein Mund blieb offen stehen, als sein Vater die drei Worte aussprach, die je zu benutzen ihm ausdrücklich verboten war. Bei einem raschen Blick auf seine Mutter ertappte er sie beim Lächeln, was sie angestrengt zu verbergen suchte, und mit einem verschmitzten Grinsen wagte er es, diese drei Worte auszusprechen, was den Earl dazu veranlasste, sich die Ohren zuzuhalten, als ob er sein Gehör vor dieser Vulgarität schützen wollte.

Salt schwang seinen Sohn dann in die Luft und rannte durch das sonnige Zimmer, wobei er sorgfältig den Dienern, die noch beim Abräumen des Tisches waren, und Miller, der das den Boden wischende Mädchen wachsam im Auge behielt, auswich. Wieder am Tisch angelangt kippte er Ned mit dem Kopf nach unten, als ob er ihn kopfüber zuerst auf Janes Stuhl setzen wollte; die blonden Locken seines Sohnes streiften eben gerade den gemusterten Damastbezug. Schließlich richtete Salt ihn wieder auf und hielt ihn einen Moment fest, bis seinem Sohn, der dabei lachte und kicherte, nicht mehr schwindelig war; alle Furcht wegen des Wutausbruchs seines Vaters war verflogen.

Beth setzte sich im Arm ihrer Mutter auf und beobachtete den Unfug ihres Vaters und stimmte in das Lachen ihres Bruders ein. Sie breitete die Arme weit aus, damit Papa sie hoch in die Luft heben und mit ihr um den Tisch laufen sollte, wie er es mit Ned getan hatte, was er zu ihrem größten Entzücken auch tat. Das Ende von Beths Flug fiel mit dem Eintreffen zweier Kindermädchen zusammen, die die Kinder an der Hand mit in den Garten zu ihrer morgendlichen Spielstunde nahmen. Beth und Ned waren glücklich, sich mit einem Kuss und einem Winken von ihren Eltern zu verabschieden, beide der Liebe ihres Vaters wieder sicher.

Dem Abgang der Kinder folgte ein Schweigen, die gesamte anwesende Dienerschaft wurde vom Butler aus dem Raum gescheucht, der sich ebenfalls entschuldigte, da es bei der Dienerschaft ein kleines Problem zu geben schiene, das seines Eingreifens bedürfte.

„Du hast nicht übertrieben“, sagte Sir Antony zum Earl. „Es sind wunderbare Kinder. Du bist gesegnet ...“

„... mit einer schönen und besonnenen Frau“, antwortete Salt mit einem Lächeln und küsste Jane auf die Stirn. „Ich weiß nicht, was in mich gefahren ist“, murmelte er. „Vor den Kindern in so unverzeihlicher Weise herumzuschreien ...“

„Wir sind alle am Rande unserer Nerven bei dem Gedanken, dass sich Diana so einfach Zutritt zu den Kinderzimmern verschaffen konnte ... Ich weiß noch immer nicht, warum sie das tat, und ich werde heute Abend nicht schlafen können, da ich weiß, dass sie es kann! Vielleicht sollten wir die Betten der Kinder bis nach dem Maskenball in unser Schlafzimmer bringen lassen?“

„Ich hoffe, es wird euch beruhigen, ein wenig jedenfalls, zu wissen, dass Dianas Eindringen nicht durch Nachlässigkeit eurer Diener möglich war. Ihr habt meine Antwort vorhin missverstanden“, erklärte Sir Antony. „Diana verschaffte sich Zutritt zu eurem Haus, indem sie eine einmalige Gelegenheit nutzte; unter normalen Umständen wäre sie dazu nicht in der Lage gewesen.“

Der Earl und die Gräfin warteten mit großen Augen interessiert darauf, dass er sich erklärte, und Sir Antony gab ihnen eine angemessene und stark bearbeitete Version von Carolines Besuch in seinem Haus in der vorigen Nacht, und fügte verlegen, weil es eine glatte Lüge war und Jane ihn intensiv mit einem seltsamen halben Lächeln, das ihren Mund nach oben bog, anschaute, hinzu:

„Ihr kennt doch Caro - sie sorgt sich ständig um ihre Tiere. Zeit und Ort sind ihr gleichgültig, wenn es gilt, ein Tier zu retten, zu füttern oder unterzubringen. Sie konnte nicht schlafen, daher musste sie mit den Sempers über ein Heim für den Bruder von Boots dem Mops diskutieren.“

„Wie ihr das ähnlich sieht, mitten in der Nacht ohne einen Gedanken an ihre Sicherheit oder ihren Ruf oder an andere auf und davon zu gehen, nur wegen eines verdammten Köters!“, erwiderte Salt und schluckte Sir Antonys Geschichte voll und ganz. „Ein Soldat könnte an seinen Wunden sterben, aber Caroline würde es vorziehen, das Pferd, das unter ihm weggeschossen wurde, wieder gesund zu pflegen! Gott weiß, von wem sie diese sentimentale Liebe zum Tierreich geerbt hat. Den Sinclairs liegt das jedenfalls nicht im Blut!“

„Nein. Aber vielleicht den St. Johns oder den Allenbys ...?“, schlug Sir Antony gelassen vor.

Es war nicht seine Absicht gewesen zu verraten, was er über Carolines wahre Eltern wusste, was Tom ihm unter dem Siegel der Verschwiegenheit bestätigt hatte, aber es rutschte ihm einfach heraus. Und nachdem er es jetzt ausgesprochen hatte, beabsichtigte er nicht, Salt die Angelegenheit beiseiteschieben zu lassen. Außerdem, da keine Diener anwesend waren, nicht einmal der herumlungernde Butler oder ein oder zwei Lakaien an den Türen, war es die perfekte und möglicherweise einzige Gelegenheit, darüber zu sprechen. Janes leises Lächeln machte ihn darauf aufmerksam, dass sie sehr gut wusste, worauf er anspielte, und die Tatsache, dass sie den Arm ihres edlen Gatten festhielt, war alle Ermutigung, die er brauchte, um seine Rede zu halten.

„Ich will dies jetzt einmal sagen, und es dann für alle Zeit begraben. Carolines Abstammung kümmert mich einen feuchten Kehricht. Sie wird in meinen Augen und denen der Welt immer eine Sinclair und deine Schwester sein. Ich habe es fast seit dem Tag gewusst, an dem ihr geheiratet habt und ich zum ersten Mal Toms Mutter bei der Zeremonie zu Gesicht bekommen habe. Caroline hat eine unglaubliche Ähnlichkeit mit den Allenbys. Keiner der Sinclairs war je so wohlgerundet und diese prachtvolle Mähne feurigen Haares ist ein Erbe der St. Johns. Caroline ist St. Johns natürliche Tochter; ihre Mutter ist Toms Tante, die im Kindbett starb." Er lächelte schräg. „Schimpft nicht mit Tom, weil er mir die Wahrheit gesagt hat. Er hat das getan, weil er weiß, dass ich Caroline liebe. Es soll mich nicht stören, wenn es euch beide nicht stört. Wir drei und Tom sind die einzigen, die es wissen, und es muss nie jemandem gegenüber ein Wort gesagt werden ..."

„Gut. Belassen wir es dabei", antwortete der Earl abgehackt und bestätigte damit die Wahrheit von Sir Antonys Worten, als er grundlos an den Enden seiner verknitterten Weste aus Meerseide zupfte; seine Wangen waren gerötet. Doch ein Blick zu Jane und die in ihren Augen stehenden Tränen ließen ihn von seinem Sockel hinabsteigen und mit einem trockenen Schlucken hinzufügen: „Sie - Caroline - hat St. Johns grüne Augen ... Ihre Vorliebe für die Rettung des Tierreichs muss jedoch eine Eigenschaft der Allenbys sein ..."

„Nun, das erklärt, warum Tom beim Retten von verlassenen und misshandelten Tieren Caros Partner ist", sagte Sir Antony, der die Unterhaltung energisch auf ein angenehmeres und weniger kontroverses Thema zurücksteuerte. „Ich habe aus Toms Briefen erfahren, dass er sich eines neu eingerichteten Zoos auf seinem Landsitz erfreut. Nun, so ist das jetzt. Alle diese großen Tiere, die von Ketten und aus schlecht geführten Menagerien gerettet werden und die nicht im Haus zu halten sind, werden in Käfige gesperrt und zu Tom verschickt ..."

„Ja, das stimmt", antwortete Jane fröhlich, um die immer noch vorhandene Unbehaglichkeit ihres Mannes auszugleichen. „Wir haben Ned und Beth mitgenommen, um Toms Zoo zu sehen, nicht wahr, Salt? Er ist zu einem Gesprächsthema sowohl für die Einheimischen wie für Reisende geworden. Bei der letzten Zählung hatte er zwei Zebras, einen Strauß, eine Handvoll großer afrikanischer Katzen und Neds Lieblinge, eine große Anzahl von Affen in ihren jeweiligen Gehegen. Und dann gibt es einen Elefanten, den Caroline neckisch Magnus getauft hat."

„Ha! Ha! Das kleine Biest!", lachte Sir Antony und machte den Mund fest zu, als Salt ihn böse anschaute.

„Sollte ich meine Zustimmung zu deiner Heirat mit Caroline geben, musst du mir einen Schwur leisten, dass du ihren Eigensinn nicht noch unterstützen wirst", brummte Salt. „Ein Elefant namens Magnus, wirklich!"

Jane küsste ihn auf die Wange. „Ich denke, es ist ein vollkommen majestätischer Name für ein großes, schönes Wesen - und für einen Elefanten." Sie lächelte Sir Antony an. „Und du sollst Antony nichts dergleichen versprechen lassen. Um die Wahrheit zu sagen, Caroline wird Antony dazu bringen, sich ihr und Tom bei ihrem Bestreben, jedes verlorene vierbeinige und gefiederte Geschöpf in diesem König-reich zu retten, anzuschließen."

„Das bezweifle ich nicht! Aber jetzt, Mylady, Antony, müsst ihr dieses große Geschöpf entschuldigen. Ich habe einen Berg von Papie-ren, der meiner Unterschrift harrt, was Ellis nur zu sehr gefallen wird. Vielleicht wird er mir sogar erlauben, der Bibliothek vor dem Mittags-imbiss für eine Partie Tennis zu entfliehen ... Wenn du dazu in Form bist ...?"

„Oh ja, du musst zu Mittag bleiben", drängte Jane und schloss sich ihrem Mann an; ihre Stimmung hatte sich durch die Wiederherstel-lung der Freundschaft zwischen diesen beiden großen Männern, die einmal die besten Freunde gewesen waren, sehr verbessert und gehoben.

„Nur zu gerne, wenn ich über meine Zeit verfügen könnte", antwortete Sir Antony mit einem bedauernden Seufzer. „Ich würde nichts lieber tun, als dich beim Tennis zu schlagen, Salt und mich dann Euch, Mylady, und der Familie zum Mittagsimbiss anzuschlie-ßen, aber ich muss ablehnen. Diana und ich haben eine Verabredung mit Lady Porter zusammen mit jenen ihrer Bekannten, die zu eurem Maskenball eingeladen sind. Zweifellos wird sich die Unterhaltung nur um unsere Kostüme und Masken drehen."

„Wie kannst du diese Fassade nur aufrechterhalten?", fragte Salt angeekelt.

„Mit großer Seelenstärke - und weil ich es muss. Um deinetwillen. Um Janes willen. Um eurer Kinder willen. Um Carolines willen. Um unser aller Zukunft willen. Ich habe mir selbst die Aufgabe gestellt, der Hüter meiner Schwester zu sein, und ich werde die Rolle des tölpel-haften jüngeren Bruders weiterspielen, bis Diana sich in meiner Obhut befindet, ohne dass die Gesellschaft von ihrer Bosheit weiß." Sir

Antony lächelte schief. „Ihr vergesst, dass ich schließlich Diplomat bin, und Verstellung ist die Waffe meiner Wahl.“

Salt schaute ihn mit großen Augen an. „Ich glaube durchaus, dass du eines Tages Botschafter sein wirst.“

Sir Antony lächelte und verbeugte sich vor ihm. Aber als er sich wieder aufrichtete, war das Lächeln verschwunden und er sagte ernst:

„Es ist nicht meine Aufgabe, euch zu sagen, wie ihr euren Haushalt oder eure Kinderzimmer führen sollt, daher müsst ihr mir verzeihen, wenn ihr selbst schon auf diesen Gedanken gekommen seid. Aber wenn ich bedenke, dass Diana euer Kinderzimmer besucht hat, muss es irgendwie mit ihren Plänen zu tun haben.“

„Du denkst, dass Diana in die Kinderzimmer ging, um sie zu erkunden?“

„Ja, und ich schlage vor, dass die Kinder in der Nacht des Maskenballs in die Galerie des Königlichen Tennisplatzes verlegt werden. Macht es zu einem besonderen Vergnügen für sie. In der kleinsten der vier Kisten, die Miller für mich aufbewahrt, bis ich euch meine Geschenke überreichen kann, sind eine Laterna Magica und mehrere Kästen mit Platten, die sie den größten Teil der Nacht beschäftigen werden. Ich werde Semper später am heutigen Tag herüberschicken, um einem Diener zu zeigen, wie man damit umgeht.“

„Warum der Tennisplatz?“

„Weil das ein weit offener Platz ohne Verstecke ist und er nur zwei Eingänge hat. Wenn Diener vor Ort sind kann nicht eingebrochen werden. Mit dreihundert Menschen im Ballsaal in der Nacht und Leuten, die ständig zu den Speiseräumen und Kartentischen gehen, wäre es ein Leichtes für Diana, nach oben zu schleichen, ohne dass jemand es bemerken würde, nicht einmal die Diener, die vom Bedienen der Gäste abgelenkt sind.“

Jane drückte Sir Antonys seidenen Ärmel.

„Eure Idee ist hervorragend und die Kinder werden begeistert sein, die Laterna Magica zu sehen. Danke. Jetzt müsst Ihr mich entschuldigen, da Sam nach seiner Mama verlangen wird und danach muss ich mich den Damen in Lady Reanays Zimmern anschließen, um unsere Kostüme für den Maskenball zu besprechen. Nein! Du darfst nicht fragen, was wir alle tragen werden“, sagte sie mit einem Lächeln, das ihre Grübchen sehen ließ, zum Earl, als dieser fragend seine Brauen hob. „Du wirst es an dem Abend sehen, nicht vorher! Oh, Antony, hatte Euer Besuch einen besonderen Grund, nicht, dass Ihr einen bräuchtet. Ihr seid jederzeit sehr willkommen. Soll ich Caroline holen lassen? Als sie nicht zum Frühstück erschien, nahm ich an, sie hätte verschlafen ...“

Die Erwähnung seines Patensohns brachte Sir Antony mit einem Ruck wieder den Zweck seines Auftauchens in Salt House ins Gedächtnis zurück. Er wünschte zwar nicht, die Ruhe des Haushalts zu stören, musste aber die Person, die im Hause des Earls für seine Schwester arbeitete, entdecken und entlarven, ohne Rücksicht darauf, wie viel mehr Kummer dies dem Earl und der Gräfin verursachen würde. Er fragte Jane, ob er sie ins Kinderzimmer begleiten dürfte, um selbst zu sehen, wo sein Patensohn schlief. Das würde ihm die Gelegenheit verschaffen, sie unter vier Augen nach dem Mädchen mit der übergroßen Haube und ihrer Stellung hier im Haushalt zu befragen.

Was er und Jane entdeckten, als sie im Kinderzimmer ankamen, verblüffte sie beide.

DREIUNDZWANZIG

Betsy schluchzte. Sie schluchzte so heftig, dass ihre
Augen und ihre Nase liefen und jeder Muskel in ihrem dünnen Körper
weh tat, vor Angst und Schmerz in Krämpfen zuckte. Das dünne
Taschentuch in ihrer fest geballten Faust war durchnässt, ebenso der
Schoß ihres Rockes. Sie hatte die Fähigkeit zu sprechen eingebüßt und
konnte nur ihren Kopf wieder und wieder zur Antwort auf dieselben
Fragen schütteln, die ihr die Haushälterin stellte, wobei ihr die große
Rüsche ihrer Haube wie ein Paar Schwanenflügel um ihr nasses
Gesicht klatschte. Sie saß auf ihrem Rollbett in der Ecke von Sams
Schlafzimmer, das mit allen notwendigen Utensilien, die erforderlich
waren, um das kleine Kind nobler Eltern zu säubern, zu kleiden und es
ihm bequem zu machen, gefüllt war. Die Haushälterin und Nanny
Browne standen neben ihr und hinter ihnen der mürrische Miller; das
Kindermädchen Sukie hockte dabei, den wimmernden Sam in ihren
Armen wiegend.

Sir Antony konnte seinen Augen oder seinem Glück kaum trauen.
Er machte einen Satz und trat einen Schritt zurück, wo er in der Tür
stehenblieb, als Jane in den Raum stürmte. Das Mädchen auf dem Bett
musste das Flapp-Flapp-Mädchen aus Hilary Wraxtons Gedicht sein.
Mit Sicherheit trug niemand im Salt Hendon-Haushalt eine so auffäl-
lige Rüschenhaube. Er fragte sich, was ihr solchen Kummer verursacht
hatte und schaute geduldig zu, als Jane die Sache in die Hand nahm.
Er sollte es bald herausfinden.

Auch Jane wollte ihren Augen nicht trauen. Sie hob ihren Babysohn hoch und lächelte ihn an, gab ihm einen dicken Kuss und kitzelte

seine Nase mit ihrer Nasenspitze, gab ihn dann dem Kindermädchen zurück. Dieses wies sie an, Sam ins Spielzimmer zu bringen, wo er außer Hörweite dieses Aufruhrs wäre; sie würde ihm bald folgen. Ein ruhiges Wort an den Rücken des Butlers ließ nicht nur Miller sich umdrehen, sondern auch die beiden älteren Frauen des Hauspersonals aufschrecken und mit zusammengepresstem Mund in einen Knicks versinken.

„Lieber Gott! Betsy? Was ist denn nur los?"

„Mylady, ich bitte um Verzeihung für diese höchst unnötige und unbefriedigende Störung, aber ..."

„Danke, Miller. Ich möchte mit Betsy sprechen", sagte Jane energisch. „Von Euch wünsche ich, dass Ihr Tee ins Spielzimmer bringen lasst, und Dicken anweist, mir frische Röcke und ein Paar Schuhe bereitzulegen." Als der Butler einfach dort stehenblieb und einen Blick mit der Haushälterin wechselte, fügte sie etwas herrischer hinzu: „Verzeihung, aber ist irgendetwas an meiner Bitte unverständlich?"

„Nein, Mylady. Sehr wohl, Mylady", antwortete der Butler tonlos mit einem Nicken und entfernte sich, entschlossen, ein Wort mit seiner Lordschaft zu sprechen, falls die kleine Diebin nicht bei Sonnenuntergang in der Gosse gelandet wäre.

Sir Antony konnte nicht anders als bei Janes selbstbewusster Entlassung des hochrangigsten Hausangestellten zu lächeln, jeder Zoll ihrer schlanken Gestalt eine Gräfin, und er beobachtete schweigend, wie das Geschehen verlief, sich sehr wohl bewusst, dass es einige Zeit dauern könnte, bis das Kindermädchen in der Lage sein würde, seine Fragen zu beantworten, so groß war ihre Verzweiflung.

„Mylady, wenn Sie nur wüssten, was diese - diese *verdorbene* und *undankbare* Kreatur angestellt hat!", platzte die Haushälterin heraus. „Sie ist eine - eine *Diebin* und eine - eine *Lügnerin*, und sollte ..."

Das Wort *Diebin* reichte, um Betsy aus ihrer verzweifelten Benommenheit zu reißen. Sie sprang vom Bett auf und warf sich vor den Füßen der Gräfin auf die Knie, bevor jemand sie aufhalten konnte, und ging so weit, dass sie den zarten, mit Seide bestickten Saum von Janes Röcken mit ihren beiden Fäusten packte.

„Ich bin keine Diebin! Ich bin keine Lügnerin! Ich - ich - es ist nicht wahr!", heulte Betsy und sah zu Janes Gesicht auf. „Ihr müsst mir glauben, Mylady! Bitte, Mylady! *Bitte.* Ich bin nicht schlecht! Ich will nicht gehängt werden! Lasst nicht zu, dass seine Lordschaft mich hängen lässt!"

Jane, von dem Verhalten und dem angstvollen Flehen des Mädchens momentan verblüfft, reagierte nicht gleich. Die Haushälterin verwechselte dieses Zögern mit Abscheu dagegen, dass ihre

Person von einem Dienstboten, noch dazu einem niederen Kindermädchen berührt wurde, und sie packte Betsy am Oberarm im Versuch, sie hoch- und von der Gräfin wegzuziehen.

„Steh auf! Steh auf, Tölpel!", befahl die Haushälterin und zerrte an Betsys Arm. „Nanny Browne! Nehmt den anderen Arm!"

„Nein! Nein! Ich liebe Baby Sam!", jammerte Betsy und klammerte sich an die Röcke der Gräfin. „Gott ist mein Zeuge, Mylady, ich würde nie etwas tun, das ihm schadet! Niemals! Ihr wisst, dass ich Baby Sam liebe! Ich habe es Euch versprochen! Erinnert Ihr Euch? Ihr müsst Euch erinnern!"

„Sam? Was hat das hier mit Sam zu tun?", fragte Jane, die von plötzlicher Furcht um ihr Baby überwältigt wurde.

„Wie kannst du es wagen, die Gräfin anzureden, bevor sie mit dir spricht! Wie kannst du es wagen, sie so anzufallen!", zischte die Haushälterin in Betsys Ohr und zerrte weiter an dem dünnen Arm des Mädchens. „Du hast keinen Platz in diesem Haus, keinen Platz, nach allem, was du getan hast!"

„Betsy!", flüsterte Nanny Browne in das andere Ohr des Mädchens und hielt ihren anderen Oberarm fest im Griff. „Hör sofort auf damit. Du machst es nur noch schlimmer für dich. Gestehe, und vielleicht wird dein Leben verschont."

Jane schaute auf Mrs. McIntyre und Nanny Browne hinab, beide Frauen hielten Betsys dünne Arme in festem Griff, jedes Gefühl für Anstand und Stellung in den Wind schlagend. Ein vorübergehender Irrsinn hatte ihr Haus erfasst, aber sie war entschlossen, sich nicht davon ergreifen zu lassen. Sie war auch entschlossen, Betsy gerechtes Gehör zu gewähren. Sie erinnerte sich an eine Zeit, als sie selbst von denen, die in der Lage gewesen wären, es besser zu wissen, als weniger denn ein Nichts behandelt, verteufelt und verleumdet worden war, ohne eine Stimme zu haben und ohne jemanden, der sich für sie eingesetzt hätte. Sie war so allein und hilflos in der Welt gewesen. Nur standhaftes Selbstbewusstsein und ein eingefleischter Optimismus, dass ihr Leben eines Tages so sein würde, wie sie es sich vorstellte, verheiratet mit dem Mann, den sie liebte und einer eigenen Familie, hatte sie davon abgehalten, in dauerhafte Melancholie zu verfallen.

Dieses arme Wesen, das ihre Röcke gepackt hielt, als ob ihr Leben von ihrem Wort abhing, hatte niemanden in der Welt, keine Aussichten und daher jedes Recht auf angstvolle Verzweiflung. Jane hatte nicht vor, sie hinauswerfen zu lassen, ohne ihr die Möglichkeit der Verteidigung zu geben, was bedeutete, ohne die Anwesenheit anderer mit ihr zu sprechen.

Jedoch hatten vier Jahre als Gräfin von Salt Hendon Janes Augen für die unzähligen Schichten im großartigen Haushalt eines Edelmannes geöffnet und dafür, was ein wohlgeführter Haushalt bedeutete, einer, aus dem die Diener eines Edelmannes, vor allem die höhere Dienerschaft, mit der sie täglichen Kontakt hatte, ihren Stolz bezogen, geschätzte Mitglieder des Hauses des Earls von Salt Hendon zu sein. Daher konnte sie nicht einfach die Ansichten ihrer Haushälterin oder der Nanny von der Hand weisen. Auch sie verdienten, ordentlich gehört zu werden, selbst wenn sie Miller seinen Marschbefehl gegeben hatte. Aber die Kinderzimmer waren nicht die Domäne des Butlers und sie war sicher, dass Mrs. McIntyre und Nanny Browne ihm das klarmachen würden, ungeachtet seiner Herrschaft über diese und alle Diener des Untergeschosses. Sie war sich auch sicher, dass die beiden dienstältesten Damen der Dienerschaft ihr eigenes Benehmen bereuen würden, wenn sie wieder zu Sinnen kämen, nicht nur wegen der Art, wie sie sich in ihrer Gegenwart aufgeführt hatten, sondern auch, weil dies in der Gegenwart Sir Antonys geschah, eines Gasts des Hauses und damit eines Außenseiters.

„Mrs. McIntyre. Nanny. Bitte lasst Betsy los und erweist meinem Gast eine gewisse Höflichkeit", befahl Jane ruhig. „Sams Pate, Sir Antony Templestowe, ist gekommen, um selbst zu sehen, wo sein Patensohn seine Tage mit Bruder und Schwester verbringt, wenn er nicht bei mir ist." Als beide Frauen sich langsam erhoben, ihre Röcke ausschüttelten und mit gesenkten Köpfen knicksten, lächelte sie in sich hinein, fügte aber mit einem traurigen Aufseufzen hinzu: „Ich bedauere nur, dass seine Lordschaft Zeuge eines gemeinen Handgemenges wurde. Ich versichere Euch, Sir Antony, dass ich in meinem Leben so etwas noch nicht gesehen habe! Und noch dazu in den Kinderzimmern, die dank Nanny normalerweise ein Ort des Glücks und der Ruhe für die Kinder seiner Lordschaft sind. Ich kann mir nur denken, dass heute mit dem Tee etwas nicht gestimmt hat."

„Mylady, ich kann mich nicht genug dafür entschuldigen, Euch und - und - Sir Antony solchen Kummer zuzufügen", murmelte die Haushälterin in akuter Verlegenheit. „Ich versichere Eurer Lordschaft, dass dies nicht die Art ist, wie gewöhnlich die Dinge im Haushalt seiner Lordschaft geregelt werden. Wie Mylady richtig sagte, es ist ein höchst ungewöhnliches Ereignis ..."

„Höchst ungewöhnlich", warf Nanny Browne ein, weil sie spürte, dass sie etwas dazu sagen sollte. Sie schaute zur Gräfin und dann hinunter zu Betsy, die die Röcke der Gräfin losgelassen hatte, aber noch immer zu ihren Füßen kauerte. „Vielen Dank für Eure freundlichen Worte über die Kinderzimmer. Ich tue mein Bestes für die kleinen Lords und die kleine Lady."

„Ich weiß, dass du das tust, Nanny, und Lord Salt und ich können dich nicht genug loben", antwortete die Gräfin. „Mrs. McIntyre? Ich bin sicher, dass Ihr zustimmen werdet, dass diese kleine häusliche Angelegenheit Nanny überlassen wird. Ihr müsst tausend wichtigere Dinge zu beaufsichtigen haben, gerade mit dem Maskenball übermorgen ...?"

Jane ließ den Satz unvollendet und hoffte, dass die Haushälterin Einsicht zeigen würde. Die Frau nickte, knickste und verabschiedete sich schweigend nach einem schnellen, besorgten Austausch von Blicken mit Nanny Browne, etwas, das Jane ignorierte.

„Nanny, wenn Betsy ihr Gesicht gewaschen und sich zurechtgemacht hat und etwas Zeit hatte, wieder zu Sinnen zu kommen, bringe sie bitte ins Spielzimmer. Sir Antony hat ein paar Fragen, die er Sams Kindermädchen stellen möchte, die", fügte sie mit einem freundlichen Lächeln hinzu, „sicher auch deiner Meinung nach wichtiger sind als dieser kleine Vorfall ...?"

Wieder ließ Jane den Satz in der Luft hängen, und ebenso wie die Haushälterin versank Nanny Browne in einen Knicks, mit einem flüchtigen Blick auf den gutaussehenden Gentleman in der feinen rot und grün gestreiften Seide.

„Natürlich, Mylady. Ich werde Euch Betsy sofort schicken."

Sir Antony erinnerte sich gut an das Spielzimmer der Kinder, das sich fast über die ganze Breite des Hauses erstreckte, und das brachte ihn zum Lächeln, trotz seiner bösen Vorahnung dessen, was die Befragung Betsys ergeben könnte. Die vertrauten blaugestrichenen Wände und das Marionettentheater an einer Wand waren so wie in seiner Erinnerung, aber die verstreuten Spielsachen auf dem Teppich und der kleine Stapel von Gemälden von der Hand eines Kindes auf der Oberfläche eines Tischchens in Kindergröße, an dem vier kleine Stühle standen, waren neu. Wie die Zeiten sich in diesem Haus zum Besseren gewandelt hatten! Er hatte die Absicht, alles in seiner Macht Stehende zu tun, um sicherzustellen, dass es so bliebe.

„Merry ist nicht die einzige angehende Künstlerin in der Familie, sehe ich", sagte er und hob eine Ecke eines der Bilder. „Ein Hund. Ein Vogel. Eine Katze?" Er hielt ein Pergament hoch, das eine dunkel gefärbte Mitte hatte und auf dieser dunklen Mitte war ein grob gemalter weißer Fleck mit vier dicken Pinselstrichen, die aus einer Seite herausragten, und vielen dünneren Striche in ziemlich geraden Linien aus einem anderen Teil der Kugel. „Oder ist das ein Portrait von Viscount Vierpfoten, der jetzt ganz erwachsen ist?"

„Das ist in der Tat seine flauschige Lordschaft. Und sehr gut geraten, Antony! Oder waren es die Schnurrhaare, die es Euch verrieten?"

Jane lachte hinter vorgehaltener Hand, als sie die Bemühungen ihres Sohnes, Merrys außergewöhnliches Zeichentalent zu imitieren, als das betrachtete, was sie waren: für sie etwas Besonderes, aber für den Rest der Welt nichts mehr als gewöhnlich. Sie zog sich zu dem Fenstersitz zurück, wo Sukie einen unruhigen Sam wiegte. Als sie ihr Baby wieder in ihren Armen hielt, entließ sie das Kindermädchen und trug ihr auf, Betsy zu holen; sie hoffte, dass das Mädchen bereit und willens wäre, sich befragen zu lassen.

„Ich muss dich warnen, Antony, es ist sehr wahrscheinlich, dass Sam seine Vormittagsfütterung fordern wird, bevor deine Befragung beendet ist, ein Umstand, an dem ich wenig ändern kann."

„Ihr müsst Euch nicht für etwas entschuldigen, das das Natürlichste auf der Welt ist", sagte Sir Antony mit einem leisen Lächeln. „Und das hier ist noch dazu ein Babyzimmer ... Ah! Da ist ja der Tee." Er begann, den Tee zuzubereiten, so gut er konnte und wie sein Ritual es von ihm verlangte. „Ich muss Euch auch warnen, Mylady ...“

„Jane. Es war doch immer Jane, wenn wir unter uns waren ...“

„Ja, ja, so war es." Er lächelte und stellte Janes Teetasse auf den Fenstersitz zwischen ihnen. „Jane ... ich muss Euch warnen, die Fragen, die ich Betsy stellen muss, werden Euch verstören. Ich hoffe und bete nur, dass ihre Antworten das sind, was wir beide hören müssen. Ich möchte nicht das Schlimmste denken. Ich möchte glauben, dass durch ein Wunder an gesundem Menschenverstand oder Zufall alles in Eurer kleinen Ecke der Welt so ist, wie es sein sollte."

„Ich habe eine Ahnung, dass auf irgendeine unerklärliche Weise Diana hierin verwickelt ist."

„Ja. Aber ich denke nicht, dass das unerklärlich ist. Ich denke, wir werden feststellen, dass alles sehr sorgfältig geplant worden ist. Worein wir unser Vertrauen setzen müssen, ist etwas, was zu verstehen Diana nicht fähig ist, das aber Ihr und ich für unbezweifelbar halten."

„Und das wäre?"

Sir Antony lächelte schief, die Farbe seiner Wangen wurde kräftiger.

„Es ist etwas, das Diana für einen großen Fehler meines Charakters hält. Vor allem ein Fehler bei einem Mann ... Und sie verabscheut Euch dafür, weil es Salt Euch nur noch mehr lieben lässt." Er stellte seine Tasse auf die Untertasse zurück und begegnete dem Blick aus Janes blauen Augen. „Es ist die Fähigkeit, mit Liebe alles zu besiegen - das Böse zu besiegen. Betsy rief aus, dass Gott ihr Zeuge sein möge, wie sehr sie Baby Sam liebe. Das ist es, was Dianas teuflische Pläne zum Scheitern bringen wird. Es würde ihr nie in den Sinn kommen, dass Betsy ihre Anweisungen nicht befolgen könnte, dass ein Mädchen ohne Familie und mit geringen Aussichten im Leben sich ihr entgegenstellen könnte - dass Betsy ein gutes Herz hat."

Jane scheute zurück.

„Diana hat Betsy in dieses Haus geschickt, um ihre Befehle auszuführen; ein armes Mädchen von fünfzehn - um uns auszuspionieren? Mein Gott! Ich muss es dir glauben. Welche Macht mag sie über das arme Kind haben, um sie so etwas Scheußliches tun zu lassen? Betsy hat keinen Funken Bosheit im Körper."

„Ja. Das ist auch, was ich glaube, nachdem ich jetzt das Mädchen gesehen habe."

„Glaubst du, dass es noch andere Diener in diesem Haus gibt, die bei deiner Schwester im Dienst stehen?"

„Das kann ich nicht sagen, aber ich glaube es nicht. Das heißt, es sei denn, dass ihr seit der Flucht meiner Schwester aus Harlech noch mehr Hauspersonal eingestellt habt?"

Jane schüttelte den Kopf.

„Gut. Ich hoffe nur, dass die junge Betsy standhaft geblieben und unter den ständigen Tiraden meiner Schwester nicht schwach geworden ist. Glaubt mir, ich weiß, wie einfach es ist, nachzugeben. Diana ist eine unerbittliche Naturgewalt, wenn sie etwas will. Sie hat meine Kindheit zu einem absoluten Albtraum gemacht. Ah! Da kommt ja das Kindermädchen meines Patensohns."

„Komm her, Betsy", sagte Jane mit einem Lächeln.

Betsy tat, wie ihr befohlen wurde, den Blick auf den Boden gerichtet, ihre unvermeidliche Rüschenhaube mit dem breiten Rand verdeckte ihr Gesicht.

„Tu mir den Gefallen, deine Haube abzunehmen, Betsy, damit Lady Salt und ich dein Gesicht sehen können."

Betsy tat, was Sir Antony von ihr verlangte und eine dichte Masse drahtiger Locken sprangen heraus und legten sich um ihr Gesicht, nicht länger als bis zu ihren Ohrläppchen, so dass es wirkte, als hätte jemand eine Schüssel auf ihren Kopf gelegt und ihr Haar am Rand abgeschnitten. Jemand mit glatten Haaren hätte mit einem solchen Haarschnitt hässlich ausgesehen, aber da Betsys Haar so lockig war, stand es ihr eher gut. Sir Antony und Jane hatten nie zuvor etwas dergleichen gesehen, so dass Jane fragte:

„Wer hat deine Haare abgeschnitten, Betsy?"

Das war nicht die Frage, die das Mädchen erwartete, daher zuckte sie zusammen.

„Ich werde doch meine Stellung nicht wegen meiner Haare verlieren, nicht wahr, Mylady?"

„Es ist nicht dein Haar, das uns Sorge bereitet, Betsy", antwortete

Jane freundlich. „Obwohl du dir in Zukunft keine solchen Gedanken darum machen musst. Solche kurzen Locken zu haben ist eher hübsch.“

Betsys Augen leuchteten auf und sie lächelte nervös, ihre Haube drehte sie dabei unbewusst in ihren Händen. Das Kompliment löste auch ihre Zunge und ließ sie sich wohler fühlen.

„Meinen Sie wirklich, Mylady? Mein Pa, er hat sie abgeschnitten. Er sagte, sie wären im Weg. Dass ich sie nicht bräuchte, da ohnehin kein Junge je so ein dünnes Ding wie mich angucken würde, und wenn ich keine Chance hätte zu heiraten, wozu wären sie dann nütze?“ Sie hob die Schultern. „Nanny Browne sagt, sie werden mit der Zeit wieder wachsen.“

„So ist es ... Betsy, Sir Antony möchte dir ein paar Fragen stellen. Ich weiß, dass du ehrlich antworten wirst.“

„Ja, Mylady. Ja, das werde ich! Ich erzähle keine Lügen! Ich habe Nanny Browne das gesagt und Mrs. McIntyre, aber sie - Verzeihung, Mylady ...“ Sie warf einen Blick auf Sir Antony und fügte eilig hinzu: „Ich erzähle auch keine Geschichten!“

„Nun, Betsy, du musst diesen Vorsatz vielleicht diesmal missachten, denn ich möchte, dass du mir etwas erzählst. Eine wahre Geschichte“, sagte Sir Antony milde. „Aber zunächst ist da eine sehr dringende Frage, die einer sofortigen Antwort bedarf.“

„Ja, Sir?“

„Nanny? Gibt es etwas Dringendes, das der Grund für diese Störung ist?“, fragte Jane und unterbrach Sir Antonys Befragung, als Nanny in den Raum schlich, einen unbekannten Gentleman auf ihren Fersen. Sie wollte nach der Identität dieses Gentlemans fragen, als Sir Antony auf die Füße sprang und dem Fremden entgegenging.

„Semper?“

„Bitte verzeiht mein Eindringen, Mylord“, entschuldigte sich der Haushofmeister ohne einen Blick in die Richtung der Gräfin von Salt Hendon zu werfen, noch immer außer Atem. Er war den ganzen Weg von der South Audley Street hierher gerannt, der Schmutz an seinen Schuhen und sein windzerzaustes Haar sprachen für die Dringlichkeit, sein Anliegen anzubringen. „Ich muss ein Wort unter vier Augen mit Ihnen sprechen - *sofort*.“

Sir Antony nickte Nanny Browne zu, die sich widerwillig entfernte, und er nahm Semper ein wenig weiter den Raum hinunter mit, außer Hörweite der Gräfin.

„Du hast mit Mr. T gesprochen?“

„Ja, Mylord.“

„Er konnte die Hausangestellte des fraglichen Anwesens überzeugen, die Einzelheiten darüber, was mit Mrs. S. ausgetauscht wurde, offenzulegen?"

„Ja, Mylord, er war sehr *überzeugend* und die Hausangestellte entgegenkommend."

„Und?"

„Die Information ist erschreckend, um es gelinde auszudrücken ..."

Sir Antony spürte, wie ihm der Schweiß auf der Kopfhaut ausbrach.

„Weiter! Weiter!"

„Die Hausangestellte erzählte Mr. T, dass Mrs. S. etwas Bestimmtes wollte und dass es einige Tage gedauert hätte, bevor das Objekt beschafft werden und dann heimlich an Mrs. S. übergeben werden konnte ..."

„Nun? Nun? Semper! Um Gottes willen, spuck es schon aus!"

„Ja, Mylord. Die Hausangestellte gab Mrs. Smith das Objekt in einem Päckchen verpackt. Dieses Päckchen war genauso groß und in der Form wie das Kindermädchen unter ihrem Arm trug, als es aus der Kutsche stieg."

„Und dieses Päckchen, Semper? Was war darin?"

„Ein Kleidungsstück, direkt von dem noch warmen Körper eines soeben zusammen mit seiner Mutter verstorbenen Babys gezogen, die, wie sie richtig vermuten werden, an den Pocken gestorben waren. Die Hausangestellte erzählte Mr. T, die Oberbekleidung des toten Babys, Schuhe und Mütze, wären nicht gewünscht worden. Nur das einfache Hemd, das direkt auf der Haut eines Säuglings getragen wird ..."

„Mein Gott, wie teuflisch", murmelte Sir Antony. „Dieser Schurke Amherst hat eine Menge zu verantworten!"

„Ich bitte um Verzeihung, Mylord? Amherst…?"

„Vergiss den Irren! Ich muss mich um meine eigene kümmern!", riss Sir Antony sich zusammen und packte seinen Haushofmeister an der Schulter. „Danke, dass du so schnell gekommen bist."

„Ich dachte, Geschwindigkeit wäre wichtig, Mylord."

Semper wagte es, zu dem Fenstersitz hinüberzusehen, wo er seinen Blick etwas länger auf der schönen jungen Frau ruhen ließ, die ein Kind wiegte, und auf dem Kindermädchen, das stumm und aufrecht vor ihr stand. Als er seinen Namen zum zweiten Mal hörte, kam er wieder zur Besinnung, er verbeugte sich und verließ das Kinderzimmer mit so viel Würde, wie er aufbringen konnte, während Sir Antony zu dem Fenstersitz zurück schritt und ohne Vorrede zu Betsy sagte:

„Dir wurde gestern etwas übergeben. Ein Päckchen. Mrs. Smith hat dir ein Päckchen gegeben. Wo ist es?"

„Bitte, Betsy. Weine nicht. Du musst tapfer sein und Sir Antony sagen, was er wissen will, und ehrlich sein."

Betsy nickte heftig und wischte über ihre nassen Augen.

„Ja, Mylady. Das werde ich. Ich werde die Wahrheit sagen! Ich habe Nanny Browne die Wahrheit gesagt. Ich habe ihr gesagt, was ich getan habe, weil ich es musste. Ich wollte Sams Rassel nicht stehlen, aber Tante Smith sagte, wenn ich es nicht täte, würde mein Pa nie wieder aus dem Schuldgefängnis kommen."

„Du hast Sams Rassel genommen?", fragte Jane, bevor Sir Antony etwas sagen konnte, so groß war ihre Überraschung. Wenigstens musste sie die Mädchen nicht länger bitten, danach zu suchen. „Was hat Mrs. Smith damit getan?"

„Ich weiß es nicht, Mylady! Ich weiß nicht, warum ich etwas von diesen Dingen tun musste, zu denen sie mich zwangen! Es ergab überhaupt keinen Sinn für mich. Bitte. Ihr müsst mir glauben!" Die Tränen kamen wieder und sie schaute Sir Antony an, bevor sie zur Gräfin sagte: „Werde ich dafür gehängt? Mrs. McIntyre sagt, kleine Kinder werden gehängt, wenn sie das Taschentuch einer Lady stehlen!"

„Nein. Du wirst nicht gehängt, Betsy. Das verspreche ich dir."

„Das Päckchen, Betsy?", drängte Sir Antony. „Was hast du mit dem Päckchen gemacht?"

Die Erwähnung des Päckchens ließ Betsy wieder in eine verwickelte Erklärung verfallen, die keinerlei Sinn ergab.

„Es war nicht recht, was sie von mir zu tun verlangten! Ich habe es Nanny Browne gesagt, es war mir gleich, ob ich Ärger bekomme, weil ich es tat, ich musste es einfach! Ich hatte so ein Gefühl, seht Ihr. Ein Gefühl, das mir sagte, was ich zu tun hatte. Und das war nicht, was sie von mir wollten."

„Das ist genau der Punkt, Betsy", sagte Sir Antony mit äußerster Geduld. „Die Frage ist, was du damit getan hast oder nicht getan hast, das wollen wir wissen. Was hast du mit dem Päckchen gemacht?"

Betsy sah von der Gräfin zu Sir Antony, als ob das selbstverständlich wäre. Und da beide nicht die geringsten Anstalten machten, böse auf sie zu werden, holte sie tief Luft und erzählte es ihnen.

„Ich habe es ins Haus gebracht, wie sie es mir sagten, aber es fühlte sich nicht richtig an, daher ließ ich es liegen, und als ich heute Morgen aufstand, bevor ich in Myladys Schlafzimmer ging, um Sam zu holen und ihm ein frisches Hemd anzuziehen, nachdem er zum ersten Mal am Tag getrunken hatte, warf ich das Päckchen ins Feuer." Sie zeigte auf den großen Kamin mit seinem bemalten Sturz und dem Schutzschirm aus Tapisserie auf der anderen Seite des Raums. „Ich habe es dort hineingeworfen. Ich habe gewartet und zugesehen, bis es gut in

Flammen stand, damit niemand es mehr herausziehen könnte. Ich wollte, dass es verbrannte, bis nichts mehr zu sehen war, aber dann musste ich Sam holen und es gab etwas Rauch und einer der Lakaien musste ein Fenster aufmachen, da hat Nanny Browne davon erfahren. Es muss etwas im Kamin übrig geblieben sein ... Alle Kindermädchen wurden beschuldigt, aber ich war es und wollte nicht, dass jemand anderes in Schwierigkeiten käme.“

Als Sir Antony sein Gesicht in seine Hände legte und einen tiefen Seufzer ausstieß, bevor er sich vor sie hockte, dachte Betsy, dass er sie ebenso beschimpfen würde, wie Mrs. McIntyre und Nanny Browne es getan hatten. Aber im nächsten Moment richtete er sich auf, fuhr sich mit der Hand übers Gesicht und lächelte sie an, so dass sie einen Schritt näher trat.

„Ich habe das Richtige getan, nicht wahr? Es ins Feuer zu werfen?“

„Ja! Ja! Das hast du, Betsy! Gott sei gedankt dafür! Gott sei gedankt für dich, Betsy! Gut gemacht. Das Päckchen zu verbrennen war genau das Richtige, das damit getan werden musste!“ Plötzlich fiel ihm etwas ein. „Du hast es nicht zuerst aufgemacht?“

Sie schüttelte den Kopf. „Nein, Sir. Ich sah keinen Grund, das zu tun.“

„Gutes Mädchen! Weißt du, was in dem Päckchen war?“

„Ja, Sir. Ein Unterhemd für ein Baby. Es war für Baby Sam. Tante Smith sagte es mir. Sie sagte, es wäre ein Geschenk. Aber das Päckchen war mit einem alten Stück Bindfaden zugebunden und sah nicht so aus, wie ein Geschenk für ein Baby aus gutem Haus verpackt sein sollte. Es sollte in Stoff gewickelt und mit einem Seidenband verschlossen oder in einem Samtbeutel sein, nicht wahr? So wurde die Silberrassel gebracht, nicht wahr, M'lady?

„Ja, Betsy. Das stimmt.“

Das Mädchen nickte und fuhr fort, je mehr Zeit ihr zugestanden wurde, sich zu erklären, desto sicherer wurde sie, vor allem mit einem so empfänglichen und aufmerksamen Publikum.

„Sie sagten, ich sollte Sam das Hemdchen anziehen, und als ich Zweifel hatte, haben sie das hier getan, um mich zu überzeugen.“ Sie zeigte Sir Antony und Jane ihren verbundenen Arm. „Die echte Gräfin von Salt Hendon ist trotz all ihrer Pracht keine sehr nette Dame. Es ist mir egal, ob Tante Smith etwas anderes sagt oder was sie darüber erzählt, wie schlecht die echte Gräfin behandelt worden wäre. Ich habe es in meinem Leben noch nie so gut gehabt wie hier in diesem Haus. Ich bin von Mylady immer freundlich behandelt worden. Mein Gefühl hat mir gesagt, dass an einem solchen Geschenk etwas Böses war. Und weil ich das wusste, wusste ich in meinem Herzen, was das Richtige war, das ich mit diesem Päckchen tun musste, ganz gleich, was sie sagen, was meiner Familie in Birmingham geschieht!"

Jane und Sir Antony wechselten einen Blick.

„Ich bitte um Verzeihung", sagte Jane ungläubig. „Die *echte* Gräfin von Salt Hendon?"

Betsy nickte wieder. „Ich kenne sie nur unter diesem Namen. Tante Smith sagt, sie nennt sich in der feinen Gesellschaft anders, bis die Zeit käme, wo sie ihren Ehemann zurückfordern könnte ..."

„Ihren Ehemann zurückfordern?"

„... von Euch, Mylady. Der Euer Bett teilt und Euch Eure Kinder geschenkt hat, selbst wenn er Euch nicht seinen Titel geben kann, denn er liebt Euch, nicht sie."

Jane schlug eine Hand vor ihren Mund. Sie wusste nicht, ob sie über die unschuldige Erklärung des Mädchens lachen oder weinen sollte, denn sie war sicher, dass es genau das war, was Diana in ihrem Wahnsinn und ihrer Selbsttäuschung glaubte, was zweifellos durch die Jahre ihrer Gefangenschaft verstärkt worden war.

Janes Handeln und Sir Antonys folgendes Stirnrunzeln ließen Betsy herausplatzen, als ob man ihr nicht glaubte:

„So wahr Gott mein Zeuge ist, alles, was ich sage, ist die Wahrheit, M'lady. Ich habe versucht, Nanny Browne alles von Anfang an zu erzählen, aber sie sagt, dass ich das alles nur erfinde, um mich aus den Schwierigkeiten herauszureden, weil ich das Päckchen verbrannt habe. Sie sagt, es wäre alles nur ein Märchen, aber das ist es nicht! Ihr müsst mir glauben, M'lady!"

„Nein, Betsy, es ist kein Märchen, obwohl ich sehr hoffe, dass es ein glückliches Ende wie ein Märchen haben wird", sagte Jane mit einem Lächeln und steckte ihren kleinen Finger wieder in Sams Mund. „Und ich glaube dir."

Das heftige Flehen des Mädchens hatte sich mit Sams hungrigem Jammern vermischt. Als Jane ihre Hand voller Überraschung vor ihren Mund geschlagen hatte, zog sie dabei unbewusst ihren kleinen Finger aus dem Mund ihres Sohnes. Er hatte in der vergeblichen Hoffnung auf Nahrung daran gesaugt. Er war jetzt mit dieser List nicht mehr zufrieden und ließ seine Mutter unmissverständlich wissen, dass seine Forderungen sofort erfüllt werden müssten, andernfalls sein Geschrei lauter werden würde.

„Soll ich einen Schal holen, M'lady?", fragte Betsy mit einem Blick zu Sir Antony und auf Janes Nicken hin drückte sie ihre Haube auf ihre Locken und huschte aus dem Zimmer.

„Ihr müsst ihr wirklich eine neue, kleinere Haube besorgen, Jane. Vielleicht eine mit einer hübschen, blauen Schleife."

„Das ist das Mindeste, was ich für sie tun kann, glaubt mir!
Gütiger Himmel!", rief Jane aus, als Betsy außer Hörweite war. „Ist es
ein Wunder, dass das arme Ding beschuldigt wurde, eine Lügnerin und
Diebin zu sein? Das arme, liebe Mädchen. Was müssen Diana und
diese Mrs. Smith gegen sie in der Hand haben, um zu versuchen, sie
solch schreckliche Dinge tun zu lassen?"

„Ich habe keine Ahnung, aber es scheint mit ihrem Vater und ihren
Geschwistern zu tun zu haben. Ich bin sicher, Betsy wird es uns erzählen. Und wenn sie das tut, werde ich ihr versichern, dass wir alles in
unserer Macht Stehende tun werden, um das Unglück, dass Diana und
diese schreckliche Kreatur, die ihre Befehle ausführt, in Ordnung zu
bringen."

„Ich habe ein Gefühl furchtbarer Angst, aber auch großer Erleichterung. Ich kann es nicht erklären. Aber ich bin sicher, dass Salt und
ich in Betsys Schuld stehen, weil sie das Päckchen verbrannt hat."

„Ihr könnt Euch nicht vorstellen, wie sehr. Sam ist schon
verstimmt genug, ich möchte nicht Euch beide verstimmen. Das kann
bis zu einem anderen Tag warten. Es reicht, dass diese Katastrophe
durch das Gefühl, das Betsy hatte, abgewendet wurde!"

Er stellte die leeren Teetassen und Untertassen auf den Teewagen
neben der Tür zurück und ging dann, um den Kamin zu untersuchen,
wo das Paket ins Feuer geworfen worden war, schließlich wieder zum
Fenstersitz. Er erwartete nicht, noch irgendwelche Überreste des
Inhalts vorzufinden, aber er stocherte mit einem Messingschürhaken in
der Asche herum, als würde er nach etwas suchen, alles nur, um Betsy
Zeit zu geben, mit dem Schal zurückzukehren und Jane zu gestatten,
ihre Schnüre zu lösen und ihr Stillmieder zu richten, um die Bedürfnisse ihres Sohnes zu erfüllen. Bevor er zum Fenstersitz zurückging,
schlenderte er an der langen Seite des Raums entlang und blieb am
letzten Fenster mit Blick auf den Garten stehen. Von den Kindern war
nichts zu sehen, also waren sie vielleicht auf ihrem Weg hoch in die
Kinderzimmer.

Das Verstummen von Sams heftigem Geschrei und Betsys Bemühungen um Jane zeigte an, dass er problemlos wieder zum Fenstersitz
zurückgehen könnte, aber zuerst ging er zum Teewagen und mischte in
der verbleibenden Teetasse eine Tasse süßen Tees mit Milch. Dann
schnappte er sich einen der Kinderstühle, stellte ihn vor Jane und ließ
Betsy sich hinsetzen. Dann überraschte er das Mädchen damit, dass er
ihr die Tasse Tee gab. Er kehrte in seine Ecke des Fenstersitzes zurück,
wo er ein Kissen aufschüttelte und sich darauf setzte, seine langen,
muskulösen Beine an den bestrumpften Füßen gekreuzt und die Arme
verschränkt.

„Betsy, ich möchte, dass du Lady Salt und mir alles erzählst, was es über dich und Mrs. Smith und die Lady, die du nur als die echte Gräfin von Salt Hendon kennst, zu wissen gibt. Lasse keine Einzelheit aus und hab keine Angst. Alles, was du uns erzählst, bleibt in diesen vier Wänden. Ich werde jetzt meine Augen schließen, aber ich bin ganz wach und gespannt darauf, jedes Wort deiner Geschichte zu hören. Soll ich dir den Anfang geben? Es war einmal ein Mädchen, das hieß Betsy ...“

„Eigentlich Elizabeth, Sir. Aber ich wurde immer Betsy gerufen. Meine Ma hat mich nach ihrer Ma genannt, und sie war nach ihrer Ma genannt, die lebte in ...“

Sir Antony lächelte in sich hinein. Es würde in der Tat eine lange Geschichte werden ... Aber spielte das eine Rolle? Das mit Pocken infizierte Hemd war verbrannt, sein Patensohn in Sicherheit, und wie von ihm vorhergesagt, hatte Diana nicht damit gerechnet, dass die Macht der Liebe über alles siegen könnte. Er betete, sie möchte in ihrer Unwissenheit und übermäßigen Arroganz verharren, ohne bis zu dem Moment, wo sie ergriffen würde, zu ahnen, was sie in der Nacht des Maskenballes erwartete. Er hoffte, er würde seine Fassade der Höflichkeit in ihrer Anwesenheit lange genug aufrechterhalten können, um sie nicht schon vorher zu erwürgen und die Art von Sensation für die Zeitungen zu verursachen, die er verzweifelt zu vermeiden suchte.

Zwei Tage später, als er in die Kutsche stieg, um Diana und Lady Porter auf der kurzen Fahrt nach Salt House zum Maskenball zu begleiten, fing er eine gehässige Antwort seiner Schwester auf und es kostete ihn höchste Willenskraft, nicht zum gegenüberliegenden Sitz zu springen und genau das zu tun, und der Abend hatte noch nicht einmal begonnen.

VIERUNDZWANZIG

Sir Antony liess sich auf der gepolsterten Kutschbank neben Lady Porter, gegenüber seiner Schwester, nieder. Er vermied es sorgfältig, auf den Saum der voluminösen Seidenröcke der beiden Damen zu treten, obwohl er trotz der für die Fahrt in so engem Raum zusammengefalteten Reifröcke der gerafften, goldbestickten Seide von Lady Porters jakobinischem Kostüm nicht ausweichen konnte. Als die Stufen hochgeklappt und die Tür geschlossen war, klopfte er mit seinem behandschuhten Knöchel an das Holzbrett über der gepolsterten Kopfstütze und die Kutsche setzte sich zu der kurzen Fahrt an den Grosvenor Square zum sehnlichst erwarteten Maskenball der Saison in Bewegung.

Er hörte Dianas gehässige Bemerkung über die Gräfin von Salt Hendon, zog es aber vor, sie zu ignorieren. Er schüttelte die zarten Spitzenrüschen an seinen Handgelenken aus und musterte seine Schwester in ihrem Kostüm für den Maskenball. Sie hatte eine Ausstattung aus der elisabethanischen Zeit gewählt. Ihr hoch aufgetürmtes kastanienbraunes Haar lag in engen Locken, ihr Gesicht war gepudert, die Wangen mit Rouge und die Lippen kirschrot geschminkt, alles von einer prachtvollen elisabethanischen Halskrause umrahmt, die um ihren Hals lag. Für den Ball aus dem dünnsten Pergament gearbeitet, mit Bienenwachs und anderen Zutaten lackiert, um ihr einen hohen Glanz zu verleihen, ergänzte sie das rote Taftkleid. Von ihren Ohren hing ein Paar Ohrringe mit Diamanten und Granaten, in ihrem Dekolleté eine dazu passende Halskette. Ihr Kostüm hatte ihn ein kleines Vermögen gekostet. Aber das war ein kleiner Preis, wenn er bedachte, dass es sie direkt bis zu dem Moment beschäftigt hatte, als die Kutsche anfuhr, um sie nach Salt House zu bringen.

Bevor er zum Ball aufgebrochen war, hatte er noch ein letztes Wort mit Semper über die Vorkehrungen für später am Abend gewechselt. Sein in Ausbildung befindlicher Kammerdiener, Nikolas, half ihm in den Rock aus blauer Seide und Goldbrokat im militärischen Stil, der sein Kostüm als Peter der Ara vervollständigte, und als er vor dem hohen Spiegel stand und seine Erscheinung begutachtete, fragte er, ob alles und alle am rechten Ort wären, wenn die Zeit für ihn käme, das Signal zur Wiederergreifung Dianas zu geben. Dies würde am Ende des Abends geschehen, wenn die Gäste in den frühen Morgenstunden fortfuhren, die Menschen im Eingang von Salt Haus sich voneinander verabschiedeten und Kutschen kamen und gingen. Lady Porter würde in einer Sänfte nach Hause gebracht werden, er und Diana würden in ihre Kutsche steigen und den Grosvenor Square in Richtung Norden verlassen, nicht nach Süden, und die North Audley Street hinauffahren. Die Kutsche würde links in die Tyburn Road abbiegen und die Umgebung von Westminster verlassen. Eine Kutsche mit Mr. T und seinen Mitarbeitern würde ihnen folgen, und eine zweite Kutsche würde warten, um sich mit beiden Kutschen an der Zollschranke zu treffen.

Nahe der Zollschranke gab es ein Cottage, in dem vermutlich der Zolleinnehmer wohnte. Sir Antony kümmerte sich nicht darum, das zu erfahren. Alles, was für ihn eine Rolle spielte, war, dass Mr. T sich der Benutzung des Cottage und der selektiven Blindheit und des Verlusts des Gehörs der Bewohner des Cottage versichert hatte. In diesem Cottage würde Diana ihrer Pracht entkleidet und in ein grobes Leinenkleid gehüllt werden, ihre Knöchel und Handgelenke mit Handschellen gefesselt. Sie würde von einer Schandmaske zum Schweigen gebracht werden. Ein erschreckendes Instrument, aber ebenso notwendig und gerechtfertigt wie die Handschellen für eine kaltherzige Mörderin - ein Ungeheuer, das versucht hatte, ein neugeborenes Baby mit einem pockeninfizierten Lumpen anzustecken.

Wenn die Gefangene in die zweite Kutsche gepackt wäre, würde Sir Antony einen Brief mit Anweisungen und die Hälfte dessen, was er Mr. T und seinen Mitarbeitern schuldete, übergeben. Der Rest ihres Lohns würde gezahlt, wenn seine Schwester - die er nach dieser Nacht nie wieder so nennen würde - ihren russischen Betreuern übergeben worden wäre, und diese unerschrockenen Seelen sie bis tief hinter das Uralgebirge bringen würden. Das letzte, was er je von der Gefangenen hören wollte, war durch einen Brief ihres Kerkermeisters in der Siedlung in Beryozovo.

Und was würde die Gesellschaft zum zweiten plötzlichen Verschwinden von Diana, Lady St. John, sagen? Die Inspiration zur Antwort auf diese Frage war in Sir Antonys bloßem Haupt aufgetaucht, als er in seiner Denkwanne lag. Ein solch notwendiger Luxus, seine Denkwanne. Über die Einzelheiten hatte er nachgedacht, während er seine perfekte Tasse Tee zubereitete. Er hatte seine Tasse Tee zu seinem Schreibtisch aus Walnussholz im Wohnzimmer neben seinem Schlafzimmer mitgenommen. Hier saß er, in einem scharlachroten seidenen Morgenmantel, der seine Nacktheit bedeckte, und formulierte eine Nachricht, die am Morgen in den Zeitungen veröffentlicht werden sollte. Sie würde anonym eingereicht werden. Auf feinem Pergament verfasst, das rote Siegelwachs ungeschickt mit dem Muster seines Siegelrings eingedrückt, damit der Absender nicht identifiziert werden könnte. Aber die Herausgeber dürften es nicht versäumen, die interessante Nachricht, die von einem livrierten Diener überbracht würde, als Fakt, nicht als Gerücht zu drucken. Es blieb Sir Antony dann nur noch, die zweite Partei, die in der Mitteilung benannt wurde, zur Zusammenarbeit zu überreden, und er hatte keine Zweifel an der Unterstützung dieses Gentlemans, wenn er ihn beim Maskenball konfrontierte.

Was Mrs. Smith betraf …

Diana war die Treppe zu ihrem Eingangsfoyer in all ihrer elisabethanischen Pracht mit einem heimlichen Lächeln der Befriedigung, das ihre Mundwinkel nach oben zog, herabgeschritten, zweifellos als Folge der Anweisungen in letzter Minute, die sie Mrs. Smith für die nächste heimtückische Tat hinterlassen hatte. Sir Antony antwortete mit seinem schönen Lächeln, während er ihr Kleid bewunderte, im Wissen, dass genau in diesem Moment vier seiner Russen Mrs. Smith in Fesseln die Hintertreppe hinab und in eine draußen wartende Kutsche, die ins Bethlem Hospital fahren sollte, schleppten. Mrs. Smith würde den Rest ihrer Tage im Bedlam-Irrenhaus als bekannte Irrsinnige verbringen. Das war mehr als sie verdiente. Aber Sir Antony hatte ein Minimum an Mitgefühl für die Frau aufgebracht, die selbst betrogen worden war. Außerdem, jeder, der einer so bösartigen Kreatur wie seiner Schwester so sklavisch ergeben war, musste irrsinnig sein.

Sir Antony lenkte seinen Geist wieder zur unmittelbaren Gegenwart zurück und unterdrückte wieder das Bedürfnis, seine Schwester zu erwürgen, beschloss jedoch, da dies ihre vorletzte gemeinsame Kutschfahrt sein würde, ihr einen kurzen Einblick unter die Oberfläche seines verbindlichen Äußeren zu erlauben, um den Bruder zu sehen, den sie nicht im Geringsten kannte. Es würde ihm zumindest doch ein kurzzeitiges Nachlassen der Spannung und eine milde Befriedigung gewähren.

„Jenny Dalrymple soll auf eine von Salts Maskeraden eingeladen sein?", höhnte Diana St. John und öffnete ihren roten Seidenfächer, um Luft über ihren tiefen Ausschnitt zu fächeln. „Meine liebe Lady Porter, Ihr und ich wisst, dass die arme Jenny für anständige Gesellschaft nicht akzeptabel ist. Sie wäre für Salt nur eine Peinlichkeit. Es war völlig richtig von seiner Lordschaft, sie nicht einzuladen. Kein Zweifel, wenn die Gästeliste dem großäugigen Stockinsekt überlassen gewesen wäre, wer weiß, mit welcher Art von Gesindel wir dort zusammenstoßen könnten!"

„Das rote Band und der Stern stehen Euch sehr gut, Sir Antony", sagte Lady Porter mit einem Lächeln, da sie es klug fand, das Thema zu wechseln, nachdem sie in den vier Jahren von Diana St. Johns Abwesenheit aus London mehrere Besuche in Salt Hendon auf Einladung von Lady Reanay abgestattet und dabei die junge Lady Salt kennengelernt hatte; sie mochte sie sehr gern. „Welcher Orden war es noch gleich, sagtet Ihr?", fügte sie mit einer Unbestimmtheit hinzu, von der sie hoffte, dass sie die Tatsache versteckte, dass sie die Antwort gut genug kannte, um ihre eigene Frage zu beantworten.

„Der Kaiserliche Orden von St. Anna", antwortete Diana, bevor ihr Bruder seinen Mund zum Antworten öffnen konnte. „Von der russischen Kaiserin nach ihrem Ermessen verliehen. Ich war sprachlos, als ich erfuhr, dass meinem kleinen Bruder solche Ehre zuteil würde, und noch dazu als erstem Ausländer!"

„Das liegt daran, dass du mich nicht kennst", sagte Sir Antony trocken.

Diana hob abwertend eine Schulter und zog einen der Samtvorhänge beiseite, um aus dem Fenster zu sehen. „Was gibt es da schon zu kennen ...?"

„Eine Audienz im königlichen Salon ist durchaus etwas Sehenswertes", sagte Lady Porter, als ob Bruder und Schwester nicht gesprochen hätten. „Ihre Majestäten in all ihrer Pracht ... die leidgeprüften Hofdamen in diesen veralteten Mantuas, die die letzte Mode zu einer Zeit waren, als meine Mutter noch ein junges Mädchen war ... Diese rote Schärpe ist wirklich wundervoll, Sir Antony - oh! Oder heißt es jetzt Lord Temple, oder kommt das später? Ich bitte um Verzeihung. Mein Gedächtnis ist auch nicht mehr, was es einmal war."

Sir Antony bezweifelte das sehr. Lady Porter war in besseren Kreisen als sehr kluge Matrone bekannt, die sich nie ein Stück Klatsch entgehen ließ, ob es Klatsch aus ihrem Salon oder aus dem Untergeschoss war, von ihren Dienern und denen in den Diensten anderer. Er hatte keine Ahnung, warum sie absichtlich so vage blieb, beschloss aber, bei ihrer kleinen Scharade mitzuspielen.

„Ich glaube, ich sollte nicht als Lord Temple angeredet werden, bevor nicht der Adelsbrief vorbereitet und mein neuer Titel in der Gazette bekannt gemacht wurde. Das ist alles von geringer Wichtigkeit. Das kann alles warten, bis Lady Caroline und ich von unserer Hochzeitsreise nach Irland zurückkommen."

„Irland? Hochzeitsreise? Oh, haben Sie sich endlich mit Lady Caroline auf ein Datum geeinigt? Das sind einfach wundervolle Neuigkeiten, Sir Antony! Ich gratuliere Euch beiden. Nicht wahr, Lady St. John?", sagte Lady Porter mit einem befriedigten Aufseufzen. „Liebe Güte! Geht es Euch auch gut, Mylady?"

Diana St. John gab ein ersticktes Geräusch von sich, eine behandschuhte Hand auf ihren wogenden Busen gelegt. Sie fand ihre Beherrschung wieder und sagte verächtlich:

„Mein Gott, Antony! Das kann doch nicht - *kann* doch nicht dein Ernst sein? Du erhältst die höchste Ehre, die die Russen einem Engländer gewähren können, wirst von unserem Herrscher zum Viscount erhoben und wirfst dann sofort die Gelegenheit weg, eine große Erbin zu heiraten, indem du dich an eine mittellose Witwe kettest?"

„Ich heirate eine reiche Erbin, aber Carolines Mitgift ist mir nie in den Sinn gekommen."

Diana St. John hob langsam ihre Augenbrauen, als ob sie erheblich mehr über dieses Thema wüsste als er; das war für ihn nichts Neues.

„Ich habe es aus bester Quelle, dass Aldershot jeden Penny von Carolines Mitgift durchgebracht hat."

Sir Antony setzte sich auf dem gepolsterten Sitz zurück, ohne wegen des dünnen, hochnäsigen Lächelns seiner Schwester mit der Wimper zu zucken; seine langen Finger spielten mit der Sammlung von goldenen Anhängern, die an einer dicken, aus seiner Westentasche ragenden Goldkette hingen. Er erlaubte sich, selbstzufrieden zu wirken.

„In dieser Angelegenheit gibt es keine höhere Autorität als Lord Salt, und er hat seit vier Jahren nicht mehr mit dir gesprochen."

„Oh, ich hoffe doch, dass Lady Caroline noch einen Teil ihrer Mitgift hat. Ihre Ehe mit diesem trotzigen Jungen war nicht glücklich."

„Das war sie tatsächlich nicht, Mylady", antwortete Sir Antony Lady Porter. „Aber keine Angst. Lady Caroline hat ihre Mitgift noch, jeden einzelnen Penny. Salt sorgte dafür, dass die dreißigtausend Pfund in Staatsanleihen festgelegt wurden, bis Caroline ihren fünfundzwanzigsten Geburtstag erreicht oder mich heiratet, was auch immer zuerst eintritt.“

Das war Diana neu. Sie verzog den Mund. Sie hasste Informationen aus zweiter Hand fast ebenso wie das selbstzufriedene Grinsen ihres Bruders. Sie gab einen Moment der Taubheit vor und ging wieder dazu über, aus dem Fenster zu schauen, wobei ihre behandschuhten Hände sich fest um die Stangen ihres Fächers klammerten, den sie mit einer ärgerlichen Handbewegung geschlossen hatte. Nun. Sicher würde er nicht mehr lächeln, wenn sie aus dem Rauch der brennenden Kinderzimmer auftauchte, das goldhaarige Kind schlaff auf ihren Armen. Ha! *Dann* würde niemand lächeln. *Dann* würde Salt mit ihr reden. Oh, *dann* würde er reden, stundenlang mit ihr reden.

Sir Antony hielt seine Federmaske vor sein Gesicht und sagte, um seine Schwester herauszufordern: „Wie Ihr also seht, Lady Porter, heirate ich endlich die Frau, die ich liebe, die zufällig eine Mitgift hat, die für die Braut von Krösus reichen würde. Die Bekanntmachung soll morgen in den Zeitungen erscheinen, aber ich bitte Euch, diese Neuigkeit für Euch zu behalten, obwohl Ihr die Befriedigung habt, die Erste zu sein, die mir gratuliert.“

Lady Porter lächelte. Diana nicht, und sie hielt ihren Kopf von ihm abgewandt, bis die Kutsche langsamer wurde und sich in eine lange Reihe von Kutschen einreihte, die darauf warteten, nacheinander in den Eingang von Salt House einfahren zu dürfen, um ihre aufgeregten Insassen dort abzuladen. Erst als Lady Porter mit der Hilfe eines livrierten Dieners die Stufen der Kutsche hinabstieg und Diana sich bereit machte, ihr zu folgen, sah Sir Antony das ungewöhnliche Anhängsel an der Quaste, die von den zusammengelegten Stäben des Fächers seiner Schwester hinunterhing. Er hatte nie zuvor eine Babyrassel gesehen und hätte keine erkannt, wenn man sie ihm vors Gesicht gehalten hätte, und dieses Anhängsel sah für das ungeübte Auge nicht ungewöhnlich aus: ein kleines, silbernes Schmuckstück, bestehend aus einem Einhorn und drei silbernen Glöckchen, die an einer dünnen Silberkette hingen.

Sir Antony interessierte sich jedoch sehr für ein solches Silberschmuckstück, da die Beschreibung der gestohlenen Rassel seines Patensohnes darauf passte, die Betsy ihm bei einer Tasse Tee geliefert hatte. Eine solche Verzierung an Dianas Fächer würde von keinem bemerkt werden und für keinen von Bedeutung sein, außer der Person, die Diana mit jeder Faser ihres schwarzen Herzens hasste: Jane, die Gräfin von Salt Hendon.

Sir Antony bezweifelte nicht, dass Diana eine Art abartiger Befriedigung dabei empfand, die silberne Rassel, die Janes Babysohn gehörte, in ihrem Besitz zu haben. Es war ein Talisman, der ihre Überlegenheit und Intelligenz bewies, eine Art von Trophäe, ähnlich wie das Fell eines Bären oder Löwen die Herrschaft des Jägers über die Gejagten demonstriert. Und er war sich sicher, dass seine Schwester sie zum Maskenball mitgebracht hatte, um die Gräfin zu verhöhnen. Er bezweifelte, dass Salt in der Lage sein würde, dieses Anhängsel als Eigentum seines Sohnes zu identifizieren, aber für die ängstliche Mutter - für Jane - würde die Rassel wie die Lampe eines Leuchtturms leuchten, so offensichtlich und dramatisch wie ein aus zwanzig Trompeten geschmetterter Salut.

Diana würde sie zur Schau stellen, aber schlau, und dafür sorgen, dass Jane die Rassel bei jeder Gelegenheit sah, wohl wissend, dass die Gräfin kein Wort sagen oder eine Szene machen konnte wegen etwas, das die meisten nicht für der Rede wert halten würden, oder der Gräfin nicht glauben würden, dass Diana St. John ein unbedeutendes Objekt in ihrem Besitz haben könnte, das einem anderen, noch dazu einem Säugling, gehörte.

Sir Antony hatte nicht vor, das zu dulden, daher gebot er der beabsichtigten Grausamkeit seiner Schwester Einhalt, bevor sie eine Gelegenheit hatte, diese seelische Folter durchzuführen.

Wütend packte er Dianas Oberarm, bevor sie die behandschuhte Hand ergreifen konnte, die ein livrierter Diener ihr hinhielt, und drückte sie wieder auf den Sitz der Kutsche. Bevor sie wusste, wie ihr geschah und sie ihre Orientierung wiederfinden konnte, schnappte er sich den Fächer und zerriss mit einem scharfen Ruck die silberne Kette der Rassel.

„Nein, das wirst du nicht tun", knurrte er und schob die Rassel in eine Tasche seiner Weste. „Das gehört dir nicht. Das gehört meinem Patensohn, einem Baby, einem unschuldigen Baby, das du mit den Pocken infizieren wolltest!"

„Liebe Güte, Antony, was ist denn in dich gefahren?", sagte Diana mit geübtem Erstaunen. Sie schüttelte langsam die Falten ihrer Röcke aus, alles, um wieder Oberhand zu erlangen. Sie vermied sorgfältig jede Erwähnung der Rassel. „Eltern impfen ihre Kinder ständig mit Pocken in der Hoffnung, sie immun zu machen. Mit Sicherheit ist es weniger grausam, das Balg in das Hemd eines Kranken zu stecken, als Eiter unter so schöne, weiche Haut zu kratzen?"

„Großer Gott! Wenn du glaubst, dass ich derartiges Geschwätz schlucken werde ...!"

Diana sah ihn mit einem Augenaufschlag an, als ob er derjenige wäre, der Unsinn erzählte. Sir Antony musste zugeben, dass sie eine bemerkenswert gute Schauspielerin war. Entweder das, oder sie war in ihrem Wahnsinn davon überzeugt, dass ihre alternative Erklärung ebenso richtig und glaubwürdig war.

„Es war ein Geschenk“, verkündete sie, als ob sie zu einem debilen Kind spräche. „Ist es mein Fehler, dass du und dieses dünne Insekt es vorziehen, das anders aufzufassen? Ich vermute, dieses hirnlose Gör aus dem Kinderzimmer hat die kleine Karte verloren, die zu dem Päckchen gehörte?“

Die Karte war für Sir Antony etwas Neues. Betsy hatte keine Karte erwähnt. Er glaubte Diana nicht, und entschied, dass seine Zeit zu wertvoll war, um sie im Streit mit einer kriminellen Geisteskranken zu vergeuden.

Diana klopfte mit ihrem seidenen Fächer auf das Knie ihres Bruders und sagte mit einem besorgten Stirnrunzeln: „Was du brauchst, sind ein oder zwei Glas Champagner und ein großes Glas Weinbrand. Das wird deine Laune verbessern und dich die Welt wieder etwas freundlicher betrachten lassen. Seit du närrischerweise beschlossen hast, dich auf Tee und Kräutertränke zu beschränken, bist du der denkbar übelgelaunteste Kerl geworden. Ich habe einen ausgezeichneten Vorschlag! Sobald wir drinnen sind, solltest du dich sofort zu den Erfrischungsräumen begeben, wo du dich den anderen Trinkern anschließen und deinen Kummer darüber, dass du eine Schwester hast, die so viel schlauer ist als du es je sein wirst, ertränken kannst. Lassen wir die anderen Kutschen nicht warten, sei ein braver kleiner Bruder.“

Sie schüttelte ihre Röcke aus und machte sich daran, die Kutsche zu verlassen, aber Sir Antony streckte seinen Arm über die Türöffnung und verstellte sie, so dass sie nicht aussteigen und die anderen auf dem Bürgersteig nicht sehen konnten, was in der Kutsche vor sich ging. Er schaute in ihre braunen Augen und fing ihren Blick ein, und als er sprach, war seine Stimme tonlos und damit viel wirkungsvoller, als wenn er ihr seinen Zorn gezeigt hätte.

„Lass mich dir versichern, dass ich, wenn diese Nacht vorüber ist, in keiner Form noch irgendwelchen Kontakt mit dir haben werde. Du kannst auch sicher sein, dass mein Leben, verheiratet mit Caroline und als Teil der Familie von Salt Hendon, ein glückliches sein wird. Ich werde mich in meiner gewählten Laufbahn bewähren, und wenn ich so glücklich sein sollte, Anerkennung für meine Bemühungen zu finden, dann soll es so sein. Jedoch würde ich lieber als Gentleman, liebender Ehemann und Vater in Erinnerung bleiben. An dich wird niemand sich erinnern, tatsächlich wirst du vergessen werden, eine Fußnote im Stammbaum der Familie. Wenn deine Kinder sich gelegentlich an dich erinnern, wird es nicht mit Liebe oder Zuneigung sein, und niemand wird von dir sprechen. Der Rest deines Lebens wird elend sein, aber das ist dein eigenes Werk und Elend ist mehr als du verdienst, du böse, *abscheuliche* Kreatur.“

Ohne eine Antwort abzuwarten, drehte er sich um und stieg aus der Kutsche, hob seine behandschuhte Hand, um ihr beim Aussteigen zu helfen, legte ihren Arm in seinen und bot seinen anderen Arm Lady Porter, die geduldig auf sie gewartet hatte. Sie schlossen sich dann der Schlange auf dem Bürgersteig ein, die Salt House betrat. Sir Antonys schönes Gesicht war wieder ruhevoll und er schaffte es zu lächeln, als er die in exotische und recht fantasievolle Kostüme gekleideten Gäste bewunderte; es gab römische Senatoren und türkische Sultaninnen, fröhliche Monarchen und Jungfrauen aus dem Mittelalter, alle unterhielten sich angeregt und alles summte vor Spannung und Gelächter, als sie den Ball der Saison begannen.

Diana wagte es, zu ihrem Bruder aufzusehen und fragte sich, ob sie nicht einen kurzen Schwächeanfall durch das fester als üblich geschnürte Korsett erlitten hätte. Vielleicht war die Rede ihres Bruders von alleine in ihrem Kopf entstanden, sicher nicht aus seinem Munde. Doch das konnte sein Benehmen nicht erklären. Sie hatte ihren Bruder sich noch nie so seiner selbst und seines Platzes in der Welt sicher erlebt. Es musste dieses Kostüm sein, der Rock im militärischen Stil, oder war es die rote Schärpe über seiner Weste und der kaiserliche Stern auf seiner rechten Brust, die ihm eine solche Aura von Selbstvertrauen verliehen? Oder war es die Tatsache, dass er zum Viscount erhoben werden sollte? Sie konnte es nicht begreifen. Sie konnte *ihn* nicht begreifen.

Nicht seit den frühesten Tagen, die sie in Schloss Harlech eingesperrt gewesen war, wo sie ihre eigenen Handlungen für den kürzesten Moment in Frage gestellt hatte, war ihre arrogante Schutzhülle aus Selbstgefälligkeit auch nur im Geringsten von ihren Schultern geglitten. Aber es war nicht genug, um ihrem Glauben, dass der Weg, auf dem sie voranschritt, der richtige wäre, Einhalt zu gebieten. Der Plan, den sie an diesem Abend mit Hilfe der tapferen Mrs. Smith zur Ausführung bringen wollte, war die einzige Möglichkeit, die ihr geblieben war, um Salt zur Besinnung zu bringen. Was spielte eine winzige silberne Rassel für eine Rolle, wenn unter ihren Röcken der Spielzeugaffe des goldhaarigen Kindes verborgen war. Ihre Pläne für den zweiten Sohn mochten vereitelt worden sein, seine Mutter, die magere Nutte, zu reizen, auch, aber sie hatte keinen Zweifel, dass, wenn die Zeit käme, Salts ältester Sohn und Erbe, der Junge, der die Zukunft der Grafschaft Salt Hendon und all dessen, wofür diese stand, war, in ihre geöffneten Arme gelaufen käme, und das würde den Anfang vom Ende für seine Eltern bedeuten.

Sɪʀ Aɴᴛᴏɴʏ ʜᴏʙ sᴇɪɴᴇ Fᴇᴅᴇʀᴍᴀsᴋᴇ ᴜɴᴅ sᴘÄʜᴛᴇ ᴅᴜʀᴄʜ sɪᴇ hindurch, um den Earl von Salt Hendon langsam von unten bis oben zu mustern. Er betrachtete die hochgebogenen Zehen seiner Seidenschuhe, dann die dunkelblau und goldene Schärpe, die um die Taille eines Paars bauschiger, elfenbeinfarbener Hosen gewickelt war und in der an der Hüfte des Earls ein Krummsäbel mit verziertem Griff hing. Sir Antonys Blick glitt weiter zu dem weißen Seidenhemd, über dem eine lange, offene Weste getragen wurde, die mit genug Goldtressen bedeckt war, dass es einer Militäruniform würdig gewesen wäre. Sein Blick blieb schließlich auf dem Turban aus dunkelblauer und goldener Seide auf dem edlen Kopf seiner Lordschaft hängen. In dessen Mitte war eine große Brosche mit einem einzigen Saphir, umringt von Diamanten, angebracht, die zweifellos echte, funkelnde Edelsteine waren, das Lösegeld eines Sultans.

„Großer Gott, Salt! Lass mich raten: du bist der Pascha von Persien; Schrecken der Türken; vielleicht der Kaiser von Äthiopien? Nein! Sag es mir nicht! Ich weiß es. Du bist der König von Konstantinopel!"

Salt beäugte seinen Cousin mit kaum verborgenem Groll, seine Nasenflügel bebten.

„Sehr gut, aber nein. Ich bin der Sultan des Osmanischen Reiches und du, wie alle unter meinem Dach, bist nichts als ein Vasall."

„Ebenso wie die Vielzahl der Damen in seinem Harem", verkündete Jane, die an der Seite ihres Mannes auftauchte, die blauen Augen vor Mutwillen leuchtend. Sie nahm seinen Arm und sah liebevoll zu ihm auf. „Er gibt einen prächtigen Sultan ab, meint Ihr nicht auch, Antony?"

Salt blinzelte seine Frau lächelnd an, wieder mit der Welt ausgesöhnt, obwohl er insgeheim Sir Antonys verdeckter Einschätzung, dass sein Kostüm gelinde gesagt ausgefallen wäre, zustimmte. Um die Wahrheit zu sagen, es war die Aussicht, Jane in einem durchscheinenden türkischen Kostüm zu sehen, die ihn hatte zustimmen lassen, auf seinem eigenen Maskenball als Sultan verkleidet aufzutreten, während sein erster Gedanke gewesen war, als einer der Plantagenet-Könige zu gehen.

„Harem? Ich hätte gedacht, dass dieser Umstand des Lebens eines Sultans Euch in keiner Weise gefallen würde, Mylady", sagte Sir

Antony und beugte sich über Janes ausgestreckte Hand, die Maske zur Seite fallen lassend.

Sein bewundernder Blick glitt über die Gräfin, die als weibliches Gegenstück ihres Mannes gekleidet war, in hellblaue Seidenhosen und passendes Seidenmieder ohne Korsett, das schwer mit Silberfäden bestickt war und an dessen Mitte eine Reihe kleiner Silberknöpfe hinabliefen. Über diesem zweiteiligen Ensemble gab es ein offenes, knielanges und durchscheinendes Gewand aus feinstem, schimmernden Silber. Ihr rabenschwarzes Haar fiel bis zu ihrer Taille, mit Perlen durchflochten und mit einem Schleier aus dem gleichen schimmernden Material wie das offene Gewand bedeckt. Aber es war die Tiara aus Saphiren und Diamanten, die er anstarrte. Oder war es eine Aigrette, denn dieser unglaublich glitzernde Kopfschmuck hielt den Schleier fest, umringte den Kopf der Gräfin und lag flach an ihrer Stirn an, eine perfekt als Tropfen geformte Perle baumelte von seiner Mitte.

Jane errötete unter Sir Antonys intensivem Blick auf ihren Kopfschmuck. „Sie ist wunderschön, nicht wahr? Ein Geschenk zu unserem vierten Hochzeitstag, zusammen mit einer Halskette, aber ich fand, dass sie gut zu meinem osmanischen Kostüm passte." Sie sah ihren Mann an. „Ich muss noch ein passendes Gegengeschenk suchen ...“

„Du hast mir schon drei kostbare Geschenke gegeben, Jane", sagte Salt und lächelte in ihre Augen hinab. „Ich hoffe, es wird noch mehr davon geben ...“

Sir Antony schaute den Earl an, der sich wieder der Beobachtung der in Seide und Juwelen gekleideten Menge widmete, die sich im Licht der prächtigen Kronleuchter sammelte, die den Ballsaal so hell wie die Mittagssonne erleuchtete, und sagte, um ihn zu necken:

„Das ist ein wirklich großartiges und kostbares Geschenk, Mylady, also seid Ihr vielleicht doch die erste Ehefrau des Sultans. Und dennoch ... Ihr könntet ein gefangenes Sklavenmädchen sein, an dem er Gefallen gefunden hat, und er lockt Euch mit solchem Glitzer. Wenn Ihr der Rettung bedürft ...“

„Das tut sie nicht und ist sie nicht", stellte Salt hochnäsig fest, dessen Blick weiter auf der Menge ruhte. „Die Dame ist in der Tat seiner türkischen Majestät erste und einzige Ehefrau. Obwohl", fügte er hinzu, unfähig, ein Grinsen zu unterdrücken, „wenn jemand der Rettung bedarf ... bin ich es, vor meinem eigenen Harem!" Er musterte Sir Antony von oben bis unten. „Wenn das Übermaß an Goldtressen und Knöpfen auf diesem Rock bedeutet, dass du als irgendein militärischer Held gekleidet bist, kannst du vielleicht seiner türkischen Majestät deine Hilfe anbieten, den Fängen seines Harems zu entkommen?"

Sir Antony lachte und schüttelte den Kopf. „Tut mir leid, lieber Freund. Ich bin so weit vom Militär entfernt, wie es nur möglich ist, trotz der täuschenden Erscheinung dieses Kostüms. Aber ich werde euch weiter raten lassen, wer oder was ich bin, bis ich Caro gesehen habe." Er schaute sich im Ballsaal um und dann zu dem edlen Paar. „Zeigt mir, in welcher Richtung ich sie finde und ich werde euch verlassen. Im Übrigen", sagte er leiser, obwohl es in dem unablässigen Geschwätz überall um sie herum unwahrscheinlich gewesen wäre, dass man ihn hätte hören können, „Euer unerwünschter Gast ist in Begleitung Lady Porters und verkleidet als, ich bin nicht sicher, Königin Bess oder ihre Gefangene, Maria von Schottland. Ihre Partnerin in all den heimtückischen Plänen dürfte zu dieser Stunde bereits Bekanntschaft mit ihrem neuen Zuhause in Bedlam geschlossen haben." Er lächelte in Janes beunruhigte blaue Augen. „Es wird alles bald genug vorbei sein. Tut Euer Bestes, um den Abend zu genießen."

Jane nickte und biss sich mit den Zähnen auf die Unterlippe.

Salt, der die Angst seiner Frau spürte, nahm ihre Hand in seine und hielt sie heimlich fest, versteckt in den seidenen Falten seiner Hosen, damit die Gesellschaft ihn nicht für sentimental halten sollte, und sagte, um die Stimmung aufzuhellen:

„Ich habe keine Ahnung, wo meine liebste Schwester sich versteckt, aber sie muss sich vor mir verstecken, da die Idee, mir einen Harem zu verpassen, die ihre war, oder nicht, Mylady?"

„Ich werde es an Carolines Stelle zugeben", gestand Jane, Grübchen im Gesicht, da sie sich wieder wohler fühlte, vor allem mit ihrer Hand im warmen, tröstlichen Griff ihres Mannes geborgen. „Und ich verrate auch kein Geheimnis, Antony, wenn ich Euch sage, dass es Caroline war, die vorschlug, dass die Frauen des Salt Hendon-Haushalts alle in osmanischer Kleidung erscheinen und sich als Salts Harem zeigen sollten, was wir ohne Salts Wissen auch taten. Ihr könnt Euch das Gesicht, das Salt aufsetzte, vorstellen, als wir alle zu ihm in den Gelben Salon kamen, bevor wir hier im Ballsaal unseren Auftritt hatten."

Sir Antony lachte. „Ich kann mir seinen finsteren Blick gut vorstellen!"

„Du solltest wirklich etwas Mitgefühl für meine Lage haben", brummte Salt. „Ich bin stark in der Unterzahl und könnte alle männliche Unterstützung gebrauchen, die ich finden kann!"

„Und doch war es Ron, der Caroline die Idee eingab ..."

„Was?" Das war dem Earl neu. „Ein solcher Akt des Verrats von meinem Stellvertreter kann nicht hingenommen werden. Wenn er aus Eton nach Hause kommt ..."

„Du hast es ihn eines Morgens am Frühstückstisch sagen hören", unterbrach Jane. „Dass der Salt Hendon-Haushalt von Frauen überflutet wäre, und dass er glücklich wäre, nicht der Sultan des Osmanischen Reiches mit seinem Harem zu sein, da nichts schlimmer sein könnte, als von hundert schwatzenden Frauenzimmern umgeben zu sein! Du hast dich fast an deinem Ei verschluckt, als Ron das Wort Harem aussprach, als ob ein zwölfjähriger Junge die Bedeutung des Wortes nicht kennen würde!"

„Das sollte er nicht!", stellte Salt in seinem halsstarrigsten Ton fest.

„Ich bin ziemlich sicher, dass *du* sie kanntest", sagte Jane unverblümt. „Und dass deine Gefühle über diese Angelegenheit völlig anders waren als Rons!"

An den äußeren Winkeln von Salts braunen Augen entstanden Fältchen. „Du bist ein unverbesserliches kleines Biest, Mylady", flüsterte er seiner Frau ins Ohr, „und ich werde später dafür Genugtuung verlangen. Vorerst muss dieser türkische Schrecken sich noch beherrschen."

Sir Antony, der sein Monokel am Seidenband hatte hinabbaumeln lassen nach einem schnellen Blick über den Ballsaal, ob er Caroline finden könnte, wollte gerade noch einmal nach ihr fragen, als an der Seite der Gräfin niemand anders als ihr Stiefbruder, Mr. Tom Allenby, und neben ihm der Verwalter des Landsitzes in Salt Hendon, Mr. Willis, erschienen.

„Tony! Tony! Bei Gott! Was für eine Augenweide du bist, mein lieber Mann!", rief Tom Allenby aus und packte nicht nur die Hand, die Sir Antony ihm entgegenstreckte, mit einem warmen Griff, sondern umarmte ihn wie einen lange verlorenen Bruder. Er trat zurück und musterte Sir Antony von seinen muskulösen Schenkeln bis zur breiten Brust und grinste. „Lady Caroline sagte, ich würde dich nicht erkennen, und so war es auch! Ich wette, du wirst Salt und mir auf dem Tennisplatz tüchtig zu schaffen machen!"

„Und euch beide in Grund und Boden schlagen!", lächelte Sir Antony. Er drückte Toms Schulter. „Es ist eine solche Freude, dich wiederzusehen, ich kann es gar nicht beschreiben ... Deine Briefe nach Petersburg ... Ein solcher Trost ..." Er drehte sich schnell zur Seite, um Mr. Willis mit einem Nicken zu begrüßen, da er Rührseligkeit aufsteigen fühlte und befürchtete, die Fassung zu verlieren. Er schlug dem Earl vor: „Wenn Mr. Willis zu einem Spiel bereit ist, was setzt ihr darauf, dass er und ich dich und Tom morgen in drei Sätzen schlagen?

„Drei?", schnaubte Tom. „Salt und ich gewinnen auch bei fünf Sätzen!"

„Langsam, Bruder!", scherzte der Earl. „Unter dieser roten Schärpe und all den Goldtressen wage ich zu behaupten, dass Antony mehr Muskeln und Sehnen hat, als du und ich zusammen.“

„Ich wäre geehrt, Euer Partner sein zu dürfen, Sir Antony“, sagte Rufus Willis mit einer Verbeugung. „Tennisschläger auf vierzig Schritt sind das Mittel der Wahl, Mylord.“

Dabei bemerkte der Earl die Kostüme, die sein Schwager und sein Verwalter trugen. Beide jungen Männer waren in lose Hosen und weite Seidenhemden gekleidet und trugen kleine Turbane; an ihren Füßen saßen Seidenschuhe mit aufgerollten Spitzen.

„Ich werde nicht dafür um Verzeihung bitten, wenn ich das Gesprächsthema von Tennis auf die Frage lenke, warum ihr beide auch in türkischen Kostümen steckt?“ Als Tom Allenby und Rufus Willis einen sehr amüsierten Blick wechselten, verdrehte Salt mit fest aufeinandergepressten Lippen, um nicht laut herauszulachen, die Augen. „Sagt nichts; noch eine von Carolines Ideen. Was seid ihr? Die Obereunuchen meines Harems?“

Jeder in der kleinen Gruppe lachte und laut genug, dass die unmittelbar in der Nähe Stehenden ihre eigenen Gespräche sofort unterbrachen, um sich umzudrehen und zu horchen, was die Familienmitglieder, die um das Oberhaupt des Hauses von Salt Hendon herumstanden, das einzige Familienmitglied, das diesen Witz nicht verstanden zu haben schien, so amüsierte.

„Was habe ich dir gesagt, Jane? Ich wusste, dass Salt unsere Kostüme verstehen würde, ohne dass einer von uns auch nur ein Wort sagen müsste!“

Sir Antony wollte gerade noch etwas Öl ins Haremsfeuer gießen, als er aus dem Augenwinkel den Gentleman erspähte, der der Gegenstand der anonymen Nachricht war, die er an die Zeitungen versandt hatte. Er entschuldigte sich und machte sich, ohne rechts oder links zu schauen, auf den Weg zu dem Alkoven, wo der Gentleman ein hübsches, junges Ding in die Enge getrieben hatte. Er konnte an ihrer weißen Federmaske und den dazugehörigen gefiederten Flügeln, die an der Rückseite ihres weißen Seidenmieders befestigt waren, nur erraten, dass sie als Schwan gekleidet war.

Der Schwan war froh über die Störung, und als Sir Antony den Gentleman höflich um einen Moment von dessen Zeit bat, entfernte sich das Mädchen bereitwillig. Ein herumstehender Lakai fragte, ob einer der Gentlemen ein Glas Champagner wünschte. Sir Antony winkte dem Diener, sich zu entfernen. Dacre Wraxton griff nach einem zweiten Glas. Etwas in Sir Antonys blauen Augen sagte ihm, dass seine Nerven eine alkoholische Stärkung brauchen würden.

FÜNFUNDZWANZIG

„Es war nicht meine Idee, mein Lieber“, sagte Dacre Wraxton affektiert, bevor Sir Antony auch nur ein Wort von sich gegeben hatte.

Sir Antony fragte sich, worüber der Mann plapperte. Sein Ritterkostüm aus grau-gestricktem Kettenhemd, Beckenhaube ohne Visier und einer glänzenden Zinnbrustplatte mit Wappen, einem Schwert und gestrickten Handschuhen, sollte Dacre Wraxton zweifellos als mächtigen, mittelalterlichen Krieger erscheinen lassen. In Wahrheit wirkte er mehr wie ein Hofnarr als wie ein Beschützer des Hofes. Sir Antony wäre nicht überrascht gewesen, wenn der Mann X-Beine gehabt hätte, hatte aber weder die schlechten Manieren noch das Bedürfnis, das herausfinden zu wollen. Stattdessen hob er sein Monokel und folgte Dacre Wraxtons Hand, die die Champagnerflöte hielt, die er an seine Lippen führte. Dabei sah er, was auf den Ärmel seiner Tunika geheftet war. Eine Brosche. Nicht nur irgendeine Brosche. Seine Brosche. Es war die Goldbrosche, die die gemalte Miniatur von Caroline enthielt, die Diana ihm abgenommen hatte, als er am Clavichord saß.

Sir Antony ließ sein Monokel am Band hinabfallen und streckte seine offene Hand aus.

Dacre Wraxton löste sofort die Brosche von seinem Ärmel und gab sie ihm.

Sir Antony drückte ihm seine Federmaske zum Festhalten in die Hand. Dann steckte er die Brosche sorgfältig an der Vorderseite seiner Weste fest, über seinem Herzen, richtete seinen Rock, hob den Kopf und riss seine Federmaske wieder an sich. Mit dem Rücken zum überfüllten Ballsaal und ohne auf das unablässige Geschwätz und Gelächter zu achten, wartete er darauf, dass Dacre Wraxton ihm eine Erklärung dafür gäbe, wie er an eine Brosche gekommen war, die ihm nicht gehörte.

„Ihr könnte Euch vorstellen, wessen Einfall es war, dass ich das Ding an meinem Ärmel tragen sollte! Ha! Was für ein Witz! Ich sagte, ich würde es nicht tun. Doch sie kann sehr überzeugend sein ... Regelrecht bösartig, um es genauer zu sagen - Verzeihung! Sie ist Eure Schwester ...“

„Nicht mehr.“

„Ich konnte ihre Argumentation nicht widerlegen“, fuhr Dacre Wraxton fort, als ob Sir Antony nichts gesagt hätte. „Ich wünschte, ich hätte es gekonnt - nun, auf jeden Fall, es hatte nichts zu bedeuten, mein Freund. Also ist kein Schaden entstanden und wir können unsere ...“

„Schaden?“, knurrte Sir Antony und trat einen Schritt näher. „Ich schere mich einen feuchten Kehricht darum, welches verdammte Stück Dreck Diana aus der Gosse hat zerren können, das Euch dazu brachte, ihr vorzujammern, dass sie es für sich behalten möge. Und ich kann vollkommen verstehen, wie sie ihr Messer in einer alten Wunde hin und her drehen kann, so heftig, dass Ihr einfach alles tun würdet, um sie davon abzuhalten. Aber was ich nie verstehen oder verzeihen werde, ist Euer erbärmliches Verlangen, Euch an die Verletzlichen und Unschuldigen heranzumachen. Was für eine Art Mann seid Ihr, dass es Euch Vergnügen bereitet, betrunkene Mädchen zu verführen, die nicht mehr als Kinder sind? Es ist ja nicht so, dass Ihr die Erfahrung habt, Mängel verbergen zu müssen; Ihr solltet fähig sein, eine Frau zwischen den Laken zu befriedigen ...“

„Das ist jetzt etwas zu dick aufgetragen! Ich mag viele Dinge zugeben müssen, aber eines bin ich nicht: unfähig im Bett!“

„Das ist, was ich gerade gesagt habe!“

„Ah! Ja, doch! Verzeihung. Unmöglich, bei diesem Lärm etwas zu hören. Es müssten zweihundert oder mehr Leute sein, die versuchen, das Kostüm der anderen zu erraten. Als was habt Ihr Euch verkleidet? Welcher berühmte General? Diese russische Schärpe und der Stern verleihen eine gewisse kaiserliche Pracht ...“

„Ihr habt meine Frage nicht beantwortet ...“

Dacre Wraxton wagte es, verlegen auszusehen. Er zuckte mit den Schultern. „Langeweile?“

Als Sir Antonys Gesicht finster wurde, erkannte Dacre Wraxton, dass er nicht in Stimmung für eine Gesellschaft war, und er wurde gereizt.

„Schaut, Templestowe", erklärte er. „Ich zwinge mich ihnen nicht auf. Ich bin kein Vergewaltiger. Sie könnten immer nein sagen; die meisten tun es nicht. Außerdem", fügte er hinzu, unfähig, ein Grinsen zu unterdrücken, „warum sollte man sich mit der Suppe von morgen begnügen, wenn man der Erste sein kann, der sein Brot in frische Suppe taucht?"

„Ihr seid ein ekelhafter Wurm, Wraxton", höhnte Sir Antony, packte eine Handvoll von Dacre Wraxtons Tunika und drückte ihn hart gegen die lackierte Täfelung. Ihm war es inzwischen gleichgültig, wer ihre Auseinandersetzung sah oder hörte. „Ihr wusstet, dass sie betrunken war. Ihr wusstet, dass sie verletzlich war. Ihr hättet Euch wie ein Gentleman benehmen, sie in eine Sänfte setzen und nach Hause schicken sollen! Ihr konntet nicht einmal kommen und ihr Euren Namen anbieten, nachdem Ihr sie ruiniert hattet; Ihr erlaubtet einem dummen, kleinen Jungen, das für Euch zu tun! Meine Güte, was für eine erbärmliche Entschuldigung für einen Mann Ihr abgebt!"

„Erbärmlich? Ich? Ich war nicht derjenige, der von einem gesellschaftlichen Ereignis zum nächsten wankte, ein elender Säufer! So hat sie Euch genannt. Wusstet Ihr das? Und das ist es, was Ihr seid - *wart,* vor vier Jahren, vor dieser wundersamen Verwandlung", fauchte Dacre Wraxton zurück und stieß Sir Antony tapfer zurück. Da sein männlicher Stolz auf dem Spiel stand und er ein gewisses Maß an Wahrheit für sich in Anspruch nehmen konnte, schaute er Sir Antony mit arrogant erhobenem Kopf in die Augen. „Sie wollte es, genau wie all die anderen. Ich habe ihre Röcke nicht gehoben. Das tat sie für mich, und mit einem Kichern und einem verlockenden Blick in ihren grünen Augen. Welcher Mann mit Blut in den Adern würde eine solche Einladung von einem hübschen, kleinen Rotschopf ablehnen? Nur ein trunkener Tölpel, wie Ihr es seid!" Er kam einen Schritt näher und wagte es, mit einem Finger gegen die breite, harte Brust zu stoßen. „Ich sage Euch noch etwas ... Sie war reif zum Pflücken. Wäre ich es nicht gewesen, dann ein anderer Kerl; sie war so verzweifelt darauf aus, ihre Unschuld zu verlieren, verzweifelt darauf bedacht, dass es jeder sein sollte außer Euch! Besser ich - jemand, der ihr Vergnügen bereiten *und* seinen Mund halten würde ..."

„Aber nicht seine Hosen anlassen konnte! Wenn Ihr ihren Gemütszustand kanntet, war das, was Ihr tatet, doppelt verächtlich."

„Ihr seid nur verstimmt, dass Ihr nicht der Erste wart. Das kann ich verstehen", gab Dacre Wraxton großmütig zu. „Aber ich habe sie nicht enttäuscht. Weit davon entfernt! Sie kam zurück, um weiterzumachen. Hat sie Euch das erzählt? Während sie mit diesem Milchbart Aldershot verheiratet war, beging sie mit meiner Wenigkeit Ehebruch. Nicht nur einmal, sondern bei zwei Gelegenheiten. Ich habe sie nicht in mein Bett gezwungen. Ich habe sie nicht gezwungen, unser Liebesspiel zu genießen. Das tat sie aus ihrer eigenen Initiative, und wir hatten eine verdammt gute Zeit zwischen den Laken!"

„Und das ist der einzige Grund, warum ich Euch nicht töten werde ..."

Dacre Wraxton missverstand Sir Antonys trockene Bemerkung als ironischen Witz und hob mit einem Grinsen sein Champagnerglas zum Toast. „Immer gerne zu Diensten. Es sollte Eure Hochzeitsnacht nur um so angenehmer machen, dass sie das ein oder andere über eheliche Lust weiß. Und ich verletze kein Vertrauen, wenn ich Euch sage, dass Ihr Euch auf einen Leckerbissen freuen könnt. Sie reagiert verdammt gut. Hat den üppigsten, kleinen Körper, und wenn der zappelt ..."

Sir Antony kniff Dacre Wraxtons Mund hart zwischen seinen Fingern zu, bis die Augen des Mannes herausquollen.

„Hört sehr gut zu, wenn Ihr am Leben bleiben wollt. Ihr habt die Wahl. Ich habe großes Verlangen, Euch hier zu durchbohren, aber ich habe genug Anstand in meinem kleinen Finger, um Euch eine von zwei Alternativen anzubieten. Ich werde meine Hand wegnehmen, bevor ich Euren Kiefer breche, und Ihr werdet ohne Kommentar zuhören. Verstanden?"

Dacre Wraxton nickte, die Augen groß vor Furcht, nicht nur wegen des brennenden Schmerzes in seinem Kiefer, sondern weil er den großen Gentleman nie zuvor mit solch unterdrückter Wut hatte sprechen hören.

„Was Ihr tun werdet, um sicherzustellen, dass ich Euren wertlosen Kadaver nicht durchbohre: Wenn Ihr diesen Alkoven verlasst, werdet Ihr unmittelbar zu Lord Salt gehen, um als Parlamentsmitglied für Hendon zurückzutreten. Ihr werdet keinen Grund nennen oder eine dürftige Entschuldigung erfinden. Ihr werdet es einfach tun. Danach werdet Ihr Euch verabschieden und direkt zu Eurer Wohnung gehen. Sobald Ihr dort seid, werdet Ihr ein formelles Rücktrittsschreiben für Euer parlamentarisches Amt aufsetzen und den Namen eines passenden Ersatzkandidaten nennen: Mr. Thomas Allenby aus Allenby-Park, Wiltshire ..."

„Ist das nicht ..."

„... Lady Salts Bruder? Ja. Dann lasst Ihr Euren Kammerdiener einen Portemanteau für Frankreich packen ..."

„Frankreich? *Frankreich*? Ich werde nicht nach Frankreich gehen!"

Sir Antony trat einen Schritt näher und Dacre Wraxton zog sich, soweit das möglich war, weiter in den Alkoven zurück, seine Schulterblätter kratzten durch seine gestrickte Tunika an der Wandfarbe.

„Hört ohne weitere Kommentare zu, Wraxton, oder trefft mich morgen früh im Nebel des Green Parks mit einem Schwert in der Hand. Ich verspreche Euch, dass Ihr zittern werdet, und nicht wegen der Kälte ...“

Dacre Wraxton öffnete seinen Mund, um weiter zu protestieren, aber als Sir Antony ihm zeigte, dass es ihm todernst war, indem er seine linke Hand zum verzierten Griff seines Paradedegens senkte, der gerade eben unter den Schößen seines Rockes sichtbar war, wurden Wraxtons Augen groß und er machte seinen Mund fest zu.

Genau, wie Sir Antony vermutet hatte, war Wraxton durch und durch ein Feigling. Sein Instinkt, der ihm sagte, warum der jüngere Bruder des Mannes, Hilary, einen Nachttopf mit einer Zeichnung des Familienwappens innen besaß, erwies sich als richtig. Hillary mochte ein geckenhafter Poet mit einer Vorliebe für Perücken aus den unmöglichsten Materialien haben, aber eines war er nicht: ein Feigling. Da war es kein Wunder, dass er keinen Respekt für seinen älteren Bruder hatte.

„Ihr geht nach Frankreich, und zwar für länger“, fuhr Sir Antony fort. „Ich habe keinen besonderen Wunsch, wohin Ihr danach geht. Soweit es mich angeht, könnt Ihr den Kontinent von Paris bis Athen bereisen, aber was Ihr nicht tun werdet, ist, einen Fuß auf englischen Boden setzen, bevor nicht mein Erstgeborener zwei Jahre alt ist.“ Sir Antonys Mund verzog sich zu einem Lächeln. „Ihr solltet Euch besser in den englischen Zeitungen über Geburten, Todesfälle und Eheschließungen informieren. Meiner Schätzung nach dürfte Euer Aufenthalt kaum mehr als drei Jahre dauern. Leider kann ich Euch keine genaue Zeit nennen. Egal. Wenn Ihr einmal von hier fort seid, spielt es für mich keine Rolle, was mit Euch geschieht, solange es im Ausland geschieht.“ Er lächelte dünn. „Und versucht nicht, hinter meinem Rücken wieder über den Kanal zu schleichen. Ich habe Leute angestellt, um ein Auge auf Euch zu haben, und sie berichten meinem Haushofmeister. Oh, noch eine letzte Kleinigkeit ...“

Dacre Wraxton betrachtete Sir Antony unter gesenkten Lidern mit vorgebeugten Schultern. Er wusste, dass es keinen Sinn hatte, sich aus einem solchen Arrangement herauswinden zu wollen. Er trug ein Schwert, aber er hatte kein Geschick mit einer Klinge, und da der einzige Sport, den er ausübte, darin bestand, sich mit willigen Frauen in einem Bett zu tummeln, wusste er, dass er bei einem Kampf mit Sir

Antonys Waffe seiner Wahl innerhalb von Minuten niedergestochen werden würde.

„Es besteht keine Notwendigkeit, mir zu drohen", unterbrach er. „Ich werde meine Augen von Eurer Zukünftigen abwenden und keinen weiteren Kontakt mit ihr haben, mündlich oder schriftlich."

Sir Antony grinste. „Das ist eine ausgezeichnete Idee und soll sofort ausgeführt werden. Aber das war es nicht, was ich Euch noch sagen musste. Der Grund für Eure sofortige Abreise und der Grund, den Ihr allen und jedem bei einer Begegnung nennen werdet, und natürlich immer streng vertraulich, ist, dass Ihr mit meiner Schwester auf den Kontinent durchgebrannt seid ..."

Dacre Wraxton entglitt sein Champagnerglas. „Lieber Gott, *nein*."

Sir Antony fing das Glas auf, das leer war, und stellte es geschickt auf einem Silbertablett, das ein aufmerksamer, adleräugiger Diener hinhielt, der an seiner Seite auftauchte. Fast tat ihm der Mann leid und er schlug ihm mit der Hand auf die herabgesackte, abfallende Schulter.

„Ich sollte Euch Eurem Elend überlassen, aber ich kann Euch nicht guten Gewissens eine Unwahrheit erzählen. Diana wird nicht mit Euch nach Frankreich fliehen. Es ist eine List, aber eine, bei der Ihr mitspielen werdet. Dass Ihr durchgebrannt seid, wird als Grund für Eure Abwesenheit von London reichen. Einmal auf französischem Boden angelangt, wird meine Schwester auf See gestorben sein, von einer Monsterwelle über Bord gespült."

Dacre Wraxton beäugte Sir Antony schlau.

„Ich habe mich schon gefragt, wann Ihr zu Verstand kommen und erkennen würdet, dass sie nicht alle Tassen im Schrank hat. Es geht das Gerücht, dass Salt sie auf den Kontinent verfrachtet hatte, ziemlich genauso, wie Ihr es mit mir macht, weil sie übergeschnappt war, als er eine andere heiratete. Aber mein Verdacht über ihren Geisteszustand besteht schon viel länger. St. John hatte auch Verdacht geschöpft, nicht einmal lange, nachdem er sie geheiratet hatte. Er und ich waren Freunde in Eton und zwar weit intimer, wenn Ihr die Bedeutung versteht, als seine Freundschaft zu Salt war. Ich gestehe es Euch und keinem anderen, nur, weil Diana diese interessante Information über ihren Ehemann und mich entdeckte und sie zu finsteren Zwecken verwendete."

„Daran habe ich keinen Zweifel."

Dacre Wraxton hörte den mitfühlenden Unterton in Sir Antonys Stimme.

„Der liebe St. John. Wenn er nicht zu seiner Zeit an den Pocken gestorben wäre, bin ich sehr sicher, dass sie eine Möglichkeit gefunden hätte, ihn in ein frühes Grab zu hetzen ..."

Er verbeugte sich zum Abschied vor Sir Antony und sagte mit einem schnaubenden Lachen: „Seid sicher, dass ich die Geburt Eures Sohnes und Erben mit großer Freude begrüßen werde. Lebt wohl, Mylord."

Sir Antony neigte sein gepudertes Haupt zum Abschied und trat zur Seite, um den Mann vorbeigehen zu lassen. Er beobachtete, wie er von der parfümierten, lachenden Menge verschluckt wurde, die in Vorbereitung auf den ersten Tanz den Ballsaal entlang schlenderte, dann hob er sein Monokel auf und durchsuchte die Menge nach der Liebe seines Lebens. Lady Caroline tauchte sofort aus der seidenbekleideten Schar auf, da sie ihn seit einiger Zeit beobachtet hatte.

Wie Jane war sie in ein Kostüm gekleidet, das des Harems eines osmanischen Potentaten würdig gewesen wäre, in kunstvoll bestickte Pantöffelchen, weite Hosen aus braun und mintgrün gestreiftem Satin und ein Mieder aus schokoladenbraunem Samt, am Dekolleté weit ausgeschnitten und anstandshalber von einem strategisch platzierten, durchsichtigen Fichu aus schimmerndem Silber bedeckt. Auf ihrem Kopf war ein kleiner Seidenturban befestigt, der zum Stoff ihrer weiten Hosen passte. Sie sah jeden Zoll wie eine Haremsschönheit aus und er war sicher, sollte der echte Sultan des osmanischen Reiches seine Caroline je zu Gesicht bekommen, würde er sie sofort zu seinem bevorzugten Juwel erwählen wollen. Aber es war ihr helles, flammendrotes Haar, das er anstarrte. Es war über eine Schulter gelegt und fiel ihr ungebändigt bis auf die Oberschenkel, mit einem mintgrünen, perlendurchwirkten Seidenband auf halber Länge locker zusammengefasst.

Er wollte sie in seine Arme reißen und küssen. Stattdessen lächelte er und verbeugte sich zur Begrüßung schwungvoll über ihre Hand. Als er sich aufrichtete, packte sie den tressenbesetzten Aufschlag seines Rocks und verschwand mit ihm, ein verschmitztes Lächeln auf den Lippen, hinter einem achtteiligen Gobelin-Wandschirm.

Der Gobelin-Wandschirm verbarg einen kleinen, gemütlichen Raum, in dem es eine Chaiselongue, einige Stühle um einen niedrigen Tisch herum und einen Waschtisch gab; auf einer lackierten Kredenz standen eine Reihe verzierter Silberkrüge voll Eiswasser und ein Tablett mit Gläsern. In der hinteren Ecke war ein Wandschirm zum Umkleiden, an dessen einer Seite zwei Stühle an einem kleinen Tisch standen, auf dem sich eine Sammlung von Nähutensilien befand, mit allem, was man brauchte, um Risse zu flicken und abgerissene Knöpfe wieder anzunähen. Auf dem kleinen Tisch stand auch eine polierte Holzschachtel, in der sich Mittel befanden, die man brauchte, um das Wachs zu entfernen, das von den Kandelabern auf die bestickten Seiden- und Samtkostüme der Gäste tropfen mochte. Am Eingang zu dieser ruhigen Zuflucht vor den Massen standen zwei Lakaien stramm, bereit, jedem Gast, der einen Moment der Ruhe vor dem Lärm und der Wärme des Ballsaals benötigte oder schnelle Hilfe bei einer Reparatur brauchte, zu Diensten zu sein.

Beim Anblick Lady Carolines in Gesellschaft des Gentlemans, den sie im Vorraum des Bücherzimmers des Earls leidenschaftlich geküsst hatte, stieß der eine der Lakaien seinen Kameraden leicht an und beide zogen sich zurück, um auf der anderen Seite des Gobelin-Wandschirms Wache zu stehen.

Zusammen und unter sich warf Caroline ihre Arme um Sir Antonys Hals und befahl ihm, sie zu küssen, was er bereitwilligst tat.

Als Sir Antony den Wunsch zu sprechen verspürte, sagte er, seine Arme um Carolines Taille gelegt und zu ihrem erhitzten Gesicht hinabschauend: „Du trägst kein Korsett.“

„Dummchen. Haremsdamen tragen keine Korsettstangen. Nun, zumindest sagt Tante Alice das. Sie ist unsere hauseigene Expertin, da sie schon in Konstantinopel war.“ Sie seufzte. „Das ist so befreiend!“ Dann kicherte sie. „Und nur ein kleines bisschen verrucht.“ Als er nicht antwortete, legte sie den Kopf schräg. „Ich dachte, du würdest mich so mögen ...“

Mögen! Seine Kopfhaut prickelte vor unterdrücktem Verlangen. Nur eine hauchdünne Lage seidigen Satins trennte seinen Körper von ihrem, und ihrer war so berauschend gerundet, dass er kaum klar denken konnte. Er schluckte und fand seine Stimme wieder.

„Wenn sie so angezogen sind, ist es kein Wunder, dass die Frauen der Osmanen von ihren Männern in Harems vor anderen Männern weggeschlossen werden. Ich glaube, es ist das Beste, dass du ein solches Kostüm zum ersten und zum letzten Mal auf eine Maskerade anziehst.“ Als sie die Stirn runzelte, kniff er sie ins Kinn. „Aber ich wäre sehr erfreut, wenn du deine bezaubernde Haremskleidung in der Abgeschlossenheit unseres Heims tragen würdest - nur für mich ... Siehst du, ich bin ein sehr umgänglicher Mensch, aber nicht, wenn es um dich geht. Um die Wahrheit zu sagen, ich stelle fest, dass ich überaus besitzergreifend bin. Mir gefällt die Vorstellung nicht, dass andere Männer dich mit Begierde ansehen. Ich will dich ganz für mich selbst - für immer.“

Sie berührte seine rasierte Wange. „Das sollst du auch haben - *für immer*. Ich möchte nicht, dass je andere ... zwischen uns kommen, sich in unser Leben einmischen. Ich liebe dich von ganzem Herzen und

würde mich selbst hassen, wenn ich eine *Enttäuschung* für dich wäre
..."

Also hatte sie heimlich sein Gespräch mit Dacre Wraxton in dem
Alkoven beobachtet und sorgte sich jetzt, was dieser Wurm von einem
Mann ihm hatte verraten können. Das würde er ihr nie erzählen. Da er
sie aber nicht ängstlich und unglücklich sehen mochte, lächelte er ihr
in die Augen, seine Finger sanft in eine lange, seidige Locke ihrer
feurigen Mähne verflochten, und sagte:

„Das, mein liebstes Mädchen, wird nie geschehen. Ich liebe dich
auch von ganzem Herzen. Das kann ich nicht oft genug sagen. Bald
werde ich in der Lage sein, dir zu zeigen, wie sehr ..." Er öffnete seinen
Rock, um ihr die an seine Brust geheftete Brosche zu zeigen, gleich
über der roten Schärpe. „Dieses Zeichen meiner Hingabe wird für jetzt
reichen müssen. Ich habe es immer bei mir gehabt, seit du es mir
gabst, und bald werde ich auch dich immer bei mir haben."

Carolines Augen wurden groß und sie stieß einen leichten Seufzer
der Erleichterung aus.

„Oh! Du hast sie doch! Ich dachte - ich dachte, ich hätte sie
gesehen ... ganz gleich!" Ein Lächeln brachte Grübchen in ihre
Wangen und sie wechselte das Thema, mit einer Hand auf den
goldenen Knöpfen und dem Brokat seiner breiten Revers. „Was dein
prachtvolles Kostüm angeht, Mylord, das einzige Geschöpf, das es
nicht sehen sollte, ist Peter. Du würdest ihn mit Sicherheit eifersüchtig
machen. Er glaubt, er sei der einzige Ara in meinem Leben!"

„Ha! Besser, Peter der Ara sieht mich als das, was ich wirklich bin -
ein Rivale um deine Zuneigung." Er hob seine Federmaske auf und
hielt sie vor sein Gesicht. „Semper wird sehr erfreut sein, dass seine
Bemühungen nicht umsonst waren. Jetzt, meine Liebe, so sehr ich es
vorziehen würde, so gemütlich mit dir hier zu bleiben, sollten wir uns
besser wieder den Gästen anschließen, bevor der Pascha von Persien
seine Eunuchen ausschickt, uns zu finden."

„Eunuchen? Was ist ein Eu-Eunuch?"

Sir Antony schluckte. Eine gute Frage von ihrer Seite, aber keine,
die an diesem Ort und zu dieser Zeit zu beantworten war. Er vergaß,
dass Caroline, auch wenn sie eine Witwe sein mochte, erst zweiundzwanzig war und unter dem Dach ihres Bruders ein sehr geschütztes
Leben geführt hatte.

„Kein Thema, das dem Pascha genehm wäre. Das erkläre ich dir,
wenn wir verheiratet sind."

„Du wirst es mir erzählen, nicht wahr?", fragte sie und kniff leicht
die Augen zusammen.

„Natürlich. Sobald wir verheiratet sind, kannst du mich alles fragen und ich werde dir ehrlich antworten. Mein Wort darauf."

Das stellte sie zufrieden und sie sagte mit einem breiten Lächeln:

„Pascha von Persien? Ich nenne ihn den Sultan der Finsternis! Du lachst, aber das ist er, seit dem Moment, in dem er alle Frauen seines Hauses in osmanische Kostüme gehüllt sah. Er war durchaus erfreut, Jane in diesen weiten Hosen zu sehen, aber ich wünschte, du hättest seinen Blick des Missfallens sehen können, als ihm gesagt wurde, dass Kitty, Tante Alice und ich Teil seines Harems wären. Tief im Inneren war er immer schon ein solcher Anstandsbolzen!"

„Und das ist auch gut so!"

Sie lächelte augenzwinkernd, sehr mit sich zufrieden. „Warte, bis er Tom und Mr. Willis sieht!"

Sir Antony gab ihr einen leichten Stoß unters Kinn.

„Er hat sie schon gesehen. Er hat ihnen einen ebenso finsteren Empfang bereitet."

Carolines Lächeln verschwand sofort. Dann runzelte sie die Stirn.

„Gibt es etwas oder jemanden, der oder das ihm in letzter Zeit Sorge bereitet? Er ist seit Wochen nicht er selbst ... ich dachte, es läge daran, dass er sich Sorgen um Jane und ihr drittes Kindbett machte. Er ist immer launisch und geistesabwesend, kurz bevor ein Baby geboren wird. Das überraschte mich, denn wenn die erste Nachricht kommt, dass ein Baby unterwegs ist, läuft er tagelang mit einem Grinsen auf dem Gesicht herum!"

„Ich kann mir nur denken, dass es daran liegt, dass eine Geburt ein sehr beängstigendes Erlebnis ist - für beide Elternteile."

Caroline dachte darüber nach und sagte dann zu Sir Antonys Überraschung: „Ja, für uns ist es das. Tiere können das so viel besser als wir." Sie fügte ernsthaft hinzu: „Ist es Dianas Rückkehr vom Kontinent, die ihm Sorgen macht?"

„Ich denke, du hast recht. Diana hatte immer schon die Macht, deinen Bruder in gereizte Laune zu versetzen. Und nachdem sie jetzt zurück ist, sorgt er sich, dass sie vorhaben könnte, sich in sein Leben einzumischen."

„Wie nur sie das kann!"

„Ja, wie nur sie das kann und will. Was für uns noch mehr Grund ist, uns den Massen wieder anzuschließen, um dem Sultan der Finsternis unsere Unterstützung anzubieten." Er küsste sie auf die Stirn. „Willst du mir einen großen Gefallen tun? Hab ein Auge auf die Kinder."

„Jane hat mich schon darum gebeten. Ich habe ihr versprochen, jede Stunde nach ihnen zu sehen. Obwohl, warum Jane und Salt es angebracht fanden, das gesamte Kinderzimmer zum Tennisplatz zu verlegen ...“

„Oh, ich bin sicher, dass die Kinder jede Menge Spaß haben“, sagte Sir Antony leichthin. „Mit all der Aufregung im Haus während der letzten Tage im Vorfeld dieser Maskerade und dem Ball heute Abend wird ihnen das ein Gefühl geben, als ob sie daran teilhätten. Vor allem Merry, die mit ihren zwölf Jahren wünschen muss, dass sie sich schon in weite Hosen kleiden und bei diesem Spaß mitmachen darf, statt mit drei Kindern unter vier Jahren zur Gesellschaft eingesperrt zu sein. Wenn Ron mit ihr hier wäre, würde sie es vielleicht etwas anders empfinden.“

Caroline versuchte, ein wissendes Lächeln zu unterdrücken, aber Sir Antony erhaschte den Blick in ihren Augen und wusste, dass sie etwas im Schilde führte. Manchmal fragte er sich, ob er sie nicht besser kannte als sie sich selbst.

„Heraus damit! Was haben du und Merry zusammen ausgeheckt? Erzähle mir nicht, dass du sie in ein Kostüm gesteckt hast und sie irgendwo in der Nähe ist?“

Carolines Lippen öffneten sich leicht, aber sie sagte nichts. Sie würde nicht diejenige sein, die ihre Cousine verriete. Tante Alice war ebenso in den Plan eingeweiht.

„Heraus damit, Caro! Was hast du mit Merry gemacht?

„Wie kommst du dazu zu denken, dass ich ...“

„Weil du auf dem Jagdball das Gleiche getan hast, als du vierzehn warst. Glaube nicht, dass Salt und ich nicht wussten, dass du dich als Page verkleidet hattest und in der Galerie bei den Musikern herumlungertest, um alles zu beobachten!“

Caroline seufzte bei der Erinnerung.

„Salt hätte es nicht gleichgültiger sein können, wenn ihm das Haus über dem Kopf abgebrannt wäre! Alles, was ihn interessierte, war, mit Jane zu tanzen. Wer hätte ihn tadeln können? Sie sah in ihrem goldenen Satinkleid so wunderschön aus ... Ich mag erst vierzehn gewesen sein, aber ich sah, wie er sie anschaute und wusste selbst damals schon, dass er sie liebte. Er hatte sie seit einem Monat oder länger so angeschaut. Das tut er jetzt noch, wenn er meint, dass niemand auf ihn achtet. Ich erinnere mich daran, wie ich damals in Gedanken wünschte, du würdest mich so anschauen.“

„Caro, du warst erst vierzehn. Wenn ich dich überhaupt angesehen hätte, *egal wie*, hätte Salt mich auf der Stelle kastrieren lassen, und ich wäre der, der ein Eunuchen-Kostüm tragen müsste!“

Caroline kicherte. „Also das ist ein Eunuch!“ Sie küsste seine gerötete Wange. „Wünsche werde wahr. Du siehst mich so an - *jetzt*.“

„Caro, Liebling, bitte sage mir, ob Merry irgendwo da draußen in der Menge ist. Es ist sehr wichtig."

Caroline schmollte. „Es wird ihr viel mehr Spaß machen, wenn sie denkt, dass sie nicht beobachtet wird."

„Ich wage zu behaupten, dass das stimmen würde, wenn sie nicht Diana zur Mutter hätte. Aber das ist nun mal so, und wenn Diana wüsste, dass Merry kostümiert im Ballsaal herumhuscht, könnte sie genau die Art von Szene veranstalten, die dein Bruder verabscheut. Du weißt, dass sie Jane die Schuld geben wird. Also bitte ..."

„Oh! Ja! Das wird sie. Wir - Tante Alice und ich - haben daran nicht gedacht. Natürlich wird Diana Jane die Schuld geben und eine Szene veranstalten. Das ist genau die Art von Bosheit, die Diana genießt. Aber ich befürchte, es könnte schon zu spät sein, etwas dagegen zu tun. Ich habe Tante Alice im Gespräch mit Diana verlassen, um nach dir zu suchen ..."

SECHSUNDZWANZIG

„Oh? Ist sie wirklich hier, hier auf dem Ball?", fragte Diana mit vorgetäuschter, atemloser Überraschung und drehte sich einmal im Kreis, um sich im Gedränge der Gäste umsehen zu können, da der große elisabethanische Kragen, der um ihren Hals lag, sie daran hinderte, über ihre Schulter zu sehen.

Sie hatte ihren Rücken der Menge zugewandt und sprach mit Lady Reanay, die sie im Gespräch mit Lady Caroline, Lady Porter und einer Gruppe älterer Damen neben dem offenen Schiebefenster erspäht hatte, wo sie Champagner tranken und den neuesten Klatsch austauschten. Sie hatte beobachtet, wie Caroline quer durch den Saal zu einem Alkoven ging, wo ihr Bruder Antony sich mit jemandem unterhielt, der außerhalb ihrer Sicht war. Nachdem Caroline verschwunden war, setzte sie sich in Bewegung und schloss sich dem Grüppchen an; Lady Porter und die drei Damen sahen schnell, dass sie ein privates Wort mit ihrer Turban tragenden Schwiegermutter wechseln wollte. Nach zwei Minuten der Unterhaltung hatte sie die alte Frau schon dazu gebracht, ihr zu erzählen, was sie wissen wollte, ohne dass sie sie irgendwie hätte beeinflussen müssen; dumme, alte Närrin.

„Du darfst kein Wort zu Salt sagen! Er ist schon ungehalten über mich wegen meines Versuchs, Merry zu einem Besuch bei dir mitzunehmen. Er war freundlich aber fest in seiner Ablehnung, doch ich konnte sehen, dass er mich am liebsten angebrüllt hätte." Lady Reanay erschauerte, als sie sich an die unangenehme Unterredung erinnerte und sah Diana mit einem kleinen Lächeln an. „Du hast in Rot immer

am besten ausgesehen, meine Liebe. Und diese Rüsche, so majestätisch!
Ich trug einmal ...“

Diana hatte nicht vor, sie das Thema wechseln zu lassen.

„Er kann kaum etwas dagegen haben, wenn ich meinen Liebling,
meine Tochter sehe, wenn hundert Zuschauer dabei sind“, unterbrach
sie. „Ich verspreche, kein Wort zu sagen oder sie zu verraten. Wenn ich
sie nur *sehen* dürfte ... Bitte, Mylady. Ihr wisst, welche *Qual* es für eine
Mutter ist, der man den Zutritt zu ihrem eigenen Kind verweigert!“

Lady Reanay wand sich in den Qualen der Unentschlossenheit. Sie
hatte dem Earl ein Versprechen gegeben, das sie nicht brechen konnte,
und dennoch verstand sie den Schmerz, über den Diana sprach, nur zu
gut. Sie hatte auch Merry versprochen, ihr heimliches Einschleichen
nicht zu verraten, solange sie sich in dem kleinen Alkoven zwischen
dem Erfrischungsraum und dem Ballsaal aufhielt, wo sie die in ihren
Kostümen so prachtvollen Gäste beobachten konnte, wenn sie
zwischen den Räumen hin und her wandelten. Da alle livrierten
Diener und Pagen schwarze Masken vor den Gesichtern trugen, um
sich dem Thema der Maskerade anzupassen, würde niemand Merrys
Identität bemerken.

Womit weder Caroline noch Lady Reanay gerechnet hatten, war
die Sorgfalt, mit der Nanny Browne, ihre Kindermädchen und die
sonstigen Helfer über die Kinder des Earls wachten. Als Merry nicht
zurückkkam, nachdem ihr erlaubt worden war, Lady Caroline beim
Ankleiden für die Maskerade zuzusehen, schickte Nanny Browne eines
der Kindermädchen, um das Haus nach ihr zu durchsuchen und nicht
zurückzukommen, bevor sie Miss Merry nicht fest an der Hand hielte.
Als das Kindermädchen nach einer Stunde tränenüberströmt zurückkehrte, beschloss Nanny Browne, die Haushälterin einzubeziehen und
so ging es weiter, bis Merrys Fehlen genau dem Bediensteten zu Ohren
kam, in dessen Obhut Merry übergeben worden war.

Als der Butler ihr einige Worte über diesen Stand der Angelegenheit ins Ohr flüsterte, verlor Lady Reanay beim überraschten Aufschrecken fast ihren Turban. Was Miller ihr im Vertrauen sagte, spielte
Diana St. John direkt in die Hände. Die alte Dame legte eine
geschmückte Hand auf ihr perlenbesetztes Mieder, holte tief Luft und
sagte zu Miller:

„Wir wollen das vorerst für uns behalten. Lasst Nanny Browne
benachrichtigen, dass sie gefunden worden ist - oh! Und dass auch
seine kleine Lordschaft gefunden wurde und sich sicher bei Miss Merry
befindet. Ich werde Lady Caroline suchen und sie kann ...“

„Vielleicht kann ich behilflich sein, Mylady?“, unterbrach Diana.
„Schließlich bin ich hier und Caroline könnte überall sein. Bis wir sie

finden, Magna und ...?" Sie schaute den Butler erschrocken an und sagte dann zu ihrer Schwiegermutter: „Verzeihung, Mylady, aber wer ist dieser junge Lord, der meiner Tochter Gesellschaft leistet?"

Lady Reanay drückte Dianas Arm.

„Nein! Nein! Das darfst du nicht denken!"

Sie zog Diana an ihrem langen Ärmel zum Fenster, da sie fürchtete, belauscht zu werden, aber da das Quartett spielte und die Maskierten immer ausgelassener wurden, war es für Lady Reanay schwierig, so laut zu sprechen, dass sie überhaupt gehört werden konnte.

„Edward - Lord Lacey - *Ned* - der älteste Sohn des Earls, ist seinem Kindermädchen ausgerissen. Er ist eine ziemliche Handvoll und erinnert mich so sehr an seinen Papa, als der im gleichen Alter war - viel zu intelligent und ebenso unartig. Natürlich, mit diesem schönen Gesicht und diesen goldenen Locken sieht er wie ein Engel aus, daher könnte er sogar eine Katze erwürgen und niemand würde glauben, dass er etwas so Böses tun könnte. Nicht, dass er jemals so grausam wäre. Er ist ganz sanft mit Viscount Vierpfoten und jedem von Carolines Tieren, vor allem ihrem Lieblingsmops. Er ist kein schlimmer Junge, nur neugierig, wie kleine Jungen es sind, wenn sie sich langweilen. Ich meinte nur ..."

„Ich verstehe, was Ihr meint", sagte Diana, die alle Geduld mit der Weitschweifigkeit der alten Dame verlor, durch zusammengebissene Zähne. Sie erholte sich schnell und, um ihren heftigen Unmut zu verbergen, fächelte sie ihrer Schwiegermutter betont besorgt Luft zu und sagte zu dem Butler, der noch immer dabeistand: „Lasst ein Glas Wein für Lady Reanay holen, und einen Stuhl. Aber bevor Ihr geht, sagt mir, was ich tun kann, um zu helfen, meine Tochter und Lord Lacy in die Sicherheit des ... Kinderzimmers zu bringen?"

„Nicht ins Kinderzimmer, Mylady. Die Kinder verbringen den Abend in der Galerie des Tennisplatzes seiner Lordschaft. Aber es scheint, dass seine kleine Lordschaft tatsächlich in die Kinderzimmer gegangen ist. Ich fürchte, er ist noch immer vom Verschwinden seines Schlafgenossen besessen."

„Schlafgenossen?", fragte Diana St. John, Unwissenheit vortäuschend.

„Das Äffchen", sagte Lady Reanay zu ihr, als ob es allgemein bekannt wäre, dass dies der Name war, den man Neds Stoffaffen gegeben hatte.

Als ein Diener ihr einen Stuhl hinstellte und ein anderer ihr ein Glas Wein reichte, setzte sich Lady Reanay schnell hin und nippte dankbar am Wein. Die Ereignisse drohten, außer Kontrolle zu geraten, wenn Ned und Merry nicht sofort aus den leeren Kinderzimmern geholt werden könnten, und bevor Salt davon erfuhr. Sie war sicher, dass ihr Herz zu schnell schlug.

„Es war einer der Diener, der mich informierte, dass der kleine Lord gesehen wurde, wie er allein auf dem Weg in die Kinderzimmer war", fuhr der Butler fort, als Diana ihn mit einer trägen Handbewegung dazu aufforderte. „Ich nutzte die Gelegenheit, Miss Merry zu bitten, ihren Platz in dem Alkoven aufzugeben, um ihn zu holen und zu Nanny Browne zurückzubringen. Ich dachte, der kleine Lord würde tun, worum Miss Merry ihn bittet, und da sie selbst auch am Tennisplatz sein sollte, wären dann beide wieder dort, wohin sie gehören."

„Ein weiser Plan", lobte Diana St. John den Butler.

„Danke, Mylady. Jedoch sind beide nicht sofort zum Tennisplatz zurückgekommen, daher befürchte ich, dass der kleine Lord vielleicht sein Weglaufen zu einem Spiel gemacht hat und mit Miss Merry ein Versteckspiel betreibt."

„Ich denke, da könntet Ihr recht haben, Miller", stimmte Lady Reanay zu. „Ned liebt solche Spiele und könnte sich durchaus vor Merry verstecken. Oh mein Gott, das ist alles so besorgniserregend ..."

„Sind denn heute Abend Diener in diesem Teil des Hauses?", fragte Diana St. John den Butler.

„Nein, Mylady. Das gesamte Personal der Kinderzimmer ist am Tennisplatz, und die Diener, die normalerweise in den privaten Räumen Dienst tun, werden hier gebraucht, in den öffentlichen Räumen, wegen des Maskenballs.

„Also sind die Kinderzimmer völlig von Dienern und Familie verlassen?"

„Ja, Mylady.

„Die Kindermädchen und die Kinder sind - wo, habt Ihr gesagt?"

„Sie verbringen die Nacht auf dem Tennisplatz, Mylady. Eine besondere Veranstaltung für die Kinder ..."

Diana nickte ernst. Im Geist war sie schon dabei, schnell ihre Pläne anzupassen. Sie hatte gehofft, ihre Tragödie in den Kinderzimmern veranstalten zu können. Sie wünschte sich so sehr, diese Räume zu Asche verbrennen zu sehen, und ihre Bewohner mit ihnen! Mrs. Smith und zwei bezahlte Schurken sollten zu dieser Stunde bereits draußen vor dem Gartentor in den Stallungen warten. Sie hatten genügend brennbare Lumpen bei sich, um Westminster Hall niederzubrennen, und sie hatte genug Goldstücke in ihrem Mieder, um die Pförtner zu bestechen.

Was jetzt, nachdem der kostbare Nachwuchs zum Tennisplatz verlegt worden war? Vielleicht würde dieser Ortswechsel auch ihren Plänen zugutekommen? Schließlich hatte der Königliche Tennisplatz eine Tür, die direkt zu den Stallungen ging, was für Mrs. Smith und die Raufbolde leichteren Zutritt ermöglichte. Wenn man beide Türen verrammeln und genug Rauch erzeugen konnte, um die Logen der Galerie zu füllen, und mit dem allgemeinen Durcheinander, das ein Feuer auslöste, bestanden gute Chancen, dass die dort Anwesenden entweder zu Tode getrampelt würden oder erstickten ... Vielleicht war es das Risiko wert ... Sie hatte nicht all diese Jahre geplant und geträumt, nur, um ihre Pläne jetzt wegen eines kleinen Details aufgeben zu müssen.

Sie musste nur noch das goldhaarige Kind zum Tennisplatz zurücklocken, dann unter einem Vorwand nach der Gräfin schicken lassen ... Vielleicht, damit sie den Kindern gute Nacht wünschte? Wenn man ihr sagte, dass eines von ihnen jammerte, würde sie nichts anderes tun können, als hinzugehen und sich darum zu kümmern ...

„Ich werde natürlich Mylord informieren, dass ...“

„Nein! Nein, Miller! Tut das nicht!“, fauchte Diana St. John. Sie brachte schnell ihre Gesichtszüge unter Kontrolle und sagte mit großem Ernst: „Es gibt keine Notwendigkeit, Lord Salt zu behelligen. Ich werde in die Kinderzimmer gehen und meine Tochter und den Jungen sicher zum Tennisplatz bringen.“

„Diana, ich glaube, Miller hat hier recht. Wir sollten Salt informieren“, widersprach Lady Reanay, was den Butler veranlasste, unentschlossen zu zögern und Diana, ihre Fäuste fest zu ballen, um ihren Ärger darüber, vor einem Untergebenen Widerspruch zu erhalten, zu unterdrücken. „Caroline und ich werden genug Ärger bekommen, weil wir Merry erlaubt haben, zur Maskerade zu kommen ... Aber das ist nichts dagegen, wenn Salt erfährt, dass sein Erbe es geschafft hat, den Kindermädchen zu entkommen und sich in den verlassenen Kinderzimmern zu verstecken! Liebe Güte! Der Mann ist imstande, das Haus zu demolieren und die Diener obendrein! Ich habe Angst davor, was das Verschwinden ihres Sohnes der armen Jane antun wird ...“

„Was nur ein Grund mehr ist, sie in Unwissenheit zu halten und mir zu erlauben, ihn zu holen“, verkündete Diana mit einem angespannten Lächeln. „Ihr könnte sehen, dass Lord Salt in ein Gespräch mit der Russischen Hoheit vertieft ist.“ Sie musterte den Butler mit einem hoheitsvollen Heben ihrer Augenbrauen. „Möchtet Ihr derjenige sein, der seine Lordschaft mitten in einer Angelegenheit, die sehr wohl eine sehr delikate diplomatische Besprechung sein könnte, unterbricht, um ihm eine so verstörende Nachricht zu überbringen, dass sein Sohn und Erbe vermisst wird?“

Der Butler schüttelte den Kopf, ohne es wahrzunehmen. Lady Reanay spähte über das Meer von kostümierten Gästen dorthin, wo der Earl und die Gräfin in ihrer osmanischen Kleidung mit Prinz Ivan und einigen Mitgliedern der russischen Gesandtschaft sprachen, die als juwelengeschmückte Bilder von französischen Höflingen des siebzehnten Jahrhunderts zum Ball gekommen waren, mit hohen roten Absätzen und kunstvollen, gepuderten Allongeperücken. Alle lächelten und schienen sich wohl zu fühlen, und als der Earl seinen mit einem Turban bekleideten Kopf nach hinten warf und über etwas lachte, das Jane dem Prinzen geantwortet hatte, wurde ihr Herz schwer und sie hätte Miller das edle Paar nicht eher darüber informieren lassen, dass ihr kleiner Sohn sich irgendwo versteckte, als sie ihre Hand hätte abhacken mögen.

„Lady St. John hat recht, Miller. Wir müssen dies vorerst für uns behalten und hoffen, dass Ned sich in Miss Merrys Obhut befindet." Sie sah zu ihrer Schwiegertochter auf. „Ich danke dir für das freundliche Angebot, meine Liebe. Wenn du so gut wärest, in die Kinderzimmer hinaufzugehen, damit wir alle wieder ruhig atmen können; ich bin sicher, Salt und Jane werden dankbar dafür sein."

„Ich werde einen Diener mit Euch schicken, Mylady."

„Nein! Nein, das wird nicht notwendig sein", beharrte Diana St. John. „Ich gehe davon aus, dass die Wandleuchter brennen, also brauche ich kein Licht. Außerdem, sollte Merry den Jungen noch nicht an der Hand haben und er sieht einen männlichen Diener, könnte er denken, dass er Ärger bekommt und nicht aus seinem Versteck auftauchen." Sie lächelte Lady Reanay süß an. „Habt keine Angst, Mylady. Wenn ich den Jungen erst wieder bei den Kindermädchen abgeliefert habe, werde ich Euch benachrichtigen und die Gräfin möchte dann vielleicht die Kinder besuchen, um sie gut für die Nacht versorgt zu sehen? Sicher wird das allen erlauben, ruhig zu atmen, Mylord eingeschlossen?"

„Oh ja! Das ist eine ausgezeichnete Idee, meine Liebe", stimmte Lady Reanay zu. „Wenn Jane und Salt dem Tennisplatz einen Besuch abstatten würden ..."

„Nicht notwendig, Salt zu stören", riet Diana mit einem Lächeln. „Ich würde nicht wollen, dass der Junge eventuell seinem Vater gegenüber erwähnt, dass er in den Kinderzimmern gespielt hat, ganz alleine und ohne Aufsicht. Ihr sagtet doch, er neige zu Unartigkeit ..."

Lady Reanay verschluckte sich fast an einem Mundvoll Wein.

„Lieber Gott! Himmel! Das würde Ned ähnlich sehen, es für einen großartigen Scherz zu halten und Papa von seinem Abenteuer zu erzählen. Wie verheerend! Natürlich hast du wieder recht! Ich werde Jane im Stillen etwas sagen, wenn du mir Nachricht schickst, und ich weiß, dass sie es irgendwie schaffen wird, sich zu entfernen, ohne dass Salt etwas davon mitbekommt."

„Natürlich, wenn jemand nach mir fragt - wenn Salt danach fragen sollte, wo ich bin - braucht Ihr nur zu sagen, dass ich im Garten ein wenig frische Luft schöpfe ..."

Lady Reanay lächelte und nickte. „Natürlich, meine Liebe. Das werde ich tun."

Sie beobachtete, wie Diana St. John hinter dem Butler davonrauschte, etliche gepuderte Köpfe wandten sich, um ihr prachtvolles elisabethanisches Gewand aus roter Seide mit seinem überraschend großen gekrausten Kragen zu bewundern, der Diana so aussehen ließ, als ob sie ihren schönen Kopf mit seiner aufwändigen Frisur auf einem Serviertablett anböte.

Lady Reanays Herz hatte gerade das Gefühl, dass ihr Herzschlag sich wieder seinem normalen Rhythmus näherte, als, nicht fünf Minuten später, Lady Caroline zu ihr kam und fragte, ob Merry zum Tennisplatz zurückgekehrt wäre. Sie brauchte fünf Minuten, um Caroline die Geschichte auseinanderzusetzen, die dann hinter Diana herging. Und dann tauchte Sir Antony auf, eine Tasse Tee in der einen Hand und einen Stuhl in der anderen, um sich neben sie zu setzen. Er sah sehr zufrieden mit sich selbst aus und Lady Reanay hatte nicht das Herz, ihn über die letzten Ereignisse zu informieren, das hieß, nicht, bis er sich nebenbei erkundigte, wo seine Schwester zu finden wäre. Er konnte sie nicht unter den Tanzenden sehen und sie war auch nicht Teil der kostümierten Menge in den Erfrischungsräumen, nun, jedenfalls nicht in dem, den er aufgesucht hatte, um eine Tasse Tee zu holen.

Lady Reanay versuchte, das Unvermeidliche hinauszuzögern in der Hoffnung, dass Diana Nachricht schicken würde, dass Merry und Ned wieder am Tennisplatz wären und Caroline auch da wäre, bevor sie Sir Antony alles erklären musste. Daher sagte sie beiläufig:

„Diese Kleidung ist sehr beeindruckend. Seid Ihr ein Kriegsheld, Antony?

„Nein, Tante. Ich bin ein Vogel. Ein Ara, in der Tat."

Lady Reanay hob überrascht ihre Augenbrauen. Sir Antony lachte ob ihrer Unfähigkeit, ihren Unglauben zu verbergen, in sich hinein.

„Wusstet Ihr, dass Caroline dem russischen Prinzen einen Mopswelpen versprochen hat?", fuhr sie fort, und ihr Erstaunen über diese Neuigkeit war keineswegs geringer. „Der Mann hat uns förmlich mit seiner Begeisterung über Carolines Geschenk überschüttet! Man hätte meinen können, dass sie ihm einen Rubin von der Größe eines Enteneis geschenkt hätte!" Sie hob eine Schulter. „Man fragt sich, ob er nur höflich war, so wie bei meiner Erwähnung von Dianas Besuch in

Petersburg. Er nickte höflich, sah mich aber mit einem seltsamen, leeren Ausdruck an, so dass es offensichtlich war, dass er keine Ahnung hatte, wovon ich sprach. Ich erinnere mich daran, dass mir Diana ausdrücklich erzählte, dass sie Prinz Ivan in Petersburg vorgestellt worden wäre. Ich hatte Prinz Ivan in Petersburg nicht kennengelernt, daher überraschte mich das ebenso wie den Prinzen."

„Prinz Ivan verbringt den größten Teil des Jahres in Moskau. Diana konnte ihn nicht kennengelernt haben. Und das ist auch der Grund, warum Ihr ihm nicht vorgestellt wurdet. Aber ich glaube, seine Begeisterung für einen Mopswelpen ist echt. Der russische Adel kann gar nicht genug englische Waren bekommen, und in England gezüchtete Mopswelpen sind hochgeschätzte Artikel auf der Liste von Dingen, die Russen auf Europabesuch von Frauen, Töchtern und Geliebten bekommen." Er stellte seine Tasse auf der Untertasse ab. „Wie klug von Caro, an ein solches Geschenk zu denken. Obwohl ich vermute, dass sie mehr darum besorgt war, dass der Welpe ein gutes Heim bekam, als um den Eindruck einer solchen Geste auf Seine Hoheit."

Lady Reanay betrachtete ihren Neffen nachdenklich.

„Ich nehme an, jetzt ist alles zwischen Caroline und dir geklärt?"

„Ja. Alles ist geregelt." Sir Antony konnte nicht umhin, breit zu lächeln. „Ich bin - *wir sind* - sehr glücklich."

Lady Reanay stieß einen leichten Seufzer der Befriedigung aus, Tränen in den Augen, und tätschelte sein seidenbekleidetes Knie.

„Oh, das sind *so* gute Neuigkeiten, so *überaus* gute Neuigkeiten. Salt wird sich freuen. Alle werden überglücklich sein. Nun, wenn du nur deine Schwester dazu bringen könntest, wieder zu heiraten und sich niederzulassen ..."

„Wo ist Diana?" Als Lady Reanay die Hände hob, wie besiegt, runzelte Sir Antony die Stirn. „Du hast doch Merry nicht an sie verraten, oder, Tante?"

„Verraten? Aber ... Antony, Diana ist ihre Mutter und hat ein Recht ..."

„Nein. Nein, das hat sie nicht", sagte er nachdrücklich. „Diana hat keine Rechte."

Sie sah ihren Neffen gut fünf Sekunden an, sah, dass er todernst war und stieß einen kleinen Seufzer aus. „Liebe Güte ... Liebe Güte ..." Sie hob entsetzt eine Hand an ihre Wange. „Du und Salt werdet so böse mit mir sein ..."

Sir Antony beherrschte seine Furcht, obwohl seine Hände kalt wurden, und sagte geduldig: „Bitte, Tante, erzähle es mir von Anfang an ..."

Lady Reanay schaffte es, ihm alles über Merrys Anwesenheit beim

Ball zu erklären. Sie schaffte es, ihm von Neds Weglaufen zu erzählen. Beides ließ ihren Neffen lächeln. Sie konnte ihm sogar sagen, dass auch Caroline sich zu den Kinderzimmern begeben hatte. Aber kaum, dass sie begonnen hatte zu erklären, wie Diana angeboten hatte, Ned und Merry zu suchen, verlor Sir Antony sein Lächeln und hörte auf zuzuhören. Er sprang von seinem Stuhl auf, drückte einem Diener Teetasse und Untertasse in die Hand und schritt unhöflich von dannen, als seine Tante mitten im Satz angelangt war, nur, um von der lebhaften Menge, die auf ihrem Weg zu den Erfrischungsräumen war, verschluckt zu werden.

Lady Reanay war von dem so uncharakteristisch unhöflichen Benehmen ihres Neffen so schockiert, dass sie sich verschluckte und so heftig hustete, dass sie sicher war, einen Herzanfall zu erleiden.

Kitty Aldershot und Mr. Tom Allenby hatten ihren ersten Tanz zusammen beendet und er begleitete sie von der Tanzfläche, als sie Lady Reanays Unwohlsein bemerkten. Ein Lakai beugte sich über sie und sie hielt eine Hand auf ihre Brust. Das junge Paar eilte ihr zu Hilfe, gerade, als eine kleine Gruppe von Gästen einen Halbkreis um ihren Stuhl zu bilden begann.

Kitty Aldershot setzte sich auf den von Sir Antony hinterlassenen Stuhl und ergriff Lady Reanays Hand, während Tom Allenby einen Diener ein Glas kaltes Wasser holen ließ. Keiner der beiden sprach, sie warteten, bis Lady Reanay ihre Fassung wiedererlangte. Die kleine Menge von Schaulustigen trat einen Schritt zurück, als sie sahen, dass Lady Reanay sich genügend erholt hatte, um an dem Wasserglas zu nippen, blieb aber noch nahe genug, um zurückzukommen, sollte die alte Dame einen Anfall erleiden.

„Können wir irgendetwas für Euch tun, Mylady? Vielleicht Euch zu einem Spaziergang in den Garten mitnehmen? Die frische Luft ...“

„Danke, meine Lieben, aber nein. Es geht mir gleich wieder gut.“ Sie lächelte Kitty an und sah dann zu Tom Allenby, der neben ihrem Stuhl hockte. „Ich freue mich so, dass Ihr zum Ball nach London kommen konntet, Mr. Allenby.“ Sie warf Kitty einen Blick zu. „Ich hoffe, Ihr habt vor, ein paar Wochen mit uns zu verbringen.“

Toms Lächeln war verlegen, er verstand gut, was sie meinte. Er sah vorsichtig zu Kitty Aldershot, und als sich ihre Blicke für einen winzigen Moment trafen und sie lächelte, ertappte er sich dabei, wie sein Gesicht heiß wurde.

„Möchtet Ihr noch ein Glas Wasser, Mylady?“, fragte er, ohne dass er gewagt hätte, Kitty anzuschauen. Als Lady Reanay den Kopf schüttelte, fragte er, nicht, um sich einzumischen, sondern weil der Blickwechsel mit Miss Kitty Aldershot ihn gleichermaßen glücklich wie

nervös gemacht hatte: „Habe ich nicht eben erst Sir Antony hier bei
Euch gesehen ... Und Lady Caroline?"

„Liebe Güte! Liebe Güte!", stöhnte Lady Reanay und wieder kam
die Geschichte von Merrys Verkleidung als Page, Neds Weglaufen und
Dianas freundlichem Angebot, beide aus den Kinderzimmern zu holen
heraus, und wie nicht nur Lady Caroline zu den Kinderzimmern
gegangen war, sondern auch Sir Antony. Sie hatte keine Ahnung,
warum, und jetzt sorgte sie sich, dass es Aufhebens geben und alles
dem Earl und der Gräfin auffallen würde, und aus irgendeinem Grund
glaubte sie, dass man ihr die Schuld an allem geben könnte. Und dann
geschah es wieder! Sie war gerade dabei, die ganze Geschichte zu bekla-
gen, Kitty tröstete sie mit der Versicherung, dass man sie kaum für das
Handeln anderer verantwortlich machen könnte, als Tom Allenby sich
kurz vor ihr und Kitty Aldershot verbeugte und ohne ein weiteres
Wort in dieselbe Richtung davoneilte, wie Diana St. John, Lady Caroline und Sir Antony vor ihm.

Lady Reanay und Kitty Aldershot tauschten einen erstaunten
Blick.

„Gott sei Dank bist du bei mir, um Zeuge des seltsamen Verhaltens
der Familie zu sein, liebste Kitty", sagte Lady Reanay erleichtert.
„Andernfalls würde mir niemand glauben!"

MERRY UND NED SASSEN STILL AN DEM KLEINEN TISCH VOR DEM
Kamin im Spielzimmer und zeichneten beim Feuerschein. Ein
Zimmermädchen, das damit beschäftigt gewesen war, alle Kamine in
diesem Teil des Hauses zu säubern, erbarmte sich ihrer, wie sie in der
Düsternis eines einzelnen Kerzenständers malten und hatte das Feuer
wieder entzündet. Als die Kohlen gut brannten, stellte sie den Gobelin-Wandschirm vor den Kamin, um die Kinder vor Funkenschlag zu
schützen. Sobald sie sie allein gelassen hatte, zog Merry den Schirm
aus dem Weg und schob den kleinen Lacktisch und die Stühle
dichter heran, damit sie die Wärme spüren und das leuchtend orange
Licht ihre jeweilig in Arbeit befindlichen Zeichnungen erhellen
könnten.

Ned hatte versprochen, dass Merry ihn zum Tennisplatz zurück-
bringen dürfte, wenn er eine Zeichnung fertiggestellt hätte. Merry
nahm ihn beim Wort und so saßen sie da, Merrys Pagenmaske
vergessen neben Neds Nachtmütze auf dem Boden, beide zufrieden
und mit Kohle und Stiften beschäftigt, beide darin einig, dass sie dem
anderen nicht zeigen würden, was sie gezeichnet hatten, bevor sie nicht
mit ihrem jeweiligen Kunstwerk zufrieden waren. Sie waren so versun-

ken, dass sie die Anwesenheit einer nahe in den Schatten lauernden Gestalt nicht bemerkten.

Merry war die Erste, die ihre Zeichnung vollendete und sie hielt sie unter ihr Kinn, damit Ned sie sehen könnte. Sie hatte gemalt, was Ned in den Kinderzimmern suchen gekommen war, was aber verloren blieb. Er konnte ohne seinen Affen nicht schlafen, hatte er Merry gesagt, und daher hatte sie seinen Schlafgenossen gemalt und sagte ihm, dass er vielleicht schlafen könnte, wenn er ein Abbild des Äffchens unter sein Kissen legte. Sie hatte dem Stoffaffen auf ihrem Bild ein breiteres Lächeln gegeben, als er in Wirklichkeit hatte, aber die Ähnlichkeit mit dem verlorenen Spielzeug war doch sehr anständig.

„Magst du ihn, Ned?", fragte sie.

„Mein Äffchen! Ist das für Neds Kissen?"

„Ja. Für dein Kissen. Sieh nur, er lächelt. Er vermisst dich, aber weil er lächelt, muss er viel Spaß dort haben, wohin er auch immer verschwunden ist. Was für ein ungezogenes Äffchen!"

Ned streckte die Hand aus und Merry gab ihm die Zeichnung.

„Er hat nicht viel Spaß", schmollte Ned und betrachtete die Zeichnung genau. „Er hatte am meisten Spaß mit Ned." Dann lächelte er Merry an, bevor er die Zeichnung wieder betrachtete. „Ich mag deinen Affen, Merry."

„Das freut mich. Möchtest du mir jetzt dein Bild zeigen?"

Ned nickte und legte Merrys Gemälde seines Freundes neben seine Nachtmütze auf den Boden. Er hob seine Zeichnung auf und hielt sie unter sein Kinn. Er schaute nach unten, so gut er konnte, um zu sehen, ob sie richtig hing, und als er sich davon überzeugt hatte, strich er sich die hellblonden Locken aus den Augen und sah Merry grinsend an. Er war sehr stolz auf sein Bild. Es zeigte Ned und Äffchen, wie sie sich im Garten an den Händen hielten. Merry konnte das erkennen, weil dort eine Blume in derselben Größe wie die beiden lächelnden Strichmännchen stand, deren dünne Finger sich berührten. Ein Strichmännchen hatte Ohren oben auf dem Kopf und einen langen Schwanz und das andere trug kurze Hosen.

„Oh, Ned! Was für ein schönes Bild von dir und Äffchen im Garten!", lobte Merry überschwänglich. „Wenn du es Mama und Papa zeigst, werden sie sagen, dass du der beste Maler der Welt bist!"

Der kleine Junge strahlte bei solchem Lob, seine Schultern hoben sich vor Freude. Aber kaum hatte er der im am Tisch gegenübersitzenden Merry in die Augen geschaut, wurde er von etwas abgelenkt, das im Schatten hinter ihrer linken Schulter lauerte. Er blinzelte und lehnte sich zuerst über den Tisch, um zu erkennen zu versuchen, was dort im Dunkeln war, so neugierig war er.

Merry bemerkte seine Abgelenktheit und schaut über ihre Schulter, wirbelte dann auf ihrem Stuhl herum. Als sie das tat, stieß Ned einen unvorstellbar durchdringenden Schrei aus. Das brachte sie dazu, rückwärts auf den Teppich zu fallen.

Ned schrie und schrie und konnte nicht aufhören. Seine braunen Augen weiteten sich vor Entsetzen und sein kleines Gesicht wurde schneeweiß. Er schob seinen Stuhl so heftig zurück, dass ihm dasselbe passierte wie Merry. Sein Stuhl kippte um und er fiel auf den Teppich. Seine Angst war so groß, dass er den Schlag auf den Kopf und den Aufprall seiner Knochen nicht bemerkte. Er kletterte aus dem Stuhl, seine Augen vor Schrecken weit aufgerissen an dem Ungeheuer haftend, während er sich auf seinem Hinterteil zurück schob, seine kleinen Beine paddelten vor und zurück auf dem Teppich und schoben ihn, so schnell er es vermochte, von dem Ding weg, das ihn so erschreckt hatte. Er konnte nicht aufhören, das Ding anzusehen, so sehr er überall hinschauen wollte als genau dorthin.

Er versuchte, so viel Abstand zwischen sich und das Ungeheuer zu legen wie möglich, aber schnell schlug sein Kopf gegen die Wand und er konnte nirgendwohin mehr ausweichen. Er konnte sich nicht bewegen. Er konnte nicht wegsehen und er schrie immer weiter.

Ein Kopf kam auf ihn zu geschwebt. Er hatte keinen Körper. Der Kopf schwebte auf einer großen, weißen Wolke und kam direkt auf ihn zu. Das Gesicht des Kopfes war weiß angemalt, mit roten Flecken auf jeder Wange. Es hatte große, wilde Augen, die ihn ohne zu blinzeln anstarrten, und aus den Ohren tropfte Blut. In den festen, dichten Locken waren Blutstropfen und Schneeflocken, und der rote Mund war zu einem bösen Grinsen angemalt. Und als der Kopf ohne Körper, der auf einer Wolke schwebte, den rotbemalten Mund öffnete und zu ihm sprach, bedeckte Ned seine Ohren mit seinen Händen, schloss fest seine Augen und schrie nur noch lauter.

SIEBENUNDZWANZIG

MERRY STAND LANGSAM VOM TEPPICH AUF, VERWIRRT UND benommen. Aber Neds Schreie brachten sie schnell in die Wirklichkeit zurück. Sie sah den Kopf auf seiner schwebenden weißen Wolke, aber sie sah auch das dunkelrote elisabethanische Kleid darunter. Ein erneuter, genauerer Blick auf das geschminkte Gesicht mit seinen Ohrringen aus Granattropfen und der Frisur aus festen Locken, die mit Diamanten und Granatköpfen übersät waren, und sie erkannte ihre Mutter.

„Mama? Mama, was machst du hier?"

„Magna, mach, dass er aufhört, so grässlich zu kreischen!", fauchte Diana St. John. „Dummer Junge! Man könnte meinen, er hätte einen Geist gesehen!"

„Vielleicht denkt er, du wärest ein Geist, Mama", warf Merry scheu ein und stand unschlüssig da.

Sie wollte Ned aufheben und ihm sagen, dass alles in Ordnung wäre, aber sie hatte ein sehr böses Gefühl, dass eben nicht alles in Ordnung wäre, und daher zögerte sie, nicht wissend, was sie tun sollte.

Diana St. John ging zu Ned hinüber und strahlte ihn mit ihrem schönsten Lächeln an, eines, das sie für einladend und warm hielt. „Hallo, Lord Lacey ..."

„Er heißt Ned. Niemand nennt ihn so. Tante Jane sagt ..."

„Oh, erspare mir, was *Tante Jane sagt*", äffte Diana St. John sie nach.

Wieder lächelte sie zu Ned hinab, der jetzt seine Augen fest geschlossen und die Hände über die Ohren gepresst hatte. Er schrie immer noch.

„Ned! Ned!", schrie sie und hob die oberste Lage ihrer seidenen Röcke, um darunter eine große, bestickte Tasche zu enthüllen, die mit Bändern um ihre Taille festgemacht war. Sie schob eine Hand in die Tasche und zog Neds Stoffaffen heraus. „Sieh nur, was ich hier habe, Ned! Ned?"

„Das ist Neds Affe!", rief Merry mit runden Augen aus.

„Ja! Ja! Jetzt bring ihn dazu, mit dem Geschrei aufzuhören, damit er sein scheußliches Spielzeug sehen kann!"

Merry wollte gerade tun, was ihr gesagt wurde, als Lady Caroline in der Tür erschien.

„Diana? Merry? Was ist hier los? Was ist mit Ned geschehen? Warum habt Ihr Neds Äffchen?

Merry war so froh, ihre Cousine Caroline zu sehen, dass sie nicht tat, was ihre Mutter befohlen hatte. Stattdessen brach sie vor Erleichterung in Tränen aus und rannte in die offenen Arme ihrer Cousine.

„Wir haben nur ein Bild gemalt", erklärte Merry unter Tränen. „Wir wollten nicht so lange wegbleiben. Nur ein Bild und dann wollten wir zum Tennisplatz zurückgehen. Versprochen."

Caroline umarmte Merry herzlich. Es war nicht Merry, von der sie Antworten wünschte, und mit einem Arm um Merry gelegt kam sie weiter ins Spielzimmer herein, in der Absicht, Ned auf den Arm zu heben, der jetzt schluchzte, heftige, schmerzhafte Schluchzer, die ihn kaum atmen ließen.

Diana trat ihr in den Weg und hinderte sie, zu dem Jungen zu gehen.

„Ich werde mich um ihn kümmern, wenn es recht ist, Caroline", sagte Diana St. John in ihrer besten herrischen Manier.

Carolines Mund blieb offen stehen, aber sie fasste sich schnell.

„Du wirst nichts dergleichen tun! Ned kennt dich nicht im Geringsten! Um die Wahrheit zu sagen, es war dein Anblick in dieser lächerlichen Rüsche, der ihn vor Schreck um den Verstand brachte. Jetzt geh zur Seite!"

Diana rührte sich nicht; Caroline kam einen Schritt näher.

„Diana? Caroline? Darf ich behilflich sein?"

Es war Sir Antony und er bemühte sich, den Ton seiner Stimme gleichmütig und ruhig zu halten.

„Onkel Tony!"

Merry riss sich von Caroline los und rannte auf Sir Antony zu, warf die Arme um ihn und drückte ihre Wange an die Vorderseite seines Rocks. „Ich bin so *glücklich*, dass du wieder zu Hause bist. *So* glücklich.“

Sir Antony umarmte seine Nichte. „Merry? Oder ist es ein Page, der es wagt, mich Onkel zu nennen?“, neckte er sie, küsste sie jedoch auf den Kopf. „Ich freue mich auch sehr, zu Hause zu sein“, sagte er ruhig. Bevor Merry antworten konnte, sagte er zu Caroline: „Mylady, es ist Zeit, Merry und Ned wieder zum Tennisplatz zurückzubringen.“

„Ich wollte sie gerade ...“

„Wenn du bitte nur Ned aufhebst und zu mir herüber bringst“, sagte Sir Antony in besänftigendem Ton.

Caroline runzelte, mit einem schnellen Blick zu Diana und dann wieder zu Sir Antony, die Stirn. In diesem kleinen, zögernden Stirnrunzeln sah Diana ihre Chance. Sie warf den Stoffaffen fort, stürzte sich auf den schluchzenden Jungen und hob ihn auf.

„Caroline! Komm her!“, forderte Sir Antony schneidend, und als Caroline tat, was er befohlen hatte, übergab er Merry ihrer Obhut. „Bring Merry hier weg - *sofort*.“

„Ich verstehe nicht - *Tom*?“

„Bitte tu, was ich sage“, forderte Sir Antony, und als er Toms Namen hörte, drehte er sich auf einem Fuß um und sagte zu ihm: „Ich kümmere mich hierum. Bring Caro und Merry fort.“

Tom Allenby zögerte nicht. Mit einem Nicken zu Sir Antony nahm er Merry an der Hand, legte einen Arm um Caroline und führte sie beide aus dem Raum, bevor Caroline Gelegenheit hatte, sich auch nur umzudrehen und Sir Antonys Anweisung zu widersprechen.

Carolines zögerliches Stirnrunzeln, Sir Antonys Befehl, Toms Auftauchen im Spielzimmer und sein Abgang mit Merry und Caroline, alles geschah innerhalb von Sekunden, nachdem Diana sich Ned geschnappt hatte. Was sie mit ihm zu tun beabsichtigte - Sir Antony hatte keine Ahnung. Alles, was er wusste, war, dass seine Schwester nicht bei Verstand und daher alles möglich war. Nachdem Caroline und Merry aus dem Weg waren, konnte er sich jetzt darauf konzentrieren, den kleinen Jungen zu befreien.

„Soll ich den Affen aufheben?“, fragte er und ging langsam durch den Raum zu dem mit Zeichnungen und Papier übersäten Tisch hinüber, wo der Spielzeugaffe gelandet war und über die Rückenlehne eines der umgekippten kleinen Stühle hing.

Diana, beide Arme fest um den schluchzenden Jungen geschlungen, wich vor ihrem Bruder zurück, ihre Gedanken rasten zu dem, was sie jetzt tun könnte, nachdem ihre Pläne durchkreuzt worden waren. Es war nur die Schuld ihrer dummen Tochter und ihrer naseweisen rotschopfigen

Cousine mit den grünen Augen, die sie immer mit Misstrauen betrachtete hatten und sie an jemanden erinnerten, den sie kannte, an den sie sich aber nicht erinnern konnte. Wenn sie den Jungen nur nach draußen in den Garten bringen könnte, zum Gartentor ... Mrs. Smith wartete auf sie ... wenn das Balg nur mit dem Geheule aufhören würde ... All diese Jahre der Planung für ihre Rückkehr in die Gesellschaft ... All diese Stunden des Träumens, wie es gewesen war und wieder sein würde, wenn Salt ihren Rat und ihre Führung annähme ... Davon zu träumen, wie seine elende Familie und diese magere Hure tot wären ... Ihre Pläne durften nicht so enden. Nicht jetzt. Nicht, wo sie so dicht daran war, sie auszuführen.

„Ned? Ned, hier ist dein Äffchen", sagte Sir Antony beruhigend und hielt das Stofftier hin; er streckte seinen Arm gerade weit genug aus, um dem Jungen sein Spielzeug zu zeigen, aber nicht so weit, dass Diana es ihm hätte aus der Hand reißen können. „Lady St. John hat dein Äffchen gefunden. Nicht wahr, Mylady?"

Diana nickte. „Das stimmt. Ich habe es gefunden. Er kann es haben, wenn er aufhört zu heulen wie ein Baby."

Sir Anton nickte, als ob er ihr zustimmte und kam nicht näher, da, wenn Diana einen weiteren Schritt zurück täte, sie Gefahr liefe, ihre Röcke in Brand zu setzen, so dicht stand sie vor dem Kamin. Er ging in die Knie, damit der kleine Junge ihn deutlich sehen konnte. Ned wimmerte jetzt, seine Hände hingen lose herab, aber seine Augen waren fest geschlossen.

„Was sagst du dazu, Äffchen?", sagte Sir Antony und hielt den Stoffaffen an sein Ohr. Er sah Ned ein Auge öffnen und tat so, als unterhalte er sich mit dem Spielzeug, wie er es mit den Spielzeugen seiner Nichte und seines Neffen getan hatte, als sie in Neds Alter waren. Sie hatten es für einen großartigen Scherz gehalten und gelacht, wenn sie ihren Onkel Tony mit ihren Spielzeugen sprechen sahen, die nie ein Wort erwiderten. „Du möchtest, dass Ned zu weinen aufhört, damit du ihm hallo sagen kannst? Nun, das möchten wir alle, Äffchen." Er hob den Affen wieder an sein Ohr. „Was meinst du? Du glaubst, Ned weint vor Freude, dich zu sehen? Wirklich? Nun, ich weiß nicht recht ..."

„Du machst dich lächerlich!", fauchte Diana ihn an. „Dieser Haufen Lumpen kann nicht sprechen oder hören ..."

„Doch! Er kann! Er will Ned!", schrie der Junge, plötzlich wieder lebhaft. „Lasst mich los! Lasst mich los!"

„Lass das! Lass das und sei still, du kleiner Mistkerl!"

Sir Antony richtete sich hoch auf.

„Diana, lass den Jungen herunter", forderte er tonlos. „Es gibt keinen Grund mehr dafür. Niemand wartet draußen im Garten darauf, dir zu helfen. Mrs. Smith hat mir alles erzählt und liegt jetzt in Bedlam in Eisen. Du hast keine Freunde. Du hast keine Macht. Deine Intrigen sind am Ende. Lass. Ned. Los."

„Ich glaube dir nicht! Das werde ich nicht tun! Du musst tun, was ich sage, oder ich werde - ich werde ..." Diana blickte sich wild um, der Junge rutschte, als er in ihren Armen zappelte. „Ich werde ihn ins Feuer werfen!"

„Diana. Ich werde Gewalt anwenden. Lass. Ned. Los."

„ÄFFCHEN! ICH WILL MEIN ÄFFCHEN!", KREISCHTE NED UND wand sich in den Armen des Ungeheuers, warf seinen Kopf von einer Seite auf die andere, sein Körper drehte sich hin und her, als er verzweifelt versuchte, sich zu befreien.

Mit starken, kleine Beinen, die sich aus der Umschlingung seines knöchellangen Nachthemds befreit hatten, das sich jetzt um seine Taille bauschte, trat er heftig um sich, und dann noch einmal. Er spürte, wie der Griff um seine Arme sich lockerte, und mit einem endlich freien Arm holte er aus und schlug nach oben. Seine Faust traf das Kopfungeheuer. Er hatte seinen Arm so heftig herumgerissen, dass plötzlich auch sein anderer Arm frei war. Er war frei. Er fiel durch die Luft und in die wartenden Arme des netten Mannes, der ein Freund von Äffchen war; er erinnerte sich, ihn beim Frühstück gesehen zu haben, als Papa laut unanständige Worte gesagt und ihn zum Lachen gebracht hatte.

Er fühlte sich bei dem Mann mit der freundlichen Stimme sicher, sicher vor dem Kopfungeheuer und dem Schreien und Knurren des Kopfungeheuers. Und als schreckliche Laute das Kinderzimmer erfüllten, laut und entsetzlich, kletterte er hoch, um seine Arme um den Hals des netten Mannes zu schlingen und sein Gesicht in dessen weichem Halstuch zu bergen. Der nette Mann gab ihm das Äffchen, um es zu umarmen, und er kuschelte sich mit geschlossenen Augen an, als er fortgetragen wurde, aus den Kinderzimmern weg und in den Gang, fort von den durchdringenden Schreien des Kopfungeheuers.

Auf halbem Weg durch den Gang wurde er in die Arme eines anderen gelegt. Ned wagte es, seine Augen zu öffnen und entdeckte Onkel Tom, der ihn anlachte. Seine Erleichterung war so groß, ein bekanntes Gesicht zu sehen, dass er ihm die Arme um den Hals schlang und ihn fest umarmte. Als Tom ihn in Sicherheit trug, hielt Ned den Arm des Äffchens fest in seiner Faust und ließ ihn gegen Onkel Toms Rücken schwingen, während er zuschaute, wie der nette

Mann, der ihn gerettet hatte, zu den Kinderzimmern zurücklief, um mit dem schreienden, knurrenden Kopfungeheuer zu kämpfen.

ALS NED UM SEINE FREIHEIT GEKÄMPFT UND AUSGESCHLAGEN hatte, traf seine Faust Dianas Gesicht. Der Schlag traf sie so heftig zwischen die Augen, dass sie taumelte. Vor Schock lockerte sie sofort den Griff ihrer Arme und ließ den kleinen Jungen fallen.

Desorientiert und in einem Moment der Blindheit stolperte sie, stieß gegen den Schirm und fiel hin. Die große, schwere Rüsche war wie ein Gewicht um ihren Hals, das sie daran hinderte, ihren Fall zu bremsen und sie landete im Kamin, mit dem Gesicht zuerst, nur zollbreit von den glühenden Kohlen auf dem Rost entfernt. Die Rüsche dämpfte ihren Fall, blieb aber am Rost hängen, so dass sie sich nicht bewegen konnte, und ließ sich nicht losreißen. Die große Hitze des Feuers begann, ihr Fleisch anzusengen und sie schrie um Hilfe. Voller Panik schlug sie um sich und versuchte, im Kamin Halt zu finden, um sich durch Ziehen losmachen zu können. Als das nicht gelang, zerrte sie mit einer Hand an der Rüsche, ihre Finger fummelten hektisch mit dem Verschluss aus Haken und Ösen, aber sie wollten sich nicht öffnen lassen und die Rüsche blieb, wo sie war. Je mehr sie in Panik geriet, desto hektischer bewegten sich ihre Finger, und noch immer wollte die Rüsche sich nicht öffnen.

Die Hitze war jetzt unerträglich.

Ihre hektischen Bemühungen, sich von der Rüsche zu befreien und dem Feuer zu entkommen, fachten die Kohlen zu neuer Glut an, und das gewachste Papier der Rüsche entzündete sich plötzlich. In einem Moment rannte ein Flammenstrom um die Rüsche herum und erfasste ihren Kopf. Die Flammen hüpften und tanzten und ihre aufwändige Frisur aus gewachsten und pomadisierten Locken stand schnell mit der gleichen Heftigkeit in Flammen. Innerhalb von Sekunden sank die Rüsche in Asche zusammen und Dianas Gesicht fiel in die glühenden Kohlen.

SIR ANTONY EILTE ZU DEN KINDERZIMMERN ZURÜCK UND TRAF dort auf den unglaublich entsetzlichen Anblick, wie seine Schwester bei lebendigem Leibe verbrannte. Er packte ihre Röcke, um sie aus dem Kamin auf den Teppich herauszuziehen und drehte sie auf den Rücken, ihr Körper wand sich noch immer in Schmerz und Schock, Arme und Beine ruderten unbewusst herum. Das Geräusch, wie Luft im Versuch zu atmen durch eine verbrannte Kehle eingesogen wurde, war wahrhaft grässlich, ihr Gesicht und ihre Haare standen noch in Flammen. Er rannte zum Fenster und riss mit einem mächtigen Ruck eine Gardine ab. Diese warf er über ihren Oberkörper, um das Feuer zu ersticken. Gerade, als er dies tat, zuckte ihr Körper noch ein letztes Mal zusammen, wurde zuerst steif, dann schlaff und ruhig.

Er zog die Gardine fort. Der Anblick war grauenhaft. Das einst schöne Gesicht war bis zur Unkenntlichkeit verbrannt. Die feine Nase war nur noch ein undefinierbarer, verkohlter Klumpen. Wo die Lippen gewesen waren, war das Fleisch in Blasen aufgeworfen und ließ die Zähne sich in einer letzten Grimasse fletschen. Beide Hände waren rot und von Blasen übersät. Diana war einen grausamen, qualvollen Tod gestorben, und es hatte nicht in seiner Macht gelegen, ihn zu verhindern.

Er hielt ihre leblose Hand fest und weinte.

ALS ER ENDLICH DIE KRAFT FAND, IHREN KÖRPER MIT DER Gardine zu bedecken, erinnerte Sir Antony sich daran, dass diese Kreatur nicht seine Schwester war. Diana war vor langer Zeit gestorben. Vielleicht war ihr Verstand schon langsam am Absterben gewesen, bevor sie St. John geheiratet hatte. Er wusste es nicht, und jetzt spielte das auch keine Rolle mehr. Dieses Geschöpf wurde nicht länger von Dämonen gequält, noch konnte es anderen Qualen zufügen. Es hatte seinen Frieden gefunden. Auch er empfand Frieden, und die Salt Hendon-Familie würde jetzt in Frieden leben können. Er konnte bei ihrem Dahinscheiden weder Trauer noch Bedauern empfinden, nur über die Art ihres Todes. Wenn er irgendetwas fühlte, war es eine große Erleichterung, und mit dieser Erleichterung kamen neue Hoffnung und neue Zuversicht für die Zukunft. Morgen würde ein neuer Tag sein, und ein neuer Anfang. Der erste Tag des Rests ihrer Leben ...

ACHTUNDZWANZIG

Sir Antony hatte erwartet, am ersten Tag des Rests seines
Lebens voll fröhlicher Zuversicht aufzuwachen, aber alles, was er
fühlte, waren die Stoppeln auf seinem Kinn. Er war auch nicht besonders fröhlich. Nachdem er sich mit den unmittelbaren Folgen des
Todes seiner Schwester und allem, was dazu gehörte, befasst hatte, war
der Maskenball vorbei, nur ein oder zwei Gäste verabschiedeten sich
noch zu der unchristlichen Stunde um vier Uhr morgens. Zum Glück
hatte keiner der Gäste mitbekommen, was in den Kinderzimmern
geschehen war, und er war zum Tennisplatz hinübergegangen, um die
Nacht in einer der Galerielogen auf einem provisorischen Bett zu
verbringen.

Er schlussfolgerte, dass drei Stunden ruhelosen Schlafes auf einer
harten Unterlage für seine Stimmung verantwortlich wären. Er hatte in
Weste und Hemdsärmeln geschlafen, das rote Band des kaiserlichen
Ordens von St. Anna hing vergessen um seinen Hals, jetzt zerknittert,
er hoffte, nicht irreparabel. Er nahm das Band ab, strich seine Kleidung glatt und wusch sein Gesicht in der Porzellanschüssel mit dem
Wasser aus einem passenden Krug, die von einem aufmerksamen
Diener für ihn bereitgestellt worden waren. Er ließ seinen Rock weg,
und als er Stimmen und Gelächter vom Tennisplatz her hörte, streckte
er vorsichtig seinen Kopf durch das Netz und sah sich dem erstaunlichen Anblick der Salt Hendon-Familie gegenüber, die zum Frühstück
ein Picknick machte.

Das Netz, das sich normalerweise quer über den Platz spannte, war
entfernt worden, und der Platz auf dem gefliesten Boden war mit

Teppichen übersät, und auf diesen Teppichen lagen seidene Kissen verstreut, und auf diesen Kissen ruhten sich verschiedene Familienmitglieder aus und bedienten sich an der Vielfalt von Speisen zum Frühstück, die sich auf Platten unter silbernen Hauben befanden. Noch in ihre türkischen Kostüme der vorigen Nacht gekleidet, ließen der Earl, seine Gräfin, Lady Caroline, Kitty Aldershot, Tom Allenby und Rufus Willis es als osmanisches Bankett erscheinen. Merry war da, noch immer in ihrem Pagenkostüm, ebenso die drei Kinder des Earls und der Gräfin. Das Baby lag in die Beuge des Armes seines Vaters gebettet, Beth saß auf Kittys Schoß und kicherte über die Possen von Boots, dem Mopswelpen, als er mit der Schnur eines ausrangierten Holzspielzeugs zum Ziehen kämpfte. Ned trug sein Nachthemd und einen seidenen Morgenmantel, er rannte barfuß auf den Teppichen herum, das Äffchen hoch über seinen Kopf haltend, als ob er einen Drachen fliegen ließe; anscheinend hatte er sich von dem erschreckenden Vorfall des Vorabends erholt und spürte nichts mehr davon.

Ergänzt wurde das Bild durch den Sekretär des Earls, Arthur Ellis, und von allen Gästen fand sich beim Frühstückspicknick des Earls ausgerechnet Hillary Wraxton. Sir Antony wollte nicht raten müssen, aus welchem Material die Allongeperücke mit dichten Locken bestand, die der als Höfling aus der Zeit Karls I. gekleidete Poet trug. Er schien das ganze Fell eines schwarzen Lamms über seinen Kopf gelegt zu haben, das durch kleine Schleifen in allen Farben des Regenbogens nur noch prachtvoller wirkte.

„Hey Ho! Der Ara ist erwacht! Komm und iss mit uns, solange es noch etwas zu essen gibt. Miller. Gießt seiner Lordschaft eine schöne, heiße Tasse Tee ein."

Sir Antony sprang auf die fröhliche Einladung des Earls über die Barriere und Lady Caroline rappelte sich von ihrem Kissen auf, um ihn zu begrüßen. Sie ergriff seine Hand und küsste zum Guten Morgen seine Wange.

„Bitte, Caroline, du solltest mir nicht in die Nähe kommen, solange ich noch in einem so beklagenswerten Zustand bin." Er nahm dankbar die Tasse Tee entgegen, die ein Lakai ihm reicht, und nippte daran. „Jedenfalls nicht, bevor ich nicht die erste Tasse Tee des Tages getrunken habe."

Ihr Lächeln brachte Grübchen auf ihre Wangen, und sie sagte so, dass nur er es hören konnte: „Willst du mir sagen, dass wir nicht die ganze Nacht zusammen verbringen werden, wenn wir verheiratet sind?"

Er stellte seine Teetasse auf die Untertasse und hob eine Augenbraue.

„Du wirst mich aus dem Ehebett hinauswerfen müssen."

Sie lächelte süß und führte ihn zum Frühstücksbankett.

„Deine Bartstoppeln müssen dir nicht peinlich sein. Salt ist absolut nicht gesellschaftsfähig", sagte sie so, dass alle es hören konnten. „Er hat praktisch einen Bart! Und ich habe Tom oder Mr. Willis nie so zerzaust gesehen. Mr. Wraxton ist der einzig Seriöse unter uns. Ach ja, und Jane. Aber Jane sieht *nie* zerzaust aus. Keiner von uns war im Bett, wie du sehen kannst."

Das hatte Sir Antony gesehen. Jedoch war ihm nicht klar gewesen, dass sie, weil sie noch alle ihre Maskenkostüme trugen, die ganze Nacht aufgeblieben waren.

„Es schien wenig sinnvoll zu sein, sich für die Nacht zurückzuziehen, wo doch die Kinder nach wenigen Stunden aufwachen würden", erklärte Jane, als Sir Antony seinen Platz auf einem Kissen zwischen Caroline und dem Earl einnahm.

„Deshalb haben wir eine Party daraus gemacht", fügte Tom hinzu und reichte Sir Antony eine Schüssel voll Obst. „Haben wir dich geweckt?"

Sir Antony nahm sich einen Apfel und schüttelte den Kopf. Da bemerkte er, dass seine Tante nicht bei der Party dabei war.

„Geht es Lady Reanay auch wirklich gut?"

„Ja. Ich habe sie zu Bett geschickt", erklärte Jane. „Der Arzt hat ihr etwas zum Schlafen gegeben. „Die - Ereignisse - des Abends haben sie sehr beunruhigt."

„Booffs! Booffs!", rief Beth aus und hüpfte auf Kitty Aldershots Schoß auf und ab, mit einem pummeligen Finger zeigte sie in die Richtung des Mopswelpen.

Das hellte die Stimmung erheblich auf und alle sahen zu, wie Boots, der Mopswelpe, kämpfte, um seinen runden Kopf unter einer der silbernen Abdeckhauben herauszuziehen. Als der Mopswelpe versuchte, sich rückwärts aus seiner prekären Lage zu befreien, folgte die gewölbte Haube ihm, was alle zum Lachen brachte. In der Zeit, während Lady Caroline den Welpen rettete und die Lakaien sich um die Entfernung der Platte bemühten, ergriff der Earl die Gelegenheit, einige Worte unter vier Augen mit Sir Antony zu wechseln, der ruhig an seinem Apfel kaute.

„Der zustände Amtsträger kam vor einer Stunde hierher. Er hat sich mit dem Urteil von Bennet - dem Arzt - zufriedengegeben, Tod durch Unfall. Sie wird still und ohne viel Aufhebens begraben werden - heute. Alle sind informiert, auch Merry. Tom hat angeboten, Ron aus Eton zu holen. Ich schlage vor, einen privaten Gedenkgottesdienst in ein oder zwei Tagen ..."

Sir Antony nickte, von der Enge in seiner Kehle überrascht, die nicht von dem Apfel herrührte, die es ihm aber unmöglich machte zu sprechen. Der Earl spürte das und auch er wurde von Gefühlen überwältigt. Er nahm sich einen Moment Zeit, um seine Stimme wiederzufinden und sich mit plötzlich trockener Kehle zu räuspern, dann drückte er die Hand seines Cousins und sagte:

„Antony ..., *Tony*, ich kann mir nicht vorstellen, was du durchgemacht hast ... was du hast mitansehen müssen ... Bennett berichtete mir das Ausmaß ihrer Verletzungen ... Grausam. Er ist der Meinung, dass sie vermutlich an einem Herzanfall starb, verursacht durch den Schock, den solche Verbrennungen auslösen. Tom hat mir den Rest erzählt ... Ich - Jane und ich - was wir dir schulden ... Du hast uns - *uns allen* - einen Grund gegeben, die Zukunft angehen zu können ...“ Er packte die Schulter seines Cousins. „Ich bin so froh - so *sehr* froh - dass du nach Hause gekommen bist.“

Der Earl, der bemerkte, dass bei Lachen und Getümmel eine Pause eingetreten war, sammelte sich und schaute auf, wo er Merry erblickte, die geduldig darauf wartete, mit ihm zu sprechen. Er streckte seine Hand nach ihr aus. „Liebe Güte, einen Moment hätte ich dich für einen jüngeren Lakaien gehalten, Merry!“

„Jüngeren Lakaien?“, fragte Sir Antony und schloss sich der gutmütigen Neckerei des Earls an. „Wie viele jüngere Lakaien beschäftigst du, die Haare bis zur Taille haben?“

Als der Earl so tat, als dächte er über die Frage nach, kicherte Merry und sagte: „Dummer Onkel Salt!“ Sie warf Sir Antony einen Blick zu und fragte leise: „Darf ich jetzt bitte Onkel Tony meine Frage wegen der Kisten stellen?“

„Oh ja! Die geheimnisvollen Kisten! Genauer gesagt, die Kisten, die die Vorratskammer des armen Miller blockieren.“ Salt nickte Merry zu, die ihre Frage stellte:

„Ist das, was in den Kisten ist, für uns, Onkel Tony? Dürfen wir sie jetzt aufmachen?“

„Zwei Fragen, die ich nur zu gerne mit *ja* beantworte“, erwiderte Sir Antony und warf das Kerngehäuse des Apfels zwischen die Reste des Frühstücks. „Onkel Salts Erlaubnis vorausgesetzt wäre jetzt der beste Moment, um sie öffnen und die Geschenke verteilen zu lassen. Aber ich werde zwei Geschenkfeen brauchen, die meine Geschenke den richtigen Empfängern überbringen. Meinst du, du und Miss Aldershot würden uns die Ehre erweisen wollen, Geschenkfeen zu sein?“

„Äffchen und Ned wollen auch Feen sein!“, forderte Ned und eilte herbei, um sich neben Merry zu stellen.

„Ein Elf vielleicht, Ned. Nur Mädchen sind Feen", sagte Salt zu ihm.

Ned verzog darüber nachdenklich das Gesicht und sah zu seiner Mutter. Sie lächelte. Er schüttelte zur Antwort an seinen Vater seine Locken. „Nein, Papa. Äffchen und Ned wollen mit Merry Feen sein."

„Warum nicht", stimmte Sir Antony zu. „Je mehr Feen, desto mehr Spaß."

Ned strahlte und lief an Merrys Hand hinter Kitty zur anderen Seite des Tennisplatzes, wo drei Lakaien damit beschäftigt waren, drei große Kisten zu öffnen und die Strohpolsterung zu entfernen.

Lady Caroline hielt Sir Antonys Hand und der Rest der Picknickgesellschaft setzte sich auf die Kissen in Erwartung dessen, was aus den Kisten zum Vorschein kommen würde. Miller ließ einen Lakaien den Kindern beim Tragen einiger größerer Teile über die Teppiche helfen, während ein anderer Lakai einen Stapel kleinerer Päckchen in Kitty Aldershots Arme häufte. Alle waren in Tuch verpackt und hatten Anhänger; die Geschenkfeen leisteten großartige Arbeit dabei, die Päckchen den auf den Anhängern genannten Personen zu übergeben - Merry las Ned die Namen vor, der dann das Päckchen in die Hand bekam, um es dem jeweiligen Empfänger zu bringen. Das funktionierte gut, bis Ned seinen eigenen Namen hörte, und jeder Gedanke daran, Merry zu helfen, in der Aufregung, sein eigenes Geschenk zu öffnen, verschwand; dabei half sein Vater ihm.

Alle waren mit dem Auspacken ihrer Geschenke beschäftigt, aber nicht so versunken, dass ihnen entgangen wäre, wie der kleine Junge heftig den Atem einsog, so dass sie dann aufschauten, um das Staunen in seinen gerundeten Augen zu sehen, als er ein Steckenpferd erblickte, und nicht nur irgendein Steckenpferd. Dieses hatte eine üppige Mähne und ledernes Zaumzeug und am Ende des Stocks zwei vergoldete Räder. Zu dem Steckenpferd gehörten ein blaues Samtcape mit silbernen Spangen, ein silbern und golden bemalter Helm mit Federn, ein dazu passender Schild und Schwert und ein Paar rote Lederstiefel. So gekleidet würde Ned jedes Stück wie ein römischer Zenturio aussehen- nicht, dass er eine Vorstellung davon hatte, was das war.

Die anderen waren von ihren Geschenken nicht weniger entzückt. Beth erhielt eine in ein Kleid aus Seidendamast gekleidete Puppe, und es gab ein Miniatur-Teeservice mit silberner Teekanne und Porzellantässchen zum Ausschenken. Jane bekam die für Erwachsene geeignete Version davon, ein zitronengelbes Porzellan-Teeservice aus der Kaiserlich-Russischen Porzellanmanufaktur in einer eigenen Kiste. Caroline, Jane, Kitty und Lady Reanay erhielten alle zusammenfaltbare Fächer mit Elfenbeinstäben und Perlmutt-Intarsien, jeder mit einer anderen gemalten ländlichen Szene des Künstlers Boucher. Zu jedem der Fächer war eine Bonbonniere aus Sèvresporzellan gepackt, die kleinen Döschen für Süßigkeiten hatten die Form des Kopfes eines exotischen Tieres. Für Caroline gab es ein Necessaire, ein Reisebehältnis aus Schildpatt, komplett mit Elfenbeinkämmen, Bürsten, Parfümfläschchen, Trinkbechern für die Reise, andere Utensilien und ein silbernes Maniküreetui. Genau das, was sie brauchte, um mit Sir Antony den Kontinent zu bereisen.

Tom freute sich sehr über eine Reihe Federn und einen Porzellanschreibstand, der Grundausstattung für jeden Gentleman, der sehr viele Briefe zu schreiben hatte. Wenn diese kryptische Bemerkung von Sir Antony die Augenbrauen des Earls in die Höhe gehen ließ, zog Sir Antony es vor, das nicht zu beachten. Arthur Ellis konnte sein Glück kaum glauben, dass er ein Paar Schuhschnallen erhielt, die selbst zu kaufen er nie hätte hoffen können, und eine bestickte, elfenbeinfarbene Seidenweste.

Mr. Rufus Willis fragte sich, ob er versehentlich das Geschenk eines anderen ausgepackt hätte, als er eine mit Samt ausgekleidete Schachtel öffnete, in der er eine silberne Taschenuhr mit Kette fand. Aber als er sie umdrehte und auf der Rückseite seine Initialen kunstvoll eingraviert sah, fehlten ihm die Worte. Eine ähnliche Uhr mit eingravierten Initialen wartete auf Ron, wenn er aus Eton nach Hause kommen würde. Der Verwalter erhielt auch eine kleine Holzschachtel. Diese durfte er jetzt nicht öffnen. Sie war für Mrs. Willis: Eine Sèvres-Porzellankanne für Schokolade mit passenden Tassen und Tellern.

Selbst für Hilary Wraxton gab es ein Geschenk; er freute sich über eine Reihe von Federn. Dazu gehörte ein eher seltsam geformtes Gefäß aus Porzellan, in chinesischer Manier dekoriert, das zuerst wie eine Blumenvase aussah. Der Poet brauchte jedoch nicht lange, um seine noch praktischere Aufgabe zu erkennen, daher packte er es schnell wieder ein, bevor die Damen sich zu sehr dafür interessieren könnten, und nickte Sir Antony mit einem leichten Tippen an die Schläfe zu.

„Respekt für so viel Verstand, Antony! Respekt für so viel Verstand!", war alles, was er sagen wollte, während ein selbstgefälliges Lächeln sich auf seinem Gesicht ausbreitete.

Für den Earl gab es eine goldene Schnupftabaksdose mit Diamanten und wertvollen Edelsteinen. Auf der Innenseite des Deckels war eine Miniatur seiner geliebten Jane. Die Miniatur war eine von zweien, die er in Auftrag geben hatte, wovon aber nur eine geliefert worden war, und er hatte sich schon über den Verbleib der zweiten gewundert. Die Gräfin war bei diesem Thema verdächtig unbestimmt geblieben. Jetzt wusste er es; sie hatte sie Sir Antony geschickt, um sie in die Schnupftabaksdose einpassen zu lassen. Er schaute gute fünf Sekunden auf das kostbare Objekt, zu überwältigt, um zu sprechen, dann gab er der Gräfin auf ihre leise Frage hin die Schnupftabaksdose, damit sie sie bewundern konnte.

Ein weiteres Geschenk für Caroline: sie öffnete den Deckel einer mit Samt ausgekleideten Schachtel und entdeckte nicht ein, sondern drei Halsbänder aus Leder und Samt, besetzt mit Diamanten und winzigen Silberglöckchen in Abständen, die die anderen fälschlich für Armbänder hielten, aber sie wusste es besser. Sie warf ihre Arme um Sir Antonys Hals und küsste ihn herzhaft, um dann alle zu erstaunen, weil sie Boots aufhob und Sir Antony das kleinste Halsband um den Hals des Welpen legen ließ.

Das brachte Salt zum Lachen und Kopfschütteln.

„Ich sollte dir raten, sie nicht zu sehr zu verwöhnen, aber das tust du ja doch", sagte er zu Sir Antony und um seine Schwester zu reizen.

Caroline öffnete bereits den Mund, um etwas zu erwidern, aber schloss ihn Merry zuliebe wieder, die, nachdem sie die Geschenke verteilt hatte, sich jetzt hinsetzen und ihre eigenen Geschenke von ihrem Onkel Tony auspacken konnte. Beide waren das, was sie sich immer zu besitzen erträumt hatte, aber nie dachte, dass sie es je haben würde, obwohl sie ihrem Onkel in einem ihrer Briefe geschrieben hatte, dass sie wünschte, eines Tages einen eigenen Malkasten und eine Staffelei zu haben. Sie hatte nicht nur einen Malkasten mit jeder erdenklichen Art von Farben bekommen, sondern da gab es auch Malpinsel, Porzellanschälchen zum Anrühren und Paletten, eine zusammenklappbare Staffelei und Pergament.

Es war das zweite Geschenk, das die Ladys in Oh- und Ah-Rufe ausbrechen und die Gentlemen nachsichtig lächeln ließ.

Eine wunderschöne Puppe, dreiundzwanzig Zoll hoch, mit beweglichen Gliedmaßen und einem lieblichen, lächelnden Porzellangesicht. Sie hatte einen Schopf taillenlanger, echter brauner Haare, die man frisieren konnte, und eine Garderobe mit Kleidern und Röcken aus Seidendamast und Samt nach der neuesten Mode von einem Pariser Couturier. Dazu kamen Leinenhemden, Korsetts mit Fischbeinstäbchen, Paare von bestickten Täschchen, die unter dem Kleid befestigt werden konnten, Strümpfe und Strumpfbänder und ein Satz von Reifröcken aus Rohr und Samt. Die Puppe besaß fünf Paar Schuhe, zwei Miniaturfächer, ein Handtäschchen, einen Regenschirm, Halstücher, Schals und drei Hüte, ein Notizbuch, Sonnenschirm und einen Stuhl, um darauf zu sitzen. Die größte Überraschung war, dass sie auch drei kleine Echthaarperücken hatte, die frisiert und gepudert werden konnten. All diese Puppenkleider und die Ausstattung passten in einen Schrank aus poliertem Holz, der nicht weniger beeindruckend war, mit Schubladen und einem Platz für die Puppe, in dem sie bleiben konnte, wenn niemand sie anzog oder mit ihr spielte. Es war das wunderbarste Geschenk, eines, das jede Modedame, erst recht ein Mädchen von dreizehn Jahren, gerne besessen hätte.

Als Merry fertig war, ihren Onkel Tony zu umarmen und ihm zu danken, hüpfte sie zu den versammelten Kindermädchen und Nanny Browne hinüber, um ihnen ihre schöne Puppe und deren Ausstattung zu zeigen. Nanny fragte sie, ob sie einen Namen für die Puppe im Sinne hätte, und Merry antwortete, Antonia, zu Ehren ihres Onkels Tony. Zu etwa derselben Zeit begann Sam in den Armen seines Vaters zu weinen, und da Jane damit beschäftigt war, Ned beim Reiten seines Steckenpferds zuzusehen, und Beth auf ihren Schoß gerutscht war, um ihrer Mutter ihre schöne Puppe zu zeigen, sah sich der Earl nach Sams Kindermädchen um.

Betsy war sofort da und als sie Sam in ihre Arme nahm, fing Sir Antony ihren Blick auf und lächelte sie an. Sie lächelte zurück und entfernte sich, aber nicht, bevor Hillary Wraxton nicht eine überraschende Entdeckung gemacht hatte.

„Antony! Oi! Antony!", gab er, mit einem Finger hinter Betsys Rücken her wedelnd, von sich. „Bei Gott, da ist sie! Da ist sie! Das Mädchen mit der Rüschenhaube!"

Alle Gespräche verstummten für einen Moment. Als Sir Antony jedoch völlig ruhig blieb und Hilary Wraxton dies aussprach, wurde die Unterhaltung nach einer kurzen Pause fortgesetzt, als ob der Poet nicht gesprochen hätte.

„Ja, Hilary", antwortete Sir Antony leise. „Vielleicht möchtest du später einmal Betsy dein Gedicht vortragen. Und wenn du deinen schmalen Gedichtband veröffentlichst, solltest du dieses spezielle Gedicht Betsy Smith widmen - deiner Muse."

Hilary Wraxtons Augen glänzten, als sich die Idee in seinem Kopf festsetzte. „Meine Muse ... Ja. Ja! Betsy Smith... Meine Muse..."

„Sein Bruder ist mit Jenny Dalrymple auf den Kontinent durchgebrannt", erwähnte Salt beiläufig.

„So? Mit - Lady Dalrymple?", fragte Sir Antony mit geringem Interesse.

„Ja", antwortete der Earl mit einem Seitenblick auf Sir Antony, dessen Gesichtszüge völlig gelassen blieben.

„Das ist nicht, was ich im Sinn hatte, aber nach den Ereignissen der letzten Nacht ist auch das gut so", sinnierte Sir Antony und sagte weiter nichts.

Rufus Willis starrte Sir Antony an, erstaunt, und blinzelte dann seinen edlen Dienstherrn an.

„Dacre Wraxton? *Das Parlamentsmitglied für Hendon*? Durchgebrannt? Durchgebrannt mit Lady Dalrymple?"

„Kam auf dem Ball zu mir, entschuldigte sich und trat als Parlamentsmitglied zurück", erzählte ihm der Earl. „Sagte, ich würde alles heute in einem Brief lesen." Salt spitzte den Mund und fügte mit einem erneuten Blick auf Sir Antony hinzu: „Ich hatte den starken Eindruck, dass seine Rede auswendig gelernt war ... Oder, dass jemand sie ihm aufgesetzt hatte und er sie nur nachplappern musste. Weit interessanter ist, dass er mir den Namen von jemandem nannte, den er als seinen Ersatz für seinen Sitz im Unterhaus vorschlagen wollte. Erwähnte, dass auch das in seinem Brief stehen würde."

„Tom wird ein großartiges und sehr fleißiges Parlamentsmitglied sein", stellte Sir Antony fest.

„Ich habe Toms Namen nie erwähnt."

„Das weiß ich", erwiderte Sir Antony glatt.

Tom Allenby sah sich um, und als ihm klar wurde, dass der Earl und sein Cousin über ihn sprachen, setzte er sich auf. „Ich? Ich - ich *Parlamentsmitglied*?"

„Ich weiß auch, dass Tom, während er der Sache Hendons und seines Mentors Lord Salt im Parlament nützlich ist, auch seine eigenen Bestrebungen fördern wird ..."

„So?", fragte Tom mit einem Blinzeln.

„Sei nicht schüchtern, Tom. Caroline hat mir alles über dein Interesse an der Bewegung gegen Sklaverei erzählt. Und dann sind da die Rechte der Tiere ..."

„Die Rechte der *Tiere*?", wiederholte Rufus Willis ungläubig mit einem besorgten Blick auf den Earl.

„Kommt schon, Mr. Willis", sagte Sir Antony. „Sicher habt Ihr genug von Carolines Predigten über das Leiden der Füchse bei der Jagd gehört. Und ich bin ziemlich sicher, dass Ihr auf Eure Art Mylady bei ihrer Unterbringung der größeren Tiere, die sie vor ihren grausamen Eigentümern gerettet und zu Mr. Allenby nach Allenby-Park geschickt hat, geholfen habt."

„Nun - äh - ja", gab Rufus Willis wahrheitsgemäß zu.

Tom Allenbys Augen leuchteten plötzlich auf und er sah Sir Antony um Bestätigung bittend an.

„Als Parlamentsmitglied könnte ich ein Gesetz im Parlament einbringen, das ein Verbot der grausamen und ungewöhnlichen Praktiken dieser Einrichtungen fordert, die Tiere zum Sport halten und ..."

„Überstürze nichts, Tom", riet der Earl. „Ich staune über deine Fähigkeit, alles nach deinem Wunsch aufzustellen und zu manipulieren", sagte er zu Sir Antony. „Je eher du Botschafter wirst, umso besser für Englands Beziehungen zu seinen Nachbarn auf der anderen Seite des Kanals."

„Ich habe keine besonderen Interessen außer Carolines Glück."

„Dagegen kann ich nichts sagen", scherzte der Earl mit einem Seitenblick auf seine Schwester, die an Sir Antonys Ärmel zupfte, um die Aufmerksamkeit dieses Gentlemans auf sich zu lenken.

„Ich liebe das Necessaire und die prachtvollen Geschenke für meine Welpen, für die ich dir von Herzen danke, aber was ist mit *dem* Geschenk?", fragte Lady Caroline ihn mit gesenkter Stimme. „Hast du nicht noch ein *besonderes* Geschenk, nur für mich ...?

Sir Antony griff ihren Hinweis nicht auf. Er hatte in der Tat einen Verlobungsring, besetzt mit Rubinen und Diamanten, und einen dazu passenden goldenen Ehering, aber er stellte sich dumm. Völlig ernst sagte er:

„Ich kann mir kein größeres Geschenk als meine ewige Liebe und Ergebenheit vorstellen."

Lady Caroline blinzelte ihn an und errötete. „Natürlich! Natürlich ist das das wichtigste Geschenk von allen, aber - aber ..."

Sir Antony hätte angesichts ihrer Zerknirschung nicht glücklicher sein können. Er unterbrach sie und sagte mit ebenso gekonntem Unwissen:

„Oh? Meinst du die Sonderlizenz, die dein Bruder in seiner Schreibtischschublade aufbewahrt und die unsere Namen trägt?"

Lady Carolines Augen funkelten.

„Hast du sie, Salt? Hast du eine Sonderlizenz für Antony und mich?"

Der Earl musterte Sir Antony stirnrunzelnd und fragte sich, wie sein Cousin das wissen konnte. „Ja. Ich habe sie. Aber wie ..."

„Dann können wir sofort heiraten!", verkündete Lady Caroline. Völlig von Begeisterung ergriffen schaute sie ihre Familie an, die jetzt der Unterhaltung lauschte, und sagte fröhlich: „Merry wird Blumenmädchen und Kitty meine Brautjungfer. Tom muss Antonys Trauzeuge sein, da Salt mich ihm übergibt, und Jane ..." Sie sah Jane reuig an. „Du bist doch nicht böse, dass ich Kitty als Brautjungfer gewählt habe, Liebste?"

„Es ist mir mehr als lieb, wenn es Kitty wird", antwortete Jane. „Und natürlich muss Salt die Braut übergeben." Sie betrachtete den Earl und sagte äußerst anzüglich: „Ich kann nicht für seine Laune garantieren, aber ich bin sicher, dass der Sultan der Finsternis in wesentlich besserer Stimmung sein wird, als er es an dem Tag war, an dem er mich geheiratet hat!"

„Jane! Das ist unfair und grausam!", brummte der Earl und wurde rot.

Niemand schonte seine Gefühle; alle lachten herzlich.

„Was wirst du anziehen, Caroline?", fragte Kitty.

Das war eine recht einfache Frage, aber sie ließ die Damen sofort alle aufhorchen und zu besprechen beginnen, welches von Carolines vielen Gewändern *à la française* sich am besten eignen würde, oder ob sie sich für diese Gelegenheit ein ganz neues Kleid anfertigen lassen sollte. Als die Unterhaltung länger und zerstreut zu werden drohte, Hilary Wraxton Vorschläge für notwendige Bestandteile dieses Hochzeitskleids anbot, hielt Sir Antony die Diskussion auf, bevor sie sich in den unergründlichen Tiefen der Wahl von Stoff, Farbe und passenden Besätzen verlor.

„Es wäre eine Untertreibung zu sagen, dass ich von deiner fröhlichen Begeisterung ob eines solchen Ereignisses entzückt bin, mein Liebling", sagte Sir Antony affektiert. „Aber du vergisst, dass dieses großartige Ereignis, sollte es denn stattfinden, nicht vor zwei Monaten möglich ist."

Lady Caroline war überrascht.

„Zwei Monate?"

„Sechs Wochen wären angebracht", stellte Salt fest. „Und wenn die Zeremonie als kleine Familienfeier auf dem Landsitz stattfindet und die Flitterwochen irgendwo weit weg ..."

„Irland."

„Ausgezeichnete Wahl", stimmte Salt zu. „Dann würde niemand vorwurfsvoll die Augenbrauen heben, wenn Antonys Trauerzeit nicht die erforderlichen sechs Monate einhält."

„Sechs Monate?", keuchte Lady Caroline die Worte ungläubig heraus. Sie warf einen Blick in die jetzt schweigende Gruppe, die auf ihren Kissen ruhte, und sagte, was niemand von ihnen offen aussprechen wollte. Ihre bittere Enttäuschung machte sie blind für die Gefühle der anderen. „Sie verdient nicht einmal sechs Tage der Erinnerung, wenn man bedenkt, wie sie ihre Kinder und ihren Bruder behandelt hat ..."

„Doch aus Respekt vor ihren Kindern und ihrem Bruder", stellte der Earl gleichmütig fest, „werden wir das tun, was gut und richtig ist."

Ein ohrenbetäubendes Schweigen entstand, dann nickte Lady Caroline und holte zitternd tief Atem. „Ja. Natürlich. Verzeiht mir. Ich bin egoistisch und lieblos."

„Sechs Wochen werden dir die Zeit geben, um dir die perfekte

Ausstattung machen zu lassen", warf Jane ruhig ein. Sie sah zu Sir Antony hinüber. „Und deinem zukünftigen Ehemann, sein Haus in Ordnung zu bringen. Es gibt viele Dinge zu regeln, wenn man heiratet, und noch mehr, wenn ein Ehemann die Familie seiner zukünftigen Braut erbt."

Alle wussten, dass die Gräfin sich auf Lady Carolines Tierfamilie bezog. Der Earl, der seine Schwester reizen wollte, um sie ihr Schmollen vergessen zu lassen, schlug Sir Antony auf den Rücken und sagte lachend:

„Hurra! Endlich kann ich diesen verdammten Vogel loswerden!"

„*Magnus*. Die Kinder", zischte Jane.

„*Vadammta* Vogel!", wiederholte Ned, als er auf den Schoß seines Vaters kletterte, mit einem schnellen Blick zu seinem Vater und seine Mutter, bevor er die versammelte Gesellschaft angrinste, die nicht imstande war, ihr Lachen zu unterdrücken.

„Gut, dass das entschieden ist", sagte Salt befriedigt und fuhr seinem Sohn durch die goldenen Locken. „Du kannst Tante Carolines Ring tragen, in einen Samtanzug gekleidet, und ..."

„Verzeihung, Salt, aber noch ist nichts geregelt", erklärte Sir Antony, als er aufstand und seine Ärmel ausschüttelte. Aus seinem Augenwinkel beobachtete er, wie Caroline sich mit Toms Hilfe bemühte, auch aufzustehen. Er musste wirklich ein Machtwort sprechen, dass sie diese türkische Kleidung nicht mehr in der Öffentlichkeit trug. Ihre Haare lose am Rücken hinabhängen zu lassen, selbst wenn sie noch ihren hübschen Turban trug; das ging nur in ihren privaten Räumen. „Es ist ja gut und schön, dass eine Sonderlizenz in der Schublade liegt, aber was ist der Sinn darin, wenn sie unter den derzeitigen Umständen für mich ziemlich nutzlos ist?"

„Was meinst du damit?", fragte Caroline flüsternd, als sie vor ihm stand. „Derzeitige Umstände?"

Er bemühte sich sehr, ein Grinsen zu unterdrücken und hob ihr Kinn.

„Du musst zugeben, dass vor einer Heirat zuerst eine Verlobung erforderlich ist."

Sie sah ihn mit zurückgelegtem Kopf an und sagte lächelnd: „Du hast mich gefragt, ob ich dich heiraten wollte."

„Du musst mir noch die Antwort geben."

Sie ergriff seine Hand. „Frag mich noch einmal", flüsterte sie. „Jetzt."

Sir Antony ließ sich vor ihr auf einem gebeugten Knie nieder, nahm eine kleine, samtüberzogene Schachtel aus seiner Tasche, öffnete sie, um einen Verlobungsring mit Rubinen und Diamanten zu zeigen und bat Lady Caroline innerhalb einer Woche zum zweiten Mal, ihn zu heiraten. Diesmal antwortete sie ihm, ohne eine Sekunde zu zögern.

„Von ganzem Herzen, ja!", antwortete sie, und unterdrückte ihre Tränen. *„H-hundertmal - ja."*

Als der Verlobungsring sicher an ihrem Finger saß, riss Sir Antony Lady Caroline in eine heftige Umarmung unter dem Applaus und dem Jubel von Glückwünschen ihrer Familie.

Hilary Wraxton, der sich nie die Gelegenheit eines empfänglichen Publikums entgehen ließ, sprang auf die Füße, bereit zum Rezitieren. Hände streckten sich nach dem Poeten aus, um die Vorstellung zu beenden, bevor sie begonnen hatte, wobei der Widerspruch in den in Anbetracht der Anwesenheit der Kinder stärkest möglichen Worten ausgedrückt wurde. Diese Anstrengung war umsonst. Mit einem Zucken der Lammwollperücke brach Hilary Wraxton in seine *Ode zu einer verspäteten Verlobung* aus, das frisch verlobte Paar besiegelte sein gemeinsames Glück mit einem leidenschaftlichen Kuss, ohne sich um die Schmerzen und das Leiden des Gehörs des Earls von Salt Hendon und seines Harems zu kümmern.

HINTER DEN KULISSEN

Erkunden Sie die Orte, Dinge und Geschichte im
Zusammenhang mit *Rückkehr nach Salt Hendon* auf Pinterest.

www. pinterest.com/lucindabrant